现代小说技巧讲堂

刘恪 著

作家出版社

目 录

第一讲　小说技巧的缘起

"小说"一词没有意义，也没有理论，甚至没有一种我们称之为典范意义的小说。在西方称之为故事、史诗、传奇、虚构作品。在中国古代称之为志怪、传奇、话本。小说是街谈巷议的，是述异的，一篇小说，作家写完了签上自己的名字，表明某种文字东西的所属权，这一定不比同时附着于小说末尾签下的年月日更重要。小说作为某个时代与人物的书记员，从签名的那一刻开始便塑形了，空间在那一瞬间定格凝固，因而那个被称为小说的东西便永恒了。

一刻一点即永恒。

小说的永恒同时又标明了它的死亡。产生小说的那一刻过去后，时间的轨道便马上产生新的称之为小说的东西，所以今天，任何人都不知道当今之世到底汇聚了多少小说的骸骨与灵魂。以此而论，我们永远只有一种新小说。

但小说注定的悲哀，在于它又是一种怀旧的东西，是过去发生的事与人的影子，对世界与个人历史的一种印象。最重要的是每一个作家在执笔写下他的小说时，这篇小说已在他的头脑里发生完成。我们只是记录了我们大脑所虚拟的现实印象，或构想拟造的乌托邦。小说对于制造它的作家而言永远都只是"杀父"情结，因为一篇小说完成后，你实际上是把过去的记忆"杀害"了。真正的小说家是喜新厌旧的。以《红楼梦》为例，曹雪芹在世之时，"杀害"了关于往日一切生活的记忆。千百年以后又是《红楼梦》杀害曹雪芹。曹雪芹作为北京西山下的那堆黄土中的骸骨，一切个体的意义均已消失。小说不是寻找个人的意义，对未来它是寻找公众意义。但作者在世时，小说仅是一种私人生活，一种个人的隐秘。为什么？那是因作家在小说中他永远只是对自己说话，他把自己所见的一切隐秘都曲折地组织在他的小说中。这又可以说，小说是作家的私生子。一定要留下个人的印迹与特色。俱往矣，一切都要过去，只有过去了，找不到了，才有价值，小说便是记录找不到的东西，这才使它具有了部分价值与意义。同时，这个过去中一定有新的要素，是一个新的形式与内容（不与过去相重复，指不与过去小说相重复而言的新小说），这样小说才有可能具有新的生存意义。小说在创造一个新的世界。这里暗含一个悖论，小说是如何模仿一个旧世界又拟造一个新世界，纠结为一个矛盾的辩证法。前者相信有一个本源的世界，后者相信，对于人类而言应该有一个更理想的世界。小说在与现实世界不妥协的同时，也在与人不妥协，最后直到与小说自身也不妥协。

小说是个人灵魂绝不妥协的结果。

在现实世界中并没有什么永远站得住脚的东西。代时而序，应运而生。小说也是一个变化的东西。我们知道古典小说铸造了伟大的文化传统，同时也完成了小说自身的典范塑形。西方小说到《包法利夫人》，中国小说到《红楼梦》，在结束小说传统的同时又开创小说的新面貌。在十九世纪以前谁又会想到故事、人物、环境三要素在二十世纪末会变得面目全非呢？到今天谁也无法说明白小说的定义了。任何一个小说定义都带有对它自身的反对，你可以随手在今天的世界文坛拿出一篇小说与我们过去的小说定义进行血亲鉴定，新小说没有纯粹的定义了，它一定是一个杂种，这也是克里斯蒂娃提出的互文性的普世意义。

一

"现实"是我要特别提出的一个词，它是小说难以摆脱的一个鬼魂，又是小说要经常剔除的一个瘤疣。现实不仅在小说而且在人们的日常生活中都是一种悖论的存在。我们对现实抱有苦难与欣喜的双重心理，无论何种意义上说，它都使小说成为一种读物，一种记录，一种大众特别熟悉的饮品，一种毒素甚深的麻醉药剂。小说成了人们对待时间的一种工具。于是小说与人们、现实共同构成了他们自身的悲剧。因而这时我来创作小说，或阐述小说的理论多少有一些带泪的反讽。今天我们如何来谈论"现实"一词呢？我们必须带着高度的警觉与敏感。我们必须保持先锋的姿态而不被现实沉沦。特别是今天我们更有必要一笔一画地认清现实的面貌（如果不是讨论小说，我真乐意永生不再见到它）。在历史年代，现实的最早源头里，现实也是简单的，仅作为一个时间词，我们在现实即将流逝时，伸手摸一下，那是一个怀旧的孩子，产生一种子立长川叹逝波的无可奈何的心理。要命的是它接二连三地衍生新的含义。现实规定了人们此时此刻的行为实践，而行为有后果，有意义与价值评估。现实是一种人生行为。这样，现实扛着沉重的责任，在奔走呼吁中伤痕累累，现实使每一个人不得不如此这般，因而衍生了现实的另一状态，即现实是一种人生态度。我们如何对待世界的一切人和事。现实成为一种标准，一种判断，我们终身都要对它指手画脚。因此现实是功利的。现实成了一种注解，诠释出各种各样的含义，如现实是一种类本质，人人都得尊崇的实际存在，是本体论意义的。现实又是变化的，有阶段性，有一定语境的，这样现实又变成了多面人。只有在实际具体的事物上才能界定它。现实还有可能是一种革命模式，对生活序化的变动，现实是许多烦忧与不忍构成的晶粒。甚至现实在我们的幻觉中并不存在，因为你不知不觉地处在现实中，你对现实麻木了，毫无觉察，只有当现实过去以后，才成为你追忆的一种幻想心理。这时幻觉中的现实是一种遥远，一种神话。

小说是和上述这些称为"现实"的东西没完没了地纠缠的，小说便落入了可悲的工具论。当然也使得亚里士多德的模仿论真正成为一种标准。现实在漫长的历史时期成为我们称之为"小说"的脊梁。这让我更清楚地看到现实成就了小说，也残害了小说。我们要真正明白的是，任何小说中的现实都是伪现实，它不可用来佐证历史。现实在每一个作家那儿注定都是一种幻觉，一种个体感觉体验后的反映。因此，现实永远仅是个人的发现，是个人发现了特有的现实，但是这种现实能否成为小说？一般说来，不能，没有人能从生活中原封不动地挖出一块现实置于小说之中，最大限度地说，仅是作家大量的观察之后，一生现实的印象，并且是作家头脑里主观构成的现实。构成的是现实吗？现实在人们头脑里是片段式的影像，把这些东西连缀起来，在链条上集结便有了思维，便有了结构方式，最后是通过文字分段播放那些记忆的现实碎片。这是一个创作过程，现实也许进了小说，但那些仅仅只是现实的幻象，甚至可以说，小说中根本没有和生活对位的现实，那些现实影像的构成已经从性质上改变了现实的含义。我们可以说，小说是从现实中开始创造自身，但小说中已经没有我们知道的那个本源的现实了。因而我们是不可相信小说中的现实的。

与现实相关的另一个问题：真实。凡现实的都是真实的。对于古典社会而言没有不真实的现实，无论美丑的生成，或者暴力与和谐，政治与性，都在现实中发生过，无论你承认或者不承认，从这一角度而言，现实是真实的。那么真实的现实可以作为小说而出现了，刚好没有一个小说家会让这种现实真实成为小说。作家心里要的是另一种现实，那就是心理感觉的真实，一种艺术合理的真实。真实可以通过小说给我们的每一个读者吗？不能，每一个读者只能获得一种想象的真实。我们只要认真分析文本就会发现，我们日常称之为现实和真实的东西在小说里面目全非了。小说越是远离这些东西，便越会变成审美的，变成创新的东西。这样是否可以说，我们可以彻底根除现实了呢？也不能，但现实可以作为我们怀疑和批判的对象。这样我们发现的现实是不完美的，批判与怀疑是我们发现现实的缺陷与错误的好方法。我们无时无刻不在现实的冒险之中。每个人都在行为中，现实的不完美恰好是我们每个人行为的理由。我们必须始终不渝地改变现实，与现实对抗，这才构成了我们关于现实的精神，使一种现象提升到精神的层面。也许传统小说需要的正是这种毫不妥协的对抗精神。

现实是我们正在经历的东西，同时又是我们怀疑批判的经验流逝物，我们体验它正是为了扬弃。现实不应该成为小说书写的对象，而应该作为一种体验过程中的观念，一种行为的态度，因为我们仅是从现实中发现与批判。我们记录的不是现实，而是从现实中获得的某种内核的东西。我们甚至可以说，现实只是我们引起注意的东西。而小说创作是在现实背后的一种艺术真实，一次关于现实的幻象。

二

我认为，小说必须处理自然与经验的东西。这是小说与其他一切门类艺术相区别的重要特征。没有经验便没有小说。不要错误地理解经验便是历史与现实，便是具体的细节的表达物，当然它含有上述诸元素，但它是另一种含义。经验恰好是一个观念世界。特别强调的是经验与经验之间的差异性，每一个经验都是一个世界，一个具体的世界，没有经验便没有小说。我是在两个意义上设定它：其一，任何经验均是一种判断，这给我们提供了对待世界事物的敏感和准确性，是我们在捕捉经验时的感受状态以及反应关系。其二，任何经验都是我的经验。意思是说，经验必须是我体验与感受的，有个体的痕迹。我经验一切，小说便是在这两个维度上需要经验。在我提出经验写作时，刚好我又在反对经验主义的写作，反对现实经验的速记员和矫揉造作的现实主义。现实经验是一堆让人作呕和厌恶的东西。因为它没有处理与净化，它只是客观世界的一种照相，每个人都绝不动情地把现实经验"强奸"一次，然后便把它当"弃妇"一样扔给了读者。因此，我提出几种假设：其一，自然的小说。那是和世界整体保持一致而未经分化的自然，纯客观地、未被经验地呈现自然本身的状态，你不需要告诉读者这是什么以及它存在的理由，你仅展示自然那些未被视觉所抵达的现象，逼近客观事物，让读者去感受体验，甚至包括命名。其二，经验的小说，这里的经验不是名词而是动词。意指我经验的状态，我用理念传达的经验。因此经验具有行动的因素。客观自然中三山五岳仅是石头与树木的排列，在大地上具有一定的高度。山，仅为山自身，它没有经验，经验是人对山认识的结果。人对水认识的结果，它可以饮用，它可以洗涤，这是一种实用的经验，由自然状态到经验状态，对于日常人类而言是一种实用的经验。人作为行为的动物，他首先需要这一部分经验。但在小说中这种经验是次要的，小说需要的是另一种经验，例如他需要流水的感觉，他体验到流水与时间的同质性，人的经验被扩大化，水与时间获得共时性。理解了，水便是时间的经验，时间也是水的经验，这样水流过了，时间也没有了，在个体体验中水便有了梦幻的性质。水在思维经验里摧风化雨，一轮明月，雾的苍白与月的温柔，光辉成了水的灵魂，它浮游在广阔无际的平原与山川。水即使没动你仍能感受它默默无声地流动，思维像水一样漫游，水成了我们思维的物质材料，在动荡中变成了云，变成雨，静静地藏在洞穴，潜在山弯。寂静沉睡的水在等待一种出发，被河流和海洋所收容，于是潜流会从缺口处涌动，汹涌澎湃。流水又和时间一样把一切带走，人与死亡结伴而行。在水的背后，水的极深处藏着人类的敌人，它在那里做永恒动人的死亡演讲：水，时间，生命，死亡及其庄严中的毁灭。小说要这样表达水的经验。经验是一个世界，也是一个发现的世界，我们的小说便是这么孜孜不倦地处理经验之中的同一性与差异性，并把经验提高到人类思维境界的一个无比丰饶的高度。例如：人们不能同时踏入两条河流。只因有了河流的历史，才能有堤岸的守护，因为有了海的召唤，河流永远都在做自我背叛的反抗。在小说中水与人物具有同质的因素，这是我们经验所感受到的，流水即人的命运。人也像水一样不停地反抗自身。人，一个生命实体，也是时间的变体，刚好是死亡宣布了人与时间的终结。

经验不是事物，经验是事物的认知结构。只要有了人，经验可以遍布世界万事万物之中，并从中提升出来。因此我以为其三，是超验的小说。一般认为超验是与经验无关的东西，但我认为超验中有经验深层积淀的东西。梦是超验的，但梦却带有个人经验的痕迹。这从两个方面看，超验有经验的根基，或者我们可理解为经验的变形，这样我们可以确证超现实主义、意识流、表现主义等小说更多地属于超验性质。所谓小说建构一个新世界的神话正是在超验的性质上提供的可能。因为经验的复制不可能是全新的，也就是说，一个特定的小说在表达之前不可能有现实存在的可能被模仿，而是写作在进行之中被创化（它创造了现实，而不是现实创造了它），是一个超出于经验之上的产物。但经验在中间发生作用。另一方面，我们世界文学中确实存在着少数派的超验小说，它的性质同诗一样。我们对这类纯幻想性写作给予很高评估，认为它是文学的、审美的。那是在我们想象极限里所发生的。现实生活中并不存在。《尤利西斯》与《代表大会》为什么同样会被我们所理解呢？这是因为所有超验的小说或诗歌，它都是用一切技巧和手法表达出来的，均含有经验的因素。小说是用语言作为媒介手段的。语言是人类的共同使用物，无论如何变化语言，但文字与词汇必定是经验之物。经验给我们提供理解一切事物的基础，包括对幻想的理解。其四，童年的小说，这里指向经验的发源地——童年。童年经验决定和影响作家的一生。童年经验是人一生的踪迹，这也可以探源情感的始发与性经验的始发。其实一个作家的一生都在写成长小说，揭示自我成长的秘密，这个自我之根乃扎在童年最初认知的世界里，最初的经验反应之中。所谓经验都是个人经验，所有个人经验都是一个观念世界。所有经验都是关于存在的经验。在人的理性未成熟时叠于人的印象之中，而且是人生最早的经验模式。我们可以这样表述，童年经验第一个印象是单一的，但是岁月不断地重复。经验又是具体的，无数具体形成的整体，直到个人理性成熟时，经验便变成了个人的抽象的观念世界。在个人的一生中，经验是不断成长不断扬弃后成为一个圆满的、连贯的、整体的观念世界。在我看来，人生最初的经验就是作家的一个艺术细胞仓库，我们终身所做的只不过是把实践经验变成审美经验。这个童年经验是我们想象发生的基础，也许是人类艺术的一个宝库。无论精神分析学的理论揭示，还是古往今来作家的小说实践，都表明了一个原理：经验就是艺术（《经验与自然》，杜威著，江苏教育出版社，第 226 页）。而艺术是不断导向我们所完成和享受的意义，不断揭示我们体验整个世界事物材料奥秘的过程，与切近自然感受的过程。同时也是我们感受和体验一切的基础，是人生出发的根基。不仅如此，经验也构成思维的基础，经验的模式也是思维的模式，我们不同的思维模型也不断分解与整合我们的经验。经验与思维是不断作用与反作用的关系，这使得思维也成艺术。

经验还是意义的基础，或者说是意义的总结。一个观念标志着经验成为一种果实。事物是无限的，表明经验也是无限的，然而经验与意义之间并不构成一对一的加法式。经验存在，我们可以从各种各样的途径获得多种意义。经验是发散性的导向意义，因而我们人生经验的多寡并不决定我们意义的多寡。我们总是用经验去挑战意义，其实我们还可以通过另外的途径获得意义。意义可以是我们人生匆匆行程中的事物的关联域，但更多的也许是我们匆匆一瞥的印象，我们在大千世界里转瞬即逝的意识流动，一鳞半爪的幻觉，还有杂沓纷至的怪异体验，抑或肤浅零星的感觉，那些我们未曾明确的精神幻象层面，它们也同样构成意义。于是这让我明白：小说，经验作为基础构筑意义，但我们获得意义并不完全依赖经验，我虽然强调小说作为经验的表达物，其实也万分钟爱经验之上的杰出作品。

三

我一直以为小说是一种微雕艺术，是一种事物最细致入微的度量。这种细微的叙述，第一方面的含义，我们要详尽地将事物的外形、重量、功能、性质、品貌毫无遗漏地揭示出来。我们层层剥除事物的外衣，接近它的内核，直到古往今来你找到该事物的独特发现（别人也许已经完整地表述过该事物，但你却发现了事物独特的奥秘），一个事物的性质是确定而永恒的，一般的意义早被别人使用殆尽，只有那些最细微又不易察觉的东西才是难以发现的，这是给我们今天叙述提供的难题。我们应该洞察人类精神在今天语境下最细微的变化，这项工作就像现代芭蕾舞，全部力量均集中在舞者脚尖的那一点。可见我说的叙述细微之点，一者是事物品貌的细微；一者是精神洞见的细微。提出细微叙述的原因是我们小说的历史，从神话到现实主义等，各种流派均已无限丰富地展示过事物与理念的宏大叙事。在我们已知道的小说派别中，只有新小说和新感觉派这两种小说特别注意微观叙述。新小说侧重事物的外部，例如罗伯·格利耶，新感觉派侧重事物的内部，如横光利一。在我看来，他们仅是在事物经验层面细微书写，远未深入到精神层面而细致入微地探索其变化，这方面的工作也许该由精神分析理论来开创，而我们所见到的意识流小说，它们太注意速度，潜意识虽然泛滥而出，但细微处的把握远未到达精致与细微，更别说细微的精神洞见。因此我提出微观叙述还是大有可为的。上面我说的是用细微的方式追寻细微之点，这个细微处在叙述的过程之中面对一滴水，一丝阳光，一片绿叶，一丝一发，一微尘，一次战栗，一次心悸，一瞬幻觉。我们的细微在于探微入幽，鞭辟入里。我说的微观叙述的第二个方面，是我们已经确立了一个细微之点，我们探尽这个细微之点所有的奥秘，这包括一事物，一动作，一意识，一观念。法国作家加斯东·巴什拉抓住了人类共同感受至深的几种事物，水、火、梦几个点，每一个点既细微地描绘其物体面貌，又探微于它的精神和思想面貌，居然分别写了三本书：《火的精神分析》《梦想诗学》《水与梦》。巴什拉探尽了水、火、梦的细微，这种细微处已抵达人类思维的极限。小说也应该面对这种细微的极致，同时也可以抵达极致。我以为只有这种微观的世界才是艺术的世界，才能鉴别一个伟大作家的感受能力与想象能力，才能产生杰出玄妙的作品。从微观叙述看小说的疆域是无限敞开的，在一个细微点上探矿，我们采掘的是细微事物的全部精华，那是一次表面看来不可能之处的可能。人类的心灵从物质层面看，它就那么大，但深入到一个点，它又无限之大。细微有无限的可写性。这里必须提到，我指的微观叙述并不是十九世纪小说的环境描写，不是一种平面铺衍的绘图，而是我们今天看来的物质史、精神史之中未曾发现的细微奥秘，是细微之中的精华。

　　与微观叙述相关的是感觉叙述。感觉叙述一方面指对事物对人的敏感；另一方面指对语言文字的敏感。语言感觉我已在语言一章中详尽阐释了。事物敏感对小说来说也是至关重要的。不同人物对事物的感觉关注是不一样的，科学家的事物是实证分析的，作为真理的表述。医学家的事物是作为病理的认识。经济学家从物质上看到商品的属性。哲学家的事物是抽象的符号。小说家的事物是一种心理感觉（Sensations），是事物初始的第一感觉，是一种直觉的综合的感觉。这种感觉有别于那种浮浅的、一对一的刺激感，而是一种本质特征的把握，一定意义上说是现象学的，是本质直观的。有别于感觉器官中的单一感受，如视觉中的色彩，听觉中的声音，嗅觉中的香味，皮肤上的触感，均是一对一的。而文学感受是一种通感，在感觉性质中具有互渗性、交融性，是一种整体的弥漫性的感受。在这种普遍感觉能力中强调一种直觉能力，一种超感觉的能力，这里主要针对我们对事物选择的能力，因为小说叙述是一种限制性策略，我们学会排除许多东西，因此，感觉选择便是决定写什么的重要关口。我喜欢选择黄昏时分来叙述，这是因为一天之中它的光线变化层次最复杂、隐晦，最能体现黑暗与光明的关系。而许多人喜欢黎明，天下大白。一个喜欢神秘的人，他倾向于选择曲径，哥特式建筑，选择向西的方位，选择对比强烈的白色与黑色，选择废墟与坟地、洞穴，热爱事物的曲折晦涩表达。有人选择花繁叶茂，欣欣向荣，有人选择流水落花，萧飒衰亡。对不同事物的选择表明每个作者艺术感觉能力的巨大差异。每一事物都有日常观察的感觉角度，同时它又有不易察觉的艺术感受的角度，而小说便要选择一些不寻常的艺术感受角度。向上的太阳在九、十点钟辉放到最灿烂的时刻，是为人们普通热衷的。我喜欢午后的阳光，由极盛缓缓滑向一种败亡。河流、海洋、大雨这个水的世界，是人类普遍热爱的事物。我喜欢由气体走向液体的过程，喜欢世界万事万物都带有水汽，有一种湿润柔滑的浸漫性笼罩。我以为只有这样，所有事物才会在发生对撞、摩擦时，具有了最温柔的一击，化解掉许多内部的对抗性力量。世界上所有运动变化都在一种作用力之下，而水汽便是万事万物最和谐的润滑剂。我所言的感觉叙述，从一开始便包括对世界万物及人的感觉选择，其次才是对词语运用时的语言的艺术感觉。为什么要与微观叙述相联系的呢？这是因为一切艺术感觉都是在微观处最贴切的把握。换句话说，只有微观的叙述，才是艺术感觉最有力的表达。

四

　　爱听故事是人类的本能。不然，你无法解释人们从婴儿、童年起便爱听故事的缘由。这表明人类喜欢谜一类的事物，有探究的心理，迷恋行为，指向目标，包括趋向目的的过程。听故事牵动的是思维，但触动的却是本能。讲故事也是一种诉说的欲望。本质上有一种编个故事哄哄自己的味道，因为一个故事的存在也表明一个生命的完整存在。除了本能之外，故事从过程而言等于时间，这让我们看到人类在消费时间时，也就是在消费故事。时间、故事与人这三者是人类的一个宿命，人的始与终均是时间性的，把生命交给时间，最有效而忘我的状态便是在故事的链条里。故事是一种生命消费。于是我们从根本上明白了千百年以来，为什么故事经久不衰，直到未来的永远，故事依然魅力无穷。既然故事为人类大众所喜欢，而能为人们普遍接受，便注定了故事的本质是大众通俗的玩偶。通俗故事由本性所规定，因而它不必为高雅之士承担责任。世界上也不存在高雅的故事，这是故事引以为豪的。小说是故事的，又不仅仅是故事的。小说悖论无数种之一便是这故事的悖论。从有故事开始的那天起便含有两个因素：一、故事在重新讲述时，永远是变体。不会有一模一样的故事，否则便是故事的死亡。二、反故事元素开始于故事。人物的出现便是第一个反故事因素，把故事重新编一遍也是反故事。今天的策略是淡化故事，或拆解故事，化为碎片。反故事只不过是从讲故事的道路上重新开辟了一条道路，一条重新处理故事叙述的道路，这只不过是小说中的修辞策略。讲故事，重在故事的编撰，使用各种各样的故事法。这是一种极度煽情的修辞术，它的目的是死死抓住你的本能并加以有效地勾引。反故事，重在故事之外的意义部分，用各种各样的修辞术把故事掩盖起来，不断地扼制人的本能，引诱的是人思维中的智慧。于是，小说砸碎了自身的锁链，变成了世界万事万物的能指表演，个人便无所顾忌地在小说中泛滥地倾诉。尽管这样，我还是认为反故事的小说是当下这个时代的典范。

从故事角度谈小说，只不过是小说中处理故事的显与隐的关系。传统小说是显故事的，现代小说是隐故事。将来的小说仍然是把故事的显与隐作为主要矛盾存在。

五

虽然我一直认为小说中没有人，只有人物，而且这个人物本质上是人的物化形式，或者是观念化形式。它们只是被作家所驱遣的玩偶。但我不得不说，人物永远都是小说中的重中之重。没有人便没有小说，这是现代小说的标志，对人物的关注便是对我们自身的关注，人物的活动总是有一个自主的趋向，那便是自我完成的一种过程，人物便成为一个自我的象征，是作家一个想象化的乌托邦理想，也是他心理自传的一种隐喻。人物的批判实际上是人类自身的一种自我批判。人们借小说人物的行为、心理以及一切政治文化因素来作为自我的镜子，小说人物的病态实际是我们的病态。因此我们要把小说人物塑造成人类自我考察的谱系学。一种引起自我疗救的精神的病学史。进一步说，小说又是绝对人性化的自我表述。人是天造地设的，人也是小说的一个创造物，人创造了小说，但从漫长的小说史看，小说也创造了人，区别仅在于我们如何估量这种共时同化的能量与价值。

小说人化，本是最正常的现象，可是又给我们带来万分的悲哀。小说充满了人欲的气息，成为人类自我展览的平台，或者人类互相斗杀的展厅，或者是一间手术室，重一点说，是一个人类的屠宰场。那里充满了血肉横飞，充满了功名利禄，人变成了一个可怜的动物。因此，我对小说人物充满了深深的疑虑，这是人的悲哀还是小说的悲哀呢？如果我在小说中弱化人物的功能呢？那便只能让故事横行霸道，或者仅是一片环境的展示。小说如果没有人物，那只会是杂文、小品、诗或者散文。要把小说和一切艺术形式区别开来，人物仍是首要的。在人物一章中我强化了各种各样的人物塑造方法，它让小说有一个生动活泼的人物世界，可是我却陷入了无限悲哀。人物是塑造、是虚构的，我们只要充分地运用修辞手段，什么样的人物我们都能做出来。推论，现实中的人也是可以被创化的，人类自身的千差万别便是被人类各种各样的文化塑造的。实际上在当代物欲横流、价值失范的时代，什么稀奇古怪的人都有，都在寻找各种机会登台表演。那么人与人物的不可定义，便更为清楚了。

"虚构"一词，不仅指小说中的人物，更重要的是我们今天实际生活中的人，每一个人都被社会文化所虚构。因此，虚构也包括今天人的创化。

虚构是这个时代的本质，也是个人的本质。

所以，荣格发出我们现代人丢失灵魂的警告。同时我们要寻找我们的灵魂。

我们的人物写作到底要干什么？对大众意义而言，我们要关注社会的人、组织的人、政治的人。揭示人被奴役的种种状态，找到最理想的人际关系与社会理想状态。什么是人的理想状态？我们今天还可以找到吗？直言之，我们的小说是否可以承担这样的社会重任？

小说写自我，一个私人化的空间，自我异化，人的对抗，个人欲望与理想，自我实现，我的灵魂，我的精神病态，我的物质困境，我的无限呓语……小说的自我表达成为一种私化写作，小说于是变成了一个自我发泄的工具。

写英雄、神、愚偶、典型，写我们称之为理想的一切人物，写我们批判反对的丑陋坏人，写遍大千世界所有的人，这仍然是不够的。生活中出现了的人，我们小说还有必要复制吗？小说史出现了的人物我们还有必要重写吗？假定我们写一些生活中没有、我们可以仿效的理想人物，我要问，今天的人们还会向他学习吗？我们这么反复地追问，其结果会吓我们一跳，人物写作意义何在？既然没有意义，人物写作的历史便可以终结了。可事实上，人物写作又永远不会终结。每一个作家都会孜孜不倦地塑造新人物，并使该人物成为自我生活的投影。

也许人物写作在这种有意义与无意义之间寻找一条道路，塑造前所未有的新人，让我们真正看到人的最高的最理想的境界。最后只能无可奈何地说，生活向艺术学习，人向人物致敬，舍此我们没必要追求什么意义的终极。

六

世界的小说存在与否我们大可不必杞人忧天。可有关小说的理论却真正让人深思，中国古代只有评点式小说印象理论。近百年来，是从俄苏移过来，属于西方的文学理论，直白地说仍是现实主义的理论。可从二十世纪九十年代开始受叙事学的误导，小说基本上没有理论了，从那时候起，中国各大学都开设叙事学来取代小说理论。这是一个极大的失误，叙事学是一种批评模式，而且用途极为有限，它仅仅是把我们在文本中明了的理念，或内容与形式，用一种模式演绎一遍。也就是说，叙事学充当了论证的手段，最后证明的却是我们大家共同明白的结果。同时叙事学针对的小说批评也很有限。而小说理论从根本上说是一种发生理论，是一种创造论，寻找的是创造秘密，然后才是小说美学的批评理论。这种巨大失误其实早就被卡勒发现了，居然几十年来仍没引起重视。今天也许还有一些作家谈到小说创作，都是感性印象式的评论。他们认为好或坏的小说，并非真正从小说诸元素出发，从形式构成的方法来系统地讲述小说的特质，小说肯定是有它自身创作的规律，将来也会有，在那些看似简单的基本的概念与术语之中，一定会含有巨大的技术性和复杂性，或者是个体创作的秘密。我特别强调的是作家在小说局部处理方面的技术。时至今日的小说，有传统小说那么深厚的积累，又有今天无数作家的创新，作为小说的创作手法，技巧因素是不可以被忽略的，这部《现代小说技巧讲堂》偏重于传统小说形式技术的总结，只涉及部分新技术，真正作为手法的创新技术，我将在下一部《先锋小说技巧讲堂》中详尽阐述。在这部书中前三章，故事、人物、环境是小说最基本的三元素，而叙述描写、结构、语言、主题时空，是派生元素。每一章可能有传统的因素，但尽量做现代阐释。因为是小说教材，尽量对创作进行普遍规律的总结，因此这本书并不能代表我的小说理论的全部观念，如果写一部我个人的小说理论观的著作，应该比这本书更大更复杂更具有难度。说白了可能更离经叛道。从整部著作的分量来说，在人物、语言、结构上均有所偏重，可能基于对今天小说创作的实际状态的关注，今天的网络写作泛滥，自费出书也极为容易，完全随着个人感觉写小说，一点也不讲人物、结构、语言方面的技术，是一种没有难度的写作。作为讲义我特别强化了这些方面，环境和主题两章本不在写作计划之列，考虑到今天许多作者写了许多作品，可一问他的小说表达的是什么，有什么意义，他却茫然无知。环境本是一个传统概念，今天基本不再谈论，当代小说将环境置于何处，我们是否对这一概念有错误认识呢？因此作为专章。叙述一章反而弱化，这是因为今天关于叙述的理论泛滥成灾，我仅想给它画出一个基本轮廓与简要历史。我的贡献仅在叙述动力一章。

小说理论未来的方向，一定是根据小说创作的变化而变化，舍此再无他途。因此研究小说本身的变化仍是最重要的，从《鲁滨孙漂流记》《巨人传》到今天后现代时期小说，相比较该发生了多么巨大的变化，经过了多少流派的创新。这些小说的变化也带来相应的创作理念变化，如模仿论、反映论、表现论、移情论、游戏论、建构论等等，可见小说理论也不是一成不变的。我们不能用传统理论解释新小说，也不能用全新的理论去估评传统的小说。理论也是要更新的，比较而言，这本书更多地采用传统的小说元素，可是在阐发时却注重在新的语境下的新含义、新用法，所以从技术层面或细小的分类上都会与过去的小说理论大相径庭，例如把对话放在环境一章论述。题材是过去特别强调的，我这儿取消了，我以为世界万事万物都是小说的叙述对象，彼此没有厚薄轻重之分，不从价值上去估评材料，把题材从意识形态的链条下解放出来，是作家的才智决定了处理材料的技术，小材料大用，或大材料小用。从本源上讲材料是客观的，进入文本便被意图所驱使并与其他元素融为一体，所以不专门谈题材问题。我以为可以专门建立一个小说学，在这个学科之下还可以有分支系统，所论的七个方面是分类学：故事学、人物学、环境学、叙述学、结构学、语言学、主题学。每类都可以写成一本专著构成有关小说的系列著作，限于个人的水平与能力，我只能做这本基础的综合的小说理论，而且还是偏重技术操作层面的。写小说，我一直以为有更多的属于小说以外的技术，那又是一本大书，而且是一本更重要的大书，应该叫小说文化学，也许十年后我再来写它。

第二讲　故事与情节

讲课前我先跟大家说一个故事，这就是意大利小说家莱奥那多·夏侠写的《社会游戏》。一个男人去按门铃，犹豫中女主人把门打开，请他进去。他奇怪了，女人怎么会知道他要去呢？他以为是巧合，或者认错了人（他好奇自己中了别人的圈套，或者派他来的那个男人改变了主意）。

这时女人拿出许多照片让他看，6 月 20 日在马志尼大街拍的您和我丈夫，还有他妻子的照片。他感到该做他应该做的事情，但又认为可以放松地看看照片。他们谈照片，喝杯白兰地。您妻子是个美人儿，您看她吗？他拒绝回答。女人说，我们俩注定要保持牢固的友谊，您不明白这些照片和我在这儿等你的原因。我想给您提供简单便当可观的收益并把您从巨大的危险中解救出来。您准备晚上几点和我丈夫见面？午夜十二点，离城三十里的乡间小路。我同丈夫共同生活十五年，了解他每一个细节。他是依靠别人，一些支持他的家伙，依靠机遇和非法交易而发迹的。二战与萨巴泰利一起当兵，他成了有权有势的人。

我想知道为什么正好是今晚你等我。

我丈夫迷恋数字，今晚开第三次会议（圆满之数），让你九点撤门铃。他精心设计的细节，几年前发生的凶杀案我丈夫便是这样周密处理法院问题的，每天派雇员到法院去占他那个位子。两年时间侦探公司向我汇报了丈夫对我的不忠。他用钱买到了和我的婚姻，他付得起钱，但他忍受不了我对他的疏远。还有一次我对他不忠。您要么执行我丈夫的计划，要么执行我的计划。您是一个贪婪的不起眼的罪犯，但我不是罪犯。

你妻子二十二岁，幼儿园教师，漂亮，开朗。你二十七岁，数学老师，严肃，规矩。她跟我丈夫厮混。我丈夫计划万一你执行计划暴露，便可以说，我跟他妻子私通，他为了复仇而杀了我妻子。我和您妻子都推崇物质生活来代替上帝与爱情。我丈夫用什么方式提出他的想法？

在汉堡银行一次存二十万马克，以我的名义。两年后一切顺利我还可以得到另外四十万马克。

您只需要冒一个小小的风险，六个月后您可以在我这儿得到五十万马克。您若执行我丈夫的计划便马上会坐牢，我已授权侦探公司，把照片、复印件转交警察局。按我的计划，以毁坏名誉和情杀罪判刑两三年，中间可大赦一次。当然，您要咬定妻子背叛，我丈夫使你铤而走险。

您原本打算以怎样的方式杀我？

用手枪。好极了，您现在便准时和他去约会。你要多打几枪，他身体很结实。她微笑说，无声手枪，预谋杀人。

一会儿她打电话问，我丈夫在办公室吗？对值班的说我担心丈夫，一个年轻人凶狠而慌乱地来我这儿找我丈夫。我担心发生什么事情。后来拨了一个警察局的电话：斯科塔警长，我是艾杜尼夫人，我丈夫和有夫之妇鬼混，我不想控告他通奸，她丈夫杀气腾腾来我这儿，刚走，我担心，给办公室打电话，没人。您一定要帮忙，过半小时我再挂电话。

很明确，这是一个丈夫谋杀妻子的故事。但这个故事情节是始料未及的，丈夫请了一个愚蠢而又贪婪的杀手。一个谋杀故事瓦解了，另一个谋杀故事又产生了。情节一波三折，在一个循环圈内，结果颠覆了动机。

一、什么是故事

故事（Story）是一个序列上（时间或因果）排列的事件。事件即生活中一个个事实，可以是单独的，也可以是连带的，如果都处于孤立状态，那就没有故事可言了。但事件总会有一个连带方式，时间、空间、因果都可以把事件连接起来。也就是说，使事件之间发生一种联结关系，牵一发而动全身。因而我说，故事是一个结晶体，使事物按一定的方式聚集，可见故事肯定是一个组织化了的结果。序列是多样的，但最根本的序列是时间序列。有一个前与后的流向。如同空间序列，它方位必是左右上下。序列与事件之间是契约关系，不同的契约关系便会排列出故事不同的性质、功能、结果。

我们说世界上所有的小说都有故事的元素，仅在于它故事性的强弱浓淡，依此类推，世界上的故事都会有情节，仅在于情节性的多少强弱而已。故事是明白的，情节是隐藏的。故事有基本语法，情节有编撰模型。故事是经验或想象的表述，情节是一种推论的结果。故事是给定的，情节是发展的。《社会游戏》的故事是一个杀妻的故事，主人公干什么，主语谓语宾语很明确。另一种故事语法是介词结构的，是一个关于什么的故事。但情节是具体的，必须是一个动作过程的展示，或者是一种情绪，一种心理，一次论辩，一次意识的流动。艾杜尼派数学老师杀妻是故事，但杀妻的动作过程很少，也就是说杀妻情节是弱化的，当然可以有许多方式去写，例如预谋活动，包括挑选杀手，杀手用什么方式，杀死妻子的过程，小说都删略了。杀手正准备杀妻，妻子却洞悉了一切阴谋，因而前文本情节不复存在，或者说，复述这些情节已不具有意义。

这儿情节集中在妻子瓦解这一谋杀的过程，一场武力的事件，变成了一场智力事件。那么我们就可以说这是一个妻子反谋杀的故事。故事，按中文含义理解（历史是客观存在的），是过去发生的事件。正因为是过去发生的，在现实的尺度上是不存在的。故事必须处于完成态，否则我们没法讲述，正在发生的故事严格地来说不存在，只存在正发生的事件，它是前一个时间序列上事件的延续。所以正在发生的故事仅是一个幻觉，但作为一个故事正在讲述者那里推论性地进展，在读者那儿是一个正发生的故事幻觉。这是因为作者内心是清楚的，只是采取了欲擒故纵的讲述方法，而读者并不清楚将要发生什么故事。

每一个人的日常生活，从时间维度上说，都是一种正在进行时，所经历的事件，并不能判断它是否成为故事，或者正常的大多数它只是一种琐屑杂事随时间流逝了，极少数的事件被人理解具有一种故事性质，这时有了再讲述一遍的愿望，把过去的事再说一遍，故事始成。因而故事是事后的叙述，有一种从后面追踪的性质。莱奥那多·夏侠写这个杀妻故事，他心里是知道的，他在精心地编撰，这也不否认他受意大利社会生活中某一事件的启发。我们是三十年后读到的，我们正在阅读，随着阅读，是一个艾杜尼派了一个杀手正要杀妻，假定我们读到了要么执行我丈夫的计划，要么执行我的计划。这表明妻子正在瓦解一次谋杀。如果读到，"请多打几枪，他身体很强壮"，这是一个妻子谋杀丈夫的故事。而我们读者在看的，实际上是一个故事的编撰过程。可见故事没有新的，从时间的本性来说，一切故事都是旧故事。

故事表示我们对过去事物的理解、看法，是我们关于某物信息的再现，目的是让我们对未来发生的事件保持一种警觉。正因为如此，故事也是我们认识事物的一种方法，但受到认知能力的局限。

故事是一个表层的东西，它的内部是情节，但故事不等于情节，一个事物在进行状态中，这时故事与情节保持同一性，也就是说在时间、空间、因果的关系中保持着延续状态，有长度的。这时故事与情节是共通的，一致的。

但进入小说文本的细节以后，故事与情节并不是一个东西，这时候我们号称的故事是一个抽象的东西，它是一个集合反映，是综合后的表述，如艾杜尼杀妻的故事，妻子瓦解谋杀的故事。在文本中的细节是非常具体的东西，经验的东西。看照片的情节，雇用侦探的情节，策反杀手的情节等。这时情节便体现为一系列的动作过程。

二、什么是情节

情节（Plot）是指有意义的一系列行动过程。一个行动过程的模仿含有如下性质：1. 预选塑形。为什么选择该行为模仿，自身所有意义或特点。使它符合模仿的期待心理。2. 仿制塑形。这是一个行为整合过程，使之成为意义的行为，成为世界认识之真相。3. 重复塑形。情节创造完毕后，在读者那儿进行的二度塑形。在英语中 Plot 一词与通常所说的 Action（动作过程）一词大体相同，普通动作过程不能算情节，例如举手、走路、看一眼。属于情节的动作过程是在时间的轨道上运行，而且是有意义的，是一个目的的实践者。因而在小说文本分析时，需要把情节与单纯的动作区别开来。例如杀手摁门铃、拿着枪都不算情节，只是一个动作，而艾杜尼夫人让杀手看照片是情节，杀手犹豫不决地想杀人而未杀成叫情节。

其实亚里士多德说得很清楚，情节是对行动的模仿，这里所说的行动指人的思想、情绪、意志在他的动作、言谈、表情、手势、眼神里的一种表现。所谓情节是指关于事件的安排（《亚里士多德全集：第九卷》，第 650 页）。安排事件必然含有一个组织化过程，因而我说情节是有意义的，暗指它含有某种母题（Motive），可以按类型分析。

情节的核心是一个事件推导另一个事件的产生，使之成为系列的动作过程，这样情节就会丰富多彩，复杂多变。情节还有一些基本的成分，情节有一个始发，我们姑且叫情节的开始，顺理而推，有展开，有高潮，有结局。这是一个连贯的运动过程，如果情节有这些阶段性连贯，这便形成情节的整体性。但是情节的整体性在小说中表述是很复杂的，有的小说从情节开始入手，有的则从高潮写起，有的从结局写起。《社会游戏》从开门谋杀开始写起，这实际是展开过程，直逼高潮。把预谋的情节给省略了。一部小说要纳入情节的哪些部分，这需视小说文本的主题意图而定，也就是说，情节不仅要揭示人物的性格，还要表述我们对事物认识的意图与方法。是情节创造了人物活动的场所，可见，情节具有加工的性质，它可以对事物、事实、细节、场景进行安排，在作品内容上进行编排，也可以对事件从技术上做结构安排，使一切动态系统形成有机的联系。因此情节是事件的总和。

　　情节是作为故事的部分而存在，情节是我们表述故事的一种方法。情节不断变化，它在发现、反转、认同，最后或完成或毁灭。情节的一切变化都在不停地改变故事的性质，艾杜尼谋杀妻子，情节从看照片写起，发现他与杀手之妻有通奸行为，妻子在对话过程中发现了杀手的贪婪，有机可乘，她策反了这次谋杀。情节变化，本意写丈夫谋杀妻子，丈夫的卑劣，而情节变化中，故事转向艾杜尼夫人的冷静机智。含义与初衷相悖。杀手去杀丈夫，而妻子则与办公室警察通电话，透出了妻子的狡猾，她不是杀一个外人，而是一口气杀两个人。

　　情节在故事内部变化，故事外部便显示新的机能。

　　由此，我们不难理解，所谓讲故事，关键在组织和设计情节。我们推动情节不断发展，故事便在进行途中了。情节为什么会一味地向前发展呢？一方面，所有事物的运动文本有自身的规律和惯性（非人为的，是事物自身的力量促使它前行），另一方面，是人物作用力的结果，人物作用力主要是指敌对的双方（主要是人的矛盾力量）。应该说，矛盾是在情节内部起支撑作用的。一般由矛盾的性质判断情节的含义。矛盾在小说中是各种关系的冲突。矛盾有个人的与社会的分别，个人的表现为心理冲突，社会的表现为功利价值的冲突，冲突是多种多样的，在事件进行过程中一般会表现为一种主要样式，在一个大作品中，还会有很多次要的方式。冲突是个稳定结构的变化基础。冲突不断破坏前一个序列而构成新一个序列，体现了事物的否定性质。冲突停下来了，这表明矛盾能解决了，情节也就停滞下来了。

　　我们通过一个谋杀故事，现在已基本清楚了什么是故事，什么是情节，以及故事与情节的相同点和差异的地方。我们过去说的编故事，原则上是对的，但是体现到小说文本的细部，我们在讲述事件，完成一个个动作过程的表述，我们没有编故事，在小说的局部进程中没有什么故事可编，编故事仅是一个抽象的说法，具体的只有情节设计，只有在矛盾冲突中安排好事件的连贯性与差异性，使情节形成一个统一的整体。所谓具体的编撰实际是在组织情节，日常说的编故事仅是我们看到的一个小说的后果。

三、故事的性质与功能

　　为了让我们更清楚故事与情节的含义，我再举一个大家不太熟悉的作家，他叫威廉·威马克·雅各布斯，英国小说家。他有一篇经典的短篇小说叫《猴爪》，开篇写父子俩在火炉边下棋，生活细节上儿子赫勃特和妈妈两人作弊胜了父亲怀特。这时有一位莫里斯军士长来拜访怀特，闲谈中军士提到印度干成木乃伊的猴爪有神奇的魔力，如果被魔咒镇服住了能让三个人分别达成三个愿望。太太和儿子问，有人达到吗？军士说有人达到，第一个人前两个愿望是什么我不知道，他第三个愿望是祈祷死亡，所以我得到了猴爪。我现在想卖掉它。怀特一家都愿意要。军士很严肃地说，它危害太大，我们烧了它，扔在火里了。怀特拿起来。军士警告说，后果严重。然后说他在印度冒险的故事。怀特一家得到猴爪后，怀特认为我们应有的都有了，钱，荣誉，幸福，我们都有了。儿子赫勃特说，爸要二百英镑正好可把房子欠款还清。然后他们祈求得到二百英镑。猴爪果然动了，但三个人都没有看到来钱。那个夜晚紧张而兴奋，儿子说，我们睡觉吧，明天会发现那笔不义之财装进口袋，但还会有一个可怕的东西在衣柜里看着。

第二天儿子上班，家里没什么动静，只有邮差送来的裁缝店的账单，丈夫仍发现猴爪在手中动了。妻子发现有一个陌生人三次在门外徘徊，第四次那人决心进门，太太迎接了他，他是麦金斯公司的，报告赫勃特受伤了。怀特和太太惊呆了，他们唯一的儿子出事了。那人说我是一个报信的仆人，赫勃特被机器卷走了，公司答应补偿一笔款子。多少？太太恐惧而紧张。仆人说，二百英镑。

儿子死了，葬在离家两英里的地方。过去对日子的期待变成了服从，一个礼拜后，在某夜晚老两口怀念儿子，太太突然说猴爪，我要它。咱们还有两个愿望。怀特说，一个便足够我们倒霉了。太太说，我祝愿我的儿子回来。他们在家里找到猴爪，太太逼着怀特祝愿，怀特认为妻子疯了，也只好祝愿，两口子守着大屋，有老鼠叫，楼梯响，灯烛也熄了，有轻轻的敲门声，第三声响遍整个房子，又一阵敲门，太太跑去开门，我的孩子回来了。怀特抱着太太不让，妻子挣扎下楼，敲门声，门在响，门链响，老太太拔不出门销。怀特拼命在地上找猴爪，整个房子都在猛烈地响动，他找到了猴爪轻声地说出第三个愿望，最后的愿望。敲门声消失了，椅子回到正常的位置，门打开冷风吹上楼，他们跑到门外，只有闪烁的街灯和荒寂的大路。

这是关于猴爪有神奇魔力的故事。

它的故事语法是个介词结构，主体是猴爪的能量。在它的左右下发生的一系列事件。

但这个情节却是针对怀特先生一家三个人。第一个系列动作过程，是军士赠猴爪，表述的是一家特有的期待心理。第二个系列动作过程，是赫勃特的死亡，表述的是贪婪必然带来灾难。幸福不能不劳而获。第三个系列动作过程，从太太求助儿子的复活，到怀特最后消灾。这表述的是人们已经犯了错误，不能再用错误的方法去解决问题，从太太的错误逻辑中走出来，怀特是从错误中重新认识到原因的。

这三个情节支撑了小说关于猴爪的魔力的故事。

我想从上面列举的两个范例中应该可以悟到故事与情节这两个概念，并由此悟到故事只能构思，情节才能编撰。我们没法在小说文本中一句一句地编故事，故事应该是一个整体意象，是抽象以后的表述。情节由于是动作过程，是连贯的事件，这样我们才能一句一句地推论。可见我们日常所说的编故事仅是大脑中的一种构想。所以我们应该进一步明白几个故事理念，加深对故事性质和功能的认识。

其一，世界上的故事是永远没有穷尽的，已发生的故事我们个人的一生也讲不完，还将发生的故事你无法知道有多少，所以世界上的故事多得你无法统计。故事并不是我们说的越多越好，因为你讲的故事多数是重复的，把世界各国的故事收集起来进行比较分类，你会发现故事形态的模型并不多。俄国民俗理论家普罗普著了一本书《民间故事形态学》（1928年），他总结了世界民间故事总共可以分为三十一个类相模型。从角色来看仅可分为七类。中国有一本不受注意的书《中国民间故事形态研究》，它把中国民间故事归纳为五十个类型，这个功劳很大，是汕头大学出版的一本小书。这告诉我们，无论你怎么样构筑故事，一定跑不出这五十个模型。这一点是肯定的。故事看起来多得无数，但比较分析故事后多数是重复的，或部分重复的，有时你拟编了一个精妙绝伦的故事，但在故事海洋里一比较，它仍是重复的，因而我们没有本源的故事，今天所编排的故事仅是过去发生的故事的变体。明白这一点了，我们反而获得了构思故事的自由，反而使我们更加明白了故事的大众消费性质。

其二，故事一定是时间性的，无论故事的发生过程还是我们阅读一个故事，均是时间性的，因而故事是有长度的，它保持我们对下一个环节的期待。所以我曾说过，故事的要素在于：一是人们的好奇心理；二是对结果的迷恋；三是对时间的消费。所以说对故事的期待也是人类本能，一种基本欲望，同时也是一种大众的通俗心理。可见故事对儿童，对日常生活具有类本质的特性。我们不必对它有什么好坏的评判。特别是作为故事，它没有新的，所有人类日常生活与事件均已发生过，或者正在发生，我们不能期待有一个完全的新生活产生，否则它便不叫日常生活了。所谓新生活、新故事仅是我们的一个心理幻觉。我们所追求的新奇与刺激，仅是我们正在制造的故事陌生化效果。我们所能要求的是增加故事的元素，过去不为故事所用，今天我们纳入故事要素中，同时我们采用新的讲述方法，改变和扭曲一些故事的性质、功能。或者我们尽量在故事的变体上下功夫，因而我们要做的实际是突破人们对故事习以为常的思路，或者尽量在故事性质上赋予一些新的含义，所以我们应该在故事游戏和故事思想上多下功夫。

其三，故事是我们认识和理解事物的一种特殊方式。在科学的前提下我们认识事物是借助实验与分析，借助知识，是知性的，是记忆的，我们太过于严肃地穷尽脑能去认识事物。故事可以让我们轻松地认识事物，明白个中的道理。《社会游戏》的故事告诉我们智慧能改变一个事件的全部进程，甚至让事物走向它的反面。《猴爪》表明所有的不劳而获都充满了巨大的风险。故事不仅是一种本能诱惑，它还是一种智能方面的游戏，或者心理游戏。例如爱伦·坡的《失窃者的信》，一封信的失而复得，主要利用了人们的视觉盲区和习惯心理。

其四，故事注定是大众娱乐的饮品，故事也可赏心悦目，具有一定的审美效果。好的故事可以减轻人们的精神压力，可以释放人们一些被压抑的情绪和心理。因而这使得我们有必要重新认识琼瑶的那些爱情故事所满足的是少男少女青春期心理。金庸的新武侠小说，古龙的电影，均是人们在紧张的工作状态之后的一种休闲。除了大众的通俗故事，我们依然可以把故事构筑得很有品位，很有意趣。实际上，在世界范围内，严肃的大作家也编了无数脍炙人口的好故事，成为我们文学画廊里的经典，例如欧·亨利、爱伦·坡、毛姆、海明威、莫泊桑、吉卜林等。

其五，故事有大有小，有长有短，但故事的质量并不受这大小长短的局限。《水浒传》讲的江湖好汉造反的故事，故事庞大，其间包括鲁智深、林冲、武松、宋江、杨志、李逵、燕青等许多人的小故事，形成故事套盒。《三言二拍》都是中型故事，它照样揭示了明清时代我们的日常生活，具有很高的认识价值，且很有趣味。《唐宋传奇》和《聊斋志异》都是一些小故事，也很精彩。《红拂夜奔》《画皮》也都千古流传。故事的性质是作者认识能力的反映。这里说一个极短小的故事，俄国作家艾萨克·巴贝尔的短篇小说《进入波兰》：战争年代，第六师司令官报告，诺夫戈拉德已攻克，而通往华沙的公路是用农民的白骨筑成的。田野间有小花，桦树林有灰色的雾，有蛇麻草，太阳如同一颗砍掉的脑袋，军旗飘，马匹气味，河水，断桥，山谷，月光中的小路。我半夜抵达诺夫戈拉德，指定在一农家屋里投宿，有一孕妇，两个红发的精瘦犹太人，另一个人在墙根蒙头睡觉。我把乱糟糟的房子收拾了一下，大床上空空荡荡，他们给了我一床被褥垫，我只好挨着那边蒙头的人躺下。我睡着了，很冷，但梦见第六师司令官萨维茨基冲着受伤的人喊，干吗不把全旅人都撤回来？在喊声中我惊醒了，那孕妇正在我脸上摸：先生，你睡觉时还在叫喊。你乱翻滚，这会儿我让你去另一角落睡，因为你总把我父亲推开。她从地板上起来，从睡者身上揭开毛毯。躺着的是一个被割断喉管的老头，脸劈开了，血变成蓝色铅块。是波兰人把他喉管割断了。那时候他说，你们把我拉到院子里去杀吧，不能让我女儿看见我死去。女人狂叫起来，你走遍天下，哪儿还能找到像我这样的亲爹？

这是一个关于二战的故事，一个孕妇家里的悲惨故事。但小说没有一笔正面写战争，相反他写的是战争的间隙，一个普通的家庭。对照地写了小花野草的环境，也没有写我与那个家庭的矛盾。但战争的本质与残酷却表述得非常生动深刻。由此可见，故事不在大小而在提炼深刻。

四、故事发生原理

我们考察一下西方文学传统会发现一个很有意思的现象，关于故事情节的理论在欧洲早期的文化传统里就非常完整了。千百年来关于故事与情节的性质、功能、要素并没有多少人超出亚里士多德的范畴，但亚氏是把故事与情节纳入诗学，纳入戏剧中谈的。从文化源头上说故事与情节在两个东西里：一是戏剧；二是神话。从故事看，小说被分为叙述性小说和戏剧性小说。戏剧性的故事可以由模仿的演员来演，这种故事表演到今天都存在，如电影、戏剧、连续剧、舞剧、歌剧，一切剧目都含有故事性，从中外历史看，故事情节不单是属于小说的，而更应该说它属于表演的戏剧，另外便是属于民间说书、口传诗史中的。一切剧本、脚本、民间故事，各种小戏剧目都属于戏剧性小说。

另一支叙述性小说才是我们今天讨论文学传统的故事理论。叙述性小说有两个模式：一个是更久远的，史诗，诗的、神话的系统，例如《荷马史诗》，还有希腊神话传说，这些都可以统称为传奇。在中国早期神怪小说也称传奇。这个传统中，霍桑、司各特的作品，中国的《西游记》《八仙过海》都是传奇与志怪的。另一种是现实主义小说传统，在西方是一支强大的队伍，萨凯蒂的《故事三百篇》，塞万提斯、卢梭、斯威夫特、奥斯汀、特罗洛普等，一直发展到后来的狄更斯、巴尔扎克，现实主义小说便是由这样一支队伍构成传统的。在中国传奇小说则多在中短篇，《唐宋传奇》《三言二拍》《聊斋志异》。除《西游记》外，几乎没什么大型作品，而作为写实传统的小说都是影响大的长篇小说，《水浒传》《金瓶梅》《红楼梦》《官场现形记》等。

我们做一个中外历史的考察就会发现，故事也走了两条不同的道路：一条由传奇而中世纪浪漫派的延续体，不讲细节的真实，突出神奇魔力的情节，采取超自然的方式解决矛盾，讲究幻觉和一种更深的心理现实。另一条实际是强调故事是对现实的模仿，情节是对行为的模仿，讲究细节的真实可感，一般是以社会现实的矛盾冲突为基础而构成的。

这就是说，故事可来自超现实的想象，也可以来自现实的社会实践。因而我们可以抽象出故事产生的几种现象。

一、故事可以来自历史的真实。《三国演义》赤壁之战的故事历史上发生过。

我们写历史故事主要在它的认识价值，其中也有特别精彩的。汉代有许多故事影响深远，例如文姬归汉，苏武牧羊。汉武帝刘彻立弗陵为太子，临终杀其幼子之母钩弋夫人，年仅二十二岁，看似十分残忍，可刘彻却洞悉后宫干政的危险毅然杀之。这类故事，我们可以讲究历史事件的真实，而细节的真实我们可以从日常生活中推导出来。例如历史人物张飞许多勇猛的故事出处是嫁接过去的。所以《进入波兰》历史的真实是二战，包括军队长官，战事进程，而普通一家人受到战争的残害，割断喉管的情节却可以编撰。

二、故事可以不必拘于真实，可以来自丰富的想象。例如《猴爪》的故事，它的神奇魔力在生活中是不能有的，可用于表达人的贪婪欲望却很合适。再例如《阿里巴巴与四十大盗》中的芝麻开门和神奇宝藏，现实中不能有，故事却意味深长。这里千万要注意的是，想象的故事在小说语境中应该是有机的部分，它是合理的，在时间序列上有连续性，在因果序列上也是有必然性的。

三、故事在生活中可能是必然的，但编撰却是偶然的。欧·亨利《带家具出租的房子》说的是西南区的红砖房街区是带家具出租的房间，一天晚上，有个年轻人挨家挨户摁门铃，在第十二家门口摁铃后，女房东出来了。有房间出租吗？有间三楼的后房，空了一个星期。女房东带着他七弯八拐地来到房间，房东说演杂剧的名人小姐住过，有灯，有壁柜，很好的房间，青年预付一星期房钱。他问可有个年轻姑娘艾洛伊丝·瓦什纳小姐，苗条漂亮，棕红色头发，左眉心有颗黑痣。女房东说，租的人太多，记不起了，演员们是流动的。年轻人打听姑娘五个月了，一无所获。他爱她，她离家出走了，他在各地想方设法找她。

他很累，有气无力地躺在椅上，室内家具乱七八糟的，镜子上贴着玛丽的照片，各种空瓶子。那出租房传出各种声音，有弹琴唱歌的，赌牌的，还有霉气味。突然房间某处传来一股浓烈而甜美的木樨香味，他喊着"亲爱的"，难道瓦什纳住过这间房？这是她特有的气味。年轻人满屋子翻找，有手帕的香味，有女人的发结，连地毯底下都找了，亲爱的她在哪儿？木樨香味从何而来？没办法只好找女房东，太太请你告诉我，这之前是谁租过房子。我告诉过你，是蒙纳和施普劳斯小姐，她是蒙纳太太。在他俩之前是谁？房东说是个单身汉，再之前是克劳特太太，还有陶威尔先生，一年之前的我就不记得了。

年轻人垂头丧气地回房，一切希望幻灭，信心丧失。他把床单裁成碎条，把门柜、窗缝堵起来。最后吹灯，把煤气开到最大，怀着感激的心情躺在床上。

当晚，麦柯尔太太打啤酒，珀蒂太太和她坐在地下室，珀蒂太太对着酒窖说，今晚总算把三楼后的房间租给了一个年轻人，他两个小时前就睡着了。麦柯尔太太说，你真有办法，有好些人知道那间屋床上有人自杀过，别人很长时间没租用的。上个星期我还帮你收拾那间后房，那么漂亮一个小姐，没想到也会用煤气自杀。珀蒂太太说，长得挺漂亮，不过就是她左眉旁边长了一颗黑痣，可惜！来吧，麦柯尔太太，咱们把杯子装满吧。瓦什纳小姐在那间房子里用煤气自杀是正常的，后来年轻人用煤气自杀也不奇怪，但是先说年轻人找恋人自杀，然后再补充恋人以同样的方式自杀，这便是极为偶然了。

四、故事来自现实生活中偶然的启发。一类是现实生活中真实的细节；另一类是全然开启的感觉与意象而形成了新的故事。最能说明问题的是博尔赫斯的小说《第三者》，又名《闯入的女人》。这是一个关于爱德华多和克里斯蒂安两兄弟的故事。作者认为是旧时城郊平民性格的一个悲剧性的缩影。这兄弟俩很穷，家徒四壁，到莫隆县来的时候一辆大车，两头牛。老大是个无赖，赌博嫖娼是常有的事，当弟弟克里斯蒂安把胡利安娜·布尔戈斯带回家同居他没在意，胡利安娜黝黑的皮肤，细眼，爱笑，会跳舞。爱德华多去阿雷西费斯做买卖，带了一个姑娘，没几天把她轰走了，很抑郁，在杂货铺喝醉酒，爱上了弟弟克里斯蒂安的女人。街坊便幸灾乐祸地看着兄弟俩吃醋。一天爱德华多很晚才回来，克里斯蒂安对他说，我去法里亚斯玩，胡利安娜留给你派用场。他口气很诚恳，骑马从小路走了，他把女人当成一件物品。从那晚开始哥俩共用一个女人，开始几个星期相安无事，后来便有了一些小分歧。俩人不提胡利安娜，也不叫她名字，兄弟俩表面争生意，而心里却另有事，争吵时克里斯蒂安声音大，爱德华多一声不吭，他俩都喜欢上这个女人。

一天下午，爱德华多在广场碰到伊贝拉·伊，祝贺他弄到漂亮女人，爱德华多揍了他，后来没人敢开玩笑。而胡利安娜精心伺候兄弟俩，但对老二更有好感。有天哥儿俩在红砖地院子里谈事，女人午睡，兄弟俩叫她起来把衣物放在一个包里，念珠，十字架，叫她上了大车，三人一声不吭在走，清晨五点到达县城，把胡利安娜卖给妓院。回到图尔德拉，兄弟俩希望恢复男子汉生活，但过得很荒唐，各自找理由分别外出。过年老二说去首都办事，克里斯蒂安便奔县城，但在妓院前认出了爱德华多的花马。克里斯蒂安说，长此，马会累坏，不如把女人带在身边。他又把胡利安娜从妓院弄出来。因而又回到原来的状态，这成了兄弟俩的危机。可兄弟俩只能把烦恼发泄在别的事物上。三月份完了，燠热仍没有消退。爱德华多从杂货铺回来，看见克里斯蒂安在套牛车。克里说，去帕尔多卖几张皮子，我们趁晚上去。帕尔多集市在南，他们走车队路，又拐上岔路。夜色更深，田野广阔。他们来到了针茅地，克里扔掉烟说兄弟我们干活儿。我们把她杀了，将衣服留给她，再也不会给我们添麻烦了。兄弟俩痛哭。如今终于有一条纽带把兄弟捆在一起：杀掉的女人，把她从记忆中抹去的义务。从此兄弟俩相安无事。

博尔赫斯与索尼蒂诺谈话的时候说，《第三者》是我撰写的最好的短篇小说。后来他又说，毫不怀疑，我这篇小说，也许是我写得最好的一篇（《作家们的作家》，第 280 页）。很难想象这个故事来自他同朋友尼古拉斯·帕雷德斯一次偶然的谈话，他们被颓废歌词"喧闹的自我同情"所打动。后来他们被同伙背叛了，帕雷德斯严厉指出，任何一个连续五分钟想一个女人的男人，绝不是男子汉，而是一个女人的女人。在这种人中间，爱情显然是有规定的。我知道。其实真正的热情是友谊。从这种相当抽象的思想出发，我展开了我的小说。很显然这篇小说受语言的启发，是一种思想带来的结果。而且有一则故事：小说结尾，作者遇到困难，博尔赫斯妈妈不喜欢这篇小说，一天早晨她说，乔治，我知道他对他说了什么。"干活吧，兄弟，今天我把她杀了。"这句原话被作者采用了，成为故事最精彩的灵魂。

五、故事来自生活，思考，是一种复杂的综合，也就是说生活中的点点滴滴都可能构成故事的元素。古今中外一部长篇的故事写几年，几十年，有时一个故事也在心里许多年，直到偶然的机会才瓜熟蒂落。博尔赫斯有一个短篇小说叫《代表大会》，主要说我参加了世界代表大会，经历了这个代表大会的始末，认识主席堂·亚历山大，乌拉圭庄园主，秘书，诺拉，红头发代表，特威尔。故事写了筹备世界代表大会，它的机构、人员、活动。几次会议，然后受主席的约请去喀里多尼亚庄园参观建筑中的巨大工程，主席对庄园是严厉的家族式管理。回来在春天的一次会上特威尔说代表大会图书馆不能只限收工具书，而应收各国的古典作品。巴黎成了美洲人的乌托邦，代表明确提出轮流去巴黎参观，我在 1902 年元月到巴黎认识了贝雅特丽齐并爱上了她。回国后，代表大会图书馆购了许多书，我写了一个在伦敦的报告给主席，在阿尔西纳街的院子里卸了很多书，地板的门通向地窖，只听到主席上帝一样的声音，所有的书一本不留地搬出来，院子里书堆成了小山，主席下令通通烧掉。特威卡委屈说，花了大力气弄来又烧掉。世界代表大会需要它们。主席讽刺说，我从来没听过世界代表大会。每隔几个世纪都得焚毁亚历山大城图书馆。我如今什么都不要了，包括我卖掉喀里多尼亚庄园。

他还说，世界代表大会从世界产生的一刻开始，全世界庞大的事业不是几个庄园棚里人说的大话。世界在继续，它无处不在。代表大会什么都不是，它是牛群。我们不需要，我们应该庆贺这种取消。

大家在城里欢快地玩了一个晚上。我隐约看到的东西一直留在我的记忆中。我们的计划秘密存在过，那个计划是世界宇宙，是我们。大家相约永不提起这次往事。直到所有人包括主席都去世了。博尔赫斯谈到这篇小说，《代表大会》我构思了三十多年，最近才提笔写成。可能故事的情节跟原先有所差异，当然是幻想的情节，不过不是超自然的幻想，而是一种不可能实现的幻想。因为，它取材于一次我不曾有过的神秘经历。我决意讲我自己并不完全相信的东西（《博尔赫斯七席谈》，第 48 页）。博尔赫斯这个故事经过漫长的构思，类如传奇。说实话这个故事并不复杂，一是我在梦里的经历；二是代表大会始末。故事实际是毁掉一次幻想的存在，因为世界宇宙是永恒的存在，我死后仍在继续。这使故事具有一种哲学思辨的内涵。

一个故事长期的孕思，一方面使它完整丰满，另一方面作者长时间在寻找它的内核。我的一篇小说《金小蜂》其故事也经过了十五年的构思。故事形成是来自生活中真实的片段，来自长期艺术思考的综合，这一原则是现实主义写作中大多数作家故事的构思准则。特别是我们从许多作家的小说中看出它的自传性，这表明故事中有大量的作家生活痕迹。昆德拉的长篇小说《玩笑》是 1962 年写的，作者三十三岁，激发他灵感的是一座捷克小镇中发生的故事：一个姑娘因从公墓里偷花，将它们作为礼物送给情人而被捕。昆德拉的长篇《玩笑》实际便是以此次事件的骨架构筑而成的。同时说明这个论点的，博尔赫斯的《第三者》也是如此，他不仅受听到的言谈的启发，还直接把母亲说的话作为小说人物的话。

六、故事来自大胆的想象，或一次幻觉，某一个中心意象，或心中一个朦胧的想法。这几乎是现代小说故事来源的主要原则，为什么？因为现代小说不特别讲究故事的完整性。很难想象道克托罗由音乐的一种技法：雷格泰姆（雷格泰姆是一种切分音法，右手弹出切分音，左手弹出发展旋律），一支雷格泰姆有四个主题，由音乐构成了他一本小说《雷格泰姆时代》的故事。作者说雷格泰姆把我带到写作的终点。在故事程式构成中保留音乐的性质，昆德拉的小说也是如此做的。安·波特写成了《中午酒》的故事，但是这个故事仅是对童年的回忆，奇怪的是他不是童年生活事件的直接显现，而是以童年生活为意象，例如看到用刀切烟，想起父亲用刀尖挑核桃仁，在乡间有许多类似刀具的东西，斧，犁，猪刀，剃刀，从小懂得使用刀和避开刀，还有姐姐从马上坠下来断了锁骨，对这些东西经常回想不下十次（但是有一天，我才真正看到了这东西，就是这东西，在汤普生杀了哈奇，后来又觉得自己不受惩罚无法活下去时，成了恍恍惚惚中幻觉中的一部分（《小说鉴赏》下，第 711 页）。童年意象构成了小说《中午酒》凶杀故事的主要来源，如果安·波特不作特别说明，无论如何也不能把汤普生和哈奇的凶杀故事和童年乡村结合起来。这表明引起故事的意象、幻觉、回忆、想象不是一加一的算式，含有巨大复杂的变体，你想象不到会由此引起彼，因而这也表明了故事发生原理的复杂性。

七、故事不是先于文本设计编织好了的，而是伴随着小说产生中，一个自我生成的生命实体。传统小说讲究故事的完整统一，讲究戏剧性，有强度，复杂而刺激，因而传统小说有预先精心的设计。现代小说中多数在动笔时，没有故事，没有情节，仅仅有一种意象、幻觉，一种氛围的推动，或者仅是一些句子，一种艺术感觉打开了环境。心中写作的意念滚雪球般推动，故事在其间慢慢成长，情节也是逐一展开的，朦胧中形成整体。欧多拉·韦尔蒂写作《没有你的位置，我的爱》，夏日和朋友从新奥尔良去南方，跟着感觉写了一稿，而写第二稿又与第一稿毫无关系。一种旅行中印象的展开，第一稿写了许多外部世界，后来让小说揭示的却是赤裸裸的内心世界。韦尔蒂的观点很明确：小说是一种幻象。我写作《考古学》起因是和颜家文先生一同去天津看《小说月报》的朋友，火车上他说长沙大火是实行蒋介石的焦土抗战政策。我便写了自己重返洞庭湖故乡考察，到了古罗镇该写什么一概不知，写到瞎眼老人和颓败的古镇，战争年代的一切细枝末节都在我的想象中诞生了，我在历史书中看了长沙四次会战，湖南人殊死反抗，其残酷与惨烈让人心悸，细节像树叶一样掉下来了，故事始成。

八、重写旧有的经典故事。传统写作中叫改编。从原创小说性质而言，改写故事和续编故事的价值都不高。在中国小说中改写与续编也是很常见的，例如从《水浒传》中引出许多分故事。《红楼梦》有许多续写本，现代小说中重写石秀杀嫂，武松与潘金莲的故事也很多，这种重写故事，是对前文本故事的存疑，再写一个重新理解的故事，两个文本故事均是完整的。这本质上只是对故事内核的质疑，是一个理念批评问题，实际意义并不大。另一种改写，是颠覆性的构成一种崭新的文本方式。美国小说家唐纳德·巴塞尔姆以《白雪公主》长篇小说颠覆格林童话《白雪公主》，在1967年这完全是一种新文体的独创。《白雪公主》童话里白雪公主是一个美丽得让人疼爱的形象，七个小矮人是无私保护照顾白雪公主的形象。童话中有象征性的冲突模式，天真与成熟，善良与邪恶的机智斗争，最后有白马王子来了，成就热闹婚礼的大结局。巴塞尔姆的白雪公主，是高个儿黑皮肤，有诱人的美人痣，她期待的坡尔王子是个平庸的人，她淋浴中还和七个小矮人做爱，七个小矮人没有分别的姓名，老大忧郁厌世，包括对白雪公主，爱已宣布死亡。白雪公主也对周围平庸的世界厌倦不满。许多现代商业杂烩充斥。七个矮人平庸、虚假，没有价值取向，刚好是对当代美国人现状的一种隐喻。白雪公主最后也死了。小说《白雪公主》没有开头、展开、高潮的情节线索，混乱的话语系统，人物行为毫无目的，在小说中不停随意插入废话、游戏，包括采用片段和不同字体，使文本如同一个大杂烩，彻底一反传统中的精致典雅，完整优美。

九、以我对古今中外小说的研究，凡小说均有故事，如果以故事为原则对古典与现代小说判别，只是故事的呈现方式不一样，传统故事的元素，如事件、情节、人物、环境都很集中，有场景感，活动方式，有连续和冲突，有发展过程与结局，是一个统一的整体。简单地说，故事有可讲述性。现代主义、后现代主义中的现代主义小说不是没有故事，而是故事的处理方式不一样。他们不再相信故事整体的力量，不再相信时间的连续和逻辑的力量。简单地说，现代人不再相信一个由故事组成的封闭空间。故事在传统小说中独尊的地位下降了。中国在古典小说的初期，故事比人物更重要。近代小说中人物的位置高于故事，现当代小说故事功能更弱化，但故事依然作为重要的、必不可少的元素。但故事出现的面貌却是千姿百态了。第一，故事的主要表现形式是由一个纯粹的生活故事变成一个正在进行的写作故事。那便是里卡登说的，停止写故事以便成为写作的故事。小说变成一个故事的写作过程，作家参与故事之中，不断停顿插入其间，述评、拆解，包括写故事的全部意图及手段，这便是我们常见的元小说。最早的元小说应该是纪德的长篇《伪币制造者》，那里还有完整的故事。美国著名的元小说家威廉·加斯的代表作《乡村中心之中心》，写的是一个垂暮诗人失去年轻情人，到印第安纳州一个中部地区隐居，可这里并不是他理想中的乌托邦，乡村的荒原隐喻着精神的空虚焦虑。故事被拆解成很多片段，冠以小标题。可以说整体的故事瓦解了，但局部的动作进程依然清晰。我见什么，我干什么，我想什么，或者在一种自我矛盾与苦闷之中，或回忆想象，具体活动也都是清楚明白的。我们最好把小镇故事看成幻觉，一次想象的产物，一个绝望的影子。

第二，所有故事拆成碎片，成为孤独的零散的片段。这些碎片有的是情节、动作，有的是人物、事件，有的是环境，或精神幻象。但如果从整体抽象出来它依然还是一个故事。罗伯特·库弗的《临时保姆》一共由一百零八个片段组成。故事是一个少女到中产阶级家庭去做保姆，这家夫妇去朋友家聚会，少女照看两个孩子，一个吃奶的婴儿。故事在三个点上平行，一是哈里家保姆照料孩子；二是哈里朋友家，哈里是中心；三是哈里家客厅电视屏幕，警长为中心，写了哈里幻觉想诱奸少女，另外少女的男朋友和一帮朋友谋划去奸污少女，电视画面不停地变幻与切换。这个小说故事像漫天飞舞的碎片。《白雪公主》也是碎片化写作，《白雪公主》的碎片不像《乡村中心之中心》与《临时保姆》中保姆的碎片，因为加斯和库弗的碎片还有独立的语段，小节感。巴塞尔姆的碎片已经渗透到句子中，他的句子均是断裂的，不连贯的，连句子的字体都一忽儿变大一忽儿变小，句子与句子之间也类如精神病患者，是跳跃的、拼贴的。如果和前面的元小说比较，前者有对故事的拆解、组装和故事理念的交代阐释，而在碎片拼贴的方法中，故事是靠读者抽象出来的。故事拆解后局部仍有情节，一方面没有整体感的中心情节控制小说的结构；另一方面情节也是非连贯的，关键是它已不靠逻辑组织了。

第三，故事情节分解后，小说局部里依然有线索，但均采取隐喻、暗示、象征等方法。库弗小说《电影院的幽灵》，这个幽灵象征性地既指向过去的放映员，同时电影上出现了大量镜头：沙漠沉船，巨大机车，女孩内衣，胶片有一种连续的魔力，电影里一切是真实又不是真实。影片不断跳跃，所有胶片故事都是一种现实暗示，现实是什么？现实也是人们任意虚构的，生活同时也是胶片的效果。生活因而是非确定性的。可见电影院里是有故事的，仅仅在于蒙太奇的方法，不断切分、组合、跳跃，使我们模糊了现实与虚构的界限。多克托罗的小说《皮男人》里皮男人本身便是一个象征，美国流浪者、孤独者、厌世者的化身。小说不给人物具体命名但充分展示行为，这一系列表象为方便说明问题，某个人仅是一个代表，符号意义不是最重要。小说里街舞的女孩，斯列特注视犯人，一个白人在女人身上小便，有宇航事件、1966 年越战，还在一起议论阶级理论。这些社会事件均可抽象为一个故事整体，表现美国浪漫者、颓废者和垮掉的一代的流浪生活。

第四，故事不是线型的而是多种可能性的，在一篇小说里是多种故事形态并存，有多因一果，有一因多果，或者没有因果是一种并置。传统小说中故事是确定性的，而现代小说是非确定性的。这里举一个传统的例子，美国小说家弗·斯托克顿的短篇《美女，还是老虎》。很久很久以前一个半开化的国王独断专行，把一些奇思妙想付诸施行。他建了一个斗兽场透出他野蛮的想象力。这斗兽场有奇妙的拱顶和各种隐秘的通道，它全凭公正无私的机遇主宰：美德获奖，罪恶受惩罚。某大臣被控有罪，国王告示某日斗兽场决定命运。国王在王座发出号令，他座位下门开罪臣进入，场内另一端有两扇一模一样的门排列，受审者的特权和义务是打开其中一扇门，如果是饿虎，他便被撕碎了，证明有罪。如果打开另一扇门，出来则是国王从城市里挑选的美女，这个美女便奖给受审者，作为无罪的奖赏。国王这种独特的审判方法使受审者不知哪扇门是美女或饿虎，机遇仅一次，每次判决都无法逃脱，奇怪的是这种方法大得人心。大家都认为天地无私，是最公正的。

国王有一个女儿美似天仙，国王深爱的掌上明珠，国王侍从中一位最杰出俊美的年轻人与她相爱好几个月。有一天突然被国王发现了。国王为示公正，把年轻侍从投入监狱等待斗兽场受审。这件事受全国瞩目，选了最凶猛的老虎关在笼子里，法官选了全国最漂亮的美女，一切准备就绪，国王一班人坐在宝座四周，公主的情人出场，所有人都赞美他英俊风雅。侍从从国王座位下门入，回身向国王鞠躬敬礼，但他紧紧盯着国王右边的公主，公主也是有智慧、有权力的，她知道了任何人都不知道的这两扇门后的秘密，而连国王和所有臣民都不知道，就连管那门插销的人都不清楚，国王为公平公正做到严格保密。

显然，公主嫉妒憎恨这个门里关着的女人，但又不愿意情人被老虎吃掉。在场围观的人都非常焦急地等待结果，年轻侍从也知道公主知道这个秘密，他在那里每一刻都在用眼神寻求公主的答案，问题一瞬间回答。公主右臂从扶栏上轻轻抬起来，迅速向右微笑，所有人盯着斗兽场，只有年轻侍从看到了公主的暗示。

年轻侍从毫不犹豫走向了右边那扇门，并打开了它。故事的关键是，从那扇门出来的是老虎呢，还是美女？

故事后有几百字对公主的两种心理分析，两种决定都有可能存在，但最后只一种，决定了右边的门。读者要回答那扇门出来的是美女还是老虎，答案在每一个人那里。

这是一篇传统小说，故事完整，各种元素俱在，只是没有结局的结局。后现代小说要比这复杂得多，它可能是几个故事交错、并置发展，但又有无数可能的后果。我的一部长篇小说《蓝色雨季》一共三百三十三节片段，故事核心是儿子寻找父亲田总拐子的死因，他分别听了父亲的好友、情人、村长，包括母亲，各种人说了父亲的死因，每个人都说了一种死因，但四五种死因各不一样。以致儿子从青年寻找到老年也没有一个正确答案，所谓正确答案已归于历史了。今天看历史，种种可能性都会存在。

现代小说中情节可以互相错插、抵触，毫无逻辑地拼贴，故事是漫天飘飞的雪花，或者月光，今天所取的不是故事在说什么，而是故事本身功能的潜力，故事的理念，故事可以分裂成多少形态。故事可以多得像满天星斗，也可以淡化得如水如烟。故事成了一种意念、幻象、意象，一种情绪、喟叹、感觉。索莱尔斯的《女人们》五十万字全是不连贯的碎句，他这部碎片著作无所不包，政治、社会、经济、哲学、性、文学、心理学的，人类精神生活中的一切领域，它是一个碎片的万花筒，如果抽象而言，是作者我写女人们的一部书，我是各色人物的结网中心，我的经历、所见所闻，我的思考和各种女人的交往关系，有安娜式的"马列太太"，有吕茨左翼人物深层心理。小说在尾部点明我的女友在暴力事件中死去，我丢了报社职务，最后回到自己的国家。六百多页的小说全是思维自由联想。不过在具体人物叙述时仍是有情节发展的，例如塞德的女人在机场发的信，和卡特讨论问题，和那些女人那种身体的表达，性爱，包括小说中各种书籍讨论。实际上可以把那些碎片组织起来，用不同方式连贯，那就是我和许多女人的性爱故事。

以上我从九个方面讲解了故事在小说中的发生，其实远不止这些，每一个故事的发生都有自己的规律，可见有万千故事发生的秘密，我们能做的仅仅是抽象出几种大致的脉络。因为是就小说举例说故事的发生，所以正好看出另一个秘密：我们是怎样提炼故事，用什么方式去编撰它，至于说到故事的结构方式，恰好是我认为的，故事是一个幻想的构思，如何编造出来的，它实际已经移到情节的组织设计中去了。而故事是一个海，情节才是海里行走的船。

五、情节制造的原则

情节是制造的，总原则实际上亚里士多德已经给我们规定了，千百年来的传统小说情节编撰无出其右者。他说诗人的职能不是叙说那些确实已经发生的事情，而是描述那些可能发生的事情，这些可能发生的事情或出于偶然，或出于必然（《亚里士多德全集》，第 654 页）。这实际上告诉我们情节不是模仿一件完成的事，而是在模仿一件正在发生的事，否则情节便不可能是对行动的模仿，因他又说，作为对一种行动模仿的情节，它必须模仿单一的完整的行动。但组成情节的事件必须严密布局，以至于如果搬动或删除其中任何一个成分，整体将会松散和崩溃。如果某一件事的出现与缺失都不会导致显著变化，那么这个事件就不是整体的一个有机部分。

这告诉我们两点：第一点，情节是永动的行为模仿，正在进行之中。第二点，情节的永动是一种逻辑连贯，或必然或偶然。前者说情节必须在行动中，后者说情节在行动之间必须有联系。我们今天说保持故事正在发生的幻觉，实际是对亚里士多德情节论的回应。说得再明白一点，我们所叙述的事件正在走，而且是相互关联地行走。行动一旦停止，情节也就停下来了。据我个人的写作经验，我们写小说永远是关注下一步将会怎样，因为正在行为中的叙事，你笔头已成为完成式。下一步写什么才是最重要的。这是针对情节小说如此，其实针对一切叙述文字，包括散文以及论辩也都是如此，把下一步考虑好了，你的推进才能充分。一旦叙事终点你觉得抵达了，你的情节也就结束了。

有经验的写作者，永远是给下一步留有从容的空间，不要一动笔便撞墙，这告诉我们不要针对结局开笔，行为一定是可以发展的。这也透视了情节的另一原理，情节是有长度的，这个长度因时间决定安排，所以为什么情节一直是我们最容易记忆的东西，又使我们本性对它保持一种特别的爱好，均是由以上基本原则决定的。

人类喜欢过程，这是最古老的也是最现代的。

而一切过程都是行为的。这也使情节具有永恒的魅力。情节是一个动态系统，是变化着向前移动的，它的复杂等于生活的复杂。鉴别人类精神的复杂，本质上是不会有一个万能的方法与准则的。但综合古今中外的情节制造，大致又有一些规律可借鉴，用中国的话来说，万变不离其宗。

第一，情节存在一些基本模型，它遵从一些准则，那便是从故事形态研究中得来的母题形成（Motivation），俄国普洛普将其欧洲民间故事分为三十一个类型母题。中国民间故事，钟敬文先生分成了四十五个母题，李扬分出了五十个母题。这表明世界情节无论多么复杂，它的基本规律还是服从这种母题类型的。当然这些母题并非绝对穷尽，例如德国爱本哈德著有《中国民间故事类型》，归纳出二百四十六种母题。故事形态中称类型，我称它为情节母题。其原因是俄国民俗学家维谢罗夫斯基认为主题是由一系列母题（Motif）组成的，注意这是一个从法语来的词。母题，通常指日常生活或社会现实领域中的典型事件。所谓主题是各种情景（母题）在其中移进移出的题材，是新的母题可以嵌入其中的变项，因此母题是具有首要意义的单位。这个分别取得了普洛普的研究认同。这观点的核心是什么呢？其一，母题是最小的情节单位；其二，故事模型中保持了一些基本不变的主题，但有许多场景、事件经常在故事中移进移出，使情节发生新的变化，这便是母题形成。从母题形成看情节的一些基本模型。这就是说故事主题大致如此，而变化的情节使故事形态类型有了新分类。因此从母题形成我们能准确看到情节制造的新元素与规律，乃至变化中不变的模型。

母题是人类原始期的基本现象和问题。以此作为人们对根本性现象的判断，在漫长人类生活发展中融合成为一些可叙说的情节与模型。为什么情节会成为模型，是因为母题不断成为形象，在人们的日常生活中重复出现，凝固为一套思维程式，并成为心理积淀的事实组成了日常生活习惯。因此，我们很好理解，为什么故事是人类的一种本性，是一种共同期待的视野，单凭逻辑关系，是不会有那么大的力量的。明白地说，构成母题是人类集体无意识的结果。

德国形式主义者狄伯里乌斯提出母题（Motiv），德语中表示为最基本的情节因素，1928 年汤普森的民间故事类型也是这个意义上的使用。母题形成实际指明的是一个情节制造中它的不变因素（受过去情节模型影响的，前文本因素），和它在一个新情节形成中又增加了哪些新的可变因素，这样该情节才有独立意义，否则只能是一个旧故事的翻版，这样故事便失去了写作的意义。这表明母题形成是很重要的。

常见母题有如下几种：

1. 寻找母题。有寻找宝物，寻找父母，寻找自我等，启动第一个序列后，便有反角设置阻碍，然后捐助者帮忙，主角进入第二个序列，如此循环往复，终于找到目标，最后大团圆。

2. 复仇母题。开始以反角追杀，消灭复仇根源，主角总是在捐助者护佑下逃脱，序列在交错发展，特殊机会下主角反抗，杀死反角，取得胜利。

3. 忘恩负义母题。长辈亲戚、朋友及仗义救命，恩师等有大恩于主角，接下来的序列是千辛万苦之后，主角成功然后忘恩负义，主角变成反角，而设计谋害有恩于他的人，害人之后，有另一主角来匡扶正义，惩恶除奸。

4. 错认身份，歪打正着母题。主角冒充假主角，身份错替随时都有被揭穿的危险，但主角总是有一个捐助者暗中帮助，使假身份合法化。或全部系列反之，假主角冒充真主角制造冤案，助手历尽千辛万苦，帮助主角，最后胜利。前者喜剧，后者悲剧。

5. 老少婚配母题。一般说是少妻在乱伦状态下作奸犯科，反角作乱，在各序列中做一连串坏事。最后被揭发出来，另一个隐在的主角出来伸张正义。

6. 狼外婆母题。外婆主角去看外孙女三姐妹，狼吃了外婆，扮成假主角，用骗术吃人，但在最危险时总被识破，最后三弱者成了主角，杀死狼而获胜。

7. 董永娶七仙女母题。主角忠厚善良受反角欺辱，助手仙女解决危难，以爱成婚。王母另一反角出场，破坏主角产生灾难。助手成为主角，反抗反角，序列中一再失败，最终以另一方式团圆获胜，随序列改变，可作喜剧，也可作悲剧。

8. 有情人终成眷属母题。第一序列订婚或者有私情，第二序列出现灾难，出现反角干预，主角历尽艰苦，每个序列变化时，爱情刚刚接近又被拆散，最后捐助者帮忙，或者主角有足够能力改变命运，然后再团圆。

9. 流浪母题。第一序列家道中落，第二序列受难。困境中总有反角的压迫与捐助者帮助，序列变化，主角境况总是越来越差，主角偶然改变了命运，功名利禄，荣华富贵，但主角顿悟，富贵浮云，继续流浪。

我这里列出了极为常见的九个母题，如要深入可以研究普洛普的三十一个母题，这里最要注意的概念是母题形成，情节是变化的，要不断注入新的要素，我们写作需要的不是三十一或者五十个母题，而是母题形成的丰富多彩的变体。

第二，情节内部变化的原则。还是由亚里士多德说起，他认为情节分单一行动模仿和复多行动模仿。所谓单一行动是连贯的系列行为，没有反转、跳跃、插曲，而是直接奔向目标。我们推重复多的行动模仿，这样的情节构成需三个变化的成分完成，使情节出乎人们的意料，这涉及认识能力的差别，变化也使得情节不完全是人的机械控制。亚里士多德指明了它的三个要素：情节的两个成分是反转与认辨，第三个成分是苦难（《亚里士多德全集：第九卷》，第 657 页）。

第一个原则：发现。发现就是认辨。亚里士多德把它分为标志、创造、回忆、推理、歪打正着、事件本身发展产生六种模式，这六种发现又可互相交叉。发现是指整个事态无论是作者还是其中人物，均都不知道下一步如何发展，随着情节展开提供的认识路线是由不知到有知，发现是对人物对事件的发现，这表明人和事物均有伪装，或伪装必须在关键或偶然状态下才能认识出来。发现的方法是多样的：其一，为命名、介绍、交往的方式。其二，为人物在交往过程中对相互的秘密、性格、阴谋的发现。其三，作为故事的关键处对另一真相的发现。其四，为成长、寻找、探索的小说，是持续不断的主人公自我发现，是一个性格成熟的过程，充分体现为一种心理变化过程。其五，发现为一种新故事的出现，说的是事件变化产生了新格局。其六，为目的专一地寻找宝物或某一东西，为复仇而寻找的人，或某一个梦的寻找。所找的东西是一个表象，而发现的却是一种思想与观念。其中精神发现往往是最困难的。模式一般是记叙性事件与人物的故事。发现总是不断的，无论是好是坏均如此，但好与坏均加速情节向某个方向转化，《猴爪》的功能是不断发现的，由事的发现到人的发现。所有小说的不断深入均是发现，这是因为读者也在同你一道发现，他们要知道下一步发现了什么，与他的认识相符或者相反，前者深化认识，后者带来惊奇。博尔赫斯的小说几乎都是关于秘密的发现，还有一点，他的发现大抵是抽象为一种理念，即思想。发现是全方位的，但具体情节只能是单一发现，社会因素的发现，自然奥秘的发现，个人本能心理的发现。总之，这个发现应是一个作者异于别人的独特发现。

第二个原则：反转。情节是有方向性的，一般与时间同步，与目标一致，情节趋向应该是前进式。单一情节如同一个跑步运动员从起步注定跑向预定的终点。我们不仅希望情节纵向变化，还希望它会横向变化，甚至反向发展，遵从人与事物自身规律。变化让我们有新的认识，反转则令我们有更大惊奇的发现，原来人与事还会出现这样的状态。《社会游戏》便是一个绝妙的反转。还有博尔赫斯的两篇小说也使用了这种绝妙的反转，一篇是《刀疤》，另一篇是《马太福音》，这种反转有两个最通俗的说法：一种方法可用作法自毙。一种方法是最亲近的朋友是最危险的敌人。也许还有第三种，我们可以叫它视觉盲区，或叫灯下黑。例如《失窃者的信》。如果有第四种的话，那叫无意识犯罪，人格分裂，我调查犯罪者，最后发现罪犯竟是我本人。现代小说这样的例子也不少见。总之，反转要有惊奇，令人意想不到，由于我们的思维误区，我相信有许多绝妙的反转还没有被我们发现。

第三个原则：苦难。世界事物与人本来就含有"多灾多难"一词，所谓好事多磨。苦难的原则必须让当局者动心，而让旁观者担心，自身恐惧、疼痛而令旁观者同情。苦难一般指毁灭性打击，例如怀特太太失去儿子，孕妇失去父亲，年轻人失去瓦什纳小姐，都是人生一些惨烈的打击。此外还有各种伤害，或者痛苦，都是提高情节煽情的力量。痛苦不要那么大喊大叫，这种宣泄对人物本身或有作用，而读者未必感动。乔伊斯有一篇绝妙的小说《死者》，写了两个人的痛苦都是回肠荡气的，这比怀特太太丧子和年轻人失去情人的痛苦有更深层次。中年小学老师格布利尔·康洛依，同妻子很相爱，他同妻子格莉塔去参加一个舞会，格莉塔年轻时曾被一个大黑眼睛且温和儒雅的十七岁小男孩深爱，舞会上听到一首《奥格利姆的少女》，这是过去一个叫迈克尔·富里经常唱的，他在煤气公司干活儿，格莉塔认为是为她而唱，一个死者和标题呼应。他为她而淋雨，病死于高尔韦修道院。丈夫这时才发现妻子心里有一个浪漫的情结，我虽是丈夫但在她心里微不足道，仿佛我俩没做过夫妻一起生活。妻子睡了。他怜爱地看着妻子，她那么遥远、冷漠。丈夫也成了一个活死人，他快死了。落雪，灯光中雪花飘远，在平原，在山岭，在富里的小坟，雪厚厚地盖落爱尔兰，盖在所有的生者与死者身上，他的灵魂也慢慢地飘逝。

这篇小说写得很狡猾，大量写姨妈客厅的舞蹈、唱歌，各种人物对话、冲突。

丈夫活跃，爱妻子，丈夫所有一切视为美好的东西都是表象。妻子的痛苦是长期的，丈夫的痛苦是顿悟的，但小说并没有说一句痛苦，而把两种痛苦绝妙而深沉地表现出来。

我们千万不要简单理解痛苦，作为情节的痛苦包括了所有的情绪要素，一切快乐、忧郁、绝望、幸福、期待、一种病态，等候，包括悬念，那些未绝的不仅包括命运，也含有喜欢与厌恶，痛苦是这一切的轴心。在三个原则中，痛苦是一个更内在更隐形的东西，也是高质量的东西。

第三，情节必须是有关系的，因为所有动作过程的发生必定指向二者之间，是一个能动过程，有一个动作发出便有另一个动作呼应，主体与客体之间是有关系的，没有关系便没有情节，一个永动仪顺着惯性走下去那有什么情节？我认为用"关系"一词比较准确，取代过去"矛盾"一词，因为矛盾是冲突的代词，是紧张的，即便缓和仍然还是矛盾。关系则不然，关系可以和谐，可以紧张，顺应与冲突均可。情节永远是上一动作的延续，可以是因果的，可以是秩序的，到今天了我们完全可以对情节有一个开放性的理解，不能仅局限于因果关系的外部链条式情节，因为世界事物之间的联结方式应该是多样的，线性、确定性固然重要，非线性、不确定的偶然联结也重要，也同样普遍。如果我们把关系作为情节的基本要点，其实我们在散文中也能看到情节因素，例如一篇散文表层写风清月白，而流露的是淡淡的忧愁，表层的美文和内层压抑的情绪构成了一种张力，一种关系，那我们仍可视为一种内在情节。独白，一个人精神冲突，情绪的汹涌澎湃，思辨强烈，个性叛逆，这仍可视为一种内在情节，因此，我们以为《尤利西斯》《达洛维夫人》也是有情节的。我把情节推动作为文本前进的一种力量，这种力量是关系的力量。一部小说内部发生各种复杂的变化有不同的声音，不同的力量，不同的体裁，不同的知识系统，简单说它是一个大杂烩，是互文的，有浓厚的超文本性，我们也可把它视为一种内在情节。凡属这种混沌复杂的作品更是关系交叉点，矛盾，融合，歧义多，正是这种强力推动了小说向前发展。那么从情节的性质来看，我们是可以看成各种多复杂的情节，研究文本内部关系，它更合乎情节特征，由第一个序列引发第二个序列，或第二序列推动第一个序列，或者一个序列引发多个序列，多个序列或有果，或无果，整个文本会有数个序列在涌动、牵制，彼长此消。因此，我们今天更应该开放性看待情节的功能、性质。情节的表现也可以是无数复杂的形态。这样便可以执一种情节的标准赞成什么，反对什么，不会因传统与先锋而争执不休。伍尔芙《墙上的斑点》是著名的意识流作品，我们用情节方式去分析。破题引出第一个序列，抬头看见墙上斑点，确定它为幻觉、回忆，冬天第一次看见，导致孩童时的印象。二三四序列一拥而上，假定又一个序列产生，钉子留下的痕迹，引发下一序列艺术品背后的思想，或赝品这个有意思的人家，他们的生存状态，火车，网球，分手。斑点是什么？生活偶然留下的痕迹，神秘的奇妙，接下来的序列是家里丢失的东西，各种各样的东西消失，如以每小时五十英里速度飞射出地铁，或管道。接上一个回应的序列，来世呢？所有的静物充斥着。又假定墙上斑点、夏天玫瑰花瓣造成的假视。特洛伊城，到远古的飞翔，我与古老的人，各种各样想法，在屋子里谈植物，一朵花，查理的种子，我们过去认识事物的错觉，只有真正的事物是现实的，幻影的。各种各样的幻影。还是墙上的斑点，凸点，影子，一个古冢。过去历史的事件。包括历史的想象。钉子可能钉下去两百年，序列在这儿是发现的，这个发现是钉子、玫瑰花、木块裂纹，这三种斑点是想象、假定，都是某种情绪的象征。

斑点在反转，大自然的诡计，给人类的不愉快。我在大海上抓住了木板，墙上的斑点，幻觉中的思索，一块木板的序列牵引一个森林、树林、虫鸟、木质感，与木相关的一切，帆、船、房子。我想到什么地方了，高峰便是思绪，结局是管家唤醒我。买报纸，该死的新闻与战争。哦！墙上的斑点不过是只蜗牛。这个小说很合乎情节结构，破题、展开、冲突、高潮、结局。斑点便是各种关系的驱动力，如果用情节分析，小说的内部结构编排得精致严密合理，是一个完整的结构，非常统一的整体。

如果我们承认"内在情节"这一术语，便可以打开当代小说中许多特殊的通道，情节不仅是文本结构方式，也是我们对人与事物，以及精神世界的认知方式。

第四，情节是文本的重要结构形式。把情节看成一种结构方式已经是传统的意见。这里有一个非常重要的问题，"结构"这个术语，在另外的章节我们还会详细地讲它，但我们必须弄清情节与叙述、情节与话语在结构上的认识。结构在小说里是一个单独的概念，如故事、人物、环境、结构、语言、叙述方式等，这都是小说的基本元素。如果，我们认为结构是安排组织文本中的各单位，设计各种人与事物的关系，包括语言的节奏、速度与韵调都是结构艺术的术语，情节便只是结构中的一种形式，传统叫情节结构。以情节的变化判定结构的组织关系，那么结构整个便归叙述来控制。叙述来安排结构，语言作为结构、情节、人物、环境的表述。

现在有一个问题，如果把结构理解为一种关系，按结构主义来认识，显然情节便是安排各种关系的，情节是最小的单位，它推动母题形成，情节自身便是结构了。传统小说故事结构便是文本的结构了。它们是不可分的。

我这儿还是把叙述结构与情节结构区分开。一个叙事小说结构形态是多种多样的，而情节结构只是其中一种。但我也认为情节自身便有一种巨大的结构功能，所以我还是把情节的功能、元素分离出来，结构是其功能之一，这样，情节的其他原则、功能、方法会更清楚，例如开头和结尾、发现与反转、冲突与高潮等都属情节的因素。所以，一是，叙述方式在安排结构，情节由叙述设计。用不同的方式可以处理同样的情节。二是，情节是组织事件的，使之成为序列，它让我们看到故事的形态，也因此而影响故事的意义。这一点上，我的观点又和内在的情节有矛盾冲突之处。这个理论问题我们在叙述与结构的时候将深入讨论。

六、故事写作的可能性

有一点是可以肯定的，这个世界是不可能让故事消亡的，这是因为对故事的喜好是人类的基本欲望之一。这也决定未来写作故事仍然存在。那么我们仍可理直气壮地写故事，当然，要写最好的故事，使故事成为我们真正认知事物的一种模式。但我们仍要从本质上明白故事是怎么一回事，从本体论上说，故事从来就没存在过。无论历史还是现实，无论过去口述或者书籍如何把故事说得活灵活现，故事都是没有的，如同时间一样，故事与时间本质上就没存在过，只能是人类的一种虚拟，一种设计。因而可以说这个世界上没有故事。人在日常生活中运行，自下而上秩序是以秒计算的，即便是车轧死了一个人，或挥刀杀死一个人，也是在分秒之内便完成了的事，任何事都是以钟点而存在，我们说杀死一个人，话语表达仅在几秒之内。例如说秦始皇修长城，仅一句话，历史是多少年、多少人多少事，有无数复杂的关系网结。我们如果把它编辑成故事，对发生的生活现实来说类如一次玩笑，等于说有多少风流历史人物，仅在你弹指一挥间。所谓真实发生过的，仅可以用现代的录像机记录下来，而且是声话同步，仅限于视觉。我们以口说或文字写出，是一种更改，本质上是一种更改，一种谎言，特别是故事是一个浓缩的晶体，应该说，它和生活、和真实没关系。

故事是假的，但我们的难度在于要把它编得跟真的一样，使经验、知识、感觉都是要贴合读者，嗯，这个故事过去发生过，有可能再发生一次。或者让人喜欢故事带来的娱乐，带来的思考。故事给生活提供了一种可能性。

对于故事的写作，我以为还是把传统和现代小说分开谈比较方便一些。提到传统小说，凡有阅读经验的人都很清楚，它的要素是：

1. 故事是完整而统一的，故事的基本要素都到位，开头、结尾，展开高潮，情节合乎发现与反转的规律，在故事中能看到人物的性格。

2. 故事有长度，是推导性的发展，合逻辑的组织，按时间发展顺序安排事件。故事尽量做到复杂化。

3. 故事要有戏剧性，采用事物中的巧合与冲突，在故事进程中保持一种紧张的矛盾冲突，特别布置出对结局的期待。所谓入乎情理，超乎想象，一定要有惊奇的效果。

4. 故事中有角色，但少人物，是故事控制人与事发展，所以许多结构术语很重要，例如，过渡、交代、悬念、线索，一般时空是封闭的构成整体，故事整体是象征的、寓言的，服务一个大主题。

因此，传统小说的故事一定要预先构筑，否则它就达不到上述要求，更不会有戏剧性效果。所以，传统作家写故事都会有完全的构思，甚至包括有详细的写作提纲，短篇讲究出奇制胜。如同命题作文，按规定完成一部小说，作家用来构想的和完成的小说是一致的，不会有什么偏差，当然作品中间也会有小的局部改变。这种写作如何评价呢？首先它是一种理性写作，有意图的写作，凡此的故事一定是有意义的，精致好看的，因为故事是经过精心编撰的。这类作家把故事写好后还可以精心修改，以期待得到最好的效果，这类作家有霍桑、欧·亨利、爱伦·坡、莫泊桑、海明威、福克纳、博尔赫斯、安德森、奥康纳、吉卜林等，他们的写作会把小说中他们认为杂质的东西剔除得干干净净，而且写作也是殚精竭虑的。爱伦·坡在《写作的哲学》中说，在动笔之前，对每一个真正的情节从开始到结局要有一个清晰的轮廓，必须进行苦心经营，只有经常心怀故事的结局，使事件的发展，尤其是使一切故事的格调都指向作者意图的方向，我们才能赋予情节不可或缺的连贯性或因果氛围。这可以说是关于故事写作最有代表性的意见。美国理论家利昂·塞米利安把故事写作中的情节结构归纳为七种方法：

1. 中心人物。或以一个单元出现的其命运相互关联的两个主角。

2. 中心人物的目的或动机。单一的目的或结合为统一的目的。主要情感趋势。

3. 开始的重要事件，同时也是中间部分或称复杂局面的开端。过程的中部。单刀直入地从情节中间开始。

4. 目的被阻。人物不能得到他所追求的东西。障碍，外部的，或内部的，制造或深化了冲突。人物的命运一落千丈，故事发展脉络出现下向曲线。

5. 初步障碍被克服。意志坚强的人物表现出主动而不是被动，向着他的目标奋进。故事发展脉络上升。

6. 新的复杂局面。冲突部分地出现内向趋势，人物产生自我矛盾。境况较前更坏，故事发展脉络再次出现下向曲线，降落到最低点。如果情势变化每况愈下，故事就可能以灾难告终，导致悲剧结局。人物一败涂地，或者死亡。如果情势从坏转好——

7. 在最后出现的暂时性灾难之后，将出现一个转折点，故事发展脉络再次上升，人物命运突变，直至结局。

我以为方法是多样的，但不能一概模式化，例如爱伦·坡喜欢用倒叙的方法，把故事的开端置于结尾，然后反推去寻找原因，目的在于制造戏剧性。正因为爱伦·坡经常使用这种方法，他的小说模式化，有很多重复。传统故事的优势也正好带来了它的缺陷。现代小说的产生，最先是在故事性上开始革命，产生了新故事表达法。我们不能说传统故事表述不好，因为它被许多伟大杰出的小说家证实，我们依然可以那样写，但难度更大。当然我们可以试行新的小说故事表述的可能性。

　　新的小说故事表述并不是它一定要厌恶情节，这是因为情节是链条式的，它无法使丰富多彩的生活和复杂的思想融入单一行为的情节去表达。现代社会科技、时空、交通、人际网络，各种新的学科都在改变我们历史生活中的存在方式，坐马车和坐飞机的感觉和体验是不一样的。传统的故事情节模式已不再适应于现代生活的要求。

　　另一个原因是故事与生活的要求有着本质的不一样。生活完全是一种现在进行时，每分每秒都是单调平庸的，瞬间的事物与人不可能有什么意义，意义是人与物在时间的连续中差异地看出来的。平时单调的生活只有真实与单一，每一场景都是偶然的复制，没有意义。而情节最基本的要求是因果逻辑，追求含义与动力，可见情节是一个目的的结果，是讲意义的，可以不讲真。生活的此时此刻只讲其真，而不问意义。这种本质的矛盾性决定现代小说必须寻求故事情节的突破。

　　现代小说是生活偶然性的表达。这里便含有反情节性了。这个观点是从巴尔扎克开始便如此的，也作为现代小说家的一个信条。只有偶然性才揭示生活中无数奥秘与神奇，才让我找到了生活之异者。强调偶然就必须对因果逻辑进行破坏与拆解，于是故事自然遭到了破坏。一个很有意思的生活哲学现象，日常生活肯定是没有逻辑的，它只是一种类，一种惯性，一种重复，但人们的信念总要寻找一种逻辑，即因果关系，最大的体系便是宗教，它是要追因索果的。休谟便从本质上怀疑事物是否真有因果存在。今天看来，时间与因果都是人类想象化的虚拟，其实它并不真存在。

　　基于上述，一个革命性的原因产生了，现代小说开始解构故事，即对过去故事的怀疑，用新方式重新讲述一次。粉碎故事，把过去严格的故事元素全都打碎，并不重组，只用故事碎片，建构故事的多种可能性。也就是说或一因多果，或一果多因，其间组合只服从偶然性。这三种方式：第一种，解构故事，又称戏拟，重说经典故事如《白雪公主》《罗密欧与朱丽叶》，代表性作品《白雪公主》，巴塞尔姆的后现代经典代表作。第二种，粉碎故事，故事只有基本元素而无连贯和整体，甚至使故事混乱起来，代表性作品有罗伯特·库弗的《临时保姆》。第三种，一个故事多种讲述方式，结局也是多种可能性的，表明历史与生活本身便是存疑的。代表性的作品有芥川龙之介的《罗生门》。这里说的是三种不同对待故事的方法，要说明的现代小说对待故事的态度极其复杂，方法不限于三种，可能是无数种，就是择其一种方法，也并不单纯使用，而是各种方法综合进去，很难找到一种单一的故事陈述方法。这也是我很长时间以来提出的一个文学性质的变化，由反映论、表现论发展到建构论。这种建构不单表现在故事上，人物、体裁、结构都是这种艺术全方位的建构，这与今天的社会也是同质的。在高科技发展的全球化时代，生活中的每一个元素都不是单纯的，而是各方面元素的高度综合。这种新的综合便是建构。上面说的是由古典到现代的故事变迁。

其二，我说的是故事写作时的具体方向。在传统写作中故事方向是可测的，确定的，基本不容改变的，包括故事的具体进程都是预先设计好了的。我说的写作方向似乎并不完全如此，也有极先锋的小说家采用了预先设计好的程序写作，纳博科夫在接受《威斯康辛研究》杂志访谈（1967年）时说，他一般写作按章节顺序走，的确在整部小说写作之前似乎有了理想的轮廓。他说很依赖头脑里的构思。他甚至把写作变成了一种文字填充游戏，平时利用资料卡方式这儿写一块，那儿写一块，最后是拼图式的。区别一下，小说故事方向是预定好的，还是即兴写作中随感式发生，这是两种思维路数，无所谓好坏优劣，视个人思维特点和写作习惯来定。我这里要说的方向，指一个小说、一个故事在具体进程中它的走向轨迹，这种轨迹，无论预先设计还是即兴式，均是多种可能性的。第二个区别是作家决定故事走向，还是故事本身决定它的走向？这很重要，我主张最好不要把故事作为写作者的玩偶，全是一种理性的编造，这个编造痕迹太深，失去自然，有一个大致的设计方向，具体写作时充分调动艺术想象，故事也会有自己行进的要求，在情绪和兴致推动下，故事写作完全会和预想的不一样。也许这仍是一种理性写作，我最喜欢的不是严格构思，而是仅仅有一个朦胧的想法，甚至写完一段一节以后不知道下一步写什么东西，这时充分让无意识状态活跃，你会感到你写的那个故事伸出一只神秘的手，拉着你向前走，故事或人体自身会行走，会呼吸，按自己的兴趣向前推进，你以前可能是一个模糊的预想，但写作时全然不管用，故事走到哪儿你并不知道，只有它到了终点了，嗯，结尾便在这儿，这时多写一点少写一点都不行。这表明故事走向或人物命运不是可以随意改变和安排的。我写《博物馆》时写了开头一节，后面不知道怎么办，感觉到女人该出场了，便把战争进程缩短，有些细节我不知道是怎么写出的，特别是"张目"一词顺手写出，我也不知做何用，开始对木子风寻找秘密、复仇挺有信心，写作过半，我绝望了。主人公绝对是找不到他要的东西了。写完了小说，标题还没有，中央电视台的导演赵杰正好打电话来，我答应给他小说看。他的车在路上走，我脑子一片空白，车到路上拐弯，到楼底，我依然没标题，完了，小说无题，听到通通的脚步声，敲门的一瞬间，标题有了，就叫"博物馆"，这个博物馆没有古董，但却存放着人类一些至关重要的词汇，如革命、复仇、爱、自我、记忆、敌人、欲望、家族等等。

其三，我们来谈谈故事内核。在我看来故事的内核，便是故事的生命与灵魂。所有伟大的小说都会有一个故事的内核，最精彩的灵魂，它让你心里震动，长时间回味思考。茨威格的小说《看不见的珍藏》写"我"遇到柏林有名的古玩商，他说了从事古玩三十七年最奇特的际遇，下面是他的自述。一战以后币值下落出现了古董收藏热，我的店里被卖空了。急切之中在书信、账册中找到了一位老主顾，很老了，已断了联系，信函上还有退休中尉，林务官兼经济顾问，估计现在八十多岁了，他半个世纪在我店零星购买的各种珍品今天已极为可观了，这样的人在别处一定也买了不少。1914年后他收藏的这些珍品我没发现，可见东西还在他家，也有两代人了。我第三天坐火车去了，萨克逊行省一个偏远小城。还好我在街旁简陋楼房的三层找到了他的住所，我摁门铃，一位白发老太惊讶地接待了我，屋里一位男人高声说：欢迎大古董商富克尼先生。我进去看到的是破旧简单的家庭，老人已经失明了。他很热情，以为是推销古董的。他这个老兵是靠养老金生活的。我说，我是来看一个大收藏家的。老人高兴地说，我收藏了五十多年还真有些宝贝。他让路易丝去拿钥匙。但老太太很着急地转头对丈夫说，赫尔瓦特，客人刚来，先招待客人再说，然后让我女儿阿纳玛丽给你介绍收藏，她很懂艺术品，她央求的手势使我决定下午三点后再来。我回到广场旅馆吃完饭一小时后，一位衣着朴实的老姑娘来找我，她很不好意思，我妈说让我找您，请您帮忙，先通通气，我父亲还收藏了二十七本艺术品，可藏画不全，已所剩无几了。我们很艰苦。大战开始，父亲视力不好，七十六岁还要参加对法作战，战事不顺，他每天跟自己怄气终致眼睛失明。他每天唯一的乐趣便是看他的古画。翻了几十年，那些画的顺序都背熟了，边摸画边听关于拍卖古董的消息。古画价钱很高，物价使我们坐吃山空，妹夫阵亡，妹妹有四个小孩，我们开始变卖首饰，但日子过得困难，母亲开始卖第一幅画，是伦勃朗的蚀刻画，有几千马克，后来就偷偷地卖父亲的画过日子。每拿走一件，就用仿制品，厚纸页塞上，手摸的感觉还是原样。这几年他第一次遇到你这个知音，愿拿出来给你看，我求您，别说破了，打破他最后的幻想。多年来每天下午三点他都把画拿出来用手摸摸跟画絮叨说说。姑娘说得引人流泪，我知道世道糟透了，通货膨胀让许多人倾家荡产，于是我答应演这个骗局。

下午看画，老太、女儿和我一起演戏，老人说第一本全是丢勒大师的作品，你瞧这是《骏马图》，他详尽地介绍，充满激动，你看还有许多收藏大师的名章。我战栗了，老人赞美的不过是一张白纸。接下来还有《忧愁》《基督受难图》，他一一给我介绍了两三百张白纸或仿品。这是看不见的珍藏，对盲人来说，却是完整无缺的存在，从他激动的感觉和精确解说，让我也相信它依然存在，他在一幅《安提娥珀》复制品上，敏感的手指似乎识破了纸面没有那些熟悉的凸凹，我赶快凭记忆出说出这幅画的精美特征，我越赞美他越高兴，他抚摸的宠儿都是空白，这场面可真是惊心动魄。老人讲了几百幅画的寻画觅宝逸事，他的妻女在场担心害怕，其图景类如《基督受难图》。我告别，他极力挽留，仿佛年轻了三十岁。他说您的来访是我永生的幸福，最后我答应你，我死后，这些画让您来拍卖。我答应了。答应了一件我永远无法办到的事。我出门，母女俩送我，不说话，但泪流满脸，我羞愧，我看到天使降临穷苦人家，我看到了一个盲人一小时内重现光明，而我用的办法就是欺骗。我是卑鄙的商人，原意也是来盗宝的，我得到的远远超过了这一些（我也有新的珍藏）。我在街上，老人一家在窗口目送，老人说一路平安。我的欺骗使生活美好了，脱离了现实的严峻，这证实歌德说的，收藏家是幸福的人。

这个故事有一个核：每个人内心都有最美好的，外表很普通，但都深深地珍藏。老太和女儿对亲人的爱，对一种癖好的理解，一切只为丈夫或父亲的幸福，老兵赫尔瓦特内心的崇高是艺术至上的唯美情结，失明也不改悔。富克尼本是个盗宝者。他这次历险找到的是一种伟大高贵的东西，所有这些最美好的品行是看不见的，由绘画的形而下一跃而至形而上，真正的看不见的珍藏是人的美好灵魂。这个珍藏之所以震动人心，它是建立在一种巨大的反差上。包括每个人的行为方式都是匪夷所思，但又极合情理。这是这个故事最好的内核。为什么？因为每个故事都可以是多面表达，藏画故事可以写主角与反角之间的冲突，表现人类极力维护艺术珍品。也可以同是收藏者，都是品格高尚的人，两人都彼此推让，让对方珍藏。也可以在买卖关系上，先卖出一批赝品，经过内心冲突，偷回赝品，而把真品送给老人。有各种绝妙的构思，但这个内核提炼是唯一的，这启示我们故事内核要反复提炼找到最佳的亮点。

从小说创作来看故事内核，有可能凭艺术敏感第一次便抓到内核实质，但更多的却是无数反复后才找到这种内核，灵魂性的东西。我们一次找到的可能是生活中一件事的触动，一次行动中的体验，一次人与事接触中的意象，一次朦胧中的幻想，或者读书之后的某一次启发。总之，它会是一次深刻而绵长的印迹，是声音的，情绪的，但最多的是一幅画面，这种一次，它会多次重复出现在你的回忆与幻想之中，如果再一次的偶然生活与体验的碰撞，构思出现飞跃，便有可能凝固成一个故事内核。对这种内核的寻找我们不要操之过急，或苦思冥想，听凭自然，有时在极放松状态下灵感闪现，突然成功。

第一种，生活中的真实影像或事件集合而构成故事核心。这是生活故事决定创造故事。内核便是他的人生反思。这种小说几乎不需要举例，凡作家作品几乎没有例外地带有强烈的自传性，他的生活经历感受自然在故事中凸现。

第二种，是各种意象的集合，各种事件反复叠影，但必须构成故事的某种中心意象，成为某种含意的象征。安·波特的《中午酒》保留了三岁以前的记忆，事件真实发生过，后来生活中父亲用刀撬核桃，乡村生活中用的各种刀，于是成了中心意象，成为小说中的杀人事件。《八月之光》写的是克利斯玛斯和米安娜两个人物及家庭命运的展开。但小说的中心意象是福克纳十一岁生日后，在奥克斯福发生了一件残忍的私刑，黑人帕顿被割掉耳朵，挖出睾丸，吊在汽车上游街，最残忍的是让人裸体吊在树上。因此，这个长篇故事内核是种族与人性问题的反思。

第三种，是幻想性写作：作家生活经历的事件，以及他触碰的各种意象在故事中没有痕迹，另构成一个遥远不现实的故事，他的故事只完成了意念或者某种理性思考。博尔赫斯毕生写作都与他生活无关，例如他出过一次车祸，后来又失明了，在他故事中都没有重现，爱用的意象反而是镜子、迷宫、凶杀，他编撰的故事，往往都是人类大主题，实际上也是一个宏大的叙事。

第四种，小说中常出现一些有原型意义的意象，综合一个作家的整体创作，他的许多意象会有重复，这种重复作家自身在理性上并不清楚。这种小说故事对作家和作品人物来说都是心理意义上的，故事中经常重复使用某种用具，某种颜色，爱说一些同样的话。特别是童年的老房子，或者青少年的地理风景，这也构成深层心理学上的精神分析含义。

第五种，是小说故事，它的故事内核不能做单一纯粹的理解，虽为内核也是多种意义的阐释，这一般指当代比较先锋的小说，故事内核是一个发光体，但却闪射各种不同的光芒。《罗生门》便是例子。后现代作品中有许多小说是那种多层象征的。伊斯梅尔·里德的《自由作家的抬棺人》，故事写的是一个虚幻的未来世界，主角叫哈利·山姆。山姆的一切行为却是多义的，讥讽美国对外政策，民选也会产生暴政，山姆的饮食，食而不化的痢疾，全球化后生产和消费圈内产生了悖论，巴卡·杜皮达克是个精神患者，学山姆模仿白人成为中产阶级，最后推翻了山姆，他又成了黑人山姆，悲剧却是命送在自己人手上。这个小说的故事情节内核是发散性的。注意，凡一个故事内核是反讽性的，高明的作家一定会让它指向多层象征。

故事需要内核，是否我们提炼一个内核便够了？不是这样，一个故事的内核最能体现作家的才情学识。对内核比对故事的要求更严更高。首先这个内核要是个独特的发现，不是人云亦云的，这才能出人意料，所以独特性、新颖性是其首选。卡夫卡的《饥饿艺术家》写一个人进行饥饿表演，其极限是四十天，主持人每次到四十天都会用各种策略招揽观众，而饥饿者非常痛苦。四十天并不是他的极限，这个人是一个真正的艺术家，艺术总是在向极限挑战，而大众表演是迎合平庸的口味，他每次的饥饿表演都使他自己不满意，艺术每次没达到最佳效果而又被不懂艺术的主持人歪曲。面对大众，面对社会，真正的艺术与他们充满了尖锐的矛盾，原来大众对他的喜欢与放弃都与艺术无关，由事业表演转入大马戏团的通俗表演，艺术注定没落，最后死亡。饥饿艺术家死于饥饿，如果是因极限挑战而死，是艺术的光辉，艺术家最后的声音，是为生活而绝食，不得已，找不到喜欢的食品了。最后一个细节，幼豹成为一个新的艺术表演点，自由热情。食物给文学艺术的力量，真正的艺术家饿死了。这故事本身就有独特性，又从特殊的角度揭示了艺术与生存、与大众、与社会的关系，隐喻真正的艺术和它的外在环境尖锐的矛盾冲突，无法达到艺术的顶峰，被平庸化而死亡，在反讽语境中艺术被当成了被嘲讽玩弄的东西，读完它，每个人都会为艺术的毁灭而长叹。另一篇绝妙的作品是伊尔斯·艾青格的《被捆绑的人》，一个人初次被却捆绑，发现捆绑的妙处，后来却成为马戏团的表演者，影响非常巨大，以至成为一种民间游戏，被捆绑是一种最大的自由，而危险来自绳子被割开。一只逃走的幼狼与被捆绑的人遭遇，他在捆绑状态下将狼击毙，从此赞扬与怀疑俱在，都要求重演一次，这是一次自我挑战，捆绑的人勇敢面对，就在狼冲出笼前女主人把他的绳子全割开了，被缚的人没法与狼斗争，情急中用枪击毙了狼，众人哄起，他只能羞愧地逃走。因而他毁在一个不懂艺术的女人手中。被缚的人一直在讲究艺术规范，包括做人，而女人砍断了的正好是规范。

其次，故事的内核要有启示性，这包括神启，世俗启示，具有宗教的性质，小说《遭遇》写我和表哥去一个庄园聚会，共十个客人，我在庄园房子里玩，在一个玻璃柜里看到许多刀剑，莫雷拉式的 U 字形护手柄的匕首。回到房间乌里亚特玩牌时和另外一个人吵架，郭坎同他打斗，俩人居然要决斗解决。乌里亚特挑了 U 形护柄匕首，郭坎挑了木柄刀子，有花纹。俩人在草坪中央打起来，起初只是一种格斗，后才用武器，郭坎中剑而死，乌里亚特后悔莫及——我并不想杀死他。

这件事只好作为决斗的秘密。我一直保守着，1929 年遇到警长奥拉韦说出了这件事。你肯定他们没见面，也没有仇，警长回忆 U 字形匕首，说以前有两把。分别为莫雷拉和阿尔马达所有。木柄刀是著名刀客胡安·阿尔曼萨的，他十四岁用起，多年好运，后来和阿尔马达结了仇，互相寻仇，俩人并没决斗，胡安死于流弹，阿尔马达病死在医院里。

我再回忆草坪决斗，长刀捅进了一个人的身体。他们看到的是一个古老的故事，乌里亚特并没有杀死郭坎，格斗的是刀子，不是人。两件武器在玻璃柜里，被人唤醒，其实他俩手都在发抖。让他们在茫茫人海里互相寻找了许多年，最后在高乔先辈成灰的地方找到对方，人的恩仇沉睡在兵器里。物件比人的寿命长。谁知道故事是否结束，谁知道那两个物件会不会再次相遇。用有血肉情结的人来说明恩仇已没有力量，把这种复仇母题交给上天，交给物体，让他们的物化比拼杀更令人惊心动魄。它的内核是恩仇永远没完，成了一种本能与欲望，这就是具有了深刻性、启示性的好小说。吉卜林的《没有教士的祝福》也具有深刻的启示性。

最后，好的故事内核一定是批判的、怀疑的，是对过去常规思想的一个反判，具有强烈的冲击力。雅各布森的《误入歧途》中，斯坦莱克和卢因两人同居四个月，于霍思赛大街一个老屋的两室一厅同居，三楼有一个被丈夫抛弃的女人，带着俩孩子，又怀了孕。卢因把同居当成一次艳遇，并不想结婚，他准备考博士，他会当一个高级职员，因为没有心理压力，他们反而觉得新鲜，因而，得以发现了人类真正的恋爱与情欲。有一天卢因发现了嘶嘶的怪声，他找到三楼被女友拦住了，后来他们发现了那是分娩的喊叫，女友让卢因带两个孩子走，她去照顾孕妇。卢因带着两个孩子乱糟糟的，无法控制，还得等待漫长的分娩，斯坦莱克一直照顾女人分娩，产下一男孩，目击全部痛苦过程。危机完后，卢因两个平静了，姑娘说，我不能再同你生活了，因为我想生一个孩子。男人想，女人提出分开，他会很高兴，但并没马上表态。后来楼上又传来了痛苦的呼叫。俩人又紧张了，彼此看着，笑了，双方都认为将来日子是不会轻松的。

常规思维中爱情婚姻都是美好的，故事启示的却是苦难，两个本来没有认真一起考虑婚姻的人，经过一次生育的恐惧，却又能默默认可。人们习惯于好与坏，合与分，故事的内核留给你的却是思索。博尔赫斯的《刀疤》，故事原本写英雄的，但最后却写了一个叛徒的忏悔。这是阅读者在看这个故事时做梦也没想到的。

故事的内核，一部分情况下来自必然，是认知和理性可以抵达的，这时的内核，多半具有社会的、人性的内涵。海明威便多于人性的思想，吉卜林多于人类种族与自然的思考，博尔赫斯多于形而上的哲学探索。另有一部分故事内核却是一种可遇不可求的，是一种偶然的赐予，或者说是一种神启。有时作家会毫无由来地想写某个东西，其理念也在写作过程偶尔产生的点滴思绪或意象中构成其内核。我在写《博物馆》时完全不知道自己想干什么。似乎感觉到有些东西是人类怎么也找不到的，也无法证实，但这种东西一定存在。任何人都会相信有一种不存在的存在，但大多数人并没思考过。偶然启示的故事内核，我以为来自无意识，它是一种灵感。总之故事的内核可来自天成之偶得，得益于神授，也可来自冥想沉思，这种反思性提炼的内核可能会更有力量，更多的还是来自生活的启示与记忆。记住一个故事一定要记住内核，好的内核，如果没有你，只有做故事游戏罢了。

七、反故事写作的发展

　　故事写作的历史已有几千年，今天有，将来也一定还会有，而且会更加精彩。反故事的小说有人认为始于塞万提斯的《唐·吉诃德》，或者更早一点的《巨人传》，或许有些道理。《唐·吉诃德》有许许多多的小故事，但说的全是故事的荒唐性，是反讽式的，用故事本身消解了故事。我相信的是，从有故事写作开始便带有反故事的因素。仅仅在于没人进行反故事的理论总结。现在考察反故事的起源已经没什么意义，今天的小说写作，故事与反故事的概念已经成了人们的常识。故事写作永恒。反故事写作也不会灭绝，但肯定只能是精英文化的。可以这么说，故事是大众的，反故事是小众的。反故事的策略和方法我在上一章已总结了，这里要说的是把小说从故事的枷锁中解放出来后。小说有了无限广阔的发展，出现了无数的小说形态。我们不能仅看到《追忆似水年华》和《尤利西斯》，还应该看到今天小说多元发展的大局面。我不反对写故事，但我更赞成反故事的策略，也许我会精心地写故事，但潜意识里一定会有反故事的欲望，这是矛盾。我以为在这个悖论中创作小说，无论你写出的故事也好，或反故事也好，都会有它独特的意味。

　　在未来的写作中，反故事小说一定会生机勃勃，注意：有反故事意识的写作，和写作中完全没有故事意识不一样，我说的反故事写作，是反传统故事的策略，用一种全新的态度看待故事功能、元素、意义，用新的方式说新的故事。

第三讲　角色与身体

这一讲说的是人或者人物。我认为这是小说中最重要的一个元素，也是最复杂的元素。它来自小说中关于人，存在着两个系统：一是人写的问题，即作者；二是写人的问题，即人物。在小说中研究人，既要注意写人的问题，因为它是一个核心，也不能忽略人写的问题。当代叙事学的全部力量都在人写的这一支点上。我们的难度是要把这两个问题结合起来谈，解决写作中人的问题。

西方关于人有一个神话故事：天后赫拉派斯芬克司到忒拜王国去报复塞墨勒。斯芬克司于城外山岩上向路人出示一个谜语，猜不中者便被吃掉。斯芬克司是一个人面狮身蛇尾、长一对鹰翅的美女，她的谜语是：有一物，早晨四条腿，中午两条腿，晚间三条腿，腿最多的时候也是他最弱的时候。许多人因猜不中谜语而被吃掉。忒拜王国悬赏谁能破解此谜，便能继承国王的位子，而且能娶王后为妻。科林斯国王的养子俄狄浦斯从迷途来到了忒拜国，猜中了谜底：人。斯芬克司摔死在山岩下，俄狄浦斯娶了王后又成了国王。这个谜底说的是人在婴儿期四肢爬行，成年期双脚走路，晚年则拄杖而行，谜语隐喻人的一生。这表明西方文明传统中承认，人是一个谜。而且这个谜是一个悖论，无解之谜。解则人死，不解为祸。这个关于人的神话实际也暗暗连接着东方文化传统。东方的人是宿命论的，是冥冥中神安排了一切，人的命运是无可奈何的。差别仅在于东方人没有从中推衍出恋母情结。

这表明写人是一个非常复杂的问题，类似一个谜。写人也是一个复杂的表达系统，因而人是写作中一个双重之谜。但有一点我们应该明白，在东西方文化传统中，故事是最早的，小说胚胎是从故事中产生的。人是故事的玩偶，只是到了晚近期人的地位居于首要，人物理论是以成为小说的核心为目标。尽管如此，人物在今天的小说创作中，有许多问题依然是不清楚的。我将尽量解析出人的奥秘。

一、人物写作的可能性

先说一个理论问题，本质上而言，人是不可以写的，人是一个活动实体，是自为的存在。他无法进入小说的平面纸媒，这需首先解决一个问题：怎样由三维走向二维。只有戏剧与电影是由真人走向舞台和银幕，但真人非彼人，故事设计的人物是生活中不存在的，因而人物是乔装打扮了的结果。所以，真人是无法在艺术中的，只有在后现代艺术中真人与假人的界限消失后，在行为艺术中，人物直接作为艺术展示，物品的自然状态作为艺术，但在小说中只能是假人，他仅仅是一个替代品，是抽象化后的形象，把小说中的人物理解为代码、符号，应该是很准确的。另一个反证是小说中有许多传奇英雄，包括神怪。还有幻想式人物均可以存在，他们让读者在阅读中感觉像真的一样，而理性明白这样的人在生活中是没有的。从真实的人去立论，小说中没有人，或者说小说中的人物仅是一个幻象。

人在生活中交流与理解是有限的，也是从本质上说，完全彻底的交流和理解，在现实中是不可能发生的，这是因为人的自我理解也是阶段性的，受文化的制约。这种相对性决定了人的隔膜，在小说中，人物的交流和理解却可以绝对化。小说中人物的交互关系便建立在这样一个基础之上。因而小说中的人物是想象的，又是理想化的。说明这两点让我们把生活真人和艺术假人区别开来。

那么，我们为什么写小说呢？换言之，我们为什么要让小说中的人物作为主要元素呢？这是因为我们，一、要通过假人去认识真人，找到人的奥秘。二、通过人物的审美，达到一种想象的快感，或者说他还可以达到一种自我认同。三、生活模仿艺术。生活之人仿效艺术之人，我们通过小说人物抵达的不是一种实体，而是一种理念，一种思想。四、人物也是我们认识感知世界的一种方式，例如在差异中我们认识多种生命形态的特点。还有，人的生存方式也是多样的。而人的生存实验正好是可以在小说中进行的。

一个人是不可能在小说中的，但人的特征却可以借小说的形式表达出来，还有人的活动也可以记录在小说中。包括一个人的声音与味道都可以用文字录下来。

人的特征是以碎片方式在小说中存在。再用一句老调重弹的话说，小说中的人物是用很多泥土混合而捏成的，因而塑造人物是一个最贴切的说法。

如同故事一样，人物也永远不会在小说中消失，但不同时代有不同审美方式，或小说观念的变化，人物在小说中的表现方式却可以大为不同。传统小说中人物是以性格和命运为主干，人物的整体性、统一性很强。人物以外部形态为主要特征而活动，它的活动方式与故事情节融合在一起，所以它特别适合我们去讲述。西方的神话与传奇、中国的四部古典名著均适合讲述。这表明人物也可以用口传的形式活跃在民间。而现代小说舍弃了这些外部形态，重点进入了人的意识和潜意识层，喜欢表现人的内心活动、情绪变化、感觉体验的丰富多彩。由人物的行动层面进入人物的精神层面。这时候写人物有了一些新的词汇，精神、心理、情绪、感觉、幻觉。刚好这些写人物的词汇的特点是碎片的，零散的，跳跃、流动、偶然、随机，不确定性。这一系列的词汇也刚好成为现代人物表现的特点。事实上从传统写作到现代写作，人物均是按上述特征出现在小说中的，说明人物在小说中出现已经通过实践证实了。

人物写作成为可能，是以小说中出现了人物，还有一系列准则与方法为特征，并不是说小说中有个人物晃动便可以了。人物要命名，简介，人物肖像，服饰，人物行为特征，人物心理活动，人物说话特点，人物的性格特征，人物的命运如何，人物的精神状态，一定意义上说，人物还是一定社会时代的代码。人物动机和行为的统一性，人物本性中连贯部分与人物性格中不合常规的异化的部分，人物的神秘性，人物与大众保持的同一性，人物与人物之间的差异性，人物的文化身份与社会功能，人物的欲望本能表现等等，一系列属于人物特征化的东西，或者部分地出现在小说中，或者整体上全部集中在一个人身上，这一切的人物构成方式，除了人物自身，还充满了一套修辞技术。

人物理论表明人物在文本中存在形态是多种多样的，其主要有三种形式：1. 模仿的人物，指作家经验中存在、现实生活中又有模型的人物。2. 主题的人物，指作家为什么写这个人物，他含有一定的意义，于是有人物的主题含义，作为表达观念的存在。3. 综合的人物，作品中人物是印象、体验、想象化的结果，人物自身多方面综合功能的表达。应该说人物的三重身份，它们之间的关系主要来自叙述的表达。最终靠叙述完成，叙述使人物达到思想、生活与美学的高度。

可以这么说，使一个人物在小说中成为一个伟大的艺术形象，几乎要调动小说的一切手段，因而人物是一整套的小说技术化的综合结果。同时，小说也是人写与写人的一个双重结果。小说中的人物在读者来说，是在小说之内认知的一个熟悉的陌生人。如果人作为作者可不那么简单，它既是一个小说之外的人，也是一个小说之内的人，还有可能是作者某些特征无意识的表现。小说中的人物是一个特别的这一个，是同一性与个性的统一。

就小说系统讨论人，应该是（Mon），也就是说人的概念大于小说，从人的类本质去研究人。从写人的角度去看清人，就此扩大到整个人，人的复杂性，甚至是在一定文化状态下研究人，破解人的秘密。可以不夸张地说，在一篇优秀小说中塑造了几个成功的人物形象，那便是你写下了一篇绝妙的论人的文章。只有具体到了小说中我们才能说到人物。在小说和戏剧中描写的人物形象叫人物（Characters）。人物这个术语来自法语，源自拉丁语，最早表示演员戴的面具。后来延伸到艺术领域是描绘的人（Persona），这里的人有"人们"一类的含义，可见人物是一个类别的指称。人物的（Characters）形态含有打扮、素描而成，从词源来看人物也是一个制作、创造的结果。

戏剧可以来演人物，小说可以描写人物。我们也确实在立体舞台和平面纸媒上都看到了人物，这表明人物写作的可能，但我们进一步问，戏剧人物与小说人物在哪里？你给我找出来看看，于是剧作家和小说家都傻眼了，在现实中我们找不到他，假定有以现实中真人为模型出现在舞台和小说的人物，那应该找得到的，不然，戏剧是在三一律中时间、地点、事件高度集中下的人物，小说所说的拿破仑、亚历山大、秦始皇等历史人物都是提炼加工了的人物，在历史实际中并非那样，实际中的历史人物无法走上舞台。因此一切艺术中的人物，他还是一个艺术的符号。按理说用"人物"一词研究小说中人物形象应该是没问题的，不错，古典传统的人物论，或许可以。在今天，人物论又复杂化了，我，进入了作品。传统中我进入作品是其中一个角色。今天我进入作品很多情况下不单纯是一个角色，他要以一个真人出场，例如他以写作者的身份出现，不仅如此，他不断颠覆作品中的人物，对自己人物的写作方式与态度也是自反性的拆解，我成了小说中的一个捣蛋者。同时电影中也有一个导演如何拍电影的故事。这无疑使艺术中的人物系统复杂了。这里我把人物分成两个部分来谈。

二、角色的功能与类型

角色（Role），毫无疑问是小说与戏剧之中的人物，角色是固定的，具有表演性能的，他是提供给阅读者看的，因此他有固定的特征、外貌、品行、行为方式特点，同时他有自己的人生逻辑与处事原则，因而角色也有自己的世界观，所有这些人物形象中他构成了个性，既性格特征。他是小说中的一个演员，把自身演给大家看，而且每个人物都会在小说的人物关系网络里充当一个角色，在那个环境里定位角色的功能、地位、类型。在文艺学中我们称他为主人公（Protagonist）或者人物。我称他为角色是为了更清晰地表明角色是一个符号，一个代码，他不是一个真人。他是一个经过装饰的人物。

上世纪八十年代我读过一篇至今难忘的小说，是舍伍德·安德森的《林中之死》。她是个老妇人，住在小镇附近的农庄里。所有人都熟悉她，但不了解她。她赶着一匹瘦弱的老马来到镇上，要么挎个篮子，带几个鸡蛋来卖。她换一些糖、面粉、豆之类的，有时也找人讨一点下水、牛肝、猪杂类。老妇拿着东西匆匆回家，从不和人交往。在我做小孩时便看到这个老妇背着口袋，还很沉，后面跟着两三只狗。许多年过去了，那老妇给我印象却更加深了。她姓格赖姆斯。她和丈夫、儿子住在镇外四里处的小河边，那是个小屋，儿子二十一岁，坐过一次牢，丈夫粗暴，是个偷马贼，有一次在汤姆的马棚大家都不理他，他眼光恶恨而阴毒地看看大家。男人叫杰克，过去很有钱，父亲约翰办过锯木场，但留下的一点钱被杰克很快花光了。六月收麦子时，他给一个德国佬打工。农场主和妻子总吵架，那闺女是农场主的养女，妻子怀疑农场主奸污了养女。杰克便和这个姑娘私奔，被农场主发现，两个男人打了一架，他带着姑娘出来，结婚后生了一儿一女，女儿死了。姑娘在德国佬那儿给他们做饭，喂牛喂马喂鸡，她总是在给别人喂东西，嫁给杰克后她又是喂养一家人。

她瘦得肩都有一些佝偻了。杰克在屋里总养几只大狗。除了偷东西，他还养几匹瘦马、三四头猪和一头牛。女人种着自己祖传的一小块地。男人信誉不好，周围没人请他做工，儿子大了和父亲一样爱喝酒，屋里没什么吃的，便抓女人喂的鸡杀了吃。到秋天，猪喂肥了，男人拿到镇上卖了，儿子和父亲争钱打架，老妇人吓得在一旁哆嗦。她对什么事都习惯了、沉默了。家里的贫穷儿子和父亲便一同跑到外地谋生，把家里事、田里的活全扔给了她。她依然喂着鸡喂着狗，还有牲口。冬天，很冷，她带了些鸡蛋，三点出发，雪下得很大，她带一只口袋，装着蛋，冻得哆哆嗦嗦，在镇上换了一点钱，买了一点必需品，同样收了一些下水。那屠夫给她牛肝时骂她的丈夫和儿子不负责任。她说人和牲口都得喂，包括马、牛、猪、狗、人。

只要有可能老妇人便赶在天黑前回家，狗跟在她后嗅着沉甸甸的口袋。雪下得很大，她的身体被口袋压低，走不动，便在雪地上爬，爬过篱笆有一条近道可以回家，但还有一里多路，家里牲口得喂了，干草不多了，谷子也不多，她希望男人和儿子赶着马车回来能带一点。可是他们总是喝得醉醺醺地回家。儿子和县城的女人有勾搭。那是一个极粗鲁的女人，夏天来时她把老妇人当仆人使。她没吭声，她习惯了所有的人对她不好。她背着口袋，跟跟跄跄进了树林子，山林顶端有一空地，她靠着树休息一会儿。她想睡，人冷到极点也就不冷了。雪停了，月亮出来了。跟着老妇人上镇的四只狗都高大、瘦骨嶙峋的，常挨两个男人的打，食物少，它们也常自寻食物。它们在雪地追野兔，犬吠引来了另外三只乡下狗。一会儿所有狗都回到空地，它们兴奋，也许是当初狼的漫游本能，它们吃着野兔，玩游戏，在雪地跑成团团的一圈，雪飞，月光，狗跑，一幅奇妙的影像。老妇人昏昏欲睡，灵魂出窍，梦到了少女时代。

她家的狗每跑上几圈都轮流在老妇人脸上嗅嗅，舔舔，奔跑似乎是一种哀悼的仪式。老妇人平静地死去，所有的狗都停止了奔跑。格赖姆斯家的狗围成一圈，那屠夫给了很多的动物下水，都在那只大口袋里，老妇人的身下，这里都成了狗的食品，一只狗把袋子拖出来，也把老妇人拖到雪地，她的衣服被撕干净了，身体冻得硬邦邦的。她死了，还有着少女般迷人的身体。

这事被一猎人发现，赶到镇上报信，去了很多人。镇长跛着腿去的，我和哥哥、猎人，大家围在那块空地议论，有一个铁匠把外套盖在她身上，把老妇人带到镇上时，还没有一个人知道她的名字。我看到了全部的事件，那雪上空地、林间、狗，少女般洁白的肩膀，寒夜的月光，浮云，这林空得很大。我长大了也在一家德国佬农庄干活，雇来的姑娘很怕主人，农庄女人也恨这个姑娘。后来我在伊利诺斯树林又遇到那些狗。顺小河走了几英里，我去看那破败不堪的小屋，两只高大的野狗在门边篱笆间张望。我想死去的妇人一生都在喂养，养活牛、马、猪、狗、人。在死的那一夜，她还背着养活别人和畜生的食物，她死后还在养活畜生。

这个小说的角色有老妇人、杰克、儿子、狗、屠夫等，但主角（Hero）只有一个，是老妇人，她没有名字，外貌有描写，肩与腰，衣衫破烂，品行，奉献，与世无争，她的行为便是为别的生命准备食品。她的性格是忍耐，从不反抗。她来到这个世界便是为别人带来食品的，她是一个受苦受难的天使。她是塑造的一个角色，非真人。生活中的人有许多和生存方式与基本欲望相连的行为，老妇人没有，例如她的吃喝拉撒与睡眠。便是哑巴也有喜怒哀乐，老妇人都没有，她是一个极端。生平两个特点：从不说话，给别的生命准备食品。这种极致使她成为一个类型或理念的代表，在小说中她是个表演者，因而她是一个角色。在小说中有什么用呢？

第一，模仿者表现的是行动中的人。这是亚里士多德最重要的艺术观：模仿论。情节是对行为过程的模仿，显然一切行为过程都是人发出的。人物作为角色，他是个模仿者，他显示一系列动作过程。小说中的老妇人模仿现实生活的老妇人，用假人表现真人。老妇人让读者想念的是真人，这个模仿成功了。即便动作有荒唐性，但也是合乎语境的。模仿行动中的人，人展示全部的行为过程，为读者提供发现之旅，行为的发现，生活的发现，理念的发现。

第二，角色一定是性格化的。也就是说，小说中的人物，特别是主要人物他得有特征，性格上的这个特征便是人的本质。一般问，他是什么人，均做性格上的回答。在日常生活中人的性格是千差万别的，在小说中的性格却是被类化了的，可以抽象概括，例如男人勇猛，女人温柔，都是类型上的。角色的不同，便提供不同类型的性格。对性格的塑造亚里士多德在《诗学》中提出四点要求：

1. 性格应该是好的。这个好指在同类型中的优秀者。

2. 性格应该是适宜的。这是说性格与真实人物类型相适应，男人有男人的性格，不要出现此类人物不可能出现的性格。

3. 性格应该相似。这是说角色性格源于生活真人，应该相似，即使想象的人物也应该让他的性格和现实发生的相似。

4. 性格应该前后一致，特别是在中短篇小说中，长篇小说更应写出角色性格的发展。性格一致性是提供人物动机分析的基础。前后性格是统一的，才能知道人物行为展开是相互连贯的，这样才有整体性。

这四点要求也不是机械的，从人物塑造的历史看，这四个要求有时是互相融合的，或者有一个要求是强化的，或者刚好相反。性格化是类化，例如格赖姆斯老太便代表了一种逆来顺受的人物性格。如何使类化的性格彼此区别开来？主要靠每个人物各自独特的生活细节来表明人物之间的差异性，从这里来看个性化，并非完全是性格化，而是性格中的差异细节。属于这一个的行为方式和处理事件与问题的方式不同。表层看来这个老太是没个性的人，我们因而产生哀其不幸、怒其不争。其实不然，她的个性在于把这种忍耐做到极致，贯穿生活的一切细节，最让人震惊的忍耐到了死亡最后一刻，又冷又饿也没动口袋里的食品。死亡对老妇人做了最好的裁决，一场狗的祭礼多么惊心魂。

第三，角色是一定时代和社会的镜子。古往今来小说均已类型化，但在不同的历史阶段，角色存在大多属于社会学的意识。例如价值观、行为方式都和特定时代生产关系相连，包括生产与消费形式也有关。老妇人的生存方式只可能发生在美国早期社会，是农业经济的反映，农庄是一种主要剥削形式。老妇人的物质处于最低需求。而巴尔扎克的《欧也妮·葛朗台》便是在资本主义发展时期，资本在原始积累，人的异化日趋严重，葛朗台对金钱态度均是那种价值观点的典型反映。吕西安·戈尔德曼在《小说社会学》中有一个意见说，小说形式实际上是在市场生产所产生的个人主义社会里，日常生活在文学方面的搬移。这个意见说，在市场生产社会里，我们自觉接受消费，受使用价值的支配，物品和人本质的一切真实关系消亡，人与人、人与物都受一种交换价值所控制，因而取而代之的是一种堕落关系。文学形式的变迁也受制于这种关系，文学大众化，成为日常消费，文学媚俗化也是不可避免的。这也表明角色受当下日常的价值观支配，因而小说与现实存在保持着一种同源性。从小说与角色去看社会，我们看到了受控的一面，但也有与社会不妥协的一面，那就是人的反抗。小说在一个堕落的世界里的真实追求，一种对真实价值进行堕落的追求经历，当然也有与这种社会毫不妥协的斗争而对理想价值的追求经历。这二者的主人公都是一个有疑问的主体。也正因为如此，我们从角色、角色行为、价值及一切生存方式的分析，便能更清楚地看到那个社会的真实。如此，格赖姆斯妇人也是绝不改变的对一种真实的追求，并以死亡作为代价，她引发的正是我们对社会时代的反思。任何小说中的角色，都可以在他那个时代社会找到同源性，也因此可以提供给我们社会批判。

第四，角色是窥视人性的锁孔。一个角色的性格必定是他本性的外显。例如冰山的白色山尖只是人生外部的一点点，那人生最深刻的部分、最隐秘的部分一定是藏在海水里，那浮现的白色冰山是性格，性格作为人性表露的一个塔尖。格赖姆斯妇人的性格是忍耐，是逆来顺受。这个性格表露的是人性的什么，是妇人极大的善良，极端的奉献。杰克和儿子所表露的是自私、贪婪，还包括邪恶。《普鲁士军官》是一篇揭示人生极端的例子。黎明在公路已行进了三十公里演习，山地渐渐闷热，上尉带着伤痛在行进途中。他身材高大，四十岁，英俊的骑手（小说开篇着意突出了他的形象美好，连勤务兵也赞赏他），他的勤务兵就像他的影子一样跟在队伍里。上尉的脸色精神，坚韧，紧张，眼睛有冰冷的光，一种冷酷的英武。他年轻时欠了一笔债，影响官运。至今只是一个步兵上尉，也没有结过婚，他发怒时像个魔鬼但不虐待部下，士兵怕他，但不讨厌他，他是一件无法逃避的事物，他对勤务兵冷淡、公正，仅仅让他执行命令而已，后渐渐有些变化。

勤务兵是一个二十二岁的小伙子，中等身材，饱满结实，刚长出短须，身上洋溢着青春气息，他不思考，只感性地生活，上尉渐渐注意到这个朝气蓬勃的小伙子，他在身边便让人感到年轻人的天真烂漫、温暖，反衬出军官的呆滞生硬，上尉紧张、僵硬，没有生气，而小伙子却悠然自乐。年轻人有某种气概让这个上尉生气，他不想在勤务兵的影响下变得活跃。他可以换掉勤务兵，但没换。士兵随意、强壮，一种气质，无牵无挂的士兵充满自信的朝气，这让上尉十分恼火。有一回葡萄酒打翻了，军官咒骂他，眼里有蓝色的怒火，勤务兵吓坏了，他产生了惊讶的茫然。从此，士兵不敢正面对着上尉，眼睛从背后望着他，士兵希望三个月服役期满，他能自由地做完勤务兵。他服侍上尉一年多了，对工作得心应手，他服从上尉，天经地义，他在一种工作关系中发生私人关系，他像头被捉的野兽必须逃走。上尉是高贵的上等人，有顽固的自我，虽有军纪，但还是易怒，士兵天性举止，自然流露，带着热情，上尉很恼火，不间断地发出命令，对士兵发脾气，士兵一刻不闲地服务上尉，小心翼翼地保护自己。他大拇指上有一块疤在年轻褐色的手上，是伐木中斧头砍的，上尉对这块疤生气了，士兵不在时他坐立不安，士兵在眼前，他便用折磨的眼光瞪着他。上尉对士兵的身体、眼神、姿态非常不满，常用语言挖苦，指责士兵没正眼看他，士兵看着他，他把眼神收敛，上尉把一只沉重的手套扔到士兵脸上，看着他一双黑亮的眼睛，点了火一般燃烧。时间只有两个月了，年轻人为保全自己把上司当权威而不当活人对待，尽量避开不产生个人仇恨。在经常挨骂的情形下，他压着怒火，等待离开军队。士兵有许多朋友，都喜欢他，他却孤独，上尉恼怒得疯了似的，让士兵害怕。

勤务兵有一个恋人，山里淳朴的姑娘，他们一声不吭地散步，他用手臂搂着她，恋爱让上尉被置于脑后，这更刺激了军官，上尉竟动手用皮带打了士兵。他觉得过分了，便找了一个女人去度假，度假回来后，他吃晚饭，士兵不在，他觉得手指尖的血一点一滴地在燃烧。士兵回来后还是那个自在的样子，上尉慢慢地吃饭，士兵等着，他想收完盘碟出去。上尉说，今晚不能出去，明晚，今后不许出去，你耳朵为什么夹一支铅笔？士兵准备给恋人抄诗。他默不作声地收盘子，在门外刷洗，上尉从背后重重踢了他一脚，盘碟全摔坏了，他扶着楼梯，女仆人发呆地望着。军官进屋把一杯酒喝干净。士兵进来，他继续逼问，耳朵上放一支铅笔干什么？而且是反复逼问，士兵只好一一说清。他在折磨士兵中多少能轻松一点。上尉独自时，内心矛盾极了，他极力想克制这种东西，第二天良心受到震动，否认以前发生的。士兵晚上迷迷糊糊地受了极度刺激，喝了一点酒昏迷一般睡了。次日军事演习，士兵胸口剧痛，但新的一天，他还得执勤。他忍着伤痛去为上尉服务，他坚持着，这个世界只有他和上尉。在伤痛中他要坚持：必须搭救自己。他随上尉出发了。喉咙干渴，他发着烧，他在山野丛林中单调行军。在大路边遇上了农舍，士兵们都去喝水，上尉注意着勤务兵，他不敢动，觉得自己不存在了，这个早晨他没有位置，自己是一切事物中的空白，上尉在马上趾高气扬，中队翻过了山，农人用大镰刀割草，士兵觉得自己活在梦幻之中。到了一个山坡，勤务兵头晕，觉得影子也不真实，植物香味不浓，让人透不过气，树丛边羊挤成了一堆。队伍停下来了，士兵们在一个山头休息，远处有条小河，一只木筏，他觉得自己快睡着了。突然看到山间一片狭长麦地，上尉骑马在跑，打信号旗的士兵跟着，那马最后上了陡峭山路时，怒火在勤务兵的灵魂里燃烧了。

上尉在马上指挥这支队伍，这支军队带给他英雄感、自豪感，他的勤务兵在队伍中是个微不足道的人。有三个士兵抬水，树下一张桌子，上尉召唤自己的勤务兵：到我的旅店去给我拿酒，快一点。勤务兵在怒火中服从命令跑下山，但他心里集成了一个内核，一个年轻生命的全部精力，他累坏了，跑回来完成了任务。他坚持着，绝不让别人撕成碎片，这是他的自我，坚定的自我。阳光，树林，绿地，巨大的树干，有砍过的树桩，勤务兵给上尉开了葡萄酒，两个愤怒的人接触了，上尉退步了，他喝着酒，又撕一片面包，年轻人愤怒的眼睛注视着他。上尉绊在树根上，仰天倒下，锋利的树桩尖顶着背，勤务兵跳上去用膝压着上尉，用手使劲按着下巴，军官身体抽动了，鼻子出血了，他就这么丧命了，那个踢他欺侮他的人。他内心轻松满意了，匆忙把尸体藏起来，士兵坐着，他自己的生命也在这里终结了。他看着中尉在指挥，他必须走，不然他们会追来。他骑上马，看看农田、树丛、村庄，他离开了日常生活，进入了一个风景迷人的地方，头昏，从马上掉下来。在又热又烧的状态下，他看着马跑，他和这个世界事物的最后一点联系。他不知什么时候清醒的。有人在敲打他，上尉血糊糊的脸，他又一次昏过去，再睁开眼，是阳光，小鸟，充满可爱生命的风景，他看到了松鼠活跃的丛林，他在地上爬行，在寻找，看到黑色头发的女人。他进入夜空，黑暗幽灵的影子在包围着他，军队的痛苦，上尉的仇恨，都产生在痛苦中，又转变为更大的痛苦。这个早晨他完全清醒了，看到了壮丽景色，群山天地间，一切美好都在，但正是他失去的东西。三个小时后，士兵们找到他，活着，晚上在医院里死去了，他腿上全是伤痕。两个尸体放在一起：细长白皙，僵直安息，另一个还是年轻朝气，随时都会从睡觉中醒来。我这里把一切细节都录下来，尽可能把角色的行为、表情、环境以及内在冲突都呈现出来，篇幅长一点但目的是让我们看到，人性的表现不是一句话，而是一个行为过程。军官这个角色粗暴、狂傲，这为性格的一个面，仅这么写他狂暴地对待一个士兵没什么意义。关键是他性格中的另一个对立面，狂傲中的自卑，由自卑而生的嫉妒，每次折磨士兵后，上尉并不轻松，它是一个矛盾状态。他在士兵面前并不是胜利者，这倒不在于他的结局。而在士兵完成任务回来给上尉倒酒，他们的眼睛在面对面接触中，他退缩了。天真热。他很和蔼，他用自嘲想缓解。但年轻人的仇恨已经撤不回来了。上尉人性中丑恶的不是他狂傲、暴躁，这是一种性格，只有他对勤务兵的嫉妒才是真正人性的弱点。上尉并不毁于他的勤务兵，而毁于自身的嫉妒。我们再看那个美好的年轻人，他有很多美好的东西，年轻，朝气蓬勃，仅差两个月便退役，还有淳朴的恋人。在部队他有许多好朋友，包括那群山之中美好的风景，他最初忍耐，一年半，一个月，仅差两个月了，演习之后就更短了。他不能再忍耐了，仇恨和时间呈反比，时间越紧越短，仇恨越强烈，最后爆发为杀人。关键是杀人以后，在很长一段带伤经历的白天与夜晚，他在反省。注意，这里写了大量美好的风景，强调生命（各种动物也是生机勃勃的，各种植物颜色气息无比美丽）。年轻人面对它们，如同上尉最初面对年轻人一样，所有美好都与他无关了，他对美好的遗憾里也含有嫉妒。仇恨在一瞬间完结了，新的情绪产生了，他也毁于自己的嫉妒。以上两个角色在极端的深度的地方展示了人性缺陷所在，那就是嫉妒。

另一个极端的例子是何塞·塞拉的《帕斯瓜尔·杜阿尔特一家》。这是一篇把苦难写到极致的小说，主角帕斯瓜尔以在牢中回忆口吻写的。父亲粗暴，母亲刚烈、酗酒，父母每天吵架。生了妹妹罗莎里奥，从小学会偷，喝酒，十四岁一个人跑到妓院里去，一场寒热病差点死了，后来委身于浪子洛佩斯。我又有了一个弟弟马里奥，是个野种，弟弟出世时父亲死了。弟弟十岁与鸡狗和垃圾为伍，被拉法埃尔踢伤坠入油缸而死。母亲竟没哭。我娶了罗拉，在结婚时我捅了萨卡里亚斯三刀，杀母马二十多刀。我的第一个儿子活了十个月便死了。妻子变得疯癫狂躁，我杀了人跑到外乡去了。两年后回家，我把她杀了。我被关押三年，墓地里有我父亲、弟弟、妻子、浪子和我两个儿子，我一生伴着死亡和苦难。再回家，妹妹给介绍与埃斯佩兰莎结婚，母亲对妻子不好，我们准备流浪。我要离开罪恶的泥潭，但没法，这是我的宿命，我决定2月10日杀我的母亲。杀死母亲，我跑到旷野上才觉得松了一口气。这些故事是帕斯瓜尔在牢里的一堆材料，把材料寄给法官，转给作者。

这里有一个问题，苦难到底能产生什么？产生麻木、复仇，产生奋斗、勤劳，产生恶毒与杀人。对苦难无可奈何时，它把人性深处所有的东西都逼出来了。帕斯瓜尔原本对一切邪恶与苦难都不习惯，但环境改变了他，杀人以毁灭的方式除掉了苦难与邪恶。最后竟在杀人的发泄中有了些许的快意。人性居然是这么不可评估与测量，苦难成了改造人的工具。

第五，角色是人生命运的历史，具有象征、隐喻的性质。 说到人，人的关键形式是人生，从人生才能看到人的各个侧面，才能清楚地看到一些属于人本质的东西。而人生呢？是一个相对长度的、完整的、统一的历史过程。因而这一角色特征合乎长篇小说，短篇小说一般截取片段，看人生的一个点，长篇小说是对人一生的综合观察。人生无论是辉煌还是悲惨，都是一个历史的总结，针对人生，一个人总不能如意地把握自己，有成功与失败，有遗憾与欣慰，是谁左右了个人的一生呢？无论谁都会这么反思地追问，因而把这一切归结为命运。用命运来归结人生，用人生来阐释人。每一个人的人生命运在总结反思时都可以归于一定的模式，分成不同类型，智者便在其中看到了象征或隐喻。人生是那么一个看不到结局的奋斗过程，任何人都如此，表明了人不能自我把握一生，人是社会的，人的关系的、性格的、个人潜意识的诸多复杂的因素影响他的人生命运。凡进入人生命运的叙述，他便是一切社会关系的总和。古往今来，中外的小说都提供了这种范例，如《红与黑》中的于连，《复活》中的玛丝洛娃，《包法利夫人》中的包法利夫人，《水浒》中的宋江、武松、林冲，《红楼梦》中的贾宝玉，上文提到的《帕斯瓜尔·杜阿尔特一家》中的帕斯瓜尔。这些角色都有人生命运的一条线索，展示了个人与社会相统一的一个历史过程。凡长篇小说有人生命运感的角色均是有意义的，是一个代表。于连属于有野心的资产阶级，玛丝洛娃是一个被欺侮的弱者，宝玉是一个少爷对自己营垒的反抗者，帕斯瓜尔是苦难中一个邪恶的反抗者。从这一点来看，角色是整个人类生活一个缩影，是那个社会性质隐在的折射。

第六，角色是一个词汇符号。 角色是它最集中的典型特征的反映。小说《华尔脱·密蒂的隐秘生活》开篇是大队长与伯格少尉的对话，在海军水上飞机里全部人员各自操纵管理自己的部分，大队长要带他们冲出去。

　　密蒂太太在阻止华尔脱·密蒂把车开过五十五迈冲向华脱勃雷镇。有二十年海军生活的华尔脱又想起了那次202号在险恶暴雨中的飞行。密蒂太太劝丈夫，别紧张，你得找大夫任肖检查。华尔脱把汽车停在夫人卷发的大楼旁，夫人卷发前叮嘱丈夫买套鞋，哦，你为什么不戴手套？戴上。华尔脱戴上手套开车，遇红灯，除下手套，又戴上，在街上漫无目的地转了几圈，然后开到医院。医院正在治疗大财主、总统好友麦克米伦，是管道梗阻三期。主治有任肖和班皮丈夫，还有纽约来的专家雷明登，伦敦的密特福。在手术室互相介绍，实习大夫喊麻醉器出故障了。华尔脱用自来水笔把器械修好，他看到任肖大夫脸色煞白，护士说瞳孔变化了。任肖让华尔脱接过手术。华戴着口罩和手套开始。

　　华尔脱在泊车，差点和别克车碰了，他把车交给服务生泊好车位。这些家伙总以为是行家，有次在新密尔福，车链子缠住车轴，从此，太太每次都让他把链子去掉，他能用绷带吊着手把链子去掉。在行人路上踢着泥块，套鞋，找店买套鞋。从鞋店出来，他使劲想太太还让买什么东西。他讨厌每星期上勃雷镇，总要出点小岔子。他使劲儿想卫生纸、药丸、刮胡子刀片、牙膏、牙刷、苏打、创制权与复决权。想不起来，可太太会记得。一个报童喊华脱勃雷判案的消息。区检察官对证人席递过去自动手枪，你记起，见过这东西吗？华尔脱接过枪，内行地看，是我的魏勃莱·伐克50。法庭一片骚动，你是一个武器能手，检察官暗示。律师抗议，我们证明被告7月14日晚右手吊在绷带里。华尔脱轻轻一挥手说，我能用任何一支枪在三百英尺外用左手把费佐斯特打死。法庭大乱，尖叫，一个漂亮女人投入华尔脱的臂弯，检察官打她。华尔脱一拳打在区检察官的下颌，你这狗杂种。哦，是小狗饼干，想起来了。他进了太平洋商店，店员说，想要名牌吗？我只要盒子上写着小狗要吃的。他妻子一刻钟之内可在理发店完事。他在旅馆找了大皮椅朝窗坐着，套鞋和小狗、饼干放在地板上，他翻着《自由》杂志。炮轰，要战斗机去炸掉那个军火库，上尉华尔脱和中士在讨论如何炸掉，他们一块儿喝着白兰地，他在皮带里插上魏勃莱·伐克自动手枪，他要飞过四十公里去战斗，他在地下掩体里和中士告别。他太太说，我找遍了旅馆，你在一张破椅子里，你买到了所要的东西了吗？华尔脱说，时间越来越紧。我刚才在想别的。太太说，回家吗？我有时也想别的，我给你量体温。

　　他们从旋转门出来，到街边杂货店，太太说，我想起要买的东西，等一分钟。华尔脱点了一支烟，下雨了，雨夹雪，他对着墙抽烟，你他妈的不蒙鬼手帕行不行？华尔脱狠吸了一口烟，扔掉。嘴上有淡淡的笑容，他面对行刑队，挺直腰，自傲轻蔑，永不战败的华尔脱，在最后关头还是不可思议的。我这里尽量按原作复述，还是有些不清，是因为华尔脱思维是乱的。简单说是华尔脱和太太去小镇买东西，做头发，约好在旅馆见面，妻子最后想起要买的东西，华尔脱等妻子时穿插着战时的回忆。包括区检察官认定他是一个杀人犯，帮医院给病人做手术等等。表明了华尔脱一直在幻想之中，一直想从他的现实状态之中逃走。詹姆斯·瑟伯叙述这个角色完全用呈现方法，几个小时之内全是华尔脱幻想与妻子在小街小店的活动，没有任何评论，也找不到有价值倾向的评述，最多只能说太太严苛唠叨，华尔脱怕老婆。但我们可以想象出华尔脱的典型特征，他随时随地在幻想中。这篇小说 1942 年问世以后，便成为美国人生活里一个新的代名词：白日梦。华尔脱·密蒂便是白日梦。在中国也有同样的例子，《阿 Q 正传》成为中国人近百年来的一个精神词汇，精神胜利法。一个角色成为一个时代的特定词汇，这便决定了这个作品是伟大的。

目前看来，角色要达这个高度必须具有几个要素：

1. 是典型的高度集中，是时代的某种精神现象的概括。

2. 角色的特征要特别鲜明，形象感强，又易于记忆，便于口头传播。

3. 是个性的，也更是普遍性的，即在日常生活中随处可见，在一定语境里随时可用。

4. 这类角色一般说来是反讽的，针对人物本身是一个问题的症结。哈姆雷特是犹豫徘徊的典型，华尔脱是白日梦的典型，阿 Q 是自找其乐的精神胜利法的典型。

5. 是形象，但要充分符号化，是一种意义的指称，但在使用过程中又是非意义的。这个意思是说，他作为符号在各种场合下置换、拼贴，人们不会去多想，只有符号固定在某处，人们再去深究时，才讨论它的意义。

一部戏剧、一部小说中，它的角色是多种多样的，可分为不同类型。问题是我们以什么依据去区分呢？角色数量是无限繁多的，有各种各样的社会地位与属性，显然我们不能外在于小说和戏剧给角色分类，要看角色在作品中的功能和作用分类。因为角色是在行动过程中确定意义的，我们一般从人物行为和作用去判定。俄国民俗学家普罗普把角色分为七类：

1. 反角（Villian）

2. 捐助者（Donor）

3. 助手（Helper）

4. 被寻求者（Sought-for person）

5. 差遣者（Dispatcher）

6. 主角（Hero）

7. 假主角（False hero）

这是就民间文学的分类，叙事形态比较简单。小说，特别是长篇小说要复杂得多，角色分类无疑是复杂多样，如果就功能性质和行为方式中的位置等而言，这个分类应该说是准确的，这个结论应该很好检证。我们可以把一部复杂的长篇小说抽象归类，按七类角色给贴标签，小说中的人物，无论怎样活动，他都会在行动过程中发挥相应的功能和作用。当然，上面说的是针对二十世纪以前的小说领域，如果就现当代小说而言，角色分类标准不可取了，因为现当代小说多元化，并不以行动过程为小说的唯一准则。所以在现代和后现代小说中，角色分类就得另当别论。

三、身体的含义及写作的可能

人物写作实际分为两个部分：一部分为人的身体，如同绘画与舞蹈一样，身体成为表达的一部分，身体这时是有含义、功能、特征、形象、作用、审美等各种用途的，简单说，身体具有重要的表意与审美意义。另一部分则是为人所关涉的事情，人与人之间的活动，人的行为方式带来的环境反应，古今中外关于人物写作的研究仅在后一部分人的活动与人所关涉的事情。而另一部分的身体写作被忽略，甚至从来没有从理论总结上来认识。今天对此必须有一个清醒的认识。什么叫身体写作？过去是否存在？未来是否可能？

身体（Body）是对人的具体指称，也是一个总体称谓，人类的一切都没有能逸出身体之外的发生，身体是一切事物之源，例如颜色来自眼睛，形体也如此。声音来自耳朵，各种味道来自口腔，各种气味来自鼻，各种感觉来自身体的综合体验，可见我们对万事万物的认识都要通过身体。身体它是人体一切器官的总称，在身体之上没有多余的器官。但器官的功能却有闲置与浪费，器官的潜能也是无限的，不同环境中的功能并不完全一致，对于器官的秘密我们至今不能全部认识，甚至今天对我们身体的每一个局部仍不能全部命名。我们并不能全部地称呼我们的身体和全面地使用我们的身体，只有向极限挑战，身体才能展示它无穷的魅力，常态使我们的身体平庸，非常态能看到身体的特别与差异。身体有一个最奇妙的功能，训练改变身体，通过训练的身体与没训练的身体，其功能万千差异。如果把人物视为核心，那么小说除了身体之外便没有别的。我们还可以说一切自然植物与动物也是身体的，但并不完全一致。物质世界也同样具有事物的身体。记住，事物的身体也是我们至关重要的书写。我们无数学科都是关于身体的，医学是关于生病的身体，体育是关于训练的身体，舞蹈与绘画均是关于审美的身体，经济是关于生产的身体。身体的外部表述同样也是不可穷尽的，身体的内在表述可以视为精神、思维、情绪、心理等，身体是人的一切载体。所以维特根斯坦说，人的身体是人的灵魂的最好的图画（《哲学研究》）。因而我们的小说全都是关于身体的写作。除此说法，我还把角色称为理性写作，身体称为感性写作，角色是意识的，身体是潜意识的，角色是集体记忆的，身体是关于个体的记忆。我们还要进一步明白一个概念，肉体（Flesh）这是一个更为具体的指称，它相对的名词是精神，而身体没有相对的称谓，这表明肉体仅作为身体的一个部分。身体自身也是一个矛盾，首先身体是自然物体，它的形象是自然给予的，同时又经过文化的改造，作用于思想理念。更进一步要明确的，性仅是身体的一个部分，性只是一个具体的行为方式，因而我们不能称身体写作为性写作。

第一，身体的外部叙述。这表述的是身体形态，类如绘画中的肖像画，传统中也许叫肖像描写。《红楼梦》中宝、黛二人初次相见有大段的肖像描写。一年轻公子（衣饰）面若中秋之月，色如春晓之花，鬓若刀裁，眉如墨画，面若桃瓣，目若秋波，虽怒时而若笑，即嗔时而有情。转头换衣之后，又一大段描写。冠带：头上周围一转的短发都结成小辫，红丝结束，共攒至顶中胎发，总编一根大辫，黑亮如漆，从顶至梢，一半四颗大珠用金八宝坠角，身上……下面……越发显得面如敷粉，唇若施脂，转盼多情，言语带笑。天然一段风骚，全在眉梢，平生万种情思，悉堆眼角。在古典人物肖像中，这是极细致的肖像描写了，也是最有代表性的，其特点：一、集中写人物脸部，核心到眼睛；二、所有描写都用比喻法；三、人物描写采用综合的方法，这里写身体的古人多把身体形象化、艺术化。特别注意古人重写服饰，我认为服饰也是写人物的身体，衣服把掩饰的身体欲隐欲露地呈现出来。另一方法是身体某一个标志，如一颗痣，一道刀疤，或身体的某个残缺。一般说来，中国古典人物身体描写的经验比较多，但作为现代小说写作意义却不太大，或者不大能使用。这一点远不如西方古典名著的人物身体的描写，如托马斯·曼《特利斯坦》描写那个叫艾克蒙夫的女人：她的美丽的苍白的双手……腰身的银灰色上衣，衣服上满缀着天鹅绒镶成的阿拉伯式的饰条……她的浅棕色的头发……右额附近垂下了一绺松散的头发。也就是在这一额角上，在她那画得漆黑的眉毛上面，透过雪白的、几乎像是透明的皮肤映出一小叉显示出病的青筋。这一缕淡蓝色的小脉管仿佛是惊惶不安地控制着她的整个娇嫩的鹅蛋形小脸。托马斯·曼所描写的人物身体紧紧地扣住病态特征，极细腻地书写。这类身体书写的特征：一、写出身体的质感。二、将身体外部特点和个体内部生理心理情绪状态结合起来。三、极端特征部分在小说整体中反复书写，如蓝色小脉管，成为贯穿全文的各个局部的细节。身体的外部描写基本是古典的传统的，在传统写作中，身体写作最集中的是如下几个方面：

1. 身体集中在头部，写脸，核心落到眼睛。

2. 身体重点在区别性别特征，男性的强健，女性的柔和。具有性征的部位如男性在于臂与腿，身体姿态，女性在乳房、臀部、腰姿、步履。

3. 身体动作，对身体动作的描写主要呼应于情节的表述，使身体动作成为一种表意过程。

4. 表现身体器官，以及身体的发生意义，即眼看，耳听，口吃，手拿，这是从器官及器官的感觉体验出发的，这主要来自西方传统的写作。

5. 性的表达，以及性器官描写。这是一个重要而敏感的方面，一个受到控制而被大众热衷的领域。某种意义上说这也是一个最难书写的方面。

传统写作中的身体表述的意义：一方面是审美展示；另一方面是表现性功能，潜在地作为欲望的表达。再一方面是为了故事情节的需要，身体是被模仿的。另一方面是作为人物的部分被关照，身体是被动的，是一个被描写的对象，是社会的，是意识形态的表述。至于身体本身各个方面的潜能并没发掘出来。就身体的外部书写而言也是不能算穷尽的。这就是说，身体写作给现代和后现代仍留有很大的空间，无论局部还是整体，还有很多没有描写的，这很好理解。仅从医学身体而言，人类身体便还有许多奥秘未被破解，甚至未被命名，更不用说那些不同人种之间的身体差异。有许多器官的状态与功能及作用我们仍未能全部明白。如果我说身体的骶椎极为重要，在英语中有神圣的含义，人类的杜鹃喙在哪儿，指甲为人身体老死的寓言，什么叫"达尔文点"，这些身体上的秘密连许多专家也未必知道。

第二，身体的内在描写。身体的内部，本质上是不可描写的，而且描写也不可能有意义，基本上属于医学的，我们如果写物质形状的胃、肠、心、肝等身体的内部器官不仅不好看，而且会引起恶心，那里除了黏膜、腺体，此外便是体液，所以身体内部的描写是建立在感知与反应上，这种内部描写带有想象、推断、刺激、反应等特点，传统写作最核心的内部描写是心，心理活动，例如托尔斯泰的心理辩证法。小说写人的身体有静止的和动态的，如果深入到心理，便有冗长的心理活动表述。心理活动的写法：

1. 通过人物的眼睛写心理。

2. 通过人物的语言表述心理冲突。

3. 通过人物动作反映心理活动的特点。

4. 与身体外部无关，直接深入到心理分析（描述性的），是心理事实的表达。

5. 借助回忆、联想等方式写心理状态。

注意和后来超现实与精神分析心理不一样，是指人物的性格心理、政治心理，它是置于故事与环境的整体之下，人物回忆、想象的心理活动。心理活动在后古典传统里，它作为人物的一个局部，随着小说的成熟发展，最终成为一种心理描写的流派。这主要指西方心理小说，中国古代始终没有真正意义上的心理小说，

《红楼梦》的出现，中国才有心理写作的萌芽。我为什么把西方的心理写作视为身体写作呢？这是因为西方心理小说，一方面有一个漫长的发展与成熟阶段，形成了该类小说鲜明的特征；另一方面西方心理小说呈现一种综合式的感知方式，包括心理情感、心理事实、心理的理性分析与直觉表述相连贯，是从写心之术到写整个身体反应的感受和体验的综合方法。英国最早的心理小说是塞缪尔·理查森的《帕米拉》，作品问世于1741年。而心理小说的最高峰应该是1922年的《尤利西斯》。法国最早的心理小说是拉法耶特夫1678年发表的《克莱芙王妃》，最高成就的代表当然是1906年普鲁斯特的《追忆似水年华》。德国最早的心理小说是歌德于1774年发表的《少年维特之烦恼》，最高峰是赫尔曼·黑塞在1927年发表的《荒原狼》。俄国早期成熟的心理小说是1840年出版的莱蒙托夫的长篇小说《当代英雄》，最成熟的代表应该是1851年发表的托尔斯泰的《童年》和1866年出版的陀思妥耶夫斯基的《罪与罚》。我这里就文学史上公认的经典大致表述了西方心理小说的状态。如果细致研究，心理小说是一条浩大的文学长河，而且有许多文学大师已贡献了无数经典。这里有一个值得注意的现象，心理小说的最高峰大都到了二十世纪初期，而且都出现在现代主义文学的繁荣期。但心理写作的初期却是一种传统的技术，今天我们叫作心理描写。中国今天的小说写作大体上属于扬弃的范畴，没人去进行冗长的心理描写了，在西方的当代小说写作中这种心理描写技术也不大使用了，代之以弗洛伊德的精神分析，或者一种自由联想的写作，意识流方法也变成一种传统技巧了。于是新的身体写作的技术方法产生了，这是我们下一点要谈到的。

第三，隐身体的写作。在小说写作中，布斯的《小说修辞学》把小说叙事方法分为讲述与显示。早期的小说故事是讲述的，其中讲述人的声音是明确的，小说发展成熟后多采用显示，你看不到讲述人的痕迹，小说中只有人物、环境、故事自身的活动。可是小说在二十世纪中后期又有两种强势：一种是后现代叙述中的元叙事，讲述人的面目表露无遗，不仅如此，小说变成了一种写作者的故事，叙事者不断反复解析他自身所讲述的故事与他所使用的讲述方法之间的矛盾，这一方法始于法国作家纪德的《伪币制造者》。这种方法简单说，是作家的身体出现在作品中，并成为被叙述的对象，即叙述者成为叙述的对象。另一极端的方法是讲述人彻底退出小说。一种是以主人公身份活动的严格展示，不介入第三者的评述，客观地记录他们的活动。一种是冷漠的零度叙述，一种不带倾向性的绝对纯客观地写人物活动，只写看得见的东西，不用想象、比喻、夸张等手段，不是故意去进行性格化描写。后者典型的代表是罗伯·格利耶，作品有《橡皮》《窥视者》。前有詹姆斯的《黛西·密勒》《螺丝拧紧》。至今，小说写作，实际上仍有一个讲述与显示的矛盾，最早作为传统技法，叙述人出场说故事为讲述，以人物自身活动展示看不见的叙述人为显示，那么到当代小说的叙事和零度叙事，无论技术和方法有多少新的变化，或者叙事技术有了更严格的规定，实际上所关涉的仍是一个叙述人出场与不出场的问题。如果我们不纠缠在讲述与显示的方法上，从本质而言，隐在的叙述人，或我说的隐身体写作是永远存在的，不同之处仅在于作者以什么样的面目和方法在小说中形成一种立场。

我以为，以人的基本经验和基本本能所需的欲望要求的写作，均属于隐身体写作。例如吃喝玩乐、睡眠、疼痛、情爱这些与感觉的体验相关的情绪表达均属于隐身体写作，为什么？其理由很简单，无论是作品中的人物，或第一人称的直接参与，这些基本本能的感觉与体验均是托身于人物的想象，是一种作者对自我本能的体验和感觉的表述。简单说那些关于吃喝玩乐、睡眠、疼痛、情爱的感觉和体验实际上都是作家的，作者可能托于一个主人公，做一种想象化的假定，但只要贴近具体的疼感、香味、饥饿、愉悦、抚摸等范畴，绝对都是作家的感受，当然我们也不排除假定性手法，转述由别人经验获得的感受，但这种感受只能是抽象的，靠行为分析推断而来，只有作家亲身的体验与感受才真正具有力量，凡我们感到细腻、丰富、生动的东西都是直接由隐身体发出来的，而且它们一定是基本欲望。

下面，我们分别看看这些本能欲望是如何在写作中得以表达的。

其一，饮食身体。由饮食发展的腔肠文化，包括品味、享受、饥饿。因为这是人类最基本的生存方式，写饮食首先必须是身体的，要有吃的感觉，要有各种味道的分辨，由食品出发衍生出一种生存方式，例如烟、酒、茶都是在口味上，吞咽美食与分辨美食是两个层面的东西：一个是生理的必需；一个是身体的享受。贵族对食品的追求是一种享乐，一种生活品位。穷人对食品的追求是满足身体必需的能量供给，食品是容易从个体与社会层面来区分的，注意：食品具有的书写意义不能只是一个胃肠消化的含义，而身体为进食的含义，食物最具有其贪婪性，所谓生物共同习性是吃着碗里的看着锅里的，今天的人们在世界范围内很少有人去写饥饿了，食物维持的身体需求基本解决，标志食物的是人们对奢侈的追求，一种有品位的生活，从食物我们洞察一切社会关系。食品对于身体有极宽广的可写性，它是一个身体的支撑点，比方说饱暖思淫欲，表明食物是一个基本出发点，它会引起身体一系列的复杂反应。童年我在洞庭湖边，那里出了灾荒，大量的人饿死了，我们村里有一个中年人在家里饿死了好几天，人们不知道，由于尸体腐烂出现异味，才引起乡邻的注意，村里人把他拉出室外，发现他口中咬着破棉絮。大家安葬他时，在溃破的胃中人们发现了大量的棉絮，可见一个饥饿的人吃树皮、草、泥土，或者易子而食是完全有可能的。饥饿感让人们体验到人类生活中的许多问题。水，缺水引起的渴，在沙漠里尤其表现了一个身体与水的矛盾。《普鲁士军官》中那个勤务员在受伤以后，烈日下行军的干渴让他晕眩，间杂着对上尉的愤怒，那渴的双重含义在身体上的反应非常精彩。《红楼梦》中有一个食物的精彩例子，刘姥姥进了大观园本意是讨银子解决乡下的食物。饥饿，刘姥姥深有体验，她的孙子板儿抓着什么都吃，如果单纯写刘姥姥吃喝意义不太大，曹雪芹偏偏让一个农村老太太在怀有强烈饥饿感的状态下去品评美食，贾母带着儿媳孙子一大家贵族的少爷小姐玩了一场食品游戏，品评各种精妙的味道。这是一个由食物的身体书写到食物的社会书写的典型例子。食物对身体是双重意义的：其一，是个体生存的养料；其二，是审美感受上的食物享受。但食物维系一个生物由生到死的全部过程，它是人生最不可缺少的，记忆最深刻的，可基本温饱后人们又容易忘记对食品的感知，对食物身体而言永远只是一个循环，进出都是一个固定的口岸。中国文化有意思的是以食物为基本出发点而构成的，例如民以食为天，民有所养，人以口为单位，政治社会学中食是第一位的，以此形成了中国的腔肠文化。传统文化中的日常习惯的惩罚便是用饥饿来进行的，一切威胁的首选便是切断生活上的供给。

其二，情爱的身体。情爱写作是小说中一个永恒的主题。古往今来的小说长河，情爱表现从量上而言毫无疑问最多，以至情爱身体无法用统计学去完成。它可以这么说，凡小说无一不充满爱与恨，特别是情爱往往就是小说的主角。情爱身体遍布文学史上的一切作品，但极端的身体情爱例子，经典文本并不很多，而且千百年来都是遭到禁止的文学现象。最早莫过于《十日谈》，这时的情色身体基本是话语阶段，也就是说，性爱与肉体是经过淡论来确定的，身体的展示作为客体只是被言说，应该说在世界范围内每个国家都有自己的色情身体小说。中国的经典应该是《金瓶梅》，法国有萨德的《朱斯蒂娜》《索多玛的120天》，后者还被帕索里尼改成电影。还有英国一个经典的作家劳伦斯，他有《查泰莱夫人的情人》《儿子与情人》。在美国，亨利·米勒可以说是位情爱小说的畅销小说家，他的《南回归线》《北回归线》极尽了情爱身体的描述，后来以他的小说改编的电影《亨利与琼》基本上是一种身体的盛宴展览。另外，还有纳博科夫的《洛丽塔》。法国作家左拉的《娜娜》和《萌芽》也是极尽自然主义的身体写作。在情爱身体写作中，艺术高下的区别在于，一方面仅把身体作为欲望展览，纯粹形而下的性爱只能是一种感观消费，没有什么启发意义。另一方面则是把身体当作一个被压抑的主体，充分展示肉体的被侮辱与迫害。因此，俄国陀思妥耶夫斯基的身体写作也是很有意义的。在今天情爱身体向多方向无限展开，特别自弗洛伊德的精神分析学产生以后，可以说揭开了性身体的奥秘，因而产生了大量的情爱作品。在性身体与性心理的探索方面分成很多的专题类型，例如恋母情结、恋童癖、性倒错，各种各样的性变异都有作品去表现。这时小说中的身体成了精神学科中各种分类典型的代码。在法国专门有一类情色小说作家，特别有意思的是那种情色的实验小说在文本上也有所探索。一般说来，在世界范围内以小说专门探索情色身体的，其艺术成就都不很高，它们也都不能超过各国自身主流文化的最高成就，但是它们无一例外都产生了巨大影响，而且取得了最好的市场效果。关于情爱身体表现的艺术技巧，我想在另外的章节中专门详谈。最近出现的情爱身体小说比较引人注意的是耶利内克的《钢琴教师》和德·贝格的《图像·女人的盛典》，后者据说是罗伯·格利叶妻子的佳作。身体是情爱写作中最热衷的。

　　其三，疼痛的身体。所谓切肤之痛，表明疼痛是与身体刺激、反应直接关联的，所以疼痛是身体的最直觉反应。它体现了身体的本性、质量，包括人的意志，抵抗疼痛的能力。《三国演义》中有两个疼痛的经典例子。关羽被毒箭所伤，毒入骨，请华佗治疗。华佗割肉，最后在臂骨上刮得窸窸地响，但关羽淡定地下棋，谈笑风生，不可想象的疼痛在英雄身体上不堪一击。同样曹操患头风病，脑内风涎剧痛难忍，华佗要替曹操破头骨治病，曹惜命不敢，并把华佗下狱，最后治死。这种对比既是身体的对比，也是意志的对比。疼痛之于身体是一件无人敢要的礼物。但疼痛在小说中却极有表现力，它与苦难有直接关联。帕斯瓜尔的一家充满了苦难，实际也充满了疼痛，但身体会采用不同的方式，或逆来顺受，或奋起反抗。疼痛的方式是多种多样的，应该说，医学上有多少种病痛便会有多少种疼痛，对身体而言都会做出相应反应，文学写作所热衷的主要有分娩的疼痛，刀枪之伤的疼痛，器官残缺的疼痛，还有超越各器官承受能力的刺激压迫的疼痛。身体的痛是有肉体的物质基础，可以明确指出度量，一种为用语言说出的部分，一般为量化的；另一种是语言不可说的，一般为质的。身体写作传统中是那些可说的部分，以一种量化的方式，或以一种比喻、形容、夸张等修辞手段，有一种不能言谈的疼痛、隐疼，无可表达，我偏重于从精神范畴上去谈论它。过去把精神与肉体分得很开，现代身体研究中它们二者是极其贯通的。疼痛是每个人一生挥之不去的一个身体附件，随时都能发生在每个人的生活中。今天，人类对身体的伤害是多种多样的，因而疼痛也是多种多样的，谋杀的疼痛，强奸的疼痛，行刑的疼痛，生死的疼痛等。人应该有疼痛意识，而且理性地面对它，因为身体是感性的，随时都会有疼痛袭击它，必须有精神的力量去战胜它。疼痛分两种：一种自然生成，就医学而言，一个人一辈子不可能不生病，疼痛是身体最隐在的敌人，应该说人类随时随地都在和疼痛做斗争。自然生成的痛仅针对个体身体，但绝大多数的疼痛属于另外一种，一种外部强加的疼痛，制造疼痛最多的应该是战争和灾难，小说中写疼痛的比比皆是，尤其用残酷的刑法处置身体，人类刑法便是一部制造疼痛的机器，而且它是永动的。制造疼痛的方式也匪夷所思，第二次世界大战中法西斯的屠杀，日本人在南京的大屠杀，数十万人被砍头、活埋，惨烈的疼痛。这可视为一种政治的疼痛。在那些恐怖、牢狱、杀戮的小说中有许多疼痛的身体描写，这些痛苦都是表象式的，在艺术成就上不算高，在小说长河里能找到的经典疼痛身体似乎不多，比较而言法国有两个作家在疼痛表达上值得我们注意，弗朗索瓦·莫里亚克的《热尼特里克斯》写畸形、变态的母亲独霸儿子，监控独生子到五十岁，像织了蛛网把儿子网在中间，儿子仅是一只网中奋斗的苍蝇痛苦不堪。《台蕾丝·德益鲁》写妻子长期对丈夫下毒。《蝮蛇结》中主人公路易制造了蛇窟，把一切亲人当敌人对待。莫里亚克的小说充满了对身体的折磨和痛苦，关键在于他把这种疼痛上升到心理层次，把身体疼痛和一种人性恶的理念结合。乔治·贝尔纳诺斯是写疼痛身体的一个代表，他的《撒旦的阳光下》中主人公多尼桑自我苦修，对自己施苦刑，穿马鬃衣，用链条抽打自己，直至昏死。对自己的身体虐待，这个小说已经写到极致了。皮肤上破的水泡连成一片，血汗凝在一起，用链条鞭抽打身体，链环上皆带肉片。此外，他还有《伪善》和《月光下的大坟场》，把这种疼痛与邪恶上升到宗教意识去认识它。对自我身体的折磨是因为他认为我有何重要。表述疼痛的身体很重要，它也是一个永恒的主题，综合的主题，内在含量很大。

1. 疼痛与人性深度的问题相连。

2. 疼痛与暴力互为因果。

3. 疼痛一定和邪恶相关涉。

4. 疼痛的探索最高乃在哲学上延伸。

5. 疼痛肯定是社会学中一个重大、综合的症结。可惜止于今天，小说对疼痛这一基本范畴重视不够，表现不够，一直没有产生经典之作。

其四，睡眠的身体，生与死的肉身。小说的重心一直在动态的身体，对于休眠的身体停留在一般描绘几句，理性上重视不够。应该说，人体有三分之一时间是休眠的，睡眠与梦互为表里，只有在弗洛伊德以后睡眠的身体才真正进入了写作。超现实主义使梦成为一个潮流，梦幻、意识流，使睡眠成了一种写作主体，向一个极端发展。我要说的这种写作仍只是睡眠身体的一个部分，真正的睡眠身体仍没得到重视，睡眠从表证来讲实在是一个不好表达的状态，睡着了，除了梦以外，便意味着睡没有活动，是静止的，可写性极差。正因为如此，在古典写作中没见到有人把睡眠写成杰作。也正因为如此，睡眠反而大有写作的可能性。睡有各种状态姿势，睡有各种反应，特别是还有一个失眠状态下的身体。我们要发掘人在休眠状态下的三分之一状态。这一点要和梦区别，因为梦是睡着的状态，写醒着的生活，想象的生活，仅此而已，梦中的身体也没有引起重视。我们把睡眠上升到一个主题，表述各种睡的意象，扩展沉睡中的身体，记住睡眠也是人生一部默片。把生死的身体和睡眠一起谈论，我是有意图的，在生之前与死之后我均把它看作睡眠的两个端点向不同方向的延伸，看似简单，实际也很复杂。生死乃大义，而且一直是宗教的核心问题之一。写死亡倒是小说很热衷的一个东西，许多小说始终都有一个隐在的核心，以死亡为眼。但它把死亡作为一个事件，死亡身体成为一种线索，这真是扭曲了死亡意象的奥秘，我们要思考的是，死亡是身体的个性灭亡的终结形式，如同它的诞生那样重大。传统写作中一直对一个诞生的身体投以热情的讴歌，而对死亡的身体均不忍再看，力量用到祭奠的仪式上去了。死亡的肉体真正成了悲剧却又不愿多看几眼，可见人类身体最终还是草草了事。身体的自我不存在了，便没有别的人重视了，这本身就是一个极深刻的问题，值得我们去探索。

我把这些反映人类基本本能和基本的生存方式的，由身体直接出现的现象都归于隐身体写作是有重要的目的：

1. 要求身体写作要真实，疼之所痛是人物的，更是作者的，重要的是它是与读者感同身受的。

2. 身体表现出来的不仅是肉体器官，它要引入身体的意义，是客体。但这个客体是主体对象化以后的客体，也就是说，小说中人物身体隐含的是作家自我的身体。这要求作家不能有口无心地写身体，另一方面作家本人绝对要重感觉、重体验地对待你所描述的任何一种身体现象。

3. 身体是我们大家必须共同爱护的，不可随意侮辱它。钟爱人类身体是我们人物写作中的最后意义。这儿有一个理论上的问题，我们重点提出身体写作的意义是扩大身体的疆域，由人的身体到物的身体，乃至我们世界的身体，具有本体论意义，由身体出发我可以揭示人物与事物更深刻的奥秘，我们对身体的启示正是在我们人类身体的自身。

因此，我们关于身体的写作不是缩小它到某一个身体器官来认识，不能把身体缩小到性，性的写作是身体写作一个重要的支点，但身体写作是关乎人类整体的自身思考。身体社会学，身体政治，身体意象，身体哲学，身体文化，性别政治，女权主义，身体与消费等等，这里是一个宏大而复杂的问题。可以说，身体是我们的大世界，一切社会个人的问题都在其间显现，这表明身体写作也是有广阔空间的。

第四，现代性身体写作。在传统写作中身体是神化的，西方针对巨人与英雄，身体则是美的化身。因而，古典的身体是理想的化身，是被讴歌、被模仿的。当然也有恶魔的身体，但人们是执以批判的态度。这时候的身体特点：1. 身体是整体连贯的，在一部小说中人物身体是一致的。2. 身体是有意义的，为一定价值观而存在。英雄总是为人类大众，为正义，即亚里士多德认为的是好人，向善的。3. 身体被理想化、神化，有超人的力量，美女也是超常人的美质。到了十九世纪现实主义带来了典型一词，性格也是"典型"性格，性格化身体成为一个时代标记，这便成为身体特征的第四个标志。身体在历史中刻下了这种种标记，它的悲剧在于均是异于身体之外而赋予的，身体自身的感知体验并没有被发现。简单地说，从作者、人物、读者的角度在小说中并不能真正看到身体，感觉和体验身体，如果在英雄身上重重一击，他并有疼痛感。美人的身体，其实别人并不知道她哪一个地方是美的，传统的身体写作没有器官化，这表明身体是抽象之物，身体变成一个价值的代码。

现代性身体写作始于人们对身体及身体功能真正的认识，小说中身体是感性的，不自觉的，因而现代性身体始于理论。具体地说，最早应该是弗洛伊德，他把身体的内在性发掘为与睡互为表里的梦，梦的表达无疑是身体一种极端的写作，梦源于无意识的自发状态，身体在谈论中被理性化，被纳入一系列理论现象受到人类的关注。巴特著有《文本的快乐》，另有一个早于巴特的重要的小说家、理论家巴塔耶，他著有《色情史》，只有他洞察了身体消费的真正秘密。他还著有伟大的身体小说《眼睛的故事》，主人公只是一对眼睛。还有一部绝妙的身体作品叫《痛苦》，是散文体。但真正第一个现代性身体写作，还是福楼拜的《包法利夫人》，这位夫人的身体是真正的人物身体，她尽量地摆脱了作者身体的控制。所有喜怒哀乐，包括她的观察，也就是说包法利夫人的身体被承认了。福楼拜是以冷漠超然的客观态度表述的。包法利夫人作为人物身体有了自主的生命意志、爱好、习惯，并由她自身走向了身体的终结，这应该算身体写作的第一个特征。主人公身体，或者说人物身体，在方法上应该是显示的叙述，平静冷漠的客观主义风格，这种写法实际会出现两类人物特征：

一类是包法利夫人。完全人物化的一个自我化的世界，包法利夫人没有超出属于她身体所感知的。另一类是戈里耶的纯客观写法。人物是机械的，分析的，众多人物的场景具有装饰性，或者有一种超然冷漠，人物身体失去了鲜活的感知，身体没有情绪、欲望、血肉，如同一具僵尸，这种冷漠是人物的冷漠，人物高度符号化，达到机械人的效果。

第二特征，身体在一个被创制的过程中，似真非真。安德烈·布勒东杰出的代表作《娜嘉》的主人公娜嘉是一个神秘的现实人物，还有许多超灵的特征。一个外省女子来到巴黎，贫困围绕着她，乞讨，流浪。她有自己的想法，但她有预测功能，能看到异时异地的事物。她似乎出于一个精神病患者的口，预言房子闪光，看到作者的一只火手。但是小说中娜嘉却找不到，她是一个幽灵，几乎一直在寻找过程中，我是谁？身体变成了一个对问题的回答，娜嘉似实似虚，说她实在，指她的一切身体感知都是客观的，她从栏杆上把手交给我，塞纳河灯光，对手观看追问，火手在水上，这种幻觉状态人们在日常生活中能感知，所以火手也不奇怪。她对旅馆的一种恐惧的感觉也是非常逼真的。娜嘉与作者同在，不仅如此，作者还引来阿波利奈尔和艾吕雅两位诗人来确证，同时列举了现实中真实存在的四十八幅画。他在现代剧院看戏。索郎日小姐像在戏剧中，又像在现实中，但特别真实。在梦中看到的一只昆虫，可以真实地掉在头上，或者反之。如果真正要寻找娜嘉的实体，小说中仅有一个幽灵。现代性身体原来是一个可疑的主体，有待寻找。

第三个特征，人物身体均在异化过程中，甚至由人物身体变成了动物身体。卡夫卡有两篇杰作，一篇是《地洞》，写躲在洞穴中的鼹鼠，但所有感知方法都是一个可怜的小人物对现代社会生活的恐惧。另一篇《变形记》，人却异化为甲壳虫。这表明身体是一个被压抑的主体。"异化"是现代性研究中的一个关键词，现代人丢失了灵魂，便满世界追问我是谁，寻找失去的身体。在这个特征中部分地回答了身体是被异化了的，是变形的，我们可以从这里去探寻身体异化最真实的原因。这类作品很多，在现代主义作品中比比皆是。值得注意的是，异化主题是从现实主义开始的。

第四个特征，身体是一个矛盾对立，或者说是分裂的主体。这一点和现实主义中写人物性格的二重性不一样。传统中人格分裂是指性格的多面性，而现代主义中的矛盾与分裂是在自我主体找不到的状态下产生的，精神分裂可以说是我们时代的精神病。这里可以列举一个特殊的例子，《纪念爱米丽的一朵玫瑰花》开篇说爱米丽·格里尔生小姐去世了。镇上人去送葬，但大家均十年没接触这栋老房子。那是一栋哥特式房子。爱米丽小姐是一个传统的身体。第一代上校免除了她一切应交税款。第二代镇长访问了大院见到了矮小的女人，她不断重复无税可纳。父亲死后爱米丽小姐再没走出院子，屋子里有一股浓厚的怪气味。有四个人偷窥，看到爱米丽小姐像一尊偶像端坐着，那时候许多天都和父亲尸体在一起，因牧师和医官要求，很久才埋下父亲。她病了很长时间，北方人荷默·伯隆带小姐上教堂。三十岁出头，只有两个堂姐来看过她，一切都凝固了，很长时间里只见爱米丽小姐买过最毒的药，砒霜，毒鼠药。后来大家猜测小姐会自杀。小姐和伯隆一起上街，去俱乐部，根据迹象他们会结婚，可公路竣工后伯隆要离去。后来伯隆回来过，黄昏黑人给他开了门，接下来又是很长时间没看到爱米丽。再见爱米丽是数年后，发胖，头发灰白，是铁灰色。十年之后才和外界有联系，给上校女儿和孙女上瓷器彩绘课。新一代人成长起来。镇上最后一个学生离开后，她的前门便永远关上了。守门的黑人也老了。后来所有的纳税通知单都退回邮局。最后爱米丽死在那栋房子里了。

镇上人来送葬，黑人打开门迎接一批人后，去了。小姐家的两位堂姐也来了。鲜花覆盖了爱米丽，小镇许多人都来参加葬礼。爱米丽活了七十四岁，她楼上还有一间房子四十年没打开过。镇上的人想看看爱米丽生活的房子。打开以后，那是一间布置得极好的新房，年代给了它陈旧感，灰雾弥漫的那张婚床上躺着一个男人。尸体有一个拥抱姿势，比爱情更能长久，他的腐烂，与衣服、枕，所有东西都无法和床分开。但尸体旁的枕头有压过的痕迹，近前一看枕上有一绺长长的铁灰色头发。对爱米丽这个人物，过去我们只看到了坚持传统而一成不变。其实爱米丽是经过了内心激烈的冲突、分裂的。首先是她的爱，然后又杀害了她的爱，并和一个尸体生活了几十年而与小镇隔绝几十年。两次行为：一次买毒药；一次给镇上人教瓷器绘画课。但我们应该注意的是背景，那个小镇走进了现代，告别了传统，传统的身体进入现代之后的矛盾性。伯隆公路带来的是现代。爱米丽以死的方式和现代斗争，取消生与死、现实与幻境的界限，由此可见，传统与现代的矛盾在爱米丽的身上发生，这种极端对立是多么惊心动魄。另一个典型的例子是《喧哗与骚动》，福克纳小说《喧哗与骚动》写法极为现代。但这个短篇小说手法很传统，接续了爱伦·坡的传统。第一部分是以白痴班吉的混乱眼光看世界。第二部分是对大学生昆丁投河自杀的回忆。第三部分是利己主义者杰生的内心独白，第四部分是黑人女仆迪尔西来连缀故事。这四个部分是写康普生一个家庭，表面看来是写白痴、精神病患者、偏执狂。女仆仅起一个串联作用，作为叙事的补充。凯蒂、班吉、昆丁、杰生、迪尔西几个人物，实际是人的形象的各个矛盾的侧面，写的是一个家，也是一个国，一个时代，一个活生生的人，人的不同侧面。他们矛盾、对立，是一个精神分裂的内部，实际是一个精神病患者的自白书，这很好理解，班吉、昆丁、杰生都是有精神残缺疾病的人。不仅如此，这还是一个分裂的家庭。

第五个特征，后现代的破碎的身体。在现代主义巨著《尤利西斯》中的身体便是破碎的，应该说现代手法主要是破碎手法，所有现代人物都不是统一的整体，人物是一个矛盾的主体并作为我们现实世界的象征和隐喻。现代的破碎虽是矛盾分裂的主体，似乎我们还可以重新拼贴组合，可以实行一定的还原，关于人、主题、结构都还有踪迹可寻。而后现代主义的破碎，从整体到细部都是破碎的，因而后现代主义是主张碎片写作方式，形式上切割得更碎更细，在碎片内部没有呼应关系。这么说把碎片比作古董，现代主义能把碎片修旧如旧，碎片还有一定的位置，甚至是有序的。但后现代主义碎片是炸飞了的，是非确定，不规则地散落，连碎片也找不到原来的位置，它似乎是一场雪崩，一场沙暴。《尤利西斯》是现代主义的经典文本，小说中有三个人物：德达路斯，青年知识分子；塔尔马科斯，寻父情结；布罗姆，广告推销员。三个人物仿史诗《奥德赛》的三个部分，全采用内心独白方式表达，人物只有意识的流动，万花筒一般的碎片，朦胧混乱，前后颠倒。但有一点是明确的，现代主义作品无论意识流，还是超现实、表现主义，均是发掘人物的意识、人类的精神状态。后现代主义关涉的不仅仅是精神文本，而是认为现实世界是一个庞大的碎片空间，没有结构，没有故事，也没有人物，身体破碎，无器官可以辨认，甚至小说的人物变成了《薛定谔的猫》（厄秀拉·勒·魁恩）、《可见的光谱》（威廉·伏尔曼），还有热定律的《熵》（托马斯·品钦）。在《看到了月亮吗》里巴塞尔姆让他的主人公和未出生的婴儿对活。后现代主义小说不仅词语变成了碎片，还是一种多文本的组合，与图画、数字游戏、电影院的胶片等等，形成互文。如此说来后现代主义没有身体了吗？有，有身体，后现代主义是让身体也破碎，让身体在破碎中体会快感，连身体也是互文性的，所有人与人、人与物的身体都是互换的。身体成碎片以后，思维也是碎片，后现代主义碎片是彻底反逻辑、反中心、反本质主义的。为什么让一切都破碎成为碎片，然后我们对艺术用拼贴原则？这与全球化这个时代的政治、经济、技术有关，人们不相信整体的东西，逻辑的约束，一切中心均已瓦解，我们的生活本身就是非理性的碎片。每一个人的生存都是此在现时，我们只有对现时进行体验化的真实，过去的历史和未来的理想都因时间性给隔断了。过去仅是《白雪公主》童话，未来也是一个《熵》的无穷大。现在进行时，巴塞尔姆戏拟童话，品钦用科学问题暗示将来。所有的生活均是一种可能性，变化是无穷无限的。

第六个特征，现代性身体是一个欲望的主体。这个特点也许正是许多人鼓吹身体写作或者下半身写作，简称之为性写作。其实不然，我说的欲望的主体当然有性，性只有放在生产概念中来谈论它，才具有意义。但它是一个更为阔大的领域。欲望写作以小说为例可以举不胜举。现代主义和后现代主义的小说均含有浓厚强烈的性意识，自弗洛伊德以后，用小说探索人性、本能、意识、性的奥秘已经不是罪过了。关键在于是否真正触摸到了上述范畴里的奥秘，并予以揭示出来，又对人类富有启示。我这里说的身体写作，指作为欲望的主体，还不是谈性，因为性，老幼皆知，它是身体的一个秘密，不用我去提示。我要说的欲望主体是关涉欲望政治，说的是权力、生命意志，说的是力和力的冲突，说的是身体形态和身体意象。例如身体在我们谈论它的时候带有许多后殖民倾向，身体有一种被挤压、抚摸和受控的倾向，只有这样我们才能感受到身体。所以女权主义，是指非女人自己的身体，是针对男权而言的，反之亦然。身体问题没有我们想象的那么简单，仅用性或者欲望就可以抽了。在艺术创造中身体还代表感性，从身体产生敏感，产生丰富多彩的想象，身体的特质可以引入我们诸多的想象与思考，更不用说世界是我们的身体，或者所有的事物均有身体。作为文化读本，我们这个时代在电影、电视、绘画、小说中有太多的身体。今天的网络世界更是一个身体自由出入的世界。提请注意的是，大众文化里研究身体经济学，在回归古典身体时我们要研究身体社会学、身体政治哲学。当我们开出一份时代精神病学的报告时，我们呼吁，爱惜和挽救我们的身体，包括一切生物形态的身体。

四、人物塑造的准则

我们提出一种准则，或告诉人们一种方法是要冒很大风险的，有许多问题不是我们轻易可以谈论的，例如关于现实、典型、人物、潜意识、压抑等问题，这些问题均有一个历史过程，对于人们也有一个认知过程，除此之外，人类知识范畴中有许多名称本身就是可怀疑的，越常识平凡，使用频率越高，越值得怀疑。有些人认定了绝不可怀疑的，但它刚好是有问题的，例如时间、逻辑、颜色。许多伸手即来的东西均在怀疑之列。小说，古往今来，中外各国均已有之，不应该怀疑吧，实际上"小说"这个概念从来就没稳定过，一直是一个变化的主体。人物，也是小说中我们呼之欲出的东西，可我们深究起来，小说中是否真有人物，或者将来小说人物还存否。以二十世纪为例，现代主义兴起，小说中的人物实际已是逐渐衰微了。这是因为作者和读者均不相信小说中的人物了，那是虚构的一个假人，如果是这样，那还不如去电视和网络上寻找人物影像，因为他们比小说人物可感性强多了。不仅如此，有许多问题我们在谈论时，你在评述时，在赞扬中又暗含一种反对。一个人在谈自己否定的问题，那其实是很反讽的了。人物塑造应不应该有一种标准呢？谁都会说应该有标准，不然如何评判人物呢？可是这个世界绝没有一个万能的标准，浪漫主义有它的人物标准，现实主义又有它的人物准则，可以说有万千流派就有万千人物标准。最早亚里士多德便提出了人物塑造的四个标准。浪漫主义热爱巨人族，神奇、超常的人物，现实主义则要求典型环境中的典型人物，现代主义的人物是自我分裂的。我们时代有病，我们人也有病，现代人均丢失了灵魂与自我。后现代主义则是碎片人物。凡此种种，我们又以何为标准呢？因此我们不能以我们创造什么样的人为标准，好人是标准，那坏人呢？作品中肯定有坏人，那怎么办？行动的人、有意义的人是标准，但当今之人在经济和技术的异化之下，人的行为不再中心化，日常行为并非有意义的显示。我们无法按人物类型制定标准，这样我们只能按照人物在小说中的功能作用定一个大致的准则。

第一准则，人物应该是有性格的。这虽是一个最古典的标准，但今天也同样会有性格。有的人说，现代人性格萎缩，庸庸碌碌，没有外显性格，实际没有性格也是一种性格。《林中之死》中的妇人，没有张扬的性格，但内在隐忍实际也是性格。爱米丽一句话不说，是一个沉默的主体，可最终依然显示出性格坚忍暴虐。班吉是个白痴，泯灭了人性，实际他的行为方式也是有意图的。应该明确这个性格指的是无论什么文本，只在有人物，该人物应该有他的特征，后现代主义文本《皮男人》中皮男人便很特征化。皮男人远去了但他又无处不在，他的很多行为，你不知道他意欲何为，非常有意思的构成点。他远离了，在世界之外，我们也远离了。干什么，表明人的远离状态，人的疏离便是后现代主义的主题，人物的性格上升为很有深层意义的符号。人物的符号化并不仅仅是后现代主义带来的，实际上从"人物"一词产生开始，古典时代便具有符号性。拉丁文（Persona）便含有戏剧面具的意思，在法语和英语中"人物"一词具有同源性，因此把人物理解为角色是非常准确的。另外，"性格"（Character）一词本身也含有"人物"这个词的双重含义。可见性格即人本身，延伸而指人的特点；另一词"性格"（Ethos）与"习惯"同源，该词指的是经常去的一个地方，这里做词源分析的目的在于我们不要对性格狭隘理解，实际上人物、角色、性格首先是同一性，然后再是差异性。再从性格（Ethos）看我们表述人物只不过强调了他的特征，人的特征在小说中是指他的习惯性行为方式。

第二准则，人物应该身体化。这是说小说人物应该是可感可视的，对人物本身应该器官化，人物是躯体，他有血有肉，有骨骼，有精气神。也就是说，小说中的人物应该和真人在局部上保持同一性，器官对事物有识别能力，在人与事关系的世界里有反应能力。对读者而言，他不仅存在于文本之中，也应该在生活中有影像，重要的是在读者的脑海里有形象感，是共性中的这一个。传统小说中做到了人物对读者的一个整体感知，统一性、完整性都很好，但人物的身体是个玩偶，器官作用不分明，现代小说倒是视听、感觉、行动、体验都到位了，身体的七情六欲都有了可感性。但人的整体又粉碎了。《尤利西斯》把人的内部感知能力发挥到了极致：幻觉、梦、自由联想、人类复杂的精神状态与想象能力都在那里淋漓尽致地演绎，但《尤利西斯》的人物却缺乏行为能力。身体化便是要人物的五官感知都到位，视觉所见如你见，听觉所闻如你所闻，伸手可以触摸到如同真实的肉体，吃喝、睡眠、爱恨情仇都发自身体，并且作为艺术的身体要有超过常人的通感能力，身体作为物质形态要为读者所欣赏，而不能仅停留在身体外部一般性描述上。让读者的情绪与感觉都参与进来。

第三准则，人物应该是一个理想的实践者。这话的意思指小说人物与生活人物不同，人物的存在肯定会指向目的，即具有一定的意义，你造个假人意欲何为？即便作为人物游戏，玩游戏的目的也指向娱乐，或者审美。现实生活中不同，大多数人并不一定为意义而活下去，他们是感性的生存。只有活在现实生活中的才是绝对身体，饿了要吃，冷了要穿衣，每一个人要为生存奋斗，要娱乐，要两性生活，而不会更多地去思考终极意义。因此小说中的人物是针对活着的人存在，作家的目的要么是一种审美，一种游戏，一种自我观察，或一种自欺欺人的发泄，如果对作家有更高的要求，如良知、责任、创造能力，作家便会对自己塑造的人物有高于生活的要求，有一种更智性的东西贯透人物。那么人物便是启示意义的存在。小说中的人物是双重性的，首先人物在作品中有自己一个存在的理由，一个位置，置于一种关系中，他是能动的，这样他在小说中才有一致性，他不是玩偶，不是可有可无、可多可少的。严格说来，一个人物如果不是他自身的样子，这个小说便不存在了。另一方面，这个人物是作家意图和目的的执行者，是作家向读者、向社会介绍了这个人物，无论作家出于何种目的，他把人物创造成那个样子，总会有一个自己的愿望。小说中的人物不是实体而是由现实生活中移植过去的，或者完全是头脑中虚构的，在小说终结时，人物完整了。无论人物是否成功，是否满意，它一定是作家愿望的达成。这个双重性有其同一性的，也有矛盾性的。小说中人物和作家心目中的人物一般来说是没有完全统一的，有矛盾反而是好事。小说中人物的自主性越强越好，人物是一个复杂的多面体，他溢出作家的意识越多越好，这表明人物的内涵更加丰富，对他的阐释已经超越了作家想象之外。这样，小说人物便成为人类共同理想的培植者，最终成为人类文明的一个符号。

第四准则，人物应该成为人类精神的图谱。一个人物在小说中，他的物质标记、外在形态固然重要，他自身得以独立存在，人物便有他自身的那个样子。这就是前面说的，他应该是身体化的。人物不能仅仅是这样一个躯壳，重要的是他也和日常生活中的人一样，有他独特的精神指向——人是思维的动物。哲学上说人是有理性的动物。但按通俗的说法，人，无时无刻不充满了想法，是这些想法指导了他的行动。不仅如此，小说中的人物，以我的看法，他应该是思想大于行动的人，精神状态异常丰富并且超出常人，简单地说，人物的精神应该大于该人物。一方面，人物的精神还应该大于读者，我们还有理由认为他还大于作家本人，应该是一个无限丰富的载体。这个人物从正常状态看，他应该是人类历史文明长河里精神财富的总和，人物的精神是人类精神的结晶，但人物精神反映、表现着人类精神。因而我们说小说中的人物是我们时代的一个精神符号。另一方面看，小说人物的精神又不能完全是正常的，应该有所异常，我们姑且不说他是一个精神病患者，他至少应是我们这个时代病态人格、精神分裂的集中反映。古往今来的小说中凡属高度具有行为能力的人物，一般都是鲜明、生动、活泼的。他让人容易记住的是外形，是他那个样子，一般说来这样的人物是比较容易创制的。但最深刻的，真正进入人类精神世界并具有启示意义、有精神价值的，还是那些精神饱满丰富但又超出常态的人。现代派小说中的人物凡成功的都是一部精神史诗，《尤利西斯》中的德达路斯、塔尔马科斯，《变形记》中的萨姆沙（这也包括《地洞》中借鼹鼠表现人的精神状态)，《喧哗与骚动》中的大学生昆丁，《堕落》中的克拉芒斯,《恶心》中的洛根丁,《自由之路》中的马蒂厄。这些人均向我们展示了一幅现代人的精神图画,让我们真正了解到现代人的精神状态,或者存在的荒诞状态。小说人物作为精神图谱,重量还是在长篇小说,具有一个更大更长的跨度来展示人物的精神历程。每个人物作为精神的展示应该具有独特新颖的见解,不能是一个日常精神病患者的呓语。《饥饿之路》的主人公阿扎罗的精神现象表述了人类精神史是一部苦难史,即便是爱也是苦难的,爱比死更难。《六月庆典》中希克曼代表一种美国精神,但据我看来,那种圣徒式的精神远不如布里斯经受的精神苦难深刻。《人性的污秽》中科尔曼的精神史便是揭秘人性深度潜藏的问题。

第五准则,人物应该是一切社会关系的总和。这是一条现实主义的人物原则,按说它不可以作为囊括一切的人物创造的原则,全球化时代个人功能下降,人在庞大的社会和极端的财富与高超的技术中会显得无限渺小,今天的人谁都不能说他是一个典型的代表,他就是他自己。他不是一个网络结构的核心。确实,许许多多写作者,仅仅只在一个极狭小的范围内写一点自己的感怀。在多元视角中绝大多数人低于他的语境,我们今天的人及其社会多少有一些反讽。但一部小说,特别是长篇小说展开的社会领域是宽广的。特别是今天的时空关系的改变,人物活动空间与速度趋向无穷大,所谓大社会没有封闭的小人物,因此我们考察人的基本关系,分析人的属性,在今天的商业经济之下,人作为一切社会关系的总和,应该有很大的适用性,作为第三世界的人尤其如此。在富裕的西欧,这一条人物准则应该说作用是有限的。人物作为社会关系的总和,则必然要创造一些典型。我们今天看小说,典型的塑造更接近虚假,因为它要高度集中,高度特征化,是许多人中的代表与榜样,而今天的人是芸芸众生,故而典型化了的人往往给人不真实感,是夸张的。因而我的说法是,虽然人物仍体现我们社会关系的总和,但却不一定用典型化。这是什么意思呢?我们在创制平凡人物时看到他作为社会关系的总和,透视了时代和社会的各种关系,其实最重要的是经济关系。但我们不必把他特别地进行特征化,把许多人共同发生的特征强加在一个人身上。我不仅不主张典型化,反而主张平庸化,使你所写的人物和芸芸大众不要剥离开,这样真实感更好,生活味也就更足。现实主义原则在巴尔扎克、托尔斯泰那儿已登峰造极了。可今天人们谁又会把《人间喜剧》和《战争与和平》作为楷模来创造今天的人物呢?

从这一点出发,正好是上述我说的五个塑造人物的准则,它们不是唯一的标准,同时也不是所有的标准,应该说还有许许多多的标准。标准可能是死的,是准则,是尺度,但我们进行人物创造时却是鲜活灵动的。或取其一准则用之,或综合其二用之,也可不按这些准则,根据个人内心的感受或者生活中的实际情况,感性地去创造人物。但我这里要说的是,写一两部作品,或初学写作,你怎么写,怎么来构建你的人物，均可以。但写作进入自觉状态，要使个人的创造水平不仅超越自己，而且要超越别人，达到中外创作的先进水准，你就不得不考虑这些人物准则的深刻意味了。

五、人物塑造的方法

应该说每一个作家塑造人物都有自己的独特方法，其独特处或许是不可共用的。但既然我们塑造人物有共同的准则，这也表明了许多创作方法也有共同性，例如从生活中提取真实的人物形象，通过一定综合的方法使他成为小说人物。这种方法已被千千万万个作家使用，那么便肯定有我们可以共同借鉴的东西。小说中有各种各样的人物，也许就有各种各样的方法，有的人物伴随你漫长的生活同你一同成长。有的人物是生活中偶然的插曲，是即兴的。有的人物超过了作家的生成，是有原型的，有家族和民族的集体记忆的特征。不同人物我们会有不同处理方式。还有众多的人物没有现实依据，他们是一种意象，一种幻想，一种偶然的触动，我们的处理方式又不一样了。因此，你不可太相信这儿提供的人物塑造方法，这些方法是被过去的作家或者我本人使用过。它有一些启发，但最佳的最深刻的方法还是根植在你的内心，而且只有你个人充满了灵性和感受，采取最鲜活的方法，创造的人物才是最好的人物。你用生命创造的人物一定会给别人最深的印象，而且也极有可能最具原创的价值。

第一，看不见的人物塑造。这里是指在小说未进入写作状态时，实际人物塑造已进入了作家的内心。过去传统写作中用十月怀胎来形容之，以瓜熟蒂落为成功。我这里要说的是这种看不见的塑造不是呆板的，今天写作的人有谁会去看传统作家的创作谈呢？因为在他们看来，写作太简单了，想写，拿笔就开始，写别人不成，写自己还不成吗？把我展示给别人就可以了。据我二十多年的创作经验，写作真的不是那么简单，真是有许多无形的和有形的东西制约着作者。一个人兴之所至，是可以写出作品，但我以为真正优秀的作品还是不要那么草率，特别是有一定写作经验的人，更不能轻易地拿笔就写。最低限度也要让你自己进入一种写作状态。那么，我这里说的创造看不见的人物还是应该有启发的。这一环节，我指一切未形成文字、进入小说人物造型之前的工作。这个工作，传统作家和当代作家处理方式不一样，传统作家讲究构思，特别是写长篇小说会有漫长的构思，甚至把构思写成提纲。今天的作家很少有这个讲究了。他们是即兴写作，或者资料写作，前面还说过自我写作。无论哪一种写作，我仍要强调一种酝酿。这个酝酿分有与意无意的、长期与瞬时的。再即兴的创作，我仍要强调一种酝酿。也就是说有一种心理准备，你的内心某种意义上是一座窑，你在内心的窑里要把这个陶人瓷器烧制好，你的智力在把握这种火候，什么时候出窑，你要找一个最佳的时间，十月怀胎，会有一个自然时间的生产。我们说短篇小说也许可以偶成，但长篇小说一定得要有这么一个酝酿过程，其实有许多经典的短篇小说也经过漫长的酝酿过程。例如博尔赫斯的《代表大会》便在心内写了三十年。一个作家的经典长篇小说在内心会经过很长时间的酝酿。巴西作家吉·罗萨的长篇小说《广阔的腹地》由一个偶然因素引起，作者乘出租车遇到了他的老乡，一个牧人讲述的腹地故事。但作家经过漫长的构思，他查找各种文献档案，收集了数以吨计的资料，仅资料便可以写一部浩大的巴西专著。他的观点是小说家应该写那些不被人注意的东西，要在运动中抓住这些东西，并揭示它们的面貌（《20 世纪小说理论经典》下，第 91 页）。这个人还写过一个经典名篇《第三河岸》。巴尔加斯·略萨的写作，他说得更明白，首先是构思，也就是围绕某个人物、某种场面或者只是对头脑中的某种事情进行思考。然后开始准备札记注释，做卡片，勾画出作品的大致轮廓，比如，什么时候某人物在这里出场，在那里离去，什么时候另一个人物在那里出场，在那里离去。总而言之，拟订出细微的总纲（同上 490 页）。上述的构思经验具有普遍性，历史上所有伟大的作家在构建他的长篇小说时都会有一个长期精心的构思过程。就连纳博科夫这样极端先锋的写作，也是先采用卡片式构写。在这一点上也许只有超现实主义作家没有预先构思，因为他们采用的是自动联想的即兴式写作。

人物在酝酿构思中要注意些什么呢？我认为主要有以下几点：

其一，让人物形象逐渐鲜活丰满。也就是说让他的外形感具有明确的特征。

其二，该人物自身奔赴一个什么目的，作家在他身上发现什么独特的东西，这个人物要实践什么样的理想。简言之，使你创造的人物的精神内涵丰富起来。

其三，该人物的标记，细节特征，文化身份，可能建立的各种人物关系。意即该人物应该和他的背景融合起来，但又有冲突。

其四，该人物的行为方式，包括性格，命运发展，他活动的几场重大事件。

其五，你创造的人物要在你脑海里呼之欲出，日日夜夜都伴着生活，但生活中并没有这个人物，因为他太特殊了，一定不要让真实人物牵着鼻子走。

其六，人物塑造时相应的和你设计的故事情节联合起来考虑，但要以人物为主，包括人物某些语言，某些习惯，以及他是如何推动事件和各种人物关系的。

这时构思中的人物虽然成熟了，在落笔之前，他仍是摇摆不定的，可以不断修补，或删改，一直到某时你会有一种抑制不住的冲动，想把人物写下来，这时候便可以开始创作了。

第二，给人物命名，命名是一个人物文化身份的暗示。命名，必定伴随着该人物的介绍，这种介绍性略语传统作家十分重视。例如司各特、狄更斯、巴尔扎克均使用这种介绍性略语，这个好处是让读者最简洁地了解你的人物。人物必须命名，因为你酝酿的人物在脑海里始终是不稳定的，只有命名才能使人物固定在你的纸质媒体上，只有命名才能使人物具有书写的性质。命名方法：

1. 给人物一个文化性名称。这个很好理解，人物的名称，暗示着他的出身、家族、地域、文化语境。乡村与城市的人物名字有差异。中国乡村普遍使用珍、兰、秀、梅、英、花等为女孩命名，城市则以晶、洁、娜、雅、敏等字眼儿。

2. 给人物标志命名，这个命名是一个时空特征，或标志特征。如建国、东方、跃进、刀疤脸、狗儿、王海南、陈京生等等。

3. 人物无名，这种无名是故意的，让人物的名字缺席很有意味，他的出场每次只给一个特征。常用那人、戴斗笠的、汉子、胖女人等。无名也是一种命名，突出不定性、神秘感。

4. 给一个人物多名，学名、特征名、假名、绰号等，使人物身份复杂，性格也是复合的。

5. 按其社会职务、位置、人物功能命名。一种社会角色名字，掩盖其自身真名，表明一种身份异化，某市长、厂长、经理、公关小姐。

命名的方法是多种多样的，总之一定要命名，为什么这么说？据我的经验，人物一旦命名，他自身便会按名字活动起来。名称符号是一个导向，也是人物活动的动力之一，人物有许多特征也会随名字而出。名字是一个很重要的内心暗示。我这里要说的是，命名，不能随意拿个名字给人物安上。人名不是一个随意记号（当然作品中有些随机人物，你可以随便定一个名）。小说中的主要人物形象千万，别随意命名：

第一方面，也是最重要的方面，你心中的人物是唯一的，这个人物和任何人物不能混同，他和别人怎么区别的，这名字一定是唯一合乎心中意象的。

第二方面，人物名字一定合乎你小说中角色的性格特征，可以采用记名记特征的做法。人物自身的统一性，实际就在自己的个性特征上，人名便是这一特征的符号。

第三方面，人物命名和作家意图、人物含义结合起来，它也许成为一种命运暗示，或人生某种东西的象征，甚至还是一个社会寓言。鲁迅的阿 Q 命名便是一个绝配，他的命名还有细节特征。

第四方面，人物命名有独特性是好的，但要让大众读者易认好记，读起来上口，又不容易混淆。生活中命名是人一生的标记。现代社会也可以改名。小说中人物命名可要小心。主人公命名和小说标题一样重要，马虎不得。这里说的是人物命名，顺带说一下地点命名。地名也很重要，一些情况下可采用地理实名，但多数乃是虚构的地名，所以地名和人名一样重要，人物活动在其中，主要场景事件也在其间，所以地名也要有特征感、象征性，或者与人物和事件有某种暗示。我个人的写作，地名对我很重要，我爱在纸上随手写下几个地名，把它在不同的点上固定下来，比较，移动，使人物有了活动的点，有了空间区域。如果说人物命名是把人物形象固定，那么地名则把人物的活动固定，使一个人物不致逸出想象的边界。给人物命名是一种造型工作，给地点命名含有对人物与事件着装的性质。

　　第三，人物的性格塑造。这是古典写作最关键的核心。它要确定一个人物的属性，一个人物的特征。每一个人都会有性格。日常生活中我们会说某人没性格，是说人总是在其本质上，没特别彰显出属于他的本性。可以肯定每个人都会有个性的。什么叫个性呢？我以为是如下方面的：一是属于家族血缘的特征，例如好勇斗狠，或温和柔顺，或狡猾多疑。一个家族里由于血缘关系性格也一致。另一方面习性爱好，喜欢什么颜色、声音，或饮食中的口味，个人习惯性的动作，或者用语，这表明他身体亲和某一种东西，当然这发自生命本能，属于无意识状态，也有在后天某环境或地域的气候、地理特点、物产特点会受一种地缘文化影响产生的意识与特性，这两方面，即潜意识和意识斗争的结果，会产生一个综合的习惯，形成性格。第三个方面是后天的，社会改造的，个人秉性在社会活动中会发生变化，例如一个军人在部队长期生活，那人的性格会果敢。一个政治活动中的人很自觉地表现出他的领导色彩，包括谋划方面的性格。一个在商业圈里活动的人便显示他的精打细算的性格，可以说个人性格带上了社会职业化的特点。一个人秉性中其实会有多种能力，随环境变化他会去适应，或者也在环境的活动中加强了他这种性格。这三个方面我们可称之为本能性格、地缘性格、社会性格。本能性格看的是个体的生命能量；地缘性格看的是种族家族和出生环境的影响；社会性格是一定历史社会时代状态的综合反映。个人性格也许有多方面的，我们叫多重人格。这种多重人格也是个体本性与社会结合的产物，一般说来社会因素占主导面，在不同环境里以不同性格示人，因而多重人格带有异化和扭曲的痕迹。一个内在力量强大的人一般都会坚持一种主导性格。所以，从性格考察一个人能洞悉这个人很多秘密。因而从某种意义上说，我们塑造人物实际是指用一些修辞手段完成一个人物性格定型的过程。性格形成无疑是一个过程，在中国最伟大的性格小说应该是《水浒传》，它完成了人物一系列性格的定型，例如宋江性格的矛盾性，林冲在委曲求全中的反抗，武松的侠义情怀，鲁智深的豪气冲天，包括杨志、石秀等人物的性格无一不在过程中完成展示。而这个性格塑造过程基本是用情节设置而完成的。因此，我说性格塑造的第一个方法，是情节塑造法，这是人物的行为动作去完成的。用特定的故事、特定的细节揭示人物性格的主导因素。例如武松侠义、爽朗、疾恶如仇，分别用了打虎、杀嫂、杀张都监的故事。这表明故事为性格所形成。例如曹操多疑，用了杀吕伯奢一家为代价。性格多疑在曹操性格中一生是统一的，晚年竟然怀疑华佗，杀害了一代神医。爱米丽性格中有极端残忍的东西，她居然用老鼠药毒死自己的情人，并和死人同睡一床几十年。这是一个爱与恨的极端例子，但它却深刻揭示了爱米丽的性格本质。弗兰克·奥康纳的《醉汉》也是用情节塑造性格一个极好的例子。斜坡巷的杜利死了。他是一个流动推销员，儿子上学了，有车。他是个知识分子，爱聊天，交游广，城里发生什么他都知道，几乎每晚都来我家与父亲说新闻背后的新闻。我父亲也算个读书人，和杜利很谈得来。可他突然死了，父亲伤心极了。在布拉尼巷能读报又看得起父亲的只有杜利，巷内其他人，连木工都觉得高出父亲一头。因而父亲很重视杜利，他去世了父亲要亲自去送葬的，尽管误了一天收入。爸爸讲良心，要对别人好。父亲有个毛病：酗酒。但他知道戒酒，也明白酒的害处，不愿把节约的钱浪费在喝酒上，但一旦他情绪坏了，被别人看不起，他会喝醉的，只要一次喝醉，接连几个礼拜都会因醉酒误工。参加葬礼也是一个特别好的喝酒机会，妈妈深知父亲的个性，便极力反对。

妈妈让我陪父亲参加葬礼，目的是控制父亲喝酒。葬礼由市府主持，有五辆马车，十六辆篷车，教士、议员都来了。彼得来了，他是坏人，只为蹭酒喝，占便宜。克劳利夸耀和杜利关系好。父亲在盛大的葬礼中很兴奋，有天性中的虚荣和轻浮，为把杜利引为知己而高兴，自己给老朋友送葬很庆幸。他对克劳利说，在人散以前咱们离开。但车队在酒店前排开时，父亲还是忍不住，我拉他回家也不行。父亲尽量控制，但还是不愿离开，所有熟人都知道，米克·德莱尼又醉了。我在父亲身后也偷偷喝了一口酒，父亲高谈阔论地说乐队。我喝完一杯酒就晕晕乎乎的，还引发了我的抑郁症，父亲回身拿酒杯时，发现没酒了，还和几个人争执，谁偷了我的酒？结果发现儿子喝了酒，醉了。吓坏了，把我带回家（我成了醉汉）。我醉后，父亲和周围的人讨论，父亲很不好意思，没带好孩子，又给别人没好印象。我在回家路上的布拉尼巷想起了杜利先生，便唱起了一首父亲喜欢的歌。我的醉态引起街道上的人议论和大笑。父亲觉得非常丢脸。我醉得很厉害，他无可奈何。我醉了，显出极没教养，骂人，对别人不礼貌，形象也弄得又肮又狼狈。全街人都看着爸爸。父亲说，我再也不干了，活一千岁也不干了。克劳利把我送回来后溜走了。妈妈抱着索尼一阵风进来，米克，你把我儿子怎么样了？你和克劳利寻开心把我儿子灌醉了。父亲怕街上人听见吵架，急忙给妈解释。你拿血汗钱喝酒不算，还把儿子带坏，让他也变成和你一样的酒鬼。妈妈照顾我，父亲可怜地说他白白站了一天，一滴酒没喝，还在街上丢人现眼。第二天父亲老实地上工了。妈妈在床边吻我，好像是我的功劳让父亲戒酒。妈说：小勇士，是上帝让你去的，你是他的守护天使。

这么一个小短篇小说不仅塑造性格，而且用误会故事法，使性格完成一次真正的转变。这种误会颠倒法特别适合中国故事，在"三言二拍"中这种颠倒误会更是层出不穷。为了加强这个故事效果，还让我在街巷把眼角碰破了，流出鲜血，这更加重了拉里的酒中醉态。这个故事不仅塑造了性格，还有一种更深层次的东西，父子俩均成了醉汉，小街的人物风俗也很浓厚，市民中的虚荣很浓厚，喝酒也成了一种风习，儿子成了醉汉虽然成全了父亲，但儿子今后会怎样呢？他会提出一种思索。我们用一种什么样的社会理念对待这个小镇的风俗和那里的人们呢？这也暗合着一种人们的性格改造。同时也揭示了性格和环境的关系。

第二个方法，特征或标志性塑造人物性格。这里指人物在性格上有一个外部特征。我们说性格是习惯形成的，人物固定地喜欢某种颜色，习惯一种什么手势，爱使用一种什么样的器具。狄更斯小说中的甘弥区夫人，不断想到那个老东西，Heep 嘴里总爱带一个谦卑的词，在宗教仪式上总有一个固定的手势。这些性格特征：1. 作者在小说的某个地方用人物的口强调介绍。2. 在某种语境内反复出现，这会留下人物性格的痕迹，在犯罪之后留下一些线索。3. 人物重现几次，类如蒙太奇中的特写。4. 以某一饰物或特征作为人物的象征，人物现场虽缺席了，通过象征物表示隐性存在。这种标记性特征，要特别注意的是合乎人物身份，适合他活动的场景，仿佛人物身上就要长出这么一个东西。例如贾宝玉身上有一个特征：通灵宝玉，是含玉而生的，这个玉在焦大身上便不合适了。同理，宝钗身上的金锁也是必然的。这种象征标记是性格的，同时也是命运的。

第三个方法，人物动作和语言的性格。这主要指个性语言，例如可能是习惯骂人的一句脏话。某种动作暗示内心的决定。再有某种固定的笑声。这些特征其实日常生活中便大量存在，古往今来写吝啬之人都会有一些固定的动作，例如手指和眼神对金钱的方式。

第四个方法，关键场景与事件中人物最本质性格的显示。这主要用于揭示深层性格特征。布勒特·哈特的《田纳西的伙伴》，这部小说开篇便适合我说的一种方法，人物命名，没人知道他的真实姓名。1854 年，山第州大多数人都有另外的名字，例如服饰与习惯的，叫粗蓝布杰克，发酵粉比尔。因错误和倒霉取的名字铁血海盗，黄铁矿。"田纳西的伙伴"也是个别称，他 1853 年离开扑克滩去了斯托克屯并在那儿找了一个妻子，结果田纳西把伙伴的妻子拐跑了，等到大家再见面时田纳西并没带伙伴的老婆，说是跟别人走了，但伙伴欢迎他，这时山第州的人对田纳西反感了，大家知道他是一个赌徒，又是一个小偷，还把他的伙伴也牵连了进去。但伙伴仍和田纳西要好，于是大家认为他们共同犯罪。田纳西作恶，有一次遇上去红狗的陌生人，骗了人家钱、小刀、手枪，红狗和山第州人联合围剿田纳西。田纳西子弹打完了，被人家堵住，他们打赌，最后田纳西被捕。山第州河谷风光很美。法官和陪审团根据情况可判他绞刑，但也可以轻判。田纳西的伙伴出来了，生得矮小，四方脸，衣裳也不整洁，样子很怪，他来替田纳西说话，他们认识四个年头了，今天你们抓住了他，获得荣誉，还要重罚他。我很公正，我用一千七百元钱的砂金和一块表来抵他的罪行。这是我的全部了。法官说田纳西罪行不用钱抵。伙伴思考良久说，这事儿是我干的，和田纳西没关系。他和田纳西握手，没多说话便退了出去。这两个人从此没活着见面。法官林奇最后把这个案判定了。破晓，田纳西在马雷氏山顶被处决。那个山上风光优美，处死田纳西，当时《红狗号角报》有详细的报道。吊死田纳西的那棵树，成为对干坏事人的警告，许多人围观。田纳西的伙伴散开。有一辆驴车停在路边，田纳西的伙伴驾着自己的车来替田纳西收尸，并说有愿参加葬礼的人我欢迎。他运着尸体，隆重而庄严。长形棺是用淘金槽帮做的，有树枝与花饰，人们半是好奇半是玩笑地跟着灵车。伙伴把田纳西葬在自己小屋的旁边，那里是他新婚种的园地。他亲自把田纳西背下墓穴，他说把一个在外浪游的人带回家了。后来人们调查了他。他没有同田纳西犯罪，所以人们友善地帮助他，但他从此病了，在一个暴雨的夜晚，他说要找田纳西去，人们劝阻了他。后来伙伴经常喝醉，便去山上那棵松树边，他说，田纳西我们重逢了。他脸上红红的，很高兴。

对中国人来说，这是一个以德报怨的故事。故事前半部主要写田纳西的恶行。挖朋友墙脚，把他的女人勾引走了。赌博、偷窃、抢劫，做尽了坏事，法官和人们将他处以绞刑，罪有应得。偏偏是受害者来救他，死后安葬他。正好是不多的细节表现伙伴的精神品质，伙伴的救助包括生与死，生救人，死救灵魂。性格完整而统一。田纳西坏得够可以了，性格也分明得很。

人物性格塑造的方法其实很多，例如采用讲述的，可以介绍人物性格，或者分析人物性格。还可以在矛盾冲突中表现人物性格，只写人物的行动，而且要行动不停。有鲜明的人物性格，用一句话能概括的人物，福斯特叫扁形人物，即类型人物，是单一观念和素质塑造的人物，通常叫有脾性的人物，他有一些戏剧的、漫画的特点。这类人物形象生动，易于记忆，易于认识，《水浒传》中的李逵、鲁智深便是。扁形人物国外十七世纪便有了。人物性格因素不止一种。性格复杂，多面人格，人物内涵比较丰富，不能用一句话说清的人物，叫浑圆人物。例如《水浒传》中的宋江、林冲。奥斯丁《傲慢与偏见》中的卢卡斯，福楼拜笔下的包法利夫人，《战争与和平》中的所有人物，陀思妥耶夫斯基作品中的人物。浑圆人物是一部长篇小说中最重要的。它具有较高的审美价值、认识价值。我们塑造人物性格要包括这两类。扁形人物和浑圆人物我们的作品都需要，在性格塑造上我们均要倾注全部力量。

第四，以虚写实的人物塑造法。用这一人物塑造方法的小说例子特别多，而且写得非常好。它的方法是小说集中力量写一个人物，看似主要人物，但随着小说进展会有新的发现，我们才知道小说真正的目的是写另一个人物。中国传统的方法叫声东击西。但又有几种不同的情况：第一种主要写第一人称我，但小说在后面陡转写到真正的主人公。第二种是写 A 角，目的却在 B 角。乔伊斯《死者》大量写丈夫加布里埃尔在舞会的活动，充满虚荣的表演，但最后却落在表现妻子格里塔内在精神上的痛苦。第三种是人物的抑扬法，先把一个人物基调定得很好，写足了，最后个别细节把人物坏的本质发掘出来。特别在爱情小说中最常见。如《德伯家的苔丝》。或者先抑后扬，有些人物看似不好，最后显示出优秀的品质。第四种是反讽式人物。人物有许多不合常理、荒唐的行为，哀其不幸，怒其不争。看似小说在批评这类型人物，实际上是借力打力，在于批判某种社会理念和现实状态。虚实、抑扬、误会、颠倒在情节性人物塑造中是很有力、很有用的一种方法。这类方法要求技术熟练，手法隐蔽，内涵要深厚一些。爱尔兰作家乔伊斯的《阿拉比》就是一例。北理查蒙德街有一头是不通的（具有象征意味）。除了学校的孩子走动，那里平时很静。街尽头有栋无人居住的房子，从前我们的房客死在后客厅里，长期关闭，房里有霉味，房间也乱糟糟的，有些书籍，如司各特的《修道院长》，我喜欢《维道克的回忆录》那个教士把存款捐给了修道院。冬天，天黑得早，我们在街巷里玩，跳跃、喊叫，声音在马路和各楼间回响，晚上各楼里的灯把街照亮了，有马棚，我们跟踪叔叔，看着曼根姐姐，她召唤弟弟。我每天早晨能看到她家。我总看着曼根姐姐棕色的衣服，我赶快出门尽量跟着她走到公路的地方，我们没讲话，但听到她的名字我就激动。每周末我都陪姑姑上街，在大街上有各种各样的人，劳工、醉鬼、伙计、卖唱的女人，有支爱尔兰动乱时期的歌谣。这是一个噪声汇聚的地方。

我感到端着圣餐杯在人头中走过，我会做祷告、唱诗。她的名字几乎从口里说出来。心里有股潮流，让我流泪。我对她的爱慕像竖琴，她的音容笑貌就这么弹响，有一天傍晚，我走到教士死的后客厅，雨夜很黑，极静，隔着玻璃看到密密麻麻的雨，远处街灯闪烁，我快要失去知觉，想把感观隐秘起来，我合手呼唤着爱。她终于跟我说话了。她问，去不去阿拉比，那集市很好。她不能去，她弟弟和另两个孩子在玩，周末修女要静修。她拿着薰衣草，灯光落在她白嫩的脖子上，白衣素手。我去，便给你捎点什么来。那晚之后我脑子里冒出各种怪念头，夜梦，烦学校的课，打开书页她的样子就在里面。阿拉比在召唤我。我对姑姑说，我周六晚上去阿拉比。姑姑怕我跟秘密组织共济会有约。学校老师也教导我，要认真在学校活动。周六早晨我对叔叔说，晚上我去阿拉比。没想到叔叔同意了。

晚饭时我准备出门，在房里走动、唱歌，一个小时后我还站在窗口什么也没看见。我下楼，当铺莫塞太太在饶舌，我吃着茶耐着性子听她说，很晚了，叔叔还没回，我急得在屋里转，姑姑说今天去不了，改天吧。九点，叔叔才回来。我要了两先令银币沿着白金汉大街朝火车站走。街上全是买卖人，气灯亮得如同白昼，我在火车厢等了好一阵，直达集市。九点五十分我到月台旁，前面是一栋大建筑物，我找不到花六便士能进入的口，用一先令进入了旋转门，一所大厅，环绕的长廊，几乎所有棚摊都关了。这个巨大的黑沉沉的厅，我有一种沉寂感，孤立无援，在一个咖啡馆我听到两个男人在盘子里数钱。在一个棚摊里我听到女郎和两个年轻先生说一个小子撒谎的事。女郎问我买什么。我不买，谢谢。我看着棚摊恋恋不舍，但毫无意义，我离开那棚区，顺着市内的小道走，把两小便士放进口袋跟一枚六便士碰响。集市熄灯，一片黑暗。

我凝视着黑暗。我受虚荣心驱使，眼里燃烧着痛苦的愤怒。

很简单，少年对曼根姐姐怀有一种深厚的恋情，单相思。但是小说写了许多无意义的背景，叔叔、姑姑、教士死后的客厅、街市孩子的玩闹、莫塞太太、售货女郎。大量的环境与少年爱大女孩没关系。那么看似写单恋，实际呢？各方环境都连接着情绪，都是成长的烦恼，个人孤独感慢慢地成熟。他向往少女，向往集市，日常平庸的日子里她想的什么不知道，而少年有一种情调和内心憧憬。但到了集市浪漫破灭了。宗教的兑钱人，女人的调侃，我在自我的影子中明白了。我仅是一种自我欺骗。小说是少年的自我醒悟，那么含义是很深沉的，这便有意思了。我们如果不细心体察是很难看到作家深刻的用意的。

第五，用人物语言来构成人物形象。人物语言是使人物形象生动活泼，揭示行为动机的一个非常重要的方面。传统小说中有许多经典的对话小说。瑞士作家弗里施的《蓝胡子》便是一个对话小说。小说中有审讯笔录、回忆、自我独白，很多对话是我拟想的构成，幻觉与猜测。人物在死死地寻找自我，揭示原因，但最终自我过程无法完成（自己无法明白自己的价格是否完整）。这是一个很长的对话小说。我另举一个经典的例子，海明威的《杀人者》。在亨利的餐馆里来了两个人站在柜台前。乔治问他们要什么，阿尔和另一个都不想吃什么。天暗下来，有了灯光。尼克和乔治谈话。第一个人要吃的东西，现在没上，乔治说等六点正餐吃吧，现在五点。第二个人说现在五点二十，快了二十分，第一个人说倒霉的钟，你们说有什么可吃。乔治说，夹肉面包，各种牛排、火腿、蛋都可以。他们要正餐。有些找碴儿。

阿尔戴顶礼帽，单排扣，黑大衣，脸白，嘴唇紧，围白丝巾，手套。我吃火腿蛋。另一个说我吃咸肉蛋。他和阿尔身材不同，但穿得像双生子，大衣很紧，胳膊支在柜台上。有什么可喝？阿尔问，乔治说，白啤酒，姜汁啤酒。阿尔反复问一次，乔治答。这个城市很热，另一个人说，这叫热点。阿尔问，你晚上来这里干什么？另一个人说，他们来这儿吃正餐，都来这儿大吃大喝。对。乔治回话，这时阿尔和乔治对话：你挺机灵。不，你是个傻瓜。你叫什么？尼克·亚当斯。又一个机灵的小伙子。另一个人叫迈克斯，这个城市尽是机灵人。这时乔治把两盘肉送上来。两个人分着吃，不让店里人看他们吃，再继续说机灵的小伙子。迈克斯让尼克到柜台后走走，阿尔说，你最好走走，维在厨房里。黑人，乔治作答，让黑人来一下。你知道这是在什么地方？阿尔说，让那个黑人来一下。乔治开门，山姆，你来一下。阿尔让他站在那儿，山姆穿着围裙站在那儿。阿尔从柜台离开，黑人和机灵小伙子到后面厨房去。于是矮个儿和尼克、山姆进入后面房里。门关上了。迈克斯和乔治对坐但不看他，望着墙上的镜子说，亨利的酒吧变成便餐馆。喂，机灵小伙子为什么不说话？你们干什么？阿尔的声音从厨房传来，你告诉他干什么。几个人反复递话，要干什么？迈克斯看着镜子，我们要去杀一个瑞典人。你知道奥勒·安德生是一个高大的瑞典人。他每晚都来这儿吃饭。然后他们说看电影。你们为什么要杀安德生？乔治不解，他没机会对咱们怎样，他只会见到我们一次，阿尔从厨房说。我们替一个朋友杀他，受人之托。阿尔和迈克斯互相说。

　　乔治看钟，六点一刻，大门开着，一个电车司机进来了。乔治，有饭吃吗？山姆出门了，大约半小时后才行。我在街的另一头。这时六点二十分。阿尔说我会用枪打死他。到了六点五十分时乔治说，他不会来了。餐馆还有两个人，乔治到厨房，看到阿尔歪戴着礼帽，还有一支锯短的枪。尼克和厨子背对背被捆在一起。乔治给那个人面包，那人付钱走了。

　　乔治说，你们的朋友安德生不来了。时间已七点钟了。迈克斯与阿尔重复，再等五分钟。他们商量将黑人和店里的人怎么办，没什么，他们只不过让我们开开心罢了。他俩走了。乔治看着窗外，那两个人像玩杂耍的。乔治到厨房把尼克和山姆放了。他俩不解，为什么杀安德生？乔治让尼克去安德生那里看看。三个人讨论去不去。尼克说我去趟赫思奇公寓。尼克顺着弧光走，拐弯，小街第三幢房子便是，尼克上石阶按门铃，一个女人开门。女人领他找安德生。他是一个重量级拳王，懒洋洋地在床上躺了一天，尼克告诉他刺客事件，他没事儿一样。尼克下楼，女人和他对话，安德生很和气，他待了一天应该走走。女人贝尔太太替赫思奇太太管房子。尼克回来把情况告诉了乔治和山姆。安德生也许卷进了赌博斗殴的事儿。尼克和乔治议论这件事。尼克不解，他面对谋杀还在屋里躺着？他们为什么杀人？真糟糕，我还是离开这个市镇。乔治说，你走吧，想那么多，还不如想一点别的事儿呢。

　　这部小说分一个长景，三个短景，纯客观显示。第一场景，歹徒戴着手套，眼睛看着镜子，把尼克、山姆捆起来。但含蓄，用毛巾塞住嘴，打斗。第二个场景，换了一种手法。第三个场景，拳王的静态。第四个场景，返回到店里的讨论。长景是两个歹徒在亨利的餐馆等安德生。三个短景：一是报信，二是见拳王，三是对结果的讨论。小说写的表层东西非常明白、客观，但深藏在其间的东西就得思考一下了。如何深入，我们进一步分析人物关系，看每一个人的性格。尼克胆怯、懦弱。山姆怕事，觉得冤枉。乔治冷静面对。安德生，一种是他早知此事因而一天没下楼，另一种是他听了压根就没把这当一回事。这几个人物都是通过简洁的对话显示出他们的性格。对人物除了安德生和两个杀手有几句简单的描写，店内几个人均没描写。这个小说技巧很足，第一个长景把所有故事说完。后面三个短景不过是补充、余波，和杀人者无关，仅仅是针对杀人者的态度。如果是长景小说写完了，那仅仅是一个杀人未遂的过程。主题意图呢？这个小说显然不是写杀人，实际写的是没有杀人但却是杀的效果。这使小说由歹徒和安德生那儿落到尼克和乔治身上。乔治一直巧妙和歹徒周旋，他同意通知安德生，结局他认为最好别去想这件事，常发生这种事，我们只能和环境妥协。尼克主动去赫思奇公寓见了拳王。这个铺垫很有意思，他明知要被谋杀为什么还在屋里等待？等待杀害，等待平庸，生活难道就是一场对谋杀的等待吗？尼克忍不住，他要离开市镇。小说的这一发现在尼克。歹徒以游戏态度做杀人勾当，无论多么重大都是插科打诨的生活，杀人如儿戏一般。安德生对待杀他一事是可以采取措施却无动于衷，也如儿戏一般。生活失去了判断标准，无论重大与微小，犯罪与友爱。

　　第六，运用精神分析去创造人物。我把这种涉及心理精神的方法分为两类：一类是心灵辩证法的心理描写，这里传统的，例如莎士比亚采用内心独白，陀思妥耶夫斯基对双重人格的揭示。托尔斯泰便是用心理辩证法。别具一格的还有迦尔洵的《意外事件》，安德列耶夫的《思想》。这种方法进入人物内心常使用导入词，人物有完整行为过程，事件发展，人物关系，简单说，人物在时空上有一个框架，是作家进入内心展示心理矛盾状态。一类是意识流方法。最早的文本是法国杜雅尔丹1887年的《被砍倒的月桂树》，但不成熟。最重要的是施尼茨勒1900年写的《古斯特少尉》，小说写少尉一夜的意识闪烁，他名誉受辱，决心以自杀挽救荣誉，没想到清晨污辱他的面包师中风死去，他心里的压抑宣泄平衡了。意识流小说经典相对集中，1913年的《追忆逝去的时间》；1916年的《青年艺术家画家》；1919年的《墙上的斑点》；1922年的《尤利西斯》；1923年的《埃尔泽小姐》。这两类均是内心精神的冲突，前者是导入人物内心帮助分析。后者是直接进入内心，没有任何评论与解释。

　　意识流复杂多变，它大致有以下几种方式：

　　1. 环境反射方式。在一定的背景下压抑产生的痛苦的精神反应，是自由联想的。

2. 意识深部沉积方式。通过昏迷、梦境、沉醉以及受到心理创伤涌现出来的。

3. 喷发扩展方式。精神与情感结合，节奏快，联想幅度大，时空大跳跃，意象高密度重叠。

4. 凝聚集结的方式。精神集于一个意象，或某物一个点，反复滚动式想象。这一艺术方法我将在《先锋小说技巧讲堂》一书中详细论述举例。

第七，人物缺席法往往使人物形象异常深刻鲜明。在小说中核心人物一般是在场的，但也有作家集中写的人物不在场。这有如下几种情况：

1. 一种是绝对不在场。《死者》中死者是一个会唱歌的十七岁男孩。他死了，不出场，但他影响整个小说的故事、人物与结局。

2. 一种人物是部分在场。例如麦卡勒斯的《侨民》中费里斯从巴黎回佐治亚故乡参加父亲的葬礼，过去的旧人多已死去，活着的已物是人非，他有人生无常的恐惧。他有八年没见到优雅美丽的前妻了。回巴黎的飞机明天上午才走，他通过贝利（伊丽莎白的新丈夫）约前妻。他充分准备，晚上去见前妻，到东15街，想象她的丈夫，开门的却是一个彬彬有礼的男孩，叫比利。然后见红发贝利，体态笨重。他记忆前妻浴后美丽的身体。费里斯和贝利及孩子闲谈。很久了，伊丽莎白抱着女孩出来了，依然很美（小说在三千多字以后前妻才出场）。费里斯这时觉得是一个旁观者闯入了一个温馨的四口之家。他觉出了孤单。他们说父亲的去世，小比利这才知道妈妈和这个客人结过婚，前妻要求他演奏昔日钢琴。音乐记忆。晚饭他和一家人一起吃，他有点醉了。谈话中他撒了谎，说自己和珍妮结了婚。实际珍妮和一个白俄还没离婚。他谎说带珍妮的小男孩上公园。这时女仆上生日餐，吹蜡烛，原来今天是他三十八岁生日，自己忘了。晚饭后全家送他离开，夜景的街市，他更加孤单。第二天他离开纽约，半夜回到巴黎。一路上他想着前妻。

珍妮在一家夜总会唱歌，小孩瓦伦丁为他开了门，小子画画，他希望带孩子去退列里公园，去骑马，去木偶剧场。瓦伦丁说剧场关门了。孩子偎在他怀里，他有一种内疚感，抱紧了孩子。他有种恐惧感，害怕死亡，岁月已经荒芜了。他的爱情多变，激情能控制时间的脉搏。伊丽莎白迟迟缺席（街上幻觉地闪现），前妻为了他做生日。飞回巴黎的失落，再想前妻是一个旧梦。因此前妻是半缺席，珍妮是完全缺席的，她没登场。他和珍妮会怎样呢？前妻的缺席作用在于忆旧，一种不可追回的东西，她的美好并未流逝，分别之后又有生日宴会，这种不可寻回的东西，是一个美好的代名词。珍妮的缺席是他将来该怎么做的问题，这种力量是心理的，是情感与精神的。如果仅是物质的那力量便小多了。

3. 一种象征性缺席，某人某物的连带想象。例如老房子、老树，物与人均成为一种残缺。或者自己在想象中的某人，过去美好的，后来完全变成另外的样子。体现的是一种情感的失落，心理的失落。鲁迅笔下的少年闰土、杨二嫂、祥林嫂。

爱米丽和僵尸睡了几十年。这种缺失与前两种缺失不同，象征物是一种符号，实际上是一种意义缺失。人类生活中有某些理念与信仰是不能缺失的，这种缺失的心理真空，意义毁灭，对人类可以说是难以弥补的损失。缺席的人物正好是我们极力要挽回和拯救的。

第八，封闭式人物塑造法。许多小说写人物一方面是他的行为方式诡异，你无法知道行动具有何种意义。另一方面是一点也不泄漏人物的精神状态，人物是冷漠的，毫无反应。人物看似机械的，具有装饰性效果，但心理和精神空间一定有一个重大秘密。吉·罗萨的《第三河岸》中的父亲正派老实，自小到大都有个好品质，可靠。家里全由母亲做主，抚养我们长大也主要是母亲。有一天父亲居然订购了一只大木船。母亲和我一家不清楚父亲要干什么，当渔夫？交货那天父亲脸上没任何表情，和家人告别，单让我陪他一直到河边，他跳上船渐渐远去。父亲再没回来，没远去，一直在河上漂泊。人们议论，这是件前所未有的事，亲戚乡邻都没办法，母亲从此郁郁寡欢。所有人都以为父亲疯了，极少人猜测父亲可能负有某种使命。父亲一个人在船上，人们以为吃完藏着的东西便回家。实际我秘密地给父亲送吃的，有时我在河边找他一小时，他在船上像雕塑。母亲也悄悄支持我送食品。家里只好请舅舅来打理牧场的生意，而且请了老师给我们讲课。母亲请巫师作法招回父亲的灵魂，没用，然后又请带枪士兵吓唬，逼父亲回家，父亲仍一个人在河中。我无法忘记父亲，他怎么活，他一定有一个神秘的目的，他年复一年，日复一日，他斋戒，吃得极少，慢慢地划船，漂泊，不知是何用意。姐姐出嫁了，没有张罗，大家忘不了父亲，他在河中永远没上过岸（河心便是岸）。别人说我长得越来越像父亲，可父亲在河上像一个野人，我思念尊重一如既往。我犯了什么罪，如此受到惩罚？凡我做好事都会说是父亲教我做的。姐姐生了孩子坚持让父亲看外甥。姐夫打伞，姐姐穿着婚纱，把小宝贝举得高高的喊父亲。父亲没出现，全家人都哭了。姐姐搬走了，很远，哥哥去城里谋生，母亲年迈，被姐姐接去，家里只留下我一个人，我为了父亲而没走。时代惯常前行，变化很大，我知道了孤独，绝望的父亲需要我，我四处打听父亲为什么这样做，只有造船人知道，可造船人死了，除了父亲没第二个人知道他的真实意图。河水常流常新，我得了风湿病，开始衰老了，父亲在河里始终一人，为什么？父亲一天不回我一天不安宁。我有罪，可我错在哪里？我决定去河边寻找父亲，挥手喊着，我终于看到他划着小船出现了。父亲没动没理睬，我说，您回来，我愿继承您的事业。我接您来了。他听到了，划小船来，突然站起来，伸双臂接受我的请求。我震动了，慌了手脚，许多年来，他第一次接受了请求，我震动了，我一边跑一边求上帝原谅。我觉得父亲不属于这个世界了。极端恐惧，我大病一场，此后再没看到父亲和听到他的消息。我精神极度危机。我在绝望中等待死神。我要离开这片沙滩，把自己装入小巧玲珑的船，任水把我带到天涯海角。河水常新，流水永恒。

这个小说中的父亲是全封闭的，我们从行文推测，1. 父亲是个好人。2. 父亲在河上漂泊一定出于某种目的。3. 父亲欢迎儿子继承他的事业。最后父亲在河上不见了。这里的河流意象：1. 常新永恒。2. 孤独漂泊。3. 无法抵达终极。4. 绝不回头，归于现实。这个小说让许许多多的人一头雾水，不明所以。如果按宗教的说法，他在船上静修，与河一同进入永恒，倒是很好理解的，但这是作家的本意吗？《第三河岸》不是。是一本故事集，这仅是其中一篇，作者讲了一个真实的故事：一位屠夫去车站送别收容在精神病院的女儿。同时也送别了母亲，这个时刻三个人精神反常，居然唱起歌，村民也都融入中间，歌声在回荡。而父亲正是这样离开一切亲人，永别总比带着苦难的枷锁生活更容易。第三河岸是人类自身选择的去处：死亡、疯狂、忍受、超脱，这是作者长篇《广阔的腹地》同样反映的主题，内心有只无形的手，指引你去行走，找到自己的内心形象，依靠自我路标指引你。这其实合乎东方人关于自由的理解。在两难选择中，我超出生活逻辑选择，我自由了。儿子找父亲，寻父，实际也在寻自己。最终他本已找到父亲，也就说找到了自我，他害怕，所以失去了机会。内心的路选择了是不能退的。封闭式写法重要的是不能透露人物内心，类如追寻一个秘密。和缺席式写法一样，它需要高超的写作技术。这两个写法特别需要控制。所有细节不泄露，但又有很深的暗示，有让读者窥探的孔道。全封闭写法在传统小说中有陡转的方法揭示真相。在现代小说中并不在情节上全封闭，故事照样讲，但人物形象用了许多干扰方法，无意义行为和语言，使你找不到准确的最终含义。叙事是纯客观的，人物是冷漠的，没有血肉情感的反应，使你觉得这个人物是无意义存在。而总体上这个人物是有象征意义的。

第九，细节塑造人物（此方法见"细节写作"一章）。

六、人物塑造的多种可能性

人物塑造方法我上面列举了九种，也许有八十种、一百种，而且每个作家都有自己塑造人物的心得，没有一个作家敢说他穷尽了人物塑造的所有方法。从古今中外作家的创作实践看，某个作家也仅使用一二种人物创作法，或者把某种方法用到极致。伟大的作家一般都有自己独创的方法，因而人物创作方法是讲不完的。例如还有一种阐述法：介绍人物后，插入作家评论、猜测，特别指明某人的功能。也有烘托法：一般容易集中力量塑造主要人物，如果我们特别注意将次要人物、坏人写好，这也能把主角突显出来。另外，用各种侧笔写环境艰难，用不同人物给主人公设置障碍，这也有利于突出主角。中国俗话说，荷花虽好也要绿叶陪衬。还有反讽法：一般主人公是在小说中具有高于一切的位置，有利于塑造他形象的高大，显示超人能力。但幽默讽刺的作品常使所写的主要人物低于他的语境，时时处处都是被动的，啼笑皆非的。甚至还有游戏法：作品中许多人物有些游戏人生、嬉戏、插科打诨，人生态度不负责任。人物以吸收别人、模仿别人为乐事，同时也把自己打扮成一个杂耍状。总之，在人物中取消责任，嘲弄价值，在后现代主义小说中也许叫戏拟的方法。总之，方法是固定的，层出不穷的，我们无法说完，但我们运用方法却是灵活多变的。特别是在今天，我们可以用一两种人物塑造法，也可以用许多种人物塑造法，最重要的是独创一些人物塑造的方法。我在长篇小说《城与市》中便独创了一些人物塑造的方法。就我个人而言，长篇，特别是现代长篇小说的人物应该是综合建构的，使人物构成处于混沌状态，非确定状态。为使一个人物形象获得成功，我们就要无所不用其极。自从后现代主义、后殖民主义方法兴起，小说使尽招数解构故事，解构人物。这种创造方法是破坏故事，破坏人物。人们均没有反思，刚好表明结构的人物塑造法是方法，解构的方法也是人物塑造的方法。人物解构法：破除了人物整体性，这就带来了人物危机，不刚好说明了人类状态、人类危机吗？这种人物便含有极强的隐喻象征意味。《城与市》中的姿便是漫天飞舞的碎片。传统以来，我们小说最早由故事居于中心，近代小说人物居于中心。那么全球化时期，人物是否可以边缘化、碎片化？理论上说没问题。当代小说多元化了，可以有故事小说、人物小说，自然也可以有反故事、反人物的小说。小说人物在社会历史的发展过程中出现各种演化是极为正常的。那么如何塑造边缘人物、碎片人物，我将在《先锋小说技巧讲堂》一书中作详尽论述。未来写作中，反人物的方法是否能够形成一个潮流，我们不可预测，但它肯定是其中重要的一支。后现代主义小说中人物塑造也是矛盾的，总体上说是解构的方法，但同时它也构成人物。只是人物很特别、怪异。值得注意的是，人物解构法并不是把人物的肢体器官拆得七零八落，主要是解构人物的意义、功能，常将人物置于非零状态，那些晦涩的人物甚至无法索解。人物的无主状态反而也成为一个时代特征。

第四讲 场面与背景

　　过去讲小说，谈故事、人物、环境为三个最基本的要素。我们这一讲就谈环境。这个概念最早在卢伯克那儿叫画面。塞康利安叫场景。艾布拉姆斯在《欧美文学术语词典》中叫情境。按现实主义说法便叫环境。艾氏说的情境（Siting）指一部叙事文本或戏剧作品的情境，指的是作品中事件发生的总的场景，历史时代和社会环境。一部作品里的一个插曲或场面的情境，指的是这个插曲或场面产生的特定地理位置。这个界说应该是比较准确地说明了环境的性质与特征。

　　可是自现代主义作品产生以来，特别是到二十世纪中后期，欧洲文艺理论中除俄国以外，几乎不提环境了。仿佛环境只在现实主义作品中才是至关重要的。环境必然是自然地理和社会关系的总和。现代主义把作品引入人的内心，文学向内转，自然那种外部关联的要素消解了。这里含有这样一种关系的变化，现实主义强调人是环境的产物，所以有典型环境中的典型人物的说法。而现代主义已对主体性发生了怀疑。"我是谁"都质疑了，环境更可疑了。弗洛伊德打开了人的精神世界奥秘，人是自身的人格因素决定的，环境并不是决定因素，所以环境可以忽略不计。过去环境基本上是从描写中获得的，当代叙事学连描写这个手段也不讲了。他们甚至认为环境描写是叙事过程中的一个包袱，可以将它割掉。现代主义小说不谈环境的理由也是很充分的，小说最重要的故事与人物都成了碎片，没有所谓外部的整体，或者世界之间根本不存在一个什么有逻辑联系的统一体，那我们所言的环境更是一些漫天飞舞的碎片。环境从现实主义中强化到了现代主义和后现代主义中的消解，实际上含有一个对环境认识的分歧，含有对环境功能、性质、特征的重新认识。我今天重提环境，应该是对环境的再认识。简单说，我把环境作为空间研究，具有很大的物理性质。现代文论讲的是文本，当然排除了环境，因为环境是外部的。但任何文本已无法否认事物所存在的空间概念。一个人物必须在空间里活着，一件事必须在空间里发生。空间是一个绕不开的话题，所以我重提"环境"一词。

一、场面的含义

场面（Opsis），这是个希腊词，包括场面和景色的含义。但偶尔指一部作品所描绘的情景。为什么说场面，这让人看到的同戏剧与影视的分场次序列一样。无疑小说的场面是从戏剧的场面借来的。用"场面"一词比"场景"一词好。场景可以从视角上说场面和全景。而场面是一个稳定的指称，是一个确凿无疑的空间。在场面中我们可以使用全景，也可以使用具体"场景"一词。一个场景有境遇性的，也有具体的气氛与情韵。当然从感觉上说"场景"一词又比"场面"一词更广大。有时候我们不得不使用"场景"一词，但这时的"场景"实际含有"环境"一词的意了。为了准确分析，我们把这个词从限制角度排列一下：环境—场景—场面。我们以《阿Q正传》为例，环境应该是晚清至民国初的江南农村。场景应该是未庄一带。场面应该是县城，未庄，土谷祠，赵太爷家，静修庵，县大堂等。这样看来，环境最大，包容比较复杂，它具有时间因素，是一个作品的整体透射出来的，包括人物活动的各种关系。场景是一个人物活动的大致范围，或者一个事件发生始末的地点，场面则是一个人与事的具体表现场地。这样看来，场面是一个最小的环境单位。但这三个词又非可以绝对机械地分割开，在场面中也可以有具体的环境，例如阿Q在县大堂画Q字，是一个杀害革命者的环境。而又通过阿Q的回忆与想象把那种环境典型化。再例如《离婚》中爱姑和父亲去庞庄，到老畜生家，黑油大门，大厅，客厅。离婚在客厅发生，这是一个具体场面，但也是爱姑陌生的一个环境，这个环境由七大人、尉老爷、尖下巴少爷、木棍式的男人、老畜生、小畜生，还有几个人，组成一种无法反抗的无限压力的环境。

1. 环境。环境如果相对人物而言，它大概有客体之嫌。环境有很多情况下也成为一个文本的主体。常规我们只是把环境视为一个要素。我们必须追问一下什么是环境，这时候并不是很好回答的，它至少比人物与情节麻烦。然而环境又是最具形式因素的，例如一段时间内在某一个地点会视为确凿无疑的事。我们是否可以把环境视为人与事置身的一个活动空间？这就包括了三个因素，即指什么时间，什么地方，和什么发生关联。例如2005年11月，李敖去北京大学讲演，学校领导有些紧张，老师们处于观望而学生却有点儿兴奋。这个环境非常具体。这里的形式构成是准确无误的。但是环境对小说而言，不仅有如此具象的，也有相对抽象的。在小说中环境应该是四个类型：一是模仿环境。实际指行为活动的真实空间。一是假定环境。有人与事的活动，但环境并不存在。似乎还可以说一种似真非假的环境。大致上有这么个地方，也隐约有这类事件发生，但考究起来和小说中并不一样。也有一种借用的象征环境。例如从现实中仅借了某一古树、某一建筑、某一形胜。其余环境均与其不相关涉。但这四类环境分类几乎没什么重大意义。它仅仅给我们一种识别标志。我以为要认识的刚好是环境的抽象性。小说中的环境在现实中应该是无迹可寻的，但又是可以具体分析的。这含有一个悖论。说前者，因小说本身是虚拟的，时间在作小说时候已不存在了。地点不能指定为一个实体，因为任何实体的地点，均是对环境的一种缩小，而小说地点应该是有弹性的，是一个想象的。至于说到环境中的各种人或物质关系，随着一个文本的确定，它成为一种新的构成，而且永远是一种不完全构成，仅是一个特征的构成。换句话说，小说家借助这个活动空间说事儿，是一个不能较真的环境。但后者要求环境有其细节的真实（现实主义的），要有形象生动的感觉，给人们提供更加虚拟的想象空间。这种具体分析便要求环境有普泛的实用性，使人相信这个环境里的真实活动。说白了，一个村庄，一个小酒馆，一条街道，在我们目光所及的地方，借任何村庄、酒馆、街道都可以分析。这就给我们提供了对环境复制的可能性。可复制性便表明了一个物理空间能够移置、搬动，并进行新的创造。

2. 场景。任何环境都必须场景化。环境如果不场景化，它便是一个虚设的，没法使任何想象停顿。场景化能使我们看清环境中的一些具体细部，因而在这个活动空间里，人与事的行为方式才是脚踏实地的。场景的角度比较灵活，视点移动应该游刃有余。一个行为过程你为什么会感到它是真实存在的呢？因为它是在具体场景中运行，船在江河湖海里行走，马在平原大道上飞奔。从视角看，运动镜头必须和它背景的物体错杂交织，你才会感到运动，没有场景的行为过程只能是幻象，在梦幻状态中会打破这种动态与场景关系，这用文本也可以表现，但场景便失去了意义。一个动作行为的过程给予的真实感是场景给我们提供的。

场景是设计的。同时场景的具体化会落实到场面的细节里。场景其实也分为两种：一种是物理场景，是一个可容空间；一种是动态场景，人与事是关联的动态。场景在视角上也应该是动态的，船在绍兴的小河里运行，小镇从船上看便是一幅运动的图画，无论模仿还是虚拟的场景中，一切都随生活的节律一样在行动，任何时间、地方的生活都是在动的。你在稻田里的情景会移到河堤柳树间，你在家中的生活会移动到小巷市场上的叫卖之中，生活本身就是行动，行动就是图画的变化。可见，最早期把环境叫作图画也是准确的。

3. 场面。场面是环境里的最小单位，如果和情节相比较，场面便是情节序列中的一个点。一个情节序列最少也得两个场面：发生的场面；变化的场面，这样就出现新场面。场面是我们窥视小说一切局部的钥匙，因为再小的细节都会以场面中的点保留下来。人物的一举一动，事件的一点一滴，无不在场面之中。戏剧无疑是最重视场面的，但寻遍古今中外的论著，在小说里往往把场面放在很次要的位置，而且偶尔的场面分析也是老一套。所以，说到场面便无据可查，我们只能从小说中租借一些场面的实例，用它来说明场面的性质、功能、意义。我们以《离婚》的场面说，离婚从大的方面是两个场景：一是在航船上去庞庄的过程中；二是在庞庄尉老爷家中。一个场景分几个场面：木莲桥上船，船至汪家汇的过程，到庞庄共三个场面。在尉老爷家的几个场面：从魁星阁到大厅，客厅里，告别。主场面是在客厅。而客厅场面分几个层次。《离婚》的场面非常丰富，有静止的场面，有运动场面，有场面的转换与调节，有自然场面，人物场面。

首先，场面是提供人物与事件的活动空间，是一个行为的整体；其次，场面不仅提供我们所见的，还暗示未见的，包括可想象的东西；再次，场面的变化揭示各种人物非语言的变化，使人们看到事件变化的实质。场面具有这些内在质的东西了。我们再看场面的构成因素：1. 自然环境，地点。2. 道具。3. 人物的活动。4. 事件。5. 场面的概述和描写。6. 对话。7. 场与场之间的变化与连接。这样我们便可以获得一个比较完整的场面概念。任何一个场面表述它的时候，可以是单纯的，但场面的目的不是这样，它要说明一定的复杂性。这样场面才有丰富的内涵。按今天理解场面，我们不能让场面作为一种工具，一种意识形态目的。而应该让场面本身成为审美的，场面自身应该有它存在的独特意义。否则场面仅为一个活动空间，那我们把人与事的活动分析完了，人与事的意义出来了，场面便会像空壳一样扔掉。如果是这样，我们并不需要建立场面的概念，直接处理人与事的动态过程就可以了。在世界范围内许多杰出的小说，有可能我们忘记某人、某事，或者行为过程也是记不很清晰，但对场景场面却永不忘却。特别是许多家族小说，他给定的是一个浓厚的家庭场景。《红楼梦》这部书居然让我们在北京城南重造了一个大观园。这也是我把环境作为空间研究的重要原因，重新塑造一个审美空间。很多世界经典名著在今天能够复制而且成为人们的文化风景，乃在于作者提供的特定时代的特定场景。例如今天绍兴的咸亨酒店，北京的老舍茶馆。

二、场面的类型

场面仅是一个模型，具有容器的性质，我们讨论这个容器必须有一个具体的命名才行。命名目的在于区别彼此的场面，利用语言的差异原则，场面的区别实质也在它的差异性。我们仅有一个地点命名是不够的，实际我们要找到一些与它们相区分的方法。我们可以依据场次的内容来分。例如战争场面、交易场面、演说场面、集会场面、仪式场面、宴会场面、幽会场面、家庭生活场面、学校场面、手术场面、商店场面等。这样场面变成无限可分的了，世界万事万物都会给定一个场面的性质。这样的场面区分仅止于口头交流，作为一种分析几乎不具有什么特殊含义。因为它的性质由事物的分类性质确定，因而我以为，场面还是由它的特殊构成性质而命名。应该有更具体、更细致的指称，并且场面的该特点和另外的特点是交互作用的。

从性质功能上说，有主观场面、客观场面，有描绘场面、叙述场面，有概述场面、呈现场面，有全景式场面、局部式场面、幻想场面。从这个维度，分场面是一个形式的处置方式，有利于我们场面的定性和实证分析，真正从场面上说它的形式特征。但是形式场面也是无限可分的。其麻烦在于各场面之区分虽有特点，但有许多性质功能在场面之间会有很多交叉。例如主观场面有全景的也有局部的，有概述的也有呈示的，而模仿场面有描述或叙述，局部或全景。这样一来，场面的区分更多的是寻找同一性了。要区别的时候你只好寻找内容上的特点，这样又变成了我们说的第一种方法。

我主张以场面的构成性来看待。场面构成的要素应该是场面最本质的，必不可少的。同时场面所构成的基本要素又是具体可感的、可分析的。下面我们看看场面的各种类型，其实说类型还不太准确，说元素又不利于场面内容方面的延伸，姑且叫作场面分类。

1. 自然空间的场面。前面说过场面是一个容器，任何场面构成都是一个空间发生，区别在于模仿的是一个自然空间，还是作者塑形出来的一个主观空间。如果是主观空间需复杂一些，它有心理空间、思维空间、梦幻空间，这些空间当然也以场面呈现，但是它的场面概念是交叉的，不是一个清晰的物理概念。我们先讨论自然空间。自然场面一定会有实体存在，或模拟存在。例如鲁迅的咸亨酒店、三味书屋均是实体空间，但未庄、鲁镇、S城均是模拟的。在文本中无论以哪种方式均会表现为空间存在，它的特点：

其一，命名。场面所在方位无论清晰或模糊均有一个名称，大到某省某城，老舍小说写北京，但具体到一个区域、一条街他又虚化了，某个庭院便可以虚造一个名。地名很重要，它确定的是一个地理位置，一下把人们漫无边际的思路框定在一个区域。选择某个区域，命名，对作者而言并非随口瞎说的，他的知识与经验与该区域相吻合。地区基本暗示了作者的生活经验领域，决定写什么，感知熟悉的事物写起来顺手，也可以拓展想象。鲁迅小说的基本空间是绍兴和北京。这是他生活过的两个地方。地名有什么讲究吗？第一方面，地名大体要合乎大地区的地理特征。第二方面，要合乎文本中人群的文化习惯。第三方面，可能对作者有某种特别的感觉。地名对很多作者可能不很重要，觉得随意拿一个就可以。我特别重视地名，在写小说时，我可以不用去考虑结构，故事进程中它们会自然形成一个系统，但注重地名，我觉得它是文本中的一个路标，是人物行为、故事运动的一条线索。没有地名，实际上是写作上的迷路。

其二，标记。空间场面必须有些识别标记，人们才好展开具体的想象。阿Q活动的未庄有尼姑庵和土谷祠。这是建筑物的标志。去庞庄，有一个魁星阁的标记，标记最好是具有自然特征的，例如某河、某树、某桥。别轻看了这些标记，这些标记印象，人对一个名称的记忆是有限的，而对一个标志的形象记忆会丰富得多。

其三，地形。场面在地理空间发生，自然会有地形要求，如果在庭院之内发生呢，也会有地形要求，如南方有天井的院子，门与楼均与北京不同。平房也是一样，南方平房要求高，因为地下的潮湿要从空间散发，北京平房要低，避风。西部还有房子半在地上半在地下。这对保暖和避风沙有好处。所以自然地形、室内地形均是有差别的，人物活动会受这些东西的限制，不仅如此，地缘学表明人的文化性格多数来自地缘。古代的风水学实际是讲人与地理的关系。南方居住讲的背后有山造势，屋前要开阔，左右讲映带，例如居屋要有竹林，侧边要有池塘。这是田园家居的典型结构。在地理中不可能缺少山和水、树木及一些植物。这是自然本身的东西，表面看起来它进入小说是累赘，但它是一种文化地理学，提供分析人物生成背景。

其四，风景。风景为什么不在地形中呢？那仅仅指自然部分，因为风景还有人文的部分，例如亭阁、寺庙。风景并不是每个文体的必要前提，在一个城市的官场钩心斗角要风景干什么？风景其实存在于一切地方，人是有内心风景的。古人对风景的说法并非指自然物，它涉及光线、风、事物。说是在两束日光闪烁变幻之际，出现的事物，如风翻绿草一波一折。此之谓风景。在光线变化中的自然事物，于是白昼转换，太阳下的浮云，月光与星空，夜晚的变化，凡属自然的都是风景。人，如果外部和内部的风景都没有，那无异于与世隔绝，那么人就会产生一种病态。

在自然空间的表述上，产生过许多经典的名篇。沈从文和汪曾祺许多被引用的文字与自然空间有关系。鲁迅也是非常注意的，《狂人日记》与《阿Q正传》均有许多月夜的镜头，且不说《社戏》与《故乡》的风景。《风波》的开头，《药》中的结尾，《在酒楼上》等雪中梅花与茶花。鲁迅是一个写傍晚的高手，具有一种特殊韵味。《药》的结尾鲁迅选了荒坟、秃树、乌鸦、枯草、黄土、白花共六个意象。先细细地写了小白花，是一种想象虚拟式的，把视觉心理拉入白色意象中，惨淡冰凉的感觉，秃树仅提一笔，点到乌鸦，则重写枯草。这是一个后设性的句子，枯草直立，句子表意已完成，但为了使意韵像曲调一样延伸，便以铜丝做喻，把丝拉长，弹动本是有声的，这里只有颤动，没有声音，补上死静，调式下降至冰点。草的铜丝和乌鸦的铁铸呼应对称。最后，突然把调拉上去。写一个哑声，乌鸦的动态，箭势在远天之中，使这个阴冷的调式走向极致。这是一种特别的调式，把情绪挤干净，但实际内在的愤怒凄清的力量却更大。黄土、乌鸦使这种阴冷有一种密不透风的笼罩，而且由幻想写入，写实。把弦绷得紧紧的，拉满后，突然在静的对立面给出一个反差。哑字高得令人浑身一抖，然后又远去，产生余音。这个调式作者一定是反复琢磨，使它达到最佳效果。这种自然空间作者着我之色，是一种主观的叙述。场面在作者的观察之中选择性很强，极力拉出局部的细节来表述，因此此种场面也可视为表现性场面，也叫场面的主观性，是一种移情的方法。

我们看郁达夫在《迷羊》中的一处写景：在这些枯林房屋的背后，更有几处淡淡的秋山，纵横错落，仿佛是被毛笔画在那里的样子。包围在这些山影房屋树林的周围的，是银蓝的天盖、澄清的空气和饱满的阳光。抬起头也看得见一缕两缕的浮云，但晴天浩大，这几缕微云对这一幅秋景，终不能加上些儿阴影（《郁达夫小说》，第160页）。

这里的景物描写是一种客观的笔法，如同画图，作者也称之为毛笔画笔法，这环境是写实的，在扬子江边，我与谢月英约会的场景，景物除了闲适地欣赏，并没有过多地倾注声音与颜色，也没有如何去运用修辞手段。这种场景比较单纯，有命名，有标记，有地形，是一幅风景，是纯粹的场景显示，是纯自然空间，仅仅是作者选择了全景中的几个有标记性的点。这和鲁迅写孤坟大不一样，完全是两种类型，我们可分为客观场面和表现性场面。

2. 物体存在的场面。小说场面不比舞台场面，因为舞台场面可以绝对地空（实际也含有人工的设计）。而小说场面无论客观、主观都不会是真空式的，场面的客观性决定了它预先的存在，先在表明不是目的的给定，但有场面的自身规定性。自然空间即使是沙漠，也会有沙丘、仙人掌、沙漠的植物与动物。模仿的场面为保持其物质世界的真实性，我们得把场面自身的东西一起移入小说之内。当然是有选择性的，保持一种原貌。而虚拟的人文空间虽然是设计的，但它和人物与事件得以进行是关系的联结。例如，商人可以有相配的算盘及货物，文人有文房四宝，农民有农具，人的身份其实是很有器具性的，你必须合理地设置那么一个环境，事件才能得以进行。因而场面物体也是有规则的，是有自身特定的自然属性与文化属性的。

其一，自然物。在自然空间中物体符合各种植物、动物的特点，是相互生存而搭配存在的空间。例如茂密的大树林下就不可能有粗壮的小树与灌木，因为众多的大树争走了养分。例如南方竹林里很难有茂盛的杂草。在山的南北，树的姿态并不一样，有蛇的地方很难有鸟窝。自然界中生物群它有自己很隐蔽的生存秩序。同样是水边，在河的两岸便很难有扎在水中的蒿草与芦苇。而湖边绝对是蒿草与芦苇护岸的。自然物无论模仿与想象，你都得符合视觉规律，取大优先，深入细部。从植物分布看草永远比树多，这不仅是指数量而且是指品种，山上多树，水边多草。即便是某一自然物的表述，首要取其特征，是形的，次才取其局部，分属果叶的，最后才是对某物的质感。由此可见，自然物并不是支离破碎的。选择自然物最好要对它的生物特性有一些常规性的了解。这样自然的布置也就驾轻就熟，在视角调整时最好选择大众比较陌生的那一面。

其二，器物。器物一般和人的制作、设计有关。应该说是人物的生活空间，在一个场面安排器物似乎比安排自然物要困难得多。不能有一点差错，否则对内行来说便是一个笑话。如《孔乙己》的开局说，鲁镇的酒店的格局，是和别处不同的：都是当街一个曲尺形的大柜台，柜里预备着热水可以随时温酒——这是二十多年前的事，现在每碗要涨到十文，——靠柜台外站着，热热地喝了休息，倘肯多花一文，便可以买一碟盐煮笋，或茴香豆，做下酒物了，如果出到十几文，那就能买一样荤菜。在这一段里，我们暂且不说你得知道曲尺柜台、酒和热水的关系。单是酒菜中间的价格差便马虎不得，不能靠我们今天的想象写作，例如一文钱可以买一碟豆，而十几文钱才能有盘荤菜。在今天，荤菜与豆的差价已经比较小了。四文钱一碗酒，十年涨到十文钱一碗，今天看来涨幅不是很大。器物是与历史时代密切相关的东西。如果是模仿的场面，一定要准确，即便是幻想的场面，对基础知识也是不能马虎的，夸张的表述中不能离谱。例如四老爷是个理学的监生，他的书房应该有什么，朱拓大寿字，陈抟老祖的对联。案头一部《康熙字典》，一部《近思录集注》和一部《四书衬》。这是一个很特征化的，有道家的，有工具的，有理学的，有四书的注，绝不是我们想象的摆一部《论语》《孟子》，或者《诸子集成》就可以了。

其三，建筑物。这里主要指庭院。现代生活是指楼房的建筑格局。不同建筑物有不同特点，汪曾祺的荸荠庵在一个高地上，门前是一条河，门外有一片很大的打谷场。三面都是高大的柳树，山门里是一个穿堂。迎门供着弥勒佛，背后是韦驮。过穿堂，是一个不小的天井，种着两棵白果树。天井两边各有三间厢房。走过天井，便是大殿，供着三世佛……西边是库房。大殿东侧，有一个小小的六角门，白门绿字。汪曾祺没有亲眼见过这类庵堂是无法写的，就连树也不能随便栽。在门前是柳树，这是南方水泽之地的特点，北方庵堂才多松柏。庭院内外才有银杏树。因而不同时代的建筑物，不同地方的建筑物，均有它的地域与时代的特征。中原有前不栽樟、后不栽柳、墙外不栽鬼拍手之说。因此什么活动在什么环境是千万要注意的。建筑物每个细处皆有名称，时迁盗雁翎锁子甲时，从戗柱上盘到博风板边，一个短句两个建筑名词。宋江给婆惜安顿的是六椽楼屋，前半间安一副春台、桌凳；后半间铺着卧房，贴里安一张三面棱花的床，两边都是栏杆，上挂着一顶红罗幔帐。侧着放个衣架，搭着手巾，这边放着个洗手盆，一张金漆桌子上，放着一个锡灯台，边厢两个杌子，正面壁上挂一幅仕女图，对床排着四把一字交椅。这居室内器物均说得清清楚楚，床栏杆、衣架、灯台、杌子都是下一步活动的必要物件。这貌似闲笔却不闲，一切都会和招文袋发生联系，与看信、杀惜发生联系。一般作者忽略建筑物与室内景，写作时喜欢大而化之。须知，这个空间场面有许许多多的奥妙，能透视许多个人和时代及文化的信息。

其四，公共器物与建筑。这些主要指塔、牌楼、碑、亭这些基本上是旧时候的文化建设，今天除了重视桥（今天桥复杂了，分河桥与路桥），上面提及的一些标志性建筑在古代很发达。在乡村过去有碾坊、水车屋、土地庙。现在有一些库房、米厂（油坊很少了）、收购站。这些看似简单，实际也是要留心观察的。例如那些和公安刑侦有关的故事，这些细节的例证是有名称的，也是一种物体的空间表述。

3. 人物的活动场面。一般理解为众多人物活动关联的场面，其实一个人也有活动场面。这里含有一个有意思的矛盾：从人物看场面，场面是移动的，人物总是会在场面中间。不在私人场面，便在公众场面。而从场面看人物，人物又是变化的，有增多与减少，有静止与移动，有暂时与久长。人物和场面粗看很正常，但细细品察会有许多让人感叹不已的东西。因为人物与场面结合有概率，有必然与偶然，二者均在运动中变化。许许多多的场面变化是人始料不及的。人是一个并不知道未来的生物，这对人来说是好坏参半。正因为不知道，受欲望的支配，他才会终身地努力。这是一种自我确定目标的生活。也正因为不知道，人生是迷茫的、宿命的，无法自主把握的。人会坐失很多良机，人生得意的场面少，而不如意的场面多，于是平添许多感慨。人生的许多成功因为不知道而丧失。从本质上说是人物与场面的矛盾性。因此我们要深刻认识场面的必然性与偶然性，对人生做更多更深刻的本质性思考。

其一，主人公场面。这是一个小说最关键的。说白了是一个人物为自己表演所设计的一个空间，一种自我存在的明证。在场面中人物能量得以表现，一般说来有两种情形：一是主人公的施动者功能，他是主动的，由他可带动其他。二是受动者，是被动的，他与场面构成矛盾关系，是一种反抗的情势。前者是高于语境的，后者是低于语境的。主人公的场面是要精心策划和设计的。场面是这个人的活动平台，也是人物信息的集散地。在人物场面中，有几个方面的心理因素：

一个要素，场面的有用性。生活场面是吃喝拉撒，宋江给婆惜安排的是生活场面。特点以女人为主，是婆惜的风格与暗示。李逵和张顺在岸上打了一架，张顺败了，于是张顺诱他在浔阳江船上，把李逵投入水中，打得李逵晕头转向。这充分说明场面是人物的场面，优势和劣势都藏在里面，宋江在浔阳楼酒后赋诗，作者用心很深，这是宋江最后一个被动场景，也是逼上梁山的最后一逼，以他为中心的场面均呼应得和谐，那是个酒楼，因而有酒醉，然后才有题诗。因在浔阳江边，三教九流都会来，所以反诗也就被发现。场面中均是精心设计的。场面的有用性是核心。婆惜室内和浔阳酒楼对主人公宋江来说特别典型重要，是他命运的两次转折，一次杀人，一次反诗。场面和物体的关系也是重要的关联，似乎可以有一格言：在家庭之内，没有没用的东西。垃圾没用，最终被扔掉。

另一要素，暗示性。这主要指场面的语义，内含指向，场面也是一个目的场所。例如婆惜床正对的正面墙，挂着一幅仕女图。这绝不是可有可无的。他是婆惜水性杨花的欲望象征。《水浒传》不知写了多少酒馆酒楼，这是因为有一百零八个好汉最终要聚在梁山泊。而他们的主要生活方式是豪饮。因而饮酒是生活，也是好汉的性格暗示。

场面的有用性是手段，而场面的语义却是目的。场面真正的核心是主人公和场面的语义组合，而且这种语义组合应该是多义的。例如官府给阿Q三次过堂，并没单纯停留在镇压革命的意识形态。第一堂阿Q说是本来投革命而没投，是假洋鬼子拦住。打劫赵家要去而没去。老头子诱供没成。第二堂画押。是一个形式，但确立示众。第三堂仅是一过场。这三个场次实际是一个场面，这场面的人物光头老头子，假洋鬼子，十几个长衫，其中举人老爷和把总有矛盾，老爷要追赃，这表明阿Q犯的是刑事案，而把总投机革命要立功，示众，政治罪。把总说了算，第二日示众，变成了革命杀了想参加革命党的人。场面的意义指向很鲜明。最后示众场面表面是一个公众场面，实际也只是个主人公场面，因为示众的过程始终都是在阿Q感觉中定的。示众场面是阿Q个人活动的舞台，二十年后又是一条好汉，阿Q仍是想英雄一把，但他醒悟了很多。这个世界吃人而且还要咬到灵魂里去。

其二，众生相场面。人物场面一般都在二者以上向某个重心倾斜。鲁迅作品的众生相写得很有特点，首先有一个浓厚的气氛。其次人物看似散乱地说话，实际暗示着与时政相关的东西。最后这众生相大都是麻木的，是一种反讽语境。《风波》有意思的是时政只不过是人们谈论的一个话题，每一个人借它不过只是浇一浇自己心中的块垒罢了。变化是有的，仅是九斤老太的孙女是六斤，父亲是七斤，还有八一嫂，谈的是辫子，皇帝坐龙廷，九斤老太成了主角，结论是一代不如一代。而赵七爷遗老复辟。时间在人们的谈论中流逝。现在，到了夏天人都熬老了，也受到尊敬，仍是那个土场上的场面。这个众生相场面类似如我们今天许许多多单位的会议场面，真是入骨三分。

其三，转换生成场面。场面的性质有这样几种状况：

一种，A 还是 A。表明场面基本属性没有改变，这无论正面还是负面。例如阿 Q 过堂的场面，反正是杀人的性质。

二种，A 非 A。表明场面的表象什么都没变化，但性质已经改变。如《离婚》中爱姑去尉老爷家准备大闹一场，取得胜利。但七大人仅是玩弄那个水银浸，打一个喷嚏，爱姑的斗争在潜移默化中瓦解了。爱姑败下来了。人物场景依旧，前后爱姑完全变了一个样。

三种，A 是 B。是同一个场面，仅是物是人非，主人公不存在了，场面荒凉了。这常用于回忆与寻找的故事。感伤的小说多是此类场面。

一般说来场面必然会有一些内在的转换生成，主要看它变化的多少，没有绝对不变的场面。这是为什么？一方面，世界万事万物是变化的，整体保持同一时，局部也会发生变化。另一方面，小说的规定性确定了场面必须变化。故事情节是对行为过程的模仿，既然是行为过程，岂有不变之理？再一方面，人物在时空中也是要变化的。人是一个成长的概念。这样我们也能看到场面是一个新陈代谢的过程。因而场面不变是相对的，而变才是绝对的。

其四，人物对立的场面。这是一个很好理解的场面。战争场面、争权夺利场面、杀人场面、偷窃场面、打架场面，这均是人物关系的对立场面。还有一种是角色对立的，例如赌博、下棋等决出输赢的场面也是一种对立的场面。这种对抗场面非常有力量，要善于写两种力量的抗衡。人物关系世界里之所以分出这么多场面，皆因为绝对对立的人物关系仅是人物关系中的一部分，许多人物关系只是具有某种倾向。人物对立场面无外乎：一种是从冲突走向和平的解决，主要写后一种力量转换，从对立到统一。一种是绝不调和的生死敌对，那时候幸存者胜。这是人物场面写作的重中之重。古往今来典范例子也数不胜数。所谓狭路相逢勇者胜。在绝无可生处求生，有时也不一定是勇者胜，而是智者胜。

人物场面的经典性范本是海明威的《杀人者》，我们已在人物那一讲举例了。如果按戏剧式分，它是一个大场面与三个小场面。这故事我们已做过分析，我们现在仅从场面和场面之间的变化来做一些分析。第一个场面，两个杀手在亨利餐馆完成杀人布控。他们两人以玩笑的态度把杀人的事作为儿戏。首先关于时间，这很重要，他们是约定杀人。这大场面是从阿尔和迈克斯进来到出去而确定。但这场景分几个层次：第一个层次，从开始到吃东西开玩笑。通过细节暗示杀手身份。第二个层次，阿尔到厨房布控，防止意外。第三个层次，电车司机进来，使场面跌宕一下。第四个层次，等最后五分钟到离去。这个场面本来是等候杀安德生，实际上没杀成，因此，这个大场景是杀人未遂，场面性质是有变化的。为什么？布置杀人这是自两个杀手进门确定了的，杀人未遂，杀手去了使这场景性质成为一个杀人游戏，这不仅与杀人者逗笑打趣有关，他使店内三个人虚惊了一场，尼克和厨子被绑，乔治应付但变得有表演性质了。四个层次之间实际是不断消解杀人的紧张程度。到第二个层次明确有杀与被杀的关系，这是场面高潮，但由第三个层次电车司机进来缓解。司机走后他们实际讨论的是我们等了多久，六点二十分已是一个拖时间过程，表明杀人者在这个时间里随时都可能撤退。七点之后他们完全是玩笑态度，最后出门。这场面实际写一个危险化解的过程。杀人的故事实际已完成。仅从标题看，小说结束了。若如此，小说没有任何意义。就算是一个杀人游戏也没什么意思。因而作者必须写杀人的背后，才有了下面三个短景：1. 报信。给不给安德生报信，也很说明问题，尼克态度是积极的，而另外的人则是麻木的。这个短景好理解。2. 关键在拳王安德生那儿，他没事儿的样子，除了不吭声，便说句没办法，不想跑来跑去的，他考虑的是我在屋里待了一天，是否出去走走？似乎杀人的事与他无关，即使有关，也没什么。从拳王看，一方面很宿命，或者习以为常。另一方面这是别人发生的事，我有什么办法？他并不害怕死亡。3. 三个人的讨论，明知被人谋杀还在屋里等着，这太可怕了。尼克准备离开这个镇。我们把四个场面连起来看场面之间的变化。假定小说写完一个场景，是一个杀人游戏，写到第二个场景，尼克在找安德生报信，表达尼克的社会责任感。写到第三个场景结束，整个故事是安德生对一场谋杀的宿命论的态度。生命是件随便的事。写到第四个场景结束，这表明尼克不能和环境妥协，他离开小镇是因为他发现了罪恶。这告诉我们的是场面的改变决定了整个故事性质的变化。只有到最后才可以看到场面的核心作用。

我们还可以对场面细节做许多分析，如绑人、塞毛巾、看电视、玩笑，特别是这四个场面发生的整个环境，你会思考人们到底怎么了，对他周围环境无论发生什么都没有积极的反应，是环境问题，还是人的问题？

我前面举的鲁迅小说的场面也是如此，爱姑的，九斤老太的，吃人血馒头的，陈士成掘出人骨头，阿Q的，鲁迅故事的所有场面几乎都超出了场面本身，具有一种更深刻的环境意义。所以场面写作便有了一个规则，写在场面之内而落笔在场面之外。

4. 事件场面。自亚里士多德的情节理论之后，事件场面是最本质的。事件的核心是情节推动，事件一定是在运动中变化着的，这样，行为的连续性才有了场面的转换。因而可说是事件的发展变化带动了场面。传统小说讲究时间、地点、人物、故事的集中统一。因此场面不能散得太开，特别是中短篇小说，长篇小说可以有些远距离场面。现代因为时空关系的变化，场面的封闭感才被打破。现代性写作不再讲究场面的距离，其实影响小说的凝聚力。鲁迅的小说一般都集中在一时一地，很少远距离调动场面，这样很好地保持了格调韵味的统一。场面似乎从事件角度而言，有运动场面，高潮场面，结局场面，这是顺着情节概念来命名的。在传统故事中，一个场面有切分与重合。有场面中的场面，或场面向外延伸，使场面的使用性具有一种拓扑性质。《型世言》中十二回开场写李时勉官场沉浮，做到翰林侍讲，场面停下来。等苏州胡同的王指挥，王出使海南，故事从妻子身上引发。司娘子去灯市看热闹，掉了祖传的金钗。李侍讲在这个纠纷中把金钗判给了司娘子，王指挥回家，娘子说起此事，李、王二人认识了。这样第一个场面和第二个场面重合仍成一个场面，模式是：A+B=A。这是分中写合，也有合中写分。其性质一样。当然传统的场面故事的最终走向仍是重合的，这与中国故事喜欢讲大团圆有关。这就是我们一般讲的封闭式结构，即故事从一个起点开始回环一周又回到起点了。

事件场面要注意的：第一，场面要有条理，清晰准确，切忌打乱仗，许多初学者把握不好，事件头绪一多便打乱了，找不到核心与焦点。第二，场面要有强力的推动，有支点，这样场面才能活跃起来，不能把一个场面写死了。那么关键要写动态。第三，场面要既是生成的又是转换的，场面中各种关系交替，随时产生新的矛盾，情势有新的发展，这样场面便顺利地向另外的场面过渡。第四，场面在局部要考虑到统一的整体。第五，场面效果，古往今来的经典场面都有让人过目不忘的效果，这里含有的因素是震惊、形象、动感，深刻也是要注意的。还有的是人类心理共有的感觉体验因素。这要求我们在场面提炼上狠下功夫，也告诉我们一个秘诀，不是什么都可以写入场面的。这里面我觉得核心的：一方面是主体事件得重大醒目，对人类有永恒性效果。另一方面是场面中能留下深刻印象的往往是特别典型的细节。我们可以列出一些经典场面的写作实例。我国最著名的是《三国演义》《水浒传》。细节经典是关羽温酒斩华雄，事件场面宏大的是赤壁之战。战争场面已被罗贯中写绝了。《水浒传》中的事件场面特别集中，如鲁智深拳打镇关西，林冲雪夜杀陆虞候，武松斗杀场面更多。海明威的《杀人者》实际也是事件场面，特点是夹进去了嬉笑成分。福楼拜最是一个写场面的高手，他的场面写作有深度，爱玛和赖昂在卢昂大教堂相会，那是命运变化攸关的场面。还有农业展览会，剧场中的夜晚，在舞会中的爱玛。福楼拜处理场面充满了技术，调配得合理，从容不迫地进展，每一个场面到来的时候都是必不可少的。鲁迅《药》中一个经典事件场面是屠杀革命者，华老栓挤在人堆里。第一，鲁迅写出了气氛，朦胧中古怪的人，三三两两，作者写这些人变化，动态，什么人身份并不明确，军人、号衣、观众都不一而足，唯独没写出夏瑜这个人物，让他缺席，成为一个代码。第二，鲁迅写了两个细节：一堆人的后背，颈项都伸得很长，仿佛许多鸭，被无形的手捏住了，向上提着。另一个细节是浑身黑色的人一手交钱，一手交货。在华老栓犹豫之际，扯了灯罩包了人血馒头给他，抓过洋钱。第三，鲁迅写了一种神秘的场景，到丁字街华老栓身体便发冷，糊里糊涂地买了馒头，最后看丁字街的破匾：古□亭□。一切明确的和内容相关的屠杀，人群为什么都不明写，只提供一种想象因素？神秘效果是从场面透出来的。往往这样神秘的事件场面都含有象征隐喻的意味，有很强的技巧性。

事件场面难写，并不在于事件的内容复杂，仅此，我们可有条不紊地把复杂内容一件件写来出，不是。事件场面是作者一次重新的配制与设计，是有意图的表述。以革命者的血治穷苦人的命，这很深刻，关键提示了穷人的麻木，也暗示了他们幻想的乌托邦。最终说的不是革命者的血可以救命，而是自身觉醒，人民不觉醒，革命者的血永远会白流。在中国还有没有新生？小儿的坟终将是一片阴凉。事件场面首先要我们明白事件的性质，也就是说作者根据事件提炼的含义与作者企图暗示的含义结合，最终给场面一个定性。阿 Q 的屈死，说明革命者的屈死，表明革命不彻底，还是投机革命的人太多，抑或反革命势力太强大，甚至包括人民的不觉醒。阿 Q 是要革命的，目标明确，要革命而不准备革命，也就是阿 Q 并没革命，最后却又要为革命去死，于是这三堂会审的场面就有点意思了，不是一个简单的欲加之罪何患无辞了。那么事物的性质关乎哪些方面呢？根据具体事件的属性而定，但我们大体知道一些类别：权力、战争、婚姻、财产、生死、善恶、正义等一些人类生活与精神的基本主题，而这些主题是隐含在场面之中的。

其次，场面复杂，需要我们捋顺各种相互联结的关系，这些关系结构有平行的横向或纵向组合，也有等级的，社会等级以权力与金钱为利益关系。家族等级有文化习惯中的宗法关系，当然也包括遗产、亲情等相互对立的复杂关系。这些关系我们找出来也许不难，但处理这些关系中的微妙变化便不容易了。事件场面变化除了各种相互制约的关系力量的对抗、平衡外，重要的是人物心理的微妙变化，改变场面的某种要素，使事件场面的性质走向另外的方向。爱姑最初气势汹汹准备闹个人仰马翻，她对付小畜生没问题，对付尉老爷也没问题，甚至一些其他长衫人物都如此，但她无法对抗七老爷。七老爷居然可以不说话，不下命令，也不气势汹汹地改变和左右整个场面，他只玩他的水银浸，这一切都让爱姑发现不妙，她的声音、姿态、行为也悄悄在改变，最后她孤立无援，只好败下阵来。

再次，任何大事件都会千头万绪，我们一方面可以抓主要矛盾，牵着核心的问题写。《红楼梦》主要牵着贾宝玉和林黛玉的爱情写，从而把其他事件连起来，核心的纽结一定要很好地与其他事件勾连。另一方面，我们可以用避重就轻的方法，或者说陪衬法，例如杀人当然是法场最重要，但可以写到法场后的反应，华老栓的事件表明陪衬法的力量。《杀人者》中在酒店两个杀手等着杀安德生，三个店员都拖入危险的漩涡，可是安德生却懒洋洋地躺在床上，什么措施都不采取，连对这件事属于个人本能的反应都没有了，这就非常值得深思了，这是一个什么样的环境，这是一些什么样的人物？人是要顺应这种环境的，乔治与安德生都顺应了这种环境，而尼克却准备离开这种环境，或者说对抗这种环境，生活本质上也许就是对某种生存方式的选择。

最后，事件场景由再现模仿到创造性想象。一般说来，小空间的事件易于控制，家庭就是那么多东西，易于模仿。但一个国家一个民族的大事件模仿是无法表述清楚的，这里需要的是我们提炼的功夫，先说哪件，次说哪件，先写某物，次写某物，我们对事物的细部一定要保持真实与细致，甚至可以印证。这是读者本能对真实感的追求，是场面最基础的性质。然后在整体上的配置不妨发挥艺术想象，使事件更有艺术感染力。这里似乎深含了这样一条原理：事件是一定要发生的，但发生的方式是多样的，有时甚至是不可预料的。这样才能给艺术带来多样性。施蛰存《将军的头》写的是唐代名将花惊定征伐吐蕃途中，一名士兵试图强奸一名少女，被武士正法以后卫兵将头拴在将军指定的树上。这时有两个细节点，一个写实，一个写想象。将军心里微微震动了一下。写实，是模仿。然而将军看到那个骑兵的首级正在发着嘲讽似的狞笑，这样的笑，将军从来没有看见过，而且永远也不会忘记。这是幻觉。杀了一个战士，他的强奸并未成功。当然军法是可以处决的，但少女刚好说太严酷了。最重要的是将军见到少女的一刻也喜欢上她了，于是将军心理便复杂了。这个场面已经很有意思了（暗含着将军是否也应该执法呢，因为将军在次日早晨去见了那姑娘，同她讨论，袒露他这个意思），更让人意想不到的是花将军和吐蕃将军的对抗战中他绝对可胜，但他这时候想起了少女，分神之际被吐蕃将军砍了头，瞬间他又砍下了吐蕃将军的头。这里是有象征隐喻的，还运用了浪漫手法。无头将军被大宛马带回镇边小溪被少女看见，他爱少女，少女却说，无头将军还不死吗？这时将军手中的吐蕃人的头笑了。这个战争是模仿，但两个人头却是创造，这里揭示的是个人的内心冲突，而且非常深刻。这里探讨的是，将军到底应该爱少女吗？爱本身是没有罪恶的，但将军却为爱的思考付出了沉重的代价。

5. 魔幻场面。古往今来魔幻场面可以说数不胜数。这在个人经验中应该是一个没有的东西，也就是说无法再现，无法模仿，完全由作者创造。从历史上魔幻创造的效果看，《西游记》是创造成功的传世之作。但也有写得漏洞百出的，读者会觉得滑稽，难以接受。这是为什么？这表明魔幻场面也不能乱写。一方面，它要合乎艺术的真实；另一方面，要想象丰富。我以为里面有一个潜在的规则，人物与物体的功能作用可以被夸大，神奇化，但建立在中间的人与人、人与物的关系却应是真实的。它应该是合乎人心、合乎人的心理逻辑的，这种魔幻场面才给人有真实的感受与体验。上文将军的故事应该不可能发生，能发生的是什么呢？一个美丽少女被士兵强奸有可能，将军爱上少女也有可能，更关键的是将军的内心冲突是非常真实的。它已深入到人性里面的奥秘。许多人会面对爱，我们应该怎样处理？美国作家霍桑的神秘主义作品可谓经典，《教长的黑面纱》就写得很漂亮。我这里说他的《年轻的布朗大爷》，布朗（Goodman）日落时走出塞勒姆村跟妻子菲思告别（Faith 含有信仰、仗义的意思），妻子不让他去，但挥着手，头飘着粉红色丝带和他告别，妻子说今晚非得陪我。而丈夫说，一年中所有的夜晚（除今晚）都可以。他走上了一条沉寂的道路，那是一个幽暗的森林，布朗想每棵树后都有个凶恶的印第安人。魔鬼本人就在我身旁该怎么办。这时约好的人说，你迟到了十五分钟，两人赶路，那人约五十岁，和布朗很像，朴实沉稳，他们如同父子，他的手杖像一条大黑蛇。布朗说，我们姓布朗的我是头一个走这条路，跑这么远。那人很了解布朗家族，和他父亲一起烧过印第安小村。那人和各方面的头面人物都很熟。布朗说我不愿做什么坏事，那会对不起教长，我要结束这件事。那人让他和老女人一同走，她是克洛伊斯大娘，少年时教过他教义。他们见面，老女人以为他是老布朗。他们一道去参加圣餐仪式聚会，仍在森林行走，那根蛇头拐杖具有神奇的魔力，扶着它可以具有无边的法力，布朗才知道要去一个罪恶的地方。他坐在路边又想走了。他听到两个老人在谈论，骑着马，并没有惊奇感，那么多圣职人员与教徒会去哪儿呢？他祈祷苍天，森林魔幻般变化，在各种杂乱的声音中他听到了自己镇上的老老少少也来参加圣餐仪式。还有女人哭声，那里隐匿不现的人中有贤德者和戴罪者。布朗绝望痛苦地呼唤菲思，那悲伤、愤怒、惊恐的声音响彻夜空。那团乌云迅速远去。撇下那片清朗、寂静的天空在布朗的头顶。这时响起了一声尖叫，立即被一种更响的叽叽喳喳的声音淹没，人声低沉下去，变成了一阵遥远的欢笑。但有许多东西从空中轻盈地飘落下来，缠绕在一棵树的树枝上。年轻人一把抓住了它，看到一条粉红色的缎带。小说在这儿是典型的魔幻场面。布朗不知道妻子怎么样了，他在森林里发疯似的狂奔。接下来有了布朗自身作为魔鬼的原形影子。与更多乡民、教徒、神怪聚会的典型的魔幻场面。然后写了浩大的圣餐仪式聚会，是一个黑影的人形在主持，整个会被控制了。作者说，邪恶是人类的本性。邪恶必然是你们唯一的幸福。

下一个早晨布朗回到了塞勒姆村的街上，这里的日常生活和从前一样。他看到妻子高兴地拥抱他，吻他。布朗不明白怎么回事，也许做了一个梦，许多年以后布朗死了，老女人菲思带着女儿去送葬，临终他还充满绝望悲观思想。

这部小说除了首尾之外基本上全部是魔幻的表现手法，众多魔幻的场面让我们迷离莫辨而又惊心动魄。这里有哪些魔幻手法：1.超时空的移动人物与环境。过去与现在的人物还有实体人物与影子人物同集于圣餐聚会。2.神奇法力和不可思议的细节。跟着拐杖行走是蛇的魔力把你引入另外的空间，在黑夜中妻子的粉红发丝居然在树枝上。3.各种复杂的神秘的声音。有明确语言的，也有各种叹息的友善与邪恶的声音。4.事物与人都是非逻辑的联系，无端而至，又眼看着他们消逝，有一种神奇的力量左右着人事活动。5.神秘怪异的气氛。小说写晚上的森林，本身便有一些恐怖与幽冥的感觉，加上作者制造的种种神奇现象，那种神魔气氛越来越浓。从艺术手法上霍桑无疑是一种创造。但这个故事有真实的基础，那是十七世纪塞勒姆村与作者家族有关的女巫婆的故事，其中死者真有其人。这篇小说的核心不在魔幻场面，而在那个神秘的同道圣餐的聚会。它的性质是邪恶者的聚会。从一开始布朗从意志上拒绝参加这个同道圣餐，但令他惊骇的是有那么多村民，魔影甚至还有他尊敬的前辈，一个恶魔的同盟，为什么都去，连他妻子也去了。黑影人宣布这次同道圣餐主旨是要明白：邪恶是人类本性。就布朗的形象而言他是抵制这种邪恶本性的同盟，但是他是绝望的，悲剧性的。最重要的是整个环境太强大，邪恶构成了整体，人们离不开它，居然把邪恶当作幸福。特别反讽的是第二天，所有人都参加了那么盛大的邪恶主旨的集会，第二天大家毫无反应地、心安理得地生活，真是让人太奇怪了。这证明了人们对一种邪恶的心安理得，熟视无睹。另一种解释是邪恶与善良是人类的一种心理隐秘，人们都不愿去触碰它。霍桑的这两篇经典之作是值得我们作小说的人仔细玩味的，特别是就如何提炼故事的内核而言。

三、对话的场面

对话。对话是一个很重的理论问题，但也是一个技术问题。"对话"一词，今天已成为一个交往行为理论中的关键词。在全球化的今天，"对话"一词蒙上了政治、经济、文化、科学等多方面的色彩。今天我们仅就两个方面含义谈论它：其一，在文本中人物的对话语言。其二，文本中各种不同声音的对话关系。前者说的是以什么样的话语方式交流。后者说的是文本中的复调理论。除了两个方面，其实还有一个独白声音。独白既是对自己，又是对别人。我们这里只能简单地论述它。

其一，什么东西构成了场面呢？有自然物与器物，有人物的行为方式，所有这些不能机械运动，它们应该是有联系的运动，这便引出了对话，对话使行为方式得以连贯沟通。这里说的对话略为宽泛一点，有对话性质的也在其内，例如表情暗示、手势表达、身体语言，这都是对话的方式。当然对话的主要方式还是在有声语言的对白。场面是个活动体，对话与活动是要相辅相成的。除了使场面具有动态功能以外，重要的一方面它还提示了场面的意义。一个有意思的比较，东西方传统对话中，西方语言有停顿标志，创设了一套符号系统，而且通过符号我们还可以判断对话性质、情绪、作用。这与西方表音文字有关，如果没处理好停顿，那只能听到一片声音，影响表意。中国旧时的语言对话没有停顿标志，最多用道、曰、言，可以看得出对话中的人物变换，我们只能从对话内容去判断。这主要因为我们用的是象形文字，固体的方形感，词语本身停顿便很强。当然仍是不方便，后来这些文字在人们的阅读中，有了一种圈点的方式。点，主要是点断。圈是对内容性质的判断。传统中的你说、我说、他说，有一点机械得像念台词一样。西方便在对话引语上下功夫。根据各种语境中的不同对话方式与性质，总结了一套引语方式。布赖安·麦克赫尔在《诗学与文学理论》一书中（258 页）根据他对帕索斯的《美国》三部曲的研究总结了七种引语方式：1. 叙述性概述。2. 不纯粹的叙述性概括。3. 间接的讲述。4. 某种程度上的模仿性叙述。5. 自由转述。6. 直接讲述。7. 自由的直接讲述。这七种方式在叙述性作品中是广泛存在的。一般我们根据说话方式和内容都能知道作者选择了哪一种引语方式。

场面中唯有对话是一个特别的东西。为什么？这是因为自然物、器物、人物、事件都可以符号化，使用代码我们就可编辑，是一个静态模型。语言在交流中，而且是一种个人话语，在场面中是一种灵活机变的东西。当然也是符号的，但对话是一种更直接的方式表达，可以算作场面中另一个系统。

其二，话语（discours）是一种使用中的语言，是一种社会交往形式。二十世纪六十年代人们开始把语法框架扩展到实际语言的使用形式，运用语法理论工具，描写大于句子的话语结构。二十世纪八十年代将话语纳入交往行为理论。具体讲，人与人之间是通过语言沟通的，语言在行为与活动中从事沟通，即为话语，更清晰的说法，是一定的说话人与一定的受话人之间，有特定的语言环境，我们通过文本而展开的沟通活动便是话语活动。话语是把讲述内容和讲述方式均作为信息，由说话人把它传给受话人的沟通过程。其主要术语有：

说话者：文本中的角色与作者。

受话者：文本接受角色和读者。

文本：语言材料构成的独立空间，即话语系统。

沟通：指说话人与受话人通过文本达到了了解与融合的状态。话语的目的是沟通，但另一方面也形成阻塞，话语的障碍。

语境：指上下文相连的环境，话语行为必然发生在一个空间，这个空间是一个特定的关联域。扩大到社会，生存境遇也具有相应联系。

叙述中的话语活动主要指一个具体文本的多种声音。主人公声音，参加对话者（受话人）的声音，作者的声音，这些声音不仅靠话语的音量分析，更重要的是按声音发出者的价值系统，或者潜意识的深层理念而分析。不同人物会发出不同声音，主要以对话方式，但也以行为、评判等方式表现。作者声音比较复杂，一般第三人称视角中，作者没显示为某种语言形式，第一人称中作者有某种寄托方法，或者通过人物的倾向，或者以事件性质意义、人物在其间的作用而暗示出来。行为是象征的，言语是掩饰的。作者的声音是通过他的整体构造，人物的反抗方式，环境的隐喻象征都可以曲折地表达出来。人类最重要的交往表达是通过行为与对话，这二者又是相关联的，对话是一种充分表达，同时也暗示交往。话语论的代表人物是利科、哈贝马斯、巴赫金、戴伊克等。

其三，话语的特征。首先要明白，话语不是一句话一个词，而是在词汇与句子之上，又体现在语段和句子之间的联系方式，是文体学的重要方面。话语是一种循环的语言单位，一种讲述方式。特定地透露出受一种规则、一种价值形态、一种用语习惯和风格的支配。

另一特征，对话方式必须和语境、情节模式（情节记忆）、空间限制、情景评价等结合起来。这表明话语不是一个独立的东西。话语必须和许多别的因素相联系起来考察。话语是联结个人与社会的一个环扣，而且必然是在公共领域里发生。没有交流与行为便没有话语。

再一个特征，话语是一个特殊的符号，是一种个性和风格化的缩写，是特定时期的意义的标志。一句话，一个文本，一种格调都可以泄露一个时代的秘密。因此，话语是一个大的社会系，特别关涉认知心理学，社会价值系统，甚至包括习俗与风尚等等因素。

其四，讲述方式中的话语模型。这里的话语模型指言语形成的句式状态，在讲述者口中以什么方式出现。按上文列举的应该是七种类型，我们并不会经常用到这七种形态，我们选择几种常见类型分析。

1. 直接引语。在中国大多数写作者采用直接引语方式，认为这是一种规范，很清楚地表明你说、我说、他说，使得行文清楚，身份明白。这种方式是把说话人的语言用引号全引上。

> "我和你困觉，我和你困觉！"阿Q忽然抢上去，对伊跪下了。
>
> 鲁迅《阿Q正传》

说话主体可以在句子之前，也可在句子之后。这种常见的说话方式已成为我们日常生活的普通方式。如果两个人在文本中对话总是你说、我说，会很单调，而且啰唆，会使得文章拖沓。这种除了主体在句子前后移动以外，还可以省略对话者，只有两个人的句子出现。

2. 间接引语。指把所说的内容与事件含义不照原样挪用，用一种简省妥帖的语言说清楚便行，不采用引号方式，只在讲话人后使用逗号。

> 我本想劝他改喝柠檬水，可他正在一本正经地高谈阔论。他说，乐队是葬礼的一个重要的附加成分。他摆出一副姿势。
>
> 奥康纳《醉汉》

这里是从我的视角说父亲，我说父亲的姿态与高谈阔论，我说了父亲在说的什么话，但这个话不用直接引语，而是通过我转述出来的。"他说"之后用逗号。行文简洁。

> 招待员告诉他，卡兰佐的部队已失去托勒昂，维拉和扎帕塔正逼近联邦政府所在地区。
>
> 《北纬四十二度》，第 320 页

这里是他转述了招待员的话，没有用引号，因为并不完全是一字一句的原文，引述时把基本意思表达出来便可以了。这告诉我们非原话不必用引号。

3. 自由引语。这里改造了直接引述和间接引述的一种更为灵活的讲述方式。

> 到底为什么他们不应该知道，他们并没有冒犯她，出去看这叫人讨厌的市镇，他要是一起来就好了。
>
> 《一九一九年》，第 43-44 页

这个句子代词容易把人称弄混了。我借此造一个新句再来分析。到底为什么程参谋不应该知道，他并没有冒犯钱夫人，出去听这个讨厌的《游园惊梦》，蒋碧云要是一起来就好了。

前后两个分句是间接引述，意思是他并没有冒犯钱夫人的话是程参谋说的（如果把"他"换成"我"便变成了直接引语了），后两个分句是直接引语的意思，我们听戏，她一起来就好了。仅在于把"我们"省略了，这是两个模式套用。

我们把这个句子简化一下就更明白了。

为什么要抱怨他们，对他们保密，他又没冒犯你，走咱们上街去，要是你一起来就好玩了。

这是当代写作中最重要的引语现象，过去我们的对话是模仿描述性的，人物亲临现场说话，这是一种戏剧化的人物对话，有表演的性质，今天把对话方式转换为叙述型，以叙述人为基础的人称，把直接引语变成间接引语，在场感弱化，使对话不露痕迹。

> 安布罗斯的母亲取笑孩子们，说他们有意让玛格达赢，言外之意是
> 有人交女朋友呢。他（安布罗斯）嘎着嗓子说，一双脚在汽车里麻木了。
>
> 巴思《迷失在开心馆里》

这是两个句子，前一句把"他们"改成"你们"便变成了直接引语，后一句中"我"已经省略，意思是我的一双脚，这种自由引语把过去的戏剧模仿改成了描述的方式，语言有了更简洁流畅的感觉，因为有语境的关系，读者是不会弄错的。

4. 概括性叙述。把过去已知道的内容概括起来，转变为当下的讲述。也是一种直接语言，但是一种选择性的。

> 李茂告诉向高，春桃的父亲是个乡下财主，有一顷田地，自己的父
> 亲就在家做活和赶叫驴。因为他能瞄很准的枪，她父亲怕他当兵去，便
> 把女儿许给他，为的是要他保护庄里的人们。
>
> 许地山《春桃》

春桃家的状况、我和春桃的关系均由李茂略要地讲述给他听，虽然是李茂的直接语言，但是以概述略缩的方式叙述出来。这类引语一般是对已发生过的人物、事件的综述。

5. 自由直接引语。这是一种避开了正面提示的一种讲述，变成了典型的第一人称内心独白。

> 将军自己又奇怪起来……带着大唐的少女回到吐蕃祖国去吗？不，
> 不啊，这是绝对不可能的，然则，索性不去想着她吧，毅然决然地割裂
> 了这初恋的心。等天光一亮就出发向吐蕃去吧。
>
> 施蛰存《将军的头》

这种自由直接引语，由一种说话方式发展成为一种文体样式。是一种内心独白的模型。言语交流必须在二者之间进行，因此一个人说话本质上是不存在的，而独白又确实存在，例如自言自语。独白一定有一个拟想的对象存在。对自己，对读者，对相关的人物。针对什么说很重要，表明叙述者有一个自己潜在的目的。独白不能是作者的，叙述人应该从形式上隐退，找到文本中一个人物来说。自由联想，意识流大量地运用此种手法，以至成为一种文体。

现代写作话语模型中还有一种特别现象，指话语模型不变，但功能、意义、作用都发生巨大变化。我这里说的是一种直接引语形式。传统的直接引语其作用，言语表明人物的态度，观点特别要表现人物性格特征，交代人物之间关系，具有日常生活中的实用性。但在后现代写作中人物语言不塑造人物形象，反而弱化，只有语言的形式感，语言的所指也是不明确的，是一种非确定状态，非逻辑关系的联结，其言语服从于一种整体上的意图，或象征性。

> "真无聊，尤其是这类事情。"弗兰克说。
> "天气那不能说明任何问题。"
> "疟疾流行了……"
> "有奎宁。"
> "可脑袋整天嗡嗡的。"
>
> 格利叶《嫉妒》

我们把直接引语的两种状态似乎可以这样区别，传统的直接引语对话是意义性对话，现代的直接引语对话是非意义性对话，使目的处于茫然状态。因此我们得出了两种对话原则：一种传统对话，只有属于人物个性特征和文化价值的东西才能交谈，否则便视为模仿啰唆。一种现代对话，选择的是人物在失重状态下的机械反应，仅表现为一种语言形式，处在一种无意义状态中，或者是含混的表达，语言仅为一种能指的表演。

其五，话语方式的转移。最早的对话方式，在西方一定是从戏剧中来的，所以传统对话便保持着戏剧的特色。最基本的要求是对话的角色感，表演性质。进入小说以后便是对角色言语的模仿。说什么有角色性质的规定，怎么说是剧本的规定，因此，传统的对话肯定是设计的，在舞台上角色面对观众，即讲述观众不知道的角色状况、背景、个人经历、习惯、文化环境，以及形成今天的我的逻辑关系。同时角色要面对舞台上与他对手的所有角色，适合于剧情发展的，该讲什么，不该讲什么，使戏剧有起伏波折的发展。因此角色说话不能乱说，要服务于全局来考虑。所谓话剧是以人物言语作为第一推动力。小说是晚近发展起来的，直接传承了戏剧特色。因而最初小说的人物对话是戏剧化的，这也是艺术史一个合乎逻辑的发展。传统戏剧是三一律，时间、地点、人物均集中在有效的框架之内，最浓缩的形式，但又要让观众了解人物与广阔的历史事件，便必须把剧场之外的东西拉入剧场的对话中来解决。这种对话也要有高度的科学性。传统话语仅限制在剧场和文本之中，重视对话，但没把对话作为一种话语系统研究。传统对话的特征我们似乎可以归纳为这么几点：（1）戏剧化。（2）双重主体。第一个角色说，针对对方他是一个共同的主体，形成了交互关系。（3）言语是对实体的模仿。每一个人说话都是从角色的特征发出。因此，这个发声应该是一个类型的，一个集中化了但又不失个性的人。（4）言语是一个意义链。这个意义链把所有角色都锁在一个运动线索上。因而在一个个人物说完以后，你才会知道其内容与含义。（5）话语概述时也含有对情节的模仿。应该说传统小说是很好地吸收了这一套话语方式。最初小说性质是模仿论的，刚好也与戏剧的话语方式吻合，这形成了一个强有力的传统。

但是小说有了一条自身发展的道路，基本上脱离了戏剧，摆脱了它的影响，到二十世纪现代主义小说兴起后，小说人物基本上消除了戏剧化因素，使过去的角色更本色地成为人物自身的表现。准确说，真正的小说人物剔除了戏剧痕迹，也不用夸张的表演套话。小说的人物话语又开发出许多新的功能，新的表意系统。同时又因为"话语"一词的界限突破了戏剧与小说，进入众多的人文学科领域里，这个标志是二十世纪六七十年代产生的。话语引入了政治、历史、文化、哲学等范畴，特别是今天的传媒时代，话语成为一个庞大的系统。话语方式趋向复杂多变，作为我们研究历史与社会的重要工具，是我们文化研究必不可少的手段。这时的话语大概和我们的小说话语是有区别的地方多，相同的地方渐渐少了。即使在小说中研究话语，也主要强调声音显示出来的某一种形式。而我说、你说、他说是比较简单化了的传统模式。

四、背景的特征

背景（Ground），是指提供人物与事件活动过程的时间与空间。换句话说，一切行为活动都在时空中发生。这样解说对一个静态、固定的时空环境来说是对的，但人物与事件的运动在背景中有十分复杂的关系，在一个动态时空里背景也会发生变化，不能机械地看待。"背景"一词本身便含有特定时间、特定地点和行动的统一。我这里把背景与场面分开论述是一种叙说的方便，它们本身是统一的，背景本身也是一种场面，场面也不可能没有背景。作为两个概念当然也有区别，各有特征。我们现在谈谈背景的特征。

第一，背景的定位特征。任何背景必须有一个位置，可以指认，而且是特定的时间与空间。为什么？因为只有针对人物与事件行为方式的背景才有意义，脱离了行为的背景没有具体的针对性，背景便失去了作用。背景只有定位才能成为该事物的环境。根本上说决定背景性质的，是空间，是它的地理特征，例如山区、平原、河流三个不同地方便决定了人物与事件的交通方式不一样。不同地方生产的物品不一样，不同的生活方式对人群有不同的影响，因而是地缘决定了背景的功能性质及作用。时间是一种特指，它对人与事发生的行为方式是一种限制，这种时间上的推前和滞后主要对人的行为有关键作用，因时间不同行为方式的性质会不同。例如，杀人，时间提前，是一个预谋，推后又扑了一个空，是杀人未遂。刚好在一个特定的时间，将某人杀死了，这很容易使我们认识到时空位移的不同杀人性质会不一样。可见杀人也是一种时间艺术。由此可见，时间、空间的定位在某种程度上也是有决定作用的，所以定位作为背景的首要特征。

第二，背景的相对特征。针对一个运动系统，背景是具有相对性的，而且是灵活的移位，我们以《离婚》为例，从木莲桥头上船，航行中的船是一个背景。蟹壳脸、八三、汪得贵、船家、木三这五个人物又构成爱姑的动态背景。到尉家，尉家的宅院是背景，七大人和几位少爷、尉太爷、施家父子等人又构成一个背景。于是我们看到爱姑在四个背景上活动。爱姑再强大，也被四个背景挤压了。但我们要注意这些背景之间，又互为背景。例如，七大人是一个活动主体，玩水银浸，打喷嚏，在他的周围，尉老爷、尖下巴少爷、施家父子又构成了七大人的背景。如果细心注意，在话语系统里另外含有一个背景，即爱姑与施家少爷闹离婚的背景。《离婚》基本是一个背景的世界，而且是相互关联的构成。七老爷代表一种势力，爱姑代表一种抗争。环境的强大，主体消解，到了最后注意爱姑的一句：谢谢尉老爷。爱姑最后也终于妥协成为一种共同的背景了。因而爱姑的失败揭示了一种强大背景下新的机制不可能存在。背景作为文本的可写性存在，或说是写作的主导面。

第三，背景多样性特征。一般人理解背景容易误认为指风景描写。其实背景也是千变万化，时空、物、人、事件均可以构成背景。仅在于物在构成背景时易于确认，人和事件构成的背景比较复杂。从大的方面说，有自然背景、历史背景、事件背景、文化背景、政治和经济的背景、家庭背景。从具体的方面说，有人的背景、具体器物的背景、场面背景、细节背景、声音背景、色彩背景，而且这些背景均彼此咬合，互相穿插，并彼此形成背景。背景有直接显示与间接显示。所谓直接显示，是背景对行动的方式效果有直接影响，一个黑暗的雨夜，在狭小的空间杀人，这是件不顺利的事，结果被杀者利用熟悉的空间跑掉了。所谓背景的间接显示，表明该背景成立，形式照旧，但功能意义却另有所指，这是一种象征隐喻的空间背景。我们说到杀人侦破案，所有的真相大白都来自对背景的精微分析，背景的细节含有主体的全部信息。背景我们是相对主体而言的，一般感觉主体是重要的，而背景是次要的，其实并非如此，《离婚》中背景因素超过了主体。主体的背景也是相互变化的，有时在此场景中为主体，在彼场景中变成背景，而背景因素却又成为主体。这就导致了背景的另一特征。

第四，背景的语境性特征。文本的语境构成背景，这在识别上有一定的难度，语境构成了人与事的共同氛围，具有一种特殊的情韵格调，它是整个话语系统制造出来的背景，要根据上下文，各段层次，文本整体创造出来的独特的情景。《风波》的语境是在皇帝倒台后，民国产生，旧势力复辟说起，这是从大的方面说，而乡村似乎并不在意皇帝是否变了，他们自有一种对新与旧的看法，九斤老太便表明今不如昔，连人的传承也是如此，儿子七斤，孙女六斤。赵七爷关注的是头上是否有辫子，有辫子代表了什么含义，这些与他的学问、穿布长衫都有关系。在这儿由九斤老太代表的一家三代及其生活方式，赵七爷的生活方式，还有八一嫂，闲坐聊天的老男人们挥着芭蕉扇，共同在这小乡村的河边土场上构成一种特殊的氛围，这就是特定时间里、特定地方和那里的人群的生活方式构成的语境。在这个语境中人物、事件、言语都在它制约之下，于是这个乡土场上特殊人群的语境便是背景。这种背景是弥漫性的，不能特指为某物。现代小说的背景基本上表现为一种语境方式，而不是简单的一种环境的描写。

我们现在来谈谈背景概念的发展变化。

背景在亚里士多德那儿称为戏景。他将之作为悲剧的要素，但又认为，戏景虽能吸引人，却缺少艺术性（《诗学》，第 65 页）。情节是对行为的模仿，那么动作一定要发生在一定时空里，作为模仿的艺术自然背景成为整体中的一个部分。因而在古希腊罗马的文学里自然界便成为行动的背景。例如《荷马史诗》经常会有那个黄昏已降临大地，或华丽绛红色霞光起来了等句子。后来长篇小说兴起，这种自然背景便作为情节发展的环境来描写。这几乎被视为一个传统的手法。

背景在十九世纪被提高到异乎寻常的高度来重视，成为现实主义的重要任务。这是因为环境决定论的产生。最著名的提法是典型环境中的典型人物。揭示人物性格的形成、发展、变化必须找到环境的社会性。这时候"背景"一词被"环境"一词取代了，并扩大了它的功能与范围。环境描写成为现实主义一个极有特色的传统。我们只要看看巴尔扎克对街道、公寓等不厌其烦的描写便清楚了。《猫打球商店》开始几页便是对环境的描写，包括橱窗里的展品都作细致生动的描写。现实主义写环境，一定使它成为一种气氛，提供人物与事件发生和活动的背景。

浪漫主义以后，背景走了另一条路，背景作为心理感受的方式出现，即所谓物皆着我之色，是一种移情理论。背景作为人物情绪的表达，这个变化很关键，意思是我们可以不必孤立地写背景，而把背景有机地融入人物与事件之中。这在现实主义作家那儿也采取这种方法，海明威的小说《杀人者》《桥边老人》所有的背景因素都在非背景化，成为现实活动的环节。现代主义小说中背景全部碎片化地切割在人物的意识里，重新组装成为色彩斑斓的意识活动，或者任其自由联想。

传统背景概念便在这里消失。

零度写作中有一个强大的背景因素，但它已不是背景了，它不仅提供人物活动的氛围，而且是一个象征主体，背景失去现实世界色彩，变成了一个机械传动装置。卡夫卡的小说《地洞》本身作为背景的含义很少了，而是现实世界的一个隐喻。所有背景装置在一个象征意义的平面，包括再丰富的局部细节也都如此。今天，社会物质极度膨胀，充斥于整个世界，物成为一个主体，它太强大，非背景化了。人则成了物的玩偶，异化物。人们已无法在一个单一空间里区别背景与主体，所有物质世界都置于一个平面。因而今天的写作基本不提背景了。我以为便是基于以下几点：其一，文学性质由模仿的、再现的，到表现的、建构的，有一个转变过程，在今天没人单一地提文学性质了。文学性质会因人、因时、因地不一，提法也不一样，简单说文学多元观。那么由模仿产生的背景概念基本不见于文学理论书了。但是我们要明白，"背景"一词在不同文体中的所指是依然存在的。其二，在全球化语境中，所有背景都是互相参照的，全球化正好表明我们没有一个孤立的特殊的背景单位存在。在结构主义那儿也是一样，所有一切都发生在系统里，均是相互关联的，无所谓背景与主体的差异。其三，今天人们感受体验碎片化，也使完整的背景不复存在。后现代主义那儿便没有完整的东西了。准确说在世界范围内这一变化应该在二十世纪六十年代。其四，人们普遍对逻辑的怀疑。逻辑便是整体的，强调的是必然，可混沌世界里没有一个统一一切的必然。人们强调感观的真实，感性世界里一切都是随机发生的，背景自然也就不重要了。这只是说明了背景可能性的变化，并不是说背景灰飞烟灭了。因为历史上一种现象状态存在，在发展过程它去哪儿了，我们是要弄清楚的。接下来一个问题是，我们今天还要不要背景写作呢？当然，许多人可能说可以不要了，因为没有传统的背景概念了。

我以为还是要重视背景写作，当然并非传统的背景，而是背景在今天文本中的多元因素。

五、背景的写作

背景写作的诸因素在场面中谈了许多。当然这是就现实主义传统而言。当代写作中背景面貌比较复杂化。我这里依旧以举例方式来探讨。举一个自然风景的例子：

我们之所以消沉，病因就于雪，因为我们都像厄班纳的榆树一样濒于死亡了。这雪像我们的皮肤一样浅浅地覆盖着大地。这一会儿就会是满地尘土。现在是满地白雪，转眼就是遍地泥浆。在这种雪里没有笑声，它像一层灰白的布丁，薄薄地涂在硬邦邦的土地上。

苍蝇就落在餐桌上，它们非常讲究地擦着脚，爬到面包屑上饱餐一顿……但最多的是像蝇、蛀蝇和绿头大蝇，成团成堆的苍蝇围着烂果子爬，越来越多……哪里有果子哪里就有苍蝇，树上也有——树上的苹果成了它们群集的巢窝——狼藉满地的水果上苍蝇成群，你一迈步就会扑哧一声踩烂一只爬满苍蝇的水果……这里是苍蝇形成的溪流，苍蝇形成的湖泊，苍蝇形成的瀑布，苍蝇形成的江河，苍蝇形成的海洋。它们的嗡嗡声比春天花间采蜜的蜜蜂发出的声响更沉深，更高亢。

加斯《乡村中心之中心》

这里两段自然背景的描写。前一段写雪，后一段写苍蝇。你会说这两段不过是普通风景的描写，没有什么特殊，但实际区别很大的。我这儿采用的是摘引，两段分别来自两个章节。其一，这篇是后现代小说中的名作，也称之为意图小说（planned stories）或意境小说。加斯采用的是碎片式写法，这两段便是两个独立的章节。第二节写苍蝇约有两千字。小说淡化故事情节，侧重表达意念和境界，大量写的是客观对应物。采用象征隐喻手法，以意象群的集合达到意识的顿悟效果。这表明我们传统背景概念发生变化，不再作为人物事件的情节动作变化的背景因素，而是置于前面作为主体的因素来写。其二，无论是雪还是苍蝇，都没有静止地作为衬托物表现，而是和叙述人主体结合，客观自然物是人化的情感与意志，而且包括主体倾向。其三，这些文字仍旧采用了描写的手法，例如比喻、夸张等修辞的手法。这是一种超描写，一种极限的描写，使之成为绝对主体，但是这里控制在叙述人的口语、视角、心理等方面，它又是另一种叙事，是一种内在意识叙述的河流。因此我们就不能简单地称它自然风景的描写了，它的作用也不完全属于背景因素，而是主体化了。

再选一个人文背景变化的例子：

发生了什么事？故事中又出现了一个年轻人。他在追求那个年轻女郎还是那个年老病弱的女人？老实说，看来他在追求那两个女人正在追求的同一个男人。她厌恶地转换了频道。"又是那个勒死人的罪犯"，那个胖侦探咆哮着说，他双手放在臀部，低头看着一个半裸体的少女尸体。她正在思忖是再拎回那个爱情故事呢，还是赶忙去洗澡。这时突然有一只手堵住了她的嘴。

罗伯特·库弗《保姆》

这是《保姆》中第八十三节，整个小说一共一百零八节。也是一种碎片式写作。整个小说似乎有三个空间：塔克家、马克父亲家、药店。这三个空间并非明显区别，还有一个电视空间。实际四个空间都无法从真与幻中严格区别开来，也就是说，背景与现实无法区分。正常说，电视是背景，但背景中发生的爱情与在客厅里发生的犯罪又是叠合的，有时你无法区别哪是电视镜头，哪个是真实场景。这个例子比较单纯，以此例扩大社会复杂面，今天社会的背景和它正在发生的主体是融成一体的。我们不必举证这是背景还是主体，应该只就它出场的事物本身进行分析。当然，我们在此中可以寻找背景痕迹，因为这有利于我们更深透地理解文本。

上面从自然与人文取两例分别讨论了背景，实际也暗合了背景的写作。它的方法：一是加法，极端化，是加斯的例子。二是混录，打破界限，是库弗的例子。三是减法，把背景从文本中大量剔除，注意，这个剔除不是说没有任何意义而是留下一些蛛丝马迹，或者作为暗写的因素。

古往今来的小说写作，有许多属于背景的因素，是故事采用了含混手法，这并不是说背景不能作为文本的因素，而是作者因某种当代的或个人的原因采取了回避的原则。

我这里再谈一谈背景写作的美学原则：我对艺术个性的理解，并不是指艺术品的物理特性，当然作品的物理特征最先引起人们的感知，但它的特点是使此艺术品与彼艺术品从形式上区别开来，这不足以视为艺术品的独特个性。艺术品的个性是它具有美的特质，而又引起审美主体的特殊体验，而形成的个性。也就是说，个性应从作品自身美质隐含的艺术精神里呈现出来（《蓝色雨季》，花城出版社，第 257 页）。这是我们的一则艺术观。它实际暗示了我们如何对世界事物的表达，自然也就包括了背景写作的艺术原则。

水面静得如同雪野，无人揭开，突然扑啦啦响几下，那是鱼翅切割水面的白银，撞碎一次，淋漓飘下的姿态是又一种响声，水的历史又在瞬间修复好，水共天气，颜色大胆地照亮月光，鱼在树的高度说话，水杉之夜，云月之夜……把所有声物都和谐地连接，在声音、色彩、香气的组合中，光线永远是最伟大的缔造者。

《墙上鱼耳朵》，云南人民出版社，第 86 页

　　这是余松课和月香做爱时的性体验，是一种诗化的情欲表达。摘引出来孤立了，你会认为是简单的月下湖光描写。其实不是，这文字内有象征性细节，有隐喻。以此为例我们看如何使事物成为审美的艺术观照。其一，客观物象，一般人都习惯把好看的事物模仿一遍，那最省事的是模仿性描写。只要我们用词达到准确就可以了。其二，不泛泛写客观物，而写客观物的主要特点，花可以朵状，写花冠，写花蕊，写花萼、花秆，甚至不写花，只写绿叶。选择该花特征性强的部位来写。这比前面进了一层。其三，是事物的具象唤起审美者一种什么样的美的体验。例如水杉树干伟岸正直的美感是从你心里呼唤出来的，水月相融是一种情绪与感觉上柔和湿润舒畅的甜美感。苍蝇绿色大肚里褐色的粪便会引起肮脏的恶心感。一事物引起你产生与之呼应的审美感受。关键在该事物引起你那一个类型的美感反应，这叫审美的规定性。水月之夜的性，余松课在露台上又带有野合的性质，余对月香朝思暮念很久。其性感之美便是如此的。其四，美的东西不是我们把它表达出来，而要使它达到一种共鸣的境界，要感觉体验化。上文水月之夜作为客体它是漂亮的，作一幅画观之，如果不从二人性体验出发，那也只是画工。注意，这里用了所有事物都和谐的连接。意思是男人女人、自然物全部融成了一个感觉的整体，一种内在美质的整合。美已经感觉化了，形成一种境界，你的审美表现才算完。其五，必须建立在审美反应上，因为你不知道会怎样，但你的文字尽可能地激起读者的联想。这审美反应是由读者反映完成的。我这里就一个具体实例来谈在背景写作中如何使事物成为真正的审美表现。

　　似乎还有一个原则应该提出，背景和场面中的人物、事件及发展过程应成为有机的统一整体。意思是不要让背景有一种背景感，使它与场面中的其他事物有疏离。或许叫作有机统一论。现实主义强化背景使它达到格外醒目的特征，恰好在效果上走向了反面，使后来的叙述学家认为那是一个写作的瘤子，是叙述中的包袱。最后把背景描写从叙述学中赶出去。但今天许多文本仅有人物活动，仅有事件行为过程，没有背景，特别是没有自然背景的介入。这样的文本一方面让人没有喘息的机会，心灵应该留在最佳的风景上歇息。另一方面全是一片人肉气、一片事件动态的紧张状态，没有舒缓的地方。人类对于文学艺术的欣赏应该是综合的，自然背景也应该是它最有魅力的一部分。如何做到背景与事物场面一切因素的有机统一呢？这要根据具体语境决定背景比例，"适量"一词最重要。海明威写《老人与海》有大量的背景。这个背景宏大广阔，雄浑壮美。可在《杀人者》中背景仅仅点缀了几笔。当然作为人文背景而言，小酒馆里的预谋杀人又成了安德生的背景。简单说背景描写的多少并不由背景自身决定，而是由整个场景中人物与事件有比例地配置，使整个语境和谐，是一个有力量的整体。因此要特别注意背景的有机统一，不要兴之所至，情绪饱满时造成背景泛滥，常说的滥于铺张的毛病就在此。

六、细节写作

为什么把细节写作放在这里谈？因为传统上称细节是描写的因素。另一方面细节有一点道具性能，成为揭示人物性格的重要手段，或者是诱发事件的关键，从功能作用上谈，它似乎也是一个背景因素。细节描写是一切现实主义作者格外重视的东西，而且对它提出了一个原则性要求：细节的真实。为什么提细节的真实，这还是模仿论的属性决定的，强调对现实的模仿，自然要准确、真实、生动，才能可信可感。细节怎样才能真实？其一，细节要来自现实生活。这是讲必然性，生活中发生过的是最有力量的。其二，细节是人物与事件发生的一个合乎逻辑性的解释，人物细节的根据，在它的本性，有可能发生，事件细节是事件发生进程中的环扣，表明细节是常发生的东西。其三，细节具有语境性。在日常生活中人与事处于常态，许多细节并不一定能发生，没有人无端想杀一个人，偷一件东西，或有仇或迫于生活。具体场景产生了某个契机，于是便出现了该细节，所以细节出现也有其偶然性。其四，细节也是创造性的。日常细节总有难与人物事件特别有机的统一，需要根据情景改造细节。因此细节又有了一些新的因素，细节想象、细节的艺术真实、细节变形、细节的幻想性、细节的隐喻象征、细节的夸张。其五，细节具有有用性。细节是发生的，这个发生一定与有用相关（装饰性也是有用），最经典的说法是，在背景上挂一把刀，到故事的终结，刀必须要出鞘。一个细节如果在人物与事件的整体中没有产生过作用，那么我们最好不要写它。尤其是短篇小说，细节尤为重要，有时一个短篇小说就是一个细节，或者说有时一个细节救活了一个短篇小说。《雨中的猫》的关键性细节在侍女抱来的是一只大青猫。《桥边老人》的细节是老人在战争中想着的，是他的小动物。在短篇小说中细节有支撑的作用。在长篇小说和中篇小说里，如果没有细节那会很空。

细节的元素。我们说细节的元素与定义有很大的危险。古往今来只有人提出"细节"一词，似乎它不需要下定义。如果说细节指世界人与万事万物的细部，那也仅是一个描述性说法。人、事物、动作最细小的一个点，依然是个描述性表达。无法确定细节的上位与下位概念来定义，细节也就糊里糊涂了这么几千年。细节的上位概念是无限的，世界万事万物都会有自己的细节。细节的下位，似乎没有了。这倒可以从下位给我们一个限定，所有文本中一切不可以再分的细部，为细节。既然是最小的局部，那它无法延伸出其他的特征性元素来了。它的元素只能在上位和互相的差异中确定。小说中三个最基本的元素是故事、人物、环境。那么我们可由此衍生出三个类别的细节：故事细节、人物细节、环境细节。这三者又分静态和动态。静态的事件、人物、环境的细节是具象性的，有标志性特征我们可以指认出来，例如某人身上的一个痦子，某环境中的一弃物废墟，某事件中的一次谋杀，都呈示为稳定的固体的形态。这时它的细节我们主要从功能上判断，例如从痦子认出了他是某人，这个废墟旁发生了一次命运的转折，这把弯刀是杀人凶器。简单说，静态的细节我们在小说中容易识别，同时也表明这类细节在选用处理时也相对容易。动态细节要达到细致、准确、入微，对人与事有本质的表现非常不容易。而且动态细节的准确命名也要难多了。

> 青年人，带着卖弄风情一般的笑脸，坐得更靠近一些，同那个含笑的朱丽叶说起话来，完全不曾留意他那无心的笑脸像一把刀一样刺伤了桑妮亚的心，她脸红了，现出不自然的笑容。在谈话间，他回过头来看她，她狠狠地瞪了他一眼，几乎不能控制她的眼泪，也不能保持嘴上那不自然的笑容了。于是站起来，离开了客厅。
>
> 列夫·托尔斯泰《战争与和平》

这个细节在写人物微妙的心理变化，是通过笑和眼泪的细节对比呈示出来的，但笑容与眼泪都是大众使用的，无法有更细微准确的词，于是我们只能看动态变化了。尤其是人物内心活动的细节更不好把握与命名，只能以描写过程中变化的差异来分析。细节还有一个不好言说的，是它的定量。在文本中我们可以说每一个词都是细节，但当词组成句子组成言语的河流，组成事件与人物变化的河流之后，细节并不是词汇性的，而是人、事、物三者中最小的单位。细节又有了物性、情节性、语境性了。特别是人的细节可谓千变万化。因为细节的依据在心理，在性格等因素的制约下。心理细节是发生性的，施蛰存《将军的头》中花将军执法杀了那个要强奸少女的骑兵的头，并挂在树枝上（细节），没想到死者的头嘲讽式狞笑（细节）。这两个细节还不是关键，它只是一个推进功能，后来出现了邂逅的少女的可爱，而且有了深深地爱着她了的心里动机（心理细节）。这时才有了暗含的深意，到底骑兵该不该杀。后来花将军和吐蕃将军厮杀，因为想着少女走神，被砍了头，花将军也砍了敌将的头。无头将军骑马又去会少女。将军被少女的言语打败了，倒在岸边，将军手中吐蕃将领的头却笑了（细节），而在敌人阵地上的将军的头却流泪了（细节），这真是细节的绝妙之作。骑士、将军、敌将三个人的头都发出了笑，但最后真正英雄的花将军的头却流泪了。我们分出个层次，骑士狞笑A，花将军爱她B，花将军斩敌头和被敌砍头C，少女失笑D，敌头笑E，将军头流泪 F。

A+E=F，B+C=D，成立的推论。

A+E=D，B+C+F=D，不成立的推论。

从这两组推论的目的我们看事物的性质。第一组有前面累加的结果，所以出现了必然后果，这是悲剧性的。第二组前面的累加，不会产生，或者说不应产生的结果，不应该出现的后果出现了，这是喜剧性的。含有讽喻在内 A、D、E 三者都笑了，足够花将军反思了。这里所有的都是细节，但是它的组合关系却是微妙复杂的。这几组细节我们还可以深入进行心理分析。它会提供很有意思的人物性格图谱，而全部奥妙都可以从那些笑里面获得。

细节在不同流派的写作中功能作用是不一样的。

现实主义细节产生于模仿论，这表明细节是充斥于现实生活中的物化现象，但现实主义并不需要生活中的全部细节，它要的是限制性的细节。第一点，是为人物服务的，细节是揭示人物性格的手段。这是为什么？细节表现人物性格而不是别的，诸如环境，细致的精密的结构。人的行为与心理本身具有性格的规定性，有什么性格便有适合于性格的表达方式，从大处说性格仅是一个概貌，容易把各类型性格混杂，不易区分，而细节表现出来的性格，一方面，有差异有比较。另一方面，细节性格表现有特点，易于记忆。还有一方面，细节的代表性。它作为人类的精华，不仅仅代表了人物，而且还能代表一个时代的特征。这三者使细节具有其他元素不可替代的效用。例如阿 Q 画押时努力认真地画圆，最后拖出了一个尾巴。祥林嫂头上一朵小白花。孔乙己说"回"字的四种写法，多乎哉，不多也。黑色人要一手交钱，一手交货。那鲜红的馒头，红的还是一点一点往下滴。雪中的山茶花。小狗阿随。爱姑看见水银浸。这是鲁迅小说中的一系列细节，有阿 Q 动作的细节，有祥林嫂饰物的细节，有孔乙己写字的细节，有药引线索上的细节，有大雪天红茶花描写的细节，有子涓喜欢动物阿随命名的细节，有七老爷旧势力象征的细节。区分这些不同的细节，多数是表现人物性格的，如阿 Q、孔乙己、祥林嫂。

第二点，是推动情节向前发展的关键。情节运动有自身的推动力和逻辑性，是矛盾冲突使然，但情节运动发展时同样有起承转合，有它的关节处。往往细节在其中能起到恰到好处的作用。其一，情节的发现与陡转一般都由细节产生，因此有时细节是一个秘密的标志。例如争夺某匣子内的物件，无意中发现某物，听到某话，某个人物形迹可疑之点，均是情节重大转折的关键处。《项链》便是一个经典例子。其二，细节作为动作过程中必要的部分，但关键作用巨大。《猴爪》在每个事件的关节处都会写那个猴爪在动弹。其三，作为某种行为的暗示为下一步发生作用，是背景中发生的细节，这类主要用于作法自毙的写法。一把精心磨砺的宝剑是用于杀敌的，结果用于杀自己了。

第三点，文本中的细节是全文中或隐或现的贯穿线索。《死者》中的那首歌《奥格利姆少女》便是隐伏的线索，从小说一开始便反复地说唱歌，写各种各样的歌声包括舞蹈，其目的一直是这首少女之歌，是一个少年叫格里塔唱的，那是死者永恒的声音。《被捆绑的人》中捆绑的细节便显在贯穿全文，这时细节起到一种统摄的作用。除了人物、主题作用之外，它还有一种结构的作用。

第四点，文本中某一个细节是整个文本的眼。通过这个眼去读解文本内更深层次的含义。《河的三条岸》采用的是歧义，河有左岸与右岸，舍此无第三条岸。而父亲便在河上的船中，永远在船上便成了第三条岸。这是核心的眼，可不能简单理解。在生活与理想之间是此岸与彼岸，宗教也讲人生的此岸与彼岸。那么父亲抵达的第三河岸是什么呢？是他个人独白的一种精神追求。第三河岸成了一种隐喻的细节，但却是绝妙的。《年轻的布朗大爷》中布朗去参加同道圣餐大会，有两种细节：一是妻子的粉红色丝带；另一种是很多魔幻的细节，如蛇头杖，各种声音的细节。分别代表信仰与恶魔，布朗去接受了魔幻的诱惑。那邪恶的一系列的细节做什么用呢？在小说中说明恶魔强大，仅此，这个细节也没什么稀奇的了，暗示人们无法逃脱邪恶，这一人类宏大理念也显得空洞与说教。布朗似乎在理想与邪恶二者间都没选择。他忠实过着一种自己的生活。这里似乎有一个问题，既然布朗是一种理想主义者，那写那么多且神奇的场景聚会干什么？这正好暗示一个深层思考。人的未来生活是建筑在他已经历过和思考之后的一种选择，而同道圣餐仪式正好是布朗经历后的认识。这里暗含人们要摆脱一种极为强大的东西是多么不容易。

上面四点分别就细节与人物、与情节、与结构、与主题的关系及其作用举例分析。细节的作用实际是无限性的，如同在生活中那样，甚至超出了生活的力量，提升到形而上。现实主义认为它可以揭示时代特征，可见作用巨大。在当代社会，其实细节作用并没有那么超常而巨大。一个高度物化的社会，其细节，物的细节是漫天飞舞的，有些泛滥成灾，因此现代主义作品中，细节走了两条路，各自在文本中发挥不同的作用。

现代主义的细节。现代社会我们把握它不像传统社会那么明晰，有条理，是一个统一的整体。现代社会是一个高度物质异化下的状态，这个状态是分裂的，人作为主体也是分裂的，物也是分裂的，环境也是分裂的。细节也不如传统社会在主体与客体之间，主次感那么强烈，但分工在每个元素中仍发挥作用。细节有些碎片化、漂移化。细节有时是超量的、增值的。内质与表象之间关系超载。因而有时细节便成为整体的象征，例如《荒原》，它是细节，但是一切现代社会细节的整合，死亡、颓废、悲观等各种理念的综合。"荒原"成为一个代名词了。不要以为荒原是诗歌，这个符号置于城市、乡村，置于人的精神处所都具有同质的含义。因而现代主义的细节表现是整体化、象征化的，由传统写作中属客体的局部化的东西，变成主体化的整体的东西。在传统中细节局部表现时是客观的、冷静的，而在现代主义写作中，细节是感觉化、意象化的。例如伍尔芙《墙上的斑点》本就取自生活中的一个细小点，她把一个细节漫天飘飞，不断循环再生，细节成为文本的主体，布满了整个视觉图像，是感觉体验化的细节描写。在传统写作中细节描写惜墨如金，唯恐写多了露出马脚来，而在现代主义中细节是铺排的，是增殖的，生成性的，意指一个细节生出几个、几十个细节，是同质的叠加。由此我们看得出现代主义细节是表现论的。

在现代主义细节写作中还有一点是与传统相区别的，传统中细节也有象征的，如鲁迅描写坟上的花环，表示出安特莱芙式的阴冷。沈从文写了许多河水雨丝意象，暗示人的情欲。这些细节标志表明表象与内质是统一的。你可以通过客体、物象的溯源找到相应含义。而现代主义细节是一种整体象征，如萨特的恶心，卡夫卡的城堡。象征物的客体，具象并不定和内质是统一有机的联系。恶心是存在主义寓言，世界本体是荒谬的，悲观宿命的，因而萨特、加缪、贝克特的许多细节并不是具体物象的，一对一的象征，肮脏、苍蝇、啰唆、等待、无边无际地行走、重复的动作、阳光的烤炙、监狱、囚徒并非一个个都具体指向某一特定的含义，而是整个世界的无意义书写，无奈感、焦虑和恐惧感。人在一间房子里走不出去，传统的细节象征会指向专制压迫的权力结构，而对现代主义而言是象征人类整体的没有出路，无法突围。房门或窗也许都能打开，但是没用，心灵被围，所有的细节都是困境，是人类没有出路的象征。

后现代主义的细节写作，是现代主义的延续与发展。但不同主要表现在两点：一点是非意义化，并不指向具体的观念意图，巴思的《迷失在游艺馆中》，游艺馆中漫天的动作细节，哈哈镜、霉味走廊、游泳、电子装置，每个局部的细节并不会给你特别的暗示，但游艺馆整体是一个象征世界，是一个迷宫，迷宫里所有细节都是迷失的小径。世界与人性本身都是在这种迷失中，无法找到自我，十三岁的安布罗斯生活在碎片中，也生活在迷失中。后现代主义细节会把它的写作方式，与细节目的都告诉你，但具体到局部细节你是不能一对一地求解的，刚好细节整体上是对意义的一种消解，游艺馆根本没有出路，我来没来过都是在幻觉怀疑中。另一点是碎片化、非稳定感的。最典型的当然是索莱尔斯的《女人们》，那是六百多页的碎片，漫天飞舞的女人，你找不到任何头绪。巴塞尔姆是碎片写作的代表，《白雪公主》《城市生活》《教堂城》《亡父》都是其重要作品。《我父亲哭泣的情景》

全是对父亲生活想象的碎片。父亲因车祸而亡，父亲之死，活着哭泣，淘气的父亲，父亲混乱的意识，父亲的荒唐行为。整个小说从父亲写起，后来却亦幻亦真，父亲碎片状态。要表达父亲的什么，在这个文本都是模糊的，于是父亲那一代成为我们不能沟通的断代。那么多父亲细节并不为展示父亲性格，而只说明一种荒唐人生。

后现代主义的细节具有强烈的幻觉性，由于超量的细节，而且细节又是非逻辑的组织，大量的细节挤压，造成失衡，视觉无法稳定地被捕捉，形成视觉魔幻。巴思的游艺馆便是例证，哈哈镜是实写，但实际所有馆内细节都具有哈哈镜的效应，这说的是后现代主义写作中细节产生的视觉残留效果，同时后现代主义写作细节自身也使用大量的幻想手法。品钦，魁恩，他们就喜欢使用科幻的手法，用幻想的手法打破真实与虚构之间的界限。罗伯特·库弗的《电影院的幽灵》便把电影内容和看电影的场景混合，让你分不清现实与虚构的电影。致幻是当代社会一种异化的审美心理，这似乎和传统的幻觉描写没什么关系。传统写作中沟通人与鬼之间的写法强调的还是现实，它有一个现实的框架。今天的幻觉是淡入淡出，没有框架制约，视觉也是移动的，甚至是一些怪异的，如以精子、以胎儿、以光谱、以一些非人的视点，但又是一种幻觉的感受。罗伯特·斯通的小说《模糊的宝瓶星座》先写两个人通话，在对话中导入水族馆里，然后变成了艾丽森和海豚的对话，人与动物相互传达一种奇妙的幻觉。

综合看来，小说中某一种元素的性质功能与技法的改变其实也就昭示着一种小说写法整体上的变化，进一步也昭示一种文学性质的变化，这一点尤其体现在细节的表现上。细节描写有许多手法，如白描法、镶嵌法、增殖法、缺席法、变形法、象征法、标题法、暗示法等等，都是一些操作方式，是比较容易掌握的一些技巧，写作中可以熟能生巧地去掌握，不易掌握的是这种技巧背后的意图提炼，或者细节揭示那些精神、情感、性格、差异时的细微区别。另外，细节写作不仅要求细节的点滴描写的准确生动，还有细节的调节与控制的处理，简单说，是细节的非细节性。

第五讲　时间与空间

我们在小说中谈论时间与空间有两个难度。其一，小说中的时间与空间是虚拟的，不是真实生活中的物理时空，无法把时空实体化。其二，时间与空间本身属于哲学与科学的范畴，纳入了专业学科，自古至今有多少伟人天才均没有谈透彻，我们将它纳入小说的必要形式，又作为一种虚拟，想谈透彻尤为困难。同时还有另外两种现象也决定了我们讨论的难度。一方面时间和空间是作为世界本体的基本形式且容纳了万事万物，而小说仅作为某类别的表述策略，它缩小了时空功能成为一种技术手段，这决定了小说是无法把时空功能谈透彻的，因为小说中的时空多指向结构性，或者作为一种象征隐喻的方式存在。

时间与空间有这么多麻烦，我们又不能放弃它，尤其对小说它们是不可或缺的元素。从小说发展的历史看，我们对小说时空处理的态度不同甚至会影响到小说的基本性质，例如现代小说基本属性是时间的，后现代小说基本属性是空间的。小说的时空关系不仅涉及结构，还涉及现代性诸问题，因此我们不能等闲视之。

一、时间的概念

时间（Time），是日光在一维状态下不断流逝而又不可逆向返回的物理现象，因而有时间之箭的说法。热力学第一定律回答宇宙有时间存在，第二定律则回答时间的重点所在。我们这里可以推导出时间的特征：其一，时间是依秩序而进的，总是顺着一个方向均匀地流逝。其二，时间流逝了对于人与事物而言（生命）就再也没有了，可见已发生的时间丢失了便再也找不回来了。这一点决定了有机生命的性质。其三，时间是绵延的，永恒不断的，但它是变化的、运动的，还是不可测的。其四，时间从生命角度而定位。而不同区域、不同角度时间是不一样的。其五，从类别上讲它仅作二分：一为物理时间；一为心理时间。

我们知道了时间性质及它的特征了，进入小说后时间便成了我们头脑中永恒的假定。它是我们在小说中知觉事物的一个认知模式。根据小说的性质我们还应该明白的，小说中的时间与空间我们不能把它当真，它仅仅保留在万事万物中已发生过的幻觉，或者正在进行的幻觉。这样小说的一切才能进入所有阅读者的生命体验。

现在我们可以肯定小说时间的存在方式有如下几种：一是文本的写作时间，指实际书写的时间长度，一小时三小时，或两天三天，一部长篇小说可能写作一年或几年，这个写作时间是一个实际存在的阅读的物理时间。同时它也是一个定位时间，指哪年哪月。二是文本内确定的人物与故事发生的时间长短，它是时段性的，用语言文字标明了文本的起止时间。这可以称之为叙述时间。一段故事发生的实际长度，或者个人命运在文本中的长度。三是文本内时间功能的长短。顺时发展，或者逆时回溯。时间不仅仅展示为一个动态活动过程，关键是以时间为文本的控制方式，如结构的、象征的、人物心理的。时间作为某种形式的特殊标记。四是文本中的时间主题，某一小说并不是客观地延续了人物与故事的发展过程，而是故意设置某关键时间，突出强调时间的意义与作用，或者把时间作为一种形而上的思考。时间是作为一种特殊的情感方式或一种思想特征，在许多文本中还可以把时间作为一种实验方式。五是文本的阅读时间，文本作为一种纸质媒介的固定物如果不被阅读，我们无法知道其小说中有时间概念，阅读便有了双重时间：一是我们读完一个小说所需要的时间；二是阅读者在阅读之中的实践体验。这里时间的二重性会显示出不同的效果。我们提供的小说的五种时间模型，有的作为基本元素存在，有的则赋予小说一种特别目的。换句话说，并非每个小说都必须这五种时间全部到位。这样我们就可以把小说的时间分成必然性与可能性。必然性时间为写作时间、叙述时间、阅读时间。可能性时间为功能时间、时间主题。无论这五种时间形式以何种方式或多或少地出现在小说中，有一点是可以肯定的，小说不可能没有时间。我们借雨果的小说《克洛德·格》为例看看小说中的时间是如何显示的：

七八年以前，巴黎有一个穷苦的工人，名叫克洛德·格。他和一个年轻女人在一起并有了一个孩子，冬天他给女人和孩子偷木柴和面包，可以管三天，但他却被判五年监禁，送到克莱夫中央监狱服刑。

我们继续说下去吧。（讲述时间，正在进行时。）

不久以前……诚实的工人，从现在起却成了一个偷窃犯。他正直、严肃，虽然年纪还轻……额头上却有皱纹……他有一种让人服从的威严（管理监狱的有一个工场场长）。他既是狱守，又是商人。向工人订货，把工具交到你的手中，同时又威吓犯人……他刻薄无情，专横残暴，刚愎自用，盛气凌人。（克洛德被编入这个顽固场长的手下，非常怀念妻子，场长哄他说她已成了妓女）。

几个月以后，克洛德习惯了监狱的环境。

差不多在同一时段，克洛德在所有同伴中赢得了一种独特的权威。

不到三个月，克洛德已成为工场的灵魂。

（以上为故事进行时间）克洛德饭量大，每次都吃不饱饿着肚子干活儿。这时有一个体弱的年轻人阿尔班每天分一半食物给克洛德。克洛德的威望可以抵上十个宪兵，常给场长帮忙维护监内骚乱，但场长更加嫉妒仇恨他。一天早上场长把阿尔班偷偷地调到另一个工场去了。此后克洛德每天寻找同伴，求场长把阿尔班还给他，几个星期都没动静。克洛德无望之后，宣布，"我在审判一个人。"

1831 年 10 月 25 日傍晚，克洛德对场长说，把同伴还给我。场长拒绝后，他说，你必须这样做，我让你考虑到 11 月 4 日为止。其他看守也提醒了场长，他这是威胁。

接下来九天，克洛德依然请求，还被场长关了二十四小时禁闭。终于到了 11 月 4 日，早晨克洛德找了一把剪刀。十二点他借口去了细木工场，他对细木工场的二十七个犯人说，我要把场长干了。晚上七点他被关回了工场和另外八十一名偷窃犯一起。他对大家说，首先是阿尔班养活了我，其次是他爱我，我们的友爱对场长毫无妨碍，他拆散我们取乐。这段时间里我审判他，将他判处死刑，今天是 11 月 4 日，再过两小时……

同伴们说，你杀死场长前最后再给他一次机会。根据他的同伙事后所讲，在这最后一小时中……（讲述时间）

九点钟，门开了，场长来了。克洛德悄悄要求把阿尔班还给他，场长不耐烦地拒绝了。克洛德从裤内抽出斧头在场长头上劈了三斧，然后四斧五斧。场长死了。克洛德用剪刀自杀，倒在场长身上，但被救起来了。

11 月，12 月，1 月，2 月，在治疗和审讯的准备中。

1832 年 3 月 16 日，在特鲁瓦的刑事法庭审判克洛德，所有犯人均不做证他有罪。然后是精彩的法庭陈词。最后克洛德被判处死刑，修女劝他上诉，事件延续到七个月四天。所有犯人都帮助他，劝他越狱，给他创造了一切条件，他拒绝了。1832 年 6 月 8 日，上诉驳回。早晨 7 点法庭宣布还可以给你一个小时，他被捆绑的双手中有修女给他的五个法郎，这是他右手中剩下的唯一的东西。七点十五分所有犯人为他送行。八点钟上断头台。（故事事件结束）

我们认为必须把克洛德的故事详细地叙述出来。

……（谁是真正的罪犯）

笔者下面可能会试谈对这些问题的理解。

……（人民的头脑。这就是问题所在。）

小说《克洛德·格》有两个时间系统：一个时间是作者讲述的时间；另一个是故事发生的实际时间。据说雨果记叙的是一个真实的案例，后来把这个故事写入了小说。我们还注意到作者对时间处理得比较随意，其间少量地运用了一些叙事干预。但故事时间极为可观而准确，是按年月日系统化的，准确到一天二十四小时内的变化，甚至交代了分钟。这种时间的严格准确，一方面加强了真实性，强调了可靠记载；另一方面用时间突显出事件的清晰过程，使这个故事不可能造成任何歧义上的理解。由此我们发现了时间的什么？

时间的功能，它是小说的一个框架。深入到故事情节时，它又是一个时间结构。这里的时间结构我们大致可以看出，讲述时间是作者用回溯的口吻表述的，而故事时间都是按时序向一维方向发展的。这里时间成了小说文本的重要形式，第一，是讲述语式的。第二，是时间结构的。第三，文本模型是两种时间方式的套用，讲述与故事之间会有轻微的时间错位，这两个时间不完全是等位的。因此，"我"讲述的仍有一些故事之外的东西，例如社会问题的讨论。时间作为小说的形式要素我们已经看得很清楚了，时间也肯定可以作为内容的因素，不过一般是指时间实验的那些先锋小说。传统小说中时间作为形式因素是明确的，但它也暗含地关涉到内容，《克洛德·格》采用了传统方式，我们看它如此精细地讲述时间，我以为也会有一些隐在的作用。我们明白时间的本质，它是一维流逝的，这表明了它对一切生命物质构成了一种强制性压迫，时间是取消生命的杀手，不同仅在于时间的长短与先后。因此时间顺序只要和人物与故事结合起来，就暗含了某种不可逆反的历史规律。人是要死的，生命是逝去的，这构成了铁的规则：时间的悲剧性。小说中克洛德才三十六岁，阿尔班才二十岁，屠杀他们的是社会，是场长，特定了把人生自由时间限制起来，集中了五年的监狱生活。这里的杀人关系是：场长杀人—克洛德杀人—时间杀人。生命在这儿变成了倒计时，区别仅在于这个时间的仲裁是由不同的人执行的。

时间的本性，我在《词语诗学》中指出它有两大特征：连续性与重复性。假定时间是圆周循环的，那么仅是一个永恒的重复。假定时间是线性的箭镞始终如一地射向终点，那么只能是一个永恒的延续。由此产生了东方人时间循环的观念，西方人时间线性的一种流逝观念。中国人的时间轮回以六十年为一周期，故以天干地支去判断，大到生命轮回宇宙轮回，包括东方的宗教经验也服从这种永恒轮回，生命也就相信了转世轮回的观念。这就是所谓的周而复始。西方人相信时间之箭从过去射向未来，时间永远不断地前进也永远不断地流逝。时间是不可逆的悲剧性存在，支持这个说法的是宇宙大爆炸和热力学的熵定律。目前这两种时间本性没人能完全否定，或者说二者之间也没有必居其一的结论。今天西方人也有人相信时间是循环的，这就是著名的"庞加莱回归"。他认为时间不仅无向，还必须循环。就像圆一样没有尽头地永恒返回，它就不允许时间有起点和终点。我们古往今来的无数小说服从于这种时间本性，几乎没有例外，当然不包括时间实验的先锋小说。值得注意的是任何小说的时间实验，它们都假定了时间具有这两种本性，而试图以反时间的方法去写小说，这样任何时间小说的实验都仅是一种假定性手法。如果我们作更深一步的推断，可以说任何写作都是在试图进行一种时间实验，因为任何小说都不会有客观性时间存在，写作本身标明了写作时间与拟想中的时间均已流逝。小说并不能挽回流逝了的时间，已成定局的小说仅仅是一个时间的乌托邦，它是一种记忆，一种想象。

二、小说的时间类型

　　传统的故事小说无所谓时间类型，仅仅在于叙述时间与故事进展时间的错位，例如我们采用倒叙法、预叙法，无论采用的是故事提前或者延后，都不会影响时间的正常秩序的改变。这是为什么？因为故事小说的本质乃是时间性的。所有的历史小说只要我们刻意去再现，它都是故事性的。只有到了现代小说产生，我们在故事、人物、环境中有意地突出时间的要素，这才有了小说的时间模型。

　　有一点我们应该明白的，我们小说如果永远遵守模仿论的原则，保持与历史和日常生活的同一性，也不会有什么另类的时间模型，这是因为一切故事与人物在进行途中必须和时间顺序保持同步，事情正在发生虽然是一种幻觉，但人与事必定是在时间框架内活动，它不能跳出时间之外，除非它是一种神魔小说。这里还可以看出一个隐秘。人类生活在时空框架内保持着严格的形式上趋同性，一万年一千年一百年都如此，一年一月一日，时时刻刻都如此，这证明时间是渗透性地切入人类生活故事的任何细微处。从大处说它还制约着历史时代的走向。我们说小说可以写任何人，任何故事，也可以设置任何环境。可时间是铁定了的，某人某事只能是时间羽翼下的存在物，这告诉我们，不能改变时间，不能把秦始皇移到唐代，不能把唐太宗搬到清朝，但我们可以改变时间视角。当然小说也有一种特殊的权力，它利用语言与思维的机制打破这种时空顺序，这是我们要讲的另一种时空类型。

　　第一，时间本性不变，灵活设置时间框架。这表明现代小说在尽量发掘小说时间的功能作用。同时说明了"时间"也是一个灵活的机制，它可以根据人物、故事、环境的特殊性进行别出心裁的安排。小说中的时间我们可设置，这是一个问题，按理说，时间不是我们随意安排的东西。现代小说中我们经常有意地打破这种自然时间，使客观时间和心理时间交叉起来，时间在关键处改变故事、环境与人物的很多东西，甚至使小说完全出现了另外的面貌，可以说在时间上我们有一种始料未及。

这种时间类型的小说有许多经典篇目：俄国的柯罗连柯的《一刹那》，美国肖班的《一小时的故事》，海明威的《杀人者》等。柯罗连柯写的是瞬时，一个海盗的堡垒上哨兵发现海中遭遇风暴的渔民，并接待他。小说总共七节，他用了两节写大海，渔民、小船遇险获救。第三节写西班牙在押俘虏、海上游击队起义者佳茨。他被监禁在岛上塔楼里。几年过去了佳茨获救的心死去了。第四节，暴风之夜，佳茨的心几秒钟之内被大海的浪涛复活了。第五节，佳茨一瞬间跳下窗口，自由万岁，他准备逃生，他被禁十年了。从大海逃生无异于死亡，他犹豫了。第六节，瞬间他还是跳上了小船，他要的是自由，生死不论。第七节，海岸南端没有起义者尖塔，他们在枪击，枪声，他们活跃了。佳茨的生死这边不知道。这个小说扣紧一刹那的生死。佳茨的选择就在瞬间，在监禁的哨兵，这是一个生死问题，而在佳茨那儿这是一个自由问题。小说结尾是暗示，但为非结果的，起义者可以因佳茨获救高兴而鸣枪，也可以因闻佳茨死于海上愤怒而鸣枪，这便得到揭示，一刹那的时间不是生死的问题，而是自由的问题。时间没变，而人的时间选择含义却不同。

同样的道理，肖班的《一小时的故事》，不是写因一小时误了旅行时间，马拉德的车祸问题，而是一个人的生死引起的另一个人的反应，关乎路易丝的自由问题。这是一个时间错位的经典小说，这里的矛盾是，纯客观时间并没错位，仅在于马拉德改乘了其他车，而夫人路易丝误以为他死了。绝妙在于她不是因死亡而悲伤，而是因死亡而高兴，一小时应该是改变马拉德的命运，却变成了一小时改变了路易丝的命运。对两个人物而言是一种定性标志，马拉德严厉而专制，路易丝虚伪而盲目。在时间的错位中情节陡转，这时的发现均是人们期待的反问。这是一种深度发现，使结构性时间转向了问题时间。

海明威的《杀人者》特别表现了一个设定时间，时间作为关键点，对于人类而言有时是至关重要的，宣布一个死刑，宣布一个战争的总攻，宣布一个政权的诞生，宣布一个婴儿的出生，旅行中的发车与停车，这都是一些时间的节点，决定生死。这个时间点上不同人物的态度，一方面指涉的是时间的严酷性；另一方面是人物作为时间的考验。亨利餐厅的六点钟是一个特殊时刻：这个下午的开门时间，又是艾尔和麦克斯准备杀人的时间。小说破坏了这个时间预期，六点钟将被杀的那个人没有出现。他是拳击手安德生。七点钟后杀人者走了，故事开始精彩起来。尼克去赫希的宿舍告诉他，发现安德生懒洋洋地等待，他知道有人要杀他。

他不逃跑，也不去送死，而是在床上等死。一切必要的措施他都不采用。这个拳击家展示了一个小镇上所有人的等死心态。通过上述文本的分析，这个时间类型的小说基本上属于传统文本，时间在文本中起的是功能作用，仅作为一个文本但没结构的东西，也就是说，时间不是目的，而是一种手段。时间成为文本表层的东西，文本中的人物与故事还会另有深意。

第二，时间套盒。指一个小说中套着另一个时间系列的小说。这是中国古典小说中最常用的一种方法。特别是话本小说中入话的部分，总讲一个小故事引出一个更大的故事。冷子兴演说红楼梦故事有一个类如话本的时间，但宁荣二府的故事繁盛自有一个时间表。《水浒传》是多种时间的重叠套生，鲁智深、林冲、武松、宋江每个人的故事均都单线发生推进，有一个时间表，但讲到杨志、晁盖又有一个时间表，这些时间应该是相互穿插套生的，因为林冲的故事发生时，武松、鲁智深的故事也在同时发生着，分头叙述时会重复交代时间。历史小说最容易采用这种时间套时间的方法。古典小说爱用这样的套语：花开两朵，各表一枝。时间重叠时，必将有另一方时间停顿，而一方时间展开。回忆录和日记体小说都容易用这种时间套盒。仅现代小说采用的时间套盒比较灵活一些。

亚·谢格尼的《阿里阿德涅的黑线团》中，"我"在写一篇研究梅杰利昂斯基的学位论文。时间发生在数年以前，我找遍了档案馆和图书馆，找了许多城市，觉得可以破译他的答案了。我做了一个梦遇到阿里阿德涅·布隆茨，她告诉我梅杰利昂斯基还躺在那儿。我看到了布隆茨、梅杰利昂斯基、梅杰利昂斯基卡娅三角恋之间的关系。他的诗歌影响有朝一日会不可思议地高涨。他们讨论了加加林登月时间：1961年4月12日。她会活到那个时候，但那包毒药会在您八十三岁时服用。我预言，我醒来了，在布隆茨自杀六年后的别墅里。

在戈尔巴乔夫和叶利钦权力移交之际（1989年）我找到了布隆茨的文献资料：她生于1870年，伊里奇·布隆茨不仅是利沃英娜·布隆茨的丈夫，还是她父亲。九十年代中期到美国伊里奇娶了当地的诺拉·柯思。1898年女儿阿里阿德涅出生。1918年布隆茨父女以夫妻名义出现在莫斯科。伊里奇在共产党内活到1936年。二十四岁的诗人梅杰利昂斯基成了布隆茨一家的好友。在1931年阿里阿德涅把名字变成梅杰利昂斯基——布隆茨他们结婚时父亲仍与他们同住。

我去德国之前已获得了关于这个女人一些极为凶残的材料，她变成了亚多奇卡，审讯，杀人，下毒害死了不少人，她随身带的毒药叫"阿瓦冬"。在梅杰利昂斯基的诗里便讲到这个阿瓦冬。我在德国的大学作讲座，上科隆大教堂，去了亚琛小城，在德国、比利时、荷兰三国交界处。我到了《东欧》杂志主编施泰因格尔家做客，快乐的晚会后我接到了一个奇怪的电话，布隆茨儿子的电话，离他的伊比斯饭店不远。我去了布隆茨儿子雅各布·蒙什家做客，他给我看了一本布隆茨自 1959 年记的日记。

一部分是 1959 年 1 月 10 日起，止于 3 月 8 日。布隆茨在亚琛的生活，她生了儿子雅各布。

一部分为 1960 年日记，按三月、四月、七月选读，然后是秋天一节，年底一节。记述的是她的父亲九十岁，她的疾病，有一个神秘的白人影子。风流韵事，没读完《战争与和平》。

一部分记述 1961 年 4 月份的事情。白人与寓言。文学代表大会，一切应验了加加林登上了太空，头痛减轻了。日记止于 1966 年她参加华沙社会主义作家大会。

我被她的日记中的幽灵白人迷住了，可她儿子说母亲死之前把日记都烧掉了，仅幸存这一本。白人预言之后她头痛好了，加加林登上太空后，她变年轻了，还和一个四十多岁的男人有风流史。我看了她六十六岁生日的日记内容（12 月 26 日），她活在孤独中，我活不到头了，恨实验小狗，没有梦到梅杰利亚沙。

回到饭店，我梦中去了许多地方：比利时，荷兰，马斯特里赫特……我在回程的时候和施泰因格尔开玩笑，我放松了，我不用寻找迷宫了。今年夏天和朋友聚会喝酒吃羊肉串时，我把故事详详细细地讲了一遍，都觉得可怕。我弄不清楚我带着梦闯入了布隆茨的现实生活，还是我让她活到八十三岁与阿瓦冬相逢死去。

我们换话题，开始唱歌，趁年轻去相爱，好好地生活。

这是一个三重时间的套叠：一重是我生活中梦境奇遇刚好与我的学术研究时间相套。二重是我梦中预言时间正好和布隆茨生命历程时间相套。三重是布隆茨的传记时间，包括日记时间里记载的内容与我生活经历的时间相套。甚至还有我和布隆茨梦中的巧遇时间和客观发生事件的时间相套。这许多重叠时间神秘地纠合在一起似乎构成了一个时间的迷宫。这种时间套盒有一种时间实验的性质。因此，这类小说时间模型有传统写法与先锋写法之分。

第三，改变时间方向的模型。小说中改变时间方向也分传统与先锋。我们首先确定一个前提，小说家写故事尽量遵守时间律，顺着时间的顺序走，保持一种故事正在发生的幻觉，造成似真性效果。可是世界整体的发展是在宏观时间状态下进行的，任何一个写小说的人必须用手术的方式切入当下时间，"小说是分割时间的"。这句话有特殊的意义，是在时间意义上确定开头、中间、结尾，这种时间切割的方法只有虚构性文本可以办到，让时间进入假定性轨道，才可能改变时间方向。因此传统写作便有了反方向的回忆，倒叙方式，有跳跃后预先叙述，提前预告结果的方法。这些时间方向的改变是我们思维极限可以理解的，《红楼梦》通过梦境暗示贾宝玉、秦可卿的前生后世，《水浒传》中单个人物推进故事时，均要插入另外一个人物过去的事情。倒叙方法的难度并不在于我们回溯过去的事情，而在于起点的选择，最佳契机的把握。

欧·亨利的《鸽》写作切入时间为周末下午，信托投资人陶柏蒙五十四岁时准备乘六点钟的飞机去南美休养。接下来小说不断地把时间返回到过去，和魏尔德小姐恋爱，她给三千元让陶帮助投资。陶临行到中央公园散步，遇到一个巡警反思说，我是一个拐骗了六百家客户的经纪人。在哥伦布广场看到一个苍老者用花生喂鸽子。冬天很冷，老人又冻又饿但他仍用仅有的钱喂鸽子。陶柏蒙良心发现，不能坑害六百家客人，而且他们大都是孤苦无依的老人。这时他跑回公司看着日历，是个好日子，他有了重新生存的机会。他再到公园，那个人还在喂鸽子，环视四周，发现有一肥鸽在自己掌中吃食，他熟练地把鸽子头扭了揣在怀中，然后对四散的鸽子说，我也需要吃东西呀！

周末下午和六点之间，插入了对过去时间的回忆，特别是魏尔德小姐：一是爱恋；二是拿出钱投资，说赔了也没什么。陶柏蒙得到的是信任和爱情。通过回忆与现实的交替他已经决定改过自新，最后还是犯罪了。极短时间内心理向两个极端运动，可以说是瞬间时间的契机与改变。这种追忆带有反思性，回溯的情感体验，但决定仍在当下的现实时间，这类小说的时间模型应该说在小说史上比比皆是。

《追忆似水年华》可以说是悖逆式追找事物反思情感的最大的巨型的时间模式小说。在先锋文本中反时间方向和传统的不一样，传统方法使用倒叙：一是时间脉络清晰；二是总体上不改时间本性；三是叙事往返与时间跳跃保持整体上的统一；四是所有倒叙最后都会回到正叙上来。先锋小说对时间实验的方法主要是改变人们的时间认识，重新确定时间观。卡彭铁尔有一个短篇小说叫《回归种子》，完全改变了时间本性与事物发展方向。

一个老头在雕像脚下看着老房子被拆除，仅余下爱奥尼亚螺旋装饰的柱头。眼前一片瓦砾墓地，他成了堂马尔西亚尔的尸体，和房子一同死亡。

第三节，堂马尔西亚尔几小时后醒来，准备拍卖这幢房子，可是他的财产已转移到另一富豪的名下。早晨报时钟响了十八下。

第四节，丧事办了好几个月。楼房完好无损，马尔西亚尔搂着夫人风流快活，他变得年轻了，房子有油漆味。（夫人还参加了阿尔曼达雷斯殖民总督主持的大会）。

第五节，他们夫妇去甘蔗园参加晚祷。回城后他们在教堂离了婚。马尔西亚尔另外找了拉斯梅尔塞德斯为新人。

第六节，家中时钟逆转从五点到一点。盛大的生日晚会庆祝他年轻了一岁。他们参加化装舞会，参加狂欢节。

第七节，律师堂阿文迪奥是常客，在马尔的床头，公文上他只有一笔小小的抚恤金，马尔西亚尔进了圣卡洛斯皇家神学院。他在那儿学习到离开，但他梦想着女人。

第八节，家具在生长。他趴在桌上吃饭。早上马尔西亚尔谈一本放荡的书。

他寻找盒子里的玩具，在地上玩战争游戏，老黑人埃利希奥叫他三次才肯吃饭。雨天，他爱躲在古琴下倾听电闪雷鸣，那种气势磅礴的共鸣。

第九节，家里人交头接耳，他起床后吻了一下病中的父亲。向老侯爵爷请安，父亲魁伟，有众多勋章。他把打扫卫生的混血妇女弄上床。父亲是可怕的，至高无上的。

第十节，家具长高、长大一圈，马尔西亚尔喜欢在床下玩，马车夫梅尔乔尔和他最好。车夫会唱歌，他祖长是亲王，他的国度有大象、河马、长颈鹿，还能在河水中捉鳄鱼。马尔和他有共同的秘密：乌里、乌拉。那是保存糖果和杏仁的地方。家里有很多狗，卡内罗喜欢叼鞋子。借着叼很多东西和马尔玩。他和狗一块儿撒尿。卡内尔跑到采石场获得了自由。

第十一节，马尔西亚尔失去了光明，他感觉在液体中黑暗里，在柔软温润的地方，回到自身恢复生命的悸动。小鸟回到蛋壳内，大地回收了植物、种子。一切在变形，回到初始的形态。

最后一节，房子没了，谷神搬走了，在镇广场闲聊，同年五月下午卡佩亚尼亚侯爵夫人在海芋丛溺死，一切都导向了死亡。

这个小说写于1944年，是从马尔老爷死去的那一刻写起，往回到壮年、青年，结婚，少年，儿童，婴儿，最后归于一切生但还是死亡。事物与人生返回初始的形态，时钟也开始逆转，这是一个非常大胆的时间实验。在他之后有一个英国作家马丁·阿米斯于二十世纪九十年代写了一部《时间箭》，也完全模仿这一构思写成长篇小说。小说分为三部分，开始将一个纳粹军医置于死地，然后写老年、中年、少年、童年，同样也回到了母腹。可以把这部长篇视为对《回归种子》的扩大，《时间箭》增加了战争、社会时代的内容。它具有了医药治疗的医生经验。故事过程因素也增强了。从生命倒转过程中看得出作者有更多的社会批判意识，而卡彭铁尔揭示的是宿命意识。这种时间实验我们可以视为一种极端形式。

第四，交混主客时间。假定我们承认时间，实际上也只有客观时间，而没有主观时间。所谓主观是心理的、意志的，我们能知觉时间这一概念源自思维、记忆、感觉。由人类意识使时间成为一种日常生活常识，如果它是世界万事万物的形式，也仅是存在于我们的知觉中，这才有了时间的感受性，例如环境记忆、传统继承、家族遗传、文化习惯，技术时代带给我们一些新的使用工具，我们从一系列的变动中感受到时间。可见时间是人类的衍生物，我曾试图证明时间是不存在的，这不影响我们谈论时间，我直觉时间经验也是知识的结果，前人虚拟的暗示，我们相信它讨论它，因为文化传统构成了知识的时间经验，我们在总结时间时实际仍是谈的具体事物的变化状态。如此说来只有主观时间是真正存在的，客观上没时间，这样的讨论使我们处于悖论中。日本的夏目漱石有一篇小说叫《梦》

写我做了这样一个梦，梦中背着六岁的儿子，眼睛已经瞎了。梦中发生的事情一定是在主观时间状态下。可事情很古怪，我背着他过田间，他知道到田里了，原来他听到了鸬鹚的声音。在森林里我想放弃自己的儿子，站在双岔路口，他竟说有石碑。还有八寸宽的红色石碑。儿子说往左前方便有森林，他们走着雨后泥泞的路，我想尽快扔掉他，这个梦中行走与背人应该是很清楚的，奇怪的是那个孩子什么都能看见，怎么会是瞎子呢？孩子说，到了，就是那棵杉树。孩子说出了惊人的时间，文化五年，戊辰年（1808 年）。

"一百年前，你杀了我。"

我立刻闪现出一百年前的文化五年（戊辰年）也是这样一个黑暗的夜，我在杉树下杀了一个瞎子。我发现自己是凶手。背上的孩子这时像石雕那样沉重。

客观上确实有一个文化五年，我也确实在一个黑夜杀过人，地点确实是森林的杉树下。这使得梦和客观时间、地点都吻合起来。这是个很小的故事，表达主客体时间交混，很容易看清，在长篇小说中两种时间线索绝不会那么清晰，那会是一种复杂的交错状态，例如《万有引力之虹》中斯洛索普的梦幻状态，他与盖丽在布罗肯峰如梦如歌。卡卡这个人物一会儿真实一会儿虚幻。小说中连人物自身都不清楚哪些是自己的幻觉时间，哪些是正在发生的客观时间，因而各色人物都在寻找秘密，一个人寻找的秘密最终只能由主人公自身去揭示，或者说时间之谜就根本无法解答。品钦的《熵》小说，时间也正是在实验中，热力学第二定律也只是一种暗示。现代小说中有许多小说家在探索这种时间之谜，把一个形式问题转化为主题问题。也有可能他们根本不在探索时间，而在时间重影下探索事物变化与人性深层之谜。值得注意的是，时间的混乱往往与空间的混乱结合起来，这点我在讨论小说空间时还会重点说明。谢格尼的小说《阿里阿德涅的黑线团》也是一个时间交混的范例。神话与现实，梦境与现实，文本虚拟与生活实际，用第六感觉汇通幽灵与现实的关系；使得这部小说显示出如此复杂的机制。由于日记中的"白人"，学术中的布隆茨的频繁出现，连写作者格奥尔吉耶维奇·卡尔达索夫这个托身自己也害怕了，居然决定告别他的学术研究生活。

第五，实验时间。除了使用传统时间方法，现代小说的时间设置安排多少都会有一些实验性。这是纸面语言带给我们的方便，纸上语言可以任意地停顿下来，或者说可以任意地推前与滞后设置，还可以分别在主体与客体之间任意穿插。美国著名的长篇小说《黑暗的左手》中设置了一个非常奇特的时间系统：格森星历法及计时法。

年份：格森星的公转周期是 8401 个地球小时，相当于 0.96 个地球年。

格森星的自转周期是 23.08 小时，一年是 364 天。卡亥德及欧格瑞恩的纪年中没有起始的基准年份，也可以说每一年都是基准年份。新年的第一日（揭姆月吉瑟尼日）之后，这一年成为元年。过去一年叫前一年，明年则是下一年，之后又会成为元年。主要参照大事件来推算，王位，王朝，领主位置。尧米希教从米希诞辰（2202 年以前，爱库曼纪年 1492 年）开始纪年，以 144 年为一循环，每十二年会有一次庆典。这是一个宗教意义上的纪年方式。

月份：格森月球公转周期是 26 个格森日，月球为格森行星引力所俘，变成格森卫星，月球总是同格森行星处同一面。一年为十四个月。阳历跟阴历周期一致，经过两百年才有闰月调整。卡亥德语中月份为：

冬季：揭姆月，山内尔姆月，尼默尔月，阿内尔月。

春季：伊雷姆月，摩斯月，图瓦月。

夏季：奥斯米月，奥克里月，卡斯月，哈卡纳月。

秋季：格尔月，萨斯米月，格兰德月。

每月 26 天，分为两旬，每旬 13 天。

日期：一天（23.08 个地球小时）分为十个时辰，每月天数固定，每一个日期都有特定的名称，卡亥德语中日期名如下：吉瑟尼（日），索尔德尼（日），爱普斯（日），阿尔哈德（日），尼德哈德（日），斯特里斯（日），伯尔尼（日），奥尼（日），哈尔哈哈德（日），盖伊尼尔（日），伊尼尔（日），珀斯瑟（日），托儿门波德（日），奥德吉瑟尼（日），奥德索尔德尼（日），奥德爱普斯（日），奥德阿尔哈德（日），奥尼瑟尔哈德（日），奥德斯特里斯（日），奥本尼（日），奥多尔尼（日），奥德哈尔哈哈德（日），奥德盖尔尼（日），奥德伊尔尼（日），奥帕珀斯瑟（日），奥托托尔蒙波德（日）共 26 日，注意后 13 日加"奥"。

计时法：格森星采用一进位计时法，一天为十时。同地球每天 24 时对应如下：

第一时，12 点至下午 2∶30

第二时，2∶30 至 5 点

第三时，5 点至 7 点

第四时，7 点至 9∶30

第五时，9∶30 至午夜 12 点

第六时，12 点至晨 2∶30

第七时，晨 2∶30 至 5 点

第八时，晨 5 点至 7 点

第九时，上午 7 点至 9∶30

第十时，上午9：30至12点

故事从1491年第四十四日说起，冬星卡亥德王国的图瓦月奥德哈尔哈哈德日开始。元年春天第三个月的二十二天，这年叫元年。卡亥德人每天吃四次正餐：早餐、早午餐、晚午餐、晚餐。格森人吃饭很简单，几分钟吃点什么都行。"我"叫金利·艾，作为外交使节派往另一个星球：冬星。负责调查教育文化、贸易交流方面的情况。冬星有两个国家：一为卡亥德；一为欧格瑞恩。卡亥德国家类似俄国社会主义。欧格瑞恩类似封建君主制国家。卡亥德国家没有战争，尊严、威信通过权力地位构建起来，国王是个疯子似的人。人民信奉黑暗的神秘，生活也简朴。那个封建国家人民团结，服从命令，好战，具有侵略性，否定黑暗的神秘性。格森星球人是双性人。性别是互变的，每个人都会有不同性别的生活状态，大约一个月时间人们处在"克慕"状态的性兴奋期。但性别转换没有规律，是偶然的，他们基于母系家长制，称为艾慕哈。性周期为二十六天或二十八天，有二十一二天处于索慕期，反应为性冷淡。到二十二三天进入克慕期，即发情期，但仍是雌雄同体的双性人，只有到了所哈曼时，均处于性转换相配，在二到二十个小时之内交配完成，怀孕期七八个月。也就是说只有交配时为单性人，克慕期已过又变为双性人了。因此这个星球不可能有男性或女性为中心的话语系统，每个人都有可能上月为男人下月为女人，一种以性别对立的二元结构彻底解体了。这个实验极为重要，它消解了我们古老传统的逻各斯中心。由此推断二元思维里"光明与黑暗，理想与勇气，寒冷与温暖，女人与男人。合起来就是你，西勒姆，一而二，二而一，如同雪地上的影子"（《黑暗的左手》，厄休拉·勒古恩著，陶雪蕾译，四川科技出版社，2009年版，第225页）。这个书名极妙，什么是黑暗的左手？光明！我们可以反推，什么是光明的右手？黑暗！全书为什么以黑暗为意象呢？这是因为卡亥德人与欧格瑞恩人对黑暗的态度不一样。全书意象与思想非常集中，虽然充满了复杂的时间与空间实验，但转换却极为自然。这部小说被公认为美国划时代的伟大作品。

第六，时间游戏。客观时间从发生开始到某个固定点的结束是无法做游戏的，因此现实生活中游戏一般而言是空间性的，但有了纸上文字的形式，语言可以自由设置某种时间模型，我们便可以假定做各种时间游戏。

卡彭铁尔的中篇小说《追击》。小说的客观时间只有四十六分钟，即演奏《第三交响曲》的全过程。故事时间里通过人物反省、联想、回忆等方式复述出的时间仅大审判就有三年之久，最近发生的事件也在四五天之内。小说一开始便是剧场演奏《英雄交响曲》，一个古巴学生叛变革命被人追击，从哈瓦那剧场售票厅进入。第二节主人公在剧场忍受各种疼痛，轰鸣的音乐也让他不知所措。音乐由G

大调转为降 E 调。这期间包括对房间，对火车站运钢琴、与女孩子幽会的回忆。这个小说分三大章，进入第二章是对一个老太太的回忆。老太太照顾他，第四天下午从昏迷中醒来然后是作为逃亡者的状态。第三章又回到剧场大厅交响曲演奏。三扇门都有持枪人守着，他想着留在剧场等五扇大门关闭，没人知道我还在剧场的包厢里躲着。演出结束时不够四十六分钟，最后倒数第二排两个人穿过此座到包厢拉开垂帘开了几枪，地毯上留下一个尸体。全部小说时间的演进与回溯均和交响乐的旋律结构吻合，乐章的停顿起伏、转换变化切合着这个逃亡的生活和命运状态进行。这个小说一直保持着情势上的巨大反差。英雄交响乐从音响到结构、从旋律到形象保持着一种英雄威严的情绪和格调，而这个主人公一直都处于伤痛、逃亡、保命的懦弱心理，这构成了英雄与反英雄之间的巨大张力，这种是结构性张力，从小说一开始贯穿到小说的终场。这个主人公的活动时间不断被切断，不断回溯，跳跃、想象等方法使之碎片化，他的时间一会儿是瞬间，一会儿是某天、某时，仅昏迷就有四天，还有马拉松式的审判。这些时间都挤压在交响乐演奏的四十六分钟之内，使得心理时间与客观时间巨大地不配套。这个逃亡者的人生时间犹如一场游戏，即时间游戏，反讽式地终结于《英雄交响曲》之中。当然，这个文本还算不上标准的时间游戏。一场时间游戏既有对现实的模拟，也有对现实的超越。更重要的是人们对时间的一种幻觉与变形。一场时间游戏开始，文本主人公要忘记自己的现实身份，对现实有一种似真性的怀疑，时间会失去秩序，具有混乱性。《万有引力之虹》和《要不要就拉倒》便有这种性质的混乱。在不同空间对人物对象、年龄，识别都会出现一种错觉。客观标准在一种时间意识里错位，另外还可以采用时间定格。《可怕的祭奠》说那年发生了各种怪事，按时间顺序推进，没有游戏，突然在 8 月 20 日十点来了个时间定格，以地震的方式。这也可以称之为时间游戏。时间游戏本质上是指向现实活动中的游戏，这样就必须打破秩序系列的时间，采用碎片化的穿插，用梦境与幻想等多种手法使时间叠合交叉起来。另一种方法就是在时间本身上下功夫。例如，倒计时、定格、跳跃、超光速、时间隧道、时间箭、返回起点等诸多方法。

　　古典主义作品没有强调时间形式，大体上遵照时间的客观规律采用再现的手法，现实与时间同步。在现代主义作品中时间与现实生活产生断裂，现代性追问其本质是一种时间思考。这使得一切现代小说都关注时间的变化之流，时间不仅成为现代文本的形式，还成为现代文本的内容，时间成为现代主义文本的一个思考对象，它是文学的也是哲学的，时间被观念化，被置于一种人工操作的实验性技术。为什么会这样呢？马克思曾说过，一切坚固的都消散了。传统社会里形象是完整的连续体。现代性使它们断裂，恰好是工业技术带来时空感的碎片性与无奈感。我们唯一的就是集中体验现时的感受。这是一种新时间，新时间的断裂性碎片性在三个方面被强化：第一，客观现代性的时空被极端的工业化和信息化技术所改变，高度快速改变了时间体验，瞬时性快感集中表现为碎片，信息使无限远的空间在眼前视觉化与听觉化。可以说吸毒与飙车把时空体中的瞬时性快速化作了极端的震惊体验表述。这一切由当下现代性时空抽离机制决定。第二，我们是现代的化学人，现代的精神病人。我们今天的物质环境都充满了化学激素，身体各器官的感受功能发生变化，传统的通灵、悟性在生物化学中丧失殆尽，现代城市病、现代精神疾患中焦虑、紧张、恐惧、孤独、忧郁都达到了极端。这是一种精神上的断裂，传统中人类以其宁静连贯的方式进行思考和生活的平静已经被打破，一切都被现象化、瞬间化，那么现代性体验更是现时刻度上的碎片段裂，精神上的无法连贯便决定了精神必然分裂，于是我们找到了伟大的诊断医生弗洛伊德。第三，现代性本质是一部分流逝了一部分又将替代，所谓审美的本质也是这样，只有在新旧替代中我们才能找到灵感，现在这种急速变化的时代，时间性也是审美的，或者说审美也是时间性的，此时是美的，彼时便不一定是美的了。

人类精神分裂模式其实就是现代性的一个创造，一个扩张，一种变形。作为时间的体验，现代人更明白我们只能活在现时的生活中，过去时仅是一种怀旧，将来时仅是一种幻想，我们的记忆除了造成痛苦、紧张和迷茫还能干什么？因为正是记忆造成了过去、现在和将来作为一个连贯的统一体进行思考。今天当下只有现象，我们没有必要去记忆过去，保持那种连贯性。精神分裂正好以其碎片化方式取消这种连贯性，没有连续的时间我们便没法进行自我认同，我们找不到自身的身份，自我被零散化，是无底棋盘上散乱的游子。这一切都使时间有了哲学、社会学、文化学的思考。所以小说时间上的变化最能体现小说文本上的现代性。时间不仅是小说文本形式上的关键要素，它还是现代小说不断探索的一个观念对象。

时间或许是一个永恒的谜，它充满了一切事物与人，有其必然性又有其偶然性。同时，时间还是一个悖论，著名的芝诺悖论：乌龟在前面慢慢地爬，兔子很快追上来了，乌龟再爬兔子再追，永远不能终结其追赶形式，因此兔子也就永远无法超过乌龟。这里的矛盾在时间永恒中不断地连续，而又不断地分裂为阶段化。这是一个虚假悖论。蒯因说，阿基里斯和乌龟的悖论确立的是一个荒诞的命题……显现出其中的这样一个错误看法，即时间间隔的无限序列一定会达至永远。实际上当选择时间间隔的无限序列使得后面的时间越来越短的时候，那么整个序列就可能会是一个有限的或无限的时间。这是一个收敛系列的问题（《蒯因著作集》第五卷，中国人民大学出版社，第11页）。悖论在于似是而非地揭露意义与真理，在不可处可能。时间的实验也正是如此，客观上说，后面的时间永远无法赶上和超过前面的时间，但我们节段化以后，文本实验的时间是后面的时间可以赶上超过前面的时间，小说中的时间实验基本上建立在这样一个悖论中。这提醒我们小说中不仅要使用语言的悖论方法，还应该特别重视时间悖论，只有这样我们才能看清小说中为我们设置的时间谜团。

三、空间性质及形式

空间（Space），是我们直觉的东西，又是我们可言说的实体。空间的复杂我们似乎用语言难以说清楚，但空间又是可以说清楚的，这一点上它和时间不一样，时间是永远说不清楚的，但空间是不可否认的，无论无限广大或无限微小，空间是我们最好理解的认知模式。但是要做根本的理解又是非常之难的。如果空间仅是一个空置的房子那我们就没什么可讨论了。如果空间仅是一个点以及这个点的占位，我们也好理解，表明空间是一个实体。关键是我们如何理解广延空间中的空，空在空之内还是在空之外。如果不建立一个空间的基本理念，我们便会一片混乱地说它，最后仍是一个迷宫空间。

空间一，在两点之间不管从哪个坐标系测量，其结果都是相同的。这意味着对空间的理解必须建立坐标系。那么空间最基本的概念：长、宽、高。三维为它的基本特质。空间坐标是核心，把坐标与测量结合起来统一而不可分，这才有了空间的概念。

空间二，空间不是一种规则尺度的存在物，那样空间是一个点，一个占位，把空间仅理解为一个实体。也就是说空间不是测量的结果，空间应该是一个纯无性质的存在。一切都没有才是空的本质。"广延"一词是我们理解空间的核心。而真正的广延又是我们推导所得。假定光速为 C，每秒钟三十万公里，8.3 分钟便到太阳，太阳系有九大行星，然后扩展到银河系更广阔的空间，广延深处的星球有四十多亿光年的，夜晚我们见到一颗很亮的星星一闪而灭，表明它很久很久以前便死亡了。我们只有广延才知道宇宙是永远无法企及的无限遥远。广延也可以从点线去分解，揭示空间的精确不是三维，而是三百三十个维。广延是一个关系的基础：A 连 B，B 连 C，C 连无穷，广延便是永远无穷的无限远。

空间三，空间是一个质量，它既是分割的又是联结的。这迫使空间产生"界面"一词。分开，隔离，区域，点线，交叉，联结，边界，处所，坐标，连续，只要有关系的发生就会有界面，这样空间才能凸显功能，我们以此为依据才能理解什么是空间的结构。空间还有一个关键词：中介。

空间四，小说的空间是虚拟的想象空间，我们不可做实际理解，因此我们设计小说空间，阅读小说空间，研究小说空间都要预设一个假定性。至于小说空间本性更不是统计学、测量学的结果，它具有拓扑学的性质，即部分相加并不等于它的和，空间永远有溢出空间之外的东西。这就是小说空间为什么格外重视心理空间、精神空间的缘故。小说空间自我们见到它开始业已发生过。任何一次空间触摸均是对已经发生的空间的延续理解。

空间五，小说空间一定是形式的，首先是语言的形式，语言的占位、排列、组织、结构。语言制造出形象，任何小说形象都是空间性的。其次，形象不仅占位，它是一个活的动态结构，因此形象空间不能使用固定的尺度，它应该是关联的、运动的、形象的互动促使了空间的复杂性。不仅如此，再次，小说空间里最为显赫的是人物与情节，人物又使这个文本内的空间有了心理空间与客体空间之分。情节空间特别突显"序列"一词作为空间的核心。空间形式在故事之上发挥了作用。我们千万不可把小说空间概念作为一个固定不变的僵死形式，不同小说有不同的空间属性，或者说不同的空间决定不同的小说类型。幻想空间与情调空间里哪是古典小说与新古典小说，人物与环境的关系有某种神性。它是由崇高英雄支撑的空间，强调现实空间的真实性，建立一种文本空间与现实的模仿关系，这一定是现实主义小说。这个空间里人物与环境的关系是互动的，空间是再现性的，情节是由特殊环境中的特殊人物表现出来的，空间处所设置得如同现实一样真实详细，生活空间中是个性化人物。现代空间是表现性的，不强调真实的模仿关系，在形式上最重要的特点，是引入了"并置""参考反应"两个核心词。所有空间不是阅读而是重读，它具有一种叠合、互渗、重影的性质。这来自现代主义对于时间断裂的重新认识。现代空间在场景的各单位之间是并置的，因为时间在瞬间被中止，各场景单位独立为并置的个体，那么整体一定是各层次相加的总和。如何认知各局部的空间性质呢？我们便要建立各种参照系：相似参照，异类参照，象征参照，反讽参照，意象参照，在各个局部空间的联结性质上有了一个新的词汇：互文参照。用个形象的语言，各局部空间就像电影的图像效果，是一种镜头语言。我们再看看后现代空间是建构性的，后现代时期突破了类型限制，是一个杂烩拼凑的特征。它的核心词汇是"拼贴""碎片""戏仿"等。后现代空间不是创新而是重组，这样它的空间一方面具有对过去空间的戏仿、挪用、重组，并且使这个空间具有杂烩、反讽的性质。另一方面空间的异质性具有不和谐的怪异，例如有赛博空间、科幻空间、信息空间。后现代空间充满杂混和离奇，是非纯一的存在，是一个高度技术化的空间。再一方面精神空间与客观空间保持一种特殊的反差，客体主要是现代建筑空间引起的后现代风格，具有冷漠、间离、抽象的特征。精神观念上是对确定性必然性的毁灭，这使精神空间处于非稳定状态的混乱与杂烩。还有一方面，当下的今天处于图像时代，这个图像是一个被充斥的权力话语，由传统的看转变为被看。图像的强制与颠覆还具有某种殖民性。电影、电视、网络、广告构成了一系列图像，这个世界正在被图像统治着，文化图像、政治图像、经济图像、军事图像、时尚消费图像，由图像创造经济价值并使之生活在其间，一切现象都可以实况转播，犹如我们亲身参加一样。后图像时代正在形成，这是一种可供立体交流感同身受的图像，我们的网络虚拟可以代替一种真实生存。而且实用空间审美化，现代技术条件下没有我们不能构成的空间。幻真空间变成了真实空间，而真实空间倒让我们怀疑。

空间六，对任何空间的理解都不能缺少时间之维。所以我们空间的定性是四维的。但不同时代对进行中的时间与空间的解读视角会有不同，无论怎么不同，时空形式的四维是我们理解的出发点，也是终结点。没有事物与人不在时空形式下而认知的，这表明时空不仅仅是形式，也是认知方式，也是我们对世界事物终极把握的理念。可以肯定我们每个人的时空观说到底是一种世界观。

空间无论从何种角度看，它都是最具形式化的，最容易为人类所感知。为什么？因为万事万物与人均在空间发生，一切发生皆在空间发生。空间是事物的场所，而且是一个永恒的场所，柏拉图说，一切"存在必定处于某一位置并占有一定的空间，既不在空中也不在地上的东西是不存在的"。可见空间存在是确凿无疑的。值得注意的是，空间也给我们一个巨大的幻觉。因为一切力学运动都在空间发生，给我们的感觉是空间可以搬动、挪移、运迁。乾坤真可以大挪移吗？我们真是只移动和搬迁了事物，我们搬动不了空间，纯粹空间自古以来就是固定了位置的，空间就在空间的那个地方，如同我们不能把地球搬离太阳系而到另一个银河系。我们的纯粹空间是雷打不动的，我们可以搬动的是一个制作空间，一个事物空间。空间是一种维度、场景、画面，是几何空间，保持坐标与测量的统一，我们是从某个位置上去说空间，这样空间像一个仪表那样被我们清晰地表达，我想我们仅仅能谈论事实空间，制作空间，空间是在我们理解的框架内发生的。真正的空间并非发生学的，它是一个永恒的本体，任何人也改变不了的。这提醒我们不必去考虑那些永恒的纯粹空间，只要去认识人与事物相关的创造空间。这样我们就可以很好地理解小说空间的发生了。任何小说的空间也如时间一样，只要进入文本，我们面临的第一关便是切分与组合，本质上我们应该明白，我们是从空间中提取了空间。小说家仅是一个空间设计师。

四、空间内外及写作

空间内外是相对的，在文本内外，内空间是指设计的空间场景，外空间是指一个文本所产生的时代与环境。在人物内外，内空间是指人的心理与精神的主观空间，外空间是指文本的语境与场景。事物内外，指情节之内的活动，或者利用的一个特殊空间，如网络空间、异类空间、幻觉空间，我们叫内空间；相对而言我们可以把文本叙述、语境、关联活动称为外空间。我们写作的目的主要集中在内空间，那为什么还要提外空间呢？其一，只有参照外空间我们才能更加清楚内空间的性质、功能及特征。对空间的认识我们也要建立认知模型，在模型中视角是格外重要的，对空间的认知不可不建立视角，是透视的，是散点的，是测量的，是结构的，是解构的。空间形态是丰富多彩的。其二，空间认知有一个效果，还有一种预期。同时空间功能并非我们完全可以通过统计来满足的，这就是空间的拓扑性质。其三，小说的复杂性往往导致文本内的多空间的重叠与并置，导致空间的分层模式，这就是说有文本内的多空间结构，我们就更有把空间内的分析和空间与空间之间的关系分析区别开来的必要。总之，我们区分内空间与外空间是一种空间分析的需要，至于纯粹空间不可能有这种内外关系，我们只能总体上称之为宇宙空间。当然，从科学角度我们仍可以分出宏观空间与微观空间。

空间分类有许多原则，这仅仅是针对认知，如果我们用于写作或者分析，对空间的感受性要具体得多。写作的空间计划、构设均可视为一种时间行为，我们以文本空间作为写作例证又是一种分析行为。我们到底按观念来分类还是按形式来分类呢？如果按形式分，那么想象空间的复杂与类别会是一种无限状态，我们无法穷尽地表述。如果按表达性能分为幻想空间、再现空间、表现空间、建构空间、解构空间，那可能仅是一个大的美学主题上的区别，无法让我们具体到实际空间精细评价。如果我们按现实世界的客观空间划分，那可以说每一个命名、处所、类别都是一种空间区域，这是无法反映我们小说发展史以来的众多空间现象。我想也许只能按小说创作的空间独特性来介绍一些类型，目的仍在寻找一些空间处理的方法。

第一，独体空间。单个空间是我们表述的基础，特别针对短篇小说而言，一般仅选择设置一个独体空间，这样达到集中、紧凑、精练的效果。中国古典白话小说《三言二拍》均达到极高成就。古典空间里表述得清楚明白、有条理，在空间内事物也是相互关照的，"行过几处房屋，又转过一条回廊，方是三间净室，收拾得好不静雅。外面一带，都是扶栏。庭中植梧桐二树，修竹数竿，百般花卉，纷纭辉映，但觉香气袭人。正中间供白描大士像一轴，右铜炉中，香烟馥馥，下设蒲团一坐。左一间放着朱红橱柜四个，都有封锁，想是收藏经典在内。右一间用围屏围着，进入看时，横设一张桐柏长书桌，左设花藤小椅，右边靠壁一张斑竹榻儿，壁上悬一张断纹古琴，书桌上笔砚精良，纤尘不染"（《醒世恒言》第十五卷《赫大卿遗恨鸳鸯绦》，第168页）。这是一个古庵小院空间，三间房舍一一展示，特别展开了空照女尼的居室。这处静庵写得别有深意，空照经书文理皆通，但描写了"花卉""炉香""古琴""斑竹榻儿"，这些都是移情之物，映照了这个小尼姑的情色心理。这个空间里物件实用，日常，又有文化暗示，还是人物性格的。可见接下来的故事发生其性质也与这空间关联。关于独体空间的表述，核心在场面、背景、器物几个方面，我在"场面与背景"一讲做了详细论述。传统的场面空间描写特别要注意的是：其一，场面器物与人物要形成相互关系，可以彼此呼应。这才是一个活的空间，一个有意义的行为空间。其二，场面空间有主次，要突出起核心作用的关键处所，空间总是充满了动与静的矛盾，要有气韵流动，使得空间内部充满张力，这个张力表现为许多对矛盾：声音与静默，行动与停止，色彩的明暗对立，器物的实用与装饰，人物外部的装点与内心的冲突，场面事件发生的起承转合，总之它是一个特别布置的空间。其三，空间不宜特别铺开，要善于提取细节。与环境、事件、人物特别相关联的一事一物，所谓的蛛丝马迹。有时一个精彩的细节便照亮整个空间。其四，空间要处理稳定与变化的矛盾，经典名言是，墙上挂一把剑，在空间关闭时这把剑一定要出鞘。因为空间要经历事件，它一定是变化的，要留下痕迹的。从故事的发展与人物的命运看，空间的绝对值是要发生变化的，即便是地理环境的空间，日积月累之后也会发生变化的。其五，空间形式与空间深度要从表层进入隐深的内部结构，或者说从形而下走向形而上，建立一个空间的意义系统。传统意义上重视固体空间、写实空间；现代空间重视虚拟空间，这本是无可厚非的，可传统与现代都会使用象征空间。我的意思是不要总让空间处于一种浅层隐喻，处于一种意义重复的表现。在空间的意义上要有深度，要出新。传统空间和当代空间在意涵上几乎是矛盾的、对立的，因为我们要研究语境，不同时地的语境，空间关系的性质和意义会截然不同的。其六，空间属性也是在相对关系下确定的。例如一天，一个小时，我们认为是时间的，但一天或一小时它也是空间的，特殊状态下时间即空间。再例如，空间是对象化的，是它者，但也可主体化，空间也是一个角色。空间有自身的表演性。通过空间确定事件性质或人物的身份认同，这也是常识。空间处理即使它不说话也有表演性在其间，特别是建筑空间，社会意识形态化使得空间也分出尊卑，在高贵与低贱之间可品出许多等级关系。无论什么空间均会体现出价值空间，旅游地理本身便是经济的价值空间。另外还有审美空间在未来更具有其特殊价值。因此，今天我们看待和分析空间一定是多元多维的意义空间。

独体空间是基础，一切复杂空间从它出发，这形成了空间的一种推导关系。特别在小说中，某些独体空间有着特殊关键的意义和作用。

原来是一间六椽楼屋。前半间安一副春台、桌凳；后半间铺着卧房，贴里安一张三面棱花的床，两边都是栏杆，上挂着一顶红罗幔帐；侧首放个衣架，搭着手巾；这边放着个洗手盆；一张金漆桌子上，放一个锡灯台；边厢两个杌子；正面壁上挂一副仕女；对床排着四把一字交椅。

施耐庵《水浒传》

这是阎婆惜的室内陈设。这是一个楼屋空间的二层。婆惜是做妓的所以室内布置暧昧：春台，红罗帐，棱花床，金漆桌子，仕女画。作为好汉的宋江并不适应，渐渐疏远了婆惜。只是这个空间描写的时间颇有心机，宋江娶婆惜是夏天的故事，在县西巷内，已经转过一个季节，到了中秋时，他会完刘唐后再被阎婆惜拉回家，这时的空间描写颇具深意，因为这时宋江已经知道自己的女人和自己的下属张文远通奸了。那么这个空间便与宋江有格格不入的东西了。同时这个空间的床栏杆是放招文袋的必然处所，洗手盆也为下一步杀阎婆惜，早起而用。这里的一个浪荡空间马上就变成了一个杀人空间。空间性质的转换反差极大，在前后比较之中空间的张力极大，隐含意味也就深刻了。就宋江而言这也是人生至关重要的一个空间，即命运转折空间，此前他还是县城的一个小官吏，受人敬仰，此后他变成杀人犯，走上了流亡的道路。让他没想到的就是这么一个物理空间，成了他人生命运的起始空间，从功能上说又是一个交叉空间，《水浒传》处理这类空间游刃有余，灵活机动，在中国古典小说中提供了这类空间书写的典型范例。

第二，套盒空间。古典小说空间基本由两种类型构成：一类是板块空间，随着人物与事件的移动而搬迁，一个文本分成几个大的块面空间，全部故事也就集中在这几个大的块面来表述。套盒空间是空间中的空间，是大空间套小空间，而且各空间均处于封闭关系中。这种套盒空间从物理状态来看是几何性的，但在社会人文中又暗含某种等级的关系。现代社会里一切空间都有套盒空间关系存在，即便微观的物理世界或人体世界都是如此。空间套生本是一个自然现象，当它未被强化时，空间这种互相的遮蔽是一种常态，一旦小说特别突出或强化便有某种异样的性质了。封建社会从人文制度到建筑居住都是这种分层的套盒空间，长期以来的中国居民便有了四合院，南方有天井的院居均是如此，由套盒居住形成中国人的潜意识心理也是这种套盒状态。个人内心的层层叠叠是与文化相关联的。空间的环环相套、重重叠叠地衍生各种空间格局，很容易构成迷宫空间，旧小说中许多宗教寺院都被描述为这种迷宫模式，一部分成为危害妇人、作恶藏凶的处所，另一方面又具有某种宗教上的神秘玄妙的暗示。封建官僚、地主首领把自己的庄院都构筑成这种套盒式空间，使它变成为一个封闭的私人社会，另一个优势又让他们方便管理。北方的大宅院都把自身环扣成一个"回"字形状，这种无惊无扰、幽深晦暗的空间培养了中国人有史以来的一种超稳定状态的心理结构。说句大实话，也带来了中国人的心理不够敞亮的毛病。

中国小说典型的套盒空间有《金瓶梅》和《红楼梦》。其中《金瓶梅》不仅书中以套盒空间形成结构，另外它还是一个文本套盒。其源处，文本发端于《水浒传》武松的故事。潘金莲在武大郎的空间、王婆的空间、西门庆的空间均有不俗表现，原著仅用了四个回目叙述其生平传记。移至《金瓶梅》之后重新构设空间，成了主导空间。潘金莲便处于典型的重叠套盒式空间。它的关系如下：清河县—县前街—西门宅院—花园—东墙院（金莲房）。这是个三间一套的楼房，与这种套盒空间相应的，是故事套故事的文本结构。我们便可以推衍故事的重叠状态，水浒故事，武氏兄弟的故事，斗杀西门庆的故事，西门庆勾引潘金莲的故事，潘金莲和李瓶儿的故事。延续下去，西门庆死后，潘金莲和陈敬济的故事。这种套盒空间的故事本是中国特色的，因为它和中国的建筑特征有关系。无独有偶，《红楼梦》把宁荣二府分割为两个空间，然后重点在荣国府，府内各院均是独立的小盒空间，其间包括那个栊翠庵，后来修了大花园：大观园。又在花园里分出很多小盒空间，类如西门庆花园的扩展版。这些盒层空间往往又和人物是互动的。空间性质因人物命运与时间发展而改变，表明对空间的认同要建立起对人物与事件性质的认知，这使得很多空间因人物与事件发生以后皆变成一种观念的代表。在西方小说中也有空间重叠的。但常见的是作者仅着力详尽地表现一个利益攸关的空间，有两个或两个以上空间，它的表层系统仅充分书写其中一个，而另一个却着重某种暗示。《杀人者》以全部力量写小酒馆里发生绑架谋杀的时间空间，但最后落点却在拳手安德生懒洋洋地躺在床上，面对仇杀无动于衷，他居然麻木地等待着。《一个小时的故事》发生在大厅里，当然大厅内套了一间路易丝的卧房空间，在这里决定人物的生死，根源却是在旅途空间里一次时间上的误差，丈夫由"死"而复生，夫人却因生而复死，强烈反差构成了空间张力。西方小说的特点是在多重空间重点写一个空间，其余的空间作为暗示，或补充，或转换，或深化，或象征。《献给爱米丽的一朵玫瑰花》中她的小院空间漆成白色的四方形大木屋。三十年前她父亲死后有异味了，她不忍安葬。后来强行安葬了她父亲，多年后她有了恋人荷默·伯隆，在铺路工程完结以后伯隆离开小镇回去，失恋的爱米丽小姐整整六个月没上大街。她过着与世隔绝的日子，在七十四岁时去世，死在她家楼下的一层房子里，当人们清理楼上房间时，惊奇地发现楼上一间过了四十年未曾打开过的房间，打开后那个男人躺在床上变成了干尸，在他身旁有枕头和人躺过的痕迹，枕头上是铁灰色的长发，爱米丽小姐毒死了他，并伴着她亲爱的干尸睡了几十年。这个木屋里的几个空间具有震撼人心的力量。

第三，戏剧性空间。戏剧空间不是一个形式表述而是一种性质的揭示，它可以发生在一个空间、两个空间，也可以发生在多空间。主要利用的是戏剧性，或反讽性，其方法多有巧遇、误会、设计圈套、移置、挪用，还有幻象、迷宫等。在空间性上可以采用并置、环合、反差、对立、疏离。一般来说戏剧空间是智性的，具有某种性质上的深度拓展，除了巧合以外，这个空间是智力运用后达到某种目的和作用。似乎这个空间还有一个特殊的形态：悖论。它阐明的是这样的空间不可能存在，可是它却存在了。悖论空间既有必然的也有偶然的。戏剧性空间可以利用物理空间和精神空间的不协调、压抑、反弹、矛盾、对立冲突造成特殊的效果。空间关系不是相融性便是矛盾性，由于精神空间导入物理空间往往使空间性质复杂化。戏剧空间往往使"空间"一词不易类化。哈代的《彼置特利克夫人》让我们对复杂空间有了刀刻一般的印象。

斯泰普福德庄院是一个古老的空间。这个没落的庄院空间置于密尔普尔镇的一个大空间之中，老提摩太已病在床上（病态空间），长孙媳安奈塔怀了孕生了儿子，安奈塔是个漂亮女人，在一个不善经营的彼特利克家族中，希望儿子继承贵族血统。某天她生病了，感觉到死亡，便把丈夫叫到床前说儿子是她和另一个贵族侯爵的私生子。提摩太·彼特利克匆匆跑到祖父床前告诉真相，要求改变遗嘱，取消野孩子继承权。如有可能，遗产将由另一个孙子爱德华继承。祖父和妻子都死了，安葬后，他再选女人结婚，也就没人知道他儿子的丑闻。由于怀疑和仇恨女人的不贞，他没再结婚，履行对妻子诺言，照顾儿子长大成人。有天他在花园散步，掉了鼻烟盒，儿子卢柏特玩耍的样子引起他关心孩子，妻子在结婚前热爱过侯爵克里斯明斯特，这个儿子是他的种。儿子长大了，他才渐渐消除敌意。弟弟爱德华也找了一个子爵的女儿结婚。这件事让提摩太觉得家族遗传了英国最高贵的血统而高兴，他老婆作为一个平民女人竟想得到公爵的高贵血统，这个女人有独特的眼力。我不行，可孩子是高贵的。是妻子改善了这个家族的血统，避免了自己家族恶劣丑陋的品质流传，因此提摩太早晨晚上都感谢上帝给了他贵族孩子。可是由于他嫉妒取消了儿子的遗产继承权，他在被取消的遗嘱和第二份遗嘱中动脑筋了。他修改了第一份遗嘱，把日期挪后了两个星期，使卢柏特有了继承权。日子一天天过去，儿子也有独立能力了。提摩太认识一位医生，以前是他妻子的医药顾问。他说起安奈塔母亲，祖母有一种幻觉：把梦想当作现实。而且提摩太妻子也有这种精神幻觉，那个对丈夫的忏悔便是她的幻觉，这让提摩太目瞪口呆了。

事实上安奈塔爱恋的侯爵在她结婚的头一年便出国了，并且至死未回故乡。原来他的儿子继承的姓氏和财产只不过是普通平民的血统，不会有高贵望族来做他的后继者。他在卢柏特的额前看不到高贵与光辉了。他对儿子冷淡了，感到自己这个家族一切的丑恶都被卢柏特继承了。他感叹道，为什么一个儿子不能同时是自己的，又是别人的呢？后来那个老贵族来庄园了。提摩太发现了他高贵的风范，回房以后他便说儿子是个小骗子，为什么没有皇族气派和相貌。儿子说，我又跟人家挨不上边。爸爸吼道，那么你就应该挨得上边才对。

在小说的前半部分我们确信，卢柏特的空间是移动了的，由贵族怀种，而降生平民，贫与富是两个空间的事实。寻找到安奈塔家族疾病史，我们发现了一个幻想空间。那他们儿子的空间从来就没变化过，父亲把儿子在两个空间中比较着，并表现着他精神空间不断变化，实质由他个人的价值观来决定。这使空间充满了悖论、反讽和一种荒唐的戏剧性。这是在一个空间之内实现丰富的复杂性。

《项链》中玛蒂尔德是一个平民女子，爱慕虚荣，丈夫罗瓦赛尔仅是教育部一个小职员，两人为参加晚会借了弗雷斯蒂埃太太的一串项链，结果弄丢了，花了三万六千法郎买了同样一串还回去，为了还债，他们夫妇奋斗十年。偶尔在大街上相会，那个太太说起此事，没想到那是一串假项链，顶多值五百法郎。这个空间里的戏剧性够让人深省了。但它的含义不在于空间里丢失什么，而是实现在未来空间增加什么，两人十年的奋斗使空间意义增加了。

《麦琪的礼物》是发生在两个空间里的戏剧性。迪林汉·杨夫妇有两件宝贝，一是吉姆的金表，一是德拉的头发。他们决定在圣诞节双方各送对方最好的礼物。但他们贫穷，买不起贵重的礼物，德拉把自己最美丽的头发卖掉，给丈夫凑钱买了一条表链。而吉姆则把自己的金表卖掉，买了一套精美的套梳，互相见面赠送礼物时，发现双方失去了头发与金表。珍贵的礼物套梳与表链在二人之间变成了无用之物。两个空间发生的事情均是向相反的方向发展，汇合在一个空间里彼此发现了两个空间的悖论与反讽。两个人分别占有空间，把德拉和吉姆的空间封锁起来，两个空间里事物的发展变化均依自身逻辑进行，只有到了家里这个交汇空间我们才发现两个空间的性质是矛盾的冲突的。这是典型的戏剧冲突空间，这种空间类如一个组合框，只有在交汇空间里才能发现性质的矛盾冲突。

第四，并置重叠空间。套盒空间是分主次、等级的，具有封闭性，或者说它的环合方式含有权力关系的相套。而并置空间是平等的，具有开放性，甚至互相并不干扰，这使得两种空间的性质在传统与现代之间划分，如果就纯空间意义而言，我们知觉模式里的空间都是被切割与组合以后形成的，应该说所有空间都应该是并置的，如果发生环扣是指连接中的空间界面，作用是功能性的，只是因为有了人的介入才产生权力空间。套盒空间分空间主次、等级，层次均是人划分的结果。可见并置空间消除了等级关系显得更纯粹。品钦的《熵》把华盛顿公寓里的空间分为上下两层作为分叙空间，即说一个空间再说一个空间。楼上是五十四岁的热动力学家卡利斯托和女友奥芭德用了七年时间做成的恒温实验室。楼下一层是肉球、公爵、罗亚斯、文森特、帕科垮掉的一代的疯狂派对。索尔从三楼窗口爬进来，这暗示还有一个未被叙说的空间。这三个空间置于一栋公寓楼，表明这栋楼外仍有一个更大的空间。实验空间、晚会空间、生活空间均是并置重叠的，但没有主次等级的分别。库弗的《保姆》共一百零八节，分成小段，属于一种碎片性写作，但文本始终让不同空间并置：哈里家中的空间，保姆给孩子洗浴。家中有一个电视机始终开着，电视画面不断变换，它形成一个影像空间。另一个是哈里朋友家里的空间，三个空间里占位的分别是保姆、警长、哈里。这三个空间并置顺序是零乱的，没有逻辑关系，我们只能通过事件的发生与进展来推断三个空间的存在。

《黑暗的左手》写的是一个科幻空间：冬星。冬星也分割为两个空间。一个为卡亥德王国的活动空间，一个为欧格瑞恩王国的活动空间。主人公金利·艾分别在两个空间历险。这种并置空间有许多亚类型，是根据空间的具体属性来进行拼贴的。有同一性拼贴，有差异性拼贴，有蒙太奇拼贴，有图案与文字交叉拼贴，有问题拼贴，有解释性拼贴，有拓扑拼贴。空间从功能上有各种各样的组合方式，我们可以把这些亚空间类型全部称为组合空间。上述七种类型是其基本的空间格局，我们也可以寻找出十类二十类这样的亚空间类型。在浩如烟海的那些文本之中找出这些类型也许不困难，难在各类空间也许是非纯一的存在，文本可能是各种类型空间的交互融合。我们只能根据具体的文本语境而确定，要做更多类别细分其意义并不大。

第五，变形空间。正常的物理空间全部产生在宇宙之中，是可以用几何规则去要求的，并可以用测量和统计学去规范任何一个空间，我们只要给出一个坐标，其空间便可以不受视觉的限制。但是在艺术空间之内这种纯物理空间是极少的，雕塑、行为艺术、波普艺术可能有我们说的物理空间，其他一切艺术文本空间可能都是不规范的，具有极大的可塑性和想象性。因而我们可以说，艺术空间基本可以算作异形空间，或曰变形空间。

变形空间受视觉限制，一般我们认为是主观空间，这里似乎又会有如下的情况：

1. 科幻空间。人们通过想象或通过已有的科学知识推导出来的空间。

2. 灵异空间。这是一个不受三维制约的古灵精怪的空间，自古传统中已有，中国的《西游记》《聊斋志异》。国外古希腊罗马的神话与传说构成各种灵异空间。今天的灵异空间从性质上讲与传统不同，传统的灵异空间是歌颂英雄与神迹，主题在惩恶扬善之中。今天的灵异空间有戏仿、反讽、拆解、颠覆等方法去贯穿。从主题上说这样的空间可以分为古典、现代、后现代三种性质。

3. 虫视法空间。以动植物的视角看待空间，一切物理空间都会有超容量的增大和变形。例如最典型的莫过于卡夫卡的小说《地洞》从老鼠视角看待空间，不仅如此，还虚拟一种动物心理状态。安部公房也许受到卡夫卡《地洞》与萨特《墙》的启发创作了《砂女》，小说写一位中学教师去沙漠采集标本，掉入一沙坑和一单身女人同居，他不断挖沙不断逃跑，总是逃不出沙坑，沙坑是不断坍塌的。他和一个女人在沙坑共同生活了四十六天，终于逃出了沙坑，中途又陷入沙坑，村民送回来又和女人生活在沙坑，最后不再逃跑而适应了沙坑生活，并研制出了沙漠取水装置，整整七年。法律首先认定他失踪，最后宣布他死亡。这个教师的不死而死的沙坑生存充分揭示了存在的荒诞性。这是一个寓言空间，具有西绪福斯的神话模式，一切逃亡都是徒劳的，人无法逃出你的自我生存，你的处境。环境的强大实际也是空间的强大。虫视法是处理异化变形空间一个极经典的手段，这一方法为存在主义和荒诞派广泛采用。虫视法本来就是非人的，借助动植物的视角看人，人的正常形态变化是必然的，不过这也分传统与现代。传统神话中人物是夸张的，具有无比神奇的力量，人格的力量是超越空间的。而现代主义的虫视法，人的力量是渺小的，个人力量低于环境力量，人的正常功能被压制，人变形为物或动物。卡夫卡的《变形记》便是典型文本。

4. 超微空间。我们把宇宙物质世界分为宏观与微观两个空间，还有一个人类眼睛看不到的超微空间，这就得借助显微镜与望远镜。科学的宏观与微观空间具有实验色彩，无论超微、微观、宏观，可视、不可视的空间应该都是一个客观空间，科学便反映了这些客观空间的基本属性与功能作用，例如原子空间。这种超微空间除了科学知识以外，还需要超凡的想象能力。布尔加科夫是学医的，借助生物医学中的显微镜工具，发现人类基因，或者生命现象中一些特异的要素。说得明白一些，他在拿超微生物来说故事，说人类生命中种种丑恶的现象。生命原本不过就是一个特别的《孽卵》。1928 年 4 月 16 日，莫斯科动物研究所所长佩尔西科夫，在赫尔岑大街动物研究所里发现了骇人听闻的灾祸（详细介绍了佩尔西科夫学术研究的历史，眼下正在研究蟾蜍，可实验蟾蜍已死去）。但佩尔西科夫在显微镜的目镜下面发现了奇异现象：白圆盘有点浑浊，模模糊糊的阿米巴虫，在白圆盘中端坐着彩色的涡纹，像女人的卷发，这种彩色的光束会干扰观察，他观察五分钟之久，惊讶中有一些惶恐。他捕捉到一种奇异现象。

> 阿米巴虫得以有一个半小时持续承受这束光的作用……在把红色的利剑穿射之处，却发生了一些奇诡的现象。红色光带上，生命在沸腾。那些灰色的阿米巴虫一个个伸出伪足，使出全部气力朝着红色光带爬去，而一落入那光带上便（就像是着了魔似的）立即显得生机勃勃，充满活力。像是有一种力量激活了它们身上的生命气息……繁衍……以闪电般的速度大量地繁殖……一个在两秒钟里就生成为一个新的、鲜活的有机体。这些有机体在几个刹那间就长大而成熟……随后便是整个圆盘上都越来越拥挤了，一场不可避免的争斗开始了。那些再度裂生出来的，彼

此之间凶猛地互相攻击，互相撕咬，互相吞食……

布尔加科夫《孽卵》

上述所引便是在显微镜中发生基因突变现象时，超微状态下的生命断裂，生命竞争。到了6月1日他发现这些青蛙卵子产生了令人震惊的结果：两昼夜间从那些小小的卵子里就孵化出几千只蝌蚪来，再经一昼夜蝌蚪迅速长大了。一只一只大青蛙凶狠且贪食，互相吞吃，仅存活了一半，但它们毫无节制地产卵，又产生新的一代，而且不计其数地爬出实验室尖锐地合唱。孽卵就此形成了。

小说写这样无限生成的孽卵，成为罪恶之果，这种邪恶之卵产生了鸡瘟，鸡蛋里居然孵出了蛇，引发巨大的灾难，最后连人也变成了孽卵、罗克、卡利索涅尔、站长，甚至包括研究者佩尔西科夫教授。在显微镜下出现了一系列的词汇：基因、细胞、蜕变、裂变、变性、异化、繁衍。人类遗传千万年的卵生情节遭遇到了前所未有的灾难。这种超微空间里的生物实验与我们日常生活空间的生命现象有惊人的同构，这是一种象征隐喻。或者说这就是我们的社会空间、人类空间里发生的实情。

5. 虚拟空间。这里的虚拟空间应该是一个大类，是指信息化的今天出现的网络空间、赛博空间，我们说它是虚拟的又有超真实的地方，因为它是真实图像的互动，除了映象之外还有声音。它直接传导人的一切信息，我们还可以互动对话。将来这个网络空间大大地超过我们的文本空间。但我这里现在仅把它当作大众文化下的图像空间。今天这个空间不仅是一个造型空间，具有一切纸质文本的功能，而且它还是一个信息互动平台，可以在上面直接写作。它变成了一个写作空间。不过我们应该冷静观察，这个空间我认为是一个人类超级利用的一个实用价值空间。我们不能把一切艺术审美空间都移到这个网络空间去，否则也将带来灾难性的后果，很可能直接导致人的艺术的毁灭。

6. 心理空间。这也是一个极大的空间分类，把它暂时寄于变形空间是因为自现代派以后，心理空间基本上是非常态的，是异化变形的。这类文本众多而广阔，我们不必举例分析，它几乎遍布所有的现代主义，后现代主义的文本并且有变态的心理空间的精彩表述。对心理空间的划分还会有众多的分类。我在意识流空间一章中还会谈到它。

第六，迷宫空间。有没有真正的迷宫空间？有，那是空间自身的复杂性所致。没有，是人类对空间认知的失误，受到认识能力的局限。这个就纯空间概念而言永远是一个解不开的谜，它超出了人类认知能力的极限，而且今天仍是一个假定。我们知道光的速度是每秒钟三十万公里差一点，一光年该有多远，我们借助望远镜可以看到四十多亿年前的星球，那么自宇宙大爆炸以后，我们的光应该行进了多远？直到今天我们观察光谱仪还呈红移，表明光在撤退，那么宇宙空间仍然没有到它的尽头，这个空间该有多大？我们感叹之下只能用一个词：空间无限。无限的空间难道还不是一个谜？这告诉我们空间的边界是永远不可抵达的。今天我说的迷宫空间仍是在我们可以理解、可以构建的空间之内。简单地说，迷宫空间仍在地球空间之内。

　　博尔赫斯的《阿莱夫》说的故事是，维特波在二月份一个早晨去世。那天我发现广场铁架换了广告，广告牌是无穷系列变化中的一个，世界在变化，我始终如一，我怀念她。4月30日是她的生日，在加拉伊街我去探望她父亲、她表哥达内里。我看维特波各种各样的照片，自1921年开始照片如同她的传记生活。她1929年去世以后每年我都会在4月30日去她家看看。七点一刻到，坐二十分钟。1933年遇上一场大雨，1934年去时已到八点，留在那里吃饭，我获得了达内里的信任。达内里在南郊一家图书馆工作，喜欢诗人福尔，1941年4月30日他为现代人辩护，书房的现代人根本不需要旅行便可以获知一切，他朗诵他的诗并作大量的评论，在细谈长诗《福地》时认为一万五千多行的诗包罗了一切，诗歌可以表现整个地球。我到午夜才回家。两个星期后达内里电话约我四点钟见面。在咖啡馆里他又给我念诗。他说维特波和那个叫阿尔瓦罗的一直很好。在十月的某天达内里打电话说，加拉伊街他们的房子要拆迁，老房子成为表妹的投影。他要起诉苏尼诺和松格里，要求赔偿十万比索。

　　达内里在写一首长诗，老房子不能拆，因为地下室里的角落有个阿莱夫：阿莱夫是空间的一个包罗万象的点。这是一个秘密：从各种角度看到了，全世界各个地方所在的一点。阿莱夫是不可转让的。我以为达内里犯了神经病，但还是止不住去加拉伊街看个究竟。我们下到阶梯的第十九级，躺在黑暗中慢慢适应，几分钟后便看到阿莱夫。照着他的办法，我看到了阿莱夫，一个神秘的微观世界，包括万有。那一刻我看到几百万愉快和骇人的场面，而且所有的场面在同一地点没有重叠，也不透明，我眼睛看到的事是同时发生的，而我记下来的则是先后顺序，我只能记下其中的一部分。阿莱夫的直径为两三厘米，但宇宙空间都包罗其中，体积没有按比例缩小。每一件事物（比如说镜子玻璃）都是无穷的，因为我们从宇宙的任何角度都可以清楚地看到。于是我从阿莱夫看到了全世界包括我的过去和未来。我从宪法大街回来，经过几个不眠之夜，把一切都忘记了。这里的阿莱夫就是一个迷宫空间。但小说中叙述得真有其事，但它为何物又无法说清，阿莱夫便徘徊在叙事的确定性与真实的不确定性之间，阿莱夫成为我们对人与世界的一个认知方式。在小说中与阿莱夫具有同位结构的是诗，是图书，它们也可以看到世界的全部，因此我们可以说阿莱夫是一个希伯来首字母，一个点一个球一个宇宙，也可以说它是与诗、书、图书馆同质的，包罗世界万有。阿莱夫是图书馆，图书馆便是阿莱夫。

博尔赫斯设置的迷宫空间,以此为代表的有形空间包括花园、宫殿、图书馆、沙漠等。另一些迷宫空间有时间迷宫,指无形的精神、梦、思想、观念等。例如《通天塔图书馆》便是时间迷宫。阿特伍德的《露西之死》又是一种时间迷宫。关于迷宫空间的写作,我在《先锋小说技巧讲堂》中有专章论述。

第七,意识流空间。这里指主观空间,既有意识空间,又有无意识空间。传统的心理小说可以归结为意识空间,那是一种理性的意志的、情感的心理的空间表述。这包括心理描写、人物独白、回忆、心理辩证法等等。它们可以是心理印象,浪漫心理,心理现实主义,心理分析,可以说在现代主义作品之前的一切心理描写都可作为意识空间的写作,这在西方有一个强大的传统,非常明确的界限可能始于1678年的《克莱夫王妃》,代表性作家有菲尔丁、歌德、卢梭、拉克洛、夏布多里昂、斯塔尔夫人、霍夫曼、奈瓦尔、司汤达、巴尔扎克、雨果、劳伦斯、托尔斯泰等。其方法有:其一,心理活动表现为对外部环境的投射。主要采用移情的手法。其二,强调行为和动机统一论。事件发展过程与人物心理互为因果,使主观空间与客观空间统一融合起来。其三,心理活动是一个人物性格的内在逻辑,心理是行为的基础,行为暗示社会文化心理,所谓命运悲剧实际是性格悲剧。其四,传统心理描写有特别判断的标志,走入人物内心的词有:回忆、看到、想象、印象、感到、想起。有某种心理活动的形式标记。其五,人物是主体,故事有中心线索,时空关系也是清晰明白的。我们还可以清楚地划分出人物心理活动的界限,绝不会把现实空间与意识空间混淆起来。

意识流空间则复杂得多,我有专章论述,这里仅简单介绍。意识流实际指人的潜意识领域里的表述。真正发现潜意识并首次提出该术语的是1896年的弗洛伊德。表现潜意识的文本则是杜雅尔丹的《被砍倒的月桂树》,小说发表于1887年5月的《独立评论》杂志。值得注意的是,文本实验的意识流比发现和使用潜意识概念要早,最初他与另一个小说家拉尔博通信探讨他们找到了一种新方法,但无法命名。乔伊斯的意识流小说也因杜雅尔丹和拉尔博的小说实验所启发。正式有"意识流小说"一词还是源自多萝西·理查森的《人生历程》,共十二卷,写了二十三年。辛克莱针对她的长卷小说而使用了"意识流"一词。意识流的经典作品很多,如《海浪》《达罗卫夫人》《尤利西斯》《追忆似水年华》《荒原狼》《柏林·亚历山大广场》《芬尼根守灵》《喧哗与骚动》《尖尖的屋顶》等。作为意识流的重要表现技巧有:1.幻觉与梦境;2.内心独白;3.自由联想与自动写作;4.心理分析与感官印象。意识流小说技巧请参看《先锋小说技巧讲堂》专章。

五、时空体：历时性与共时性

小说中的"时空体"是巴赫金发明的一个词汇。他从根本上看到了小说最基本的结构关系。任何小说无论短长都会有时空体，几乎不可以单独叙说其时间与空间，时与空仅是供分叙的方便，从性质而言它们是不可以分割的，任何时间都必须锁定为某个空间来认识，任何空间也必须介入时间的维度才能看清其性质。因此不论从时间角度，还是从空间角度，时空均是四维的。这样的时空体便成为人类的一种认知模式。我再进一步推究，时间假定是线性的，那么认识时间便必须落实到一个点状，停顿在某个空间里我们才能考察时间的运动，参照空间的三维我们才能看清时间所具有的特征。空间假定是立体的，我们做几何学统计时，必须参照时间的一维才能看清空间的无限性，因为我们计算的统计的是空间之中的实体容积率，纯粹空间状态只有在时间中才能推向无限。因此时空体便成了小说最基本的元素之一。例如小说最小单位场面是空间的，但场面的运动无论如何都是时间的，就小说而言，不论大小不可能没有场面，任何场面都是时空体，任何时空体也都是场面。哪怕它是瞬间静止定格作为场面的特殊描写，那仍然是时空体。于是时空体成为认识小说的基本单位。

关于时空体，巴赫金在《小说的时间形式和时空体形式》中做了详细说明，我们简述一下时空体的要点。时空体（Chronotope），这是爱因斯坦相对论中的概念，这个理论在时空最大尺度上，超引力之后，对人类日常生活是没有的。只有在人类认知结构内才具有意义，所以它不能是一个纯数学概念，或者纯科学概念，日常生活不会考虑超光速之后的时空反演。时空体只能作为我们认知事物的形式来理解，也就是说，在日常生活中时空体所具有的价值意义。我们今天使用时空体的特殊作用可能有这样一些：

作为人类认知和活动的模型，每个人必须在三维活动中占领空间，又因为他是要行动的，生命在延续过程中被知觉。这表明人是历时性和共时性的存在，他的日常生活是在当下时空体中显现并发挥作用。

日常生活的时空体已经进入人们生存的无意识领域，只有文学形式上的反映才被我们理性地谈论着。这样，文学的时空体便兼有形式和内容的统一因素，人们在阶段性上把握生活，加工并再现于文学形式之中，转化为文学的各种体式体裁，特别表现于小说形式上。因此，时空体是我们认识小说的一种绝佳方式。

时空体不仅有重大的体裁意义，还是文学形式的决定因素。体裁和体裁的异化性正好是时空体的关键作用。从小说来看，叙述是时间的表达，描写是空间的直接作用。时空体是我们人物活动与故事发展的最终手段。

时空体揭示的是时间与空间形式在任何时候、任何地点都是不可分的。事物形式质而言之，它的两个面就是时间与空间。对于小说而言，人物的活动与故事的运动发展必须是空间性的延续，这个延续便是时间的，可见它们是统一的。一个环境中人与事物的成长一定是时间性的，这个成长时间在哪儿实现呢？一定是空间里显示价值，由此而形成的时空体在小说中从起点到终点都是不可分的。

《游荡的影子》是一部奇特的小说。法国作家帕斯卡·基尼亚尔近些年来创作了"最后的王国"三部曲，《游荡的影子》为其中一部，2002年获龚古尔文学奖。小说共分五十五章，是全部由短文、杂记、评论、传说、诗歌、梦想、格言、考证等不同文体组成的词语迷宫。在这里每一个细小的局部均是点状构成的空间，词语空间。它们采用集合、分离、拼贴、秩序等方式使这些相连或分离的词语占据空间。但整部小说又是对一种进步发展线性时间的破坏性实验。第一章采用回溯方法，童年两岁由一个德国姑娘照顾，读书生活在另一个王国中，"他在他所逃避的帝国里游荡。"我回忆，我想象，"我在我们融入的城市的影子中走远"。他情愿在卡普里岛生活，"俯临大海的岩石的影子里"。1618年勒塞夫骑士就想周游世界各地。在布莱达他就住了十三个月，结识了四个好友：若姆、笛·卡尔、勒塞夫、比克曼。他们参加了1648年8月27日的街垒战，1649年3月31日他们分开。

在第四章中他把时间定格在1941年12月7日，一百八十八架飞机轰炸了珍珠港。其余则是关于战争的短语。在第五章时出现了以"地名：北滩岛"为小标题。但我找不到名字，落在哪里？"在这个名字上坐落着最后的王国。我们在卢瓦尔河的河岸寻求它的一部分影子，然后我就创造了这个影子，然后影子接纳了我。"（我的影子在法国）朗塞在1673年说一切都可以可怕地逃走，表明"时间已经消逝"。现在是1571年宗教战争的屠杀日。一切都是"闯入者"。接下来写了十章，罗列的时间有：395年、451年、486年、1933年，直到2001年的清单。作者干什么呢？其中十一章颇有意思，它定位"明日"，"过去被建立在前进的时间的每一个浪潮中。""过去与现在一样神经紧张地一样不可预见地生活着，它在现实中探出它的面孔。"他记下了各种关于过去、现在、将来的思考，此后又分别在四十四章、四十六章中强化两个年代：1989年10月9日离开贝格海姆镇。1998年10月10日美国通过宗教信仰自由的法律。四十九章交代如下时间：511年、1945年、312年、1733年，他把时间不断拉过来、闪回、定格，全书锁定最后的日子为：497年。

他说，"作为第一时间的时间（始初的时间），作为第一时间的时间，作为最后一次的时间，作为焦虑的时间，作为必死的时间，这个时间只为人类社会存在。"基尼亚尔在探索过去、现在、将来三个不同段位的时间，他对线性时间进行清理，现在所谓的进步其本质便是线性时间留下来的恶果，所谓进步也就是清楚过去时间，形成社会性对过去整体的遗忘。人类便由文明而走向消亡，时间的方向表明了从起源必然有一个终结，时间的意义也由此而定位。这倒启示了中国古代相信循环时间所带来的思考。循环、轮回具有宗教的意义，因而从圆形时间里可以找到终结之后的再生。从第十二章的表述里看他的批评时间仍然基于伦理时间的考虑，不是纯时间的本质性思考。从他全书构架与细部表述看，小说整体是一种历时性考察，仅在于他把过去、现在时间不停地返回与拉近、定格与跳跃，在这个历时性维度里，它的文体方式仍是碎片式的空间布局，犹如一个时间棋盘布满了各种零散的棋子，而这些棋子因为彼此属性上的巨大差异，这就产生了迷宫时间。把这些材料性的棋子散乱地布满时间的棋盘，我们便可以得出共时性思考，刚好由各棋子的属性比较其差异，其文本的意义也正好由历时性与共时性获得。如果仅从历时的时间性考察会失于片面，如果从共时性的空间考察也会不全面，这时候，时空体概念便有更大更综合的力量，也有利于我们对文本整体的把握。《游荡的影子》侧重对时间片段的讨论，我们可以看出作者主要在他的实践性实验上。在这个文本里，他把时间和语言，时间和思维、理念结合起来讨论，因而时间作为观念时，语言、词汇也作为时间形式的一部分。另一个值得注意的是深层隐喻和象征，那就是出入文本中的各种各样的影子，影子的特征，游荡，飘忽，闪现，消融，仿佛是一个幽灵。这实际表明影子是时间的另一措辞，一切历史发生的传说与故事都可以视为一种影子，表明文本中影子可以是实体的图像，也可以是虚拟的踪迹，加强了文本时间实验的非稳定性，这正好也是作者反对确定性时间的一个话语策略。

　　与《游荡的影子》在结体方式上不同的是《吗啡》这部小说，也是布尔加科夫一个有意的实验。这个文本把线性时间做了一个牢固稳定的框架，按照传统日记体书写。我是一位儿科医生，从1917年冬在一个县医院里工作。突然接到他大学同学波利亚科夫医生的求救信。于是我（博姆加德）便赶往戈列洛沃医院，可是波利亚科夫开枪自杀了。留给博姆加德医生一本笔记本，继后便由这日记组成文本。日记从1917年1月20日起，到1918年2月14日止。在这些时间里至少有如下空间重叠着：其一，生活空间。波利亚科夫妻子阿姆涅利丝离开了他，他和安娜·基里洛夫娜相爱。其二，工作空间。波利亚科夫和几个同学分配到地方自治局，最要好的朋友是伊万诺夫和博姆加德，波利亚科夫是一个很敬业的医生，工作状态无可挑剔，因为一次胃疼，安娜给他注射了一针吗啡，从此吸毒上瘾了。其三，疾病空间。波利亚科夫明白吗啡上瘾之后，理智上抵制毒品诱惑，休假，看病，戒毒。但又控制不住偷药品，拒绝治疗。其四，幻觉空间。吗啡带给他奇妙的幻觉：

> ……老太婆朝我疾飞而来，她那件色彩鲜艳形如钟罩的裙子下面，两条短小的腿脚并没摇动……起初，我没明白她这是怎么回事，甚至也没感到惊恐。小老太婆不过是小老太婆呗。奇怪的是——这小老太婆怎么在大冷天里没戴头巾，只穿一件短衫呢？……我们在列夫科沃的接诊一结束，最后一批农家的雪橇便各奔东西，于是，方圆十俄里——便是一个人影也看不着的。有的只是一团又一团的薄雾；一块又一块的沼泽，一片又一片的森林！而随后，我的脊背上一下子就冒出冷汗了——我明白了！这个老太婆并不是跑而正是在飞，脚不着地的飘飞哩。好兆头吗？……
>
> 布尔加科夫《吗啡》

　　小说在一个时间段内并置了许多空间，现实的空间与精神幻觉的空间，时而交汇，时而分裂，时而感性，时而理性，最终导致了他不能承受这种空间分裂，痛苦而走向自杀。空间应该有一种内在和谐的统一，否则只能毁灭。值得我们注意的《吗啡》之所以重要，在于它把再现空间与幻觉空间区别开了。波利亚科夫的再现空间很有层次，他与安娜的爱情，他去接受教授治疗，他偷窃了药品，这些人物活动的空间均有现实依据，但是我们不能忘了这个纸质文本是一种再现中的再现，《吗啡》是布尔加科夫的再现文本，但它借助了博姆加德阅读日记得以再现，但我们并不能完全把波利亚科夫的日记视为现实，他写日记是有选择的，我们注意到它撕掉的页码和日记选择的时间，表明波利亚科夫也在对自己生活与工作做着再现。这是一种再现中的再现，具有多重布置的结果，这表明再现空间与现实空间不能等同分析，中间具有想象因素。不仅如此，人物还潜意识地自觉抵制了一些什么？波利亚科夫对现实空间是伦理的态度，具有道德责任心，每天接诊大量的病人而不出错。他的再现空间不自觉地再没有美化自己。他的幻觉空间是异常真实的，因为他加进了体验化的描写：

> 头一分钟：那是一种轻轻触摸脖颈的感觉。这种触摸，渐渐变成暖融融的，并且漫射延展开来。第二分钟里，心口下面陡然间有一股寒流通过，紧随其后而来的，便是思维异常明澈，工作能力的大爆发。所有不愉快的感觉全然中止而消逝。这是一个人的精神力量得以发挥的极点与巅峰。
>
> 布尔加科夫《吗啡》

我们注意波利亚科夫的幻觉空间有这样几个特征：其一，想象性。其二，体验性。其三，审美性。往往将这三者交汇融合在一个空间里。在这个空间里是忘却了时间的。除了这种直接幻觉以外，他还采用梦境中的幻想。"阿姆涅利丝在吟唱着，一切轻轻地摇动那根绿色羽毛，乐队呢，绝非尘世所有。音响异常丰满，不过，对此情此景我是无法形诸词语的。总而言之，在正常的梦中音乐是无声的……""透明：是这样的。""透过《阿依达》那一浪一浪地流溢开来的色彩……那盏灯，那锃亮锃亮的地板，全部栩栩如生清晰可见，而透过大剧院乐队的声浪……轻盈的脚步声，也俨然可以听见。"这里的幻觉空间体验非常真切，但它与现实空间无关。所有的幻觉空间从本质上说与现实空间相悖的，是一个纯粹的想象世界，变形世界。但他的体验具有某种超真实的感受性。比现实空间里的人的感受体验更为极致，而且会有一种奇异的美感。这是由想象因素的质性因素和系统特征带来的。想象是内部体验性质赋予的，不过想象因素和体验主体的作用完全不一样，我们似乎可以说想象因素是空间性决定其纵横宽广，体验虽有深度浅层之别但仍然是时间性的。这表明想象空间也是一种时空体。但对于幻想而言则是一种超验的意识体验。"想象体验中的假想因素的意向便是直接针对意向性的想象客体的，到那个时候，这个客体看起来就像穿上了一件观相外表的衣服。这个意向于是代表了这个客体，当然这不是说那个客体本身就是这里看得见的代表……想象体验中的想象客体的明见的现实什么也改变不了。"（《论文学作品》，英伽登著，张振辉译，河南大学出版社，第 228 页）。想象与体验、客体与主体的关系表明幻想空间的复杂性。当然，这还不算最经典杰出的例子，我们仅是以《吗啡》为例。例如完全可以选《喧哗与骚动》更透彻地分析时空交混、精神错乱、换位变形等形式元素。小说的时空体只有到我们经过了现代主义与后现代主义写作过程之后才能看得更清楚。如果仅就外部的形式特征而言，时间形式、空间形式我们都可以简单清晰地把握，重要的是它组成时空体之后而进入实验方式，时间与空间不是简单的形式特征，而是时空体内部性质上发生了很多变化，例如反讽、变形、悖论都不是我们从简单形式可以解说的，它是性质与关系的变化。如果我们不只是把时空体作为简单的结构关系，而作为某种观念上的命题，我们就要特别考虑小说在时间与空间的实验性了。

六、小说现代性：从现代到后现代

小说现代性是一个不容置疑的概念，就其内容我们比较好理解，现代小说必定是一种现代社会内容与个体经验的集合，即便是在今天书写历史故事，它依然依据的是现代理念、情感、喜好而反思历史上发生的事件。故事可能是历史的，人物也是历史年代中的真人，但小说的处理方式一定会是现代的，也就是说什么时代会有什么时代的小说，可见小说的现代性是一个作家想躲也躲不掉的一个悖论。好在我这里并不从内容上去讨论小说的现代性，我关注的是小说形式特征的现代性，或者再限制一下，我关注的是小说时间与空间形式的现代性。

首先，我们反问一句，小说形式有没有现代性？常理推论，小说以语言作为最基本的形式，又因小说自身的特质有了人物、故事、环境三个要素作为形式构成的出发点，我们以《十日谈》《一千零一夜》《唐宋传奇》为例看，它们最早都具备了这些元素，确定了小说形式最基本的特征，在逐渐发展的小说史中，这些基本形式均完好地保存于我们现代小说中，仅在于我们今天的小说形式更复杂一些、更庞大一些。作为小说形式的要素并没有变。于此，小说形式便没有一个现代性问题。除非我们在小说中彻底根除我上面说的语言、人物、故事、环境等元素，重新启用新的元素作为小说的新形式。可我们今天的小说并没有这样做，仅仅在于我们在这些形式元素中导入了新的一些要素，或者对我们过去历史的一些要素：人物、环境、故事，做了新的改造。这样看来，小说形式即便有了新元素的延展，但仍保持过去元素的基质，使得三要素成为一个庞大而牢固的小说传统。要谈小说形式的现代性，仅仅只是一些缓慢的微小的变化。这样讨论小说形式的现代性就没什么可说的了。

可是，当我们选取当代极先锋的小说文本与古老的传统小说相比较时，会大吃一惊，怎么会有这么大的差异呢？这有两个论点可讨论：其一，纯古老的小说在今天还合适否？其二，今天所谓的新形式小说，那是小说吗？不是小说我们为什么要纳入小说规范来讨论呢？在唐代讨论诗，诗的形式准确无误。到了宋代产生了词，我们便按词的形式去讨论它，并不把词的形式混同于诗的形式讨论，为什么？因为宋代仍然有它的诗歌形式。因此，我们要紧扣小说形式本身最基本的性质来谈论小说的变化，一方面，在小说形式中纳入了哪些新的元素。另一方面，我们过去的小说形式元素在今天发生了哪些变化？例如我们今天的人物观、故事观、环境观、语言观。找到这些小说形式新元素以后，我们还要考察这些形式元素之间构成的心理联结关系。尤其要考虑时间形式与空间形式在小说形式发展中的位置、变化及其作用。时空体作为一个结构性概念无疑也是小说形式的。

现代性（Modemity）。现代性本质上是一个时间词。现代指此时此刻在进行中的时间。这个词特别适合小说最根本的属性，因为小说表明我们在陈述过程中，我们讲述的故事与人物的过程正在进行着，因而小说最要害的是保留故事正在发生的幻觉，我们手头的笔在写作，表明故事与人物随着笔的此时此刻产生出来。因而小说一定是现代的。此时此刻对小说有什么意义呢？它表明人物与故事发生在当下，你会说，我写历史与科幻故事，它们并不发生在当下，一定意义上讲历史与科幻故事你在当下创作，你个人生活在当下，它把你的所有认知经验与思想理念都带入文本，因而你是带入了当下的历史，当下的审美。这表明任何时候写小说均是现代的。它必然带入现代气息。当然，"现代性"一词并不指这个写作情状，而是小说在社会经验中的延展，是当下社会生活中所发生的一切融入小说信息中。就形式而论它一定会受到历史的局限，一个时代的小说形式并不适合那个时代内容全部的表达，因而某时代的小说形式在其写作过程中会发生变化。小说形式一定会变，中国小说从南北朝到唐宋，它的形式格局均在奇人异事的局部表述上，并不展开大场景或人生命运的复杂性描写，因此早期中国小说形式中几乎没有描写的元素，偶尔借诗词来描写。这是因为古小说对人对事都是抽象表述，摄其概要，传统小说是说给你听，现代小说是把其人与故事展示给你看，把场景铺展开来。这必然导致形式变化。那么中国现代小说形式都有哪些方面的变化呢？

一、人物的概要叙述变成人物命运与性格的展示，从人物的外部白描到人物外表与心理的深度描写。

二、由街谈巷议的消失变成社会历史事件的展示，古典事件是纯粹情节性的，今天故事是意识形态的，扩展为场景性展示。故事里充满了阶级分层意识。

三、传统以人物、故事、环境为概要，不是社会总体环境决定个人命运，仅作为活动平台。今天是再现典型环境中的人物与事件，是环境左右了人物与故事。

四、传统语言保持了工具性、伦理性，语言并不成为形式表现中的关键元素。现代小说有专门追求语言形式的，有了自主语言的小说潮流，突出了语言的审美特征。

五、现代小说中有了描写的形式，这不仅指环境描写，还有人物的心理描写，描写的形式成了中国现代小说中的核心元素之一，并呈现为描写与抒情的合流，有了抒情小说。

传统小说的时间与空间是分立的，仅作为小说结构的大框架，时间移动随人物、故事的外部活动而展开。现代小说有了时空体的表现，产生了时空互相关联、矛盾、对立、错杂、断裂、扭曲、变形等一系列元素，并使这种时空体的变化走入小说的实验形式。还把时间与空间作为小说观念来讨论，从根本上改变了我们关于传统的时空观念。

引进新的对话机制与形式，大量采用呈示式对话语式，使传统的讲述方式渐渐地衰落。现代小说讲究特殊的语感和情调，产生了丰富多彩的小说新文体与流派。

传统话语采用的是直接引语方式、人物说话模式。现代小说中人物说话采用了自由直接引语、自由间接引语、间接引语、自由引语、概括叙述等形式，人物语言形式活泼多变。

我说的这八个方面指小说形式中扩展的新元素，传统小说形式中原本是没有的，那么这小说的新形式，我们便可以视为小说形式的现代性。这是就小说形式的总体而论，具体到每个人的小说而言，他会在自己的小说中导入一些新的形式因素，或者说具有一些小说形式的个性因素，我们视这些东西为个人形式的现代性。

在卢卡奇看来，小说的形式是成熟男性的艺术形式，内在于成问题的个人的自我完成的形式，外在于传记的形式，而现代小说结构形式的标志则是反讽。这些观点他立足于二十世纪初期看待小说形式，立足于小说发展史来看待形式，而且几乎是立足于小说艺术的基本功能而言讨论形式特征，不是指的小说的形式元素如何构成。他把小说形式理解为成问题的个人如何走向自我命运实践的一个旅程，这虽是一个精彩的洞见，倒不如说更是一个小说内容的东西。关于现代小说形式特征的讨论，一般只看到了随着时代变化哪种形式元素消失了，哪种形式元素增加了，这仅仅是一个浮浅的表征，真正应该注意的是，不同时代对这些形式关注的角度及处理形式之间的关系如何联结，进一步说，必须把观察角度与观察对象结合起来考察，方能准确把握小说形式的现代性。例如时间形式，传统小说把它作为叙事结构的框架来理解，而二十世纪初则把时间作为分裂、碎片记忆的形式，现代人追寻自我意识上的时间错位与断裂，扼制了时间的连续性而发挥了时间的阶段性，历史并不是一条连贯的时间记忆。传统小说中则把时间理解为一个连贯的个人命运与性格成长的现实主义惯性，因而传统小说形式中时间作为结构是有序运动，正好是和人物成长故事进展同步。现代人焦虑、孤独、精神分裂，他们看到的时间是断裂的，碎片性的，是矛盾的、跳跃的，这使得现代小说中的时间像蒙太奇一样诗化地组接。现代主义便使用了一套时间性来分析处理主体性、总体、欲望、自我意识、知识、逻辑、私人性，力图揭示断裂时间下的不均衡的生存经验。这样对时间形式的不同看法刚好表述了"现代性"一词确实是与时间密切关联的。奥斯本宣布：现代性是历史的时间化的总体化。因而杰姆逊在2003年宣称时间的终结，实际上是指现代性历史的终结。这一后果实在是表明现代人和现代技术无法解决时间差异性和扭曲性来缝合现代社会中人的生存经验，而这一任务则只好交给现代技术革命，它缝合了地理空间差异，全球化打通了这种公共空间与私人空间，消除了这种二元性的对立。这种空间经验上发展起来的全新结构便是空间形式成为后现代主义的主要任务。

小说中的空间形式并不遵守政治社会中现代主义与后现代主义在文化分期上的分割，早在1945年美国普林斯顿大学约瑟夫·弗兰克教授就著有《现代文学中的空间形式》，这个标题刚好透露了弗兰克的空间研究是立足于现代语境。我们从他选择的分析文本《夜间的丛林》是朱娜·巴恩斯于1936年创作的典型的现代主义作品，也可以看出他不是作为后现代主义文化关于空间差异的理论来讨论的。弗兰克选用一种纯粹空间形式的小说模式讨论。下面我们看看他关于小说空间形式的观点有哪些。

首先介绍一下《夜间的丛林》。它描写一群生活在巴黎和柏林的侨民，主要写五个聚集在一起的精神变态人物。他们患有恐惧症、幽闭症，面临毁灭的命运。主要视点在费利克斯·沃克本唤起人们对历史和家族的探寻，通过没有执照的爱尔兰籍美国妇科医生马修·奥康纳来嘲弄现代治疗文化。整部小说贯穿了奥康纳对战争、现代世界以及男女肉体和思想的醉醺醺的、忧郁的、极端悲观的独白。但小说情节很隐晦，表面不露一点痕迹，随处可见的是对性行为的渴望、恐惧、期待、暗示，展示的是世界的暴力、欲望、堕落的性政治。小说没有通常意义上的叙事结构，一系列细节选择构成八个章节，像探照灯一样，每一章都从一个不同的角度探查黑暗的深度。然后焦点在照亮每一个人精神的盲区。前四章依序介绍每一个重要人物：费利克斯、诺拉、罗宾、珍妮、奥康纳，接下来三章是大幅冗长的独白，通过它来回应开头的章节，最后一章很短，是一种尾声。

这样一个小说提供给弗兰克作为空间形式研究的基础，得出了空间形式两个重要的特征：

第一个并置形式，包括同类并置与异类并置。指文本中并列地置放那些游离于叙述过程之外的各种意象、暗示、象征、关联，使它们在文本中取得连续参照与前后参照，从而获得一个整体的概念。并置就是词的组合，就是对意象和短语的空间编织。

第二个理解空间形式便要把小说空间当作一个整体来接受和认知，即使用反应参照的方法。空间形式的小说是由许多分散而又互相关联的象征、意象和参照等意义单位构成的艺术整体。每一个独立单位不仅仅是意义自身，同时还与其他相邻、相异的或远或近的单位构成复杂的联系，因而必须有一个相互联系的观点，运用反应参照方法达到对空间形式的整体认知。空间的独立性是靠空间的联结性而获得理解。这犹如各种电器并联的方法一样，每一个燃亮的灯仅是电路中的一个点，你必须摸清楚整个楼和各个房间的电路串联并联的方法才能了解整个大楼的电灯照明。

当然，所有空间的方法并不止这些。现代主义还有主题反复法、故事重叠法、章节交错法、夸张反讽法。后现代空间形式方法更多，最基本的原则是碎片与拼贴，还有互文法、象征重叠法、元叙述法、戏仿法、悖论法、迷宫法。如果仅从时间与空间的形式来讨论，现代主义小说与后现代主义小说刚好相反地利用了时间与空间策略。这句话的意思是，现代主义小说切碎了时间形式，用空间方法来连缀；后现代主义小说则切碎了空间形式，用时间的方法来连缀。因而现代主义是关于时间的思考，而后现代主义则是关于空间的思考。时间为什么要成为碎片是现代主义思考的核心，各种异质的空间如何缝合拼贴则是后现代主义思考的核心。为什么会这样？我们最后会谈及它的实质。

我们现在看看罗宾这个人物的空间形式处理方法。

……A 具有一种世俗的内体，B 真菌的某种特质，C 它闻上去令人窒息，D 它还有浓重的琥珀油的气味，E 它非常干燥，F 阴暗；Aa 它是大海的一种内疾，Ab 使她看起来似乎已经进入了不经意的酣睡之中。A1 她的肉体具有植物的结构，B1 在它下面，C1 人们感受到一个骨架，D1 它是宽阔的、多孔的，E1 而且被睡眠磨破了，F1 似乎睡眠渐渐衰落，G1 把她从可见的外表下捞了出来。A2 在她的脑袋四周有一种光辉，B2 仿佛是红磷在一片汪洋的周围闪耀——C2 好像她的生命处在丑陋而明显的衰颓中——A3 这个生活在两个世界——B3 孩子与暴徒的集合——C3 天生的梦游症患者，A4 她的结构是令人烦恼的。

朱娜·巴恩斯《夜间的丛林》

整个句段我按字母标明了序号，如果我们将这些序号并置排列，这段文字的可见形式马上呈现出来了。

	A4				
A	Aa	A1	A2	A3	A4
B	Ab	B1	B2	B3	
C		C1	C2	C3	
D		D1			
E		E1			
F		F1			
		G1			

A4 正好说明这个结构是一种空间形式，我们知道这个空间形式正好是通过各分句符号代码并置实现的。我们通过这个空间形式的并置实现了罗宾这个外形的整体了解。这就是罗宾这个人的空间形象。但这个空间形象不是我们一次阅读而实现的，而是数次反复重读，并加以句子分析而获得的。因此无论就现代主义小

说还是后现代主义小说的形式而言，我们没有阅读，因为我们的阅读根本就不可以理解，我们必须重读，在重读中获得时间与空间的形式。我们现在是否完全获得了罗宾的空间形式呢？当然没这么简单，这就涉及文本复杂的地方，一方面是象征、隐喻的分层重叠；一方面是语义上悖论式的重叠。

在 A 系列中罗宾是一个睡眠的身体，中间插入的 Aa 和 Ab 套着一个隐喻：

A B C D E F（Aa 与 Ab）第一层次。

在 A1 系列中罗宾是一个死去的生命，或者说是未获得生命的植物人式的生命，这是一个生命抽空的形式：

A1 B1 C1 D1 E1 F1 G1 第二层次。

在 A2 系列中罗宾是一个奇异矛盾的生命体，这是一个系列的比喻套生：

A2 B2 C2 第三个层次。

在 A3 系列中罗宾是一个被阐释的生命体，矛盾的但又是精神幻灭的生命体：

A3 B3 C3 第四层次。

罗宾形象的生命形式特征有彼此重叠的四个层次，这四个层次是共时性的，我们要透过表面的符号层追索到语义层面，才可以看到各个层次之间的关联，而且这个关联是彼此矛盾的，悖论的，象征、隐喻的，阐释的。在我们的共时思维与想象中构成了对罗宾这个人物质性的了解。于罗宾这个人物我们从外形到内层都置于了空间形式的结构之中。但这一空间感知是我们从时间阅读之后，在重读中采取了并置方法，而且从表层到深层我都采用了反应参照才获得了罗宾这个人物的空间形式特征。

A4 表明的是罗宾的结构是令人烦恼的。首先是结构性的，其次是令人烦恼的。注定了罗宾就不能简单化，要使全部情势围绕着"这个特殊的造物旋转"。这是什么意思？罗宾是生活在物与人的转换之中，而这观察角度最好从病理上去认识，于是有了奥康纳大夫精彩而奇异的独白来支配全书。所有努力都是把她从物的层面提升到一个人的层次来认同，意味着允许她活着具有生存的权利，而不是仅仅作为道德可能性的非定型的笨蛋而存在。说它是现代主义小说杰作，小说的核心仍在揭示罗宾的一种身份意识，我是谁？我是一个人。自我分析、自我认同便是现代主义小说的核心。仅仅在于罗宾不从失去的时间链条上去寻找而是靠空间定位而确证的。可是这种努力失败了，她竟然与家犬同化了，不愿意做人活到动物本能去，这是当下世界的悲剧，也令人震惊。"有时人们会遇到这样一个妇人，她是正向人类转变的动物。这样的一个人的每一举动将变成一个被遗忘的经验的意象……"说白了，人的历史也是动物向人的转变，一部分转变为人，另一部分没有转变为人。人的转变是两个维度的，身体肉质的转变，人脱离动物却保留着动物的贪婪。还有一个维度便是精神的，人类大多数患有精神疾病，这有社会和个人的双重因素。罗宾就没能完成这一次转换。她滑向黑暗，潜入夜间丛林。

我们现在回到讨论文学现代性上，为什么分别对应现实主义、现代主义、后现代主义的是"金钱""时间""空间"三个关键词？如何理解三个词之间的递进关系？其实我们是不能用进化论的态度看待它们之间的关系，也不存在进步发展的观念。我们应该把它作为不同时代的不同阶段遇到的不同现实问题所采用的对应策略。在现实主义语境中是十九世纪处于工业技术发达阶段，资本主义的关系显示出严峻的金钱性质，人性所被异化的也是始于对物质的态度，拜物教使人物化，使人自身过分依赖他者，那时我们所言的现实就是处理人们之间的金钱关系，正是这种现实主义语境让我们看到了人自身所异化的程度。现代主义社会文化所关注的问题变了。相比较，现代主义时期人们完成了资金积累，贫穷和饥饿不再是人们生存的主要问题，人们开始探向我们自身的性质，寻找自我认同，"我是谁"不仅仅是个物质问题，更重要的是一个精神问题：我的身份是什么？现代主义社会人们的自我拷问便是反思：自我是什么？如何形成？它的结构是怎样的？任何自我都涉及本能欲望，这时候产生了自我心理学，弗洛伊德回答了这个问题：深层人格。自我并不是一个静态的符号标志，而是在反思比较中定位的，当下的现时的自我是同过去的自我比较时才能确证的，所以自我也是一个时间模型，尤其是感知现时刻度上的不同方式，这其间便含有新感受、新技术、新信息。时间是一个连续继起的绵延模型，我们无论定位于何时都会有一个时间的阶段性比较。"现代性"一词意味着我们总要确定某个日子把它当作起点，相对于另一个日子我们又把它当作终点，时间最大的特征便显示为：一方面它是断裂的阶段性的；另一方面它是绵延的连续性的。这就是现代主义把时间作为一个核心词的主要原因。

后现代主义起源于建筑学，为约瑟夫·洪特纳特在 1945 年首次使用。詹克斯把现代主义建筑的终结时间确定为 1972 年 7 月 15 日，这一天密苏里州圣路易斯城，1951 年修的伊果居民区高层板式建筑群、国际现代建筑学大会理想实践的原型典范被炸毁。后现代社会是一个高度工业化、技术化、信息化社会，制度化的多元主义、多样性、偶然性与含混性，社会处于碎片化，变动不居，有非确定性、断裂、游牧、类象、超真实的特征。后现代社会由于技术、速度、信息高度一体化，使地球村作为全球化的标志，一方面是零乱碎片挤拥的空间；一方面是消逝了距离和时间的跨越边界的空间。我们可以理解为后现代社会具有空间综合征。这不仅指当下现代性空间的同质化，还指我们对一切历史空间的质疑与戏仿。表明一切空间都是相对性的存在，我们可以补充、仿效、填充、修造、延置、游移、挪用一切空间，这里没有中心，本源和一切固定不变，连语义也是修辞性的，大量的转义与派生。一句话，我们重新建构自己认同的新空间。公共空间与私人空间也面临着这一系列问题。我们把当今全球化社会的语境称为后现代，还有一些新技术和信息因素所产生的空间，如赛博空间、电视广告、网络传媒，这种空间全面改变了我们在现实主义、现代主义的空间状态的性质。传统中我们是主体，我们的权力、意志、方法均在空间限制状态下运行。今天不是。今天空间是一种权力，它在驱使指挥着我们日常生活的细枝末节。我们被强迫地置于各种混乱的异质空间。显然，空间成了我们时代和个人的问题，后现代社会便是采用各种策略处置我们的空间，包括空间的起源、产生、建构，既制造又清除空间，既维护又修补空间。空间是我们置于其内而又想不断逃逸的地方，对于文学而言，空间便成为我们当下社会的一个认知结构。

　　我这里是从理性意义上梳理了金钱、时间、空间三个关键性概念，它有利于我们把握近两百年来的小说发展，从根本性上找到不同时期的小说性质特征，或者我们发现了小说史在近代的形式变化，这里在于揭示这种变化的原因及其动力。它正好结合我们要讨论的小说形式因素中的时间形式与空间形式。值得注意的是，作为观念小说的发展的时间与空间，和作为形式发展的小说的时间与空间是有极大的不同的，前者是作为社会文化的时空问题，是现代性的关键之一；后者是作为小说的基本元素，时空形式可能在结构上也可能在小说的形式关系的关联域上，还有是作为小说存在的基本特征。时间形式与空间形式是与小说语言、人物、故事、环境并列的元素。换句话说，小说存在于什么之中？小说存在于语言之中。还有呢？小说存在于时间和空间的形式之中。因此，时间与空间的形式是小说最基本的形态特征。

第六讲　谁在说与怎么说

在前三讲，我们谈了故事、人物、环境的三大问题，传统所论为小说的三要素，是属于小说的本体论，是小说的基本面。也就是说，小说因这三个元素与其他艺术形式相区别，是小说自身独有的。它解决的是我们写什么。接下来谈的是我们怎么写。第一个遭遇的是叙述的问题，而叙述问题通俗地说集中在六个字上，即谁在讲、怎么讲。止于今天，叙述已成为一种学科，可以写皇皇巨著，在西方已分为经典叙事学和后经典叙事学。我这里并不想建立一套叙述的理论体系，仅就核心问题结合小说创作，谈谈叙事的作用与方法，当然也会涉及一些重大理论，说说叙述学的功过是非，并提出一些个人意见。最后简约地介绍一下西方叙述学发展的历史。

一、叙述概念

我们先说一说"叙述"一词，Narrato，拉丁文词根，叙述。加上希腊文词尾logie 就构成了叙述学（Narratologie）。创造这门学科的托多罗夫是这样说的，他认为叙述有两个原则，即接续关系与转换关系，因此而产生神话型结构和认识型结构，又根据普罗普的三重情节推断存在第三种叙事结构：观念型结构。他说，本文所举的全部例子均在此列，而且涉及各类叙事，这些见解与其说属于诗学范畴，倒不如说属于一门在我看来完全有权存在的学科：叙事学（Narratologie）（《巴赫金对话理论与其他》，百花文艺出版社，第 56 页）。托多罗夫于 1969 年正式提出该概念。概念作为理论我们在最后要论及，这里先说叙述作为一种表述方法、手段的含义。在中国的前教育中把写作的基本手段分为四种：叙述、描写、抒情、议论。我们先看一段话：

> 我觉得身体很轻，轻得从车窗玻璃上飘出去，随着闪烁的光斑在梧桐树叶上跳舞，手指弹着阳光都是起伏翻飞的箔片。绿叶是一片绿色的席子，会把那些闪动的精灵卷起来收藏在灵魂的褶皱里。车只要出发了你永远也不知道起点与终点，就如同我的灵魂飞出去，你不知道它何时归于身体。我有归宿吗？如同这车永远都在这流浪的途中。哦，人生是一件多么不容易的事情，所有的旅馆都只是他人生的间歇，归宿，归宿仅是眼前阳光飘在绿叶上的感觉。人其实大可不必追问生命的归途，只要出发了，生命自会有生命的道路，你，只要行走与漂泊。

首先这段文字描写身体、树叶、阳光一起跳舞，描写要使用形容的手法，使声光色都到位，还用此比喻，显然这是浓厚的描写。描写还改变事物的形体，绿色成了席子，阳光成了箔片。描写构成形象的鲜明生动。

其次，这段文字有议论，关于人生归宿的哲学问题，结论呢，生命有自己的道路，人人管行走。议论是对一些基本理念的阐发，议论要求给别人新的认识与启发。

其三，哦，人生是一件多么不容易的事，是抒情，人的艰难是所有的共感，它诱发的正是这种感受。这种抒情是隐形的，它与车上的感受和人生议论是融合一体的。

值得注意的是叙述，传统叙述湮没在描写、抒情、议论之中，作为叙述是一个行动过程，主人公在车上，不知身处何方，车走人行，他去旅馆吗？不知道，人生不知道自己去什么地方，没有归宿感，这里留下这么一个人隐在的线索。传统写作都习惯于把这四者综合在一起，这就不能显小说独特的职能，小说只能要叙述。下面我们看一则典型的叙述：

彼罗娜常趁丈夫（一个可怜的泥瓦工）不在时，与情人会面。但有一天，她丈夫提前回了家，彼罗娜赶紧把情人藏在一个木桶里，等丈夫一进屋，她就说有人想买家里的木桶，现在正看货。泥瓦工信以为真，暗暗高兴，于是他爬进木桶里刮污垢，准备洗干净再卖。这时，彼罗娜趴在桶口上，她情人趁机和她发生了性关系。这是一个过程叙述，彼罗娜、丈夫、情人三个都是施动者，行为发生了，首句是个概念，表明不合法的故事潜藏着危险，但叙事要玩一个反常的游戏。丈夫回家，妻子藏情人，不平衡。妻子诡计，丈夫刮桶，产生平衡。妻子在桶口与情人发生关系，又不平衡。在一个概述下的两个序列、三个人物，我们分别可用字母XYZ来代替，只要两个序列中的违规与惩罚的矛盾性质不变，故事外形与人物无论怎么置换与变化，都不影响这个故事。既然叙事是行为的过程，它的行为功能便决定了该故事的形态。因此我们只要研究叙述语法便可打开故事的秘密。如名词的关系，动词的性质，语态，语式，句法，结构，层次，序列。这个故事中的两个序列，第一个是因果关系，第二个是时空关系。这是一个情色故事。如果我们把事件变成小偷或杀人，把三个人改成中文名，只要叙述语法不变，故事形态便是固定了的。由此，我们又可以得出结论，叙述模型是可以分类、可以固定的，这个研究便是从俄国的普罗普开始的。同时我们还可以看出严格的叙述中，描写、议论、抒情因素都隐退了。

我们再看一个局部的例子：在他们前面，沙子全部都没有被践踏过，黄黄的，平滑的，从崖壁直到大海，孩子们笔直地行进着，丝毫没有偏移，保持一定的速度，平静地，并且手挽着手。在他们的后面，稍稍有点潮湿的沙子上，印上了三行他们光脚留下的印迹，三行脚印整齐连续，彼此相似，间隔相等，清晰地凹入沙子，毫无模糊的印迹。初看，你以为是描写，不是，它没有比喻、形容、夸张，简单说他没有任何修辞手段，他只是朴实、冷静地叙述在海滩行走的三个少年。这是一个中立客观的叙述，它仅叙述一个行为的过程。这种叙述和传统写法不一样，首先，它没有价值倾向与情感倾向。其次，叙述不提出超出自身文字以外的东西。其三，取消目的与意义，仅提供事物的过程。这种叙述朴实，具有极大的透明性，把一切判断、价值、意义交给读者。于是你会说这种叙述中的描写、抒情、议论没法打入其中，不错，把议论交给了理论文章，把抒情交给了诗人，把描写交给散文家，或者改造纳入叙述之中。从另一方面说，叙述是它本身，并不需要其他东西的纳入。

还有另一种处理方法。今天的写作中，我们知道叙述作为手法与其他三种方法区别，不断丰富了叙述的类型，因而创造了元叙述方法、零度叙述方法等。如果我们对过去的传统文本进行分析，我们又当如何对待描写呢？是否我们应该创立一门描写学呢？从局部技术而言应该是可以的，但从整体的功能意义看便没有必要设立描写学，那么我们对传统文本中大量的描写，做叙述学的分析时怎么办？最简单的办法是把描写纳入叙述功能来分析，也就是格雷玛斯说的第二叙述功能。这可从两个方面看，传统小说的结构从整体上看，是按照叙述性的标准规则进行组织的，因此，无论国外的《红与黑》，还是国内的《水浒传》，我们能清楚地辨认叙述结构，对它的深层组织和整体意义我们都是从叙述的原则上来看待的。极有意思的一点是，中国古典小说中描写人物肖像和环境时采用切分方法，用诗词或分行的办法表示出与正文部分的区分。另一方面，我们按格雷玛斯的办法，被我们命名为描写的意段实际上是一个小叙事，它包含了一个关于社会的完整故事(《论意义》，百花文艺出版社，第160页)。把描写纳入叙述的组织结构中，变成了叙述的子程序。这些只是作为理论研究时的方法来考虑，实际写作中我们是不必考虑那么多的。

以上我们是从文字表述方法上明白了什么是叙述，作为小说的叙述还有它自身的定义。荷兰理论家是这样说的，叙述学是关于叙述、叙述本文、形象、事项、事件以及讲述故事的文化产品的理论（《叙述学》，米克·巴尔著，中国社会科学出版社，2003 年版，第 1 页）。这样一个定义已不是经典叙述学的含义了。文化产品理论，指一些艺术文本、电影戏剧、声音建筑艺术都包括在内。最早的叙述理论只取样叙述文本。仅指小说而言，今天我们谈论它，依然还取狭义的叙述文本。除此以外，叙述理论我以为是一种知识范畴的表达理论和阐释，是不同区域的文化模型，它是一个关于整个世界人与事的知识模型的言说，是世界整体的一个象征体系。这是另一个更大的理论体系，不在我们今天论及的范围。我们今天说的叙述理论，是从小说故事的基本形态衍生出来的，指叙述结构、语法、话语、层次、时空，还包括故事、情节、事件的基本原理。在讨论叙述理论之前，我们必须把一些关键性术语弄清楚，否则叙述学没法讲，或者对某些词语理解的错误也会影响我们对该学科的研究。

文本（Texte）这个词由巴特和克里斯蒂娃首创，在法语中有纺织的含义。文本是一个空间，那些因时而异排列在一起的字母，能以不同的方式重新组合，从而引发一系列可能的组合格式（《结构主义诗学》，卡勒著，中国社会科学出版社，第 363 页）。这对文本是一个很本质的表述。一些文字组合在一个空间里，它一定是一个新的组合方式，而你在阐释时又指出它各种可能的组合格式。彼罗娜是一个偷情的文本。我们把一部、一篇由文字构成产品独立于一切社会联系之外（历史、政治、社会、经济、心理各学科之外），从其背景中独立出来进行价值审视，不参考外在的内容，仅就文本内部结构、语言、层次、序列而界定意义。这便是文本研究的角度，有别于作品研究，总从历史与作者方面去考察。

结构（Structure），这里结构不是指我们一般作品中的时空秩序。这里的结构是一种思维模型，没人能一句话把结构说清。它是一支长长的学科队伍，由索绪尔、皮亚杰、施特劳斯等人创造的思维模式。杰姆逊称之为系统或共时体，其核心是我们语言中发现的声音，概念和词汇永远处于对立状态。我们要找到语言的意义，是语言中关键元素的二项对立，意思是一个独立的元素不可能表达任何意义，在表音文字中 tree 单独出现仅是字母，没意义，但集合起来便成了一个符号，辅之读音，tree 是语言的声音与形体。这称为能指（Signifiant），构成一个可能触摸感知的形象特征。所指（Signified），是一种心理再现，是一个概念（Concept），二者统一起来叫符号（Signe），明白说能指是词的物质形象如声音、物品、图像等，所指是一种内在于心的含义。符号仅是二者结合的象征体。关键这三者关系是约定俗成的，非必然的。而且语言是分节的，有节便有秩序。而且意义是切分的，如同一张纸、一枚硬币的两个面切分的。思想与声音同时居于这两个面，这表明意义原产生共时状，但语言的分节在我们的视觉与听觉中均是历时的。由此发生我们对一切人与事物的理解都建立在这样一个系统性上。思维从语言出发构成这样一种模式。这便是我们理解不同因素之间相互起作用的各种关系是互动的，是联系的，把事物之间的关系观念化，于是便有了系统的观念。与二项对立相伴生的是差异性原则，有差异才能彼此辨认，才能产生意义。总起来说，结构是一个按二项对立有差异原则构成自足的整体，同时也是一个有各种转换规律的系统。结构具有几个以上的普遍特征，是形式主义的。它发源于语言学，但却是对各种文化现象的分析方法。

序列（Sequencd），在文本中的词语、句子均是分行排列，我们可以分出若干层次。但是我们要揭示这些独立单位的含义，便要把它们纳入一个序列来认识，从序列认识便找出了句子的内部联系，逻辑的、语法的、时间的、空间的各种序列，结构主义分析看序列有两个依据：一是行动过程的功能考察；二是主题意义起始与间歇。通过序列分析我们找到深层结构，即这个结构的模式。模式（Sodele），是一种类型，是可以复制的，批量生产的，是固定不变的。模式是欲望、交际和行为三种关系的组合，每一种关系都建立在二元对立的基础上（《时间与叙事》卷二，第 78 页）。如何确立这样一种模型呢？（1）根据人类行为的普遍特点看角色。（2）在一定时空内无论人事关系改变与否，配型是相对稳定不变的。（3）模式有生成和转换的法则，在转换中会产生模式的变体。换一种说法，模式在语言结构中，包括口语、角色在句法成分中配型持久不变而稳定，在系统中是有限的封闭状。我们只有通过序列分析才能知道属于何种模式。因此序列格外重要。把一个大句子看成角色（谁）、过程（干什么）、在何时何地（境况），便可压缩出名词、动词、副词三个词类，基本结构是说话人给自己演一出戏。我们在一个结构中如何确立几个序列呢？保罗·利科有一个最精彩的说法：每个新恶行或新损害、每个新缺失都产生一个新序列。简单说，每犯一个错误便使序列进一步转换。彼罗娜的两次错误，一次藏情人于木桶，一次在桶口边和情人发生性关系，便构成了故事的两个序列。可见序列是大于句子的。而这个故事的深层结构模式便是逃避惩罚型的。值得说明的是叙事学，第一点是知识大爆炸式的。全都使用新名词，过去小说理论的词保留极少。第二点，叙事学从二十世纪六十年代开始，经过五十年有巨大的变化发展，其中也经过衰落。而今天的叙事学方法是开放多元的，有各种分类叙事学，甚至引入了计算机方法，所适应的范围也由小说而扩大到影视、音乐、图画，还纳入了女性主义的性别研究。这表明叙事学在寻找新的突破方向和方法。

为了讨论的方便，我这里再补充一个小说实例，便于分析叙事的各种特征。海明威的《雨中的猫》。

旅馆里有两个美国客人，所有的人都不认识他们，他们的房间是面海的二楼，房间侧面对着公园和战争纪念碑。公园有棕榈树和绿长椅，天气好时，可看见艺术家带着画架画画。他们喜欢生长的树、海、公园各种鲜艳的颜色，意大利老人赶来参观战争纪念碑。青铜铸的，在雨中发光。雨从棕榈树上滴下来。石子路上有一潭积水，海水和雨水夹着冲上海滩，又退回去，纪念碑旁汽车开走了，广场对面一位侍者望着空荡荡的广场。

太太在窗外眺望，一只猫蜷在窗下面被水滴湿的桌子下，缩着，不让雨水淋着。我要去捉那只小猫，太太说。丈夫在床上说，我去捉。太太坚持，我去捉，可怜的小猫躲在桌底下，丈夫把枕头垫高躺在床脚，继续看书。他说，别淋湿了。

太太下楼。旅馆主人向他哈腰，高个儿老头说，天气不好，坏天气。太太喜欢他。喜欢他在怨言时的认真，喜欢他庄严的态度。喜欢他上年纪的迟钝的脸与大手。她打开门，对面雨下得很大，有披肩的人穿过广场向餐馆走来，那猫就在附近。她可沿着屋檐走过去。她出了门，她房间侍女张开伞罩着她，老板差她来，一定不让您淋湿。顺着石子路到窗台脚下，桌子底下的猫没了，她大失所望。侍女说太太您丢东西啦。年轻的美国太太说，有一只猫。侍女笑了，在雨中那只猫。太太说，我多么想要它。太太说话时侍女紧张了，太太您必须回去，你要淋湿了。他们又从石子路回来，太太经过办公室，老板向她哈腰，她觉得无聊和尴尬。她觉得老板无聊但又确实了不起，霎时，她感到自己极了不起，她上楼开门，乔治在看书。

猫捉到了。他放下书。跑了。会跑到哪里去？他休息一下眼睛。她坐在床上，我太想要那只猫了。我可怜那只猫，那只雨中可怜的小猫，可不是什么有趣的事儿。

乔治又在看书。

她坐在梳妆台镜前，拿手镜自己照照。端详侧影，先看一边又看一边，再看脑后和脖子。我要是把头发留起来，你不认为是个好主意吗？她问乔治又看侧影。

乔治抬起头看她颈窝，像个男孩子头发剪得很短。我喜欢这样。太太说，我讨厌，像个男孩子。乔治在床上换了一个姿势。打他开始说话，

173

他眼睛就没离开过她。你真漂亮极了。她把镜子放下，到窗边张望，天逐渐黑了。

我要把头发扎得又紧又光滑，在脑后绾成一个大结。可以摸。我要有一只小猫坐在膝头，抚摸它，便呜呜地叫。

是吗？乔治在床上说。

我还要用自己的银器吃饭，点上蜡烛。我要现在是春天，我对镜梳头，我要一只小猫，我要几件新衣。

啊，住口，找点东西看看吧。乔治又在看书。

妻子往窗外望，这会儿天黑了，雨仍在打着棕榈树。总之，我要一只猫。一只猫，现在要一只猫。要是我不能有长头发，也不能有任何有趣的东西，我总可以有一只猫。

乔治没听她说话，他在看书，妻子望窗外，广场上已经上灯了。有人敲门。乔治从书里抬起眼说，请进。

那侍女站在门口，她紧抱着一只大青猫，扑通放下来。对不起，她说，老板要我把这只猫送来给太太。

通过上面的举例，我们对故事有大量感性的认识了，于是你会问，生活怎么会这样呢？彼罗娜为什么偷人？三个少年在海滩上干什么？太太为什么执着于一只猫？金脑子为什么会挥霍一尽？这些事件在生活中一定发生过或正在发生。我们讲述它的意义何在？生活中确实会发生彼罗娜的偷情事件，三个少年向往大海的美丽，乔治夫妇肯定发生了不愉快，金脑子鼓励我们要有节制地生活。这些故事均是我们理解的日常生活中人与事物的一种方式。仅这样还不够，我们叙述会有一些更深的东西，如事件为什么会发生，生活背后是复杂的，一个事件发生了它又如何导致了另一事件的发生。生活在平衡与不平衡之间跃动，在时间的连续性中事件总是有关联地发生，当它结构为一种形式我们就会追问其意义。所谓意义均是人的，因而使我们看到日常时间形式中人的属性，即时间形式的人性化。

二、谁在说话

对于没有小说经验的人来看，小说里谁在说话，他会毫不迟疑地说，是人物在说话。小说里谁在说话绝没这么简单，谁在说话，是一个极为复杂的声音。传统认为是作家在说话，这个作家声音肯定是没错的。但作家也有代人说话和自己说话的分别。自己说话的，作者是故事的参与者与评议者。自己不说话，找代替者，作者是隐身的。这便是一个集体意识在说话。

叙述者在说话谁也不会怀疑。但是我认为这对真正意义上的叙述还是一个肤浅的理解。最彻底的叙事者，应该是世界事物本身。世界作为整体向一切人敞开，包括人与事。作家只是借助了语言进行陈述，在陈述中有带作者强烈的主观意图，也有纯客观的。我的观点是，世界事物自身与一切生命实体，其自身便是陈述者。它们是一种表达，人们只不过借助语言再说一次。例如我在小说中说，光在媒质中从一点向另一点传播时，总是顺着花费时间最少的路线。这话不是我说的，是费马说的，其实也不是费马说的，光的性质就是这样，光自身在说话。我说任何雪花边缘的曲线总和是无穷长的，这话不是我说的，雪花自身如此表述。仅在于这个秘密由数学家科赫发现。大街上的树有阴影，遮光挡雨，这是事物自身显示的作用。如果我说望着一棵树，阳光下的樟树，枝头飞出无数金黄的蝴蝶。这是我说的，我发现了光影效果，在逆光中改变原有颜色。因此，我特别强调叙述者在讲话，应该是对人与事物的一种发现，应该是一种自然的表达，即英语中含义的Nature。明白这一点很重要，这对小说家提出了更高的要求，我们再看谁在说话。

其一，我说话。对任何一个而言都是我说话，因此才有第一人称。第一人称的发明实际告诉我们，主体是人。人体中心论。第一人称含有人对自然的霸权主义。在一个文本中我就是那个作家，那个叙述者。可是我的出场很复杂。第一种情况，我会找一个替身，例如《金脑人的传说》中"我"给太太写信，"我"给太太讲故事。"我"是一个角色，人物。第二种情况是作家讲述自己写作的故事。这种叙述叫元叙述。元叙述又有很复杂的类型，是后现代写作最热衷的叙述方法之一。关于元叙述，我今后还要重点论述到。第三种情况，作品中有许多我，无数个分裂的我在说话，如陀思妥耶夫斯基的《双重人格》。这种自我的矛盾性是许多作品中都有的声音。我的长篇小说《城与市》中有无数个我，真我，拟我，人物以我的称谓谈话，主体的对象化后，我听到异者中的我。四种情况，是叙述者与聚焦者分离。《没完》中观察是一个幽灵在聚焦，而叙述者是人物的我在进行。我随着人物活动叙述，并不随幽灵聚焦而叙述。

我讲述是小说中最自然的一现象。我这里要区别的是，我在文本中发现，在现实主义作品中出现，仅作为一种身份、一个替代，我一般是讲述他人的故事，外在于文本有一个明显的整体结构痕迹。《一千零一夜》便有一个山姆佐德反复讲述的故事。《金脑人传说》中我讲故事没留下名姓，现实主义中我对文本没有实质性干预。

除了这个例子，我必须还要举都德的《金脑人的传说》致索取快乐故事的太太：

太太今天准备给你一点快乐的东西。我在一个离巴黎千里之遥的美丽乡村。我应该给太太一些玫瑰诗歌和风流故事。不，我还是离巴黎太近，巴黎给我送来的闲愁。我刚得到查利·巴巴的去世消息，心境快快不快，因此我还是只能给您一个凄美的传说。

从前有个金脑子的人，是的，太太，纯金的脑，医生看他脑袋太大认为活不了，最后还是活下来了，头大，走路磕碰，真可怜，常跌倒，一天从台阶滚下来，石阶上碰响，别人以为死了，他受了轻伤，头上还滴着三滴金汁。父母发现了这个秘密。他们严守这个秘密，小孩只发现父母不让他去街上玩。妈说，我的好宝贝，别人会把你偷走。

到十八岁父母告诉他命运给他的这个怪礼物，他们养育了他这么大也需要一点金子，孩子从脑里拿出一块桃核大的金子扔在母亲怀里，他离开祖屋去外面挥霍财富了。

在外面肆意挥霍脑子里的金子。渐渐大家见他双眼无神，终于有一天灯红酒绿之后，孤身一人，他为金脑的缺口而害怕，于是开始新生活，去偏僻的地方工作，畏葸怕事，躲开诱惑，忘掉财富，不再染指奢侈，不幸一个朋友突然知道了。这一夜梦中醒来头剧痛，月光中看到朋友又取走了他的脑汁。不久以后，他恋上了一位金发姑娘，她喜欢他金色的外表，而且很任性，他顺从姑娘把财源的秘密也告诉了她。

姑娘小鸟依人，总向他索要东西。这样过了两年，一天早上小鸟莫名其妙地死了。他用剩下的金子给亡妇办了一个隆重的葬礼，他把金子给教堂、挑夫，四处花费，从墓地归来脑壳又粘了几片金叶。那时他在街上失魂落魄地走，像醉汉。晚上他在橱窗灯光下看着天鹅绒蓝色缎鞋。我知道谁喜欢这双鞋。他买鞋忘了娘子已死。店妇听到喊声，见男人拿着一双鞋站着，手指鲜血淋淋，在指尖上刮出金子送过来，店妇吓得倒退。

太太，这就是金脑人的传说。这篇故事有些玄，但从头到尾真有其事，世界上竟有这种可怜虫，他们被迫靠自己的脑子生活，用脑浆的精髓，有纯粹的金子来支付生活中的小事，这于他们是日常的痛苦，而他们在不屑于再痛苦下去的时候……

我讲故事，没错。但不是都德，是都德虚拟了一个我的身份。我是讲述者又是聚焦者。

现代主义作品中的我，叙述者成为小说主体，特别超现实主义和意识流的表达。我便是叙事者本人的直接显露。伍尔芙《墙上的斑点》中实际的我，与文本中的我同位。把斑点视为各种想象物，让思维自由地扩展去联想，我成为文本的真正主体。我驱动文本中的一切细枝末节。

后现代叙事中的我，变成一种叙述策略，变成结构与解构的一种方法。但我不断地虚构故事，我又不断去干预拆解甚至反讽，想办法瓦解刚刚叙述的故事，或者用一种实以证虚的方法，用生活中各种已存在的人物与事实来证明我所言非虚。虽然二者采用了相反的方法，但目的均是针对文本的虚构而言的。《墙上鱼耳朵》便是采用的这种方法。

其二，他说话。他说话一直是传统小说中的正统模式，他的标志是第三人称的，他，她，它。在西方文本中人称变格使用。第三人称的叙述形式一直是小说的主流。这有两个方面的问题值得探讨：其一，我隐退到幕后成为一个全知全能的叙述者，一切都是我教给你的，而你却看不见我，这让人有一种很上当受骗的感觉，被你牵着鼻子走。但是文本却是最像小说的，人们会自觉地进入其中去充当一个角色。整体上是一个乌托邦社会，在里面自由，读者没有强迫感。其二，叙述者不出场，这突出了文本中故事、人物、环境的主体性，看不到我指手画脚的影子。这使文本对读者全然是一个陌生的感觉，你得到整体感知以后才明白文本是怎么回事。第三人称说话，实际文本是一个自足的被锁闭的一个结构，是一个被作者设计的时空。《雨中的猫》和《海滩》，三个少年在海滩上的脚印，以及他自身手舞足蹈的形象，他们自己不会注意，看不见。而是一个旁观者在描述。在海边旅馆里有四个人物出场，发生关联，在人物之间，不可能有一个对室内室外全知道，人称的他只能在他的视听之内发生，超出人物之外的则是由叙述者概述一切在场的细枝末节，雨中的棕榈和猫，海滩三少年的影子都由一个隐在的作者表述，问题是在一个文本发生的全部场景里，例如那个旅馆，不可能被全部详尽地像录像一样给予二十四小时追踪拍摄。因此，任何第三人称叙述均是选择性叙述。作者把一切都设计好，人物、故事、场景都呈示给你，是作者认为最重要最有意义的部分，于是生活中还有许多你认为重要的东西被遗漏了。选择叙述有局限，但也有几点值得注意：1. 我选择的东西均有代表性，有象征、隐喻意义。作者把主题藏起来而通过人与事暗示出来，这种阅读应该说是有启发性。2. 我选择的时空便特别适合那种封闭性的写法，如缺席法，故意不写某些东西，意图在于强化。这在《侨民》与《死者》中表现得很好。也可以把某人某心理或事物遮蔽起来，人物、事物仅徒具外形而实际内涵却很丰富，需要我们分析后获得。3. 第三人称的写法决定了我的直接干预少，文本便是一个小社会。虽然是选择性的叙述，反而显得比第一人称小说自然、真实。

有一个更深的理论问题，无论第一人称还是第三人称，只是称谓上的符号代码。从表达的本质而言，我、他种种的变体与化身，都是写作者——我。我为什么变化那么多种身份以不同面目示人呢？有文体决定的，有方法技巧的，也有根据材料而言，适合谁出面讲述的问题，例如日记体、书信体小说无疑适合第一人称。

其三，你在说。小说以第二人称方式实际是前两种的变体。注意，凡第二人称均是面对面的方式，是对流的，倾诉式，这是一个特别不适合小说表述的角度，因为小说不能完全变成我跟你说心思，特定地针对你一个人编故事。因此古往今来的小说，第二人称极少。最有名的仅是一部实验小说，布托尔的《变》，小说写一个人上火车，从巴黎去罗马，以对他妻子的口吻说话。这里的"你"只能是他和你的共同见闻。或者针对读者你，在说事，如果一段短小文字以第二人称言说，还可以，但保持在一个长篇小说中他会使叙述扭曲了，实际只要把人称变为"我"，或者"他"也不会影响作品的表达。一个情境以什么人称与什么人交流，形式上变化没有意义，意义是你的语义变化，要使用不同人称主要是改变人们在不同的观察视点上说话，不同人称是我们生活逻辑中因习惯发展来的。"我"是在场；"他"，是我不在场；"你"是我隐在场。上文说过"你"的人称仅适合双方交流的倾诉，严格来说，"你"，限制了说话的方式，有针对性。而"他"则适合描述方式。"我"则适合观察方式。所以我、你、他三个人称均有很细微的表达上的分别。上面我列举了三种说话，无论人称怎么变化都是作者在说，作者可能会化装成很多身份，甚至是混成的身份说话。我们明白了作者说话，但分析不同的文本，作者说话又成一种悬疑。作者说些什么，这是他说的吗？真正属于作者的言语系统少之又少。因而这个我，又是一个有疑问的主体。上文举例雪花的曲边总和是无穷的。以此推论，一切知识系统的表达都不能算我说的话，我只是一个知识的传播者，制定知识规则的人，是一个发现者。这时我说话也是一种代词。第一种我说，是代表真理而言。第二种我说，是一种时代社会价值的曲折反映。《金脑人传说》中浓厚的金钱意识与金钱批判意识，那种有效节制财富观，或者尊重知识的观念，这是资产阶级时代的人文思想。我仅代表那个社会知识分子而言，这表明文本中有一个连作者也没注意到的隐在的叙述权威。第三种我说，是我的理性在说，是我思考的结果，例如现实主义的巴尔扎克、司汤达，批判现实主义的托尔斯泰。他们说的都是针对社会时代的一种个人思考。第四种我说，是感性的表述。历史上的浪漫主义、超现实主义，发乎身体对事物、个人、社会的直觉反应。第五种我说，是一种纯艺术想象的东西。不一定有那么多观念意图，它构筑的是一种乌托邦。这也包括那些科幻式写作，还有梦幻式的写作也属此类，当然也包括语言乌托邦式，国内孙甘露的写作就是此种。第六种我说，是一种精神幻想性，一种心理倾诉，它不以生活材料为依托，而是自我呓语式，美国斯泰因便如此。第七种我说，是一种真正的我说，含有很强烈的自传性，无论生活事实和精神历程均在小说中展示，亨利·米勒，卢梭的《忏悔录》即属此类。第八种我说，是一种创造性叙述上特别个人化的，有独特风格的，例如沈从文、鲁迅、海明威、福克纳等，这一部分作家，他们的叙述具有一种隐形标记，隐去作者，依然知道这是作者我在说话。我提出了八种，其实可能有无数种，谁在说，谁，真是一个问号，指涉一个有疑问的主体，即便作家本人明确地表示我在说，如果我们精细地分析文本，任何我说都是可以质疑的。

这里还有一个理论问题。法国克里斯托娃提出一个文本间概念（Intertextualite）。她说，任何一篇文本的写成都如同一幅语录彩图的拼成，任何一篇文本都吸收和转换了别的文本（《符号学，语言分析研究》，第 145 页）。这个概念被她丈夫索莱尔斯明确定义，每一篇文本都联系着若干篇文本，并且对这些文本起复读、强调、浓缩、转移和深化的作用（《理论全览》，第 75 页）。这个概念对全世界的写作者都是一个挑战，所谓原创，绝对个人写作只是一系列神话，互文性从根本上否认了独创的存在。或许有许多人不承认他的写作是文本转抄。是的，部分人没有抄一个现存的文本。可是所有的写作者都有无数阅读，他的脑子里已有无数大师的影子，有无数本具体的作品被他回忆，他的写作建立在这无数重叠的文本之上，沉思一下，我们的写作还有多少独创性而言呢？这时的我说，它是混成的，是一个杂种，因此，第九种我说，是一个捏泥人的师傅，是他把无数碎泥人融合了新捏出来的一个新泥人儿。

三、怎样说话

怎样说话实际上是与谁在说话紧密地联系在一起的。怎样说话受一系列限制，如你对谁说，在什么时间、地点说。从哪个角度说话。保持一种什么距离说话。用一种什么样的语言，保持一个什么基调。对谁说话，依据何在。还有说话速度与节奏。谁在说，问的是一个主体问题，怎么说，问的是一个技术问题。日常说话是一个修辞问题。浪漫主义充满了激情的说话，煽情，调动读者的兴奋度，而现实主义又对现实充满了仇恨，揭露现实的荒唐性。或者是历史主义的文献考证，回忆，往事不堪回首的忧伤，被一种忧郁和伤感笼罩着。小说在漫长的历史中提供了许许多多的话语模型，怎么说已提供了无数的典范。他们的说话充满了技巧与伪饰，怎么说话在福楼拜那儿发生了一次大的变化，其代表作是《包法利夫人》。到现当代怎么说话又来了一次理论上的革命，代表是巴特尔。他在 1953 年发表了《写作的零度》从根本上影响了当代叙事。他怀疑我们以往的写作充满了意识形态，这包括我们所使用的词汇。例如"秩序"一词便永远包含着压制性内容。他分析了马克思的写作，资产阶级写作，列举了写作的多种可能性，各种类别写作意味着什么。最后他肯定地倡导一种写作：创造一种白色的、摆脱了特殊的语言秩序中一切束缚的写作……某些语言，语言学家在某一对极关系的两项之间建立了一个第三项，即一中性项或零项。这样虚拟式和命令式之间似乎存在着一个像是一种非语式的直陈式。比较来说，零度的写作根本上是一种直陈式写作。非语式写作……这种中性的新的写作存在于各种呼声和判决的汪洋大海之中而又毫不介入，它正好由于后者的不在所构成……这是一种毫不动心的写作，或者说一种纯洁的写作（《符号学原理》，第102页）。巴特尔理论上说明之后并推举了一个典范的例子，加缪的小说《局外人》就是一种理想的零度写作。

《局外人》开篇写莫尔索母亲去世，各色人等都在忙碌着母亲的葬礼，我却无动于衷，冷眼旁观，太阳与原野，炽热的马路上，酷热让他神志不清，而我想到的是上床睡十二个小时。我有一个女朋友玛丽，同她做爱也是心不在焉，结不结婚无所谓，她的腿拴着我的腿，我摸她的乳房，我吻她，吻得很笨。在空无一人的街道行走，买了面包站着吃，在窗口抽支烟，妈妈死了，我该上班了。我在办公室机械地干活儿，回家邻居萨拉玛诺一只带了八年的狗生了病，另一个邻居莱蒙同人家打了架，他是仓库管理员，一个女人骗了她。他同情人家参与打架被警察处罚。和莱蒙去阿尔及尔海滨，我在赛莱斯特吃晚饭，奇怪小女人在吃饭时干完了所有要做的算账。查检节目单，准确无误地穿戴，我和萨拉玛诺静静地对坐，他说着往事。第二天在海滩有莱蒙的朋友马松及妻子，我和玛丽在海里游泳，一会儿打架，朋友便让他开枪。架打完了，他们在海滩上躺着休息。阿拉伯人抽出刀，刀锋反光刺着我的眼，我开枪误杀了阿拉伯人，最后还对尸体开了四枪。我被捕了，第二部写审讯过程。那烦琐复杂的记录，面对各种各样的犯人，各种嘈杂的声音，睡觉，回忆，读报，贝莱兹、赛莱斯特的证词与辩护毫无意义，玛丽和莱蒙在法庭的证词皆不生效，结果检察官说，一个人在母亲死后的第二天为桃色事件随便杀人。接下来几次庭审漫长而无聊，神父总没完没了地要为祈祷。最后我被判了死刑。我不甘心屈服，反复申诉。

我的概括是按局外人的说语转述的，我们再注意几个细节，玛丽问我愿不愿意同她结婚。我说怎么都行。我说我已经说过一次了，这话毫无意义。两个人冷漠地讨论了半天婚姻。她说我是一个怪人，她就因我这一点才爱我。另一个细节在海滩他们打架后，用刀刺了莱蒙的那个人一声不吭地望着他。另一个吹着一截小芦苇管，一边用眼角瞄着我们，不断重复地玩弄那东西，发出三个音。而杀人以后，我对准那具尸体开了四枪，子弹打进去，看不出什么来。

这里的说话有几个特点：1.说话平静而冷漠，人物置身其内，但却与己无关。最相关的事用最冷漠的态度。2.削除了社会性评论和感性倾向，说话表面看不出作者和人物任何的价值倾向（实际是有价值倾向的）。3.这是一种对已经发生过的各种说话方式的一种否定形式，一种清除，使文本语言透明、简洁。但由于高度抽象，语言又有一些失重与恍惚。4.这种说话没有述评，没有描写，前者消除意识形态，后者语言只保持一种严格的工具性，一种非常严格的中性。你会发现有两点：一是人物为什么会这样，非人化。人的身上到底发生了什么。一是环境的失重，类如一个真空包装，人物的目的性失去了，环境中没有任何依傍的东西，那是一个不知所措的环境，所有人在干事，但不知道干什么。5.在说话语言中严格地把一切修辞手段削干净，不用象征、隐喻、夸张、装饰。有些像电报、新闻语言，但不同的是它严格地叙事，把每件事推动，从表层上非逻辑地接续起一切关系。

我以为零度写作是一次说话革命。它产生的效果是反抗过去用很多的语言说很少的意思，或者一本书弄得很复杂才说一个意思。而零度叙事是用很少的语言，表达很多的意思，使语言有一种冷漠生硬的力量。在说话中并不透露任何目的和意图，但在行为背后却有很丰富的含意。《局外人》写的是一个人道德和精神上的觉醒。莫尔索面对母亲的死，情人玛丽，和杀死阿拉伯人的无动于衷，这是为什么，根植于人生无意义的哲学，这个世界是冷漠的，人及其周边的关系是不可理喻的（如果说到有关系，仅是互相残害，毫无来由的杀人和人死去，如母亲，没意思，是宿命的）。我们的努力和抗争没有任何意义，生活只有烦忧。我们需要热情吗？那是一些虚幻的表象。我们过去的写作强化人与人、人与社会各方面的关系，因为有关系，便有了价值与意义，如果这一切相互没有关系，与我也没关系，那我们便拆解了这个环境里一切与之相联系的东西，简单说也就拆解了逻各斯中心，拆解了意义，人没意义，社会没有意义，因而莫尔索生存还有何意义？这意义的毁灭来自哪儿？来自我们的环境，来自法庭。从意义的毁灭来控诉社会与人。他并不是因杀人犯罪，而是因为他是一个不合社会规范对一切都视为漠然而作为社会的敌人受审。法庭判他是因为伦理道德而非杀人的刑事案件。神父让他忏悔，他非常愤怒。法庭开始审讯他，他是漠然的，他目睹了荒唐的证人，辩护，审判，他明白了。他没有错，他被判死刑是因为这个世界是荒谬的存在。这也是存在主义哲学的核心思想，存在即荒谬。

由此看来，怎么说，首要之点是选择一种什么样的语言方式说，加缪选择了一种零度的语言说，法国新小说派罗伯·格利耶、萨洛特、布托尔也均选择了零度语言写作。我把选择什么样的语言说作为怎么说的第一点。

第二点，谁选择什么视角说。实际日常生活逻辑中每一个人说话都会有一个视角。这个视角含有除了你我之外的第三者，谁对谁说在里面。在外面还有一个第三者的观察点，我们从日常语言观察中看，视角暗含有一个等级，儿童请求妈妈，买一支冰淇淋吃，妈妈说，冰淇淋不能吃。孩子说：为什么？我要吃嘛。妈妈说，太凉，会拉肚子。孩子说我宁愿拉肚子，也不愿让肚子空着。很显然这里有一个儿童视角与成人视角的对话。谁对谁错便含有一个第三者的评判问题。视角决定了语言表述的内容、调式、语言规则、语态,某一视角便决定了谁只能怎样说,例如儿童视角,是儿童兴趣、知识、感觉的一个综合,有许多东西是进不去的,例如亨利·詹姆斯的小说《梅茜所知道的》从梅茜这个儿童视角,标题显示视角,就等于告诉你故事正好是《梅茜所不知道的》,不知道什么呢?关于她周围成人之间的性秘密。由此可见,选择了视角便是选择了限制,规定了你许多不能写的东西。我写《蓝色雨季》是以双调河沿岸放排人视角,这一限制便让其人物看不到河流之外的东西,我甚至不能让一个城市语汇进去,又由于写历史,我不能让当代生活进去,即我们所熟悉的一切当代经验语汇都不能进去,但是我的小说又要表达一种现代性认识,这个难度太大。这便是视角限制了我对现代性的表达。

这里还有一个理论问题,无论你采用什么视角说话,你说的故事本性可以保持不变。例如这时在二十层高的大楼上有一人要跳楼,有交警赶去救人,有政府官员下指示,有记者赶去报道,有他的亲人赶去劝阻,有市民去围观,还有儿童们也在看,一个事件会引起众多方面的关联,每一关联都会变成一个视角,这个事件本身只是一个人跳楼,选择不同的视角观察,便使得意义完全不一样,儿童不理解叔叔为什么要跳楼呢,我给他糖果哄哄他。性别观察会认为是失恋,搞证券的认为是炒股赔了,小人物的观察认为是生活的各种烦恼所致,任何一个视角都可提供给事件一个解说。我们就这一事件提出了众多的视角,那么,我们看视角会对事件性质发生什么作用?这本是湖南某城市发生的一个真实的故事,某下岗工人跳楼,本来他不想死,只是为制造一种效果,但由于观众起哄,又有新闻摄像去报道,一下子使那个人骑虎难下,最后真跳楼了。他死后,曾引起多方面的讨论。

第一种,新闻视角有两个想法,官方意图是这件坏事变好事,警察救下了市民,歌颂警察,现场都在帮忙,好人都去营救,歌颂了一个理想社会。另一想法,新闻想揭露隐秘,报道这个人为什么跳楼,揭示一个社会问题,刚好这个是一名下岗工人。于是我们便可以开掘出一个社会就业的主题。

第二种,官方视角,救人也居于两点,一是人命关天,这个人要在大庭广众之下死了,影响太大,会造成市政府工作的混乱,工人闹事。二是这个人不能死,并不是官员关心他者的生命,而是关心他自己,一个地方公开死人,有劫匪路霸都会影响到他的官当不成,于是事件又有了揭示官员心理冲突的含义。

第三种,从失业者视角,这件事件要闹大,让官方出面,我们围观可以成为一次抗议,这就可以迫使官方多提供一些就业渠道,那么可以开辟一些发展经济的项目。

第四种,大众心理视角,市场围观大众要看热闹,有一种喜剧,闹剧的、幸灾乐祸。于是他们会喊，你跳呀，跳呀。跳楼者这时候是两种心理斗争，跳与不跳，在这个过程中一切救援措施都在进行，持续一小时，那人还没跳，围看的人脖子都望酸了，会说懦夫，他不敢跳，没勇气。唔，这孙子浪费这么多人时间，又起哄架秧子，跳呀，跳了多少壮烈一点，不跳多没劲。于是，那人跳了。这个视角非常深刻，它是一种大众心理，群众的无意识中隐蔽着很多法西斯的东西，希望平庸生活中的狂暴，希望一些狂欢，于是一次救援行为成了大众杀人。

从这里我们可以看出世界上人与事的视角是众多的，选择不同视角，故事本身还一样，但它的含义却完全不同，可见选择视角很重要。

第三点，谁对谁如何说，前面说了，这一点也与视角有关，第二点强调的是发生主体，这里强调的是说话对象。写作者对象与叙述对象并不完全重合，写作的对象是泛化的，我写一个通俗故事是对引车卖浆之流的，我写一个启思智慧的东西，给精英提供思索与欣赏。一个文本叙述具体指向却不一样，它的范围要小，要具体，要吃冰淇淋的儿童是针对妈妈叙述的。叙述，在叙述问题上我为什么要提出一个具体的叙述指向呢，叙述的具体指向能使文本充实，一件事引出另一件事，针对对象、目的，使叙述连贯紧凑，而且能显在地看到一种叙述动力，这个问题我还会作为重点研究。谁对谁如何说，在我见到的文本中凡经典都可以分析得到主体和对象的关系，如果对谁所说的指涉找不到具体的对象呢？这种现象也有，有些视角确实无法找到叙述现象。例如有一种虫视法，常用拟人化、童话、动物、变形等技术手段，我们注意凡人的视角都是平的，这和人类视力生活习惯是合拍的。这个视角太正常使我们有许多事物的奥秘看不见。虫视法是低于人的观察，使用虫最低的视角向上看，上面所有一切都是巨大的沉重，而虫是刚从泥土中钻出来，被这种沉重弄得视线恍惚，它只能对形体、行动进行直观，却无法对意义进行理解。在小说中，卡夫卡的《地洞》《变形记》都是虫视法，在绘画中，米罗的《农庄》是典型的虫视法。虫视法不能有固定的叙述对象，它无理性感知，在虫视法中对象是游移的、恍惚的，它仅针对自身受压抑受侵害的感知而言。虫视法是一种反常法。但它针对的是一种重要的类型，即幽默反讽之作如此，小人物无可奈何也是如此。这是一种反英雄主义的写法。文本中的特点是，主人公低于整个语境，他是被动的，是反思的，也是相信非真中的写真。

无论是有对象叙述还是无对象叙述，我们从创作主体深入下去看，作家一定有一个隐的、模糊的叙述对象，这有一个好处，它会使叙述者与对象总保持一种交流的幻觉。因其有与对象交流的幻觉，叙述的针对性便是有机的、互动的，这是创作中的一个经验问题，也是一个值得深入探索的问题。

第四点，视角和事件的关系影响说话的方式。事件对叙述者最强烈的反应，不在事件本身多么重大、刺激，或者微小，因为只要选择了它，你都得说，在说的时候，事情强烈的反应是它的时间性。是过去发生的事件，你的视角会从后面追踪它，如果事件还在发生，你的叙述和事件保持同步，或者你预设一种将要发生，你会预叙、估计，而事件的过去、现在、将来使你在说故事时的说话方式不同。视角不同和事件的关系又可以从聚焦方式看，聚焦（Focalization）是指视角观看与看到的东西之间的一个结合点，聚焦是在观看与看见的东西之间的联系。视角（Perspective）是从一个方向去看一个特定的东西，既包括一个视线的问题，也包含一个心理感知的方向。这两个术语常作一词使用，传统中多用视角，在叙事学中多用聚焦。尽管两词共通点很多，但实际上还是有细微的差别，"聚焦"一词在视觉和物体之间形成关系，但可以调焦，改变距离，聚集更为抽象化、客观性。视角更清楚具体，方向感强。视角是名词化的，聚焦是动词性的，在关系中活动"聚焦"一词更为准确。它揭示了视角与被看对象之间的联系，而在叙述理论上的归纳总结，思维活动中采用视角术语，而在叙述理论上的归纳总结，概括一些理论模型用聚焦。在叙述学的著作中几乎都详细地讨论聚焦问题，恰好我以为是一个只要大致上清楚便可以的问题，而不必写一本聚焦学，为什么呢？作家创作的焦点是移动的，聚焦方式是变化的，例如全聚焦，他会在局部采用内部聚焦的方式。聚焦仅仅是一个灵活的工具性东西，它的分类也不宜复杂化、太琐碎化。

（一）全聚焦方式。故事是从后面追踪的，表明叙述的东西，作者全知道，但没全告诉你，仅限于技巧。人称采用第三人称"他"为标记。过去称为全知全能的上帝视角。叙述者说出来的比任何一个人物都知道得多，这种方法被称为：叙述者>人物的模式。在全部小说的历史中，它占主导地位，特别是传统小说。这种模式也称之为零聚焦方式。

（二）外部聚焦方式。叙述者与事件发展保持同步，他不比事件本身知道得更多，在叙述者看得见的视线内叙述，看不见的东西不要写，表明叙述者只作为其中之一，比他人知道得少，专业上说是叙述者低于他的语境，被称为：叙述者<人物的模式。这是一种反英雄的写法，一般不用比喻和夸张，也不用想象，对于叙述者就没全聚焦。人称采用第一人称方式"我"作为标记。这是现代小说常用的，《局外人》便是典型的例子。

（三）内部聚焦方式。叙述的视线在故事的内部，在一个主体意识的内部，他知道得仅限于某个人物知道的情况，一般指向人物的内心，或者局限于一个故事发展的内部。这种方法称之为：叙述者＝人物的模式。例如意识流的作品《尤利西斯》等一大批文本。人称也采用第一人称。我，是标记，很多时候并不用我切入梦境，切入意识状态。《墙上鱼耳朵》是在视觉与对象物之间移动，是可以直接进入人物内心状态的。其中又可分为固定内聚焦、转换内聚焦、多重内聚焦三种方式。虽然语言移到了大海、森林、帆船等外部形象上，但仍严格地保留人物的视角，不会超出个体所知道的。这是种严格限制了的意识活动。

这是最常见的聚焦方式，至于人称的变化与不变化并不是聚焦模式的首要条件。我们大致可以通过叙述者与对象的关系来确定方式的性质：①叙事者＞所见之物；②叙事者＜所见之物；③叙事者＝所见之物。在视角与事件之间因时间与叙述者知道多少，显然说话的方式与状态是不一样的。第一种，一个事件已经过去，语言会带有情感与判断，或者回忆，在历史感中特别的判断意识。语言会有庞杂综合性，或者感伤性等。第二种，事情正在发生，这是一种幻觉，叙述专注的是当下的行为，语言是动态推进式的，在于揭示可能性。第三种，内在于心灵或事件内部，或者倾诉，或者探询。它是一种潜在的流动。语言不一定有秩序感，因而它是交混性的，碎片式的。我们上面说的三种聚焦方式是热奈特总结的。对于视角与焦点的分类在西方有许多不同分法，俄国乌斯宾斯基曾分为三类：心理眼光，意识形态眼光，时空眼光。而弗里德曼却分出了八种不同类型。这种分多分少，只是一个细致类化的问题，并不影响写作者视角的处理，事实上作家在处理焦点时只会采用比分类方式更灵活更细微的变化，不会刻板地守住某一种模式。

这里要特别说明，三种聚焦及特征，仅是大致上的说法，因为我强调焦点是变化转换的，重要的我们是考察叙述者看与被看之物中间的关系调整。而恰好这个关系在一个作家、一部作品中不是一成不变的。对文本而言只要有一个大体的焦点控制，潜在地有技术地转换生成焦点反而犹如一个灵活的手术刀，那会解剖各种各样的事物。

第五点，在真实与谎言之间说话的可信任度。怎样说话的目的：一是把话说得技术，说得最好，是一种特殊的说话方式。二是把话说得让人相信，达到叙事的目的，有最好的效果，前者说话有方法，后者说话有目的。三是说话有作家的，有叙事者的，说话的依据并不一样。作者可能根据理念，或自己感兴趣的说话，可叙述者说话，他要合乎文本之内的一切游戏规则，不能乱说。简单说，说话要有依据，说话不能犯错。使用语言说话也成为一种认知方式。说话求真、求准、求效果。这应该说没有错，说话成为一种确定性的表达，但正因为这样，便产生了问题，作为一种叙述艺术，它应该和一切其他学科的说话方式区别开来。应该说除艺术范畴以外，都是一种确定性说话方式。而艺术不能这样，它采用非确定性方式说话，文本的张力会更大。一个文本采用完全与社会价值相反的、否定性的，或者是对社会破坏的话，或者是疯狂的呓语，或者谎语连篇，或者一个文本你不知所云，全是一些碎片，其说话与所有的规范都不相符合了。你就会思索我们到底是要真理，还是要谎言。你哀叹小说家的话没有任何可信任度。如此说你刚好是委屈他了。一切反常规的话，正好是他说话的目的。因为他要揭露的，正是为什么要说这些话。为什么母亲死了莫尔索会无动于衷呢？还有一个极端的例子是帕斯瓜尔干脆把母亲杀掉了，母亲是生命之源，他却认为她是万恶之源。《帕斯瓜尔·杜阿尔特一家》写的便是罪恶和苦难。

有这样一段文字：我在船上，在水面上滑行着，我不需要划船，退落的潮水正好把我冲下去，不管怎么说，我根本没看到桨，他们一定把桨拿走了。我有一块木板……我用木板把船撑开。天上有许多星星，相当多。我不知道天气是怎么回事，我既不冷也不热，一切似乎都很平静。河岸渐渐远去，这是不可避免的。一部小说全是这样似明非明的，语言没连贯的，飘浮、恍惚状态。看起来每句话都明确，几句话连起来又不确定了，它像一个精神病患者自言自语，读者会问，小说能这样说话吗？可是贝克特就这么说了，他的小说《归宿》写的是一个既没勇气死，也没勇气活的一个人的传记。这个人四处找住宿，山洞里，山顶上小屋，梦中的船上，哪儿才是自己的归宿呢？连小木棚也不是，他没有住宿。他的《逐客自叙》也是如此，最著名的话剧《等待戈多》更是这般无意识的反复啰唆。他获得了 1969 年诺贝尔文学奖，因为他揭示了现代人的精神困境。

艺术中要写反常状态，全部用正常语言是无法完成的，除了医学研究反常以外，其他学科都是表达人与事的正常状态。小说不同，表达反常状态，揭示人性的一些极限，其目的是找出这些反常的根源，用鲁迅的话说，是引起疗救。揭示病态社会的病态人格，这方面有许多优秀的作家，俄国的陀思妥耶夫斯基，鲁迅的《狂人日记》，还有卡夫卡的作品，都极为深刻敏锐地透析到人性的最深处。这一说话方式似乎离开了叙述学的规范，文本的研究是不提倡向社会学与心理学延伸的，但作为说话方法我这里必须说明它。

我们依据什么、用什么方法说话有一个创作学的问题，作者根据一个素材，找到视角，传输一种理念，甚至已经设计好了叙述话语。可叙述者执行时，并不一定按作者的本意讲述下去，中途会有很多变化，甚至是意想不到的，或者彻底地改变，这是作者和叙述者的矛盾，我在第一讲已经谈过，这是什么问题呢？叙述者说话是根据事件进行中的变化而写作，受具体的语境制约，故事既是编撰者组织在一起的，但它又是相当自足的，即事件有自身的行动逻辑，或者人物他也有自己的性格逻辑。作者要强行改变人物与事件的运行轨道，我们便有理由怀疑他的真实，这时叙述说的是假话了。我以为根据事件或人物本身的逻辑发展，这叫自觉叙述。

第六点，说话的速度与距离也有很重要的技术性，节奏、频率无疑是极为重要的说话方法。距离（Distance）在叙述中事件有密度，在大小多少之间会有一个分离间隔，这个间隔便是距离，距离是表示人物事件在时空之间的分隔有多远。《局外人》第一部仅写两天，莫尔索在母亲死后去海滩误杀了阿拉伯人，每次插入母亲生前的事便有了时间距离。第二部写在监守所中有五个月时间，而牢外有四五个证人，有律师、神父等的活动，他们之间是一种空间的距离。叙述者把这一切讲述出来时，严格依照叙述环境提供的时空距离进行。文本中的距离是表现在错时状态下的事件。事件叙说时不会和讲述时间一致，因为讲述时事件已发生过了。所以文本中叙述的事件总是在错时中进行。例如去年我在北京仅待了两个月，其余的时间我去了九个地方。时间上我的距离已经一年了。但在北京的跨度是两个月（时间的），跨度九个地方（空间的）。如果我要讲述去年的故事，时空距离与跨度便会很密集，而且错时会很厉害，分别九个地方的事件均是有时间的，你要按事件逻辑联系，不错时是不可能的。错时即打乱了时间的顺序。《金脑人传说》是一种外在式追述。给太太写信的时候是现在发生时，而金脑人的故事却是另一时间里的从前。这种错时很好理解。《局外人》中莫尔索在牢里了，但故事却在牢外发生着，一切法律程序都在牢内，最后结束在牢内的死刑，这便是混合式追述。这里的错时会有一种跳进跳出的感觉。第三种是追述发生在素材时间跨度之内，叫内在式追述，这个很好理解。它的错时很小。文本内距离的调整是必要的，因为你不能在错时中穿梭事件，那会很零乱，因此，你要保持叙事的集中，时空的移位必不可免。

在速度（Speed）中有三个概念是要注意的：顺序（Order），节奏（Rhythm），频率（Frequency）。所有的叙事学著作都会注意在这一领域进行研究，它涉及的是时间与事件的长短，以什么秩序组织，在时空中保持什么样的速度。在这个领域里你可以把一个文本肢解得非常破碎，然后进行理性的比较分析。这里有一个矛盾，文本的速度是作者承认的，还是读者承认的？应该说一个作家对文本的速度是一种感性化的把握，受制于作家身体、心理、情绪、智力诸方面的因素，有作家喜欢速度快的节奏，可有的作家喜欢从容舒缓。有的作家随着年龄而改变，青年时快速，老年时缓慢。在文本内部，有的作家开篇节奏快，后来慢了，有的则开篇慢，后来快了。因而这个速度在作家那儿是一个潜意识状态，跟着感觉走。有一个很奇怪的现象是，文本的速度与作家的性格不成正比。急性子写从容舒缓的作品，慢性子的人写节奏快的作品，这都大有人在。在作家看来，顺序、节奏、距离都是写作中自然而然的事，但叙事学却集中大力研究，用功最力的是法国的热奈特，《叙事话语》总共五章，其中有四章重点研究的就是我刚才提到的几个概念。这一领域可以专门著一部书。如果仅是从理论上解释这几个概念好说，但它必须进行大量的例证分析，而且节奏、距离、频率都不是细节的局部可以透视的，它需要对整个文本综合分析，热奈特选择普鲁斯特的《追忆似水年华》是有很深的匠心的，而且也只有这样才能把这一领域的技术说透。这里有两点说明：其一，与文本的速度相关的这些术语，从语言表层，文字排列，某一个单一因素我们无法规定，必须建立在时间、空间、事件、人物以及它们的相互关系中才能准确判断，不能因文本中提供了某一时间词，某一地名就可以说速度的快慢、频率的密集，因为速度与事件的大小多少关系极大。其二，我们不能随意对这一技术性领域做好坏的评价，或者说速度快好，频率密集好；或者说速度慢好，距离远好。这种笼统的评判是没有任何意义的。一个文本的速度、距离、顺序既是作者选定的，也是叙事者决定的，也就是说一个文本它自身有对速度、距离、顺序、节奏、频率的要求。它既合乎事件与人物的客观本性，也受一个作家心理素质等综合的文化因素影响。假定我们也可以从美学上定一个度，做一些局部的调整，使某一文本的这一技术领域尽善尽美。接下来出现的问题，一是现在没一本叙述学制定的准则，二是作为一个文本其本身就不需要这种完美，某一方面的或缺或失衡，或许刚好有一种特异的效果。

四、叙述的可能

　　叙述的可能被提出来，你会说叙述有不可能吗？这个回答也是肯定的。叙述的可能已经被无数写作者证实了。叙述抵达极限了吗？显然，叙述的发展仍有空间，叙述也许还有无数种方法，我们只要回头看便能明白，从经典叙述学开始，叙事学有发展。戴卫·赫尔曼总结出了《新叙事学》有一个规律是不变的，一种新的叙述范型产生，便决定了它的死亡，必然又会有新的叙述范型。简单说，二十一世纪的写作已经近二十年了，在全球化背景下的写作，叙述学的理论总结还没见到，上世纪末的后现代写作，国内才介绍了马克·柯里的一个小册子。经典叙述学是封闭的研究，后经典叙述学要突围，把叙述应用于一切文化领域，可能吗？他的理论成果是否在各领域里促进了叙述学的进展，在国内所有大学都有了叙述理论课？可有谁把这个理论用于指导写作呢？或者说当下的国内创作可否提供新的叙述理论模式，我们是否把这些理论和实际联系起来了？

　　我们还得从材料说起，日常一个事件，我把它纳入情节，然后用话语形式表达出来，这是很清楚的。但它们的关系是复杂的，叙述似乎在这儿走了两个理论支点，事件和情节，这是叙述最基本的起点。从亚里士多德开始情节理论就如此。经典的说法是一个事件导致了另一事件，前后有因果关系，这才构成我们称之为情节的东西。这个说法在今天看来有些狭隘，一个事件与另一个事件的关系的关联词可以有引出、推动、产生、连带、并置，只要发生关联，两件事情便有叙述的可能，因果是中间最有力量的联接词，但我们不能忽略时间、空间、并置、连贯的关系。情节是事件与事件的联结，但有一个核心词，便是行为，一定是一个行为的事件，因为情节是对行为的模仿。事件与情节是互动的。在叙述文本中它们的关系是构成的，但生活中的许多事件并不构成情节，那么这二者又不绝对统一，因此事件与情节既是统一的又是对立的。

那个工人因为失业心里烦闷，回家了妻子抱怨，于是打了一架，工人便上楼顶跳楼，失业事件，打架事件，跳楼事件，一环套一环，这情节很紧严地构成了。这是最基本的叙述构成。但情节如何被表达出来就大不一样了，因为表达可以先写跳楼，再寻原因，也可以先写失业，推导跳楼的结果，也可以只写夫妻吵架，又可以追述、补述、预述。妻子可以说，你这个男人没用，死了算了。吵翻了导致跳楼。也可以不打架，妻子说怕什么大不了下海，我挣钱养活你，你在家带孩子做饭，男人自尊心受不了觉得自己无能而跳楼。

总而言之，事件和情节之间要最巧妙地利用。

今天的小说也许没那么直接而简单，故事构成我们说了可能有多种方式，我们前面说了五个视角，也许有六个或十个视角，我们确立了这个故事形态，但我们如何讲述呢？或者说我们选用什么样的话语方式？例如说我们用反讽幽默把这个故事编一个闹剧，揭示社会中啼笑皆非的东西。也可以采用同情小人物的命运，用各种方法激活小人物的自信心，使跳楼的必死和社会挽救构成一个张力。如果把中心事件作为次要事件，而将另一件小事改造作为中心事件，跳楼的人被救下来了，结果围观的人群被踩死了一个。话语在组织故事叙述时也会有巨大的变化。当代小说也许更注意选用什么样的话语方式去安排故事，故事因素没有第一类事件与情节的关系那么严格，但可能效果更好。

情节与故事是作为被表述的材料，在文本中读者所看到的是叙述的话语，或者看到的是一种讲话的方式，而知道情节或故事是在他读完话语后给抽象出来的，所以说故事更有模型感，但作为讲话的声音会让读者感受到许多属于故事之外的东西。这就是卡勒说的，事件、情节和话语是作为两对对立面而起作用的，一对是事件和情节之间的对立，另一对是故事和话语之间的对立（这是另一个理论文类）。

他表述为：

事件 / 情节

故事 / 话语

（《文学理论》，辽宁教育出版社，第 89 页）

叙述理论的基础便是在处理这两对对立的矛盾关系，研究它们的各种组合，考查它们内部的诸种联系、分裂、变化，从而把各种叙述元素的功能充分揭示出来。

我们找到叙述学的基础，就不会被众多的叙述学和无数的新名词弄得晕头转向。找到这个基础捋清线索，我们便知道有很多号称为叙述学的，仅仅是一种派生，甚至可能和叙述学根本没什么关系。

另外有一种叙述理论的说法。杰姆逊说，马克思正是这样一位叙述大师，在他的《路易·波拿巴的雾月十八日》中，就有十分精彩的叙事技巧，一方面是讲故事的方式；另一方面是对这些故事进行解构，其复杂之处绝不亚于任何现代派小说。叙述分析的真正开路先锋是弗洛伊德，他在 1899 年出版的《释梦》中完成了他的发现（《后现代主义与文化理论》，陕西师范大学出版社 1989 年，第 4 页）。我们每个人也是一个叙述大师，因为我们每个人都做梦，而且总会有自我解释，或请人解释，梦的种种结构是我们生存经验的反映，也是潜意识的反映，通过这些梦的叙述分析达到我们对种种文化的理解。这是一种超出了结构叙述概念的大叙述，据我看来，这种叙述是更大范围的，是世界本体的表达。人类社会的各种文化形态模式都是一种叙述。所有的知识也都是一种对世界本源的叙述。这样看来，叙述是对现存之物的一种复制，是对人类物质生活和精神生活的一种抽象。这个叙述之中一样有模式、结构、选择。这个叙述同样揭示各种人与事之间各种错综复杂的关系，同样有最早的叙述原型。

现在有一个问题，如果叙述按亚里士多德的原义，是对行为的模仿，仅指情节的表述，那么除了故事以外便不可能再有叙述了。叙述的本义是一种行动过程，它当然最切合我们所认识的故事表述。但这里有两个深层的问题被提出来，第一，并非所有行为过程都是故事的。凡是生命物质在自我生存中都会是一系列成长的行为过程，事物也因自然的各种作用力展示为一系列移动的过程，这些行为也是模仿范围。这里涉及两个行为主体：一是人为角色的主体，适合故事。二是所有生命体也是行为主体，也表现为一系列动作过程，但它是非故事的。昨晚一夜大风，次日早开门是漫天大雪，一只小兔子冻死在槐树底下，狗和猴子开始争抢这只兔子。事情正在发生，而且每个分句之间都发生联系，这个动态过程被呈示出来，这也应该视为叙述。如果不是，那除了人物的因果行为之外再也不会有叙述了。注意，人与事关联中的因果行为是人强加的，是关系构成的，也是我们从历时性句子完结之后推导出来的，所以从叙事的功能性质看，上文的举例自然可以视为叙述。第二，行为过程被模仿出来是什么意思呢？这意味着行为已发生了，发生的行为是被动的，仿制成一种状态，但我的动作不可以站在纸上或眼前，这表明被叙述的一切均没有发生在现时的眼前，而是被一套词语固定下来，是有规则有秩序地被话语组织成一定形式而呈现出来的。这表明真正的行为过程不可能被叙述。叙述的行为过程是一种假定，是一套话语策略或修辞手段。这一点被尤瑟夫·库尔泰称为叙述程子（《叙述与话语符号学》）。叙述程子的功能用于人物行为过程，作为话语方式它同样适用于其他行为过程的表述。在讨论这个问题时，我们实际已经涉及第三点了，即叙述深层的意义素。叙述在两个层面均与意义关涉。首先，意义发源产生，均由叙述来表达和确证。第一点，我们从最基本的词素开始，进行等级序列的排队，通过比较才能知道，所差何处，有别于何种不同。红玫瑰，先找出红色的不同，再找出玫瑰形体的不同，如玫瑰与刺梅，玫瑰与蔷薇，玫瑰与郁金香的差异，这样才能通过形态、颜色、香气、功能各方面差异知道红玫瑰的存在。第二点，任何两个意义不同的词，至少有一个或两个以上的意义素来对其加以说明，这就是我们说的同义、近义的表达，如红色有胭脂、粉红、大红等色差，还有一个色彩的不同，却使用两个名字。它们只有被比较、说明，才能获得一个较准确的意义。第三点，我们说某概念意义，它含有一些假定的预设，有一些非确定的因素在里面，我们会列举许多语义上的差异来证实概念意义上的丰富性。例如自由一义便不会是一种单纯的指向，它可以指一个人的行动不受干扰和拘束来进行。它又可以指个体在两难选择中超出选择的自由。它还可以指由某些规则的限制或否定而获得的一种行为自由。这种互相差别，相异证实，正好说明意义同源多维。这正好看出一种意义是特指的，比较单纯精准；一种意义是抽象的，但它有丰富的内涵。无论怎样，这些意义在语言显示出来时，均靠语言的叙述表达，特别是那些内涵丰富的意义更离不开叙述的准确表达。

其次，叙述本身也是构成意义的。它传达意义是最基本的方面，即叙述在说什么。但叙述是一个行动过程，是一个动态系统，在叙述的过程中也会构成各种意义素。其实判断叙述之所以成为可能，叙述对世界、对人与事之所以成为可能，在于它对意义的表达，或者它构成了意义。如果我们只是对原物、原行为过程无意义地机械复制，那也就不存在叙述了，那仅仅是一堆语言符号。在我们看来，对世界一切事物与人的叙述，即使局部无意义的，它都应该称之为叙述。为什么？这是因为我们作为叙述者而存在，我们叙述，无论是谁，他有表述的欲望，这个叙述便是被选择的，他选择叙述这一手段便暗合了他选择的意图，于是叙述方式在被选择时便具有了它隐含的意义。但这个叙述必定是整体上合乎意图的，而不是可有可无的。这就是说，我们对行为过程的表达：一方面承担的是叙述结构，按叙事文的各种语序和关系来为自己分配基本功能；另一方面，它承担着语义要素，这些要素是系词性的或功能性的，文本就是由它们编制而成的（同上引99页）。由此看来，最根本的叙述仍是对意义的表达，或者说叙述本身便在构成意义。

如果按经典的叙述概念，叙述是对情节的模仿，也就是说，只有情节才有叙述。非情节因素便不再是叙述了，这一点也被经典叙述学所肯定过，今天看来，非情节不是叙述的看法，是有偏颇的，情节里关键支撑因素为因果，那么因果并不仅置于我们熟悉的情节之中，所知世界万事万物都注满了这种因果的要素。按卢卡契的观点，揭示世界各种复杂的关系的联结为叙述，其中当然包括因果。宗教里也有因果世界，如果仅以因果而论，世界的每一个角落发生的细枝末节都可以称为叙述。杰姆逊称马克思为叙述大师，仅就一篇文章而言，并就其中的历史叙事来谈，这并不准确，说马克思是一个叙述大师，最关键的因素是一个根本的总体论原则：人是一切社会关系的总和。马克思揭示的是人类社会掩盖下的复杂的经济关系，这个关系之间的互动必然是因果的。包括卢卡契全部论述的物化世界，也是因果的，因此他认为现实主义艺术是叙述的。这里我们根据总体论来谈论的叙述，显然不是经典叙述学里的情节叙述。我谈叙述成为一种更大可能，便是从这个意义上来立论的。这可以说是一个叙述的世界观，具体到文本我们就不可以用这种抽象方式了。文本叙述除了情节叙述之外，我以为揭示一切事物发生发展过程的表述，以动态方式为主，有速度、节奏、视角、距离等诸多变化的表述，同时还有清除那些繁复的修辞手段和情绪表达的渗透的表述，这些均为文本叙述。

我们居于世界，对一切人与事物都可认识的，但每个人的生存局限刚好使他认识的人与事非常有限，我们渴望多了解人，多认识事物，叙述便给予我们这种可能。是叙述告诉了我们世界上正在发生什么，或者将要发生什么。现在有两个点：第一个点是叙述作为虚构，它是谎言的修辞手段。情节充当的便是这一功能，叙述是假的，是不可靠的，因此我们可以怀疑叙述主体。第二点是我把叙述作为世界整体的一种表达，无论马克思、弗洛伊德，还是每一个平凡的人，他们要接受知识，然后又要传播知识，于是叙述既是手段方法，又是目的结果。这里的意思是说叙述是我们知识的来源，叙述是我们获得世界的一种方法，因此，这个叙述不仅是文字的，也是口传的，还是一切艺术形式与各学科形式的一种表述。这就叙述的功能而言，叙述本身同时也含有一整套的话语策略，叙述自身也是一套专业知识。如果把叙述作为假定性手段看待，叙述给予人类的仅是一种认识幻觉。这个幻觉是骗人的，它通过骗人方式而制造真——拟真性，提供的是感觉的真实。叙述是为了制造快乐和愉悦的。但在娱乐的过程中它告诉我们真相，或者警示我们，通过叙述的幻觉或许我们更加富有智慧了，他明白了一切秘密的来源。叙述同时充当了两种角色：说谎与说真。第一种说谎，包括揭穿这种谎言，属情节性文本。第二种说真，它满足了人们的求知欲，教我们认识世界，特别是世界与人自身的复杂性。因此一个自觉的叙述者往往游走于欲望（本能表达）、故事（制造一种产品）、知识（世界的本源）之间。这不仅是了解别人，了解事物，了解世界，使你成为一种睿智的人，更重要的是你在叙述中达到一种自我认同。你充当解剖自身的手术师，在各种认同中实现了你在叙述中的自我，自我不是在你的公共社会网络里实现，而是在你的私语、反思中实现。一切社会的、文化的、政治的都在你的文本叙述中内在化，成为你的人物、情节、环境运行的一系列准则。这表明叙述有浓厚的个人意识，也有浓厚的社会意识。注意，这种意识不是在话语的名词性结构中，而是在叙述过程中，是在叙述者，在组织化与选择的过程中。在我看来，真正研究叙述并不在叙述本身，而在支配叙述的各种关系及各种不同身份的叙述者。因为叙述自身的方法是很好类化的，而支配叙述的因素却是多重的，而且是变化的，并有极大的个体差异和社会符号化的暗示。

五、叙述动力

止于今天，在中外无数叙述学专著中，我还没发现有一本书谈到叙述动力。这是一个空白。这是否表明我提出的这个问题不存在呢？叙述没有动力？我被这个反问吓了一跳。果真如此，叙述作为一个行为过程便很有意思了，它的力量从何而来？难道全部叙述的动力仅是一个因果逻辑的力量，或者说叙述动力是不值一提的问题？无数种叙述形式，各自推动叙述前行的力量不是一样的，这种力量我们为什么不去理性地认识它呢，更重要的我们是否可通过叙述动力的分析看到更多的叙述秘密，揭开我们叙述幕后的更深层的东西。弗洛伊德的梦是我们入睡之后上演的各种欲望叙述，但弗氏找到了他梦的叙述动力——潜意识。甚至更深的动力源性。即使是一个极平常的叙述，它也一定有一个潜在的推动点。

海登·怀特把我们现实世界里的事件想象成为一块布或一条缎带，历史学家只切割其中的片段。切割部位决定了他们的阐释。他是针对第一次世界大战结束的影响所说。但这话的启示对小说是不言而喻的，任何小说叙述都是那个整体中一个部分的切割。从其世界的整体切割出一个开头与结尾。因此我们所有艺术或各个学科的叙述均是那一个整体中的部分，是我们强行切割下来的局部。这表明任何叙述都是世界整体叙述中的局部叙述。这话的意义在于任何一种叙述都是独立出来的，是从整体的惯性中切分而来，那么叙述是一种停顿，一种间歇，是一种惯性力量下的另一种延续。巴尔扎克的葛朗台故事是资本主义社会整体中切割出来的。《包法利夫人》是法国社会中的一个局部解剖。任何一个故事叙述均如同一棵树上摘下来的果子。现在有两个点是可以探索的：一是世界整体，社会整体都处于一种循环、运动之中，而且这种力量是巨大的，形成一种惯性，它成为一种原动力。我们用叙述切割下来，其动力系统也保留在该叙述之中。二是独立的叙述，是经过调整和组织化了的。这种独立叙述并不同于原来的整体叙述，因此它的叙事动力也是一种重新配置。应该说这两种力量都被隐含地保持在中间。这是从局部叙述之外来看叙述动力的来源。这一点希利斯·米勒的论述也可以作为补证，他说，既然是开头，就必须有当时在场和事先存在的事件，由其构成故事生成的源泉或支配力，为故事的发展奠定基础。这其中的支配力，便是推动故事的动力（《解读叙事》，北京大学出版社，第 54 页）。按照自然界最普遍的规律，事物的成长均受制于四种物理的力，事物本身是受力量推动前进的，这一现象也可以纳入叙述中来思考，我们可以把某事物叙述的物理动力视为该叙述的原动力。如太阳升起，云被移动，苹果从树枝上掉下来，光线与声波均被传送，这些在文本中被视为最自然的叙述，同样，也含有这种人们感知的原动力。但是叙述是人为的，人在叙述时并没完全依照这种物理力量作为支撑点，而是用修辞手段使这种力量得到了改变。另一种新的力量提出来被讨论了。叙述动力来源于人的主观力量，或者外部关系的力量。海明威的《杀人者》是先于文本有一个预谋杀人的基础，于是迈克斯和阿尔执行一桩谋杀。杀人无疑成了这个文本的动力，文本中一切受支配的力量均因为杀人而启动，酒店的乔治、山姆、尼克，包括最后的安德生均受这个动力支配。这是就人物而言。叙述的具体进展也是如此，阿尔和迈克斯进店以后的行为过程，一是布控，一人控制餐厅，一人控制厨房；二是他们很警惕留下杀人痕迹和周围变化。谋杀未遂。两个人走了。酒店内故事照常发生，尼克去给安德生送信，包括想离开酒店，均是杀人的动力在叙述中的延续。这篇小说的叙述动力是不容置疑的，但有意思的是文本的主题意图并不在表现这种动力，而是这个动力导致的后果：对于安德生、乔治、尼克三个人的评价，揭示的是一个事件上的人生态度。

普罗普发现俄国民间故事最普遍的功能是寻找。这是驱动人物与故事的基本力量。这包括寻宝，寻找秘密，寻找仇人，寻找爱情，人的一生都在终极的寻找中。这延伸到现代小说中的寻找，如寻找家族亲人，寻父寻母，最后寻得自我。我寻找我行为隐在的动力。寻找显然是一种强大的叙述驱动力。这样的小说多如牛毛。《带家具出租的房间》寻找自己的情人。《侨民》在寻找一种情感的归宿。《纪念爱米丽的一朵玫瑰花》寻找一种旧的价值理想与生活方式。这是指被置于一种目的下的寻找。还有一种寻找，伸向过去与未来，或者梦境，我并不知道要寻找什么，这表明寻找的目的不重要，寻找本身成为一种生活方式。《华尔脱·密蒂的隐秘生活》主人公把记忆不断向过去延伸，幻想了许许多多的场景，他并不是要求回到过去紧张变形的生活，而是寻梦的一种生活方式。或者说梦成了华尔脱的一种生活方式。寻找这种动力在中国民间故事中也是普遍存在的。湖南民间故事《石祥生》、湖北民间故事《穷娃寻宝》均属此类。寻找动力在世界范围内的普遍性是揭示了人类由来已久的探秘心理。寻找是一种大的动力系统，具体到每一个寻找都会被一种具体的力量所支配。从这一点引申又能发现所有寻找都由一个外部力量的驱动，但每一个寻找都会由一个呼应的力量和内在隐秘的力量所支配，即一种自我欲望的表述。

我们再说一说前文提到的跳楼事件，我们假定可以编定为五种六种模型的故事，有一点是肯定的，跳楼无疑是存在的，而且一定有一种社会的力量促使跳楼这个事件产生，由此我们分析许多历史事件的故事产生，更多的是置于那个社会时代的各种力量所促成，政治的、军事的等等，先于文本的一个外部的动力系统，我们可以理解为外部动力。这种动力最常见的是社会权力。无论政治、经济、军事、文化事件，我们都是可以从事件中找到权力的力量。因此，一般由外部带入文本的叙述动力多数是由权力推动的，当然这种权力结构是复杂的，表现出来的力量也是或隐或显，多种形态的。拿《进攻堡垒》和《进入波兰》这两个故事来看均是写战争，无疑战争成为一种推动力，决定了黑脚人和克罗人的战争，而克罗人取得胜利却是由一个流氓坏人来取得的，可见这个故事具有反讽的意味。《进入波兰》这篇小说，是二次世界大战的问题，我被派到前线，住在一个普通百姓家里，写一个犹太老人之死，而故事并没有直接写事件本身，而是通过女儿之口做侧面的细节表述，让我们看到战争的力量。前者，战争力量是直接的，后者，战争力量是间接的。无论这种动力是直接还是间接，都支配着两个小说叙述的推进。至于如何评价这种力量又是另一回事了。

有些小说叙述我们从表层很难找到它的叙述动力，特别是那种零度写作的小说，这是否表明叙述就没有动力了？我以为凡叙述就有叙述动力，寻找这种显在的叙述动力不用说。以《局外人》为例，莫尔索的行为处于无主状态，很难说他受一种什么力量支配。他的行为方式可以说是在一种社会惯性之外。但是整个文本还是置于一定社会语境的，例如母亲之死，无意让他杀阿拉伯人，对玛丽婚姻的厌倦，最后在牢中一系列的审讯、辩护、祈祷，凡一切社会属性的价值系统依然贯穿文本，仅在于莫尔索着力于摆脱这一切或者被这一切所异化了。因此，社会整体的动力依然存在，在文本最后莫尔索被判死刑，而他清醒地认识到了社会司法的荒谬性，他发出呼吁。我们仍可以看到隐在的权力动力。特别是第二部狱中的叙述，权力的制约是很清晰的。但我们深入文本局部看到的是一个经过组织化了的叙述动力，今天，妈妈死了，一个电报通知，我前往马朗戈，一系列行为方式仍受母亲之死这一事件的力量所牵引。第二节我和玛丽关系的叙述，原动力来自我对婚姻的厌倦，但他在满大街地闲逛便不好理解了，这时我的叙述行为和视角同步，街巷是一个自然陈列的展览馆，我恍恍惚惚地经过，一切都是无意义的。那这些日常叙述的动力是什么呢？我们所看到的仅是时间与空间的移动，为什么我们并不清楚，叙述者是以何为力量使事件得以展开、发展？关键是那个无意义，加缪的叙述无疑是经过选择了的，他选择的街巷片段都是熟悉的而没有含义的局部，机器、桅杆、玻璃、街灯、空旷的马路、一只猫，在街上莫尔索是没有目的地行走，包括后来朋友拉他去打架杀人，在莫尔索本人都是随机性行为。

取消了目的，意义化解了，那么事物是怎么在叙述行进的呢？无意义，加缪挑选的就是这种无意义，莫尔索内心的这种无主状态，刚好使这些东西构成了叙述的可能。这也正好表明，我们的情节叙述强调因果关系，一个事件导致另一事件的行为过程为叙述。也还有另一方式构成的叙述，莫尔索的大街上无目的没意义地行走表明的是叙述的另一种方式。这种叙述的动力。前者，叙述强调的是必然性，后者，叙述充满了偶然性。在莫尔索的叙述中，首先是一种否定性力量，存在是无意义的，成为个体一种潜意识动机，人物行为是被语境随机性带动的，也就是说，叙述自身也有这种连接的、惯性的力量。这时候应该说，叙述还有一种更重要的是依靠事物自身运动的力量。例如，写傍晚，天有点暗了，慢慢暗下来的街道有了灯光，夜晚光线变幻下的事物出现和隐退，加缪写了好几百字，那光线便是街市叙述的一种动力。任何叙述都会是两种力量的交织，即事物的物理力量与有机物的生命力量的结合。我们从人物可找生命的力量，从事物可以找到物质的力量。例如风、火、水均是一种自然力量，只要火燃烧了，会导致蔓延、毁灭，人在这个自然力量前会随情势而采取防范，如撤离、扑灭、隔离，由火发生一系列动作，这个动力是很清晰的，因此在任何叙述的局部我们细分析，都会看到事物自身的力量在运行。这种力量也就是它自身叙述的动力。

不仅如此，我们还可得出一个经验性的判断，所有文本一开始叙述，只要是被动语境，我们便可以肯定有一个外部的动力系统。人物或事件是在一种压力下进行。人物一般都会出现，我被派往什么地方，我受到一种什么伤害。这时候往往表明主人公是小人物，因为他低于语境，并且我们还可分析出叙述者的叙述是反讽的风格。如果是主动语态，那则表明一种内在的动力。由我决定去干什么，我使事件出现什么局部，我是一个执行者，往往我是叙述的主动者，是我在推动叙述前进。这就是说，我们可以从语态上判断出叙述动力的性质。

我们说到了叙述外部动力和内部动力。现在说"叙述"一词。"叙述"一词本身也是一个动力系统。除了它表意为叙述是一个行为过程。叙与述在中文也是两个词，两个动词的互相指涉，在书面或口语中，叙与述都有推动语言前行的含义，在西方语言中叙述源自拉丁文 Narrare，意为进行叙述。米勒对"叙述"一词做了翔实的词源学考证。他说，"叙述"一词即意味着对某事进行口头或书面的描写、讲述。叙述这一概念暗含判断、阐释、复杂的时间性和重复等因素。叙述就是回顾已经发生的一切事情，包括真实事件或者虚构出来的事件。并且扩展表述说，叙述是神秘的直觉，由无所不知的人来重述事件。叙述也是诊断，即通过符号的识别性来解读，来进行鉴别和阐释。希腊词 Diēgēsis 叙述在英语中为 Diegesis。亚里士多德在《修辞学》中使用了这个词，以表达一种陈述。米勒详细分析了 Say、Di，表明注释、引导，通过这些词性分析，指从词根上与叙述有久远的渊源关系，还转引了德莱顿一句精彩的话：任何叙述，以追捕一只野兽为目标。他说，叙述沿着一条现成的路径从头到尾重新追溯事件，从而讲出一个故事。任何讲述都是重述。最为直截了当的叙事也是重复，是对业已完成的旅程之重复（《解读叙事》，北京大学出版社，第45页）。这里所有关于叙述词源学的考证都含有叙述是一种进行的过程的意思，包括重复、判断、阐释，虽没直接表明"动力"一词，但所有词根分析中都含有一种力量运动，最为形象的是以追捕一只野兽为目标。从书写和口语的表述看叙述，我们只要开始准备叙述，它必定含有这样几个因素，第一开始行动，第二保持某种期待，第三正在进行，第四可能发生的后果。显然这一系列过程必然包括动力结构。没有动力如何驱使叙述进行呢？我们从外部、内部和"叙述"一词本身均证明了叙述动力的存在是确凿无疑的。但具体面对每一个文本分析叙述动力又不是那么简单的，不是那么明白无误的。这如同故事，任何故事只有当它讲完了你才知道这是故事，故事需要我们事后总结。叙述动力也是如此，它需要我们进入叙述以后，通过各方面复杂的要素分析出来，例如人物、事件、速度、节奏、语态、语境及各种关系，包括句子关系。甚至我们还要脱离文本从社会、世界的宏大整体中去分析，去推论。叙述动力是我们叙述活动中的一个谜，我们的叙述在一定意义上看便是破解叙述动力的谜。什么时候叙述动力结束了，实际上叙述也就宣布停止了。

　　叙述动力重要吗？我的回答是肯定的，因为是叙述动力决定了叙述的方向、速度、间歇、进展及其结局。不仅如此，什么样的叙述动力还决定了该叙述的意义和目的。

　　第一，我们从叙述动力看叙述的意义和目的。以名著《水浒传》为例，它的力量核心是逼上梁山，逼是一种力量，一种源于社会和各种关系的力量，对于鲁智深来说，由于抱打不平铲除了地方恶势力，官府中人不容于他，只好出逃，到了五台山又不见容于一种习惯。到相国寺为林冲抱打不平，最后到二龙山占山为王，这是一种社会权力的挤压，对于鲁智深来说他要反抗这种压力，这两种力量是对抗的；而林冲不是，林冲是对太尉府的权力忍耐与退让，一让再让，最后不得已保护生命才走上梁山。同是一种社会权力的推动，但在每个个体叙述中的目的不一样，林冲是个知书达理的人，禁军教头，儒将，叙述在他身上要显示忠孝节义的东西，而鲁智深是一个鲁莽的军人，叙述在他身上是义薄云天、冒死以救。虽然外部的叙述力量都是社会权力，但到每个人身上，他的心理力量又是不一样，取得的叙述结果也不一样。我们再说安德森的《林中之死》中那老妇人格赖姆斯，虽然有外部社会与家庭语境的压力，但这个故事不是写各种力量如何捉弄她，而是她的行为源自她自身的想法，无论周围环境发生何种变化她依然如此，她总是不断地劳动，不断地给一切生命养料。她在不同时间、不同地点，对不同人物均是依然故我的，用她的话说，牲口得喂，人也得喂，马、牛、猪、狗、人都得喂，于是喂养别的生物成了她行为的动力。她有一种很顽强的心理动力，叙述就保持这种力量。而安德森叙述的目的也就是表现这一个哀其不幸、怒其不争的形象。在这里叙述动力直接关涉目的与意义，这种叙述要求我们分析动力结构，评估这种动力的性质与价值。而这一类型主要表现在历史性叙事上，表现在直接与社会相关涉的事件上，这时叙述要有历史意识，同时又要对现实有一种参照性的价值评估或伦理态度，是一种总体论的叙述，也就是我们习惯所称的那种现实主义作品。

第二，叙述动力在文本中只有结构作用，是一种表层的、推动事件进行的动力，但不决定人物与事件的性质和目的。即叙述者仅是拿这个叙述说事儿，目的却隐在地指向他者。海明威的《杀人者》便是一个明显的例子。叙述动力是一种杀人的强力在窒息压抑的气氛中推动。而叙述目的却不在揭示杀人的残忍与狡猾，而在于各种人物对该事件反应出的态度。这一现象是我们在叙述动力中要特别强调的。这是我们叙述中特别有力量而极深刻的一种叙述配置。任何叙述文本中叙述动力都是给定的，或外部，或内部，或事件自身，或人物内心，是它支撑着叙述前进，是一种结构性力量。有时叙述者也不能随意改变它。我说一个独特的叙述文本，它的叙述目的、视角、意义均和叙述动力拉开距离，构成一种矛盾，一种张力。劳伦斯的《普鲁士军官》叙述的基本动力是军队的等级制压抑，勤务兵为上尉服务。军官和士兵并不因军队事务、训练、勇敢与不勇敢，或者完成任务与否而产生矛盾冲突。勤务兵只能感到来自军官的一种暴行的压力，在最后不能忍受了才奋起反抗，士兵至死也不明白这种权力带来的暴力为什么会加在他的身上。推动故事，或者构成故事与人物关系的这种军队的等级压力，并不是导致双方死亡的最根本原因。它却是最根本的小说叙述动力，死因在权力的背后一个更为隐深处，那就是上尉从骨子里燃烧的嫉妒，这就是说，叙述者把视角集中在上尉心理，叙述过程中是两个人的心理冲突。深层分析中，为什么叙述动力又不是嫉妒，因为士兵并没感受到嫉妒，他的反抗并非针对嫉妒，而是等级掩盖下的暴行。显然叙述动力是军队里等级之间的压力，而视角却改成了对一个军官内心深处的嫉妒展示。那么文本显示了独特性，其人性的深度也极大地深化了。茨威格的《看不见的珍藏》推动故事进程的是我去收集一批文物藏画，而正好赫尔瓦特藏有这么一批画，一个收集，一个珍藏，在这个矛盾中，叙述动力类如寻找动力一样。我以为找到文物了，但收藏的却是一个空白。叙事表层的东西是这样形成的，可叙述目的与意义并非如此。我找到了一种更为珍贵的东西：一是老人的执着精神；二是妻子和女儿为善意的谎言所付出的代价，他们内心有一种更珍贵的东西。叙述目的、叙述动力在文本中刚好是矛盾的。正是这种矛盾性反而使文本充满了张力。叙述动力有两种情况：一种是事物发生发展有它客观的规律，受社会与事物本身的力量支配，这就是我们经常在写作中碰到的，作家不能轻易改变文本的叙述走向，变更其中的人物与事件。表明叙述它受自己本身的力量推动已形成了一种惯性。甚至你都不能任意搬动叙述中的一个词汇与句子。有些感受极深的作家会发现叙述文本自然牵引着作家的思维，包括用字造句。叙述这时成为一个自足的体系。我写《博物馆》时就是这样。我个人不能随意改变主人公木子风的一切行为方式。特别是那些情节叙述很强的文本，它有叙述行走的惯性，人为地改变反而会伤害故事本身。另一种是叙述开始了，新的展开，新的矛盾，在文本中不断涌现出一些新的人物与事件要素。这时叙述自身会有一种新的力量，例如反抗力量。或者人与事在内部滋生一些力量，有观念的力量，生命欲望的力量，它们与主叙述动力或者对抗，或者合流，或相辅相成。一般说来，产生新的叙述力量会相应地使文本内涵复杂，会产生一些视角上的变化，包括语态、节奏、速度都会发生相应的变化，出现新的配置方式。由此可见，叙述动力在文本中也不是那么单纯地存在。

第三，叙述动力在文本中与目的保持一致，但许多局部会逸出在动力之外，即俗话说的横生枝节。整个文本可能服从叙述动力，但也有相当一部分是自我调节产生出来的动力，以表明文本的各个局部确有各自套生的意义与目的。《西游记》中唐僧去取经，这符合一个寻找的模式，且叙述动力也始终如此。那么立意也是和叙述动力一致。首先是取得真经，寻找以得到为终结。其次寻找的过程是反复的，曲折的，艰难的，这符合真正的宝贝来之不易的含义，同时呢，又表明你只要坚持不懈宝贝总是可以得到的。这就带有强烈的劝世意味。应该说《西游记》总体上就是表述唐僧师徒四人经过艰难最后取得真经。但是当每一个局部遇上不同妖精时，又表现的是不同的善恶观。从悟空与唐僧的出世看出他们各自有不同的成长经历，因而形成了不同的人物性格。到猪八戒时更是一个喜剧人物。到每个妖精具体的故事它的含义又各自不一样，女儿国的人并不要吃唐僧，而是一种情欲的表现；而驮师徒四人过大河的乌龟最后让他取得的真经出事，仅因为人生在世应该讲究诚信。这一点主要让我们看到叙述动力在文本中的复杂性。特别是在长篇小说中，叙述动力往往是那么单纯中有复杂的变化，在整体叙述中是一种动力，但在细小的局部可能又是新的叙述推动力了。叙述动力的不同便可能产生叙述各元素上诸多复杂的变化，使整个文本的意义系统出现新的更为多元的含意。

我们已经知道了叙述动力，包括这动力的不同表现方式，叙述动力的作用。现在我们看看叙述动力怎么形成的，这也包括动力的构成要素。我们不能那么简单地归类，这是社会权力，这是军事力量，那是人的欲望力量，那是复仇谋杀的力量。这种力量在叙述时我们应该说不难找到。可这种力量的来源及其构成就不那么简单了。如果从外部动力看，我们得认真分析社会及世界多种关系的网络，看力量怎么形成，具体到权力，我们也要找到该权力的来源。再看权力的结构形态。如果是内部属于人物的动力，那我们必须找到为什么产生这种力量，原因何在，同时这是一种什么样的力量。例如谋求财富、抢占女人、杀人越货、攀龙附凤等一切行为均有一个始初的缘由，那么追寻到根由上，便是欲望。欲望产生力量。不同的欲望产生不同的力量。我们从基本的欲望出发可以如下分类：

1. **生存欲望**。包括对待生死问题的观念，生存的权力，生存受到威胁，自愿选择死亡，皈依宗教。还有生存的信仰，生存的人生观，为什么而献身，生存的价值等等。由生存而产生的勇气或者悲观，希望或者宿命，一系列与生老病死攸关的理念和行为都会产生巨大的力量。《林中之死》中那个老妇人顽强地生存着，就她生存的目的而言，便是奉献。她为其他生命而生存，因此在她身上有一种近乎宗教般的力量。生存是第一位的。为生存而顽强地劳动，这也是最基本的叙述动力。

2. **饮食欲**。吃为所有欲望之首，因为吃是保证生存的基本条件，由吃派生出享乐，美食佳肴。在另一个极端上是饥饿。这包含着贫穷、灾难、乞讨。贵族和穷人的两端便是由食物的两个极端显示出来的，它会导致一系列的社会问题。由吃派生出来的占有欲、破坏欲、享乐欲等等，由吃导致的冲突，东方文化深得其奥妙，所以有"民以食为天"之说。因此，饮食欲也会导致很大的社会力量。历史上农民起义多数因饥荒而起。《红楼梦》里那些精美的饮食享受，很大程度上暗示人类贪求食物的精美是一种本能欲望。无论从饱食终日，还是从饥饿抢夺均是一种内在的驱动力量，这特别表现在叙述的细部上。

3. **情色欲**。古往今来的文本表现中情色是最充分最淋漓尽致的，西方如《十日谈》，中国如《金瓶梅》，在当代社会极端发展，情色已成为一种生活方式。情色的基础是以拥有和占有他人的身体为目的，因而诱发一系列行为方式，构成冲突的力量。情色欲可以说是文本叙述中的一种基本动力，几乎不需要多加阐述。但要注意的是情色欲作为一种叙述动力古往今来不可胜数。如何创造出独特的文本却是难度最大的。因此，我以为作为情色动力的叙述的基本力量，我们的叙述目的和意义均不能最终落在情色上，视角应该开掘出情色更深更新的社会文化含义，揭示细微而深刻的人性问题。否则情色动力的叙述只会是个平庸的情爱故事。

4. **寻找欲**。这实际是一种对神秘视域探求的欲望，该欲望包含比较宽广，有求知欲，有占有欲，有好奇欲，一切欲望所期待获得的东西，这包括物质和精神两个方面，物质的满足和精神的满足是同质的。本真的寻找欲，还不在最终结果的获得，因为从寻找开始，寻找者便明白，这项寻找可能是无果的，重要的是寻找的过程，例如探险、猎奇。在叙述领域里寻找动力的叙述最多的是在民间文学中，在现代文学中寻找是一种变体，是一种更精神化的，例如寻找自我。对主体的追寻，隐含着一种主体的丧失，其意味通过叙述使我们知道现代人如何丢失了灵魂。寻找从亚里士多德推重情节叙述开始，一直便占有核心位置，因为他在情节论中强调了发现与转换。发现与转换是和寻找有密切关系的，是相呼应的概念。不寻找怎么会有发现？这从叙述的本义来看，叙述本身便是一种寻找，叙述永远在追求下一目标。无论就大的叙述动力而言，还是在叙述的细部推进，都是要保持一种寻找心理，保持一种对未来呈现事物与人的期待。最好的寻找是不要轻易在结果上展示归宿。寻找的魅力永远在于结果的延期、跌宕上，甚至最终也不能抵达结果。

5. 栖居欲。这也是一个很宽泛的范畴。最基本的是起居，身体的搁置，但它仅是其中之一义。华屋美宅只是一部分人的栖居欲，还有一部分的栖居欲刚好与之相反，流浪，保持对一种固定居住的放弃。流浪也是一种生活方式，本义上也是一种栖居，是人类早期游牧渔猎时期的生活方式的演进。这是栖居欲的第二层含义，即保持一种自己理想的生存状态。其三，由居住引申出的是人类对一种精神或一种理想的欲求，叫归宿感。人的身体和人的精神置于何处？这无疑是一种形而上的栖居欲。这也许是一种宏大的叙述，但确实可以具体到一砖一瓦地造屋，大到人类思想体系的一种建构。它和寻找欲有一定的联系。

6. 权力欲。这主要表现在一种支配权上。人类基本欲望上有一种权力要求，这种权力欲是一个悖论。你要求权力成为支配他物的一种力量。于是便有了一个权力控制的对象，于是控制与被控制成了一种矛盾关系。其实个体生命的扩张便显示在这种权力上，弱者表现在他对宠物的权力关系上，弱者的权力在对更弱者而言，强者要求对一切力量性的事物都有支配权，他要求至高无上，因权力的追求是一种金字塔式的。在金字塔下分层分级是一个宽广的联结网络，权力是一个严密联结的整体，也是扩散式的不规则的分延，而且权力是无孔不入的。因此，在叙述中动力是无所不在的。因为权力的性质是一种支配力，在叙述动力中，权力得到了一种最有力量的表现形态。

欲望的分类形式是无限可分的，有大有小，例如仇恨、嫉妒、孤独、自由、想象、睡眠、说话、破坏都是人类的欲望，而且是强有力的表现范围。无论欲望分类多么细致，我们均可在本能上找到源头。这里只能大致上归为六种，是一种不完全归类法，例如，可以有来自语言规则的动力，即词法、语法、话语策略等形成的叙事动力。还可以有时空结构带来的叙事动力，因为在文本中，时间与空间都是在连续性地发生，我们可以视它为自在性动力，甚至还有思维的动力，理性逻辑的，感性直觉的。不同的思维方式具有推动语言行走的不同方向与作用，但这并不影响谈论叙述动力。叙述动力，特别是内在叙述动力，旨在找到这种力量的源点，并判断它的性质，使我们更理性地把握叙述动力，至于每一种叙述动力的构成，只能从具体的叙述语境通过分析而得来。但可以肯定每一个动力结构，它的关系是复杂的，产生的原因不仅复杂而且极其微妙。

叙述动力与叙述话语的关系密切。叙述中主要是逻辑推动，也有事物自身推动，有人物的欲望推动，也有时空改变的推动，或外在事件，或心理变化。总之，叙述在向前推进。可是你发现面对一个文本叙述推动的速度、节奏可大不一样，有的是一种急切的流动，人与事的发展紧张而激烈；有的则不急不忙，迂回曲折但却内藏杀机；有的干脆利落三言两语，有的绵里藏针絮絮叨叨。有的叙述隐喻暗示，有的叙述反讽幽默。由此可见，同是一种叙述力量，使用什么话语效果大不一样。这就是所说的故事和话语的对立与统一的关系。要他选一种切合某种叙述力量的话语方式，这一切都需要作家精心处理。海明威的叙述具有一种直接的冲击力，他选择干净简洁的句子。而福克纳的叙述却是回环曲折，有一种沉郁深厚的韵味。沈从文的叙述力量绵里藏针，掀动人情深处的力量，他说话优美有浓厚的抒情意味。鲁迅的叙述有一种忧伤与严厉的冲击力，词语有一种犀利扎人的锋芒。叙述力量是被话语控制的，不同话语适合不同的叙述力量的传达。有的叙述是宣泄式，有的叙述则宁静致远，有的叙述回环曲折，有的叙述则锋芒毕露。无论怎样进行叙述力量的控制，叙述动力的方向、角度、力度、节奏均受话语方式和叙述目的影响。

还有个问题是叙述力量与一个作家的才情学识，作家的性情、年龄、经历都会发生联系。简单说，叙述力量是给定的，但潜在的表现却是携带着作家强烈的个体差异。我在年轻时候写的《红帆船》与《山鬼》有一股冲腾而起的力量，叙述动力饱满而强烈，但进入中年，叙述力量便蛰入沉厚，有一种隐在的回环曲致，甚至实验一种螺旋式叙述动力，让叙述力量在一个单元内循环回绕。例如《城与市》的叙述动力总在一个包围内循环，并不处理为一条线段式的冲动。综合许许多多的叙述实例，似乎有一条隐在的经验，那就是叙述动力最好与叙述方式分家，使二者构成矛盾关系，这样文本才会充满张力，同时也会展示一些更深刻的东西。从不同的视角考察这种叙述动力，你会获得一些意想不到的奥秘。这样叙述动力也就有了多种含义。

六、叙述学简史

现代小说理论始于亨利·詹姆斯，他于 1884 发表《小说的未来》。1921 年珀西·伯克的《小说技巧》可视为对詹姆斯的回应。英国有一个叫布卢姆伯里的小团体，其中詹姆斯、福斯特、伍尔芙三人都在剑桥大学讲过小说。伍尔芙有自己独特的小说理论看法，并专力从事文学实验，福斯特出了一本《小说面面观》，提出了圆形的人物与扁平的人物。这一时期最重要的还有卢卡契 1916 年的《小说理论》，奠定了现实主义小说的理论基础。1928 年出了两本小说理论，一是缪尔的《小说结构》；一是阿来斯的《小说美学》。值得注意的还有这年出了普罗普的《故事形态学》，表明了叙述学的萌芽开始了。

但在长达约三十年时间里还只是研究小说的产生，小说的原理、技巧，小说的社会学。简单说，那时小说理论主要从小说内容出发，从小说的基本元素故事、人物、环境三者出发。1957 年有伊思·瓦特的《小说兴起》和塞米利安的《现代小说美学》。最重要的是 1961 年，布斯出版了《小说修辞学》，还有勒内·基拉尔的《小说的谎言与小说的真实》。《小说修辞学》的经典在于它提出了小说中的不同声音，有了隐含作者的提法，并分为了可靠叙述与不可靠叙述。另一重要贡献是它提出了非人格化叙述。叙述者作为小说中的一个理论问题，过去一直讲叙述学是由结构语义学发展而来的，这是有偏颇的，《小说修辞学》已经涉及了几个很重要的叙述学问题。另外基拉尔的那本书也很不错，全部注意力在欲望，从欲望角度研究小说，从一个范畴去研究小说理论是很有特色的。他研究的司汤达、福楼拜、普鲁斯特、陀思妥耶夫斯基均是经典而有代表性的作家，其作品也同样典范。1964 年有吕西安·戈尔德曼的《小说社会》，1966 年有皮埃尔·马什雷《文学的生产理论》，表明了小说是重内容的研究。就在同一时代，叙述学悄悄开始热闹了。

我们列举一些著作，1985 年沃尔夫冈·凯瑟有《谁是小说叙述人》，1960 年列维·施特劳斯著《结构与形式》，1961 年 C. 布兹的《距离与视角》，1964 年巴特尔《写作的零度》，克洛德·布雷蒙的《叙述信息》。1966 年巴特尔出版了《叙述作品结构分析导论》，热奈特的《辞格一集》，这一年还一本重要著作是格雷玛斯的《结构语义学》。因此叙述学研究中，也有把这一年定为叙述学产生。因为这一年由托多罗夫编了一本《文学理论》，包括俄国形式主义的文章在内，由雅各布逊作序。这是一个标志性举动，同时《结构语义学》也是一个标志，但是并没有明确使用"叙述学"一词。

1969 年托多罗夫著《〈十日谈〉的语法》，在《叙事的两项原则》一文结束时才正式提出：倒不如说属于一门在我看来完全有权存在的学科——叙述学（Narratologie）。

从上文的实例看，先产生叙述学理论，然后才有该理论的命名。至此，叙述学开始热闹起来了。注意，大约这十五年中是经典叙述学的全盛期，此后便有衰退之势。

1970 年格雷马斯《论意义》出版。1972 年有热奈特的《辞格三集》，著名的《叙述话语》便在其中，这一年有菲利普·阿蒙的《人物的符号学模式》，这本书虽受《结构语义学》影响，但是在叙述学中专门建立人物的符号系统，而不与研究叙述模式和叙述话语相重合。1973 年普林斯出版了《故事语法》。他意图建立一套叙述语法来简化对叙述结构的分析，提出了叙事语法包括状态事件、动作事件、连接因素三个基本成分，把一个动作事件和两个状态事件用连接因素连接起来构成核心叙事。他的叙事语法便是以事件为基本单位构成。用语法概念把叙述者称之为第一人称，叙述接收者为第二人称，所叙述的人或事为第三人称。值得注意的是，他独创性地提出了文本中存在一个叙述接受者。他是通过读者的中介，与叙述者合演双簧。

叙述学经过十五年繁荣，在二十世纪八十年代初期出现了几本整体从理论上总结的叙述学专著。1977 年巴尔的《叙述学》；1983 年雷蒙·凯南的《叙事虚构作品》；1986 年华莱士·马丁的《当代叙事学》。但谈到研究深度最重要的还应该是保罗·利科尔的《时间与叙事》（1983—1985）。现代叙述学从上面的举例来看，它和小说理论并行发展，但 1970 年，或六十年代后期小说理论衰落，代之以叙述理论，布思是一个关键，他的小说理论中很大一部分是叙述研究。我以为在布思以前包括詹姆斯、伍尔芙、福斯特、卢伯克、卢卡契、基拉尔、戈尔德曼均属小说理论。而叙述理论应该是从结构语言学和俄国形式主义开始的。这门学科的起源，是一群人集体的推动。语言学上是索绪尔，文化人类学是施特劳斯，民俗学是普罗普。重要的代表人物应该是罗兰·巴特、热奈特、格雷马斯。索绪尔解决的是差异产生意义，语言中能指与所指的二项对立。施特劳斯解决的是深层的结构模型。他通过神话结构发现了四项同源关系的结构，每一对对立的神话素与另一对相关。它形成一种程式：A 与 B 正如 C 与 D，它们的存在一方是过高的血缘估价；另一方是过低的血缘估价，二者之间是对立的。他揭示的正是叙事的深层结构。普罗普解决的功能模型，以人物在行动过程中的重要性来解说他的行动，并归纳出了三十一个功能模型，所有叙事模型都可以按其功能来套，并按功能把人物分成七类角色。这三个起点构成了叙述学的基础。

巴特尔的工作是叙事结构分析，他把叙事结构分为三层：一功能，二动作，三叙述。他重视序列分析，对序列用五种代码判断性质。1. 阐释性代码；2. 行动性代码；3. 能指性代码（语义素）；4. 象征性代码；5. 参照性代码（文化）。巴特尔的结构分析最早也是开创性的，他的学生托多罗夫以故事、序列、主题句、词类四个方面分解结构单元。

热奈特的工作做得最细，首先他把叙事分三个层面：1. 叙事，指讲述系列事件的话语。2. 故事，真实或虚构的故事本身。3. 叙述，某人讲述某事件的行为。三个层面指向三类叙事问题，即时间问题、语式问题、语态问题。他以这为一个严密的话语体系而实证分析了一部著作，专门针对普鲁斯特的《追忆似水年华》，其局部工作做得极为细致，把所有的叙述问题融入中间研究。这部著作引起了强烈的反响，因此成为经典的叙述学中最主要的代表作。

格雷马斯接过斯特劳斯的神话分析，创立了叙述的语义分析，而且创制了一个独特的矩阵分析法。语义方阵（Semiotic rectamgle），神话素中是两两相对的义素在起作用。矛盾，或者相关。当一种义素成立便含有否定另一种义素。以致它们变成既非真实的又非虚假的时候，便引起了矛盾，即 A 与非 A 的对立。它们彼此不相容，绝对排斥，如黑与非黑的对立。相反的东西 A 对 B 虽然互相排斥，但并不绝对（如白的对黑的），它不可能同时都是真实的，但可能都是虚假的。

符号矩阵为：

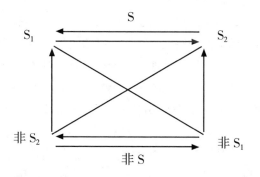

在语义分析时要把两个文本中的配对义素分别代入 S 中进行比较，其意义的差异便显示出来了。这个矩阵对文本中有对立关系的人物还是有意义的，可以分析人物之间的关系属性和人物之间的细微差别。但这是一个静态模型，它是对人与事已定性质的分析。一般说来，人物在文本中是一个动态系统，在行为过程中属性是会经常发生变化的，而且是细微的变化，且并非所有人物关系自始至终都是矛盾关系，人性的复杂从根本上说还是变化的，特别有时是语境性的。因而矩阵可以使用，又不能特别依赖于它。

在叙事学的发展中一个有意思的时间阶段。华莱士·马丁著《当代叙事学》打头的一句话是这样说的，在过去十五年间，叙事理论已经取代了小说理论成为文学研究主要关心的论题。大卫·赫尔曼宣布《新叙事学》又使用了一个十五年时间词。他从凯南的《当代诗学》之后算十五年，也就是 1998 年，叙事学经过一段时间沉寂之后，我们亲眼看到叙事研究领域里的活动出现了小规模但确凿无疑的爆炸性局面（《新叙事学》，北京大学出版社，第 1 页）。二十世纪九十年代叙事学的复兴可称之为后经典叙事学时期。这一点赫尔曼在他主编的《新叙事学》中详细介绍了。

大致说来，经典叙述学主要从结构主义叙述模式对结构、话语、语义、语法等进行封闭性的文本分析。它按严格的分类，使用精准的术语，有一套严格的模式规则，随之产生许多新的研究语汇。经典叙述学从俄国形式主义开始，鼎盛于法国的结构主义思潮，时限应该是从 1966 年到 1986 年二十年间，我的意思是止于利科尔的《时间与叙事》这一著作。而赫尔曼说的后十五年是一个由沉寂到复兴的变化期。后经典时期当然以赫尔曼编的《新叙事学》为代表，这本书既是一个总结又是一个新的开启。在这个时间前后的几个人物应该提出，詹姆斯·费伦，他是美国叙事协会主席，并任《叙事》杂志的主编，中国最早翻译了他的《来自词语的世界》，是一本很不错的文体语言学著作。他还著有《阅读叙事》。北京大学出版社 2002 年还出了他的《作为修辞的叙事》。费伦的理论思路基本是解读叙事，他的叙事有实践性，可操作性，因而解读了许多经典性文本，发现文本中的各种声音，模仿方式，阅读伦理，叙述中的人称与时间的诸多矛盾性问题。这种从解读大量经典文本而解决一些叙事难题的办法值得我们很好吸取。这一方面还有一位重要的理论家，希利斯·米勒的《解读叙事》，这本书几乎写了十年，他最重要的是从华莱士·史蒂文斯的《岩石》一诗解读起，他的文本解读烦琐而绵密，但学识广博而精深，中国出版过他四部书，吉林出版社那本书包括对《岩石》的解读。中国社科社出了他的一本。他是耶鲁学派四人中今天依然很活跃的一个。《解读叙事》破坏的正是结构主义叙事学传统，但他读解文本时贯穿的却是叙事学中的一个关键问题。故事的情节构成分开端、中部、结尾，这是自亚里士多德开始的一个叙述规则，业已成为传统，他试图解决的正是这个核心问题。马克·柯里从事元小说研究，1998 年出版了一本《后现代叙述理论》，如果按经典叙述学的模式，后现代文学正好是对叙述学的全面反抗，破坏结构，打碎故事，消解人物的功能，如果叙述是形成结构的，那后现代正好是解构的。后现代文学是否能用叙述理论来阐释实在是值得怀疑的一件事。既然赫尔曼提出了新叙事学，意味着结构主义叙述分裂为多学科、多门类的叙事学。"叙述"成为一个更广义的词汇了，这使后现代叙述理论成为一种可能。《后现代叙事理论》并没提出一套完整的理论系统，实际上仍属解读叙事的，他着重说的叙事与身份、时间与叙述也都是常规叙事理论来谈的，他的贡献是将这些问题置于后现代语境、全球化文化与意识形态来讨论。所选的文本大体是属现代主义的，他不应该从后现代理论来建立叙述理论，而应该立足大量的后现代文本，例如碎片叙事，互文性，反体裁，不确定性，能指滑动，杂类并置，无深度的平面拼贴，戏拟解构中心等后现代文本的特征而构成一种叙事理论，找到后现代叙述一些规律性的东西。但这本书已经在理论上提出了后现代叙事，这很重要。

后经典叙述学做了些什么工作？其一，重新思考故事的性质及定义，目标不在故事模型，而从读者角度探讨体验故事的方式，强调认识效果。其二，建立新的技术和方法，例如电脑、人工智能用新工具进行叙事分析。其三，突破文学叙述，纳入更多学科，吸收各领域的研究特点，实际变成了一种跨文类叙事，揭示的是今天文学的性质是综合的建构性的。今天的表意策略复杂多元化，这实际也是后现代的特征。所以，叙述可以引入电影、音乐、绘画，以及大众文化策略和文化生产之中。今天的叙述应该是人类使用话语的一套描述方法与表意策略。将来是否叫叙述学，把它挟制在一个框架内，这有待于我们进行新的命名。它实际应该成为人类一个基本词汇：叙述。与思想、语言、结构、物质、时空等并列受到同样的重视，并成为人类理念世界里的一个基本观念。

叙述，我们复制世界时，并大声地对世界说话。

第七讲　描写与抒情

　　把描写与抒情列为专章来谈小说的基本理论，这本身是一次巨大的冒险。因为自 1969 年叙事学创立以后，描写学一直就被摒弃在学科理论之外，或者把描写视为对小说叙事的诟病。在理论与创作中都想把描写除之而后快。这便形成了叙述学的兴旺，描写学的缺失。在二十世纪八十年代叙述学热潮中，我一心想写一本叙述学的理论，研究了二十年，我确证它是一门伪学科，2000 年以后我又想写一本描写学，并做了十年研究，结果仍是没能完成。今天我只能写一个描写的专章。至于抒情一直以为是诗歌的专利，可半个世纪以来抒情也被赶出诗歌和小说，这与二十世纪七十年代以来零度写作理论的提出有关。某种理论的偏执会改变世界文学航向，新小说的出现印证的是零度写作理论，诗歌中的非个人化写作，使得几千年的抒情传统丧失殆尽。一篇《枯竭的文学》让戏拟横空出世，灭绝了创新的可能性，后现代文学便在这奇怪的悖论中产生了。面对文学发展的历史变态，各种形式方法不断毁灭重生，我们要问文学中还有没有永恒存在的元素，具体而言，小说中还有没有一些必需的元素，例如故事、人物、环境、叙述、描写、抒情等元素。这似乎很难一致性地回答。在某一时代、某一语境的小说中，某一个元素强势地保存着，而另一元素消隐了。而在另一时代、另一文本中那消隐的元素又得到了强势发展，而始初作为强势的元素又衰弱了。例如现实主义小说中故事与人物得到了强化，叙述方式成为基本手段。可现代主义小说中故事弱化了，描写便成为现代主义小说必不可少的元素。我们今天便是要重新探讨描写与抒情写作的可能性。

一、描写理论

描写（Description），又称描述、描绘。对人与物做具体、生动、细致的模仿性逼真性图画方式的复制与呈现。描写没有定义，我只能采用这种描写式方法说明描写的含义。描写是深入到字、词、句、文本的一个最基本的手段。作为文学表现的基本方法，它与叙述、抒情有同样的性质、位置和任务。可以说从最古老的文字到当下所有的写作中，描写仍然是一个最基本的手段和方法。还可以说描写是我们认知世界的一个模型，也是我们获得世界存在的一种方法，只有描写能告诉我们世界面貌是什么样子，还可以把这种样态互相转告。描写对这个世界做了最本源、最真实的保留与复写，因此描写也成了一切知识的来源。

描写不是某个天才在某个早晨醒来对世界突发奇想的一个定义。它是本体论的，世界在人的身体器官里，如视觉和听觉中，它便是一个描写的姿态。这就是说，世界任何事物就其本质是描写的，世界的描写性从命名起便是如此，所有事物的命名均是对所有事物的描写。这便说明世界是以描写的方式告诉我们它自身的样子，一束光、一缕风、一滴雨、一棵树、一座山、一条河，所有事物自身在展露它的样态时便是对它自身的描写。因而描写是世界事物的根本。世界没干什么，世界仅是敞开了对自身的描述。

描写的起源。描写的起源即事物和人的起源，告诉我们世界真正的样态的便是描写。所以描写和事物一样古老，不同的仅是我们何时提出了描写的概念，我们怎么知道了这是描写的世界，描写到底适合哪些范围与对象。描写的理论或许是一种近代学术，例如马蒙泰尔的《百科全书》还说："如今在诗学上所说的描写并不为古人所知。"1981年菲力普·阿蒙才有《描写分析导论》。但这并不表明描写没人注意，描写概念没有独自的发展。古希腊亚里士多德便有许多对描写的精彩表述，建立了最早的描写理论。亚里士多德说："他们描述的人物就么比我们好，要么比我们差……正如画家所做的那样：珀鲁格诺托斯描绘的人物比一般人好。"（《诗学》第二章）"诗人的职责不在于描述已经发生的事，而在于描述可能发生的事。"（《诗学》第九章）"诗人就应该向优秀的肖像画家学习。他们画出了原型特有的形貌，在求得相似的同时，把肖像画得比人更美……荷马描绘的阿喀琉斯尽管倔强但仍然是个好人。"（《诗学》第十五章）"诗人应尽可能地把要描写的情景想象成就在眼前，犹如身临其境，极其清晰地看到要描绘的形象……"（《诗学》第十七章）"他却没有试图描述战争的全过程……或描写一个由许多部分组成的行动……"（《诗学》第二十三章）"诗人或许是按事物应有的样子来描写：如索福克勒斯所说的那样，他按人应有的样子来描写……诗中的描写有时或许不比现实更好，但在当时却是事实，比如这句诗中对武器的描述：他们的矛尾端插地而立，这是当时的习惯……"（《诗学》第二十五章）。

亚里士多德的描写理论至少有如下要点：1. 描写是针对人物的，描写肖像描写人物性格。这是一个基点，描写针对人物的相似性与逼真性是属模仿再现的理论。2. 描写不针对必然性而针对可能性，这表明描写是针对当下语境所发生的，如果仅是为流逝而描写是一种表面浮浅的介绍，针对正在发生的事物的描绘，那就有可能让我们发现事物背后的东西，描写同样也是有力量与深度的手段。3. 描写还是一种理想的手段，描写"应该具有的状态"，这表明描写从一般技术抽象出来可以作为一种创作方法，是一种描写上的理想主义，这时描写会与想象紧密地结合在一起。4. 指明了具体的描写方法，描写应该是一种事实，并且对真实性提出了要求。描写应该画出原来特有的面貌，说明描写应该具有逼真性，描写还可以制造身临其境的氛围。5. 描写不应该对世界所有事物毫无遗漏地复制，描写是一种选择，是对特定场合特定状态的一种选择，暗示细节描写的产生。描写还是一种风俗习惯。6. 描写是一种行为方式，是由许多部分组成的行为方式，这说明我们不仅仅对静态进行描写，也可以对动态进行描写。描写对于世界事物是无处不在的。我们描写世界不如说世界向我们展露它自身。描写不是我们意志的投影，描写是我们世界的本体展示。

亚里士多德的描写理论一开始就很完备，有他毋庸置疑的鲜明观点。可以说其后历史发展的描写理论均是对他的补充。就是当下的描写的符号学理论也仅是他的理论的扩展，这一切表明描写一产生就取得了与叙述同等的位置。当然，亚里士多德对叙述的论述要详尽得多。其最重要的观点是：情节是对行为的模仿。可惜亚里士多德始终没有对描写给出一个清晰、准确的定义，自他而后描写很长一段时间进入了修辞学的范畴，这是一个误区，从根本上扭曲了描写的性质。描写的修辞性一直持续到文艺复兴时期。

描写理论的阶段性。据阿蒙研究，最早确立描写概念的是阿埃留斯·泰翁和贺莫珍等人，他们提出图说（Ekphrasis），最初指的是细节陈述。图说是将语言呈现出的客体置于视觉中。贺莫珍解释说，图说是一种陈述，将话语和客体详细地展现在人们眼前。人物图说包括身体描写和道德描写，分别回答"是谁"与"人的品格与情欲怎样"。还可以分为时间图说与地理图说。泰翁参照《伊利亚特》阿喀琉斯战争场面的描写确立了该概念。

据说描写的现代概念始于德奥弗拉斯特的《性格》。把描写作为显示人类激情、展现一种性格的手段。那位宗教改革家伊拉斯谟认为《性格》的描写概念仍旧是置于论证型修辞角度，对人物、时间、地点进行系统的描写。他把描写分为：人物描写、事物描写、地点描写、时间描写。对描写分类的还有佩尔蒂埃、冯塔尼、勒弗朗等人。历史的描写理论总是紧紧地和修辞学纠缠在一起，无论其分类多么复杂均是归结到：一、描写是针对人物性格的方法，表现激情的手段。二、描写使用各种手段如拟人、对比、细致绘画，即对人对事的一种补充扩张。三、描写模仿和呈现，特别是在铺展一个事实之后的真实生动的描绘。这种生动描绘就是造成身临其境、如在眼前的幻觉，引起心灵震动诱发激情。说到底描写是一种夸张的方法。这里有两个要害：其一，描写确实离不开修辞。其二，夸张让描写产生一种做伪性，导致失真。

对历史的描写理论阿蒙作了系统总结：从十六世纪开始，"描写"一词常用以指代那些旅行者，奔走各地的商人等描写某些重要城市的作品。在中世纪或文艺复兴时期，描写也时常具有色情性（描写女性身体）、喜剧性或游戏性（谜语）。然而这种描写并不是要描写一种现实，而是检验作家的修辞能力，检验对于书本上的一些描写模式的理解和把握。描写是一种有目的性的编码化的文本实践。十七、十八世纪关于文学的评论话语对描写抱有一种普遍的偏见……描写唯一可以自由呈现事件的场所就只有诉讼话语了。因此有不少研究尽力将描写局限于这种话语类型和功能之内，或者将这种作为方法而非目的的功能转移到诗歌戏剧等其他话语中。另一方面，描写被看作对文学的否定，认为它应当属于游记叙事或者科学描述，或者被看作一种夸张的修辞格，应当防止过度描写（参见《国外文学》2010 年 4 月号第 21 页）。我们只要参照亚里士多德的《诗学》中关于描写的意见便可发现阿蒙这一总结的问题所在，应该说，《诗学》中的描写作为理论基础是非常正确的。仅仅在于此后描写理论偏重于一种修辞技术，这应该视时代环境而言。最早修辞学是一种言辞辩论的演说技巧，描写为修辞所用，使得《诗学》中的描写理论偏向了修辞，而描写理论应该有自己的规范。亚里士多德的描写理论是针对史诗而言的，十八世纪以后才有正统的小说概念，因此传统描写理论没有针对小说的表现也是正常的，但有一点是描写理论自古至今均保持一致的，那就是描写作为人物刻画的手段，描写针对人物肖像、心理、情感及其性格的呈现。十八世纪前四十年仅七部小说，到 1770 年小说总数也不超过三十部。在这样的背景条件下自然不会有关于小说描写的理论，但是小说中的描写却极为盛行。其卓越的代表为笛福、查理森、菲尔丁。1760 年《项狄传》两卷本引起巨大反响，自此至1767 年斯特恩那儿描写不再是针对客观事物的呈现，而是针对世界所有事物的表现，描写不仅是人的专利，它渗透于一切事物：

牧师要改善他那匹坐骑的形象是完全有能力的——因为他有一匹非常漂亮的

半峰马鞍，鞍座上的衬料是绿长毛绒，钉着两排银头饰钉，他还有一副很气派的亮晃晃的黄铜马镫，连带着一套十分般配的马衣……那就是借助于骑手与爱巴马儿的脊背直接产生接触的发热部位。——通过漫长的旅程和大量的摩擦，直到最后骑手的身体完完全全地充满了爱巴马儿的成分；——因此您如果能把其中一个的脾性描述清楚，您就可以对另一个的特征与性格形成一个相当准确的概念。

　　……

　　当时，奥巴代亚骑的可是匹套车的骏马，而且正在策马飞奔，全速递向前进……

　　假使斯娄泼医生在一英里之外就注意到奥巴代亚在一条窄巷子里径直朝他狂奔而来……医生正这样小心翼翼地朝着项狄家宅前进，离那里只有六十码之遥……正在这个当口，奥巴代亚和他的套车马拐过弯来，又快又猛——砰的一声——撞了个正着！

　　（斯娄泼医生在胸口画了一个"十"字，）由于一画十字，他就丢了鞭子——由于想救回在他的膝盖和鞍鞯垂边之间往下溜的鞭子，脚又丢了镫，——脚一丢镫，又搞得手丢了鞍——而在这一系列丢失中不幸的医生又丢了神儿。（顺便说一句，这就表明画十字的好处何其少）这样一来……他像一包羊毛似的从马身上斜栽下来……

　　　　　　　　　　　　　　　　　　斯特恩《项狄传》

　　这是从一至二卷中的二十四个章节中选出的。小说写我出生，需要请助产师，仅仅八里地，请那个斯娄泼医生，文本漫长地书写医生不能到位，我没有出生，在小说里，骑马的医生和马套车撞上了。这个漫长的描写中有哪些元素呢？其一，主要有关于马的描写，不仅有细节描写，并描写马和叔叔的关系。其二，不同人物性格描写，斯娄泼与奥巴代亚，还有叔叔。其三，行为过程中撞车的描写。这表明描写不仅针对静态，还针对动态。其四，描写可以平静冷漠的态度，也可以采用反讽幽默的方法。在斯特恩这儿描写不仅仅是一种基本创作手段，还是一种被试验的技巧，特别善于捕捉情景中富有启示性的感觉细节，那些外在印象的描写与人物内在智力的敏感幽默描写是同步的，因而描写的语言风格又有一种纯粹的喜剧气质。另外，它是一部开意识流描写语言先河的作品。什克洛夫斯基借爱因斯坦的话评价了这种意识语言："词语不管是写出来的也好，说出来的也好……作为思维要素的，倒是明晰或不很明晰的形象，和物质实体的标志。这些形象和标志，似乎由人的意识任意地产生和组合。"（《散文理论》，第 228 页）小说实践中的描写在十八世纪中期便取得很高的成就，同时也被作家理性认可，作为一种新的方法。查理森在《克拉丽莎》序言中说："关键性的环境……应该采用也许可以称之为瞬间描写和反应的方法。"这种描写像镜头一样把食物状态放缓了，被称电影的特写镜头的技巧。他对格兰迪森庄院进行了非常详细的描写，并使之成为小说的背景力量，发挥一种无处不在的积极作用。菲尔丁的风景描写非常程式化，但《汤姆·琼斯》在小说史上第一次极其详尽地描绘了哥特式建筑的特征。斯威夫特作品中关于清晨的描写是"偶然遇到的一种全新方法，描写事物栩栩如生"。瓦特把这种详细的、充分的、可爱的精确描写小说称之为形式现实主义，并以此作为重要特征总结说："人物的行为和环境按一种像在任何一部十八世纪小说中一样可信的特殊性加以描绘。"(《小说的兴起》，第 29 页)

现代描写理论。我们先来看罗伯特·休斯的说法："十九世纪的欧洲长篇小说中占主导地位的是描述，心理、肖像和自然景色描写。埃钦鲍姆说，'长篇小说以这种形式与叙事形式分了手并成了对话、场面特写，以及装饰、手势和语调的细致描写之间的一种组合。'"因此什克洛夫斯基总结了两种小说：一种是搭架的方法，故事搭成框架，集中注意的是情节发展，人物仅是故事得以展开的一张牌。这种故事小说无疑是叙述形式的。另一种是联系的方法。"描述单独一个主人公的所作所为的那些作品"，"看到人物的发展"，"故事围绕单独的一个人物串起来"，这种小说无疑是描写形式的小说(《文学结构主义》，第 123—126 页)。这表明了十八、十九世纪两种小说各有自己的主导方法，即叙述与描写。可以肯定的是，止于十八世纪，作家们还不知道描写为何物，尽管他们使用了这个方法但并没有给出一个理性的命名。真正明白描写的重要性并给予强调的是巴尔扎克，他认为在司汤达的写作中描写起到异乎寻常的作用，描写因素是由浪漫主义兴起带来的，始作俑者为司各特，是他们赋予描写重大意义。到巴尔扎克描写便成为表现现实的一种新方法。这种描写的新方法又可分为两种风格：一种是以巴尔扎克、司汤达、狄更斯、托尔斯泰为代表，一种是以福楼拜、左拉为代表。或者说前者倾向于主观情绪一些，后者更倾向于纯客观一些。描写的方法成为十九世纪小说创作的高峰状态。可奇怪的是并没有出现一个总结描写的伟大理论家，也没有构成一套系统的描写理论。詹姆斯已敏感到了描写的力量，但他把描写和画面两个概念混用，而且预测了它的未来："我们越想就越会感到，用散文体描绘的图画的未来永无止境……它简直无所不能，这也就是它的力量和生命之所在。"他还结合创作提出了一种"间接描述法"的小说方法。后来的小说理论家卢伯克提出了画面和戏剧性场面。画面指描写性的，戏剧场面指叙述性的。他说："画面描绘是属于很特殊的一类。"可以分为全景描述和场面描述。评价萨克雷最擅长的松散的全景画风格时，说"他必须描写的一切情景"。采用了绘画的手法，并且成为它的特殊技巧，"用透视法缩短距离，表达基本特征，细节紧密联合，个别事例和个别场合服从广阔画面的效果……"（《小说美学经典三种》，第 73 页）。卢伯克还称狄更斯也采用了画面的方法，用的是一种绘画手法的描绘。巴尔扎克创造了一种精确细致的描写方法，他不仅有人物与环境外部的精细描写，还有幽微复杂的内心描写。别人是采用描写方法，他却用"描写说明一切"。"巴尔扎克却是彻底掌握了他的形象"，"不丧失它的整体效果"，"从场景的边缘开始继续进行下去"，便"留下了一个踏实生动的印象"。"他需要描绘人物和一连串的生活，而很大程度上他需要凭借描述一座房子来这么办"，并使这种描绘淋漓尽致（同上第 160 页）。"安娜的故事是一幅展开的画面，是一种生活的印象，而不是一种动作。"托尔斯泰采用的人物画像的描绘方法是最细腻的，讲究明暗、浓淡和层次的绘画片段，而这片段常常会几页，几十页。这也包括他的《战争与和平》具有油画一般的效果。他描绘的是活动中的事物。"他会随时毫不犹豫地暴露他作品中任何一个人物的心灵"，"捕捉住一个人讲话时心灵中一刹那的思想流动"。因而又把他的心理描写称之为心灵辩证法。同时他以"善于表达的笔触创造一个逼真的场景"，用半页纸写一个画面，"场景突然闪光耀眼"，是"生动逼真"的（同上第 174 页）。关于描写的纯理论表述我们可以在三部书中找到线索：《对文学的艺术作品的认识》（1937 年），《文学理论》（1942 年），《文艺学引论》（1976 年），最重要的文献应该是《叙述与描写》（1936 年），然后是《描写分析导论》（1981 年），《描写文本》（1989 年）。

新批评的描写理论是置于叙述性小说的性质下来讨论的，在文学理论中没有专门的章节，他们承认小说情节、人物、背景三要素。把叙述性小说分为传奇和小说两个类型，依照的是里夫（C.Reeve）1785 年的划分，"小说是真实生活和风俗世态的一幅图画，是产生小说的那个时代的一幅图画。传奇则以玄妙语言描写从未发生过也似乎不可能发生的事情。"司各特、霍桑、瑞德克利夫是传奇作家，伯尼、奥斯丁、特罗洛普、吉辛则是小说作家。在三个要素中特地把背景因素视为描写的，"背景是文学描写的要素，它与叙述是有区别的"（《文学理论》，韦勒克·沃伦著，第 248 页）。并说詹姆斯的早期小说受巴尔扎克影响，对房舍和风景都要做细细的描写，而他后期小说中的景色描写则着眼于他的某些象征意义以及它们的整体感受。"背景即环境……描写了这个住所也就是描写了他。"同时认为"小说的长处其实在于它能描写心理生活"（同上第 252 页）。

英伽登说，我们"不可能不考虑其中运用的描绘方法。所以在《文学的艺术作品》中我努力指出描绘事物、人物、事件的各种可能的方式……这些事件在描绘的时间中排列的次序，以及同样的事件在作品中描绘的次序……它们的吻合与偏差同描绘方式密切相连……现代小说尝试过大量不同的这两种'次序'可能交叉，由于不断地运用某种适当的描绘方式而产生了一种特有的技巧"（《对文学艺术作品的认识》，第 258 页）。英伽登并以托马斯·曼的《布登勃洛克一家》为例实践了他现象学的描写理论，非常详尽地分析了这部长篇小说的描写方法。长篇"所描绘的人物、事物以及它们参与事件都刻画得非常具体，具有具体实在性外观……（第一章）人物和事物是用静态的方式描写的……首先描写的是他们的衣着（并对描写的人物事件做了比例统计，总共用了二百三十七个形容词，其中一百一十二个或 47.25% 确定视觉因素）……关于被描写世界的特性和文本语词材料之间的联系的论断就以这种方法得到证实"（同上第 266 页）。要了解艺术描绘的手法，这个长篇小说开始提供了如下技巧：其一，在描写中建立人物的反应关系。对安冬妮话语做出反应时的三个描写句，通过一系列外观描写可以从视觉上把握特征，刻画老绅士用了三个并列的描写句，表现行为方式和若干细节特征。其二，描写人物身上的主要特征：衣着之外集中在脸和手，其特征在于表现时代的风尚，从描写中间接地折射年轻一代人的时代特征。其三，首先描写主要人物形象的生活环境，其次在环境中展开对事件的描写，最后才是人物行为方式被加以描绘。这三者的描写是互为补充的。由此而构成托马斯·曼的描写技术。

卢卡契的《叙述与描写》是为讨论自然主义与形式主义而作的，他站在马克思主义总体论角度来讨论叙述与描写的成就与得失，全文共分七个部分：

以左拉和托尔斯泰的创作为例，提出了必然性描写和偶然性描写。左拉是一个旁观者的描写，而托尔斯泰确是一个参与者的描写。前者是偶然性描写，后者是必然性描写。

对现实社会与生活的不同态度产生了不同描写的新风格。从时代历史发展谈到"描写原来是许多叙事性的写作方法之一，而且无疑只是一种次要的方法，它是怎样并且为什么变成了主要的创作原则的？因为，描写就是这样从根本上改变了它在叙事创作中的性质和任务"。他以 1848 年为界说小说新风格均带有社会历史的必然性。"体验或观察因此是资本主义两个时期的作家们对社会的必然态度，叙述或描写则是这两个时期的基本的写作方法。"

资本主义发展的客观现实产生了描写方法。而且在十九世纪下半叶使描写的文学发展到一种极端的高度。当然，支持这一高度的是巴尔扎克、左拉、福楼拜、托尔斯泰等一批伟大的作家。"作品中盛行的描写不仅是结果，而且同时还是原因，是文学进一步脱离叙事旨趣的原因。"

比较叙述与描写的功能：叙述要分清主次，描写则抹杀差别。叙述是一种选择，描写是一种观察。描写战胜叙述所带来的问题。详细表述了描写的各种特征：其一，描写带来了细节的独立化，细节不再是情节的体现者。独立的细节描写，使语言文句变得精美、风格化，或者至高无上，它一方面破坏了表现人物命运。另一方面描写的人与时间一般不会发生任何联系。其二，描写有一种非本质的肤浅，造成不真实的幻觉。也就是说大量的描写会淹没本质的东西，生活的本质是生活本身和事物的选择完成，描写力图达到的是客观事物的完整性画面。其三，描写是一种静态模型，它必然破坏一种叙述进程中前后一贯的逻辑变化，详细的人物心理描写或环境描写必然打破事件与行为中的互相连贯，无法建立一种联系的关系。其四，描写把一切事物都置于眼前，具有一种特别的现场性，如临其境。把人物和事件的时间延续中的变化现场置换为一种空间的现场性。这是一种假定性，根本上它是虚假的而非真实的。其五，"通过描写而产生的齐一化，在这类小说中把一切变成了陪衬。"这种客观化描写把世界事物与人置于同一平台同一等级，不看差别区分其后果，便只是小说中的客观化描写引领我们在客观世界匆匆忙忙地走了一个过程而已。

从叙述出发批评描写的方法，认为描写的最大缺陷便是事物的非本质化，繁复详尽的描写仅是一种形式主义。描写采用的是一种平列方式，把人变状态，把事物变成静物画。描写的方法是非人的，通过观察把握，通过描写来表现种种社会因素。这种观察和描写的方法业已成为遗产，被帝国主义时期的种种形式主义所继承。

描写的种种问题之所在。可以是描写重大历史事件却不能震撼人心的戏剧。而我们正好是从戏剧冲突里展开人性认识，这个历史时代的伟大冲突全部典型代表。这只有在叙述的选择中才得以完成。描写是物化的，是现象的，是非人性化的。描写的作家只是在平面展示，他们不抵抗地妥协于现实日常生活的平庸的局面，这是因为没有建立一个正确的世界观。或者说，观察和描写的方法丧失了表现生活过程中真实运动的能力。

描写方法所具有的意识形态的功能。心理活动的表现应该加上社会学的描写。固定的静态描写转变为描写运动中的生活。"人在同环境的斗争中所展示的力量，只有在真正被描绘出来的斗争中才能获得表现。"在日常生活的描写中采用象征手法，扩大社会时代的含义。描写的方法要表现人物的命运的深度，要加入隐喻暗示的手法。超出于表象描写揭示人与人的必然关系。我们描写生活的偶然性也纳入人与人物的必然性来表现。

卢卡契的理论中把叙述和描写分头作为小说中的两种类型研究，当然他的观点仍是欧洲传统理论的重叙述轻描写。不过，卢卡契的重叙述轻描写所选的角度不同，他是从马克思主义的美学思想出发，采用总体论的方法透视叙述与描写，从功能意义上考量二者的优劣，主要指出描写方法的缺失。卢卡契用以强化的是他小说理论的本质主义和社会历史时代的发展观，说白一点，他是重思想内容而轻手段方法的。他是在否定和批评的角度下对描写评述，因而他对叙述理论的解说反而就少了。正因为这种态度反而使我们重新针对描写可以重构描写理论，八十年前卢卡契认为描写的错误刚好是我们这个时代应该予以重视的。它是从否定的方面提供了我们今天的描写理论。那么他提供了哪些核心要素呢？我们如何把它和历史上描写理论的演变结合起来呢？首先，历史的描写理论为亚里士多德创立，为人物与事件的描写理论提供了一种互证，始初描写便作为独立于叙事之外的部分，侧重的是提地点和环境的物化性质的证据，所以描写最先取得成功的是对安乐之所的理想自然的符号。无论神话史诗还是乡村田园，都是欢乐的颂歌，王道乐土，描写也就容易导入理想主义的因素，中国南北朝的诗，典型如谢灵运、鲍照等人的诗成为一种理想的抒情性描写。西方在十八世纪以前，中国在二十世纪以前，描写均有此倾向。环境描写的原型有大地、日月、山川、河流、森林、宅园、城郭、平原、果实、池塘等。西方归之为六个原型：泉水、植物、花园、微风、花卉、鸟鸣。古典诗歌的这种典型的描写功能很快模式化，不过西方在十九世纪全面改观，而中国这种诗歌描写功能一直延续到明清小说中，四大古典名著中依然以诗歌描写模式来描写小说中的人物和地理环境，中国小说中仅有白描方法是独立于诗词之外而发展的，现代小说大量地借助了这种白描的技巧。

其次，人物描写方法。在古典描写中既是人物肖像，也是人物性格。这个理论也是亚里士多德提出的。中国小说历代以来采用的是白描法，而西方采用的是精确描写，描写被程式化和编码化，遵守人体准则做到客观精确（顺序化），先头部脖子，再四肢，再衣着，方式是从上到下，从里到外，客观描写时加上符合特征的比喻。这是一种环境描写的策略在人物身上的延伸。这个方法到十九世纪末二十世纪初发展成为人物的心理描写，直至意识流描写出现而蔚为大观。

再次，描写是类型化。因描写而使诗歌、小说分成不同的类型，有自然主义描写、客观主义描写、浪漫主义描写、现实主义描写，专门有了描写性诗歌和描写性小说。马蒙泰尔就特别推崇描写性诗歌，当然这是非传统的，而是一种现代创新的，与过去理想情趣不同的描写。描写性小说是二十世纪新发展起来的叫新小说派，主要集中在法国。前面说过描写在小说中发扬光大取得辉煌成就而达到巅峰状态的是十九世纪小说，他们是司汤达、左拉、巴尔扎克、福楼拜、托尔斯泰，也包括一批唯美主义作家于斯曼、王尔德等。描写成为长篇小说的一个标志，或者说是一种新兴的描写文体。当然随着产生描写式长篇小说的高峰，批评也就更加猛烈。阿尔巴拉、布吕纳蒂埃尔等人的自然主义描写尤为激烈，以至于这些描写的作家也承认描写所带来的问题。描写大至经历了上述三个阶段的风格跃进，由此看来，描写的理论与实践是不断丰富壮大，不断由碎片化到系统化的。有意思的是，描写的序化与整体化以后马上又出现了它的反面，那就是后现代化的碎片化，意识流的碎片化。描写历程大致是有序—无序—有序—无序这样一种交替式的发展。而描写与叙述的关系也是分分合合的。亚里士多德是分头论述的，但在小说历史中，十八世纪小说是把描写置于叙述之内的，十九世纪小说描写跃居主要地位，至少也是和叙述分庭抗礼的。二十世纪由于意识流、新小说、后现代戏仿拼贴原则的出现，描写在理论上彻底没了位置。

比较卢卡契和传统的描写历史演变，我们至少可以确立现代描写理论的基本内容：

描写是一个专门范畴，它有自身的历史发展与理论总结。在学科地位上，描写与叙述是同位的，是两种不同的创作方法，各自取得了伟大的成就。

描写的实践与理论都发展到巅峰状态，描写有过取代叙述的时候，而且描写仍在继续辉煌，这表明了描写的独立地位，它完全可以是一个描写学的理论与学科支点。有一种现象是把描写性文本做叙述分析，例如《追忆似水年华》是一个描写性文本，热奈特却把它作为叙述研究，并有《叙事话语》的经典文本。那我们完全也可以换一个角度，把叙述性文本作为描写理论研究。

历代以来对描写的诟病，其一是不能揭示其本质，不能表现其真实。描写不能复制真实的现实。其二，描写的表象化使我们成为事物的旁观者，我们在现实中妥协。描写的现实意义受到质疑。其三，描写没有科学规范，它是任意的、无序的、想象性的。我们说这三点确实是描写的弱点，但我们也可以找到补救的措施，而不是因此而除之后快。除了补救方法以外，有的东西是时代留给描写的局限。例如，当代社会时代是一个读图时代，仿真时代，生活的同质化，不同模型所坚持的本质都已在今天类爆了，没有类化何来本质，反本质主义的当下我们还需要描写去寻找表现本质吗？我们一定要去找到描写的社会意义吗？因此，描写，我们仅作为描写的美学，描写一定是形式化、技巧化的，因而描写的形式美学变成了它的理论核心。说到描写的无序与任意正好是人类非理性思维的特点，想象性也正是我们描写语言的文学性表现。因时代历史与科学环境的不同，描写的弱点在另一语境中成了它必不可少的特征。

描写有一套繁复的分类与方法。其中有一些方法引来了严厉的批评，如静态描写，描写的物化，描写的非人性，描写不能建立事物之间的逻辑联系。描写为平庸日常生活的翻版，浮世绘式描写抹平差别，不能选择。描写造成一种视觉与心理的幻象。这些方法有些在今天会更有用处，有些则是可以自我修正的，例如我们完全可以选择描写、动态描写，描写的详略完全是我们理念处置的一种方式。我们不能把序化、逻辑、确定、联系等作为描写的唯一原则，这是逻各斯理性所要求的。应该说描写倾向于感性直觉化一些，而叙述倾向于逻辑理性化一些，这由二者的功能与特征来区别，也正是二者相互之间不可以完全替代，就此而有了两种表述的方法。我们要创立一套属于描写的美学原则，而这一点正符合描写形式的复杂多变特征。描写一定要坚持描写的主要特征，才能有描写学。

我们不是把描写作为一个僵死概念，描写是一种灵活多变的方法。任何方法都有其优势与缺陷，我们确立描写的理论，并不意味着我们否定和灭绝叙述的概念，相反我们要吸收"叙述"一词的特征，"叙述"一词有稳定的特征，它是理论根基所在；情节是对行为的模仿。所以叙述是指一系列动态的发生。序列与接续关系决定了叙述的性质。这表明叙述必须具有两个特征：一是动态；二是序列。叙述对我们易于理解又好掌握。描写没有这么一个定义性的逻辑表述。我们有精确的描写，可没有一个人能给出描写精确的定义，在描写概念上我们无法确定主客体。描写在实际语境中是根据条件赐予的义务而相应地呈现其性质与状态。

描写美学中依然会有时序、距离、频率、节奏、语式、焦点、语态、称谓。叙事的要素也是描写的要素，仅在于叙述的要素进入描写部分的被弱化了。描写美学中又含有一些叙述中缺失的东西，例如诗意、哲学、抒情、命名、图画、色彩、声音、形状等，这表明描写理论吸收叙述的一些元素，特别是关于动态的描写要吸取动态叙述的方法。例如描写的动态模式可以采用表演性动态、展示性动态、情状性动态，一切人与事物的运动机制我们采用高速跟踪，或者模拟定格的方法将其描绘下来。

上述理论要点至少是我们从传统描写理论和卢卡契关于描写论述中得到的遗产，或者说是宝贵的启示。如果作为一种学科理论仅认识到这一些还不够，必须从更广阔的视野和世界本体论上找到依据，说明描写不仅仅是一种我们对待人与事物的局部技巧，更应该是世界自身事物的一种本体表现。也就是说，描写不仅单独针对某一文体说话，它应该扩大到很多领域里去作为一种认知的手段，描写作为我们认知世界的一种模型，是我们表现世界的一种基本方法，这一点我在本篇开头就已谈到，质而言之就是描写作为处置世界的一种方式，或者又是我们认识和交流的一种手段。描写不是我们想让它怎么样的，而是它自身便具有这样的功能，这样才可以建立描写本体论。

我们可以在理论上确立一个描写的定义：描写（Description）。

描写采用定格的方式把人与事物置于一种状态，让我们看清楚人与事物结构内部的各种样态。它是世界自身原本的样子，仅仅采用了瞬息的静态模型，让我们看清事物在特定时空下的状态。由这一性质我们就可以推断描写的另一特征，即描写的空间化。这是描写和叙述的最突出的区别。叙述，一定是时间化的。描写的静态处置是空间的，这不用解释，描写的动态呢？它是对历时性运动状态的瞬间定格，意思是采用时间的空间化方法，定格描写，锁定的仍是特殊时间里的一个固定空间，高速运动中事物只是一个点一条线，我们是无法描写的，所以只能采用特写的定格法才能描写。如此，描写具有两种不同的性能：一种是事物在绝对静止状态下精细观察得到的客观描写。一种是我们对运动事物采用定格法的观察的描写，这种描写不是纯客观的而是假定的，一个动态，我们假定它静止再描写，因此描写必定带有一定的想象性。描写其本质上是一种绘画功能，展示的一定是瞬间的定格空间。我们在艺术上能承认绘画，那么我们就没有必要再在文学上否定描写了。

第一，我们必须确立一套描写的美学规范。也就是描写必不可少的形式要素，例如，一个可供描写的空间形式是首要的必不可少的。另外，我们要吸取传统理论中对描写的批评，扬弃描写自身的弱点。绝对静止的模式化描写是要扬弃的，那我们就建立一个观察者和描写对象的一个互动原理，表述运动中的事物。心理活动描写，无意识状态描写，也都是运动状态的描写。那么我们也可以确定描写的各状态之间的联系。描写一定是我们五官反应的结果，那么我们就要发挥身体美学的优势，使描写视觉化、听觉化、嗅觉化，有形体的状态，也有触摸的质感状态。描写也要建立事物之间相联系的反应关系，云彩与气流是相连的，花与叶是互补的，光线和色彩有必然联系，声音与传播器具也是不可分的。虽然我们不能把这些描写形式的指标绝对化，但在具体语境中均会有相应的条件与准则，形式之间的配合描写一定有美学依据的，一定有最适合感觉器官的和谐状态。这正是我们研究描写语感中所注意的，现代描写联觉与通感的方法必不可少，第六感也是我们新的描写措辞。描写的美学是丰富多彩的，常态描写中也可以有变态描写、精神分析描写，有幻想中的事物，也有客观事物中的变形、异化。有情感描写，也可以有纯客观描写。总之，视语境各条件的相对标准采用描写手段。还有出于某种观念实验的描写风格，例如新小说派，或者新感觉派，他们的描写也会大不一样。描写是规范的又是非规范的。

第二要特别创造一套人物描写的新方法。静止的肖像描写和衣着描写很难为当下描写所容纳。中国古典传统中的白描方法应该是一个精彩的策略，可以为我们今天所用。人物的外部描写应该结合人物外部的行动，描写的目的是使人物和事物突显出来，描写突出空间形象，但我们也要延续它在时间中的体验。把人物置于一种状态，一种格局，使他从空间中突破出来，成为时间的使者，描写的应该是正在发生的状态以及它可能导发的状态，描写的是我们正在认知的事物，保留一种事物正在变化的幻觉，这样我们才有下一步描写的可能，绝对静止的非联系的描写方法便把描写的方向规定死了，使美学上的期待意识丧失殆尽。特别突出人物在空间格局中的呈现，意味着展示人物最精彩的一面，选择状态与形象是至关重要的。描写的方法则可以采用精细的局部描写，也可以采用粗略的概述，说得专业一点，一定使人物形象化（当然也可非人化），具体描写中笔法可以多侧面、多角度，或勾勒，或点染，或详绘，或线条。总之，在空间的特殊位置上强化人物的某一特征状态。在小说的基本元素里，故事是叙述的，便意味着以故事框架构成的小说是时间小说，时间小说是我们最古老的传统，有小说以来人们一直不满意小说的时间模式。场景是描写的，是拼贴起来的一个个空间组成的整体，可见以场景为主构成的小说一定是空间性的描写性的，这方面福楼拜给我们提供了最光辉的范例。要促进时间小说向空间小说转换，就不可能不重视描写。人物是关系的，他在故事与场景里是联动的，是一种动力结构。现代小说中人物是系统的结构主义概念，对他的描写意义重大。描写对于传统小说具有革命的解放意义，我们绝不可小视。

第三，描写还有一些特别潜在的功能。一方面，描写具有象征性，为什么详细描写某物，强化突出的目的一定会有它的深层意图。这使得小说具有象征式的寓言性。从这一点看，描写也可以深层地展示其文本的意涵。任何目的一旦强化都会被反复描写。另一方面，描写有一个不被人注意的隐蔽功能，那就是任何描写相对于自身是展示，而相对于他者就一定是解释性的，暗示出相关的联系。描写我们往深处思索，它既是对描写自身的说明也是对他者的解释，或者是对主体的解释，或者是对性格的解释，或者是对行动的解释，更深的心理描写有可能是对动机的解释。最低限度任何描写都是一种美学解释，例如古往今来的文本都有大量的性描写，这个性的描写便是对人本能的解释，构成的对话或者独白均是一种精神分析的描写。既然描写可以发挥深度作用又是解释的，那么描写也是可以涉及本质的，把描写作为一种反本质主义的，这也看出了卢卡契的描写理论的局限。这并不是我们一定要用描写去处理所有事物的本质问题。

第四，心理描写的美学规范。心理描写作为一种精神与情感的展示，应该是描写美学的最高境界，对于人类而言它应该是最具深度的，当然必须深入到无意识心理描写。相对于描写客观事物的精确状态，我们把心理描写作为一种主观描写法。这种主观描写我以为自古以来直到永远都会存在，仅是相对于时代语境和文本的特殊性，这种心理描写有多寡与粗细之分。这一点我们似乎不用多讨论，因为意识流已经成为现代小说的典型文体。这不仅是描写性文本可以探求人类的无意识状态，例如将梦境、幻觉、自由、联想、呓语、精神分裂、独白等的描写纳入文体要求而揭示精神与本能奥秘，那些叙事文本中，人物行为也可以是无意识的（这个问题很复杂，人物有意识的行为是动机，是情节性的展示，它属于叙述的范畴。但无意识行为不能作为情节叙述，它是非逻辑的，不能在行为方式中构成因果关系，因而它只能是描写的，不能看成叙述方式）。或者在叙述进程中夹入的细节的、局部的描写也可以作为无意识符号来分析。心理分析小说处于集体无意识状态，不仅仅是原型、风俗、传说、神话在发生作用，我们还可以纳入社会心理的描写与分析。可见，心理分析的小说是广阔深厚的，在未来的心理描写小说中也大有用场。

第五，运动中的描写。一般把行动作为叙述的专利，确实，行动是叙述的主导，没有行动便不可能有叙述，叙述必须构成对行为的模仿。这并不表明行动就绝对不可以描写了。行动在一个坐标中有纵向和横向，它的方向维度由于运动力学的结果，绝不止长、宽、高三个维度，它是几何空间的三百六十个维度，所以行动中的力量是四面扩散的。从纵向说，它是行为方式状态的延长，从宽与高而言，它又是一种飞散状态的。我们看如下句子：漫天雪花铺散，在天空炸出五颜六色，嗖嗖地响，悄悄地走。这些句子都是运动状态的，它是描写而不是叙述。那人走近桌边，拿起一把刀。这个句子中行为动词是"走近""拿起"，另外三个词是人与事物的名称。"尽管无修辞成分，但仅仅因为指出了生物与非生物，所以仍可视为描写。"（热奈特语，见于《叙述学研究》，张寅德选编，中国社会科学出版社，1989 年版，第 285 页）我们看动词完成的是叙述，但这个叙述词却包围在描写之中，一起构成了行为的状态。还有另一种情况是句子中连续出现的都是动词，它不是叙述，也是一种描写。例如：她摁了摁床垫，很柔软，便坐上去了。这里的"摁了摁"便是一种描写。一般在连续使用几个动词时，在谓语动词之前的动词均可视为描写的动词。我们还可从语法学来探讨一下描写，在词语的分类上有名词、动词、形容词、副词、连词、介词六类。具有叙述性的词，仅有动词一类。在语法成分中主语、谓语、宾语、定语、状语、补语也分为六大类，只有谓语是叙述类的。其他各类均属于描写性质的，名词、形容词、副词的描写功能不用解释。我们分析一下动词，它主要承担叙述行为的功能，可从前面的举例来看，动词也具有其描写功能。定语、主语、宾语、状语无疑是描写性的。补语是说明性的，也具有被弱化的描写功能。由此我们可见描写在语言学、语法学中占了很重要的位置和很大的比例。

描写的问题。描写作为小说的元素在其起源上确实存在问题，无论东西方，在文化传统上，描写最初均属诗歌的要素。古希腊罗马时代描写在史诗中存在，中国的描写最初一定在《诗经》中存在，例如：关关雎鸠，在河之洲；杨柳依依，雨雪霏霏，均属于描写的。描写在诗歌中不仅取得了重要位置，而且变成一种文体：山水诗。无论中外都有山水诗、风景诗，且在审美艺术上价值极高。因而描写也就成了诗歌的传统。中国诗尤其如此。如果说中国有一种诗言志，那种言志也会隐含在描写中。不仅如此，中国古代的散文也以精致典雅、清俊朗丽的描写为上品。古典文学讲文学性和艺术性，很大程度上讲的是描写性。谢灵运便是第一个把描写推向极致的诗人：林壑敛暝色，云霞收夕霏。芰荷迭映蔚，蒲稗相因依。还有如：岩峭岭稠叠，洲萦渚连绵。白云抱幽石，绿筱媚清涟。中国早期出现了赋体文学，这些大赋全是以描写铺陈为主的。中国骨子里认同的文学一定是描写的。小说产生了，小说起源于街谈巷议、民间说书之风。小说注定是大众的、通俗的，即所谓的说故事，故事是一种时间流程，满足大众日常的时间消费，它是以情节为支撑点抓住听众的，因而叙述天然便是属于小说的要素。直到古典的长篇小说兴起，描写仍以诗歌姿态进入小说，例如小说中一定是用诗词形式描写人物和环境的。读故事时便把其中的诗词省略。近现代小说才打破这种僵局，将描写融合于叙述过程中，或者借人物之口来描绘一下环境。

还有一点值得注意，中国小说有白描的传统，几乎所有的长篇短篇均如此，明代白话小说兴起后，白描从此便不能从小说中剥离出来了。现代长篇小说产生之后虽然有详细的环境和人物描写，但在文人评价标准里依然推崇白描，这是因为中国人有一种字斟句酌的传统，认为描写冗长啰唆。应该说在二十世纪八十年代以前中国没有西方十九世纪那样的描写性长篇，更没有像现代主义中的意识流描写的长篇巨著。中国描写性长篇小说的缺失是应该值得深思的，它直接导致了中国小说水平低下，无法赶上欧洲长篇小说的水准。

描写自身的缺陷，这是一个相对性问题，作为诗歌它是一个重要特征，从没有人怀疑过诗歌中的描写，这表明人们把叙述看成小说的基本元素，描写过多地进入叙述便被看成小说的问题。在小说中描写的弱项何在呢？

其一，描写需要准确的名词和大量的形容词。这些词语针对描写对象一定是很专业的，所有事物和制造品都需要命名，这造成大量的非运动词语进入叙述，滞缓了叙述速度，造成视觉在事物与人之间游走而不是情节在运行中。简单说，描写一定会破坏故事进行的速度，影响人们传统的阅读习惯。

其二，在叙述进程中，大量冗长的描写会堆积在一起，形成静止的文字块或面。这使得叙述经常被迫停顿，那就构成描写压迫了叙述目的，如果大量表现描写的东西，会使叙述最终的目的无法达到。要么描写退出文本，要么描写把叙述赶出文本，欧洲现代主义文学和十九世纪描写长篇小说便把大量的叙述赶出了文本。中国仅在 1980 年以后才产生纯粹描写性文本，而且基本只在先锋小说中存在，并且仅指那些实验的中短篇小说。

其三，描写的自由泛滥。在描写性小说中，描写最容易失控，这源于事物外部的丰富性，源于人群中巨大的差异性，当然也源于人们的心智与思维放纵，最大的原因恐怕还在于人们无限丰富的想象性。这表明我们必须制定描写规则，使描写控制在某个标准之中。例如白描，它的规则便是简洁凝练。因而任何白描在叙事性小说中都不会多余，能成为叙述的一个强有力的补充手段。

这些描写的问题怎么处理？过去的叙述学家和描写理论家都想尽了办法。其首要原则是让描写作为一个服务性手段，从文本中大量削减描写，使它不至于成为叙述的包袱。这种服务性表现在服从于人物性格与命运，服从于作家个性和人物内心需求，服务于情节的可读性。

这么要求描写我以为是针对那些叙述性小说而言。在这一点上白描便也可以完成人物，鲁迅的小说基本如此处理。老问题回来了，描写作为一种真正的描写的形式主义方法可以不要了。没有描写，从根本上它不影响叙述性小说的存在。那么叙述学独霸小说的理论世界也是可以接受的喽。我们应该把两个问题分开而谈。叙述性小说存在，便有叙述性小说的规范，按叙述的原则，描写仅作为辅助手段。大量描写便应该从叙述性小说中退出来，保留白描的优势地位。这可能作为小说的主导类型。但我们完全可以有另一种小说类型：描写性小说。这点不需要论证，无论何种类型的描写性小说，在二十一世纪之前都已出现过。我们仅是给它们应有的地位，当然我们还可以实验更多，或者为创新的描写性小说，提供一种伟大的绝妙的新范型。

二、描写类型及写作

描写需要分类吗？按什么原则分类？这种分类可以穷尽描写小说的现象吗？这确实需要理论上的探讨，而且会展开成一个庞大的问题，很有可能关乎描写的存亡。因为持彻底的否定态度会否认描写存在的原则。

我肯定是持一种积极的赞成态度，这并不出于我对描写的偏好，而是描写作为一种现象存在，确实有诸多复杂的问题，或者也还有一套繁复多变的描写技巧。尽管描写已经提供给我们许多经典形态，我依然认为描写创新的可能是无限的，描写的模式化绝对优于叙述的模式化，这不仅仅因为描写模型多于叙述模型，更在于描写可大可小灵活多变。描写的模式很容易突破，因为自古而来，描写并没有什么严密而科学的规范要求，更多的是随作家、艺术家个性自由发挥的。即使框定了某一类描写，我以为作为类别的描写也是无限的。例如肖像描写最是模式化的，但有两点决定它是无限丰富的：其一，肖像，人类不断繁衍，层出不穷，永远都有新面孔出现。其二，描写的角度是无限可变的。世界事物的复杂决定了描写的复杂，因而描写的分类便成为我们认知事物的一种方法。我们要描绘对象，首先要观察它，然后要认识它，最后还要掌握它的特性。不然，我们如何做到准确描写呢？因而描写不仅需要形式知识，还需要事物类别上的专业知识，否则我们就不能区别事物的差异性或同一性了。

描写依据什么原则分类呢？这是一个十分复杂的问题，依据描写对象分类？而世界事物对象那么多，那会是一个无限分类，例如植物类、动物类、工具类，而每类之下又有无限分类，这种分类和科学上的分类没有分别。依据静态和动态分类？那么描写仅有两类，动与静又各衍生出无数类的划分，动与静倒能区别一些事物特征，但和事物属性表现就没有关系了，仅分出一个动与静便没有意义了。依据人物与事物划分？拟定为人的描写和物的描写，还是重复了上述分类问题？为什么把人和物区分开来作为描写类别，是它们很容易判断吗？那就变成傻瓜分类了。

为了避免纷争，我们采用按描写历史的发展为序，在不同时代描写实践会有创新，涌现新的范型与新的技巧，这也有利于我们了解描写发展过程中各种描写之间的内在差异。如果我们探讨描写形式的现代性，还可能发现我们描写史上那些没有发现的新问题，这有利于我们研究描写，并创新描写方法。描写技巧既是对象性的，因为人与事物总是在变化中的，虽然我们采用了静态模型，对象的变化方式与特征仍对描写有决定作用，这也是一个观察视角的表现方法。描写的外部技巧我们好掌握，描写方面会有许多内部技巧由作者个性而决定，一方面是作家五官感觉性质的特征决定；另一方面是作家内在情感，包括真才实学的结果。同一时空的同一事物描写，在不同作家那儿是表现不同的。或许还有一个方面，由于经验形态的不同，处理经验的方法同样也会影响描写的表述，假定我们把上述四个方面都统一起来，描写的结果状态，或者效果也会不一样。为什么？因为每个作家的想象能力是不一样的。这表明想象也成了描写的一个因素，你会说纯客观描写不会有想象，我以为一切描写均会有想象。某个作家在描写河流、花卉、住宅，他写作时又怎么会拿尺子去量一条路、一间房？他本身在模仿描写现实的时候便已建立了一个想象的底座，这就是萨特所说的想象界，仅在于想象性描写时客观经验在起作用。

一类，白描法。就中国而言这是一个古老的技法，取自于中国绘画，因此相对地讲详细描写便称工笔法。传统白描的方法是指用墨线勾勒，不着颜色的描绘。我们又可以称它为一种本色的描写：

> 正是严冬天气，彤云密布，朔风渐起，却早纷纷扬扬卷下一天大雪来。那雪早下得密了。但见：
> 凛凛严凝雾气昏，空中祥瑞降纷纷。须臾四野难分路，顷刻千山不见痕。银世界，玉乾坤，望中隐隐接昆仑。若还下到三更后，仿佛填平玉帝门。

施耐庵《水浒全传》第十回

古典小说描写分两种形式：一种白描法的描写，用简单笔墨点染勾画，有其轮廓感，或具体的细部形象。另一种是采用诗词韵文的形式，从正文中独立成为一小段文字。上引文起首五个小句是白描，勾画出天气变化，雪渐大起来，接下来的却是用诗词描写雪中景色。句尾的"昏""纷""痕""坤""仑""门"分别使用押韵的方法，整首诗均是对天空中雪的描写。金圣叹评《水浒传》时说："真是绘雪高手，龙眼白描，庶几有些！"白描并不像毛笔蘸墨勾勒那么严格，可以自由挥洒一点，它采用的是用笔简洁、形意相兼的烘托手法，金圣叹给这种手法命名为白描。白描所依据的原理是以少胜多，因此白描会有这样几种特征：其一，情景相生。其二，突出事物的特征性。其三，注重事物的细节性。其四，精彩的白描均是意向性的。其五，具有烘云托月的艺术效果。

> 颈项都伸得很长，仿佛许多鸭，被无形的手捏住了的，向上提着。
>
> 鲁迅《药》

> 她看见七大人忽然两眼间向上一翻，圆脸一仰，细长胡子围着的嘴里同时发出一种高大摇曳的声音来了。
> "来……兮！"七大人说。
>
> 鲁迅《离婚》

> 头上扎着白头绳、乌裙、蓝夹袄、月白背心，年纪大约二十六七，脸色青黄，但两颊却还是红的。王老婆子叫她祥林嫂。
>
> 鲁迅《祝福》

> 却见一个凸颧骨，薄嘴唇，五十岁上下的女人站在我面前，两手搭在髀间，没有系裙，张着两脚，正像一个画图仪器里细脚伶仃的圆规。
>
> 鲁迅《故乡》

这些都是经典的人物白描，勾勒出人物的样子，粗粗的线勾法，然后补之以特殊的细部点染，对杨二嫂和祥林嫂均是静止的描写，但突出她们的生理特征与精神状态。另两例是描写一种状态的延续，特别准确地把握形体特征，活画出了人物的样子。还有一个经典例子是孔乙己："他身材很高大；青白脸色，皱纹间时常夹些伤痕；一部乱蓬蓬的花白的胡子。穿的虽然是长衫，可是又脏又破，似乎十多年没补，也没有洗。"他典型的动作是"排出九文大钱"和教我写回字，说回字有四样写法。小说精到地描写了他的语言：

> "你怎么这样凭空污人清白……"
> "读书人的事，能算偷吗？""君子固穷"。

"不多不多！多乎哉？不多也。"

"不要取笑！""跌断。跌，跌……"

　　这里活脱脱地勾画出了一个落魄文人的样子，一副穷酸的文人口语，没有底气的辩白与解释，但他一点也不倾诉自己的苦难，保持一个文人的清高形象。鲁迅的白描语言简洁凝练，幽默讽刺，短句中词语挤压到最小量，仿佛把这些句子削成铁一样的枝杆，瘦而有力，清空峭拔而有力量，鲁迅不添加修饰词，就连那些衬词也削干净，那祥林嫂的样态，基本上是词汇组合的。很少有人能把语言节约到这种状态，真正是惜墨如金。

　　河中涨了水，平常时节泊在河滩的烟船、妓船，离岸极近，全部在吊脚楼的支柱上。

沈从文《丈夫》

　　临水一面则在城外河边留出余地设码头，湾泊小小篷船。

沈从文《边城》

　　岸是上了，上了岸也是无事可做，就坐在岸边石礅子上看一帮船。

沈从文《船上岸上》

　　光旺旺的照到周围三尺远近。光照前面的雨成无数反光的线，柏子全无所遮蔽的从这些线林穿过，一双脚浸在泥水里面……

沈从文《柏子》

　　沈从文笔下不断的是这些南方意象，雨的意象，河岸意象，船的意象，水的意象。全部用的那种没有雕琢的句子，这些白句子干净朴实，如话家常一般，如同自然陈列的真实事物，表面看似是人与事件活动的背景，但它已融入人与事的相互关联之中去了，人看风景，风景也看人，这些白描风景并不以人的视点作为主观想象，景物是自身的主体，它不仅是活的生命，还是一个审美语境。人物与这一片风月共生存在，每一个事物都与其他相关联，水与船不可分离，水与岸又有一种深意，雨与水是天然结合的，这一切都构成了人们的生存环境，漂泊不定是象征也是写实。这种清新淡雅的意象具有浓厚的抒情性，直抵人生人情的真实。

　　这种白描还是一种简古，表达的是一种古朴淡雅的乡村民俗，透出淡定无华的人生态度。这是一种风景，是人生活动的舞台，也是人生悠远的清白干净的人性底板，这种纯然人性的风景，它是你生存的出发点也是归宿点，因而乡人会因此获得一些浅近的直觉感悟，人生如此，它是环境的宿命，所以无争无恼，大可化小，小可吸收。沈从文白描精彩处是看似平淡、自然，没有一点人工痕迹，可是你要仿效出他的白描意象却又是难上加难。除白描之外，他还有工笔描绘的方法，采用的复沓的方法。这种复沓的方法在沈从文那儿已经上升成为一种文体特征。沈从文也会有精彩的细节，他不同于鲁迅，鲁迅描写细节仅写一次绝不重复。而沈从文却是多次重复，并使这种重复深入每一个句子，使他的描写产生一唱三叹的复调效果。我们看黑暗中的雨，黑暗中的光，沈从文把雨丝雨线写成了银白的光线，雨丝在光芒中反成了光线，人在线林中走，这是白描的细节，也是一种南方雨夜的经验，没有对雨水意象深刻的体验是不可能有这样的白描的。

白描依据的是事物本身的形态，因而事物与人物的性质决定了白描，人与物的特点决定了白描的特点。就白描而言我们可以反驳卢卡契的观点，他认为描写是抹平差别而不是选择，因而描写不能接近本质。可白描无论以哪种方式显示其自身，它都是精心观察选择的结果。表面看沈从文的白描有一种近于自然的质朴，似乎没有选择，这是绝对错误的，选择目标与环境的融合要有惊人的直觉又要有科学理性的选择方法，否则，白描的仅是乡村平常事物，没有特征，也没与地方性相联系，那就不可能构成白描的意象。一种意象一定深涵地域文化，人群习俗，并与人群的深层心理相结合。那些经典意象也一定是有原型的，是族群的无意识的心理反应。所以白描意象的选择是一种特别精心精意的文化制造，但在文本语境里又要自然而贴切。因而白描是一个极不容易使用到登峰造极地步的方法。白描看似一种辅助手段，如果构成了白描意象又置于文本不寻常的位子，那就可能构成文本的核心意象。这就是说白描意象也可以直接成为文本的主题。

二类，环境描写。环境描写是一个庞大的概念，一方面指自然环境；一方面指人物活动环境；另一方面还指人物所处的时代环境。深入思考人的活动，还有可能使人自己成为环境，如果他人和自我都是环境的产物，这就表明没有东西逃出环境这个概念。我这里所说的环境描写还是一个狭义范围内指向一定的地理风景而言的。不包括现实主义定义中的再现典型环境中的典型人物。在东西文化中最早的描写都是地方环境的描写，是实物性的自然。欧洲称之为安乐之所。环境描写重要吗？最初所说的地理意义上的环境描写，也许不如十九世纪以后提出的环境概念重要，特别到了今天，环境已经成为人类一个根本性的概念。环境与人的生存，或者与发展都是直接关联的，另一个环境中的生物链概念也显得重要了。今天环境可以说是本体论的。其重要性不待言说，这将在另一种环境描写中再讨论。古典时代的环境描写其作用是两个方面的：一方面作为人与事件活动的舞台背景，因此环境描写就应该是场景的。另一方面古人把环境作为风景名胜，因而风景是一个美学的概念。环境描写便具有审美的因素在里面。

古人为什么迷恋环境美学呢？无论中国还是西方都如此，虽然它被强化在诗歌中了，但进入小说的环境描写依然还是人类人性的共同反应。古典环境的描写一般立足于纯风景性的、地理上的独绝之景的表现。早期描写和韵文结合也是可以理解的，一方面被音韵化的描写后，可以合乐，这合乐的环境美是可直接欣赏的。另一方面以诗以画的方式展示环境的风景，这是描写的诗化。环境与描写的结合本身就是对美的展示。环境是什么？是大地，大地上所有的一切，树木、石头、雨水、日月、殿堂、花园，由此基本事物所产生的森林、山脉、河流、村庄，它们一同与大地构成原型。事物具有原型的力量，是生命根本之所在。它们和人的一切情状紧密相连，大地是母性的，水是生命之源，石头是信仰的力量，植物代表了再生，人的身体被事物化了，人应该有栖居之所，生命得以安放，居室、庙堂表明人与神存留的地方。这一切都是环境的力量与美学所在，所以人们没法不热爱环境，没法不去把它作为美的事物描写。环境就是有这种原始的力量。

就在树林里，一切都恬静安逸，于是突然之间，沉闷粗猛的雷声，从乱云间发出，隆隆不绝，响彻天空，这时候，那受惊的村姑，从苔藓斑驳的山坡上，或者从绿草如茵的草地上，一跃而起。

菲尔丁《弃儿汤姆·琼斯史》（1749 年）

我曾看见群山从山脚到峰顶都长满高大茂密的树木，迂回曲折的峡谷都覆盖着可爱的绿荫，河水从发出絮语的芦苇间缓缓流去，轻柔的晚风吹动着天空中冉冉飘过的白云，白云向河水投下倒影；接着，群鸟在林间发出晚噪，亿万只小昆虫在火红的夕晖中纵情舞蹈，落日的最后一瞥解放了草丛里的蟋蟀，蟋蟀便唱起了歌；我周围的嗡嗡嘤嘤声使我低下头去看着地上，注意到了从坚硬的岩石里摄取养料的苔藓以及由干燥的沙石上蔓生垂下来的藤萝……神圣的生命之谜……环抱着我的是巍峨的群山，我脚边躺着道道幽谷，一挂挂瀑布飞泻而下，一条条小溪流水潺潺，树林和深山里百鸟声喧——

歌德《少年维特之烦恼》（1774 年）

走出蜿蜒曲折的迷宫，
一座郁郁葱葱的花园呈现眼前。
那里芳草如茵，繁花似锦，
湖水一平如镜，溪水奔腾不息，

山冈阳光普照，山谷深邃幽暗，
山林和洞穴可以尽收眼底。
奇趣异彩纷呈，令人叫绝，
艺术匠心独运，叹为观止。
……
在无花果树的同一枝条上，
既有红透又有半青的果实；
同一根枝上，苹果生熟兼有，
熟者皮色金黄，生者苍翠欲滴。
在阳光明媚的田园中，
葡萄藤弯曲着向上攀缘，
藤上结着苦涩的幼果，
也有熟透泛红的葡萄。

（意）塔索《被解放的耶路撒冷》（1579 年）

大家攀藤抚树过去。只见水上落花愈多，其水愈清，溶溶荡荡，曲折萦纡。池边两行垂柳，杂着桃杏，遮天蔽日，真无一些尘土。忽见柳荫中又露出一个折带朱栏板桥来，度过桥去，诸路可通，便见一所清凉瓦舍，一色水磨砖墙，青瓦花堵……忽迎面突出插天的大玲珑山石来，四面群绕各式石块，竟把里面所有房屋悉皆遮蔽，而且一株花木也无。只见许多异草：或有牵藤的，或有引蔓的，或垂山巅，或穿石隙，甚至垂檐绕柱，萦砌盘阶，或如翠带飘飘，或如金绳盘屈，或实若丹砂，或花如金桂，味芳气馥……

曹雪芹《红楼梦》（1754 年）

上选的均是古典的环境描写，我特意标出了时间，我们可在时间之间、诗歌与小说之间比较来看描写的对象与方法。环境描写的难度不在于对某对象的绘画勾勒，重要的是要知道我们为什么要写某环境，这对古往今来的诗人与小说家来说恐怕仅有一个感觉的体悟，我这里稍作分类说明，从理论上讲环境描写完全取决于环境事物自身的原型力量。

天与太阳。天自身便是神启的意象，具有无限永恒、绝对超越的意志。这种绝对超越一切的象征体系源自对无限高远深穹的朴素感知。最高的、绝对的、神秘的、遥远的是人类自身无法抵达的，是神所居住的地方，代表神权与信仰，精神的极端处。太阳为男性，阳，事物正面为其主导，太阳的无限能使它成为神圣崇拜，太阳神。太阳代表理性与权力，伊利亚德说："太阳的神显表现出某种实在视为一个整体的认识，以及神圣的一以贯之的、清楚明白的结构。"（《神圣的存在》，第 122 页）人类是太阳之子。所以，人是不能违背太阳与天的意志的。

　　大地与月亮。大地是母亲的象征，自古至今都如此，盖亚便是地母。大地是宇宙的基础，万物源自它，又归于它，大地赋予万物生命，赋予人类养料。大地还能把万事万物类分而开，让它们保持差别，山脉不同于森林，流水不同于石头，植物不同于飞禽走兽。大地支撑一切包容一切，一切人与动物、植物都属于地方的。大地与一切事物相结合而构成崇高的整体。月亮是阴性的事物、是死亡之后的新生，新月是它自身的果子。月亮是循环的从开端向其自身永恒的回归，成为与生命节律重复发生循环有关的一个天体象征。月亮变化和女人和潮汐有关。变化中引起人类对低潮的感叹，月神是掌管植物的丰产之神，呈现出事物枯荣之间的变化，月亮是青草的母亲，这是巴西人的观点，中国人却把它作为爱情的象征。大地、月亮、植物、水均具有农业的属性。月亮还会是命运女神，经历死亡而获再生表明人类可以通过各种努力，仪式，象征，风俗，月亮为我们自身去征服命运。

　　水与石头。水为万物之源，存在之源。因而水就是源泉，是构成世界的基础。水无定性，无形正好表明它的潜在性，无所不在。水是阴性的，但转换为欲望与暴力或者灾难，它又是阳性的。水流动不被时间与大地所垄断，它是先在的潜形之物，如是它创造了一切形式。伊利亚德说："作为一切无形潜在事物的原则，每一种宇宙现象的基础，一切种子的容器，水象征这第一实体，各种形式起源于它，也要以复归或大劫难的方式回到它那里。"（同上第 179 页）他还说："岩石向人类显示，它超越于人类不确定性，它是一种绝对存在模式。"石头直接地显示人类信仰。坚强、粗硬，终身不悔。是石头向人提供了一种向前的力量，果敢而不屈服，我们崇敬石头不仅仅是一种信息，它为我们所用，居住、利器、象征、力量、权力、石头的工具而变成石头的理念，它还是男人的自我表示。石头因不可改变而具有超越性，它构成的形式特征很直接，灰白、几何、粗硬等，石头的所指似乎超越了它的外表，坚硬、牢固、伟岸、高贵、信心。石头总是具有某种神迹，永恒不变地象征着比人类更久远的伟大精神。

　　植物与动物。植物与天、地、太阳、月亮不同，植物是以复数形式存在，即使一枝一叶中它也是复数，一种对称的复数，植物之王为树。树是生命的象征，从始初开始树便是一种永不灭绝的实体。植物的能量表明树也是一种力量，一种信仰，一种图腾。再生之树在时间中得到印证。树作为形象可以借指宇宙、生命等凡有根基之物，例如知识之树，色彩之树，家族之树，树的谱系与所有植物循环。植物、大地、水构成三者之间的循环关系。而且没有人能更改这种关系。动物，人是动物之王。但动物又构成所有人的天敌，是一种吃与被吃的关系，动物可以作为人的图腾又作为人所奴役的对象。动物是生命中最活跃的元素。动物是以个体形式存在，但它永远昭示生命的复数。凡动物都有自己的家族，世界上没有一个独自来源于非生命的动物。因而动物总是成双成对，这造就了动物的合群性。动物以生命形式为标志，说明它是世界的主体与中心。所有动物都有自身的形象，以毛发、纹样显示特征吸引他者而使自己置于主体的位置，因而动物总是表现的，都以不同方式显示自身的主观意志。

花园与花。花园是自然的微缩景观，表明人时刻和自然保持不离不弃的状态，即便居住与建筑也不例外。将花园置于后院，用栅栏和围墙做一次地理上的划分，实际表明花园作为人的附庸永远具有私密性。花园从自然分割出来，从公众领域走进私人观赏，在中西文化里这个区分是西方有城市花园，花园具有公众意义；而中国古代都是私家花园，仅具有欣赏价值。花园是自然的再一次体现，它有小径、假山、曲池、迷宫，使真实的自然有了伪造的成分。"设计"一词显得至关重要，因此，花园又是主人的意志体现。这也使得花园成了一个特殊的原型。花是全部世界最为优雅的美学，因此总拿它比作女人。花不仅仅是美丽的女人，它还代表丰产，因为果实从那里获得丰收，最美的东西最终给出一个结果，这说明所有事物均会有一个自己的格式塔，完美便包含在事物之中。花有巨大的包容性，它提供给人与动物隐身之所；采用隐喻的说法，花又是秘密的象征，它分享着生命形式的另一主题：死亡与新生是循环而生生不息的。在这一踪迹中我们可以找到人生的危险、劫难甚至是死亡。花还成一种仪式，在人与人之中、在各种事物间作象征式交流，交换花便替换了一种美丽，游戏或竞赛带来人与世界的快乐，人们重复着花的精神，花永恒地提供一种重复形式，对从前不断发展的行为进行重复而且用一套规则固定，便有了一套仪式。花作为仪式又是人心灵的一种装饰。花是一种性，一种欲望，它自身便是性的器官，引起爱恋与性也是极自然的事。

我这里解说五类事物的原型含义，这是极为重要的。它告诉我们，环境为什么重要，我们为什么要描写环境，特别是自然的环境，这表明文学中居第一位的乃是我们的自然。最早这一原则在诗歌，然后延伸到散文，凡属具有经久不息的艺术魅力的诗歌与散文均是表现或模仿自然的。近代以来环境描写堂而皇之地进入了小说，并且取得了巨大而辉煌的成绩。

环境描写的技法：首先，是观察，是准确把握事物的特征，静态的，动态的，世界没有多余的事物，事物都会有自己的功能，因而功能特征是我们的认知模型所能把握的，有了这一条就表明了我们具有描写的可能性。其次，找到环境中各种事物的形式特征。任何事物都有自己的表现形式，太阳极为简单，它仅是一个圆，可光芒四射、炽热温暖便是它的形式。无论什么花都会具有形状和颜色，在几何状态下规定它的形体，在光线中区分它的色彩，我们便找到了花的基本形式。

天、大地、水、石头、森林、月亮、房舍、植物、动物都会有自己的形式特征，准确把握形式特征如一个画家对图形控制的基本能力一样，我们便有了对自然描写的基本功。再次，世界的任何事物都不会孤立地存在，我们为什么用"环境"这个概念，就是表明了任何事物都建立在相互反应之中，建立在形式关联之中，写其中一个事物也就关联到世界所有事物，描写大地便会有山水，有山水便有石头和植物，有植物便有花卉草木，草木与森林连成整体森林，提供鸟类的栖居之所，飞鸟与天空云层等等。树立事物相联系的观点，事物的描写便永远不会衰竭。当然事物也有以单数形式的，天、日、地、月的独一性也是部分事物先验的特征，这就变成了我们对宇宙本体的描写。

有了上述三点，环境描写便有了可能。但任何描写都是处在具体的操作层面，它必须把事物形象描绘出来，这就如同画家，我们仅明白了画什么还不够，应该知道如何去画，还要画得形神兼备。文学家是用语言去绘画，这就要求语言的表述功力，语言如何组织把事物模仿出来，或者表现出来。其一，事物居于空间，它本身是主体的，我们描写受视觉所限，仅能看到在焦点透视状态下的事物，这告诉我们，有很多事物的侧面我们是看不见的，这就需要我们变换视角。微观、宏观、侧观、俯仰、斜视，可以说我们有多个维度可供观察，但我们日常仅局限于长宽高，或四面八方的观察，这就有可能我们没看到事物最精妙的一面。变换视角描写环境便成了我们重要的方法。其二，转换角度之后，我们是在不同时间不同角度去观察事物的。例如晨光，中午，傍晚，四季变化，事物成长的周期是合乎时间节律的，尤其是花卉草木。因而我们还要找最佳的时间之点，不同时间事物状态不会一样。我们必须表现特定时间里的事物状态。其三，可以改变主客体的方式进行环境描写。人们受日常生活限制选择看天地日月、高山流水，我看环境中的一切事物，这是一个很笨的方法，我们还可以选择景物看人的方法，景物是主体，人和其他之物是它所看的，这种换位描写可以赋予环境一种主体意识，它看人和事物消解主体的认识误区。这就达到了一种物我两融的境界。什么是环境描写？是指环境不因我对它的描写而存在，真正的描写，所有事物置于平等关系中并形成环境互动，达到环境看人看一切事物。这才是真正的环境描写，表明环境是一个自洽的整体。其四，环境描写肯定是物性的，我们要使环境成为一个美的符号，纯写实的环境描写便有问题，我倒赞成环境描写使用超乎常人的想象，这种想象描写的实质指向一种悖论，我们要描写事物实际用了许多非物的方法，使描写具有了出奇制胜的效果。想象不能仅是能指的，还应该更进一步拓展所指。其五，环境描写可以采用直接法或间接法，常用的是直接法，便是把事物模仿出来。如果采用间接法也会很有力量，典型的方法是我们要写花朵，但我们把绿叶写透，用绿叶衬托红花。或者也可以采用移步换形法，这是一种传统的散文写法，我们也可以间杂而用。我们可以逼真描写，也可以采用空气浸染透视，利用光影与空气效果，描绘出雾里观花的效果。还可以运用空气瞬间冻结方法，自上而下，从左至右，或从底部开始，先干枝而后花叶，环境空间也是有序布置，合乎我们传统的视觉审美。现代主义以后"有序"这个概念被重新认识，因此产生了混沌原理。貌似无序都是一种高度的有序化，例如沸腾之水是有序的。无序描写更容易产生错杂之美，复合之美。特别是后现代主义文学，无论诗歌还是小说，均摒弃了有序的环境描写，采用碎片拼贴法，或者戏仿，打乱后重组。而重组仍是一种新的拼凑。

古典环境描写给我们今天提供的技巧是有限的。菲尔丁基本上是作一种环境实际状态的模仿。歌德在环境描写中建立了一种互动关系，但他采用的移情法，修辞浓厚，事物基本上是拟人化的。塔索以诗歌方式描写，所以描写中采用了精心选择，一句之内采用对比拼贴，意象上是对立的，例如有生的辉煌，死的落败，基本上还是一种有序描写。《红楼梦》更是一种有序描写，因为它的花园是设计的，它的环境是精致典雅的，自然的氛围没有了，加上作者爱使用三字、四字的修辞套语，使得描写机械化了。《金瓶梅》的花园描写便没有这么雕琢工整。中国古典的风景描写在诗歌中取得了巨大的成就，陶渊明、谢灵运、李白、王维、韦应物等均是自然的歌手。而在小说中环境描写的成就便小多了。

三类，人物描写。人物描写是按人物身体样态分类的，肖像描写、身体描写、性格描写、衣着描写、行动描写、对话描写、心理描写、情欲描写等。古典传统的人物描写，一般可称之为外部描写，说的是对某人物描写均是针对身体的，仅在于古典身体与现代身体的表现差别巨大。古典身体作为某种观念的标志，多从审美上给予一个样态肯定或否定的描写。由于古典传统注重人物性格与其命运的展示，因此人物的描写是服从性格化的，也就是福斯特说的那种扁平人物。人物的外表描写也是爱憎分明的，从视觉而言采用全聚焦方式，运用第三人称，是全知全能地描绘其对象。这表明一个被描写的人物绝对控制于描写者的手中，这几乎是一种照相式人物描写，强调客观、精确、传神。人物是按顺序出场的，从头部到躯干到四肢然后衣着。自上而下，从面部起到躯体、外表。尤其是对女人的描写是编码化的，是一种有目的性的、编码化的文本实践，由于人物的程式化，人物并不是最重要的了，描写人物的技术成了作家描写技巧能力的一种展示。他们尽量使这种描写完美化、精美化，于是在突出特征的同时，便采用大量的修辞手段，用比喻一定是女人像花儿一样，用夸张，女人脸颊飞着娇艳的红霞。把一种环境的美学尽量移用到女人身上，女人成了文本的另一种环境。传统的人物描写，由男性作家介入比较多，女人成为描写的中心，女人的身体美学也红极一时，但是外部姿态的，这就免不了人物中的色情描写。人物是情欲的容器，往往让人物处于如下状态：一是喜剧爱情性的；二是人生变化中的游戏性的；三是人在社会语境中命运是处于悲剧状态的。女人身体描写从主题意图上大体有如上三类。还有一种热衷于写私情与偷情之乐，由于东西方理念不同，中国伦理文化大体是私情方式，西方因为有情人概念，大多数表现偷情方式。如果说古典的人物描写仅是对人物的称颂，表达一种修辞上的完美，使描写实践具有某种完备性。到了巴尔扎克时代，他的人物描写则变成了主题式的东西，从人物含义去看的不仅是人物本身或他的风格；二是人物的家族环境，社会时代状态，还有所处时代的风俗意义。描写的人物作为形象和他全部社会生活内容所具有的意义是同步同位的，即描写人物也就是描写时代家族的生活，描写人生和社会的内容也就是描写这个人物。这一点巴尔扎克与左拉的人物描写上其所指非常不一样。巴尔扎克的人物形象是社会本质的表现，左拉的人物是社会现象式的人物。

　　杜·恺尼克老先生身材高大，腰板挺直，干瘪瘦削，行动利索。他那椭圆形的脸孔上布满了成千上万的皱纹，颧骨上和眉骨上的一条条弧形纹路，使他脸孔很像凡·奥斯塔德、伦勃朗、米埃里、热拉尔·道笔下的老人，需要拿放大镜来欣赏才行（略一百字）。一点儿神情。面孔棱角分明，天庭开阔，线条严峻，鼻梁挺拔，以只有受伤才会改变的架势，反映出一种大无畏的气概，坚定不移的信念，绝对的服从，无限的忠诚，始终不渝的爱。他好像是布列塔尼花岗岩变成的人。男爵牙齿已经脱落。过去殷红的双唇现在已经变成绛紫色，只靠硬齿龈撑着，吃面包就靠牙齿龈研磨。他夫人想得周到，把面包放在一块湿毛巾里，使面包变软。瘪进去的嘴边儿仍挂着一丝傲慢而狰狞的笑容。下巴上翘似欲与鼻子合拢，但从这鼻梁隆起的特征上可以看出他的毅力和布列塔尼人的倔强精神。面孔皮肤呈现出大理石一般的斑纹，皱褶里露出一块一块的红色斑点，表明这是一个有血性的硬汉天生能吃苦耐劳。正由于他能吃苦耐劳，男爵多次幸免中风。这颗脑袋上长满了银丝白发，缕缕发卷一直垂到肩头。

　　这张当时已呈土色的面孔，仅仅由于两只黑眼睛在深深的眼窝里炯炯发光才晃出生气；一颗真挚而宽厚的心通过这双眼睛放射着最后的光焰。眉毛、睫毛都已脱落。变得粗糙的面皮已经无法抚平。由于刮脸不便，老人不得不蓄起一把长成扇形的胡子。在这位宽阔挺胸的布列塔尼老狮子身上，画家特别欣赏的，也许是那双可敬可佩的士兵的双手。这双手就像杜·盖克兰家人应该有的那样：宽大、厚实、多毛。这双手曾握过战刀的把柄，像……（略九十二字）这是一双游击队员的手，炮手

235

的手，普通战士的手，军官的手，因此是当时白军的手……（略九十三字），他那不宽也不高的佝偻的前额由于头发脱落而开阔起来，使这位风烛残年的老人显得更加威严；金黄色的两鬓衬托着棕色的前额，颇为引人注目（略八十三字）。才显出这副孤兽的蠢相。头脑里很少有思想。在头脑里似乎是个负担。思想的器官是心而不是脑袋，思想的结果是行为而不是见解。但是，你若仔细地观察这位英武的老人，你便能看出他与他那个时代的精神真正相悖的奥秘。他有自己的宗教，自己的主见，简直是天生就有的，无需再思考。生活使他懂得了自己应尽的义务（略一百九十五字）……所做的准备。姐姐为了弟弟，也靠了弟弟才活着。

巴尔扎克《贝阿特丽克丝》

巴尔扎克使用了约两千字描写尼克老人，我摘引了九百二十个字，省引五百六十三个字，还有姐弟两个对话及其他描写没有纳入此处。我们看看关于尼克老人的描写是否和他七十三岁的生平经历相呼应，够漫长的了。毫无疑问这是一个人的肖像描写，充分贴近他的生平经历、社会时代和个人性格，甚至包括了器官的磨损与精神状态。揭示了身体与思想的不匹配。我们看看他肖像描写的技法：

其一，直接采用线条素描方法。几乎描绘了他脸上的任何器官，并且借助画家的笔头，再现一种人物的真实。这就类如直接作肖像的油画那般，整体轮廓以后便画一个个局部，最后形成完整的画面。

其二，直接描绘加绘画说明。每一个器官如眼、鼻、额、嘴、牙齿，画过后并加以解说，补充的是器官为什么会这样，融进去社会历史的含量，并引证当时许多真实的人物与历史事件，加强其实体感与真实性。

其三，采用形与神兼画的方法。每一个器官的物质状态破损情况，相比较透出的精神气质。而这种气质刚好展示他固有的人物理念、生活态度，表明身体和精神相互依存。

其四，人物肖像也是经验的。他的男子汉，他的倔强，他的生平造就了他的性格，反过来说他的性格又产生了他的器官面貌。一个人的内部和外表是一种自我的证明。

其五，对人物往往是一种综合的描写。描写肖像也会有身体各器官的配合，也会有衣着描写。人物的外表描写也会结合人物的心理描写，在身体写实时也会对人物的过去与将来带有某种想象性，不仅如此，修辞手段也是综合的。

其六，人物的立体描写。他与周围人物的关系与对话（姐姐的对话），他所处的时代环境，他的物质生活经历。这表明了每一个人都不是孤立的存在，人物描写也是一个结构系统。

> 像欧也妮那样的小布尔乔亚，都是身体结实，美得有点俗气的……
> 她的脑袋很大，前额带点男相，可是很清秀……
> 圆脸上娇嫩红润的线条……
> 她的鼻子大了一点，可是配上朱红的嘴巴……
> 脖子是滚圆的……
> 欧也妮脸上就有种天生的高贵……眼睛……眼皮的动作，有股说不出的神明的气息。她的线条，面部的轮廓……而显得疲倦……恬静，红润的脸色……
> 欧也妮还在人生的边上给儿童的幻想点缀得花团锦簇，还在天真烂漫的……
>
> 巴尔扎克《欧也妮·葛朗台》

这里的人物描写集中在肖像，但方法上略有不同，这里是描写的一个美女，一个小资产阶级的充满俗气的美女。作者采用了两点不同于尼克老人的笔法：一方面写没人不追求完美，写美人注重她的弱点和缺陷，尽量使美人立体化。真正的美人不会无一缺处，那样会把一个美人写成神，反而会造成失真感。另一方面人物描写采用了总体抽象—细部描写—总结性格的方法。

> 西尔薇……身上很丰满，两条胖胖的手臂，小小的臂部……两只手抱着一对圆圆膝盖。她的额头和下巴也是圆圆的……她脸孔左右两边的侧影是不对称的，右边是一只多情善感的，懒洋洋地在睡觉的猫儿，左边是狡黠的，窥伺四周的，要咬人的猫儿……
> 西尔薇微笑，不作声，咽下满嘴的食物……再一次微笑，很和缓地，用眼色和塞满食物的嘴表示谢意，边摇着头……
>
> 罗曼·罗兰《母与子》

这里主要描写西尔薇，与之相对的还有一个安乃德，这里的人物描写最明显的特征便是移情式的。对人物充满感情，而且是一种激情性描写。我们比较一下，左拉的人物描写客观到琐碎状态，巴尔扎克的人物描写繁复冗长带有主观倾向，罗曼·罗兰对人物描写充满了激情热爱。小说在十九世纪以前的人物描写应该均是一种移情式，但具体的作家不同他们介入的情感也不同。上面我们说了人物描写的九个方面，在人物描写时我们既是指一种对象的具体化，又是指向某种方法，这些描写方法是充满技巧的,我在《角色与身体》中做过详细介绍。从某种意义上讲,我在那一章中讲的是人物理论。描写纯然是方法技巧的,人物的描写理论如果高度抽象化一句,它指向的是身体的描写。指向的是身体各部位的描写。传统的技法一般就是绘画式的人物肖像画,这是一种很直观的方法,而人物描写在小说发展的历史中无论是针对对象,还是针对其表现对象的方法,均有很大的发展。我们细心地研究发现人物描写有三个维度:一个维度是文本中人物自身意志的表现,即人物个性化的,他本人的样子是一种必然展示。另一个维度是作家的观察表现角度,这就有了一个描写人物的外在角度,这一点指向了我看见的一个特定的人物。再一个维度是指文本内部人物之间互相观察的维度。一个文本不止一个人物,人物在文本中活动必然和别的人物相联系,他们也在互相认识,所以有一个人物切入的角度。这个维度表明了古典的人物静态描写是有缺陷的。这就出现了人物描写的移动法。这种移动还仅限于观察者的视角,针对描写的笔法而言,如果说人物是动态的,那么描写的一支笔盯在人物身体上也在不断游走地描写,这样才有一个真实的文本人物。具体的人物描写我在《角色与身体》一讲中已详尽论述,而上文又补充了许多方面。这里我还想说说人物描写应该注意哪些方面,很可能这些仍属于描写的技术理论。

人物的命名也是人物描写的方法,而且含有潜在的技术性,不可小视。1. 名字本身便是描写状态的,有了名字还要让它突出呈现出来。2. 身体描写发展到今天很难想象作为器官的部分还有哪些部分没有被描写过。但我可以肯定,文本人物器官一定会有没被描写过的,因为人的身体秘密还有一些自身和他人不知道的,甚至有的器官在生物医学上还没有命名。3. 我们最容易描写的是人物具有同一性的东西,我们还应该注意其差异性。每一个人都有不同于别人的地方,即所谓世界上没有绝对相同的两片树叶。要描写差异便有了描写的比较法。4. 人物理论揭示的是文本人物与生活真实人物的不同,文本人物比生活真实人物更集中,更典型,更具有某个方面的代表性。写一个人物好办,一部长篇有几十上百个人物,我们也不能雷同,这需要高超的人物描写技巧。所以在写好代表人物之时,还要写好平凡人物。5. 今天我们对人物研究有了专门的心理学,我们要集中力量写好正常人物,大量的描写经验告诉我们,还应该写好变态人物。变态人物一定是特殊的,他的变态是特殊中的一种,我们要善于揭示他为什么会是特殊的。6. 人物外观到内心都会处于不同阶段,我们要注意描写人物的特定时期。人物之间有差异,人物自身也会有差异。7. 生活人物是他自身的全部展示,但文本人物是从语境的需要出发的,因而文本自身一定有他含蓄的、缺席的部分,以不描写而胜描写的方法。8. 写人物全部的复杂性,但也要写人物偶然状态下的转折,在小说文本中人物的偶然性比必然性更有魅力。所有的好人与坏人都是相对性的,既相对于他者，也相对于他自身。从生活常识看，没有不犯错的人。9. 写好人物的重复而且从中探索无意识状态，注意人物相当隐秘的动机与行为。在不同时空下的重复往往说明重要意义。人的信息有重复，也有绝对不重复的东西。10. 人物描写的各种感觉方法，例如可以是视觉的方法、听觉的方法、触觉的方法、形态标记法、联觉法，或者还有第六感觉。我们所有的感官都针对文本人物的形象描写。11. 人物描写时我们全部的力量实际在指向两个方面，一方面可能强化其能指，他的身体及他全部的活动与语言。另一个方面可能强化人物的所指，揭示这个人物内部的含量。这表明人物其实是一个意义结构系统。12. 人物描写的镶嵌手法。人物相对他自身与家族是密码式的，我们描写人物永远是一个符码化的过程。在一贯性描写过程中往往嵌入一些异质的材料、细节，或采用某一不同文体，更加突出人物描写的细部。13. 每个作者都会有他自己最拿手、最独特的人物描写技巧，在吸取众长的时候，一定有个人自己的独特方法。经典文本告诉我们，作家之间不会有一模一样的描写方法，即使他们可能源于同一流派。鲁迅不同于沈从文，托尔斯泰不同于陀思妥耶夫斯基。我这儿说了十三个要点，人物描写要点可能是三十种五十种，多少不是关键，重要的是我们坚持人物描写的独特性和创造性。

四类，心理描写。对人心理状态的描写我们分为意识状态的描写与无意识状态的描写。我在《先锋小说技巧讲堂》中专设了"意识流"一章，做了比较透彻的分析，那一章侧重讲的是心理描写小说的历史发展，如何区别意识小说与意识流小说。重点在建立一个类型学的心理小说发展史。我们这里从纯描写方式上谈谈它的特点。讨论这个问题之前需要说明的是，传统心理小说和意识流小说区别很大。其一，这不仅仅是一个意识状态与无意识状态的区别，重要的是传统心理描写包含了许多除大脑思维以外的，如意志、动机、情绪、感官等方面的因素。纯粹无意识的描写不能加进去那些属心理因素的东西。其二，心理描写会有许多属于情感因素的，无意识不受制于情感而受制于本能。因而无意识状态不会因其偶然而改变性质。其三，心理描写受制于社会文化与时代风尚的影响，而无意识是人类共同的心理基础，特别是属个人心理学的，而且一般不受意志的左右。其四，心理描写传统以来受有序描写制约，通常建立的是逻辑联系。而无意识的诱发是随机的，是无序状态，它体现的是信号的强弱状态，而不是价值意义的大小与先后状态。因此无意识更受生理机制的调控而表现出一些特殊方式，如梦境、自由联想、幻觉发现、心理疾病的难以控制。欧洲最早的心理小说应该是1678年产生的《克莱芙王妃》，约一百年之后产生了《少年维特之烦恼》。早期的心理小说主要采用了书信体、日记体等，如《危险关系》《帕米拉》《萨尔兹堡的画家》。心理小说蔚为大观是在十九世纪，分别有了心理浪漫主义和心理现实主义，有贡斯当、司汤达、左拉、巴尔扎克、列那尔、布尔热、于斯曼、雨果、歌德、托尔斯泰、托马斯·曼等人。心理描写的小说为什么会取得如此高的成就？为什么会在二十世纪发展为意识流小说，使得小说史上的心理描写达到登峰造极的地步呢？这个现象是值得我们深思的，而且奇怪的是我们中国始终没有形成一个心理描写小说的高峰，这是好事还是坏事？并不一定说西方有什么我们就必须有什么，但文学史上如此重大的现象为何我国缺席，这是一定要反思的。西方小说有一个合乎逻辑的发展过程，先有环境描写，然后有人物的外部描写，再有深入下去的心理描写，最深便有了无意识状态的描写，这四步是逐层深入的。其原因我想是复杂的，它提供了对描写理论极有意义的一些启发。首先，我们看描写理论它是由表层到深层，由外到内的过程。事物发展是规律前进的。描写的方法也是由静态到动态，由简单到复杂的。给我们的教训是什么呢？一个事物只要达到极致、达到高峰就会衰落，就会走向它的反面。其次，西方描写理论兴起达到意识流的高峰，与西方思想精神是密切相关的，一方面是西方的科学分析精神的深入；另一方面是西方思想的必然归宿。这种深度的反思精神造成了描写理论的不断深入而达到高潮。最后也是最重要的一点，是与西方现代性思想发展历程有关，启蒙主义以后现代性思想的发展不仅是一个精神历程，很重要的它也是一个工业化、技术化理性的结果，某种意义上说是现代神话创造的结果。有一点你也许会问，今天已到信息化时代，视听处于极端化，为什么心理描写主义反而又会彻底崩盘了呢？这很好理解，今天处于日常实用美学思想状态下的人们不再相信那个现代性神话，心理描写神话被本雅明与阿多诺彻底粉碎了。那么会不会有一天产生心理描写主义的复兴呢？完全重复的现象不会在文学史上再次发生？但有一种情况是一定会发生的，那就是心理描写的变体，世界城市化进程高效快速地推进，人们日益增多的心理疾病的产生，一定会产生过度的心理描写。

心理描写的经典例子可谓数不胜数，组成世界心理小说的长河，我们不再追踪它的历史，仅考察它的描写方法。

　　她拿哲学家冷静清醒的眼光，注意那些岁月循环中去而复来的日子：有她自己在纯瑞脊以林深月黑的围场为背景，留下终身遗恨那惨痛的一夜；有她的婴孩下生的那一天和死去的那一天，有她自己下生的那一天；还有其他因为发生过与她有关的事情，而成了不同寻常的日子。有一天下午，她正在照镜子，看自己的美貌，忽然想起来，还有一个日子，对于她比哪天都重要，而她从前却没有想到，那就是她死的日子，她的容貌都要消逝了的那一天；那一天，蔫不唧地没人看见，藏在三百六十五日里面，年年岁岁，都要过那一天，但那一天却总是不声不响，一点儿表示没有，然而却又不能说，一年里头，没有那一天。这个日子到底是哪一天呢？为什么她每年遇到这样一个冷酷无情的日子，从来没觉得冷气袭人呢？她和捷露·太雷有同样的想法，她想到，认识她的那些人，将来到了某天，就该说啦：今天是几儿几儿，可怜的苔丝·德伯就是这天死的。她还想到，他们说这句话的时候，心里一定不会觉得有什么特别的地方。可是她自己对于那一天，那个她自己一朝死去永无生期的那一天，却不知道是在哪一月，哪一星期，哪一季，哪一月。

苔丝就这样，差不多由头脑简单的女孩子，一跃而变为思想复杂的妇人了。

哈代《德伯家的苔丝》

这段心理描写针对的是一个点，任意中的某一天，在《德伯家的苔丝》小说中可能微不足道，可对于苔丝是非比寻常的。苔丝本来在生活中沉沦下去，甘愿平庸，没有新生活的勇气。她突然有所顿悟，对一天中的美丽与死亡的那天产生了心灵的激荡，是苔丝新生极为重要的一个心理前奏，这使她以后与克莱的爱情顺理成章。这是苔丝人生命运发展过程中最关键的心理行为。由此可见，对一个人物的心理描写不能随意乱来，一定成为人物形象、人物性格、人物命运的关键要素。这时心理描写有抒情性的，也有反思性的，有语境性的感受，也有心理动机的抉择，这是苔丝人物人生命运的新感悟，在描写上虽有照镜子的细节，有对美貌的发现，主要凝注了人物对时间性的思考，而且是放在死与生的较量中来反思的，因而使这段心理描写具有哲理意义，是一种自我追问式心理描写。

心理描写最重要的是写人物的内心冲突，矛盾纠结在不可排解处，只有冲突才能反映事件的深度，冲突之后的抉择才能体现人性不同侧面的性质，冲突的人性才有异乎寻常的意义。苔丝的心理冲突是一种选择性的，作为心理动机存在。心理冲突重要的是在对抗与退守之间，这决定了人格的力量，性格在抉择中起关键作用，观念也是重要因素之一。仅就内心冲突的描写其关系也是异常复杂的。在众多大师级的作家中，托马斯·曼可谓是一个特别重要的描写大师，他的描写细针密缕，纵横交织，那篇《威尼斯之死》的描写类似丝绸般细密光滑，具有植物般精巧的纹路，连一丝一微的心灵波动都不放过。那个《特里斯坦》中一个美丽女人的表情犹如一汪平静的湖水，蜻蜓从水面掠过也会惊动一丝涟漪，仅仅一个微笑便是一湖水纹扩展的变化，内心情状的描写通过钢琴键悠扬地掠过夜空，具有针纹一样的细密。托马斯·曼善于写人物内心的冲突，《布登勃洛克一家》中的托马斯议员是一幅长长画卷，纤毫不露地展示他的心理状态，家族事务中大到商业决策，房屋出卖，小到家中兄妹亲情及晚辈的成长，犹如一张完美的蜘蛛网，无论是飞来横祸还是空气从蛛网过滤，都会引起这位参议员心中水波的荡漾。托马斯·曼描写内心活动的方法和角度是多变的，有时他的内心描写居然不直接写内心状态而是通过一些其他方式。他妹冬妮从慕尼黑跑回家，丈夫佩尔曼内德红杏出墙与芭贝塔有染，她决意要离婚，便对哥哥说：

> 我懂得我从生活里能得到什么。当我看到生活中的一切并不都是很干净的时候，我也不会吓得目瞪口呆了……再加上这件事，碗里的水就溢出来了……我不愿意向别人诉苦，惹人家讨厌，我不是一个心里存不住事……我已经受够了苦，受够了我自己的苦，受够了我整个性格的苦。我好像一株植物……一棵花，被移到阳光的土壤上去……我感觉到自己是贵族，感觉到我们与别人之间有一段距离，什么地方别人不认识我们，不懂得尊重我们，我们就不应该企图在那里生活……跟那些没有尊严、道德、野心，没有高贵感和严肃精神的人们在一起……跟这些人一起我是不能习惯那地方的水土的，而且就将来也永远习惯不了……我嫁给佩尔曼内德，却是一个拿到我的陪嫁后立刻就退休的人……哼，这就是他的本性……一个婴儿要出世了！我多么高兴啊！……孩子死了，夭折了……我忍受过来了，并没有发怨言。我很孤单，不被人了解被看作孤僻骄傲。但我对自己说：你已经把终身许给他了。他有一些迟钝、懒惰，他辜负了你的希望……他在我背后骂的那句话，就是在你那些仓库工人里面，也没有一个人肯用它去骂一只狗！……我到了这里以后，当我的马车从车站走过霍尔斯大街的时候，搬运夫凡尔森从旁边走过，他摘下帽子来，深深地鞠了一躬，我也给他还了一个礼：我一点也没有骄傲，正像父亲打招呼那样……一擎手。我现在回来了。汤姆，你就是驾上一打马，也不能把我拉回慕尼黑去……
>
> 托马斯·曼《布登勃洛克一家》

这是冬妮对哥哥一篇讲演式的倾诉，是她决心回娘家的全部心理活动。它表现了一些什么呢？冬妮骄傲虚荣的心理。但和她作为少女时代的虚荣不同。她现在的虚荣心理夹了许多人生委屈。从另一方面看，冬妮回娘家也是一种不得已的举动。还有她回娘家是一个符号，她回到了贵族的荣誉状态，她习惯于被尊重的地位，她告别了纯真的少女年代，不仅仅是个人的委屈，也展示了她的心路历程，她是怎样成熟的。可是悲剧在于她的成熟正处在她的家族开始衰败的时期，接下去一章便开始写她家族卷入官司，老母亲去世，并且开始抵押房产了。托马斯善于描写这种由盛转衰的贵族家庭变化，心理情感的分寸把握极好，中国的白先勇也善于描写这种贵族的落败史。托马斯开始注重正常的心理描写，后来慢慢地加入一些变态心理描写，在小说《托比阿斯·敏德尼克尔》中，外部刻画人物一种古怪的性格，与这个表象相配合的是，内部则描写他的变态心理。敏德尼克尔反复多变地折磨那只小狗，最后居然杀了它。通过对狗的行为方式表露他喜怒无常、反复多变的反常心理。

> 她开始意识到心里有什么东西。她用力振作起来，弄清楚究竟是什么东西潜入她的意识中。长得高高的白百合花在月光下不断摇曳起舞。空气中洋溢着的芳香，仿佛有精灵在幕后指挥。莫瑞尔太太略为惊恐地喘着气。他伸手去抚摸那大朵白花的花瓣，不禁又颤抖不已。花朵仿佛在月光下伸懒腰。她把手伸到其中一片白色的花瓣里，在月光下她辨不清楚指上沾着的金黄色花粉，她弯下腰细看那花蕊上的花粉……那香味儿几乎使她晕眩。
>
> 劳伦斯《儿子与情人》

> 在她的里面，在她的底下，海底分开，左右荡漾，悠悠地，一波一浪地荡到远处去。不住地荡漾，在她感觉最敏锐的部位，深渊分开，左右荡漾，中央便是探海者在温柔地往深处探索，愈探愈深，愈来愈触着她的深处，她就愈深愈远的暴露着，她的波涛越荡越汹涌地荡到某处岸边，使她暴露着。那个能被明显感到的无名探海者愈探愈深入……直至突然地，在一种温柔颤抖的痉挛中，她整个生命的最美妙处被触着了……她已经没有了，她再不存在了，她出世了：一个女人。
>
> 劳伦斯《查泰莱夫人的情人》

劳伦斯也是一个描写大师，特别是他的性描写轰动世界。这里取两处，一处是莫瑞尔太太心理感官中的夜晚花丛，表明了他的风景描写控制在心理感受方面，心理描写相当于写景，只是带有浓厚的心理感觉色彩。另一处写康妮的性心理感受，是一个女人性心理推向高潮的感觉描写，仅在于劳伦斯采用了大海隐喻的方式。这告诉我们，心理描写不仅仅是写人物的观念心理，因为那样会变成仅是一种议论抒情。心理描写也还要附着于对某物的感受和体验，应该与心理感受的对象构成一种互相反应的关系。

心理描写由两个人物将它提高到了特殊的深度和广度，形成了十九世纪心理描写的高峰。一个是陀思妥耶夫斯基将受伤害人的病态心理描写得酣畅淋漓，在现实主义最高意义上抵达描绘了人的灵魂的全部深度。《穷人》中描写杰弗什金，一个贫穷的小官吏，萦怀于心灵中的种种忧思。《被侮辱与被损害者》中的私生女涅莉在幼小的心灵里便种下了怀疑和憎恨的病态心理。《罪与罚》中大学生拉斯柯尔尼科夫谋杀那个高利贷老太太，对犯罪心理进行了多重分析。《白痴》中娜斯塔西娅成了心理变态者，患有精神分裂症。《卡马拉佐夫》干脆让那种贪婪、好色的畸形的卡马拉佐夫家族性格分为几个类型，一种特定的病态人格。而德米特里、伊凡、阿辽沙又分别代表三种心理状态，长子的弑父心理，次子的深度心理的折磨，小儿子期望获得新生的乌托邦心理。另一个是列夫·托尔斯泰的心理分析的辩证法。在道德情感与个人私欲和社会实际中的冲突，行动中包含人物强烈的内心冲突。他特别重视展示人物一系列心理活动的过程。最出色的两个人物心理分别为：聂赫留朵夫的忏悔心理；安娜·卡列尼娜的自杀心理。《安娜·卡列尼娜》第七部从二十六节至三十一节写了安娜心理复杂多变，不断挣扎，在犹豫、害怕中自杀。在这个连贯的七个节次中其精彩之处是每一节都扣住安娜精神惶恐不安、犹豫徘徊的状态，人物并非从一开始便抱着固执的自杀欲望，而是不断由犹豫走向绝望。没有必死的信念而在犹豫恐惧中走向死亡，这合乎一种特殊心理。在一种悲怆意识中安娜去卧轨却闪现一些喜剧笔调，她上了月台，面临火车，她觉得自己像上了火车。她居然想到了初见渥伦斯基时那一天巧合也轧死了一个人。看到了火车，火车轮还不停地转动，安娜问自己："到哪里去？"一节车厢过去了，她犹豫、害怕，还在她的少女回忆中，她画十字等着第二节车厢，她跳下去却又准备站起来，这一下非同小可，她知道在干什么了，马上又问："我在哪里？"她想站起来，身子仰到后面去，正在这一时刻她被轧死了。以不死的样态去死，这种矛盾状态最有力量。安娜是必死的，却表达出人物不愿死而死去，这就描写出了心理变化的极细腻状态。

我们大致可以把心理描写的技术手法简洁地抽象一下：

1. 心理描写可以分为潜独白、自我追问式与心理的行为过程。把那些隐秘的感觉和潜藏的往日不为人知的东西叠映出来，体现出细致的变化。2. 心理描写含有浓厚的假定性成分，这种假定性是立足于心理选择与心理比较的，或者人物精神活动的投影，它提示精神发展的必然性与偶然性，心理动机在某点上突然停顿，反应行为上的反常中止，或者心理流程是快如闪电地滑过去。3. 心理描写总是由过去发生向未来推论，过去是已知的，往往是一种被压迫语境形成的，推论发展的可能性，未来是一个没有解决的谜，或者不可解，哀莫大于心死。4. 心理活动描写总在正面或反面做各种虚拟假设，总是期望推开一扇光明之门，因而心理描写也是一种积极的推动力量。这种反思性心理是对某种信仰的揭示。5. 心理活动描述可以是一种情感状态的展示，可以是一种痛苦的挣扎，或可以在心理描写时夹入他者的评述，使心理活动具有更明了的性质，使心理的描绘过程也成为一种揭秘过程。6. 心理描写可以与外部风景、环境、场景、人物、事件结合起来形成互动关系，这个好处一方面是心理流程有可寄托之物，避免空泛的心理展示；另一方面是让环境、事件有了一种主观感受体验的特点，并非为物而描写物。7. 心理描写总是会有或隐或显的目的性。要让事物描写具有心理深度，那就一定要有心理的感受性，而心理感受的直接性我们也可通过象征隐喻折射出来。心理的含义既有人性的深度又具有世界事物的基本含义，不能为描写而描写，也不能让描写目的绝对化。因为描写在目的之外，还有一种无利害的审美关照。它可以是一种心灵的风景。8. 心理描写总要伴随情感活动在心灵的深部，可以是情感的冲突，也可以是思想的冲突，还有可能是一种未曾明确的感觉冲突。所以，心理描写必须有一种动力结构，或自然流程，或情感互动，或逻辑联系。这种情感的、思想的、感觉的动力结构被不断沉淀就成了一个人的心理结构。心理结构是模式化的，但我们描写时一定别让它模式化。9. 心理描写一定要身体化，要五官感知化，使心理描写成为一种人物动机与审美体验的东西。一种心理描写无论以什么状态出现，一定要让人们能够理解，是感性的理解，成为一种身体，被五官所接受，这才可信，心理描写如果不可信那就是虚妄的文本，会失去审美的感染力。10. 心理描写的主题。我们的心理描写是为什么？人物心理是一个文本人物形象构成的最重要方面，心理描写作用大体表现揭示人物行为方式的动机。我们知道的是人物形象为什么做。另一方面，人物的性格和命运基础一定扎根在心里，这表明了心理是人物决定的东西，表明了一个人物从这里出发。中国小说习惯于写人物行为方式去暗示和折射人物心理，偶尔的心理描写采用的是白描法，传统小说严格说来是没有心理描写的。这导致了现代小说中没有心理描写的经典范例，恐怕也与我国小说排斥冗长的心理描写有关。

五类，意识流小说。意识流描写手法是一种现代小说技巧。我在《先锋小说技巧讲堂》设有专章，这里不拟重复，仅略述其特征。意识流是指无意识流，这是需要特别说清楚的，意识流应该是我们上节讲的心理描写，建立在人们明确的主观意识状态下，无意识状态靠近人的本能往往不是理性的展示，依靠的是梦境、幻觉、联想、呓语、失神、精神分裂等状态才能发现。我们没有一个无意识流小说的称呼，因习惯叫成了意识流。无意识是本能冲动的直接反映，它表现为碎片、断裂、非连续、冥想、幻象、梦、偶然的激发、致幻状态下的自语，这些都是深度心理的内部曝光。意识流描写手法大致有三种：自由联想，内心独白，心理分析。代表人物有伍尔芙、乔伊斯、福克纳等人。

多有意思啊！突然置身于户外！因为她过去好像总有这样的感觉，每当随着门折页吱呕一声——她现在仍能听见折页的轻微响声——她猛地推开波尔顿住宅的落地窗而突然来到户外的时候。清早的空气多么清爽，多么宁静，当然比现在还静，像海浪的拍打，像海浪的亲吻，又凉又刺激，而且庄严（对当时十八岁的她来说）；她当时立在敞开的窗前，感觉到了某种可怕的事即将发生；她凝视这花草和树木，看见烟雾蜿蜒飘离树木，看见白嘴鸦飞起又落下；她就这么立着，看着……

伍尔芙《达洛维夫人》

他站在门口的台阶上，摸了摸裤兜，找大门钥匙。咦，不在这儿，在我脱下来的那条裤子里，得把它拿来。土豆倒是还在。衣橱总是吱吱吱响，犯不上去打扰她。刚才她翻身时还睡意蒙眬呢。她悄悄地把大门带上，又拉严实一些，直到门底下护皮轻轻地覆盖住门槛，就像柔嫩的腋皮似的。看来是关严了。横竖在我回来之前，蛮可以放心。

他躲在七十五号门牌的地窖那松散的盖板，跨到马路向阳的那边。太阳快照到乔治教堂的尖顶了。估计这天挺暖和。穿着这套黑衣服，就更觉得热了。黑色是传热的，或许反射（要么就是折射吧？）热。可是我总不能穿浅色的衣服去呀！那倒是像去野餐哩。他在洋溢着幸福的温暖中踱步，时常安详地闭上眼睑。

乔伊斯《尤利西斯》

伍尔芙、乔伊斯都是经典的意识流小说家。第一例是达洛维夫人早晨要去买鲜花儿。因公司会有人来带，她走神了。她直接说话，不采用引号，让个体意识思维直接展示在纸面，而不是作者把文本通过另一口吻讲述出来。使这段话语成为达洛维夫人自言自语的独白了。个人心理的独白不经过第三者转述便是个人的意识流。语言的表达特征是一种自由间接引语。"我"这个语法主语似乎碰巧听到了人物随口说出的心里话，而不是刻意安排的，即人物跟自己说话。

第二例是布卢姆清早买猪肾做早饭。第一句便是自己看到自己摸裤子口袋（这儿有极隐蔽的叙述者），但马上便自言自语：不在这儿，钥匙不在，想起裤子已换掉了。接下来他从心里再次回味自己的一系列动作，为什么这不是写实呢？一有人物的自言自语。二布卢姆想象这一过程时有模拟的感觉。他在路上想象的黑颜色在服装美学选择中也是自己跟自己商量。这里选择的引文是序化了的，仅指出其语言显现的形式特征。如果揭示与人物本能有关的潜意识状态，文字内部更多的是短路、跳跃、幻觉，自我并不能明确自己行为和语言的意识状态，自我往往在梦想自语状态之中。

六类，客观描写。小说中的客观描写主义始于十九世纪后期的自然主义，其中包括龚古尔、左拉、于斯曼、莫泊桑等人，他们有一个梅塘集团。还有一个更重要的人物福楼拜，他是描写上的技巧主义，到二十世纪便有了名动一时的新小说派，他们是极端的描写主义，除了格里耶、西蒙、布托尔、萨罗特，还有潘热、索莱尔斯、罗什、莫里亚克、法耶，英国的贝克特也算这一流派的。实际我们可以从时间和流派上把客观描写主义分成两个阶段：一个阶段是以自然主义为代表的十九世纪的客观描写主义；另一个阶段是以新小说派为代表的二十世纪的客观描写主义。如果说有例外，十九世纪的客观描写，福楼拜是不在流派之内，二十世纪的客观描写，英国的贝克特也不在流派之内。但这两个派别关于描写的主张其内涵上有巨大差别：自然主义描写严格遵照事实，采用科学实验的方法对现实采用毫无遗漏的实录。近似于病理解剖式的分析描写，他们是纯客观地描写环境与人物，但仍在选择透视下层人民生活，表现为一定的倾向性。自然主义也含有对社会的揭露和批判。对心理活动的描写放慢速度，通过五官精细的感知详细地描写一切心理活动过程。

新小说认为传统的描写全部是关于人与事物意义的描写，而新小说派主张排除意义而采用中性描写的方法。过去的人物描写是生命史的，是社会活动的构成物。新小说派的人物描写应该是木偶式的无名无姓。人物行动应消除倾向性和目的性，人的自我无意识状态。他们写物世界，什么是物？凡作用于感觉的东西均称之为物。新小说又称为物小说，一切无意义的微小之物、微小之动作，不用比喻和象征，对物采用直接描写，精确度量，描写人与物不应该有社会倾向性，不为社会政治、时代历史服务。

自然主义和新小说在描写上仅从形式上做一些区分，似乎不能彻底说清，我们应该有一个根本的把握界限。这就是描写中的情感表现问题。二十世纪以前的一切描写都是采用的移情的方法。费希尔在1873年便发现了移情作用，1891年李普斯首次详尽讨论并提出了移情说。假定我们的感受与情感状态不属于没有感觉的事物，认为当我们把自己所关注的对象在我们身上引发的感情投射到所关注的对象之上。简单说便是客观事物着我之感情。这种情感投射理论用于一切传统的文学艺术的描写之中。自然主义也不例外。到二十世纪，自艾略特开始便逐步清除文学中的个人情感，到新小说时便提出了彻底根除情感，采用平静冷漠的语言风格，不动声色地描写。在语言中根除情感投射，对于描写与叙述来说都是有史以来最大的打击。不管我们如何评判情感投射的功过是非，在文学表现中清除情感的痕迹已经成为二十世纪文学创作中突出的现象，它是一个事实。这导致描写的彻底物化，当然这个物化描写有一个过程。

　　在烛光下，蓝色看起来接近人工的绿色色调；钴蓝或靛蓝这样的深蓝，则变成黑色，浅蓝会变成灰色；而像青绿色那样纯正吻合的色调，则会失去光彩，透出冰冷的感觉。

这么一来蓝色不可能成为这间屋子的主色调，只能用作突出其他颜色的辅色。

另一方面，铁灰色显得更为阴暗和沉重；珍珠灰中含有的海蓝色素消失了，变成一种肮脏的灰白色；褐色变淡；而帝王绿和暗绿这样的深绿色，也会遭受和深蓝同样的命运，变成黑色。这样，只剩下孔雀绿这样的淡绿色，朱砂色和天然生漆色，但是烛光会消除它们所含的蓝色色素，只剩下蓝色色素，变成沉闷混浊的颜色。

不必去想鲑鱼肉色、玉米黄和玫瑰色，这些女性化的颜色太过娇弱，与隐遁生活的风格完全背道而驰……

于斯曼《逆天》

这是在写一个房间的颜色，但观察者完全是一个调色师，而且是非常专业的调色，把各种颜色的相互侵略、排斥、配比、补色，包括灯光下的色彩反应一应俱全地描绘，一般人没法去描写，它必须具有特殊的专业知识，作者在这里进行了一次色彩的美学调和。可见描写是不容易的，它需要各种专业知识，并非我们想象中观察一下就可以。所以左拉要收集大量的资料，必须深入他所描写的场景中去观察，另外还要运用科学的分析知识，不是去想象人物怎样，而是人物实际发生了什么，从人物和事物出发进行描写。

她拿起小粉扑，小心翼翼地扑着……仍然在搽脂抹粉，十分小心地不使白粉擦上双颊……这时她左颊搽得雪白，周围飞舞着白粉……然后把胭脂搽上眼底，把红色轻轻地涂开，一直涂到太阳穴边……一个女人化妆时的最秘密细节……一支画眉笔，不慎失手落到了地上……她把画眉笔在一个装着黑色油彩的罐子里蘸了蘸，然后，鼻子几乎紧贴镜子，闭上左眼，把画眉笔轻巧地从睫毛中画了过去……从镜子里看着她……这两个酒窝好像充满了情欲，闭上一只眼睛显得风骚动人。等到她闭上右眼，拿起笔去画的时候……

左拉《娜娜》

这是娜娜的一次化妆，延续写了三页，有一千多字，在化妆的过程中，不同的人从不同的角度去注视娜娜，结合各人心态，及娜娜的心理动态。这里没有静止地描写脸上全部的器官，而是通过化妆展示一个女人的脸部特征，还通过不同人物的眼睛，娜娜在注视中形成她心理的微妙细节。这里的描写采用了综合手法：

肖像描写、心理描写、话语描写、细节描写等，特别是描写中建立观察者的互相反应。在第七章中通过米法的视角描写娜娜的身体可谓淋漓尽致，细腻到金黄色汗毛及娜娜自己亲吻自己。用米法伯爵的眼描写娜娜的同时，又把他的色情心理与个人的道德追问结合起来，把矛盾冲突细致地展示出来，他在妓女这儿寻找心理平衡，老婆又给他戴上了绿帽子，这种矛盾的陷入几乎使他精神崩溃。他把一个人的心理描写与另一个人的心理反应结合起来，这使得各个人物从不同的心理角度展示自己灵魂的隐秘。注意，这种多角度心理描写，不同于一个人物的心理展示的多角度，他是不同人物针对某一事件、某一人物各自不同的心理角度的投射，因而这种心理描写比个人心理的单一描写要复杂得多，这与左拉善于描写复杂的多层次场景有关。移动心理角度描写各种复杂心理状态，造成各种心理既封闭又交流的状态，这是左拉心理描写的贡献。

在众多的描写中，福楼拜是高手中的高手，他采用客观态度极其技术主义地处理他的描写，这在《包法利夫人》中达到了一种极致。最有名的经典例子是其第二部中的第八章描写农业展览会评奖。"著名的展评会终于开幕了！"这一句述行语宣布开始，整个农展会就像有无数架设备事先摆好了，摄像机从各种不同角度跟着不同的人从容不迫地展开了。它是多方位地投射农展会，最先概括描写，然后分镜头表现各种人物：勒弗朗索瓦太太、药剂师、寡妇、奥梅、吉约曼、泰奥多尔、布朗热、包法利夫人、罗多尔夫、勒侯。牲畜：猪、牛、马、羊种公马直立起来，张大鼻孔在母马边上嘶鸣，车把式们……母马静静地伸长颈项，垂下马鬃，小马驹在它们的庇荫下歇息……大公牛套着嘴罩，穿着鼻环，伫立着不动，有如一尊青铜铸像……庞镇、德罗兹雷、蓝色请柬、莱蒂布德瓦、比内、迪瓦施、伊波利特、利欧万、絮斯丹、卡隆、班恩、贝洛、居朗布尔、勒鲁……这个展览会的各色人等，各参展物，演讲会，评奖颁奖，夜晚焰火庆祝，包括第二天的报纸消息。人物从参议员到放牧人到生活中的各色人等俱全，包括农产品、牲畜，均客观地不带倾向地给予了描写的位置，略偏重地描写了罗多尔夫和爱玛。当然并没展示他们的特殊行为。

她看见他的眼睛里有些细小的金光，从黑色的眼眸向四周射出来，她还闻到了他抹的发蜡的香味。她顿时觉得全身软绵绵的……（他）的胡子也像这些头发一样，有一股香草和柠檬的气息，他情不自禁地眯起眼睛，想要更真切地闻到这股气息味，而就在她保持这姿势，靠在椅背上挺起胸来的时候，她远远地瞥见在无际尽头……当初莱昂就是三日两头地坐着这辆黄色的马车来跟她相会的……罗多尔夫的头在它旁边。于是这种甜蜜的感觉渗入了昔日的渴念……几次使劲张开鼻孔，尽情吸进攀在柱头上的常春藤的清香气息。她脱下手套……她太阳穴汩汩的脉搏声，听到了人群中嗡嗡……

福楼拜《包法利夫人》

福楼拜的艺术性在哪儿呢？传统描写是焦点的透视集中在一人一事一物上，所描写之物被特别强化，你马上在文本中可以分出层次等级，人物与事物遵照同一性，因此所有描写有共同的主题。福楼拜清除了这个主题行为，把微不足道的人与事物移来细致地描写，那个耳聋的婆子在农业展览会上领奖，她甚至都不知自己叫什么名字。他的方法：采取的是一种双眼视觉。即眼睛同时关涉多种事物，而所描写的对象外在客观性和内在性是共时状态下被知觉。有点像雷诺让的电影在一个镜头之内，许多人与事齐头并进。但你也可以说是多镜头看事物。另一种方法，巧妙移动观察点，在各种层次之间，参议员与农民，牲畜与人流，每一个描写点之间精巧灵活地不易察觉地转换。人物的行动把事物分割成小块，但视觉有一个总线条的统一，可变换的连接点巧妙地实现各种现实场景中的综合。展览会所有人与物都是零散的，我们可以标出无数符号，在这眼花缭乱的场景事物中，福楼拜竟如此灵活自由地使这一切保持整体的统一性。但你又绝对找不到他移动视点的痕迹，真可谓天衣无缝。其实也并非福楼拜没有描写的观念，他常常把伟大事件和微不足道的小事并联起来造成反讽效果。人们等省长不来，参议员来了，有一段没有名字的描写充满了嘲讽味，他把公马和母马并槽描绘，看似不经意肯定也有影射之意。福楼拜的文本可谓反复雕琢，但你看起来却极其自然，行云流水一般，对微小事物充满了灵感。

新小说的物化描写彻底改变了传统的描写模式。福楼拜的描写够客观了，左拉也是客观主义，可与他们相比新小说可谓是彻底的客观主义描写。一个新的命名产生了，即纯客观描写法。

现在，那个支撑房顶西南角的柱子，投下一抹阴影，把阳台的对应角平分为两半。这个阳台是一条有遮蔽的宽阔的走廊，围绕着这幢房子的三边。由于围廊的中段和两翼的宽度相同，所以柱子的投影正好落在屋角上，但是太阳高挂中天，阴影静止不动，只有阳台的长石板铺面晒到阳光。房屋的木板墙（即正墙和西边山墙）给屋顶挡住了阳光（这屋顶把屋子和阳台都盖住了）。因此，这时屋顶边沿的阴影正好同由阳台与屋角的两个垂直面所组成的直角线相接。

格里耶《嫉妒》

　　一张施泰因伯格的……一张洛林式长桌，上面铺着红色的吸墨纸。一些木炭，长文具盒和各种容器里盛放着各式铅笔，回形针，别针，金属夹子。一块砖形的玻璃充作主人的烟灰缸，旁边是一个黑色的皮制圆盒，外饰以用纯金细线描成的阿拉伯式图案，里面装满了烟头。屋里的光线……在桌子的两侧，几乎是面对面的分别放着两张高背，皮面的木制扶手椅。再往左边去，沿着墙，一张狭长的桌子上摆满了书。一张暗绿色的大皮椅正对着一些灰色的金属文件夹和浅色的木质卡片框。第三张较小的桌子上放着一盏瑞典式台灯和一架漆布罩着的打字机……

　　　　　　　　　　　　　　　　　　　　乔治·佩雷克《物》

　　我们肯定这是一种纯然物化的描写，精确到了每一个细小物的形状、色彩、数目，物的位置、尺寸，置搁方式，物是唯一的主角。这是物化社会的现象描述，精确而细腻，至于这种纯物化描述的意义及社会主题，论述起来颇为复杂。简单地说，物的描写是对消费社会物品崇拜的反应，或者高度物化对人的压抑，人从文本中退出中心位置。物的描写强化了艺术的非人性化，移情主义从物品中和文本中退位。在新小说的纯物描写中，人物描写也是木偶的，缺乏行动的人物，他们没有获得身份认同，所以我们弄不清人物在物品中穿行的目的和意义。物的社会意义或许正好就是它取代了人的位置而占据了社会的主流位置。但物在今天的消费社会里，它仅仅是商品，人活在他被商品拜物的奴役之下。物在今天构成的是一种反讽意味。

　　我们通过描写类化中其技术的历史发展可以肯定如下几点：第一，描写从其对象和方法而言总是在变化和发展之中，始初我们可以理解描写是一个方法的问题，但显然的是，现代描写已经不是一个方法问题，而是一个认知理论问题，即什么样的描写决定了我们认知世界的模式。第二，描写是一个从诗歌中衍生出来的基本技术，然后扩展到散文和小说中来的，但只有描写在其小说中取得最高成就。而且被小说流派化和风格化的。具体到小说中也经过了由叙事的小说到描写的小说，表明了我们小说的历史有两类现象：叙述的小说和描写的小说。第三，描写是一个极具技术性的小说元素，紧密地关涉人物、故事、场景三元素。描写的某一技巧发展为主要的表现手法就会决定该小说的类别性质，新小说派，自然主义，新感觉派，均是由小说的描写技术而决定了小说的流派。第四，描写的世界观。它会决定人生态度的变化，或者说人生的根本认识不同而决定了描写的世界观。而描写的根本观念会影响到小说最小的局部，小说也因此改变面貌。我们可以把描写视为现象、表象，但描写也关乎事物的本质，例如人的本质显现似乎没有比描写更好的办法了。这一切都决定了描写绝非是小说可有可无的元素。这是根据描写方法的历史发展而来的。我们还可以从理论上去认识，世界从根本上来说就是对它自身的描述。世界在向我们每一个人描绘，我们每一个人又把自己描绘给别人，这决定了世界的本质便是描绘性的，从哲学上看，我们习惯把描绘视为一个系统，而把被描绘的对象视为一个系统，从而强调其中某一个方面。古德曼认为："参照系似乎更多地属于描述的系统而不是被描述的东西；这两个陈述中的每一个都把内描述的东西和这两个系统联系在一起……"

我们被拘囿于对属于描写对象进行描述的方式之中。由此看来，我们的宇宙与其是一个或多个世界构成的，倒不如说是由这些方式构成的。"当代哲学重视事物之所以被认识，是在于我们认识的方式，因为认识方式包括了认知对象。这就是说，我们的描写方式便包括了我们描写的对象。世界本体是描绘的，是对象针对他者，无对象便是针对它自身，因为我们不用对象化，世界就是它自身的描绘。换另一个角度讲，我们要对它进行描写，我们的描写构成了方法论的东西，描写肯定是针对被描写的对象而言。因而世界的描写方式便包括世界本体的描绘在其中。由此可见我们的描写是重要的。"（参见拙著《中国现代小说语言美学》，商务印书馆，2011 年版）我们推论词语是对世界事物观念的标志性定位，词语是对世界事物的直观照相，这种照相便是对世界事物的描写。词语是描写的，作为描写世界的一种方式，世界自身是描写的，我们便可以在这二者之间确立一个描写系统。什么是描写？描写就是把世界的一切及其自身的方式给我们看。

三、描写方法规约

正因描写没有准确的定义，我们不能让描写自由泛滥，尽可能给描写制定一个可能性的规范，让人们一眼明白这些是描写的规范。也就是我们心中应有一个描写法则的度。其实对任何写作我们给它制定几条准则都是可笑的，但是如果没有丝毫规矩，我们又无法将那些写作原则相互区别开，理论上说是矛盾的，实践使用仍然还是有效的。我以为成熟的作家分别对文学和艺术方法的把握都会有不成文的潜规则，不然，好的文学作品我们都会交口称赞，这表明了一个艺术的、文学的文本，它既在规则之内，又在规则之外。我有一次去湖北参加文学笔会活动，一位作家说他写了部中篇小说发表了，影响很大，写的是一次真实的商业活动。我讲课时说，你不能这样写小说，不是我们去真实地记录商业活动，而是人们如何去操纵商业活动，在人性和金钱利益面前每个人都会有他的取舍方式，不是商品在活动而是人的性格在活动，是他驱使了商品。会后他找我说，从来没人给我说这个道理，但我写的小说在全国能发表，也有了知名度。我这时只能哑口无言。另一个人问我，这是否说，写作真的不需要方法，机关语言、商业语言都是小说语言？我说，人们大多数选了这种白开水语言并获得了许多时髦理论家的认同，我能说什么呢？古往今来文学的参照系太厉害了，我们说彼道此都没用，东西方成功的经典小说无数，我所谓的规范是从那些范例中产生的。是否一定作为标准，视个人写作实践而定。

亚当认为描写性体系由两个规则组成：名称规则，扩展规则。所谓名称，就是我在前文中常提到的命名，描写也是一种命名行为。名字是一个客体的称代符号，反映的是客体的实际状态。所有的命名都会含有一个解释系统，对名称的解释就是描写。名称就是一个标题主题，一个谈话主题，一篇文章、一本书的确定性名称。这注定会有对名称的描写，又称命名锁定操作。

> 包法利夫人从来没有像这其间这样好看过……眼皮像是特地为她的视线剪裁的，看上去杳渺，又妩媚，瞳仁沉在里头，不见踪影，气出急了，玲珑的鼻孔分开，丰盈的嘴唇翘起，同时薄薄一层黑色，影影绰绰，盖住她的嘴唇。头发像是一位专会诱人堕落的艺人挽成的一个肥肥的圆髻，随随便便，盘在后颈，又因为幽会，天天散开。她的声音如今越发柔和动听，身材越发袅娜可爱，甚至她的袍褶和她弓起的脚，也妙不可言，沁人心脾。

> 福楼拜《包法利夫人》

所有的描写都是对名称的后设性行为。我们建立一个语义主题并置于语义结构和序列结构的平台，由此基础而延伸出名称定义与名称特征，很显然一个单一的名称在我们的描写系统里变得众多了，这是我们所说的第二个特点扩展。对名称而言这个扩展可以是一段话，一个单篇解释，还有可能成为一本书。可见扩展有着无穷多的绵延。扩展有两种方式：术语与谓语。术语，指客体的各个组成部分，异名所指的清单（1号、2号、3号、4号……）。谓语，是对这些参与成分的断言、肯定、否定、质疑（A1、A2、A3、A4……）。我们从语法上认定，名称是同位的、换喻的、相邻性的。谓语则是变化多端的、有形容的、判断的、分句的。谓语是一连串功能性词汇。

我把上述这种描写方法叫作**主题化限定的方法**。

第二种，锁定描写法。这种锁定包括人物、时间、地点、对象物。主要表明我们描写的是谁，是什么东西，没有描写对象一切都是白说。锁定有三种变体：锁定，分配，重组。分配是在描写序列的结局之中，说明上文描写的是谁，是什么东西（归纳法）。重组是指在描写序列最后重新采用最初的标题主题，对之进行重组。

重组描写法：

> 油坊在一个坡上，坡是泥土坡，像馒头，名字叫圆坳。同圆坳对立……便可以打到圆坳油坊的旁边……
>
> 沈从文《阿黑小史》

先说油坊，再说圆坳，然后确定为圆坳油坊。这里回到了最初提出的命名：油坊。最后还在对圆坳油坊描写。这种描写是循环式的。

分配描写法：

> 卡尼古山，它险峻而孤独……两条路之间……一条靠近普拉代，另一条靠近布隆……往西去不远，在一个隐蔽的山谷里……有一座韦尔内温泉……这就是我所知道的东比利牛斯山最美的风景区。
>
> 特罗洛普《博舍妈妈》

这种描写法先依序分头描写山，描写路，描写地点，最后总体上给出一个称谓。

关于锁定描写法我已在前文用包法利夫人的肖像描写做了说明。注意，锁定描写有些类似特写，或人物，或地点，或建筑，某局部一定要有详细的描写。

第三种，体态描写法。这是一种常见方法，即把不同人物与事物的各种不同的体态侧面表现出来，描写其人物的主要特征，例如形状、大小、质地、色彩等。同时也展示事物的各组成部分，身体—头部—肢体—衣饰。每一个局部都是一个片段。

> 穿过餐厅的是一个女人……她中等身材，穿一件白色毛线衣和花色裙子，一头淡红色的金发，脑袋……她耷拉着脑袋……一只手插在贴身羊毛衫口袋里，另一只手托着脑袋……她的手背很阔，手指很短，粗糙稚气……她的指甲……指甲旁的皮肤有些起毛，好像是咬指甲的恶习留下……
>
> 托马斯·曼《魔山》

这一大段人物体态描写，我删节了许多，托马斯极擅长这种描写，特别是写手，写脖子。他的体态描写的经典之作应该是《威尼斯之死》和《特里斯坦》，虽然主要人物是阿什巴赫，而且是从阿什巴赫的视角观察塔齐奥姐弟，对阿什巴赫的体态描写几乎全方位详尽细描。同时也把那个美少年的体态写到了极致。托马斯的绝处是描写那些略带病态的苍白，展示病态人物的病态之美。

第四种，建立关系描写法。这有些类似福柯的谱系学方法。福柯认为从数量和大小描写，我们总是先从数量的词语来表示它们。但形状和比例应该用其他方法来进行描写。"要么将其与某些几何形状相对照，要么使用某些最为明显的相似性。"（福柯语）所谓建立关系，一方面是比较的关系；一方面是联系的关系。这里的关键是找到事物之间的关系属性，例如因果属性、种属属性、时间联系、空间联系，或者我们从大的人文学科里来找到它们的联系。也可以从美学基本理论的规律看。我们说美有一个重要性质，就是它的关联。这种关联的范畴主要指：大小、数目及其性质等。事物总是由数量组成，数是事物最基本的时空表述，每个事物相对数而言必定要展示为它的相对大小，即比例尺寸。人与事物从形状来讲仅显示为它的状态和样子，而它们从复数而言的类化必定是其性质的规定，否则从模仿描写的角度我们无法复制，再现人与事物必须从性质去理解。也是这种建立关系的描写方法使得这种描写法在各种情况下、不同语境中均显示出描写的综合状态。这种综合描写的范例比比皆是，我提请注意的是要处理感性与理性的关系。其感性原则一般表现为普通美学的共同性上。注重描写综合后产生的艺术效果。描写一定要从效果上去看。另一方面我们是理性处理原则，我们人对身体器官、事物的形式知识懂得很少，描写是一定要运用知识性词语的。这需要我们学习一些专业的形式知识。关于天文地理、动物植物、科学知识、社会心理各方面的专业知识水平，所以我们也要借助资料，知识考古。描写也要提专业知识的正确性，这是描写大大优于叙述的。

第五种，分层描写法。在描写中依层次一层一层地按其特征规律描写，使不同层次组合起来形成一个主体的构成状态。实际在一个整体中的各个局部，在层次之间，从结构上是关联。从表现方法上则是蒙太奇的。这种分层法有两种：一种是描写特定的事物，如太阳、风、颜色，把这一事物分散成各局部去描写。另一种则是跳跃着写不同事物的各个侧面，整体形成组装方式。

……太阳总是那样强烈地照耀……吹起沉闷的热风。

……那山丘有点陡峭，犹如高墙；有的很低，像是小石堆，仿佛专门为孩子建造的。

……仿佛火热的阳光射进了肺部……

……太阳烤着她的脸庞……太阳使她获得了解放……强烈的阳光使

她几乎闭着眼睛……今天这样渴望阳光，仿佛传来了阳光的波动声……
……风迎面吹着……猛烈的风……阳光多么强烈，在风中跳跃……
她靠近了阳光……

（法）勒克莱齐奥《沙漠》

这篇小说包括了上述两种方法，写太阳与风则是第一种方法，写山丘，写拉拉这个人物的行为方式则是采用的第二种方法。当然还有一种混合的方法，在《沙漠》和《战争》的描写中是经常穿插采用的。

四、抒情与抒情类型

抒情（Lyric），通过语言形式直接表露个人的情感。如果略为宽泛地说，表现语言指体现者本人的内心世界、思想倾向或情感倾向。我们把情感可以依次排序：情感—情绪—激情—沉思。情感的复杂便决定了我们分类的复杂，情感依稀还有一个区分，那就是正面情感和消极情感，或者说肯定性情感与否定性情感。"情感"在人类生活中是一个确凿无疑的词，而且绝对遍布我们所有的文学形式。东西方自古以来便有抒情诗，在小说里有浪漫主义小说、抒情小说的说法，什么时候不提抒情了呢？我想诗歌从艾略特开始，小说从巴特的零度写作开始，或者自新小说开始。我们说黑色幽默小说、荒诞小说仍然是情感小说，仅在于它们是否定性情感。"情感"一词在文学写作中是隐在的分布，而抒情方式却从此在理论与实践中取消了该概念，在二十世纪形式美学中六十年代取消"描写"一词，代之以叙述概念，"抒情"一词消失得更彻底，结构主义、新批评、现象学等文论均不使用"抒情"一词。在文学界几乎形成了共识，绝不提"抒情"一词。有情感、有抒情方式而又绝不提抒情概念真是一种千古奇观。

这里有一个极重要的误区。我们把情感在文学中的运用往往理解为一种激情，浪漫主义激情。抒情也就自然指向激情的表达，这个误区很荒唐。它忽略了人类情感的复杂性。而对于抒情方式而言，我们有直接抒情、含蓄抒情、隐在方式抒情。简单说，抒情方式从来就没有在文学中消失过。诗歌的抒情自是不可言说，当代诗清除那种激情式的影响，尽量地在反思中清除抒情，这实际是个误区，例如诗中的沉思是抒情，反讽是抒情，感觉性描写也是抒情。其实诗歌清理情感的痕迹仅仅是针对激情，针对那些浪漫的东西，针对表面情感的洋溢，反而会使内质的抒情更强烈一些。我这里仅是顺便提及诗歌，小说的抒情比诗歌抒情要麻烦一些。一种是意识形态小说，自革命小说以来到今天它仍然充满了情感的表达，并且把积极和消极的情感按意识形态等级划分得非常明确。另一种纯叙述的故事小说，它的抒情并没有在文本局部留下多少痕迹，体现在整体的叙述态度上，暗含一种情感态度对事物做一种肯定或否定的判断。当代小说只要使用了批判理论就不可能没有情感表达，仅在于它的抒情方式不好类化。这时我们要特别注意到小说中的人物抒情方式的变化。当然，这涉及一批纯叙述的通俗大众小说，它们除了煽情性描写，那种艺术的抒情方式是没有的。我这里重点提出的是那些强调描写的小说，一种纯文学性追求的小说，它们有一套复杂的抒情方式，过去习惯于把抒情附着于议论之上，或者使用感叹词的话语作为抒情的判断标志。现代文本发生变化，极少使用那些感叹词，或者大量的议论式抒情，如果从这两个方面看，当今诗歌与小说确实很少抒情了。其实我们忽略了一切描写手段都带有抒情性。我们说描写，发自它自身的功能，有两点要特别注意：其一，描写一定会使事物从客观状态达到美化，而且描写是直接连通五官感知的，描写的体验性和美的体验性是一致的。描写永远是关乎美的事物，或者丑的事物（否定的）。其二，无论是客观与主观都会含有抒情性。描写是一种欣赏态度，自然会注入情感，但它的抒情方式是隐含的，无论移情或者抽象，它会把抒情方式转换到复杂的技巧里暗示出来。描写既然是修辞性的，就一定会和美和抒情有关。我们或许还可以做一个深层的探寻，描写是一种空间艺术，大部分在静态状态下处理人与事物，它应该是一种凝神的审美关照，而且必须把各种形式特征联系起来形成相互反应。这时候描写一定是超越原物的，使原物质感更鲜明。在超越原物时便会有想象，任何描写都会有些想象化，既然有想象因素，便是一种艺术性处理。这种与美，与艺术，又和想象关联，抒情倾向便是必不可免的。我们考察古往今来的小说，凡属有哲学品质，有诗意化的，还有绘画特质的均是描写上的成功之作，它的艺术感染力自是不待言说，诗、画、哲学这三者本身便是抒情性的。

总而言之，描写是天然地和抒情结合在一起的。这也是本章为什么把描写与抒情结合在一起的原因。

描写的抒情性小说如何分类？分类是否具有意义。我们可以暂时搁置，先从类型上去理解。

一类，浪漫主义的描写抒情小说。从古典状态以来很容易识别。《少年维特之烦恼》是开先河的。大体上有这么个类的区别，德国浪漫主义自施莱格尔兄弟开始，有诺瓦利斯和蒂克的小说为代表。法国有一批唯美主义的小说为代表，还有卢梭的小说里浪漫的描写。英国以盖斯凯尔夫人、劳伦斯、哈代、王尔德为代表的心理描写小说。

两人随即走进树林，越走越远，越走越深；四周潮湿而幽暗，不见一线阳光，不闻一点声响，只在头顶上看不见的空中，偶尔传来几声鹰隼的鸣叫……她（伊丽莎白）那稚嫩的小脑瓜儿，只勉强高出丛生的羊齿植物一丁点儿。他只好又退回去，把她从乱糟糟的荆棘和灌木丛里领出来，到了一片林中旷地上，这儿开着一朵朵寂寞的野花，花间有一只只蓝色的蝴蝶在翩翩飞舞……地上到处间杂地生长着一丛丛覆盆子和冬青，它们之间的空隙又被艾蒿和绿色的浅草填补起来，充满在空气里的浓烈的芬芳香气是艾蒿发出的……

施笃姆《茵梦湖》

《茵梦湖》这篇小说在中国的影响超过了德国，影响了中国浪漫主义作家几代人，被他诗画般的描写和绕缠连绵的诗意所笼罩，可惜中国小说并没有真正接受它的传承，而走向激进的浪漫的革命小说。应该说郭沫若、郁达夫在韵味风格上稍有一些传承。这些小说的抒情方式是移情的，大量地描写美好的景物，从画中透出诗意，保持古典韵味。

二类，写实性描写的抒情小说。这几乎是俄罗斯文学的一个传统，代表作家有屠格涅夫，契诃夫的《草原》，蒲宁、安德列耶夫等人。

从清晨开始，天空便非常晴朗。朝霞并非鲜红似火，而是泛出一大片悦目的红晕。太阳既不是像在干旱酷热的季节那样如同一团炽热灼人的火球，也不像暴风雨来临之前那样暗淡无光，而是放射着明亮宜人的柔和光芒，在一抹窄长的云彩下方冉冉升起，和煦地普照一阵之后便钻入这一抹淡紫色云彩的蒙蒙雾霭。于是云彩薄薄的上缘便闪闪发光，宛似银蛇飞舞……突然云彩后面又涌出万道金光——原来那一轮辉煌无比的太阳继续兴高采烈地向上升腾……在太阳升起时一样安详地落下的地方，鲜红的夕阳照在开始发乌变暗的大地上方停留了没多久，接着天空便闪烁起像一点摇曳烛光似的第一颗星星……

屠格涅夫《白净草原》

小说开头便有一千多字的景物描写，但是写实模仿性的，开始写太阳，换一个角度写云彩以衬太阳。太阳置于文本的中心位置成为讴歌的主体，写实性描写是显而易见的，它的抒情是借助描绘的倾向性表现出来的。这仅是针对景物而言。蒲宁的小说近似白描，主要集中在人物描写上，他对这些人物充满了同情，即便是讽刺批评也是善意的，特别注重人物事件的细节描绘。他的小说的抒情性表现在对人物的一种抒情性笔调，或者文本语境流露出的一种情致。蒲宁的抒情是委婉曲致而隐含的。

三类，激情抒发的小说。激情抒发的最杰出的代表是雨果。《海上劳工》《悲惨世界》《巴黎圣母院》都充满那种大爱大恨的激情，这种歌颂与批判并存。这种激情抒发被波斯比洛夫划分为几类：英雄主义激情、戏剧性激情、悲剧性激情、讽刺性激情、感伤性激情、浪漫性激情等。为什么会产生激情呢？我以为首先来自社会客观发展的现实，作者被时代的某种激情所裹挟，这特别表现在那种巨大的变革时代中。俗话说的改朝换代。这是一种政治社会激情的抒发。所以激情总是针对大是大非问题。其次，激情源于作家的血型气质，主观性作家天生有一种抒情气质，作家的激情，既是个性使然又是世界观的。这类作家只要遇到了客观环境提供的某种气势与情境便产生了抒情，因此，抒情又可以说是一种自我表现的展示。最后，激情与个人年龄、人生经历及大众环境有关。艺术的青年时代往往是青春勃发，激情四射，表现出一种浪漫情怀，什么事都敢作敢为，中年以后情绪便趋于平稳，思想更稳健，或者说慢慢走入保守的状态。个人出于现实旋涡会有各种矛盾斗争，挫折失败，奋进努力，社会活动中的人与事件是不断变化转折的，有时挫败反而催生了意志坚定，激情迸发。激情应该是人人都有，在文学中往往分为肯定性激情或否定性激情。例如我们完全可把鲁迅称之为否定性激情，蒋光慈称之为肯定性激情。肯定性激情扬厉一种个人豪迈理想、激进主义思想，包括某种乌托邦理想。否定性激情表现为对社会现实一种犀利深刻的批判。

英雄激情的抒发我们一般指那些史诗性作品，典型如《荷马史诗》。神话作品中我国古典小说《西游记》也是抒发一种英雄激情。现代英雄激情往往是讴歌那些革命者的。

戏剧性激情产生于人与事物的矛盾关系中，这是一种境遇性的激情迸发，往往个人愿望要求或重大的社会吁求遭遇到了一种巨大的毁灭与失败，而这种失败又不是外部力量的依赖所导致的，是某种情势所致。它具有某种偶然性，当然从整体时代社会来看它又有必然性。戏剧性激情一般是场景性地表现在小说中，如司汤达的《红与黑》，巴尔扎克的《高老头》，陀思妥耶夫斯基的《罪与罚》，莫泊桑、契诃夫等，都极善于运用这种戏剧性激情。

悲剧性激情在古典英雄史诗中普遍存在。悲剧指人类内心的自然欲望与他的责任感的冲突，是选择之后导致失败的后果彰显的。因此我们人生便蕴藏着许多性格悲剧。莎士比亚的许多悲剧是经典范例，包括普希金的《鲍里斯戈都诺夫》等。这方面往往是人生命运悲剧最具震撼力。

讽刺激情，或者还可以把反讽激情纳入进来。这表现在一种嬉笑怒骂的语言态度上。我们说鲁迅与张天翼都属于此类小说。而果戈理、契诃夫都是将这种讽刺性激情用于他们一生的小说创作中的。注意，在抒情方式上它们是一种综合状态，如使用幽默、挖苦、反话、讽刺、嘲弄等综合手法加强外部世界喜剧性的描写，使内外形成强烈反差。反讽激情我们通过文风也能看出来，典型的是巴思的《喀迈拉》。

感伤激情既是个人气质的，又是语境变化导致的。西方感伤主义小说被视为具有积极因素，它的产生有一种诡异的矛盾因素。一方面是贵族阶层不满社会腐败堕落有一种返回意识，要求找到自然、朴素、纯真的东西，因而他们的感伤具有同情因素。另一方面是社会阶层的低微者，由社会时代的绝望导致它们的感伤，他们有一种无奈又有一种批判。虽然产生于两个比较对立的阶层，但却指向了共同的社会感受与认同。那是一种最基本的人文民主思想，他们发自内心情致的一种感动，是内省的，又是一种自我情感价值的认同。这方面的代表作品有卢梭的《新爱洛绮丝》，理查逊的《帕米拉》，包括《少年维特之烦恼》。一般那些出身贵族的作家都会有感伤情结，如屠格涅夫、托尔斯泰、帕乌斯托夫斯基、拉斯普京等都具有浓厚的感伤情怀。感伤激情出现在十八世纪后半期，但感伤情结一直贯穿整个文学发展的历史。

浪漫激情是一种内心非常兴奋的状态，它产生于对理想的崇高追求，在这种理想思想的认识关照中促使的个人行动，关涉现实生活的种种现象，按照自己希望的状态描写生活现实。浪漫主义是世界性潮流，这不仅仅是文学与思潮，甚至还是整个社会历史的运动，革命也是一种由浪漫主义转向现实主义的实践过程。由此我国二十世纪二十年代产生了许多革命的浪漫小说，主要代表是郭沫若、郁达夫等人。

以上我们是按波斯彼洛夫关于激情分类的准则对激情做了相对的细化。其实并不一定有大作用，因为激情乃是各种因素的一种综合。说到感伤、幽默、浪漫悲剧、英雄、反讽这些类属特征不过是把激情做一种性质与程度上的比较，更多情况下这些情感是彼此渗透和综合的。

四类，诗意小说。诗意小说是一个笼统的称谓，世界各国都有这个类型的小说，有称诗意现实主义的文学，而且诗意小说没有一个严格的定义，各国诗意小说在形式与内涵上的区别上也很大。古典传统中，浪漫小说便是诗意化的。在现实主义传统中，诗意小说指向理想、情调、韵味，甚至是从创作的终极目的上说，诗意现实主义和浪漫的诗化方式是不同的。现代以来，诗意小说更多的是那些具有先锋意识的小说家所热衷的。《茵梦湖》《少年维特之烦恼》属于传统的诗意小说。其描写重视客观，具有梦态一般的抒情色彩。有许多从神话、童话中借鉴来的方法。诗意小说与早期浪漫主义小说关系密切，蒂克的长篇小说《施特恩巴尔德的游历》写一个青年画家的漫游，文字语言随着人物漫游展开，以寻找恋人为终极目的，小说中杂以书信、诗歌，极为优美的自然风光，充满了诗情画意的情调，把浪漫气息挥放到了极致。艾兴多夫的《没出息的人》半是诗歌半是音乐，语境是绝对浪漫诗意化的，其主人公又是一个有才华的音乐家，小说内在地充满一种音乐性，大自然环境是风光的、情调的、诗画的。这些确定早期诗化小说：一要有风光秀丽的自然环境并与环境相配的情调，人物在诗画背景里云游。二要有上口的节奏，音乐与歌，传导快乐愉悦的情绪。三要与谈情说爱有关，女人、美丽，是一种动心感人的故事，所谓浪漫是无羁自由地按自己的心性而游走。四要有漂亮优雅的抒情性语言，不厌其烦地对美的描写，流露出种种情感。在我的抽样中，法国的诗意是居世界之首的，浪漫爱情一直是法兰西民族骨子里的东西。皮埃尔让·儒弗的《波丽娜1880》便是一部长篇诗意小说。这是一个凄美的关于欲望的故事，波丽娜少女时代便与米盖尔伯爵私通，由于无法摆脱叫波丽娜杀了情人。于是她便纠缠在复杂的情感中，欲望与宗教，爱与怨，道德约束与心灵追寻。全篇一百一十九个长短篇章，每个片段都可视为波丽娜发自灵魂的反思与抒情。这是写于1925年的小说，这个世纪早期有纪德的经典文本《地上的粮食》，他给诗意小说提供了更新的人文反思，也塑造了新的艺术形象。他的小说半个世纪中成为欧洲青年人的偶像。这部诗意的小说分前后两期，居然还补充了一个续篇《新地上的粮食》，直到今天这部小说仍是被人喜爱的经典。2002年一部《游荡的影子》获得龚古尔文学奖，作者基尼亚尔，这部小说我已在《时间与空间》中介绍过，这里作为诗意小说的一个特殊品种来读，它的主体形象是影子，实体的缺席，象征隐喻当今世界的现实状态的反讽性表述。表述他对时间、对进步、对主体、对当今之世的各色现象的思考。他的语言形式是自由无羁的，又是音乐节奏的，采用断片拼贴使语言在并置中呈现出张力，虽集中为五十五个章节，却又化为数百个碎片，全是反思随想式的。这种抒情性有别于浪漫情怀的那种，而是一种沉思的深邃的诗意，这是一种极为现代的诗意小说。这个类型的写作在当今世界应该说是不少的，特别是后现代语境中，人们对诗意有了别样的理解，更多的是一种心灵的反思。

　　五类，哲理沉思小说。 应该把哲理沉思小说和浪漫诗意小说结合起来谈论，但自古以来，这是一类小说的两种现象，而且从文体上差别还很大。上面我们清楚了浪漫诗意小说是一种优美文体，其间也许会有一点哲理散发，整体上可与哲学无关。它是以情感抒发为主而不是以思想深度为宗旨，哲理沉思的小说很大程度上又避免了那种极其华丽漂亮的浮浅文字，因而应该划为另一类别比较合适。这类小说应该说和近代思想密切相关联。我们说加缪、萨特、卡夫卡便是这类小说家，他们的作品《墙》《局外人》《城堡》《地洞》等，日本的安部公房也有部分这样的作品。哲理小说有给出结局的，也有不给出结局的，小说整体是一个象征隐喻，并不一定给某一思想提出解决方法，甚至它自身便是一个悖论。我曾写过一篇小说叫《无相岛》，从根本上对某种思想并不给出答案，一种理念，它是对其自身的缠绕。无解也是一种解。

自十八世纪以来浪漫抒情小说我一直以为它是一种作伪的小说，和这个社会时代的严酷性没关系，是一种逃避，是一种懦夫行为。今天我不这样认为，诗意小说也可是锋芒所指无情的深度批判，也可以极好地成为思想的发散。一种文体完全可以因为作家的艺术创造能力和智慧而背离这个文体初衷。每一个小说家都被情感与形式的结合而困惑着、检测着。抒情形式也是万千品种、万千方法，词汇本身的描绘能力便是抒情方式的显现，可见命名也是一种抒情，客观事物的描写是物性的东西，被移情化，又可见拟人法本身是一种绝对的抒情。现代主义从精神向度上去寻找自我，找到了无意识源头，感叹人是无能为力的宿命，因此自我认同也是一种抒情。许多文本仅在客观叙事，或客观描写，并没有抒情细部，甚至抒情的句子和感叹词都没有，但文本的结构整体都流露出挥之不去的反思与情韵，这是一种更为隐蔽的结构性抒情方式。沉思与哲理，浪漫与诗化，现实与批判，愤怒的革命与戏剧的日常生活，芸芸众生与达官贵人都会透出一些特殊的情感表达方式。抒情是什么？抒情只不过是寻找一种情感的踪迹，无论这个踪迹显与隐，它都会是一种情感的形式。我这儿提示的抒情方法有五六种，其实没有任何意义，一个作家只要张口说话并变成文字，他便开始抒情了，每一个句子都是一种抒情方式。有可能一个文本中说了许多话，可它的抒情主体并没到场，抒情会以一种缺席呈现，也可能你充分展示了抒情，可你的抒情对象却在文本之外的某一个角落里孤独地沉思。

五、描写与抒情的可能性

描写与抒情的可能性？为什么把这二者组合成一个框架，其合理性在什么地方？是必然还是偶然？这涉及《现代小说技巧讲堂》这本书的整体构造，为什么用这个二分法的原则谈一个问题，或者两个问题纳入一个章节来表述？

小说中有许多基本问题，历来的小说美学总是从一个问题谈一个问题，往往深入这个问题以后，便发现了问题构成是多侧面的，我立意从一个问题中两个最主要的侧面去比较而谈，这样既引导人们去区别问题，更清楚其问题的实质，又通过对比找到事物相联系的根本点，这样就形成了对问题的深度认知。描写和抒情是指两个问题在一个空间里谈论。

　　首先，我们考量一下抒情是否为一个单独行为。古典诗歌和戏剧中抒情可能是一个单独行为，一般为独白形式的直抒胸臆，这样抒情变得特别戏剧化。一个人大量地诉说自己的感情，这使感情变成一种言说、一种示人，而不是一种自我体验的过程。情感作为自身的体验，其实并不能转换为语言方式，它仅为个人的内在情致，一个人说情感一定是不可遏制而不得已为之，这就形成古典抒情的戏剧化。抒情在漫长的文学发展中渐渐缺少独立地位，例如始初和议论结合，和叙述结合，和描写结合，故此并未见单独的抒情文体。我们说抒情诗，确实存在，可抒情并非只有抒情手段而无别的描写议论，否则我们会问什么是抒情，我们却无法回答出一个抒情的形式。十八世纪以后它更没有一个单独的方式了，进入小说以后一定是和小说的其他元素结合。其间最多的便是与描写，而不是与叙述。也有抒情性叙述，这却容易变成叙事性描写了。近现代文学发展有一个特点是抒情越来越隐蔽和含蓄。在偏执的文体中干脆取消了抒情，因而我们只能从文本的隐含元素去分析抒情。

　　其次，我们从描写看。任何时候语言都是表现情感的，假定有一个人说，我没有情感，这正好说明了情感状态。抒情并不是这种情感状态的褊狭，它包括意志、思想、倾向等等。我们统称为一种情绪表达，任何情绪的表达都是修辞性的。有一百种修辞方法，便是一百种表情方式。值得注意的是，描写永远是和修辞结合在一起的。即便你仅仅是想描写出事物的原貌，复制原貌，也含有一个前提便是要逼真性。描写出真的样子，这就有了修辞，细节抽象的能力，轮廓的准确性，包括原样的生动性，描写是具有高度的修辞技巧，这让我们注意到修辞让描写与抒情一体化。在修辞状态下的描写一方面是呈扩大趋向，含有比原物夸张的东西。另一方面是比原物缩小的方向，便有描写中抽象的要素。情感是一种不确定性状态，没有用尺码丈量的情感，修辞也不是一个精确表述的术语，不是夸大就是缩小，在绝对值面前它也永远是非稳定准确状态的，这使得不确定性情感正好适合非稳定状态修辞。修辞移挪于描写也大体只是追求相似性与逼真性，我们并不能建立一个原物与描绘出来的形象之间可以丈量的精确尺寸，可见修辞与描写是在追求效果的终结时起作用。是这些不确定因素使描写与抒情既高度形象化又有了惟妙惟肖的似真性。那为什么二十世纪后描写又被挤出了小说而独尊叙述呢？其一，描写自古以来没有被精确定义，因此并不知道它何种程度上深入了事物的本质属性，那么我们就达不到客体的真正认识。其二，描写无法精确还原本原的事物。描写对于真实而言有四个致命的弱点：其一，描写必须是修辞的。其二，任何描写均含有主体的想象性。描写的逼真性是打折扣的。其三，描写没有一个方法上的规范性，也就是它不可以建立几何学的物理丈量测绘标准，一般受制于艺术家的心理过程与艺术个性，显得任意与自由性，也就是说，描写永远都可以多两个字少两个字，没人会追究他的法律责任。其四，叙述追求的是速度，动作行为的进程。描写过多便影响叙述进程中的速度而被视为一种包袱。现代社会中的速度适合叙述而不适合描写，长时间注视静态描绘的各种细腻画面人们会产生审美疲劳，从而跳过这些详细描写去追踪行动中的速度。以上这四点是否就决定了描写从历史年轮中的消失呢？如果仅如此，我们比较一下叙述，叙述模仿动作行为同样也不能精确无误地还原动作样态，叙述永远在动作之后发生，你刚模仿过，动作行为又发生了新的变化。这表明模仿永远是滞后的，无法追上叙述的进程。描写无法逼真只有相似性，真实是描写过后的一种幻影。叙述同样没法做到精确无误地模仿动作行为，所有的叙述都仅是动作行为的一种特定模型。描写同样有速度问题，表明描写的问题同样也是叙述的问题，差别仅在于一个角度的取舍，程度上的不同。描写容易模式化，叙述还特别规定了各种叙述模型，可见叙述和描写共同面临许多问题，关键不在这些叙述与描写的彼此分属元素表现功能的缺陷，而在于共同作为小说的元素相关配合，或者限定小说上的两大类型存在。叙述天然地配合着小说三元素中的故事元素，使小说体现为时间性的，而描写天然地配合着小说三元素中的环境元素，使小说体现为空间性的。由于对叙述与描写的两大手段突出不同，这就产生了描写性小说和叙述性小说。在十九世纪以前描写作为叙述性小说的缺陷或许在今天正好是它的优点，在后现代语境中作家努力将时间性小说发展为空间性小说，这就万万不可缺少描写的因素。另外，传统小说由确定性写作走向非确定性写作，这正好暗含了描写功能的优势，描写天然地具有那种不确定性。在文化多元的今天，叙述、描写、抒情三者是统一的，不可或缺地存在于小说中。

最后要说的是，我们不是要在小说中清除什么，而是如何有机高效地使描写、叙述、抒情这些元素，创造一些新的小说类型，让小说文体多融合进去一些表现手法的新元素，我希望真正产生一种小说描写学学科模型，让它和叙述学具有同样的人文学科位置。

第八讲　切分与组合

　　这一讲我们说结构。我依然举个例子，一艘远航的客轮上，大家正欣赏魔术师的表演，可船长的鹦鹉捣蛋，一再拆穿魔术师的西洋镜。魔术师要骗过他们时，它便大叫袖子里有线，镜里可以偷看，桌子底下有暗门，魔术师气得正想把鹦鹉杀了。突然，一声强大的爆炸，一枚鱼雷击中了目标，轮船毁了，海面漆黑，魔术师和鹦鹉正好同时漂在一块木板上，相视沉默，鹦鹉沮丧地说，好，我投降，你这次是怎么搞的，让人叫绝。这是美国古德弗烈的小说《魔术》。我们看如下片段，表演，拆穿表演，杀机，爆炸，幸存，和解。这一切都是在对"魔术"一词的理解上而组成连贯。表演是一种快乐。（幻觉）对立者拆穿快乐，（真实）战争，第三者力量使现实与幻象得到妥协。一种本质的残酷。然而作家还得让你保持一种更大的幻象在文本中延续。战争是一种最大的魔术。六个切分了的片段，在魔术线索下组合，这一切都是结构的力量，并且还是一种情节结构。在这个小说中，结构的力量还有一些细微因素，例如鹦鹉的视点、时间秩序、空间位置、变化的因果都分别在发挥作用，使这个结构有头有尾，有高潮和结局，包括矛盾冲突与缓解。有意思的是全部活动布置在鹦鹉的直接引语上，包括语言上的对比变化，而魔术师却一言未发，他明白一切都不曾泄露天机这才有力量。鹦鹉承认失败是一个误会法，隐喻更深的人类的错误不能被揭穿，揭穿了便会招致更大的灾难。结构一旦形成文本便是一个固定模型，不能改变。假定我们第一片段是表演，正巧在魔术表演的同时鱼雷击中了船，毁灭了船上的东西，包括死人，而鹦鹉认为魔术师伟大，要求魔术师再变回去，一个和平欢乐的场景。魔术师把战争变成了美女。位置、秩序发生了变化，意义也会发生变化，那它便是一个新的结构形态。

一、结构的含义

　　"结构"一词肯定不是为文学专设的，也不是为小说专设的，结构是先于艺术世界而存在的。例如世界的万事万物均有结构。每个事物有自己特定的结构，某种族有自己的文化结构，某人有思维结构，某植物、某动物有它的身体结构。由此看来，"结构"一词遍布世界大大小小的角落，有客观的结构，也有主观的结构，有自然生成的结构，也有人们拟造的结构。许多结构是存在的，例如太阳系的九大行星运动结构，人类早期并不认识，到近代才认识，这表明结构需要一个发现过程。例如未来可能发明一种超过光速的飞机，而今天却没有，这表明新的结构是设计创造的。在人类认识史上许多结构被人们认识或正在认识，但有许多结构可能永远不会被认识，例如灵魂、夸克，我们只是理性地推论它们的存在。存在之物肯定有结构，然而我们却不能认识，仅仅是我们的一种假说。因此我们又可以说结构是一种谜，一个未解之谜。

　　"结构"（Structure）一词是世界上的普遍存在，如科学的结构在我们看来更为具体、更为形式化，但在二十世纪中人文科学却更热衷于"结构"一词，有了结构革命，形成了结构主义。"结构"一词来源于拉丁语 Componere，含义是组成、构成、形成。这表面结构在形成过程中，有动词的性质，如果我们认识了一个结构，从组织化之后去表达，这个结构是一个名词，是我们认识的对象。客体结构如一栋房子，一棵树，一滴雨水，是完成态，我们马上指证它。小说的结构是一个双重意义的结果，从作者来说，一篇小说在写作时，它的结构未完成。从读者来说，他必须读完一篇小说以后才能知道其结构。可见小说的结构不是你一眼能看到的，它在纸面的一个语言群体里面，而且起支撑主梁的作用，我们从空间上看不到结构，只有在它完成之后，我们才能感知小说的结构。如果要清楚结构的一切，你必须详尽地分析、推导、求证，最后才能获得结构的整体意义。小说结构对于感知者来说，它是时间性的，是小说之后才清晰的，一个小说的结构已经在那儿了，许久以后某人突然从很久的感悟中，顿时明白了结构的特点，发现了别人甚至连作者本人也不知道的结构之谜。

　　在传统的文学中结构是形式的因素，这是毫无疑问的。但实际上形式（Form）是一篇小说的全部因素的总称，表明一部作品的基本构成，从这个意义上说，形式便是全部的结构。因此许多人把形式与结构互换使用。实际上它们之间还应该有细微的差异。说到结构我们会引出一系列的词语，构成、组织、排列、连贯、方向、系列、构架、合成。但我们却不能用一句话把我们称为结构的东西说清楚，因为你说清楚的永远只是它一方面的特征。世界总体有一个宇宙的结构，它的庞大无所不包，但并不代表所有具体的结构，例如，重要的有我们在微观状态下看到的基本粒子的结构。除宏观和微观状态下，我们日常面对的世界事物，各种综合性学科，它又是一个复合式庞大的结构。舞蹈的结构，矿石的结构，社会的结构，工程的结构，人体的结构，音乐的结构，汉字的结构，无数种结构中，没有一种结构可以无所不包地代替我们称之为结构的全部含义，同样称之为结构但相互差异又是如此巨大。人是动物，鸟是动物，石苔藓在海底它也是动物，结构是不一样的。我们想全面总结世界各领域的结构之后，再归纳出一个关于结构的准确定义是徒劳的。从另一个含义上说，结构观念自身也处在变化和革命之中，例如只有半个世纪之久的结构主义。不到二十年又出一个后结构主义观念。因此我们只能就某一类属说明结构的含义。

就我个人理解而言，结构最为关键的是两句话：位置是基础，秩序是核心。

位置，所有事物之所以存在，一定会有个地方、场地。借用物理学的概念场来表达应该是比较准确的。所有物体必须在场，在场才能构成组合。因而，场是基础，没有场，一切事物都不可能以形态出现。那么对一切观念结构呢？某观念你去表述，它存在，这个观念也是一个集合形式，思想、自由、博爱，它们也会有一个形而上的场所。我们用新术语说，上下文，语境，实际上也都是场的概念。用我们最通俗的说法是，所有事物必须有立足之地。

秩序，指的是所有事物必须会有一个摆放方式，从方位上讲有上下左右，"聚集"一词是物的最基本含义，聚集一定以方式出现。从时间上讲，有前后的连带，表明秩序的出现与消失。也就是说，无论何种结构在时空角度上讲，它都会有一个显示方式，即便如混沌学所说的雪与沙，一杯开水、一股气流，它也得以一种秩序出现。

有了这个总体认识，便抓住了结构最大的特征。因而我们也就好把握具体事物的结构特征。关于"结构"一词在人类认识史上有一次意想不到的变革，而且是在我们熟视无睹的一个领域里展开。1911年索绪尔在日内瓦大学讲授语言学。1916年由两个学生整理出来在巴黎出版，由此产生了结构语言学。首先有莫斯科语言小组，再有捷克结构主义产生，并成立了布拉格学派，到二十世纪五十年代的法国结构主义。这个由语言学产生的结构主义，实践在人类文化学、心理学、历史学、社会学各领域，成为人文科学中的热点，风靡全世界达半个世纪之久。结构主义是一个复杂的多学科的思潮运动，我们后文还要论及。它的核心是系统的观念，充分揭示了世界事物各种相互联系的复杂方式，结构成为事物的核心，也是世界的核心。在结构主义那儿，结构既是一种思维方式，也是一种理念。

现在我说到文学的结构。这依然不是一个特别具体的指称。因为文学结构是一个很大的结构，据我看来它起码有三个维度：一是文学的外部结构。文学结构不是世界的孤立现象，它和世界一切具体事物相联系，它涉及一切科学与人文的学科。从这一点上说：文学是与人、与自然、与社会相结合的状态，也就是说，文学与它们均联系形成一定的结构方式，或者是客观的移植，或者主观的反映、表现等。总之，文学与外界一切自然与社会都构成结构关系，这包括一切人文学科的联系。二是文学作品内部结构，包括一切艺术品类也是相互联系影响的，文学的每个门类都有自身的结构特征，但每个门类之间又互相影响，例如蒙太奇是电影结构，它被用于小说和诗歌结构中，具体到某一文体的结构是指文学内部结构的特殊状态，例如意象结构是诗歌特有的，但被现代主义小说借鉴过来，《墙上的斑点》便具典型的意象结构。可见文学内部的结构是互相影响循环的。三是文学作品与作者的关系。具体说，某一作家的心理结构、文化结构，它直接影响到作品的结构。作家的生活经历影响到作家写什么，表面看来是一个材料与主题问题，而实际上也含有一个结构问题，因为生活在某种程度上是以结构方式进入作者与作品的。当然这不是主要的，主要的是作者的认知能力，或者说是一个作者的才情学识决定了作品的结构，这才是根本的。以上三个方面都影响和决定着一部文学作品的结构。其实任何单一的元素都是有限的，这三个方面也是互相影响、交流循环的。因而我们对待文学作品的结构时，哪怕它再简单，在文学领域里也会是一个复杂的反应系统。以《魔术》为例，从文学外部它涉及战争问题，从文学内部而言它涉及艺术门类魔术，还有象征、隐喻。从作者来说，他可能在海上构成一个马戏团遭遇战争的大故事，可以用电影、戏剧的方法。然而他使用了最短小经济的结构。这就是小说结构特有的魅力。

一个文学作品的结构，上面说了三个维度，这仅是指影响其结构成立的诸因素，也许它还有很多更细小的因素，我们暂时不去讨论，我们说，任何结构都是具体的可以确证的存在。那么一个结构的存在它有哪些基本的东西呢？每个基本门类（文体）它的结构元素可能不完全一样，例如诗是分行排列，按韵锁定句尾，而小说句子便不能像诗那么挑选，是扩散的自然排列，这便从形式上区别了。我们说作为文学门类在结构上肯定有共通的一些元素，例如位置、秩序、时空等。英伽登把文学作品的结构分为四个层面：一、词语声音和语音构成以及一个更高级现象的层次。二、意群层次、句子意义和全部句群意义的层次。三、图式化外观层次，作品描绘的各种对象，通过这些外观显现出来。四、在句子投射的意向事态中描绘的客体层次（《对文学的艺术作品的认识》，英伽登著，中国文联出版公司，第10页）。英伽登这里说的文学作品构成不可缺少的这四个层面，也可以把这四个元素作为文学作品结构的基础，但它依然不是我们所说的一个作品内部的独特结构。我们说的结构元素是指模型、场、线索、过渡、照应、连接、伏笔、情节等一系列操作性术语。

我们还是以小说为例来说，凯特·肖班的小说《一小时的故事》说的是马勒夫人心脏有毛病，告诉她丈夫死讯时要委婉一些。她的姐姐约瑟芬吞吞吐吐地告诉她一半真相。她丈夫的朋友理查德在旁边说，火车出事的消息传到报社，死亡名单上马勒排第一。他为了弄准消息，等到第二封电文后才来报信。马勒太太知道消息后并不像别的女人那样手足无措，而是倒在姐姐的怀里放声大哭。过后，她不让一个人跟着回到自己房间。她看着窗外，景色很好，树梢摇着初春的活力，雨后清香，小贩吆喝，远处还有歌声飘来，小鸟在叽叽地叫，正西方，天格外蓝。她哭了一会儿，像小孩子似的睡了。

很多微妙的感觉向她扑来，空气中洋溢着色彩、气味、声音。有一种情绪逼近她的胸口，她放松自己，轻轻地低语：自由了，自由了，自由了。她脉搏加快了，全身感到温暖。她问自己是否有一种邪恶的快感控制了她，她看到死者在含情脉脉地看着她，看着死者的脸她还会笑，但未来那么长的岁月是属于她自己的了。将来不会有人替她做主，她独立生活，不会有一种强烈的意志让她屈从。她始终是爱过他的，多半时候她又不爱马勒，她感到了生命强烈的冲动，爱情是什么？是一个没有答案的神秘事物。姐姐蜷在门外求她，露易丝，把门打开，你会得病的，看在上帝的分儿上开开门吧。

走开，我没有病倒。她对着窗幻想她岁月的未来，以后的时间都归她所有，愿自己生命长久，昨天她还为人生活得长久而讨厌呢。她站起来，把门打开，她透着胜利的激情，像女神一样搂着她姐姐的腰下楼，理查德在等她们。

有人用钥匙打开大门，进来的是马勒，长途劳顿，旅行包和伞还提着，他没在发生事故的地方待，而且什么都不知道。他呆呆地站在大厅，听到约瑟芬刺耳的尖叫，理查德急忙在他妻子前做遮拦的动作，但太迟了。

医生来了。路易丝死于心脏病，因为极度的高兴而死。

这个小说的线索是马勒之死。马勒太太的心脏病是伏笔，露易丝知道丈夫死后，情绪多次变化，包括她说自由，祈祷肉体和灵魂的解放，对马勒之死是照应，对她最后死亡又是伏笔。约瑟芬两次请求开门是过渡，理查德遮挡露易丝是过渡，又是连接。马勒死而复活是一个精彩的情节，更精彩的情节是露易丝因丈夫死亡而高兴得自己也死了。这个情节模式是误会法，失而复得的模式，在美国它又是一个欧·亨利结尾的模式。注意，这个小说有两个场：一个是物理场，小楼内，四个人的活动空间。一个是心理场，三个人的心理意图。约瑟芬和理查德是一致的，害怕死和生这两种极端对立的消息会产生强烈的刺激而诱发心脏病，他们担心露易丝会死，尽全力保护。最重要的是露易丝的心理场。知道丈夫死亡，没有悲伤反而高兴。这里揭示的是一种复杂的心理状态和人物关系。我上面提出分析的均属结构的元素。在此我们不难看出，场是一个核心的概念。这是从微观物理学借用来的，布尔迪厄把它作为重要的文艺理论概念。场（Scenes）是现代戏剧里的一个基本词，这好理解，情节发展的基本环节都在场内，而且严守三一律。无疑场也是戏剧结构的基础。文学的场与戏剧的场略有不一样的地方，戏剧的场，场面，场景。而文学的场不仅是马勒太太的那楼房里，更重要的是，场是一个关联域，是所有相关系统聚集的形式，它既是场面，又是相关的方式。因而文学场是组织各关系的一种联结。这个场不仅是一个物理的位所，还是一个四面扩散的联结，既是客观的也是主观的。更重要的是科学中的场，也是事物结构的集散地。文学的场有两点必须特别注意，这个场要给人看，给人欣赏，于是它一定是个审美场。这表明了文学场是诸事物的审美联结。另外，文学场是给阅读者提供的，给人提供认识，因而它肯定又是一个意义场。《魔术》和《一个小时的故事》从审美场讲鹦鹉巧舌与它的不可知正好组成了很好的幽默，意义却是指向战争的毁灭。马勒之死为悲剧故事，却意外地产生了喜剧效果，快乐幸福的家庭在瞬间揭开了它不和谐的秘密，在意图上指向对马勒虚伪的批评。

我们知道了结构的元素，结构产生的相关方面，现在总括来说一下文学作品的结构。结构是文学作品的一个组织者，是形式方面最强有力的组织者。是它安排和协调文学形式的方方面面：纵向提供事件发展的顺序，横向协调各事物联结的关系。一句话，结构是文学作品形式各成分之间相互联系的组合。

二、切分的可能及方法

切分作为结构的基本术语，还没有任何权威的著作给我们提供明确的解说。我所以重视它是源于解构主义的启发。世界是一个已成定局的大结构，这没人能怀疑。但在人类的认识史上却可能是正确的，或错误的。有两个先例让我们怀疑。其一，西方世界哲学从源头始是相信同一性的，人与他的自身保持同一，人加入阶级、家庭、集团、民族，这是未经分化的整体。这包括朋友、亲人均视为一个自然的整体，这是约定俗成的。但是没人注意这是建立在一个二元对立的等级概念之上。这就产生了西方的逻各斯中心主义，认为有一个被视为基础的中心，主导力量是原则，在居先地位称之为第一命题，然后参照第一命题的关系来看第二命题，于是出现了系列的二元对立，如自然 / 文化，灵魂 / 肉体，理性 / 直觉，意义 / 形式，本质 / 表象等等组合，前者是根本的、高级的，后者是泛化的、低等的。

上面是西方人认识的一个理性知识结构图。这个结构在西方业已成为传统，而且统治人们几千年，二十世纪德里达突然提出挑战，认定它是错误的。其二，我们的认识路线一直遵循条件反射的模式，相信事物认知走了一个线形原则，由少到多，由表及里，由简单到复杂，由起点到终点。这样我们无论面对多少事物都可以用计算的方式回答准确，事实上牛顿的经典力学已经权威地证明了，世界认知遵循这种结构是正确的。可是心理学的认知心理学，和科学中的非线性原理发现，混沌学的产生打破了线形认知结构的神话，表明事物认知的十分之九是遵循非线性原理的。这两个例子向我们表明的是，世界先于我们是一个整体的大结构。但是我们过去对这个结构的认识有错误。我们今天要提出新的认识。这引发两个值得注意的点：一、我们的文学无论任何鸿篇巨制，像菲尔丁的《汤姆·琼斯》九百页，《人间喜剧》更浩大，还有《善意的人们》等，尽管都是大作品，可依然是世界整体结构中截取下来的一个碎片。因而每一部文学作品都只能是世界整体中的一个局部，一个点。任何文学写作都是取其一个点，这便提供了我们小说写作切分的可能。二、我们要表述一个社会断面，一个人，一个事物，我们就必须认识事物与人作为整体结构中的位置，我们为什么截取下来？作用与意义何为？我们要截取一些什么东西，根据什么原则？是表现，还是建构？其复杂程度实在不亚于创作一部文学作品本身。某种意义上说，你从世界整体事物截取下来的东西，是否成功，它已基本确定了你的文学作品的成功与否。这实际上告诉我们世界不是随意复制的。

"切分"的概念因此而提出来。"切分"一词实际含有截取、剪辑、选择、切割、分解的含义。如果要问文学作品是否可以不通过切分，我的回答是否定的。超现实主义的自动联想写作可以是不切分的吗？听任头脑思维流淌，这种写作全凭感觉控制，写什么不写什么感觉闸门会自动截取。只要文学写作不是对世界整体毫无遗漏的复制，切分便是必然的。仅仅在于这个切分是可大可小的，像左拉、福克纳、海明威、托尔斯泰，他们是对社会历史做一种大的切分，写出了浩繁之作。当然他们也有小的切分，如左拉的《陪衬人》，福克纳的《献给爱米丽的玫瑰》，海明威的《雨中的猫》《桥畔老人》，托尔斯泰的《舞会之后》《三死》都是精粹的短篇小说，但它们无一不是经典的切分。切分与组合不同的是，切分是在一部分文学作品未完成之前由作家头脑中完成的，而组合是在一部文学作品完成过程中实现的，因而一部作品中我们可以找到许许多多组合的形式，而切分只在孕育构思过程的反复中，一般看不到切分的形式，我们只能通过对作品的各元素分析中推导得出来，或从作家的创作谈中才能知道一个作家的切分方法。可见切分是一个潜组织过程。

我认为切分可以分两个程序：第一步，剪辑。这是完成一个从世界整体事物中的取样。这说的是我们切分什么，为什么要切分，大致依照如下原则：（1）有意义切分。文学作品均是按作者理念重新构筑一个新的世界，这个新世界对读者而言一定是一个有意义的世界。莎士比亚戏剧、拜伦的诗歌、巴尔扎克的小说，不仅对读者有阅读意义，对理论家还有不同的阐释意义。（2）美的切分。文学作品给人美的享受，这个美和作者取于自然之美相关，例如梭罗取了瓦尔登湖之美，爱伦·坡取其怪异惊奇之美，蒲宁小说取温情柔婉之美。（3）理念的切分。托尔斯泰的《三死》取三种死亡片段表明三种生物形态之死，虽形式不同但归宗一致，说的是生命应该融洽共存的道理。一般幽默讽刺之作都会构筑一个作者切分所表达的理念，提供的是一种认识价值。虽然切分事物本身不是理念，但它适合表达某种思想。（4）典型切分。切分的事物与人有特殊性，是不同的，反常的。例如找一个丑女人为陪衬，和一个尸体睡了许多年，战争发生了，老人担心的是家养的动物。左拉、福克纳、海明威善于从生活中进行反常切分。现实主义作品喜欢取社会中的典型人物。有些作家一生仅取一个地方，一个或几个人物，马尔克斯用布恩迪亚一个名字出现在他绝大多数作品里。福克纳一辈子就写那个约克纳帕塔法的南方小县。（5）真实的切分。取法自然是古往今来的一个中西写作原则，人物与地名均是真实的。卡彭铁尔写《消逝的脚步》便是他亲历了的原始森林，包括三块被称作阿马利瓦卡大鼓的巨石。略萨的小说《胡利娅姨妈与作家》中胡利娅是真实的，她是略萨舅妈的妹妹，大略萨十三岁，他们恋爱并结了婚。另外有一种小说是魔幻怪异的，在一般人看来是幻想的产物。加西亚·马尔克斯说，在我写的任何一部书里，没有一句话不是以现实为根据的，譬如《百年孤独》中的人和事（《两百年的孤独》，云南人民出版社，第12页）。在拉美那个神奇的地方就发生了他小说中写的那些神奇的人和事。（6）幻想与意识的切分。切分更多的是讲实在世界的人与事物，包括各学科里的知识，例如博尔赫斯基本上就是作一种知识的图书馆式的切分。但先锋派创作中是大量的意识流切分，是一种幻想世界的分割。例如《尤利西斯》，拉尔博的《情人、幸福的情人》，理查森的《人生经历》十二卷，伍尔芙的《达洛维夫人》《海浪》都是意识流的大型作品。你会说意识流是一种不需要切分的写作，这是误解，意识流虽然恣肆汪洋，但它也是一种限制策略，意识流的手法也是多样的。主要的切分方法我说了这六种，还有很多，我认为应该把握一点，每个作者根据自己的理解应该有个人独特的切分方法，有些可能是经验的，有些是一种艺术感性的。这里似乎应强调一下艺术敏感，许多作者也许说不出自己该做何剪辑，包括剪辑的理由，但艺术敏感让他敏锐地捕捉到什么东西可以写，什么东西不可以写。所以切分中我们千万不可忽略了这种艺术感受能力。在许多人看来平常的事物，在作者那儿却让他兴奋不已。湖南有一个青年叫田耳，在切分上他的艺术感受能力很好。例如他写裸跑，镇压苗民，儿子不认父亲，一个农村道士，均是日常生活习见的事情，可他却发现了，抓裸奔的道德者最后自己裸奔了。石贵三造反是为好玩，郑子善屈死的反讽意味，儿子贪污了父亲的钱，却发现几次亡灵的来信，一个大学生心悦诚服地学道，第一次道场法事竟是为父亲做的。切分的艺术感受力是让我们从平常中发现不平常的东西。田耳便善于这种发现。有一次他来《芙蓉》编辑部给我讲了乡镇上一个女人偷情的故事。说的是一个丈夫对女人百依百顺，很恩爱。但妻子觉得他不像个男人，气他，激他，千方百计地想让男人揍她，很多方法试了，没用。最后女人去偷情，并把消息告诉丈夫，丈夫生气了，在院子里磨刀，女人躺在床上闭眼，很高兴，等着丈夫床前举刀，可丈夫跪在床前，少顷跑到厕所，把刀扔在厕所了。我说写女人，而把情人和丈夫内心封闭起来，以女人的视点能写得层次丰富。田耳说，不，应该把视点落在刀上。写刀应该在的地方。刀在厕所里，便是不应该在的地方。于是他后来写了《弯刀》。这件事告诉我们切分的视点、方法、位置、秩序、主体的细微差别都将影响到一个文学作品的好坏高低。这也让我们看到了切分的重要性。

第二步，切分（Syncopation）。切分法是音乐的方法。我们已经从世界整体中切分下人与事，但几乎没有一个作家会原封不动地把它整体地放入作品中，哪怕这个切分仅是某人某事的细节，作者也不会按原样植入作品。他一定会再一次加工、整理，按照作品的构造原则再一次进行精细的切分，把它们放入各个不同的局部。几分之几放在前面部分，几分之几放在中部，几分之几放在后部，或者在一部作品中每次出现的面貌并不完全一样，时隐时现，时大时小，一部文学作品中的人物、事件的细节与原生活形态相比应该典型地体现了切分的效果。这就是说，一部作品对某人某事不是一次性写完，事实上也不可能一次性写完，它可能在不同作品中分几次出现，或者在一部作品中出现很多层次，在不同部位上相互映衬，这可视为事物出现的频率，或者在一个单元内出现的速度。

海明威《桥边的老人》第一个镜头便是，一个戴着钢丝眼镜、衣服上尽是尘土的老人坐在路边。然后写河上搭着浮桥，各种车辆，男人女人孩子正拥过桥去，骡车爬坡，士兵推轮子，卡车从斜坡开远了，农夫们还在泥土中沉重地走。第二次老人出现，累了，走不动了。

我的任务是去侦察对岸的桥头堡，查明敌情。再回桥上，车不多了，行人也少了。第三次，老人还在那里。这个小说开头部分，老人三次出现，三次切分，用减法，第一次描写，第二次介绍状态，第三次仅提了一笔。也就是说，在开头部分老人是三次的三分之一固定出现，作者只是在移动背景，写得很巧妙。

然后是我和老人的多次对话。第一次对话谈的是故乡圣卡洛斯。是我们两个共同的故乡，沦陷了。第二次对话，老人说是他养的动物，但我看他不像牧羊人。

我在计算敌人什么时候到，炮声，信号，一次遭遇战。老人始终坐着。第三次对话，没家的老人仅有两只山羊一只猫四对鸽子。老人担心他的动物没人照顾怎么办。第四次对话是关于时局的，老人不关心，他七十六岁，行了十二公里再也走不动了。第五次对话是关于去哪儿，巴塞罗那。我没熟人。他说猫是不要紧的，另外几只怎么办？鸽子会飞出笼，山羊呢？第六次对话，劝解老人，站起来走走。老人挪了几步，终于又坐下了。最后不是对话，只是自语，独白。我只是照管动物。他反复地说。我对老人毫无办法。

那天是复活节的礼拜天，法西斯正在向埃布罗挺进，可天色阴沉，乌云密布，法西斯飞机没能起飞。这一点，再加上猫会照顾自己，大概就是这位老人仅有的幸运吧。值得注意的是这个文本中四次提到猫。并说猫会照顾自己的，山羊怎么办。于是我们可以统计一下猫被切分了四次，山羊也是四次，但两次明提，两次暗示，不说山羊。关于鸽子专有一次对话：鸽笼没上锁。我问。没有。它会飞出去的，我说。老人说，嗯，当然会飞。唯一关于动物具体的对话选在鸽子，具有象征意义的切分，由一个侦察兵来暗示。显然文本开头与结尾的切分方法是特定镜头的方式，而之间采用的是蒙太奇的切分方法。在一个极小的短篇中采用两种切分方法，而且每次切分没有一丝多余的东西。注意，这是海明威关于战争的一次切分。这场战争在眼前，写的是战斗前的间歇，我方在撤退，海明威并没剪辑战争高峰的东西，对战的准备，或战争对垒，都避开了。从整体上并没切分战争，而是切分了一个老人，一个士兵和老人的对话。一般认为与战争至关重要的东西都没选择，这次切分连老人都不是重心，而核心是动物，几个动物在战争中太微不足道了。战争关注的是人类、是正义、是和平。老人关注的是动物的生命，特别是弱小动物的生命。这是一种从极细微处切分重大含义的方法。貌似无意义，却显示了切分视角的独特，意义深蕴。

这两步切分，第一步指从世界整体中的切分，切分写作者所需要的东西。第二步是我们已经完成一次切分后，如何再一次在作品中按比例切分。这两步走方法和重心略有不同。第一步我们强调了艺术感受的敏锐性，也提出了六种方法。第二步切分更为具体。它应注意的首先是创造性的增值的切分。它不是我们把生活中的切分简单复制，并把鸡、鸭、猫、羊分分类，拴在一个位置上，它应该是意义的新发现，一次对具体事物想象性的创造。甚至对生活中原发生的事情另外赋予一种含义。上文说到鸽子，为什么单提那笼子锁上没有，反复说鸽子会飞。这是因为鸽子寄寓了两个人经历战争后的一种和平愿望，战争虽然残酷，和平必然会来的。因而艺术象征便成了海明威在这个文本中的创造。其次，在生活中发生的精妙细节，我们在文本中切分一定用新的视点和新的方法分层处理。生活中或许就是一把简单的砍柴刀，女人听到磨刀高兴了，证明嫉妒使男人有了力量，可刀却被扔在厕所里。在作品里这把刀可以去很多地方，男人可以放在自己的脖子上，可以追杀情人，可以砍女人，可以明写，暗示，或者象征。总之，刀是生活的细节，在文本中可以改变一个作品成为另一个面貌。湖南乡村有一句仇恨的话，砍了你的头，当夜壶用。这种又气又恨的话是平时吵架骂人的用语。我便因此写了一篇小说《风俗考》。小时候妈妈就让他坐在尿罐子上，长大成人了还用那个尿罐。母亲也死了。习国与哥哥一直寻找杀父的仇人。追杀父亲的敌人，山里土匪红胡子，可能是母亲相好的人，但一直找不到杀父仇人。后来兄弟俩同时爱上了女人小媔，产生了矛盾，而且小媔又生了他们的孩子，大哥害怕女人影响兄弟感情，于是把女人杀了，习国从刀法上看出，杀娘的人是哥哥。于是哥哥讲出了他调查的事实，娘是杀害爹的凶手。因为娘和红胡子通奸。习国一时迷了心性，气极了掷碎了几十年的尿罐，原来尿罐是父亲的人头做的，这是母亲的杰作，是因为母亲怀疑父亲杀害了她娘家一族人，因此仇恨之极，把丈夫的头做了尿罐让儿子坐着。习国怎么办？他无法为父亲复仇，因为今天的时代，父仇没了。这个小说中的尿罐一直暗示地存在，它是父仇的一个象征，最后碎了父亲的头颅。这是一个极端惊心动魄的东西。尿罐的细节我做了多次切分，直到最后才让它产生震撼人心的力量。再次，文本中再次切分，方法也是多种多样的。这些具体切分是操作性的，因为你要把这些具体的切分放入文本中的各个局部，并让这些局部协调起来，比第一次切分更需要高超的技巧。更多的技术可以留在组合中去使用。这里说一种在文本中的隐含切分。一般切分的细部我们在文本中是明眼可见，《魔术》中的鹦鹉，《一个小时故事》中露易丝小姐的情绪变化，《桥边老人》中的动物出现频率，我们都可以从统计学上去计算。我们从简单的增加与减少看到它的意义变化。隐含切分是指我们从文本中轻易找不到它，但这个暗示的形象又制约着文章。例如格利叶的《嫉妒》写室内、阳台、山谷、公路上发生的人物活动，表面上纯客观叙述，实际从故事叙事分析，可以看到有一双嫉妒的眼睛在观察。这双眼睛是谁？作者没指出来，只能分析出和女人相关的另一个人。我们有时候全力写一个人，或寻找一件东西，但最后这个东西并不存在，这种悬置的切分很巧妙，它虽然是子虚乌有，但它是一个想象的实体，在文本中起组织作用，我们依然要精心地切分。博尔赫斯的小说中爱使用这样的切分策略。最后，再次切分是一个求证的过程。第一次切分我们可用假定性手法，它的有无我们并不能准确地知道，只有找到了才知道，这最适合于寻找模式。更重要的切分可能是大众的一种习惯认识，是错的。而当下写作的文本行动便是要证明有一种正确的新的存在。这和上一种方法不同，前者是存在的东西故意缺席，是一种修辞手段。而这次假定人们并不知道后果，或者明知是谜，而文本活动就在于解谜。《代表大会》中博尔赫斯写了一次世界代表大会，包括组委会、主席和秘书，参加代表大会，参观庄园。这个代表大会后所有的人都烟消云散了。我偶尔碰到一个人也假装不认识。这是假定手法。这次代表大会存在不存在或者根本不重要了，重要的是启示，世界上存在一种超级的代表大会吗？无限的宇宙永恒的时间，那些庞大得我不知道是什么的东西。这告诉我们许多我们确定无疑认定的存在，是应该进一步怀疑它的真实性。文本所说的存在实际是一次否定。

三、组合的界限

为什么说组合，而不说结构？因为结构是文学形式的总和，包括文学的不同分类、体裁。包括形象的特征与形式，不同门类之间各种形式的跨越。结构可以延伸到不同文学门类的一切细节，而我们这里只说一个文学作品的组合关系并且仅指小说的组合模式。频繁地使用结构，"结构"一词容易变得大而不当。同时文学的结构是指组成文学的诸要素，包括外部世界社会、物质、自然、文化，也指文学的内部人物、情节、韵律、语言等具体的东西。文学作品的结构指向具体的单篇，从门类特点看结构，诗、散文、小说、戏剧、电影由于分类的不同，均有不同的结构特点。一首诗的结构有意象结构，情绪结构，而一部小说有情节结构、原型结构、意识结构等。"结构"一词在文学、文学形式、文学作品、形象的形式不同门类中所指含混。因此"组合"一词仅在单篇叙述文学中使用它，这样便具体明晰多了。另外一个重要之点是，结构在当代更多的书中谈的是一个思维模式，或运动思潮，而单篇作品真正的结构特征却看不到了，让人弄不清讲的是结构的结构呢，还是结构主义的结构？前一个结构讲的是一个具体作品中各部分的组合关系；后一个结构讲的是从运用系统的观念看作品中的结构模型。这是我们在文学理论中切不可弄混的两类现象。

当然，无论如何变换称谓，组合本质上还是一个结构概念。把它和切分对举使用，目的是让我们看到结构不同的侧面和它多样化的功能。如果对组合不习惯，造成理解偏差，我们在组合后加上"结构"二字，这便非常明白了。这样便有了情节组合结构、象征组合结构、数字组合结构、复调组合结构、意识流组合结构、原型组合结构等等。

"组合"（The combinations）一词从何而来？法国的一本小册子谈到结构的原则时说，分析对象不能被缩减为各部分简单的总和。不同的单位存在着不同的功能：它们不仅仅具有在一个既定的体系内所使用的意义。这些单位的价值决定于组合规则，而不是它们固有的特征（《小说》，贝尔纳·瓦莱特著，天津人民出版社，第 84 页）。这段话揭示了结构的奥秘，意义产生的新机制。在一个整体中有最小的分支单位，而价值意义不在这些单位固有的特征上，根本地取决于这些单位相互组合的规则里。以《桥边老人》为例，老人在桥上，鸽子飞，猫照顾自己，山羊呢？这是四个分列的单位，各自均有特征，四个单位各自的意义非常有限，而且不是作者与读者所需要的，如果按一定规则组合呢，则会产生特殊的意义。我们可以组合出一幅老人爱护小动物的图画来，产生热爱生命的意义。但这还不是海明威要表述的意义，他把这四个单位和战争前夕撤退的背景组合起来，侦察兵在桥上和老人组合起来，桥上大炮、人群、车辆组合起来，这些局部单位构成形象，它们相互之间在这座桥上达成一种平衡状态，彼此之间相互作用。这种相互作用有和谐的，有对立的，有表象统一的而实际矛盾的，形成一种冲突中的统一。而桥上老人显然和桥上人群、大炮、卡车构成悖于常理的矛盾，人们为战争做准备，老人不考虑战争了，人生的终点站他什么都不怕了，仅担心他的小动物，对紧张的战争氛围构成一种嘲讽，这时各单位在这儿的组合便有很强的一种张力，而以老人为中心的动物群（羊、猫、鸽子）的组合便更显得意味深长了。这篇小说的力量、意义、价值很大程度上来源于这个作品的结构。一般我们会认为创造性文学作品是结构改变了它的价值，其实是世界事物本身的结构对事物性质所起的决定作用。例如我们从分子结构看世界，事物全都是晶体的结构。再从微观看一簇原子，可能是块巧克力。在不同的结构中它也许就是炸药，在原子类型完全相同的情况下，不同的原子集束就可能使它成为钻石，或者是一块煤。这是结构决定了复杂的物质活动，改变了它的性质。这表明科学实际在最基本的质地上处于惊人的相似。这里顺便说一下科学的结构。科学的基本单位是基本粒子，是从原子的视角看待的，每种基本粒子都在一个场中，数量巨大的原子一定是相互作用的，受着各种力的聚合并排列组合出万千种方式，这个排列组合便叫结构。从基本粒子到普通的物质材料，必须通过几个不同层次上的分级处理，其范围可以划分为四个阶段：电子、原子、微结构质、连续介质。原子数量巨大，是高密度的，但构成晶体结构又是单一性的。我们只要最小的原子单位就够了（虽然原子以下的微观是无限可分的）。原子有原子核，它是原子中负电子围绕正电子旋转。我们将电子作为结构分级中最低的单位，将量子态作为物质存在和运动的一种特定形态，我们便找到了世界中的万千事物为什么会是这样的，它们由量子态决定，而这万千事物是如何组合的，我们只要找到最基本的原子结构便一清二楚。单提出粒子结构说一说，因为它是万事万物的基础。可以这么说，文学作品的结构不过是世界万事万物结构的一个变体。

四、结构组合的类型

世界事物的结构，或者说文学作品的结构，是不可能被我们说尽的。不同领域的人提出不同的结构观，不同理论研究又会提出不同的结构模型，这就说明有无数视点看待结构，而每一个视点都会提供一个关于结构模型的分类。显然我们不能把人类有文学产生以来的所有作品都读一遍然后用统计学原理分一个类，况且也没必要。我们所需要的结构模型一方面具有认识作用；另一方面对创作具有实践作用，或者还有一个作用是它尽量地、能较全面地概括小说历史发展以来的典型模型。尽管这样，我们要做到比较完全的归类仍是困难的。这里我们先不要急于结构分类，先看一些关注结构模型的派别，考察一下它们结构模型分类的原则与方法，然后再具体分析一些结构模型，特别是从创作方法上看，能为我们今天写作所用的结构模型。最后也是最重要的，是作者个人创造性的结构类型，个人独特的结构方式才是小说家终生奋斗的目标。

现在说结构模型的研究。对结构问题提出研究而且还提出自己分类原则和方法的理论家不少，有埃德温·缪尔、普罗普、托多罗夫、塔迪埃、托马舍夫斯基、诺思罗普·弗莱、乌斯宾斯基、巴特尔特、格雷玛斯等人。我们这里有代表性地说说几个人的观点。

第一个说说埃德温·缪尔的结构观。他在 1928 年著的《小说结构》一书，从结构的整体原则上把小说分为情节小说、人物小说、戏剧小说、纪年小说四个大类。情节小说最容易确定，也不会引起误解。整个小说是以故事情节为驱动力，一部小说中事情必然发生，而且依照一定程序进程发现，有主要情节和次要情节。主要情节决定一个长篇的骨架，情节与情节之间的连接与转换是序列。国外的《基度山伯爵》，国内的金庸的武侠小说都是明确的情节小说，它的原则是小说由情节驱动，主要情节在小说的内部进行运动，并且有头有尾，有发展和高潮，有事物的矛盾冲突和发现。以情节为主的小说很多。中国有《三国演义》《西游记》，外国大仲马是一个情节小说高手。

人物小说，是指情节降到次要地位，没有突出的情节去构成连续性的事件，一切情节也不为目的所驱使，人物不能视为情节的一部分。人物是独立的存在，情节附属于人物。人物最初便有自己的各种特征，并不需要展示人的新的本性。按缪尔的观点，《名利场》是典型的人物小说。它的人物自始至终就有这种不变的完整性，人物静止得像肖像画，他们只有特定的个性。这被福斯特称为扁平人物，类似鲁智深、李逵那样的人物，这类人物有他特有的不变的性质，而不是一种缺点，不能因此而判断人物小说价值而低之。从情节小说到人物小说是一个发展，同时这两种小说也在融合。在情节中人物可以推动发展，在人物中情节可以用以表白人物。这方面结合得好的有《汤姆·琼斯》。这是一个人物与情节融合比较好的典型作品。菲尔丁这部作品是流浪汉小说，出现了众多人物，情节极为复杂，被柯勒律治称为文学史上的三个著名的情节之一。表明它的情节是经过周密的构思而不是自然展开的，他设计了一幅幅生活画面。那事件都安排得入情入理。这个小说主要人物是汤姆·索菲亚（汤姆的恋人），布力非（和索菲亚定亲的丈夫），通过家产分配、婚姻关系变化一系列情节表现一个家族的命运，由中心人物串起一系列场景，有大量的人物：甄可敬、布丽奇特、詹妮、帕特里奇、魏思顿、沃特斯、南希、贝蒂、南丁格尔等众多的人物在情节中穿织，均对故事起着推波助澜的作用，从而展现了一幅比较开阔壮观的社会画面。

戏剧性小说，是指很好地解决了人物与情节的脱钩状态，使二者成为有机的部分。人物的性格、特质可以决定情节，而情节的发展又可以改变人物的命运，它们彼此照应，互相不可分离，共同朝着一个目标结局进行。戏剧性小说可以是悲剧的也可以是喜剧的，视其人物与事件的性质而定。小说一定要表现出复杂的人生，命运起伏跌宕，情节曲折复杂，这就产生了紧张的人物关系与浓厚的情节气氛。戏剧性小说就是用这种特点把读者强烈地带入其间。小说中的一切力量都在冲突/平衡、平衡/冲突中发展，人物关系交织在一起，情节也彼此啮合，人物与情节有高度的一致性。这方面代表性作品有《还乡》《简·爱》《呼啸山庄》。缪尔认为《简·爱》是一部真正的戏剧性作品，因为人物的特性左右着情节的发展。《呼啸山庄》比前两部都好，因为必然性与自由之间的平衡性得到了很好的处理，这两种力量互相影响形成强力，但其强度又是平衡的。它的情节还是有谜一般的性质。可以这么说，情节小说的情节是环环相扣的推进式，人物小说的情节是扩展式，戏剧性小说情节是集中的设计式。

纪年小说基本顺着两个维度，一、某个主人公的人生经历必然是由小到大的，表述一个人的一生，人生命运随客观时间展开并与之同步。命运结局之后，时间依然按历史规律前行。二、表述巨大的社会历史进程，社会画面是按历史演进的。保持某种历史的真实性，事件具有广阔的空间感。这类作品的典范文本是托尔斯泰的《战争与和平》。

注意，缪尔的结构模型研究是从一个作品的大的构成要素而言来分析的，即人物、情节、事件、时间、空间。他的意思是，某种要素在小说中占的比例不同，功能发生变化会影响其他的要素，判断一个小说的形态主要应该从作品中某一要素的位置、分量、功能、作用来确立。每一个类型小说都有一个最主要的要素在起支配作用，情节小说是情节，人物小说是人物，戏剧性小说是悲剧和喜剧因素，纪年小说是时间与空间的分布。他找出了每类小说中对结构起支配作用的元素。但是具体的结构形态的特色、作用、性能谈得少，而且他的结构观念与具体的结构术语都是含混的。仅是一个结构的外形判断，而没有真正深入结构的内部来研究结构各部分功能、机能以及部分与部分之间如何配置。

第二个人是伊夫·塔迪埃，他是以二十世纪的小说结构模型来研究的，总体上把小说分为开放性结构和封闭性结构。

具体类型有个人成长模型。这种小说顺着个人成长发展来组织结构，情节是进行时的，书名会直接点明个人，或者用主人公象征（某物、某地名、某标志象征主人公的生活与精神特质），人物成为全书联结的纽带，或者由人物驱动情节，这个人物的命运结束了，小说也就完成了。托马斯·曼的《托尼奥·克罗格》《骗子菲利克斯·克鲁尔的自白》，伍尔芙的《达洛维夫人》。另外如《鸽翼》《阴影线》《魔山》《林中阳台》《人的命运》《追忆似水年华》《约翰·克利斯朵夫》等小说都属这一类。

家族式模型，小说围绕一个家族的发展与衰亡进行，在家族里基本按亲缘关系联结，等级是代属关系。也有写两大家族之间的冲突，性质没变。马丁·杜加尔的《蒂博一家》是典型的例子。写的是家庭兄弟之争，一个代表秩序，一个是象征，但他们纠结于与父亲雅克·蒂博代际之间的冲突。乔治·杜阿梅尔的《巴斯基埃家族史》，父亲代表老一代思想与三儿两女中的冲突，母亲则成了牺牲品。把个人历程延续成整个家族的历史。托马斯·曼的《布登勃洛克一家》写的是一个家族没有后继者，最后结束。家族史小说一般都是从繁荣的鼎盛而衰落下来，中国的《红楼梦》便是如此。

社会模型。集中一个历史断面表现一个集体的命运。这类小说有两个特点：一是有一个集体的代表人物，典型象征。二是按历史年代或时间，或代际，或历史事件的阶段性，针对某一历史时间结束而小说完成。如萨特的长篇三部曲《自由之路》。他写的是个人成长史，但却是以年代分期，以历史重大事件为间歇的。最为典型的有于勒·罗曼的《善良的人们》。此小说共二十七卷，从1908年写起到1933年止。表现了法国四分之一世纪的社会巨幅画卷。这二十七卷是一个完整的整体，每一卷都不能单独抽出来。

个人、家庭、社会三种模型的小说均是封闭性结构。小说的标题、章节、分卷很细，有明显的标记（或时间、空间、人物、事件的）。许多人重复在一个地方一个空间，或者一个家庭，表明这些人群都是有某种关系的联结，最后宣布小说结束时一切人物、时间、故事都停顿下来。封闭性结构故事是完整的，线索是清晰的，所有的矛盾关系最后总有一种方法决断结束。大致像一个封闭的圆环式的，从起点到终点走了一个循环过程。

破碎结构模型。小说全由杂乱无章的碎片构成，典型的有索莱尔斯的《女人们》。全书六百多页全是断断续续的碎片，没有特别长句的连贯，如一个人自白时的梦话。1912 年德国作家卡尔·爱因斯坦的《贝布坎与追求奇迹的人》问世，便出了奇怪的立体小说。让·科克多的小说《波多马克》全是杂乱无章的片段，还有三分之一的图画。在美国的法国人菲德曼的小说《要就要不要拉倒》，全书均是用文字拼起来的图案。每个人在小说中都不停地大声地说话，全文仅是做了一个误会游戏。

粘贴法结构模型。塔迪埃分析了两部小说，马克斯·恩斯特的《女人的一百个面孔》《慈善的一周》。这两部小说从十九世纪的插图小说和百科全书剪辑拼凑而成。斯皮斯找到了大量材料的来源并说明它们产生冲撞的效应。一种方法是在同一意象内粘贴上若干来源不同的剪辑材料。另一方法是在一种意象到另一种意象之间留下巨大的反差，二者粘贴时毫无理由。这一方法主要为超现实主义小说家所用。阿拉贡的《巴黎的农民》和布勒东的《娜嘉》也是使用的粘贴法。

拼贴模型，或者叫蒙太奇模型。其实拼贴是自古而来的一个写作小技巧，把两种不同事物偶然连接在一起产生反差的效果。俄国爱森斯坦把它明确为电影中的蒙太奇。塔迪埃认为福克纳的《野棕榈》是最成功的拼贴法小说。他把野棕榈和老人两个故事拼在一起，每个故事包括五章，作者从第一个故事的一个章节进入故事的另外一个章节，依此类推，每一章节署明故事的标题。布托尔的小说《程度》发明了立体拼贴的技巧，后来罗伯·格利耶在《金姑娘》中也使用了空间拼贴法。意大利卡尔维诺的小说《寒冬夜行人》实际也是用拼贴法，他是利用一个人的阅读方式从查找误差开始把十一个互不连贯的故事拼贴在一起，如同一张桌上几个相同的抽斗，你可在位置上随意互换。

随意结构模型。这个结构模型与超现实的自由联想写作和二十世纪七十年代兴起的潜在文学工场有关，简单说，他们主张小说内部有奇异的自由配置，在中国能看到的小说有格诺的《风格练习》，科塔萨尔的《跳房子》，卡尔维诺的《命运交叉的城堡》，乔治·佩雷克的《人生拼图版》。例如还采用一种 S+7 的方法，随意拿一本小说，一部字典，用字典某词条后的第 7 个词替代小说中的该词条，依此类推构成一部小说。有一点要注意的是，小说有些像玩游戏，但在组合中一定要结合现实世界的生活拼贴，尽量开掘现实世界的多种可能性，找到现实生活中那些意想不到的面孔。

未完成结构。这种结构分两种：一部分是作家本身并没有完成它，如卡夫卡的《美国》《城堡》，穆齐尔的《没个性的人》，中国的《红楼梦》。另一种是作者有意使作品成为未完式。例如作品有意删除结局部分。或者结局该出现，有意让它悬置起来，这样让人猜想结局时，余味更加深。

上面这五种类型，塔迪埃称为开放性结构。埃柯有一本理论书便叫《开放性作品》。他用符号系统分析作品，发现了作品是无限可分的。开放性结构实际上是作者有意不把作品写满，留出许多空间，让阅读者有参与的余地，更强调作品与读者有一种交流关系。

数字结构模型，是塔迪埃当作一个特型提出的。人们在日常生活中对数字很敏感，一定的数字含有某种象征。如6、8、9、3都含有一些古老的传统思想。这是一个哲学思维。一象征完整与统一。二是二项对立，象征关系世界。三在西方表示三位一体，神圣，中国用来指三生万物，是一个三三循环的系统。四是指元素。六是指和顺与圆满。七，是生命的七个阶段，同时七音有音乐节律，七罪七赦，七日创世，七是一种象征秩序。八在某些地方则有发达、完整之意，是一个固定结构的系统，如四方八面。九是一个最高的终极数，如九章、九歌，象征完了又没完。我们熟悉的昆德拉特别迷恋七，他的长篇小说全由七章构成，对位于他的音乐理解。他的七字结构已经很顽固了。纳博科夫的小说《微暗的火》用九百九十九行诗引起故事，构成他的幻想讽刺小说，小说结尾正好是第一千句，于是小说又与开头构成一个数字循环。雷蒙·格诺的《绊脚草》总共也是七章，每章之下都是十三节，小说共有九十一段，九十一是十三与七的乘积。他用九十一象征人的死亡数。在世界范围内数字力量最大的是三，有无数作品以三为构成，三部曲，三个部分。雷蒙·阿贝利奥的《巴别沟》三大部，二十一章，一百节，构成某种象征。《石头嘴》《冲积平原的孩子》《决定命运的时刻》都潜藏着三的结构。中国小说爱用一百二十回的章节，其实里面便暗含着三三循环的节律。数字结构受制于文化习惯与某种哲学思绪。总的看数字结构只是一种外形组织，在一部小说的内部各元素的相互联结更多地屈从于世界万事万物自然规律本身的特点，或者作者主观意念中提出一个新的模型来组织事物，这时我们便不可过分考虑数字了。

第三个人是诺思罗普·弗莱，他的代表作是《批评的剖析》。他主要讲的是文学结构的分类，而不是具体作品的结构形式，特别不是单就小说而言的结构分析。但他的原型结构很重要，所以要特别提出来作为结构模型来认识。首先理解他的一个概念问题：原型（Archetype），它是一种典型的或重复出现的意象。我用原型指一种象征（《批评的剖析》，弗莱著，百花文艺出版社，第99页）。这个原型是什么呢？很复杂，不仅仅是一个形式，而且它是心理的、神话的、宗教的有些神秘主义的特征，因而原型不是一个精确的科学概念。原型、重叠象征、意象、符号、单一元素等。关于原型我在原型结构的创造时要讲到。作为结构模型，最重要的是他的第三章《原形批评：神话理论》。概括地讲，弗莱认为文学的结构对应于自然界循环运动的模仿，自然界的循环周期影响文学结构，自然循环有四个阶段：晨午晚夜（一天），春夏秋冬（一年），比照文学叙述便可以分为四种基本结构类型：喜剧，春天的叙述结构，充满希望和欢乐；传奇，夏天的叙述结构，富于梦幻般的色彩；悲剧，秋天的叙述结构，充满了崇高而悲壮的美质；反讽，冬天的叙述结构，这个世界愈荒唐便愈需要深刻的讽刺。严冬过后又回到春天，文学也是这样循环的，文学如同神话，从诞生、历险、胜利、受难、死亡，最后复活的过程是一个完整的循环的故事模型。因此，神话体现了文学的总原则，然后四种叙述结构便包括了它全部的雏形。西方文学便走了这么一个循环，由神话打头，然后有喜剧、传奇、悲剧，最后为反讽。到最高阶段又返回神话。今天的文学又出现了神话回归，卡夫卡、乔伊斯的小说均与古希腊、罗马的神话有联系。弗莱的四种大类型每一种又可以分出若干小类型，如喜剧可分为六种；传奇以追寻的形式分三个阶段，也分为六种；悲剧最重要的主题是复仇，对应六相位，也分为六种；反讽分为低标准讽刺、高标准讽刺。讽刺的六个形式根据幽默讽刺的程度，或它客体的位置，或者说在生活中的分类，也分出六种，那么按原型理论这个大结构便演化出二十四个分类模型了。二十四个结构模型便包纳全部文学结构形式。这是一个按弗莱理论观念总结衍生出来的结构模型，不是建立在文学史上全部文学作品总结归类而出的结构原则。他是拿二十四个结构去套所有的文学作品。于是你的作品不在此结构便会在彼结构中。

第四个人是乌斯宾斯基，其《结构诗学》是塔尔图—莫斯科符号学派的代表性著作。本来可以不介绍这本书，因为该书不在于给我们提出了多少模型和具体的结构形态命名，但它极好地提出了结构分析的方法。核心是从视点来看结构形成的各个层面。从一个视点来看结构的内部各关系的相互依存，所以它没有一个个具体结构形态的命名与阐释。我们先看它的视点理论。第一点是从意识形态层面视点看结构，按照常理意识形态是内容的东西，但是我们对一个结构的构成与评估一般都会有浓厚的价值观，不仅如此，作者与作品中也存在一个意识形态，例如作者对人物、场面、情节结构都会有他的一个观念意图，那么人物之间也会有互相评估，最后形成的结构整体效果恐怕又是一个意义系统。因此意识形态会涉及作品的方方面面。如果我们从意识形态层去认识分析，便会发现人物、事件、故事之间有一种最基本层面的紧密联系。如果意识、声音从互不相属的层面，却又作为原则上平等的视点给表现出来，那便是一个复调的作品。简单说，不同价值观的人在作品中平等对话，各自按自己理念评人评事，并进行活动，这就应该是复调。于是乌斯宾斯基把复调结构归为这一类了。第二点是从话语层面视点看结构。话语指作品中人物的语言方式，作者的语言方式，人物语言交流中的方式。在一部大作品中语言虽是统一的，但不同人物与作者说出来的话，价值观，语言特点，用语方式，包括韵调都是不同的。为什么？因为作者在模仿人物与行动时受着客观现实的制约。因此一个文本中至少有三个话语系统，作者话语、人物话语、环境话语（受当时社会影响的意识形态）。显然"结构"一词包括文本中不同的说话声音，还包括文本内部的评述声音。例如主人公在看某人物出场时对他的评价。这一点乌氏研究得很仔细，他者话语与作者话语相互关系及影响，复合句中不同视点，准直接引语，简单句中不同视点，说话人与听话人视点交流与统一，文本中对立视点，同一话语中的不同视点。这是一种话语结构的分析，对人物的意义探索很有用。第三点是从时间与空间特征描写层面视点看结构。空间讲观察位置与活动位置、总体位置与局部位置的关系，他创造性地提出了一个哑场分析，很有特点。时间中有作者时间与人物事件主观计数，时间位置的多样性，重合的视点，共时与回溯的时间重合，描写与被描写者，时间的交替，时间和语法表述的矛盾，不同类型的文艺作品在时空描写层面的视点。第四点是从心理层面视点看结构。心理层面把作品中的因素分为主观与客观、内部和外部，心理描写、行为描写等。因此把行为描写分为：第一类型是外部视点，主体事实引用与客观观察引用。行为描写的第二类型为内部视点，主观评估性的。第五点是从作品不同层次视点看结构。这个不同层次是上述四个层次在文本中的关系。意识形态与话语，话语与时空表述，心理与时空和话语，这样文本内部形成了非常复杂的视点。即使在一个主体的层次上表述，也会有各种不同的视点在其间重合。例如在时空层次看文本结构时，心理、话语、意识形态的视点都会交叉于其间。说白了，乌斯宾斯基是从各种不同的视点去看文本中的结构的不同层次是如何有机组合的。

第五是结构主义流派的结构观。结构主义谈论的结构和我们传统论小说的结构不是同一概念。结构主义的核心是系统的相互联系的观念，结构是一种思维，是世界事物最本质的性质，事物对象是结构的，我们的认识也是结构的，阅读活动也是结构的。说白了结构主义提供了我们对世界的一种认知方式，但要注意世界本身并非结构主义的。事物自身的结构是多种形态的，要说透了，结构主义认为事物内在的构成各要素都是相互联系的，是一个连贯的系统。这话等于没说，凡世界事物均如此。索绪尔的语言学结构，施特劳斯的人类学结构，巴特尔的文本结构，他们都只是对结构现象的一种认知方式，而结构本身仅存在于事物本身，因此事物并不存在结构主义。结构是事物自身的构成方式，其特征也由事物的本性所确定。我们说的结构是文学的结构，和文学作品的结构。就文学的结构而言还是一大范围，仍是文学研究的范围，只有文学作品的具体结构才是写作者应该注意的。结构主义并不提供给我们具体的文本结构模型，但我们可以从它研究中的结构分析的方法论得到东西，来获得启发，有利于我们小说中的结构处理。这里似乎要分两种情况：一种是承传而来的形式主义关于结构的观念；一种是以法国结构主义为代表的结构态度。前者以普罗普的功能分析和托马舍夫斯基的母题分析为代表。后者以巴特尔、格雷玛斯、施特劳斯为代表的功能、语义、神话分析的模式为代表。

首先说普罗普代表的结构模型。他在大量的民间文学材料研究的基础上提出了一百个民间故事材料。他在《民间故事形态》中说，必须把民间故事人物的功能看作故事的基本构成成分。这样从功能作用看，在众多的故事中许多成分是重复的，于是他将俄国民间故事归纳为三十一个模型。他所使用的"母题"一词也是从谢维洛夫斯基那里借来的。"母题"（Motifs）这个词和贝迪耶的"要素"（Elements）一词含义一样，克拉普在界说"母题"一词时应该用英语的 motive 母题，因为 motif 是从德语 motiv 中转借过来的。可见荻伯里乌斯是较早使用这个概念的。什么是母题，它是最基本的情节因素。早在 1916 年荻伯里乌斯便把它用于狄更斯的作品分析了。可这个德国人所使用的母题形式（Motivation）似乎很复杂。在托马舍夫斯基的研究中并没使用"母题"一词，却把母题表述得比较清楚。他说，经过把作品分解为若干主题部分，最后剩下的就是不可分解的部分，即主题材料的最小分割单位。不可分解的部分的主题叫作细节。他还说情节分布就是处在作品所安排的顺序与联系中的众多细节的总和。情节可取自非属作者杜撰的真实事件，情节分布则全然是艺术的结构（《俄国形式主义文论选》，三联书店，第114 页）。母题是最小的情节单位，无可分解了。情节分布则由母题形成，是它构成的最小的意义单位，表明母题在主题、在一个情节模式之内。于是有一个问题提出来了。我在故事中所拟的寻找、复仇、流浪等九个母题，它们并不是母题而是主题。母题是情节的最小单位，它应该是一个动作序列的含义。那为什么我又把普罗普的三十一个模型或中国的五十一个模型称之为母题？准确说应称为母题形成。这是因为，我认为情节最小的单位是每个小序列，应该称之为子题。在众多子题的基础上形成母题才是准确的。现在我们只能通通叫母题了，因为全世界范围都这么叫，这也叫约定俗成，不过我们研究结构模型时还是应该清楚这种母题和子题的关系才行。普罗普的三十一个民间故事功能模式实际上也就是三十一种情节结构的模式，而我们小说提供的结构模型实际上也跑不出这三十一种模式。为什么要按功能来确定这些情节结构的基本类型呢？我们可以看到：在几百个故事中，它们的人物行为、时间、地点可能都不一样，但它们的人物行为在执行的语法规则上是一致的。例如寻找的动词性质不变，至于谁找谁，是谁在什么地方寻找，这些因素都不重要，重要的是寻找谓语。寻找既确定了意义结构，也确定了情节结构的寻找模型。情节小说它可以千变万化，只要谓语的功能确定，这个模型便是永恒的存在。这个语法功能只要细致深入地剖析便看到了是根据人物在情节过程的意义而规定人物的行为的。这就是说意图规定了行为。抓住功能便抓住了结构的核心。如何分析情节中的最小单位呢？按我的说法，先找到子题，再找到或推知母题的形成，而具体操作的方式却是要分析序列，一个子题到另一个子题，它的联系，推进方式，不断有下一个序列。如此直到最后一个子题停住了，目标达到了，因而母题也就形成了。

以西方经典情节模型《失而复得的情人礼物》为例。故事最早的形态是十世纪用梵语写成的，题为《一只鹦鹉的七十个故事》。说一个男人出门旅行六十九天，把妻子交给鹦鹉照看。每当妻子受到情人诱惑时，鹦鹉便说"等我讲完一个故事"，故事一个接一个，到第七十个时丈夫回来了。在第三十五个中便含这个故事。一个商人访问粮商的宅第，男人不在家，他以赠送戒指的方式诱奸他妻子，商人后来后悔了。在市场上找了她丈夫，要他交付一笔粮食。粮商奇怪，他说你妻子说丈夫会让她以粮食换一枚戒指，戒指我已给你妻子了。粮商一怒之下，让儿子回家取回戒指还给商人，并声明取消以戒指换粮食的这笔交易。于是便有了"失而复得的情人礼物"这个故事母题。这个母题在十二世纪阿拉伯古文中出现过，后来在中东国家产生变体。十四世纪从意大利传到德国、法国、英国，出现在《十日谈》《坎特伯雷故事集》《寓言集》中。在《十日谈》中是古尔法多向瓜斯帕鲁洛借了一些钱。古已经跟瓜斯帕鲁洛的老婆约好了，只要女人同他睡觉，他便给她一笔钱。当然是秘密进行的。事后某天古当着女人的面对瓜斯帕鲁洛说，我已经把钱给你妻子了，女人也承认这是个事实。于是失而复得的情人礼物母题后来出现了许多变体，如乔叟的《水手的故事》、曼斯菲尔德的《幸福》。到1968年南卡罗来纳的口述实录：单身男人住在一对男女隔壁。女人很漂亮，每天都出去割草。终于有一天单身汉鼓足勇气问，我能同你来一下吗？女人答应，好吧，明天没人的时候你来，别忘了带五十元钱。第二天，他带了五十元钱去得偿所愿。晚上丈夫问女人，邻居单身汉今天来过？女人说，是，来过（他想男人已经知道了）。男人说，他带了那五十元钱吗？女人说，他带了钱。男人说，好了，我还奇怪，单身汉早晨到我办公室来借了五十元钱，并说今天他会还给你。在乔叟那里已经换到圣台尼这地方，商人的朋友约翰是一位僧侣，那位妻子奢侈之极。僧侣常来商人家，关系很好，成了兄弟。一天女人向僧侣借一百元钱，而僧侣向出门做生意的商人借了一百元钱，并且趁机和女人发生关系。商人回来借巴黎生意还债找约翰要钱，约翰说，我已给你妻子了。晚上商人找女人要钱，女人说我身子已经抵押给你了，你还在床上找我要钱？但这时已变成了一个六千字的大故事了。《幸福》的故事更长，变成了一万四千多字的故事。我们用线段来表示行为序列。男人不在家—送戒指—诱奸，这是一个序列。中间环节是约定。这一情节实际是子题完成。商人后悔—寻找丈夫—要一笔粮食。这构成第二个情节序列，矛盾冲突升起，另一子题的延续。商人说交易—戒指换粮食（戒指换女人）—丈夫发现。第三个情节序列是不公平交易，子题转折。丈夫让儿子回家—儿子向母亲取戒指—还回戒指—取消生意。第四个情节序列，子题结束，而母题形成。这四个序列中均含有一个矛盾关系。其一是男人和女人的，契约性关系。其二是商人和粮商的矛盾。其三是契约关系的暗中转换。其四是丈夫和妻子的矛盾，两个不承认的契约。最后三者之间矛盾断裂，取消契约。这里的水平线段表示一个行动序列的起始和中断，当新的发现形成后线段又继续，直到子题完结母题形成。我们是在各种不同的故事中考察这些序列，但结构是一样的。三个人均含有一个得到和失去的矛盾。商人赐予，得到。女人得到，失去。男人失去，要回。这三个往返既表现了一个时间流程，也保证了母题的形成，结构上的统一。上面是一个流程图，实际我们可把三组关系中的得到与失去编成三三相对的分支，分层分级地排列可以列成一个树形结构图。华莱士·马丁在《当代叙事学》中第一百页便列了这么一个树形图，很清楚地展示了《失而复得的情人礼物》中复杂的结构关系。

接着我们介绍巴尔特、施特劳斯、日奈特、阿蒙，我不分别一个个叙说，只按结构主义大原则谈，而且也只结合作品结构而言。整个结构主义的人物谱系并非我一本书可以说完道尽的。我只介绍它的主要之点，也谈到它的局限。

其一，结构是永恒的，是无处不在的。所有的结构主义第一位的是对结构的肯定，不仅万事万物自身结构是固有的，连我们对世界事物的认识也是结构的。索绪尔把语言看成是结构的，是能指和所指的约定俗成。任何一个单一事物都无法表述意义，意义是二项对立之中差异的组合。我们对语言的整体感知也是历时和共时的结果。语言不灭，结构也不会灭。施特劳斯在人类学中看到结构，分析神话故事背后人类神话思维的特点。提出了二元对立，调解二项之间的核心是神话结构，也是普遍模型，把人与动物关系理解为一种更系统化的第三关系。他发现人的亲属关系理论，婚姻规则是一种基本结构，血缘中存在一种过高估计和过低估计。亲属关系成为一种心理结构，婚姻是人类最普遍的基本系统，业已成为一种文化制度。巴尔特是在一个很广阔的范围内研究文学，我们只谈两点。一是把巴尔扎克的短篇小说拆分成为五百六十一个词汇单位，然后用五种代码分析这些文本的能指：阐释性的代码，语义素或能指代码，象征代码，能确定行为结果的代码，文化的代码。五种代码集中地分解文本的力量，使文本的历史语境全部消失，把读者的文本变成了作者的文本，这样我们看到的一切文本都完全具有一个崭新的面目。结构完全成了一种能指的语言活动。二是他对叙事作品的结构分析是以话语作为基本层面和对象。把叙事作品成分分成三个层次：功能层，研究基本的叙述单位及相互关系；行动层，研究人物的分类；叙述层，研究叙述人、作者、读者的关系。这三个层次是按逐渐归并的方式相互连接起来的。一种功能只有当它在一个行动元的全部行为中占有地位时才具有意义，而这一行为本身又因交给一个自身具有代码的话语，得到叙述才获得最终意义。功能层是最小的叙述单位，一切细节都具有功能。

其二，结构主义核心是系统的思想，强调自我生成与各系统中的转换。关于结构的特征，总体来说可作如下表述：结构是一个自足的整体，有各种转换规律的系统。结构是自我生成的、可调节的，是相互对应的。结构通常具有几个普遍的特征，是形式主义。但一定要注意，结构主义是一个庞大的队伍，每一个结构主义理论家的结构观不是完全一样的，均有各自研究的重点和自己独特的方法。结构含义也大有差异，有的甚至在结构与解构之间游走。每家结构主义都有自己独特的模式。索绪尔的是语言学模式，施特劳斯的是神话模式，巴尔特的是话语模式，普罗普的是功能模式，雅各布森把隐喻转喻看成二元对立的模式。托多罗夫认为，不仅语言，一切指示系统都具有同一种语法，并同于世界本身的结构。所以他的是语法模式。格雷玛斯从基本的语义素差异找到了两种对立形态。但是 A 和 B 的对立等于负 A 和 B 的对立。这种两两相对的对立隐藏着很深的行动素，并总结为三组对立的行动素，即主体对客体，送信者和受信者，助手和敌手，这样三组二元对立便包括了所有的结构关系。我们从行动素找到了意义，叙述形成了指示整体。这样便成了基本的语义结构模式。只有菲利普·阿蒙的方法有些特别，他把人物看成符号学客体构成并分为三类：指物符号、指示符号、重复符号，三类符号对应三类人物，这个基本分类区别了人物特征，从不同层次上分析叙事作品，我们姑且称之为人物符号模式。

其三，结构主义是一种思维方式，是一种鼎盛于法国而遍及世界的思潮与运动。结构主义研究的世界虽然是由各种关系构成的，而不是由事物本身构成的新理念，基础可能在物理学中，但影响最大、取得最佳效果的还是在文学艺术领域，特别是对理论界。这与我讲的一个小说的基本结构可以说没关系，但又有联系。说没关系是表明一个文学作品是复杂的，既有理论上的来源，又有创作者的来源，古往今来为我们提供了无数结构范型，但这些作品不是依据结构主义原则创造的，有许多特异性，更重要的是要告诉作家创造一些新的结构模式，但这种创造我们不能从理念出发，特别不能从结构主义出发。要感性的，想象的，甚至是非逻辑的，这才有可能出现新的有趣味的、怪异的结构模型。为什么说有联系？这是因为结构主义强调的是任何语境里，单一的某种本质因素自身并没有意义，它的意义是在一定的语境中，由这一因素与其他因素之间相互的关系决定的。也就是说，真正的意义我们只有在结构中看到。这其一，让我们看到思维本身是在结构之中，我们创作要有结构主义的意识。其二，结构主义强调关系的世界给我们结构创造以启发。无论怎么说，一个文学作品它不可能由单一因素决定，结构主义告诉我们如何处理任何复杂关系。

其四，既然结构主义是一种思维方式，那么它便是一种考察问题的方法，一种处理问题的特殊方法。注意，这仅是一种，人的思维方式肯定不止这一种，施特劳斯想证明它是人类的一种基本思维模型但并没成功，或许在原始人那儿是基本的，但在今天思维多向多元状态下，结构主义的思维模式很快出现了问题，今天的大多数人对它已经失去了兴趣。与它相关的经典的结构主义叙事学也成了往事。我们要创造生动新颖活泼的结构，千万别受到思维模式的局限，简单说不要被现存的理念所支配。

其五，结构主义在文学艺术里阐释的种种模型，语言学、神话学、人类学、社会学等扩大到人文学科的模式，无一不是静态模型。但它研究的对象内容全都是处于动态的，这是一个矛盾死结。特别是文学作品的语言、语法、句子、功能、语义各种属于语言学的模式，均以二元对立为基础确立一个静态模型，进行一套机械的分析方式，假定这套烦琐的方式找到了某种相关意义，极有可能在读者那里是直觉一眼就可以发现的含义，试问结构分析的意义何在？最重要的：凡杰出的天才之作绝不是按规范创作出来的，越是好的作品越不能用模式去套，因为杰作自身有许许多多生动活泼的细小因素是不可能被模式全部包容的，如果一套模式可以包括释义，那这个作品本身便可以怀疑了。我这里并不是反对结构，其意是说真正独创的结构，它既在结构之内，又在结构之外，必然有很多是我们过去结构经典所无法把握的。不然，那还叫什么结构上的独创呢？

五、文本的结构组合

"结构"一词我一直以为在物理学上讨论它是意义重大的，文本结构是否有讨论的意义我一直怀疑，文本由多少因素构成重要吗？抑或它又是个客观存在，甚至文本结构是否存在，文本是否有结构？我被这个追问吓一跳，因为结构理念在古典诗学中历来是根深蒂固的，例如戏剧中的三一律，你无论如何也不能否定它非结构。文本结构由语言、语法规则、情节、人物、韵律、叙述、抒情所决定，有外部形式分类，有内部构成方式，但是这有意义吗？文本结构仅仅是满足对文学有兴趣的人，哦，原来包括这样一些东西，挑明了文本的组成成分。如果说文本结构可能还有些意义：一、掌握文本结构有利于阅读与阐释；二、文本结构的优劣不仅提供评估，同时好的文本结构应该提供审美享受；三、为创作者在创作过程中处理结构问题提供一些参考。特别是初学写作的人。需要特别提请注意的是，我以为并不存在一种作为结构主义方法的文本结构创作，或文本阅读，因你寻找文本意义和创造结构都是自然而然的事。这导致很多小说理论基本不讲结构，叙事学兴起才有所谓叙事结构分析。但这个分析是否真正关涉到一个文本的全部结构，我很怀疑，因为叙事结构分析一般只在语言层面，或者动作层面，一切社会因素和作者因素都不纳入，人物和背景也都不纳入。叙事结构理论如同一台机器那般，图式化地处理语言，结构模拟仅如一个铁架子，假如叙事结构真有所谓的那个支撑点，那也没实际作用。而这里拟提出的文本结构模型仅作为创作者的参考。

第一，情节结构模型。这个模型是最经典也是最古老的结构，因为最早莫过于神话，神话里便存在这种情节模型，最经典的莫过于"俄狄浦斯"，从各方材料来看情节结构的模型应该是普罗普说的三十一种。当然写小说的绝不会是那么三十一个模式，据我熟悉的材料看至少有三个经典结构：一是《失而复得的情人礼物》；二是《俄狄浦斯王》；三是《汤姆·琼斯》。中国的故事类型最早钟敬文统计有四十五个。德国艾伯哈德统计有二百四十六个故事类型。丁乃通的最新统计有八百四十三个故事类型，其中有纯中国特色的仅有二百八十六个，无论统计的精准如何，中国已有的故事类型均有百种以上，它也够一个作家此生所馔写的故事模型了。我做了一个简单的清理，有如下几个经典类型：

1. 黄粱美梦的故事
2. 红拂夜奔的故事
3. 中山狼的故事
4. 碾玉观音的故事
5. 白蛇传的故事
6. 玉堂春的故事
7. 陈世美的故事
8. 杜十娘怒沉百宝箱的故事
9. 天仙配的故事
10. 俞伯牙摔琴谢知音的故事
11. 乔太守乱点鸳鸯谱的故事
12. 梁山伯与祝英台的故事

我这里列出十二个故事，仅就中国故事流行深广程度而言，古典小说特别是中短篇大多还是从民间故事类型来，而且形成了小说与戏剧共同流传的局面。真正的现代西方意义的小说故事模型在中国小说史上极少见。很大程度取决于中西关于人的态度的不同，自我意识弱，例如西方两大类型的流浪汉小说和个人成长小说在很早就繁盛了，而中国止于今天也没有那么大型的作品。有一些特殊的例子，如《马介甫》是一个很好的写恶的小说，但中国只在文言形式出现，没有大型的变体小说。同时也没有西方写恶的那么深广的人性意义，仅限于妒妇。纵观中国的故事模型，倒不缺乏复杂曲折的好故事，最重要的是众多的故事在故事内涵上提炼不够。绝大多数局限在因果报应和大团圆上，故事结构模型基本上采取的封闭结构。即便在当代小说创作中也是如此。如何产生好的情节结构模式，我在故事一章详细谈了情节的创造，这里再补充一下情节模式创造应注意的一些方法及原则。

1. 创造好的情节结构必须选择好的母题，选择母题与提炼故事有相似之处又有不同。例如选择一个恶人终须有恶报的母题很容易。但内涵不一样，你可以写悍妇有报，写的是被欺侮的人，但《普鲁士军官》中上尉也是终有报，而它的核心的根扎在人性深处的嫉妒。也可以写成恶人有报，是伸张正义。我这里说的一个好的情节模型是母题和提炼内涵结合起来，母题是新颖的而内核是深刻的。《中山狼传》写的是好人救恶，恶再祸及好人，母题是善恶有报，但作者的妙处是提出了狼的形象，这个古老的原型，在图腾与信仰中狼是要吃人的，且又生性多疑、怕火、灵敏、暴烈。这篇小说的内核的立足点不在写恶，而是好人的迂腐。有意思的是老人治恶他并不用暴力，而是用智慧，采用作法自毙的原则，最后的深度是让迂腐之人杀恶。当然小说的讽喻多少有一点说教。我这里似乎讲的是意义而非结构，注意，我的首要意图是无论多么优秀的结构形式，它必然有一个绝妙的理念，因为小说不同于建筑，二者的结构作用点是不同的，如果一个无意义结构提供的仅是情节发展过程，那会很快被人忘记。

2. 让读者惊奇的情节结构一定要巧妙地处理好隐蔽与显示的关系。亚里士多德制定的重要理论原则是发现与陡转。使情节具有力量这似乎是必不可少的。小说家制造情节和读者阅读情节，在心理上要有一个反比，读者希望惊奇马上出场，这是期待心理决定的，而作家要有耐心，一定要延期出场，而且造成各种间接出场，使氛围到最佳状态。在小说《进入波兰》中，我住在农家孕妇的屋子里，很快看到睡了一个人在墙角（隐出场），睡觉冷，说梦话都是引诱关键情节出场，揭开毯子便是情节高潮，父亲被杀了，父亲真正的出场是怀孕女儿的一句话。高潮之后仍有发展，这使得这个情节结构有了绝妙处。变化，是情节的核心，这是因为情节是对行为的模仿，如果动作总不变化，情节便停顿了，情节结构最怕僵化与停滞，所以变化乃是情节发展中第一位的。这时的变化不是像助燃器一样一步一个脚印走，它要注意的是，一方面要有跳跃，升上去或降下来要有一定的幅度，符合惊奇的心理结构；一方面要有反差，即指前面的序列和后面跟进的序列，自身的反差，和另外的事物有反差，甚至和我们所看到的众多小说的情节也有反差。表层看应该有不可思议性，细细思之它又合乎情理。《魔术》中魔术师的袖里乾坤仅仅是一些小把戏而已，一个鱼雷把船炸了，这个反差大了。鹦鹉居然觉得这个魔术玩大了，说了一句反讽的话，这又是一个反差。一方面情节变化要有密度，一个惊奇之后再推出一个惊奇，这才能取得最佳效果，在中国叫作螳螂捕蝉，黄雀在后。传统术语叫跌宕，从世界范围看最见效果的是三次跌宕，或者三次陡转，特别是那些法律与侦破的情节性复杂的故事中，出人意料的峰回路转都是极重要的。

3. 一个循环的结构必须要有张力，有动力，充满了生机。其中的关键是要处理好结构内部的各种矛盾，有人物、事件之间的冲突，也有事件发展中前后的冲突。特别是大型小说要写好矛盾冲突。据我的理解，写好矛盾冲突并不是最难的，敌对的政治首脑，军事对峙的敌我双方，写一种权力和战斗实力的抗衡，最后弱的一方败，或强的一方败，反正两败俱伤。最难的我以为是写好矛盾转化，在结构上显示一些巧妙的扭结。史蒂文·舒曼的《银行抢案》是写矛盾转化的一个妙例。劫匪把他要告诉银行出纳的话写在一个小纸条上，一手递过去。"这是抢劫。因为金钱和时间一样，为了活下去，我需要更多的钱，所以，把手放在我看得见的地方，不要按任何警报按钮，否则我就让你的脑袋开花。"年纪二十五岁的出纳员，她生命之路的灯第一次亮起来。她将手摆在看得见的地方。没按警铃。她说，太危险，你就像爱情一样。看完条并交还给劫匪。并说，你这话太抽象，我不知该怎么做。年纪二十五岁左右的劫匪在写第二张条子，感到思想的电流已在手上，他对自己说，金钱你就像爱情一样。他递出第二张纸条："这是抢劫，因为这儿只有一条明白的规则，那就是没钱得受苦，所以，把你的手放在我看得见的地方，不要摁警铃，否则我让你的脑袋开花。"年轻女人接过字条，轻轻碰了那只没拿枪的写字的手。这碰触进入了她的记忆之中，并在那儿扎根，它成为一盏永恒的灯，为她指引前进。她觉得她能够看清楚每件东西，仿佛一层不知名的纱已经被揭起。我想我现在比较懂了。她注视他的双眼，然后看着枪说："但这里所有的钱并不能让你得到你想得到的东西。"她深深地注视着他，希望自己在他眼里变得富有。她对自己说，危险，你想耗掉我一生的金子。劫匪有点昏昏欲睡。在这一刻未来时，手枪装载着他的梦。这把枪像一个想睡又不能睡的人，眼皮变得沉重。他对自己说，金钱，你只要发现一点点就会带给你更多的东西。你会永无止境增加。金钱，你救救我。因为你就是欲望。劫匪发现了自己的停顿，他又写出了下一张纸条："这是我一生的剪影，我失眠的剪影，一次怪异乘巴士的经验。它在夜里行走，我很想下来，车上的灯让我无法入睡。在街上，我将追逐那封会改变我一生的却正在风中飘旋的情书。给我钱，我的姐妹，让我的手抚摸它。这是一把尚未开火的时间之枪。所以，将你的手放在我看得见的地方，不要摁警铃，否则我让你的脑袋开花。"读了这张纸条，年轻女人觉得体内有双手这一刻正抓住了她的生命。她自己说，危险，你具有无懈可击的清晰，透过你的镜片，我认识到我所要的。男女在彼此注视，视线在他们之间形成通道，透过其中一道，他的生命像小人儿走入她的生命，而她的生命也由另一通道走进了他的生命。"这些钱是爱情。"她说，"我将照你的意思做。"她开始把钱放进大口袋里。她搬空了银行的钱后，银行充满睡意，行内其他人沉睡如木，她终于将所有的钱放入口袋。劫匪和银行出纳员一起离开，仿佛彼此的人质。虽然现在已不需要那么做，他仍然用枪抵住她。因为那枪已变得像他们的小孩一般了。

小说一开始矛盾尖锐地对抗。枪与生命。两个二十五岁的年轻生命在金钱面前对抗。在第二序列中变成了金钱与爱情的关系。矛盾降调了。第二张纸条切中女人心思，没钱得受苦，第二个序列中是金钱、爱情、欲望的平衡。矛盾调和了。第三张纸条沟通了他们的钱与情。第四个序列男女互相走入了对方的通道。那么情节最后由劫持到合伙作案。形式的结构还是人质事件，结构内部的转换却是一次高度的平衡。这种化冲突于无形之中要有高度的平衡技术：一要扣住人物的心理；二要抓住利益的要害；三要智慧；四要合情合理。在矛盾冲突处理上，我在课前讲的《社会游戏》也是一个绝妙的例子。冲突是一个情节小说的生命线，而冲突的基础是矛盾，一个序列到另一个序列的转换，由不平衡到平衡，先后包含的有机转换，它的力量是矛盾的推动。这个过程是一个推进或后退的平衡过程，并把人物与事件也纳入这一系列情节变化的持续之中，这是由事物的本质决定的，即由内在的矛盾性决定的，这一切形成了情节结构变化的总和，所以说事物是永恒变化的，情节因此也是永动的。实际上我们把情节模型可以理解为矛盾冲突模型，它暗指人物与事件、理想与现实、虚构与真实、蒙昧与发现以及世界一切事物之间的矛盾关系。

4. 一个情节结构的有机整体性最重要的是控制。整体和局部的关系，人物和事件的调节，情节发展过程中的行为层与叙述层的巧妙处理，一般规律的行为层遵循开始、发展、高潮、结局的环节，但叙述层可以改变它，侦破情节可由结局写起，《银行劫案》便是从高潮写起。湖南作家聂鑫森是位写短篇小说的高手，他的体会是短篇应从高潮写起，然后再转入闲笔。长篇小说可以由序幕开始。有些看似不重要的人物与事却需要认真地写好，《水浒传》中的西门庆与潘金莲的故事中，这王婆便是要紧的，卖雪花梨的郓哥也是个扣眼。《蒋兴哥重会珍珠衫》是个两万多字的中篇，而写卖珠子的薛婆勾引三巧儿竟用了近一万字的篇幅。情节序列虽是连贯的，但话语表述是可用穿插、颠倒、突接、间歇等多种方法去改变情节的，这使得情节结构自身也显示出丰富多彩的变化。线索在情节中也是不能忽略的，古典小说有一个技法叫伏脉千里。这种草蛇灰线的意思是线索可隐可显，在篇章之中是一种连珠的作用。兴哥祖传珍珠衫便是线索，因了线索的牵连他明白了三巧儿偷汉子的事。情节的顺延或者转折，线索有时会产生至关重要的作用。线索也是一个破解迷局的方法，传统的线索中多用象征和隐喻的方法，《红楼梦》中贾宝玉从娘胎中生下来口衔一块玉。这块玉便是宝玉生命和人生的象征。线索布置贵在巧妙，千万别牵强附会，这会影响整个情节的和谐。在线索中我们还涉及一个细节问题，细节我已在"环境"一讲中专节论述，但在和线索呼应配置时也要特别巧妙，看似漫不经心，实际精心设计，在偶然中看出必然。细节不仅决定整个情节结构的瓦解与重组，重要的是细节蕴涵深刻的意义。在情节控制中还涉及视点、节奏、频率、距离、速度等问题，这些都移到叙述一节中细谈。结构控制中的重点应该是节奏，我要提到的不是文本中的节奏具体把握，而是作者的心理节奏与读者的心理节奏，它会因人、因时代、因文化习惯不同，需要我们好好调节，当下是大众文化时代，它需要的是高效率，快节奏。

5. 情节需要想象性创造，有的情节激烈，有的情节变形，有的情节迷局，有的情节散漫。在生活中只有动作系列，而情节一般都是进入文本以后，情节是对动作的模仿，但不是简单的模仿，生活中提一桶水，摘一个果子，搭错一辆车，仅是一个连贯的行动，而情节是对动作取舍和组织以后的总和，因而才叫情节结构。所谓按照生活的实际人物与事件写作，也仅仅是一个大体的轮廓。《包法利夫人》是福楼拜在当地一个有名气的乡村医生尤金·德拉默尔的故事基础上写出来的，德拉默尔的妻子德尔芬·寇秋瑞尔便是服毒自杀的。从故事外形福楼拜没做改动，但包法利夫人的情感特征及其表述必然是作家想象的结果，这个想象我们分现实想象与浪漫想象。前者是现实主义的情节故事，如巴尔扎克、司汤达的小说，后者是传奇戏剧性的作品，如中国的《西游记》和唐宋传奇。我的一个体会是，情节可以是现实化的细节，但拼接组合时一定要大胆想象。我们从可能性出发构成结构形态，法国米歇尔·葛利索里亚的一篇小说叫《夏尔爵士和电报》，第一句话就很有意味。自从开始偷窃住户的来信至今，夏尔爵士得到的只有失望。银行发出的通知书、讣告、明信片，交友俱乐部，一切函件都密封着。四十年来，一切邮件都从邮局职员手中经过，如今一旦打开并没增加任何价值。夏尔只能小心打开又重新粘好，下楼把它还给收件人。夏尔居住的地方有两个院子，他的第二院最里的新小房里，一套两居，"夏尔爵士"是那些用心不坏的青年给他起的绰号，是因为他喜欢华贵的服饰，英国西装，苏格兰围巾，呢长裤，夏朗德产的鞋，一种艺术家气质。可惜他只是八十邮局的职员，四十年中数千封爱情的信，他想看但都没打开过。他偷看信至今没人发现，这并不是他有仇恨心理，仅是他渴望和人交流。偷信时只有一只大灰猫发现了他，或某一首钢琴曲。他一天三次等待那个女邮差到来。女人说，您的什么也没有。我知道。拿了信，院里没人，第一院只有一只大灰猫，第二院只有一辆苹果绿女车。主人呢？有时他从口袋拿出一个弯钩，很快弄开信箱。对邮件他像过去邮局工作那样，很快，两小时能干完一天的活。夏尔早睡早起，不喝酒，读书，吃得少。和他姐姐约瑟芬一样，姐姐独身，死于败血症，从此夏尔更孤独了，他搬家住到圣罗曼街。正在他对住户邮件失望时，一天下午他看到了几个字：这次，我绝不再回，永别了。

夏尔六个月来第一次截获的电报，是封急电。电报是给阿历克斯·马茹若尔的。他不认识，从名字也无法判断男女，他四周观望没人。奇怪的是电报上没署名，电报是刚到的，中午。给谁？他运用过去的邮电知识，拿着电报，走过两院直到邮箱前，看见那只猫，还有苹果绿的女式单车。他知道主人是住五楼左侧，楼梯 A，是临街的房子。夏尔上楼，猫跟着上楼，到了马茹若尔的门前，摁两次铃，没动静，门虚掩，猫给他开门，他跟着猫到了起居室，看到了她。她，弹钢琴的小姐。躺在床上，地毯上一个小空瓶。她已昏迷。一句轻轻的话，很高兴……是您。夏尔帮助她，没什么了不起的自杀，我保证您没事。她让夏尔出去，夏尔提心吊胆，晚上带着玫瑰花去摁门铃。女人康复了。她给他端来豆沙与奶酪。您不该为一封电报难过。女人说，这封电报是我自己发的。这让夏尔万分惊讶，他救了一个希望被救的人。夏尔不动声色，看着她。她说，我知道两个小时后会有人给我送来。夏尔说，您冒的风险太大了。接着又说，没人给您送电报，如果不是我看见，它还在邮箱里。

这没什么。我死了，人生一场游戏罢了。临窗是钢琴，早晚琴声从这儿出去。他们互相信任了。女人说，所有孤独都大同小异。夏尔说自己的绰号，偷看信的毛病。您为什么说？很高兴是您。女人说，经常见到您，很威严，很孤独，年龄不同，命运相同。后来几个星期他们互相往来。很合作，也有很多话。女人在巴黎没家，母亲在马赛有一药店，父亲远在安地列斯岛。她妈等丈夫浪费了一辈子光阴。阿历克斯·马茹若尔是音乐家，在一个乐队里谋了一个职。她去了英国、美国，把猫和单车托给夏尔。她来信，夏尔没法回信，地址是流动的，他取马茹若尔的信，不再偷看信了。夏尔体力衰退了，走路慢了，气短。夏尔采取了马茹若尔的办法。他打了一封电报，交到诚实人手中，把门掩着，计算着行动时间，免得人家晚来了。

这次，我绝不会再回来，永别了。也是这几个字，他也像女人一样没署名。夏尔将幸福地死去，并非所有人都有这际遇。他到死始终都没有离开邮政业务，这并非所有人都有的际遇。

这个故事写阿历克斯·马茹若尔自杀是很现实的细节，但也有想象，用了一个电报的方式。有点中国人心理，死亡有天会发生。夏尔就用与马茹若尔一模一样的死亡方法再做一次，便是一次想象性的创造。夏尔终于没办法摆脱孤独，但改正了缺点。这是一个循环式情节结构，但是很巧妙。这个巧妙来自不可能的可能，女人之死很完整，在一般人的思路里这个结构不可能成为复式，而夏尔之死偏偏重复一次，于是女人之死成了夏尔之死的预演。我这里没有列举情节结构模式有多少主类型，多少亚类型。主要因为古往今来的情节模型逃不出普罗普和丁乃通的民间故事分类，因而列出一个烦琐的情节模式没意义。再者，任何一个文本的情节模式千万不能和过去的母题一模一样，它应该是一个变体，是一个新的情节结构。新的情节结构关键要写出它内部丰富复杂的变化来。另外要说明的，情节结构也要和其他结构方式融合。短篇小说可以不必严格执行情节结构，但长篇小说一定要纳入情节结构的因素。世界上并不存在任何严格单一的纯正的某结构形式，这是由人物与事件、环境的复杂性所决定的，所以，绝对单纯的情节结构反而显得虚假。从创作学的角度讲情节结构的模式过去都是作者设计好了，编出提纲，把情节的各个方面都预演得严丝合缝。今天看来这种写作方法不合适了。因为这种机械的严格设计的结构模型太僵死了，很容易成为以往结构的翻版。我以为小说写作之前仅是一个大致的情节考虑，它不是中心，重点应该是让人物鲜活起来，从人物写故事，注意人与事的偶然性，而且在情节写作过程中最好有许多东西是违背初衷的，让严密的情节因素有许多机智的、随意的、出人意料的走向，这对阅读者来说也是意想不到的，于是情节结构中会导入很多异质杂色的东西，反而会使情节变化复杂，丰富多彩。创造性因素大抵都是随机的、顿悟的，在写作过程中，各种人与事碰撞所启发的奇思妙想最有创造性。一朝一夕想好的情节模型很容易是一个套路的翻版。

第二，时空结构模型。时空结构模型是一切小说结构的基本形态，似乎没有必要单独提出来作为一种结构模型。问题在于许多小说特别强调了它的时空关系，甚至有目的地把时间与空间作为一种标记。一般小说写作中的时空形式在作者脑海中，大致点明一下时间与地点；有时时空转移了，小说并不特别标明，依靠小说中人物与事件的关系可以推导出这种时空形态。如果一个小说不停地重复特别交代时空，那便表明作者是有目的地强调这种时空结构。另外，现代作者中有专门在时空结构上做实验的，目的在于把时空哲学化，使时空结构具有某种形而上的品位。此外，还有对时空做特殊处理的，如幻想时空，意识时空，科普时空，这都表明作者把小说中时空基本形态抽象出来，而别有目的地做一种新时空结构来探索。基于此，时空结构便成为独有的模型了。即使表明了时空关系的，我们也不能简单判断。

其一，客观时间标志的结构。这一般表明是历史叙述的小说，即西方所谓的纪年小说，时间表明了历史进程。写作时间在后，表明今天写作是从后面去追踪它。那种表明突出时间线索，个人成长小说也是如此。这时候的时间结构主要起着清晰脉络的作用。写作态度也是反映历史的真实。这种小说中外都是常见的，不足为奇。

其二，主观时间强化的结构。这类很复杂，情节小说基本上是时间结构的，但很多探案小说是打乱了时间顺序的，先从时间的结束开始说起，或者目的很强地集中在各个时间不同的点上展开事件，使时间交叉产生错乱，这是现代主义惯用的手法。马尔克斯的《百年孤独》第一句话便制造了一个时间幻觉，叙述与回溯相迭形成了百年的回环时间。

其三，写作时间的标志化。这主要出现在元小说中，目的在于作者不断向读者提醒我的写作时间是客观的真实的，但我写作的时间是和小说中的时间交混的，是我编撰的，把我的主观时间客观化，而把客观时间发生的一切主观化。元小说中的时间，一方面是时间的实验，两种时间的混成与矛盾；一方面是时间的哲学化，企图揭示时间之谜；一方面是时间分析，寻找时间的本质，操作时间与幻觉时间探索。我个人便在元小说写作上坚持了十年。《城与市》便是一个时空实验品。特别注意一个未来时间概念，未来时间概念是不知不觉地在日常生活中进行的。

其四，各种时间形式的实验结构。这主要指人类对时间的不同理解。一般写作遵循线性时间。但东方人理解的是环形时间，一小时是环形，二十四小时是环形，六十年环形是一个周天，科学上还有相对论的时间，幻想小说中有时间隧道。戏拟的后现代小说把现实与历史重叠起来，这是一个双轨的时间。我们是否在科学的基础上再提出新的时间观？其实对于时间的实验从西方现实主义就开始了。詹姆斯便提出了时间结构的理论，并主张采用缩短线条法来构造时间结构，借用了绘画的透视原理，由近及远地安排有关历史事件与场景。在绘声绘色地描写某些事物时，也要保持它们自己属于自己的总体安排。简单说，用时间框架来保证小说各部分之间的有机联系，使事件和场景属于整一的总体规划。小说中时间特别关涉到小说中的序列、节奏、详略。一篇小说的节奏固然和情节进行有关，但不是只有情节才有节奏，任何小说都存在节奏，因此小说中的节奏是与小说中的时间发展、情节速度、阅读感受、细节详略四者相关的一个综合现象，特指小说中复现、重叠、变化、删省的一些技术手段。详略与时间和节奏关系极大，很长的时间段可以概述得很短，很短时间的关键性事件却可以详写很长，对人与事的表述虽受时间限制，叙述却根据属性与功能改变时间长短。节奏也与详略、复现关联不同位置的复现可以略写，局部情节可以详写。总之，时间在小说中是牵一发而动全身的根本问题。时间虽然重复，可有很多小说又在小说中置时间不顾，甚至看不到时间线索，我认为这是一种时间消失法，有另一种实验目的。

其五，空间并置结构。这是一种普遍的空间结构方式，一方面是时间控制下的空间拼贴，过去的空间与现在的空间，通过人物幻想、梦境、回忆等方式达成，这点在现代主义、先锋写作中都常用，不胜枚举。另一方面是隐去的时间，仅有空间位置的显示。卡尔维诺的小说《帕洛马尔》全部以主人公视点，一共三个大空间，海滨、城里、沉思中的脑空间。每个标志性空间又分若干小空间。海滨空间把海空分一组，动物分一组，天象分一组；城里空间有分阳台、超市、动物园各一组，每组里有分一、二、三个更小的空间。这种空间切分含有某种拓扑性质。所有大组之间他分别用三种经验：视觉经验，符号经验，思维经验，穿插于文本的最小空间。这是一种典型的空间实验结构。再一方面是用几何的建筑空间再切分各房间的小空间。整体空间又构成一个迷宫图式，使人迷失在没有特征个性的现代空间之中。我在《城与市》中专有两章"回廊"便采用迷宫式的结构。空间结构有实验与非实验两种，实验性的空间不仅仅表示人物与事件的处理位置，更重要的是表达空间理念，是一种数学、美学、哲学的思考。

其六，弹性空间的结构实验。所谓弹性空间是指除物理空间之外的空间，或思维想象空间、文本空间、词语空间。空间是从维度上判断，人的活动空间是从长、宽、高三维判断，二维指平面、四维、五维，更多的维是没开发的假定空间，宇宙中的相对空间这都是我们探索的，例如词典体小说便是一种弹性空间结构。卡尔维诺的《寒冬夜行人》在文本中切换也算弹性空间。这里以朱塞佩·彭蒂贾的《出版社的阅稿人》来谈谈这类结构。11月某天早上，一个男人从广场向地下铁走去，灰色大衣，黑边眼镜，一个黑色公文包。他进一楼六层，这是前进出版社。女秘书在门边等着，他把整齐的手稿一份一份拿给主任看，主任说是一些不知名的作者写的，可以拿回家看。他到房间抽出一部手稿看：

小说写一个旅馆里两个人做爱。旅店在湖边有小路去村庄。另几章没看，仅在馆内展开，由开始的两人，变成三人关系。女人与后来的男人结成新的一对，对话原封不动地反复出现，景物总是那样高的玉兰，湖边。约稿人评语：这部作品的错误也在于目的。这里目的是想通过叙述肯定色情，又转过来以色情使描写显得生动。他想了一下，把目的换成了构思方式。他看看窗外，不满意这句话，擦掉这句话再写，故事不吸引人，三角关系老一套。但他又觉得故事是有意思的。又加上一句，墨守成规，死板。介乎德雷耶影片和格里耶小说对事物客观记录。

她梦到两个男子，他们都长了两个生殖器，每次犹豫很久不知选哪个好。心理医生说双数可以补偿丈夫的漠不关心造成的缺陷。犹豫后会得到快感，但也会因补偿而后悔。到八十三页她同男子到一条林荫道上散步。一百零五页后则彻底背叛。

他梦见一只狼追她，心理医生说，这是罪过的报应。这些对话被一些行动描写打破。火车旅行，林间做爱，藤架下吃晚饭。女作者用第一人称写，小说没结论，结论是这本书本身，风格朴实，像在忏悔。

另一部手稿是《人事办公室》，结构是这样，每章用一个职员做标题，先叙经历，包括时间、地点、出生年月、婚姻、住址级别等。接着是作者的一般描述，与履历形成对比。序言中说，职员成了有血有肉的人物。

如《一个对什么都不感兴趣的意志薄弱的人》一章，年轻人想成为作家，口袋里常带一本诗集离开办公室。《私生活的阴影》一章写一个视察员，郊外街灯把他的阴影照亮。原来那条街是搞同性恋的人常去的地方。语气太假，作者可能是在办公室里听来的，给他们起了个可笑的名字。

有一点特殊，饭馆里菜单写得很详细。列了价，主人公因钱少心烦意乱，虾太贵，菠菜粉丝面皮可以接受，量太少，他给侍者小费之后悄悄地走了。过道，台阶，黎明微光中看到房间家具。年长的同事讥讽他。回击这人不易。还写了一个妓女。两夜她站在路口，通过另一个人认识妓女。这一段可以，准确，但都是重复人人都知道的，如同说秋天过了冬天必然要来。作者自己满意，求阅稿人帮忙。这是个平常作品，很长，永远写不完似的。

尊敬的出版社：

　　送上我的第一部小说。请允许我做两点说明。第一请不要推测是我自己在叙述。不是我。第二，关于妓女，我不愿用这个名字。我认为这是最虚拟的一段。

我们的阅稿人，进展如何？主任在门边问，咱们去喝杯咖啡。出门下着小雨，有股霉味。阅稿人说，如坠云雾，劣等作品，我已习以为常了。他们对话，走进了小酒吧。主任问，最严重的错是什么？他回答，也许抱着错误的目的。主任摇摇头，结果如何只取决于一个人拥有的手段。但是目前也是争取成功的手段，您认为不是这样？他看看门外，补充，问题不仅是面临什么，而是寻求什么。

他又回到房间，打开另一部手稿读起来。

你盯着一班学生谈什么，这很有意思。一个教授开始上课，开始总看别处，自己面前是一堵墙，得爬过去。开始讲出的话只是一些声音，没意义。于是学生看着他。他这才敢正面第一次看学生。提出的问题也成了重要情节，古代世界的神圣，碑文，然后打分。作者没耍手法。一段结束接着便是一段拙劣的模仿，描绘法尔蒂大街维托里诺·达菲特雷学校。这里的错误，是喜欢用大写字母，主任、儿子都应大写，仿佛在一个礼仪世界里，要摆脱是不可能的。阅稿人写，这里现实没成为一种象征，象征是唯一的现实。他擦一半只剩后半句。这里象征是唯一的现实。摩天大楼，顾客，翻译。他写道，太抽象，生活被歪曲。有时生活也得安慰，比如太阳、月亮用大写，突然写到地理教科书，写了本市街道的名字。

一个士兵经历了五年战争生活。

"士兵"这个词模糊了，于是他在上加了一个人。他看见什么新兵列车在七月的一个无云的下午启动，离开故乡。兵营斜坡上一个小院，从宿舍窗上玻璃洞钻进夜雾，灯光射进来，惩罚他的中尉的面孔。在前线，他学会了一点，对他说，开枪就是世界末日。但，没有，世界照样存在下去。阅稿人读到，今天，七月二日，我出发去前线。手稿缝隙中还有一张照片，早期银版照片。车站上一个人走动，走进土耳其浴室的雾气中……

作者写道，我努力想把我们时代的面貌描写出来，这些可以说明为什么用"精神错乱"这个标题。作者问题复杂得多，如何不抛弃妻子，或者杀死她而不冒风险。一会儿写妻子，一会儿写中东，世界饥饿，一会儿是革命。这是梦中犯罪。阅稿人写，从文学构想方面与众不同。

最后一部手稿没标明，比另几部都厚。看来不必翻开就可以做评价了。第四页头几行有意思，这是一条大街，天气十分闷热……这位英雄的轮廓，栗色头发，深色眼睛。他很快一页一页地翻着手稿，有时是表现主义的。法官你惩罚我吧，但是你惩罚我时会同情我。虽然斯拉夫的气氛他不喜欢，但摆脱不了那城市形象，强烈的梦幻似的形象。黄昏，人群，街道。梦境描写得十分准确，好像从弗洛伊德那儿学来的。这就是他的一个梦。他同父亲在一条街道上走，通往墓地。

他翻到了手稿的三十五页：我感到痛苦，在这个杯子里装的是痛苦和眼泪，我找到了文化，尝到了文化的滋味。

主任走进屋子问，怎么样？没什么好稿。

没有。阅稿人回答是。又补了一句，最后一部我有些疑问。他的犹豫形成了一定气氛，形象也能打动人。

您认为可以出版吗？主任问。不能。还不令人信服，有很多错，夸张。这个作者让他多写几年再看吧。

让我看看。主任吃惊地看着手稿。可这不应该让你看，怎么会弄到手稿里去了？您没发现这是翻译稿吗？

没有。阅稿人看着他回答，我不懂这是怎么回事。

主任说，今天早晨我太累了。

阅稿人问，是哪部著作的译稿？

主任用怀疑的目光看着他说，这是《罪与罚》嘛。

这是一个很具现实主义的讽刺小说，但这个小说并置了几个文本空间，旅馆，人事办公室，饭馆与妓女，学校。最后竟是《罪与罚》的译稿。这文本空间的移换使小说向前推进，其空间结构形态非常清晰。这篇小说的并置空间，内容不是主要的，而是作为背景的，其实我们就应该换位，把五个文本空间形成内容上的似连非连，而现实读稿空间成为背景，这样便真正达到了空间实验的目的。

第三，人物结构模型。在今天来说人物结构模型是人所共知的事实，不足为奇，可面对亚里士多德的情节传统要强调人物谈何容易，这里在东西方小说比较上有一个很有意思的现象。中国小说最早是以人物为结构主体的，七世纪的《游仙窟》以我为观察视点，人物为主体还表现在他使用主人公第一人称，这非常不容易，《任氏传》《霍小玉传》《李娃传》《莺莺传》都是写一个人。在很长时期内写人成为古典小说的传统，一直到清代的《聊斋志异》，只有明清两代的白话小说兴起了，才强化了情节小说的地位。欧洲十八世纪的小说，人物创造取得了正宗的地位，首先是笛福的革命性主张，他强调真实性确立在个体的人所经历的具体事件上，尤其强调个人经验。确立了形式现实主义的源头，人物理论后经理查逊和菲尔丁两个人的发扬光大，提出了真正意义上的塑造人物，并要求是具有独特的个性，并始终如一地忠实自己的角色。主张只有反映人性的内心世界的东西，才算真正有价值的真实。同时主张个人在总体结构中必须取得优先权。而作者权力被人物权力悄悄代替。人物结构的原则后来又由福特和康拉德坚持下来，强调各种人物的行动组成结构，并把介绍人物身世作为规则，找到人物性格的必然性。由此看来，西方的现实主义传统实际是以确立人物在总体中的优先权为标志的，真正出现人物为主的小说便标志了新小说正式产生，同时也是现实主义的开始，并成为小说强调情节以后出现的人物新传统。这里提几种人物结构模型以供参考。

其一，以主人公的经历、力量、性格为主而形成的结构模式。这方面西方给我们提供了大量范例，个人成长小说、流浪汉小说都是展示个人经历的小说。另一种是通过家族环境、社会环境揭示主人公性格产生的轨迹，《红与黑》《忏悔录》都是这方面的例子。诺思罗普·弗莱总结了五种类型。第一种，性质上既比其他人优越，也比其他人有环境优势，则主人公是神。这通常是关于神的故事。第二种，如果一定程度上比他和他所处的环境优越，则主人公是浪漫故事中的典型，他的行为是出类拔萃的，仍视为人类的一员，但具有超凡的勇气和忍耐力，这是神话转移到民间故事、传说、童话以及动物故事的小说。第三种，虽一定程度上比其他人优越，但无法超越他所处的环境，则主人公是一位领袖，有权威，有激情，比我们具有更强大的表达力量，但他服从于社会，服从于自然规律。这是高级模仿的主人公，是史诗和悲剧里的主人公。第四种，既不比其他人优越，也不比其他人所处的环境优越。主人公是我们中的一员，我们会对他的普通人性观产生共鸣。这是低级模仿的主人公，是大多数喜剧和现实主义小说的主人公。第五种，如果某种人比我们自己在能力和智力上低劣，从而使我们对其奴役，遭挫折，或荒唐可笑的境况中有一种轻蔑的感觉，这样的主人公是反讽模式的。他使读者感到自己可能处于统一境况。弗莱认为欧洲 1500 年的虚构作品是沿着这五种顺序移下来的（《批评的剖析》，百花文艺出版社，第3-4页）。中国小说《水浒传》基本上是以人物活动为线索来形成结构，特别在一百回本中史进引出鲁智深，鲁智深引出林冲，林冲之后杨志，然后是晁盖团体出场，然后是宋江，宋江之后武松，这是一种由人物按序出场形成的连环结构。

其二，以人物的精神、意识、幻想、联想、梦境为主导的意识流结构模型。这类作品有许多，最经典的当然以《尤利西斯》为代表。但我们不能简单地把意识流方法结构的小说看成一句抽象的话，或一个机械的原则。它包括很广，分类也很细。第一种，自由联想式。这是超现实主义采用的主要方法，用一定外部刺激方式使人进入朦胧、幻想状态，并自动记录自己的意识流动。布勒东的小说便如此。第二种，内心独白式。最早的文本是《被砍倒的月桂树》广泛使用了内心独白技术，他写的是一个花花公子被爱情弄得神魂颠倒的六个小时。小说开头便是人生体验中的一种玄奥烦恼。内心独白方式在第二章中引进了音乐的主题、变奏、重现、合成等方法。小说一共九章，均是青年丹尼尔·普林斯的内心独白展示。这一技术被拉尔博用到《情人，幸福的情人》中，最后让《尤利西斯》作品发挥到极端。美国福克纳的《喧哗与骚动》也成功地运用了内心独白。由内心独白发展到内心分析，西方最极端的意识流作品是多萝西·理查森的《人生历程》，十二卷共二千多页，故事简单写米莉亚姆教书，经历几个国家后来到一家旅店当管理员，帮一个牙医摆脱困境，爱上一个犹太人又不嫁给他。后来成了作家的情妇，是她旧校友的丈夫，在瑞士旅行时找到精神自由，最后在丁普尔山一农舍安居。第一卷1915年出版到最后十二卷1938年用了二十三年时间。一个人一生写一部意识流长篇小说已到极致了，但长期来评价不高。伍尔芙的写作，是中途开始运用意识流，反而反响要大得多。在这个模式中还有一类是感官印象式。这种独白不一样，但也作为意识技术之一，范例有《尤利西斯》中描写海妖的一段。似乎感官印象不能为一个单独的类别。第三种，梦境幻想式。古往今来许多小说写梦境，写幻想。可以肯定不会有一个人在梦境中写作，假定真正写了梦，也是梦醒以后的追述。因此这时候梦境复原实际有梦境分析的东西在内。这里单独把梦境和幻想作为一个单独类型，是因为，它不仅作为意识流小说中的一个技巧，而是形成了梦与幻想的整体结构，成为小说整体的框架。这种梦，也包括白日梦，例如《华尔脱·密蒂的隐秘生活》，我在创作《城与市》第二部时基本采用了梦与幻想的结构。第四种，意识流的综合结构。早期意识流手法比较单纯，迪雅尔丹的意识流基本限定在内心独白。到乔伊斯的《尤利西斯》是意识流技术的集大成，除了他自己创造的顿悟手法，还运用原型象征法、音乐节奏法、慢镜头方法、纯客观法、快速切分与拼接法、简化提纲法、蒙太奇联想法、插曲法、细节印象法、自由转换法、文字破碎法、对话法、互文法、重叠复现法、巨体模仿技术等等，凡属语言技术的东西尽可能都用上去，使得乔伊斯的意识流特别庞杂，具有跨文体的风格。

我这里大致从四个方面归纳了一下意识流这个文类形式的特征，也可能是不合时宜的抽象。具体从意识流的思维特征与方式而言，可能得分为辐射型结构、流线型结构、散点式结构、块状式结构。它们各自的特点我已在第二章讲到了，这里不再复述。

其三，由不同人物的多重声音组成的复调结构。"复调"一词由俄国理论家巴赫金提出。我们看看它的含义："有着众多的各自独立而不相融合的声音和意识，由充分价值的不同声音组成真正的复调……不是众多性格和命运构成一个统一的客观世界，在作者统一的意识支配下层层展开，这里恰是众多的地位平等的意识连同它们各自的世界结合在某一个统一事件之中，而互相间不发生融合。"这表明了作品的人物关系是具有独立意识的（不是玩偶）主人公之间、主人公与作者之间平等的对话关系。这个复调理论讲的实际上是人物的独立意识，在文本中是平等对话关系。那么在一个长篇小说中人物多了，各有自主意识，相互对话便形成了多声部，文本中便会有几个不同的价值体系。我以为在长篇小说中总会存在复调现象，仅在于声音的多寡与强弱。不同的价值观和人物自主意识均是作者致力表述的。如果这是小说的普遍现象，我怀疑是否可以作为一个独立的结构形态。这就如同时空作为结构形态一样，看一个具体的文本是否把复调上升到一个文本的整体结构而发挥作用，如果是，那便有了复调小说的结构。巴赫金主要就陀思妥耶夫斯基的《白痴》《罪与罚》《卡拉马佐夫兄弟》，分析了典型的复调小说结构。复调主要是话语重复。小说《穷人》始终贯穿着杰符什金与瓦莲卡的思想对话，是两种观点的对立，两种不同声音构成的对话语境。这一特色发展到《卡拉马佐夫兄弟》中的多声部对话。这跟双线索、多人物的复杂结构不一样，那是一个主体统摄下，虽然多头却不是复调。真正的复调不存在作者统一的意识形态。另一个特点是双声对话，所有小说都会写对话，但不一定是复调，复调要求二者在意识上是平等的不同价值观的对立。更重要的是人的内心对话，是折射表现他人语言（暗辨体），或带辩论色彩的讨论（自由体），隐蔽的内心抗争（对话体）的。如杰符什金与瓦莲卡，索尼娅与拉斯柯尔尼科夫，阿辽沙与其他兄弟之间的对话。话题可能是善与恶，是命运、自我和他人等。这种人物激烈的关系在小说中随处可见。注意，千万不要把复调结构理解为我说、你说、他说，主要是不同的价值观在平等意识下的对话，大量的是心理的潜对话。除了复调结构，还有另一种对话的结构。例如马·弗里施的《蓝胡子》基本上采用对话体，审讯和被审讯者对话，人物自己内心的对话，还特意用不同字体标示出来。这种对话体结构是传统的，我以为来自过去的书信体小说，这是西方十八世纪盛行的一种对话体结构。今天的对话结构当然复杂多了。在一定意义上说，复调小说也是在这种对话体小说上发展起来的，差异仅在于不同的对话体小说，强调的角度不一样。

其四，人物符号化结构。这是现代主义小说之后一个非常明显的事实。过去人物血肉丰富，情感思想、人物活动具有整体上的统一性，人物的结构作用很明显。自巴尔特的零度写作理论出来以后，或者写作上的非个人化经验，小说人物在二十世纪发生了质的变化，人物是冷漠的，机械的，潜意识，无主状态，这实际上从表现主义开始便把人物内心情感抽空，成为一个符号化的人物。人物成为一个观念的载体。卡夫卡、加缪的作品已经开始，到新小说人物便只是一个模具。后现代小说人物更加抽象化。那么这样的人物是什么特征：1.冷漠机械是模具化的，你无法探知他的情感世界和内心。2.人物仅是一个观念的代表，例如荒诞、无奈、忧郁、非目的的反叛等。3.人物仅是一个意象，一个移动的标志。不同于传统人物象征，传统人物象征意义明确，可以分析深层的寓意。符号象征的人物内涵是非确定性的，人物自身不知所终。4.人物的非意义化，消解人物的社会意识。新小说的许多人物只是具有物体、物质意义，作为一个描写的客体，或者以他作为一个视点。《窥视者》的主人公是马弟雅思，去一个海岛上推销手表，遇上杜勒克太太家三个小姐，他奸杀了最小的女儿，然后回到了陆地。这里的主人公是一个典型的非意义符号，他的一切行为方式都无内心动机，杀了女孩也不怕被发现，没有犯罪意识。人物虽有名有姓其实和石头差不多，关键是作者做了特别精细的描写。格利耶的目的只在写出一个物的状态与过程，世界上有许多非意义存在。人物符号化结构在现代和后现代主义中作品相当多，而且很好辨认，它的结构内容看起来零乱复杂，其实极简单，消解了人物的非意义结构是一种真正形式主义的，只起到一个联结作用，我们反而好把握。但是每部作品作者都含有一个潜在的意图，我们千万不可以在非意义化背后不做思考了。特别要注意人物可能有极形而上的意图，是一个符号象征。

第四，象征隐喻的结构。象征（Symbol）本意指一块木板分为两半各执其中一块。这个词在文本中是一个词或短语，但它隐含地代表某事或某事件。某一个事物既代表自身又代表某一类相的事物。有一个超越其自身的参照的范围。这里指某类事物可以有超越自身的更大范围的指涉。引申到代表某种思想、情绪、观念、原型等。隐喻（Metaphor）通常表示某种事物特性或行为的词（字面意义），指代另一种事物的特性或行为，其形式不是比较而是认同。象征隐喻的结构是连带举偶，表明它们有共通的特征，但二者并不一样。用"隐喻"一词，实际指比喻，比喻包括明喻、借喻。扩大而言还有举偶，拟人是一种修辞手法。一般说来象征隐喻是常用的语言技术，而且普识于诗歌写作中。在东西方传统写作中也是一个常用技法，这是一个由局部技法扩大到整体结构使用的一个方法。在中国阿

Q、黄粱梦最早仅是个隐喻。在文化语境中这隐喻经常使用，便成了一种象征。有时具体的隐喻带有工具性，成为文化行为那也就是象征了，如玫瑰花、羊、十字架等。在小说中象征隐喻成为一种结构一定要超越局部的技术，而具有整体上的意义指向。1. 人物象征结构。这里指人物代表某种强大的势力。在中国小说中常常会有一个老爷子的形象代表守旧的思想成为小说的主体。而小说常又以某种人物的产生与消亡作为起止，因此这个人物起到了结构性作用。例如福克纳的《献给爱米丽的玫瑰花》，文本中男女两人各自代表某种势力理念。在卡夫卡的作品中更明显了。2. 动植物作为象征隐喻。这是一种直接的具体指代，最易识别。例如《紫色》《青鸟》，包括某种器具也是一种象征，例如海明威的《永别了武器》，雷马克的《凯旋门》，极为重要的还有《白鲸》。3. 作为环境的象征。特别浓墨重彩地描写人物活动的环境如街道、小院、胡同。特别是家族小说里一个大庭院的描写。这在小说中例子很多，巴尔扎克式的街道，陀思妥耶夫斯基闭塞的楼阁、地下室。4. 情节的象征隐喻。这里从情节结构提出来，是因为情节作为象征时它含有某种强大的理念，而作为情节过程有所削弱。例如海明威的《老人与海》，整个老人出海拖回来的一个鱼骨架便是个大隐喻。加缪的小说也有这方面的整体象征。5. 细节象征的结构。最典型的莫过于《项链》。一条项链的真假得失和人生得失隐喻得天衣无缝。这里要求的细节象征应成为整个文本的最关键点，是读解文本的钥匙。同时该象征性细节是整个小说的一个眼睛，是最有内涵的凝结点。

　　第五，其他的一些结构模型。结构模型的分类实际和语言、人物、故事分类道理一样，它们是无限可分，也可做很多细小的分类，只是众多复杂细小的分类对小说并不具有什么特殊的意义。一般说来，分类有利于研究而不会有利于创作。这里再列举几种结构模型，仅作为结构启发来参考。

　　1. 原型意象的结构原则。这里原型不是弗莱的春夏秋冬的四时模型，而是荣格的观念。他的原型（Archetype）是集体无意识，或者是布留尔的集体表象。这个原型据斐洛解释，世界的创造者并没有按照自身来直接创造，而是按自身以外的原型仿造。上帝便是原型之光。这有点神秘主义。荣格也认为上帝形象是一种心理事实，一种集体无意识。他所称的原型母亲，再生，精神，巫师，人格面具，曼陀罗，很多种，其实荣格的原型也就是原始意象，在人类最本初进入人心理的一种事实印象，源远流长，成为一种心理意象。特别如图腾，自然中强大的动植物符号，最早神话显示出来的一些意象。重要的模型有如下几种：其一，人格原型。指人格面具中的双重性。称为阿尼玛（女性潜元素）、阿尼姆斯（男性潜元素）。每个人身上都会潜藏着这双重因素。其二，超自然的原型，称之为（玛纳），人类受制于一些神奇的力量。其三，母亲原型。是一种大地意象，世界一切阴性事物都作为母亲的象征，月亮、水、花，包括一些保护性的职业。其四，再生原型。生命循环，关于灵魂、宗教上的归因。其五，精神原型。精神是由外部意象进入人意识后扎下根的，是一种自然而然的活动能力，能产生独立感知意象的能力，有智慧老人推动人的意识运动。其六，人格面具原型，这与第一种不同，是说每个人都有一种保护自己的面具功能。对集体对社会是一种表现，即有对抗世界的独特方式。而个人内心又有一种自己天然的性格。这许许多多的原型在世界在人类身上存在着，更重要的是在意识状态里，我们能感知却抓不到它，于是我们借助了许多意象符号来表达它，在文本中成为欲隐欲现的一些标志。如果我们做一种深层的结构分析，原型意象作为文本内在精神指向的统摄，力量是很强大的，表明它由一种局部表象标志，最终成了具有结构性的力量。例如大地、太阳、黑暗、门、海，都具有原型的力量，都可以在文本内部有统摄的结构性作用。

2. 元叙述的结构原则。元叙述（Metanarration）简单说就是关于叙述的叙述。所有文本均有一个叙述，即一个陈述原则，一切内容因此而表述出来，那么关于叙述便是针对叙述本身。意思是谈叙述的表述原则，是一种纯形式的。这是后现代写作的常见手段。我将在《先锋小说技巧讲堂》一书中再详细讲到，这里仅仅说明它是一种结构原则。从概念来说很好理解，它是讲，我在拆解我叙述的原则、方法、功能及意义，表明自己的叙述意图，把幕后的想法移到前台来。今天的元叙述成了一种小说文体便不那么简单了，它有许多特征。大的方面从形式上我们可以看出双文本，叙述中有双我现象。明显是文本中有两条线索在运行。互相合作又互相拆解。有一种是注解性元叙述，意在揭示叙述仅是一种虚构的手段。另一种是戏拟性元叙述，表明此前已有一个文本，现在我再针对性地写一个，而且是一种假定性手法。例如童话有一个《白雪公主》，巴塞尔姆重新写一个《白雪公主》。元叙述的文本结构在文本中比较容易识别，因为他会不断地告诉你我会怎么叙述。最早的有纪德的《伪币制造者》，近有卡尔维诺的《寒冬夜行人》。一般说来，凡互文写作的肯定都必须有元叙述的手法在其间，仅在于它或隐或现的程度不同而已。

3. 迷宫结构的原则。迷宫始于科学的不可知论，哥德尔从绘画、数学、物理中发现了迷宫。特别是现代混沌学的产生，表明迷宫的性质充斥于科学和世界事物之中，我们日常生活也具有这种迷宫的性质。这个迷乱复杂的世界我们用分析的方法无法解释，只有用直接感悟方法理解。这种迷宫式结构典型的作品有博尔赫斯的《交叉花园的小径》，格利耶的《在迷宫中》，科塔萨尔的《跳房子》。这些文本里有很浓厚的游戏性。这类作品大体都在实验写作中出现，有关它的详细手法，我们将在《先锋小说技巧讲堂》一书中论及。

4. 碎片拼贴的结构原则。破碎技巧是后现代最常用的。前文已分头做两种类型介绍过，这里综合作为一种类型，这是由两种技巧发展而成的结构模型。为什么产生这种模型呢？这基于现代人对当代世界社会的一种心理反应。这个世界不再有传统的连贯整体，和谐秩序。我们今天感受的是纷乱碎片。线性分析已无法把握碎片。忠实于自己对碎片的瞬间感觉。碎片拼贴结构，一种是极容易分辨。文本中均采用对碎片的分段分行排列。另一种是让碎片泥沙俱下地冲腾为洪流，自己只是漫天的碎片，索莱尔斯的《女人们》便是。碎片拼贴吸取了两种艺术的技术。拼贴是绘画的技术，蒙太奇是电影的技术。一个好的作家绝不会仅仅只把碎片吹成气泡让它满天飞，他自己会有一个潜在的拼合规则。意思是说，他的碎片会有一个排列方式。库弗的《保姆》把一个文本分成一百零八个碎片，表面是错杂混乱的，而实际上它还是有可感的三个线索，三个空间交叉推进。碎片拼贴时还是有空间和情节运动的秩序与间距，你会感到它的画面与层次。

上面列举了四种结构，我们还可找出类如音乐的结构、绘画的结构、意象的结构、观念的结构、情绪的结构等多种；从不同视点不同角度的表象上我们可以做无数种结构划分，从结构内部的构成形态，我们还可以划分出对称性结构、冲突性结构、并连式结构、带状式结构、透视性结构、散点式结构、流动式结构、板块式结构。总之，结构形态是丰富多彩，又千变万化。结构有主类型，也有亚类型，还有许多的变体。结构会因表现的对象不一样而显示出不同的特点，也会因不同作者显示不同风格。作为结构创作，我们定要不局限于已成定局的结构，作为结构分析我们充分开掘结构隐在的含义，或不易为人察觉的结构审美特征。

最后再说一种综合的结构原则。在传统的小说中我们可能通过情节分析看到比较单纯的结构模式，现代小说结构一般是比较复杂的存在，特别是长篇小说。往往一部小说含有多种结构的模型。表层结构与深层结构可能是统一的但也有可能是矛盾的，以主人公成长为模型的，也包括有象征的模型，再如人物小说也不舍弃情节模式，凡属杰出作家的大作品，结构一般都不会那么单纯。《红楼梦》无疑是家族式结构模型，单从《红楼梦》或《石头记》标题便有象征寓言式结构在其间，同时它通过道人、巫术、通灵宝玉的不断渲染及对女性原欲的强化，又具有原型结构的特质。《红楼梦》还隐深地存在欢乐与痛苦、出世与入世、理想与幻灭、男性与女性等矛盾对立的观念结构。同时它本身是一个未完成结构，是由后续作者所完成的，最后形成了一个循环结构。最后的兰桂齐芳又作为一个新的开始。如果仔细分析，我们从《红楼梦》还可以找出许多别的结构痕迹。自然我们也可以用结构主义分析《红楼梦》，也可用人物符号化模式来解读它。总之，一个大作品的结构是复杂多样的，我们要善于从不同视角去分析它。

六、结构的创造或未来

　　上面所述是我们对结构模型的展示与分析予以的足够重视。其实我们应该把视点移到结构的创造性上来，探讨成因、特质及未来。

　　先谈谈对未来结构的看法。它也许走两条路：一条是自由式的，看不到明显的结构模型，而隐在地受制于作者心理的一种结构性力量，这从后现代小说中的零散混乱可以看到踪迹，作者越来越不在意文本的表层结构。另一条是越来越讲究精美的结构模型。结构具有实验性。这是从后现代建筑获得的启发，反对传统的和谐对称，突出形式的怪异与空间的迷宫式。这有可能导致真正的结构小说派别产生，而不是结构主义分析的叙事学含义。总之，它会更多元多维地把结构带向两个方向，使结构处于更开放性的状态。

　　关于结构的创造我这里要强调如下一些要素。1. 个人的心理结构能力决定文本结构。一定要客观地分析个人心理，包括血型、性格、生命欲望能力，它决定文本结构的大小和美学风格。某种意义上含有人类原型的力量在中间。例如有的作家一生习惯写短篇小说，契诃夫、欧·亨利，爱伦·坡，而福克纳、托尔斯泰、巴尔扎克适合写长篇小说。即便同是短篇小说或长篇小说，也是由心理能力决定它的结构特征和审美风格。但是结构大小和风格各异并不证明谁好谁坏，各自均可发挥长处。2. 句子的结构影响文本的结构。这话的意思是要我们重视句子的结构。这是叙述学带给我们的启发，结构分析从词汇、语法、语义、序列、情节入手，都是最小单位，实际上这些最小单位影响决定了整个文本结构。这很好理解，凡属有巴洛克气质的人一定是讲究句子的绵长、厚重、有力、氛围、韵律。这种长句便决定了大结构的文本，而有些气躁而尖利性格的人讲究句子短促有力、干净、辛辣，那他的文本结构一定是浓缩凝练的。因此我们说做结构练习实际上是做句子练习。长句往往有一种浑厚的力量，句子复杂实际是意象的复杂，使表现力层次丰富多彩，但长句必然使它的谓语负荷太重，用几个谓语拖着，因而减缓了它的节奏与速度，使文句无法明快，整体运动无疑会有滞重感，但它合乎巴洛克繁复错杂的表达。短句节奏明快，动作干净，叙事推进速度也快捷，那么容易集中和简洁，这样的句子会甩掉很多修饰语，使句子瘦劲、朴实，但它又缺乏绵软复杂的韵味。可见长句与短句各有特点，它们各自形成文本风格，文本整体的结构特征也会因它而定型。情节结构的，要快速、运动、有力，那么句子便不能太长。而人物心理结构的，要有反思、辩证，揭示心理的复杂状态，便会出现长句。结构和句子的关系极为密切，从小的单位说，句子也是有结构的，由小的结构推衍到大的结构。据我多年的体会，你在意识状态下大致确定一个作品是短篇小说、中篇小说或长篇小说时，落笔下去便开始对句子有控制，一个极短的小说你不能让句子拖泥带水，也不要使用那么多长句。这就决定了它的结构也是干净简洁的。因此，句子与结构的关系是很直接的，长期以来，句子与结构二者关系并未引起写作者注意。3. 思维对结构的决定。你会说人的一切都是思维决定。我们说思维对结构的决定，是讲思维类型对结构的影响。每个人的思维习惯是长期养成的，也会形成一种模式。例如说一个人习惯三段式，一个人习惯辩证式，一个人习惯线性思维，这三种思维习惯便是三种结构模型。看到这一点很重要。它会给我们带来某种结构上的优势，但更重要的是我们要在无数文本中破除这种模式思考，突破思维的局限，创造出更多新颖的文本结构。一般说来，再优秀的作家一生创作都会有他的结构模式的习惯，正因为优秀，他会在创作中贡献许多新的结构模型，可怕的是一辈子只用一种结构模型，采取旧瓶装新酒的招式，那他永远也不会有结构上的独特创造了。可见突破结构模式，根子得抓思维训练。4. 个人学识的丰厚是结构变化的根本。对于结构我们首先强调的是学。鲁迅先生写小说，最早也就是看了百十篇外国小说做起来的，模仿结构这是所有写作者起步走的路。当写作已水到渠成了，便不能满意模仿的结构，而是根据你选择的材料、主题、内容的特殊性，量体裁衣，创制出许多结构的变体。大家写作到了炉火纯青的时候，结构就不能束缚他了，进入自由创作阶段，结构也会达到一种自由境界，所谓怎么写都行。这时结构只是一种手段。我的意思是说，最后是有意识的结构创造。要永远记住的是，一个没有结构创新意识的作家绝不会创造出新颖的结构。结构的创造既有顿悟的因素，也有目的的创新。止于今天结构的创新是非常困难的。因为前人已经给我们提供了无数结构范例，有时候你苦思冥想得到了一个结构便以为是创新了，但翻开古今中外的小说，这依然只是前人的结构的一个变体。创新也许成为许多人一辈子的梦想。5. 先验的结构模型。许多人不承认先验的天才。我认为许多东西是先于你个人在冥冥之中存在的，结构也如此，许多时候只是我们没发现。许多儿童在白板时期便有对某事物倾向性的喜好，你可以说是知觉，但这个知觉从哪儿来？一定是他的先验模型。人类有先天的格式塔审美，对圆形及一些特殊色彩的趋同，这是先天的，甚至后天文化教育也不能改变你的某些东西，但它仍然很顽固地存在于你的意识与心理中。有的人对某种东西不怎么学便会，有的人刻苦地学却达不到目的，这些一定与个人本能、与先验能力有关。我说的先验创作是有作用的，开发智力而去运用它。并不是有先验能力，就可以不做后天努力，这也需要艰苦卓绝的努力，方能达到效果。

对结构创造我提出了五个方面的想法，还有很多，我没认真总结，这是很私人性的意见。对我自己而言，它曾在创作中发挥作用，不知道它是否有普适性，我想注意这些方面总会有好处的，从世界文学发展看，所有的创造都会有前辈的踪迹和印痕，但最终有大成果的仍是需要自己艰难困苦的努力才能成功的。

第九讲　语言与言语

这一讲说小说的语言。从发生学上讲，说小说的语言是不准确的，因为小说是包括两个系统的，即语言与言语。第一个指语言，这是指语言的大众系统、历史系统。意思是在个人存在之前已经有了一个约定俗成的语言系统，这个系统是可供交流的，在一切学科里都发挥作用。另一个指言语，这里仅指个人发声的语言系统，是与众不同的独特声音，每一个文本都是独特的话语系统。如果一个文本仅是语言的而不显示为言语的声音，我以为它并不是小说，或者并不能称之为小说艺术。语言（Language）和言语（Parole）它们具有同一性，但我们论述时强调的则是差异性。小说语言学则主要是讲言语系统。要讲清楚言语，自然我们还得先从语言讲起。

一、语言的问题

语言有问题吗？你们都会问，如果有，人类居然使用了几千年。如果没有，人们为什么会经常犯错误？这是一个悖论。语言问题很多，至今我们仍有很多最基本的问题没有解决，例如语言的起源。或许可以这么说，语言的问题是永恒的，我们永远在解决语言问题的途中。我们这里就几个大的方面谈谈语言问题。

1. 语言的起源。谈语言的起源不是说由我来解决语言起源，而是介绍不同的起源观，这对我们加强理解语言有好处，或者不同的起源观可以相对于我们许多现代理念。语言起源有两派：一派为拟声派。他们认为一切语言都起源于对自然声音的模拟。因而汪汪、咯咯、咩咩，从声音上说明白它分别代表狗、鸡、羊。应该说它也是一种起源，但它无法解释所有的语言起源现象。不过我们因此推演出了艺术的模仿论。既然语言是对自然的模仿，那艺术更是对自然的模仿了。第二派是感叹论。认为人类语言可解释的发生现象是动物的喊叫。所有的生命体由于一种内在的复杂情绪会发出各种声音，痛苦会呻吟，高兴会欢笑。语言就是对它们的客观记录。这一派代表人物有格雷斯·德·拉古纳、雅斯柏森。这些观点现在仍在坚持。古老语言通过演化，激发为口头的声音。这包含了纯粹情感的呼叫。意思指人类有一种表达的需要而转换成一种语言方式，反过来语言又正好表达了人类情感，这一点又正合了现代艺术理论中的表现论。语言肯定是一种生命现象，那么语言也就作为了生命的表现。雅斯柏森在此基础上提出了一个交流论。认为语言是告诉你，他者发生了什么，他者一产生回答，于是交流始成，语言始成。因此名词是最先产生的。于是人类便通过对事物的命名来描述或指示事物，语言便获得了一种独立运用的能力，这意味着语言可以在主体和客体之间充当使者了。杰克逊通过对精神病中失语症患者的研究，发现失语者主要是对名词失去了表达能力，没有名词我们无法认识客观世界的经验事物。经验也无法产生，更无法表达。第三种观点，认为语言是人类思维的向导。索绪尔说，思想本身恰似一团迷雾，语言出现之前绝无预先确定的思想可言，一切都是糊涂不清的（《普通语言教程》，商务印书馆，第 157 页）。这表明语言是人类思维活动的表述。语言在独立自主地活动。人用语言建立了一个客观的经验世界。语言永远不是模仿。语言是它自身的东西。这是个很重要的理念，指出了它的非工具性，足够引起我们对语言本身的重视。我们上面介绍的是语言起源的情况，实际涉及的是模仿论、表现论、语言本体论。在语言上我们今天作为小说的艺术必须奉行一个原则，语言并不是一个静止的客观符号或一些语法规则。语言是我们在一个具体文本中的使用，它是一个活的语言现象，永远是语言的操作途中，意即洪堡说的，语言不是某种产物，而是一种活动。

2. 语言的背景。为什么叫语言的背景，这是指人类的一个整体环境，语言是其中的一个部分，如果这样认识自然环境中的语言，很浅层，也没什么背景意义。我们要说的是语言和其他一切事物，或者说由语言构筑起来的一切学科，它们之间的交互关系，在这里实质上语言已成为一种背景，但又是一个特殊的学科。语言的发现、变化，语言学科的进展和这一切事物均形成关系，既改变事物也改变语言本身，甚至是增殖的，意思是产生许多新的分支学科。从本质上来说，语言一经形成，它本身不应该有什么质的变化，但事实上从各种语言现象看，远古语言和现代语言变化巨大，甚至连语言规则都发生了变化。应该说语言是在走向丰富多彩，表音更细微，词汇更丰富，语义更复杂，但是我们又可以追问一句，这个变化好吗？人类初期语言肯定建立在一种直接反应上，语言和人的关系构成最直接能动的反应。语言更能贴近事物。人类思维的复杂化，语言的复杂化，是坏事，但也是好事。几千年以来语言给人带来了无限烦恼，也给人类创造了无数成果。

首先，我们看看语言的几次重大革命。其一，说哲学上的语言思考。西方哲学最早是存在本体论的。再是认识论，后来成为一种思辨哲学。漫长的时间中知识理性是构造在一套严密的逻辑体系之上，正宗的知识是数学、物理等构成的科学知识。语言表达科学知识变成一套严密的逻辑符号，仿佛哲学表达出来的也是科学知识的总论。不仅如此，哲学本身也是一套逻辑学语言。这时候知识语言与平常人毫无联系了，是一批哲学家头脑里的幻象。我们回过头来看二十世纪以前的全部人类文化知识或科学，它们是牢固地建立在一套逻辑思维的基础上。这不禁使人怀疑，难道人类产生始初都是科学家和哲学家吗？他们一出口说的全是哲学语言？人类童年都是智者？是亚里士多德，是孔子？显然不是这样，世界事物和人类活动最初绝不会建立在理性逻辑之上，相反，它应建立在感性之上。以此推想语言的产生，也必定是一个先于逻辑的东西。而我们的人文学科包括哲学的传统是一套逻辑的概念和逻辑思维之上的表达方式。甚至绝对宣称，一切知识的原型都应在数理科学中寻找。而从笛卡儿到康德对人类知识做彻底的系统考察，完成认识论转向，但实际上他们考察的知识仍是数学、自然科学知识，建立的仍然是一套严密的逻辑系统。所以罗素说，逻辑是哲学的本质（《我们关于外部的知识》第二讲）。这是西方两千多年的哲学根基。直到胡塞尔的出现，他在欧洲科学的危机和先验现象学中指出，客观的科学的世界之知识，乃是以生活世界自明性为根基的。一旦面临这个，一切科学……我们突然意识到……迄今为止我们的全部哲学工作一直都是无根的。那么哲学的根是什么呢？应该是存在。于是欧洲哲学来了一个大转向，寻找逻辑背后的东西，或者说，叫先于逻辑的东西。于是现象学的口号是，直接面对事物本身。现象学的方法是终止判断，悬搁，使用括号。这是说我们用一切方法把我们习惯的逻辑思维在大脑里冻结、终止，而用直觉、用领悟的方法面对事物的本质。这个现象学的方法应该说是对西方传统哲学批评的一个利器，因为按它的做法得把笛卡儿的"我思故我在"，康德的主体论，以至把整个西方哲学认识论的传统全部给悬搁起来，终止逻辑判断，再面对事物的本质而直观表达，或悟出其中的真谛。那么二十世纪哲学家做的一切都是"先于"（逻辑的东西）二字，海德格尔的先行结构，庞蒂的先于反思，迦达默尔的先入之见，利科尔的不同于意识的东西都强调我们面对事物时，要先于逻辑而抵达事物的本质。这是一次哲学上的重要转变。这个转变也是语言学的转变，意味着二十世纪的现代哲学主张从语言入手。语言成为哲学上表达的核心。综上所述，我们可以归结为这么一句话，今天哲学是要求打破严格的逻辑法则，保持直接面对事物本身，揭示其本质与奥秘，保持我们思想的自由与纯净。在这个前提下，哲学从根本上说是一个我们面对事物本质直观，或者说顿悟之后的一个语言表达问题。因此语言哲学才是我们今天研究的重中之重。在这里我几乎无法说清语言转向是在一个哲学背景中，还是语言转变自身便是一个背景。总之，我们今天开始了语言之思。

其二，语言内部的创新与发展变化。语言学经过漫长发展的历史，人们多是从语言的历史去探讨语言问题。在具体语言现象中也是采用历时性方法研究，关于意义与词语，传统意见是词素中心说，认为意义是由核心词素自身携带来的，即从历时语言学看待意义变化。一连串的语言变化，音节是一个个地出现，直到读完最后一个音节，该词的意义便出现了。几千年人们没对历时语言产生怀疑。索绪尔在二十世纪来临时创造了共时语言学，把语言分为语言和言语。据说他读中学时便对音位学有特别的敏感，认为 N=a，注意到共鸣鼻音的理论。同时他对悖论特别敏感。是他首创了符号学。可惜他的创造性理论 1906 年便以讲课形式出现，却经过四十九年才由施特劳斯发扬光大，影响世界。那么索绪尔提供了哪些重要的东西呢？一、没有差异便没有意义。二、做了三个区分，区分了语言与言语，区分了结构与事件，区分了历时和共时。三、创立了记号科学。因此他成为结构语言学的源头，使得结构主义思潮在二十世纪七十年代成为全世界的热潮。

其三，语言的作用。语言在漫长的历史中一直是作为工具而存在，它是一个意义的载体，语言完成言说之后作用便消失了。到二十世纪，西方哲学发现语言是它自身的主体，它是自身独立自主的系统。语言先于存在，先于反思，先于知识，总之它先于逻辑的东西。似乎到今天它才完成了一个由工具论到主体论的过程。依我之见，今天我们在小说语言学中来谈论它，语言既是工具，也是主体；既是模仿的，也是表现的；既是建构的，也是审美的。这么说足见语言功能的多样性。如果我们执着于它是一个运载工具，那么语言的表达与审美现象不要了吗？如果语言仅是它自身的主体，和所有的事物并不相关，那么这个独立体是干什么的？因为语言的内涵必然指向事物的意义。在今天我们尤其要强调语言的多元功能。就我个人而言，我可能更强调语言作为主体的存在。它的工具性也许处于一个从属位置。这是因为小说是作为一种语言艺术的展示，不着重于告诉你事实的真相，在小说中所谓的人与事均是虚构的，作为它们的真相从本质上并不具有很重要的意义。

二、语言的基本原理

这里说的语言基本原理并不真正探寻语言的起源、分类及规则，或者是语言学中的音位、词汇、句法、形态的构成，语言内部的结构关系，语言的发展方向等重大的理论问题。而是指与小说相关的，或者说是影响到小说创作的语言的一些本质性的问题。准确说应该是小说语言理论。小说语言理论应该是从小说产生的那天起便有了的，仅是人们继承了语言的工具论，没有理性意识地总结小说语言理论。我以为真正的小说语言理论应该开始于结构语言学和符号学之后，这表明小说家有理性意识地处理语言问题。还有一个支点是弗洛伊德的精神分析学说，之后许多作家开始自觉地使用意识流手法，有了一套表现潜意识的语言，实际上精神分析给我们带来的是两个语言系统：一种是人物精神活动的语言系统，是乔伊斯、普鲁斯特通过人物显现出来的。另一种是用于分析精神心理的语言系统，这是弗洛伊德、荣格、拉康的语言系统。作为理论本不应该纳入小说，可是许多作家借用了他们的语言系统在文本中，采用精神分析的方法。还有重要的一点需要说明，小说语言学理论应该是一个不存在的概念，只有小说的言语理论。小说服从于语言学规律，只是在一种框架内，最大限度地依照语言理论原则，如读音应该是基本语言学的，词汇书写等仍是语言学的，在语法规则影响下小说句子构成，但真正作为小说语言、诗歌语言，从本质上说许多东西是建立在反规范语言学上的，自从索绪尔把语言和言语区别之后，小说绝对只能是言语的。因此小说言语理论的提法反倒是比较准确的了。这里说说小说同语言学发生关系的几个方面。

1. 语言发生学有拟声派和感叹派，还有语言是先于存在的观念。我以为是二者的融合，既强调语言是对事物的准确模仿，又强调语言是先于逻辑的东西，特别是发乎于心的感性直观。如果没有语言对事物的表达，我们所有先于逻辑而对事物的顿悟都只能在人的意识内作为一种无语的东西。以动物为例，"蝉"，蝉的头部宽扁，前方有向前隆起的额，突额的两侧有一对凸出的球形复眼。蝉的口器为针状刺吸式，能刺破植物表皮，吸食树木汁液，以这种进食方式生长发育（《中华鸣虫谱》，第 163 页）。这是一种语言，一种说明语言。小说不能这么写，小说会这样写，蝉在楼前空地嘶尔嘶尔地叫，织出了老槐树里夏日的一片阴凉。这两段文字都告诉你了蝉的事实，发生学上没问题，前者说的是蝉头与蝉的生存，后一段则是由蝉声引起的感受，激发人联想与共鸣。语言的第一层，蝉是一种虫头的拟象，嘶尔是对一种虫叫的拟声，那么语言的基本功能是摹写事物，是一种工具。但语言是人的语言，它要建立起一种反应关系，而且是思维的心理的反应关系，这时蝉便是夏天的一种象征。声音和阴凉相关是一种联想，然后思维给出一个树下幽凉的环境。这时蝉作为事物在思维里已有了某种象征隐喻的东西，它完全是一种直觉的内心观照，而不是思维分析出来的；蝉头两根针器扎入植物体内吸收营养，所以蝉才有了能生存的一种判断。从语源学上说，任何一种语言中最重要的是给事物命名，只要有了名称我们才好言说。这不是告诉我们给世界贴上无数种标签便了事，要让命名的词语成为概念的源泉，然后比较归类，使概念成为符号。这时还仅是事物的一个标记，我们深入它的数量、质地、种属、颜色、性能、生命、声音、能量，总之是对事物质的了解，这是通过比较归类后，这一切才有了等级差别中的鉴定，这样我们才有范畴概念。蝉是黑色的，有薄翼，会飞，会唱，知道它的声音是为求偶，蝉以肋鸣，而女蝉则是哑巴，闻声而动，蝉是最悲剧的生存，在树下泥地发育五年之久而在树上活跃不到两个月。产卵后蜕壳而死。它是为了快乐和生育而死的。这一切我们只见到蝉这个事物，还没见到语言本身，语言本身要在它内部组织的层次结构关系中，语言作为生产意义的模式，语言通过外部怎样和内部调节成为自足的系统。如果我们写一篇以蝉为名的美丽女人小说，包含隐喻象征那是很有意思的。语言在摹写蝉的过程中，除了蝉作为生命体充分展示含义，还应该激起蝉语言的联想隐喻层面，使语言自身独立自主地活动，这时语言自身激活会出现一些意想不到的语言现象，这时候的语言场是一个审美场，它内在意义会逸出蝉之外很多。

2. 小说家在语言上的任务，便是完成一个文本，即该文本是一次从语言到言语的创造性活动。语言，巴尔特是这样说的，它既是一种社会制度，又是一种价值系统。作为社会制度，它绝不是一种行为，它摆脱了任何深思熟虑。它是语言的社会性部分，个人既不能创造也不能修改（《符号学原理》，三联书店，第2页）。可见我们个人反对语言这个整体是无能为力的。语言，是在一个地缘区域内某民族的人们意识的那些词汇的总和，并借以发声表达，形成一定句子的语法规则，人们依靠它进行相互之间的交流。因而语言是人类社会的一种共识，无论它多么复杂或者简单，都以此相互交际。应该说语言是人类交往行为的一个总则。语言是一个大前提。

言语是个人使用中的语言。它是一个人选择和实现行为的结果。首先它是个人口语或文字交际的工具。其次它是个人思想的（不规则的）组合。再次它是个人的心理－物理机制。言语主要是个人的一种选择组合从而表达情感或意向的一种思维，所以言语的表达取决于个人思想与情感的特点，取决于使用不同的语言种类。一段言语因此带上了个人目的。也有个人结构组织的特点。可以用于说话，也可以用于书写方式保存。我们如何区别语言与言语？除了概念上的表述，让我们看两个例子：

　　第一例：随着经济的发展壮大，南州市在全省的地位也日益显著和重要起来。前不久，经过激烈的竞争和角逐，南州一举夺得了省第五届艺术节的主办权。

这是一段语言，它表述了南州市取得了艺术节主办权，清楚而准确。你不能把这段语言理解为另外一件事。另一特点，这段语言是公共的，任何人表达这个意思都会是同样的语言规则，使用的语言、词汇也都是这些。同时它的句式和语言顺序都是合乎大众习俗的。简单说，这一段话人人都会这么说，也必须这样说。因此你有权认为这段话不是作家说的。如果换一个领导干部，或普通市民他都会这么说，那么这段话就是语言了，不能算言语。

第二例：陈士成看过县考的榜，回到家里的时候，已经是下午了。他去得很早，一见榜，便先在这上面寻陈字。陈字也不少，似乎都争先恐后地跳进他眼睛里来，然后接着的却不是士成这两个字。他于是重新再在十二张榜的圆圈里搜寻，看的人全散尽了，而陈士成在榜上终于没有见。他单站在试院的照壁的面前。

这段文字表意也很简单，是陈士成看榜文没见到自己的名字。这段文字晓畅明白，看起来一点都不复杂，也是任何人都认识的，可不是任何人都写得出来的。意思写出来，也会是一种不同的语言现象。这一段是鲁迅的小说，含有他个人的冷峻风格。是自己的言说。如果换成大众的表达，它会是：陈士成去看榜文，挨个名字找了一遍，没有。他又找了一遍还是没有，他很失望地站在照壁前，到傍晚回家了。我们看鲁迅的表达，第一句写陈士成看完榜文已经回家。然后再用一段文字追述看榜的过程。写看榜的过程的视角又是跳跃的，先写看陈字，然后补出陈字看他的眼睛；再写士成看得人散尽，把饱满的背景空下来，他说的不是没看到自己的名字，而是陈士成终于没在榜上；接下来的句子又跳到人物，他单站在试院的照壁前。一段短短的文字鲁迅在中间几次进行了跳跃，进行视角转换，并表现个人言说的语言味道，这就是我们说的个人的言语，它是一种不可以和别人置换的言说方式。我们通过两段文字比较，便能充分地看出语言和言语的差别。小说是个人独特的表述，因此是言语的，但也有许多人把一种语言式的小说界定为小说。有了大众小说、意识形态小说，不是不可以。但无论怎么样，不能称之为小说的艺术，或者说语言的艺术。

3. 生成转换语法理论提出了小说语言的表述是可以多样性生成的。1951年乔姆斯基出版了一本薄薄的书叫《句法结构》。是他揭示了语言结构中生成转换的秘密。世界上有很多事物的多样性在历史的长河里无数次重演生发，但人们熟视无睹，包括许多重大的科学发现：牛顿从苹果掉下来发现引力理论，索绪尔从差异中发现共时语言学。世界的事物总是存在着发生着；平庸者顺着事物的发生而存在，智者却因此发现事物的奥秘，乔姆斯基的生成转换语法便是如此。这个理论提醒你注意，使用母语（英、汉、法、德等语言）的人能够创造出自身语言实践中前所未有的句子，虽然是标新立异的，但也能被人们所明白。这也是我上文之所以提出从语言向言语的创造性转换的原因。我们所理解的一般语言如何转换呢？这就有了语言的生成与转换规则。所谓生成，是一种语言句子又可以派生出各种句子，但是它有一套限定性规则，这些规则有根有据地在一语言范围内生出一切结构严谨的句子来。鲁迅《白光》提供的语言例句只是陈士成看榜。那一小段便有陈士成看榜回来，陈士成下午看榜。陈士成看榜上的陈字，榜上陈字看他的眼睛。陈士成看榜，看得人尽曲散。陈士成没在榜上，陈士成在照壁前。这一系列的句子都是在陈士成看榜的结构之内生成的。所谓转换式，是一种语言有它的深层结构，这个结构里我们可以抽象出一个核心句子，如陈士成看榜。根据转换的法则，陈士成看榜这个核心句子可以从汉语系统里的表层结构上派生出各种各样的句子，在转换过程中我们干了些什么呢？例如限制了谓语的各种看的方式，把主、谓、宾扩展为各种复杂的形式，另外我们还可以改变句子，主动句和被动句，陈述句与疑问句。用大白话说，一种句型可以变成各种各样的句子。

上面我已把生成转换语法说得很清楚了，可是不要认为知道了理论一下就能转换出无数句子，也许你能变换出无数的句子，但却不能够用于新的语境，于是生成转换语法对你会毫无用处。因而我们还要找到一些转换规则。

第一，意义集合体同时是一个抽象实体。例如看榜文，仅泛指为一种文告被公布，是一个抽象的事实。那么在《白光》中的实际意义是看陈士成。严格套用"谓语＋宾语"。而小说开篇一句只有主语陈士成看榜，宾语没有明确化。接下来陈士成移到了谓语后面，于是开篇的主、谓，转换成了谓、宾关系。主语移到后面变成宾语，其格式：

施事者，行为→行为＋施事者

词语的时空顺序被移动了。特别是在榜文中，陈士成是被分割了的。位置被多次挪动。因此表达的感觉与含义便复杂多了。这表明了一种抽象的意义如何实施为具体的句子，这种转换式是一种实现原则，方法是从深层结构中抽出意义层，把它转换成一个表层结构，从这例句看这个句子是通过改变时空关系实现的，我们便可以看到一个运动轨迹：

深层结构→意义→表层结构→时空变换

第二，是句子相互联系的规则。我们先确定一个陈述句的真句。陈士成看榜。然后我们不管以什么样的句子，都能把真句表达出。看榜文的陈士成，陈士成看过了，榜文上没有他的名字。榜文在陈士成的眼中，名字在哪儿呢？这里有一个很有用的词：变体。意思是我们确定了陈述句是真句，我们可以用无数变体的句子来表达。从语言的丰富性看，完全不一样的句子方式可以表达一个深层的语义结构，或者说结构可以实行互相转换。对于描述的句子我们也可以这样，那个满头大汗干渴的客人把西瓜吃光了。我们可以用另外的表层结构来表达。如那个客人非常干渴，他把西瓜吃光了。上面两个例子表明我们许多表达事物与情感的句子是有联系的，这给我们提供了相互转换的前提。一般陈述句，日常自明的真句，我们习以为常，在常规情况下高频地使用，我们已对它麻木了，它像空气一样自然，例如太阳出来了，树绿了，他跑步，下雨啦。这都是合乎语言规则的句子，我们小说言语便要把这些句子转换成一种个人的独特的言语方式，成为部分人的话语，但却又是可以通用的。这种句子转换的要害是两个句子一定要是相互联系的，在深层结构上要有一致性。不然你转换的句子会是另外的意思，不能达到第一个真句的原意表达。

第三，言语方式的一种新的扩展。这一种我强调的是在深层结构与表层结构之间，打破前两种类型，即一对一地转换，而且是一种扩展式的。例如村庄的傍晚。这是自然的真句。我们可以这样说，临河小村庄对面是一座青山，太阳一哆嗦从树杈里掉下去了，傍晚于是盖住了小村。还可以这么说，太阳渐渐收拢它白日的威严，剪掉了许许多多锋芒，很柔和地盖在小河上，生出一些浮浮泛泛青丝岚气，扯上它盖住了小村，就像一个青色的帐篷，傍晚便这般盖在里面了。总之，村庄的傍晚可扩展成无数种个人所见过体验过的小村傍晚，我们看鲁迅先生的那个小村的傍晚。

> 临河的土场上，太阳渐渐地收了他通黄的光线了。场边靠河的乌桕树叶，干巴巴的才喘过气来，几个花脚蚊子在下面哼着飞舞。面河的农家的烟突里，渐渐减少了炊烟，女人孩子都在自己家门口的土场上泼些水，放下小桌子和矮凳；人知道，这已经是晚饭的时候了。
>
> 《风波》

鲁迅在这里把傍晚小村扩展为一种场景。我们看他加进去了哪些要素：光线（与傍晚密切相关的）、乌桕树、蚊子、炊烟，这一切都发生在土场上，并泼一些水。用三个陈述句来描写傍晚小村，最后的晚饭，他没写，而是通过人的口吻说出来的（人知道），所有的人物、地址、植物、河水都置于傍晚中。那么这一段话依旧是表达的和傍晚小村真句的状态。但新增了许多要素，这样小村傍晚便不再是抽象的含义了，变成了一种具体的语境。对一般写作者而言，这扩展已经很不错了。但鲁迅他有另一副心肠，接下来又写了一段小村傍晚。文字几近第一段，但元素集中在人物身上，老男人，孩子，女人，文豪。这些叙事主体干什么呢？

摇芭蕉扇，赌石子，端黄米饭，诗兴大发。那么这一段仍是写小村的傍晚。注意，深层结构开始变化，是在第一段基础上生发的，落点在小村的风俗。如果说第一段是句子到小段的扩展，那么第二段则是语意的深化扩展；第一段增殖的是原结构的，第二段是原结构延伸增殖新的语义。第二段是在第一段基础上的扩展，意象不断增加。这时已经超出了原句的深层结构，但又相关联。注意，我这里强调的是表层结构和语义变化的可操作性。它依然是对句子的运用，是个人言语选择的范畴。

第四，文本变化与角度转变。这一点是理论意义的，并不和前三种生成转换的句子变化等用。我们说句子有一个深层结构，是它提供出一个模型。我们会把这种模型改造成更多的范畴。于是我们把自己的日常经验与艺术敏感的东西进行编码，将代码植入这些范畴，正好便形成你个人认识的世界事物的存在方式。这表明深层结构是合乎世界的自然方式的，因为深层结构是个真句，只是我们个人植入的代码经验化了，例如土场，乌柏树，花脚蚊子，芭蕉扇子，光线，河流及乌篷船，这些代码均以鲁迅的生存而经验化。这种经验化是带有强烈情感和艺术体验的。

我们还是承接《风波》两段文字说话，第一段是深层结构的表层结构同位转换。但第二段虽还是傍晚小村，但重心转移了，即作者从外部观察有了移动。因而它构成了民俗文化的一个视角。《风波》当然是一种增殖扩展式，用于句子表达，那么更大的是用于文本，具体一个短篇小说，或一部长篇小说，这样整个文本便会发生语义结构的改变。《风波》是乡民们对皇帝复辟的反应。我们可以把无数个单句推衍为一篇微型的叙述文，或者一部大长篇。例如《水浒传》是梁山泊一百零八人起义造反成败的过程。《红楼梦》是一个封建家族由盛到衰的历史。《西游记》是唐僧师徒四人去西天取经的故事。这里包括一个有意思的现象，是语义上的循环。我们把一连串的句子集中起来，顺序排列，找出主语和谓语，便可以归纳出一个基本的语义结构。反之，我们通过一个句子，即基本的语义结构可以推导演绎出无数个句子的长篇小说。一般说主语是很容易寻找的，特别是以主人公原型代表的流浪汉小说，如《汤姆·琼斯》。这种类型要注意的仅是无数谓语在变化中的表述，而主语在众多文本中大约只有两种情况：一是主人公始终是主动语态的文本；另一种是主人公始终是被动语态的文本。前者如《西游记》中的孙悟空。后者如《局外人》中的莫尔索。当然在一个巨型长篇小说中，人物的主动与被动是会经常变化的。这里需要注意的是我们知道一个句子和一个叙述文本的关系，一个句子的结构和一个文本整体类比，我们无论是从一串句子中找出深层结构，或者是从一个句子推演一部长篇，这句子并不是能轻易找到的；功力不够，你找到的句子可能是错的。这需要我们对一个大文本做整体考察，然后找到一个对称的单句，单句的深层结构从语义上说绝对准确，而且单句的表层结构特征也基本反映文本时空与因果关系。我们不妨多进行几个语义与表层结构的举例，从排斥法中选出一个最好最准的表达方式。有一个疑问，为什么一个短句能够和一个庞大的文本从结构语义上保持一致呢？我们说所有的短句，均是我们人工的构造物，同时它也是世界事物的真实反映。一样是对世界经验模式和组织方法的准确反映，这从理论上提供了共同性。不同的仅是直陈简单式，是一个最小的语言单位；而文本是扩大化的，是复杂变化的一个事物整体。但你注意，任何庞大的文本，针对整个人类世界而言它仍然是一个小的局部，仍是一个短小的句子。

我们总结一下生成转换法则在小说言语中的运用。其一要重视的是深层结构与表层结构的规则，弄清规则再找适合的方式。方式多变而规则是固定的。其二，写作者是在完成一次语言上的生成转换，因而要充分地发挥作者的才智，同时又是个性化的表述。其三，世界上已存在无数种言语的句子，在不同的语言状态中一定要找到最有意味最合适的句子去表达。其四，就小说言语的要求而言，我们必须要找到独创性的句子，句子要富于变化，有特色，最好写出一些前人没有的句子。其五，小句子结构与大文本整体之间，我们应看到从内容性质上二者保持同一性，但小句子与大文本在形式上仅是一种相对性。生成转换原则是以相对变化原则对固定不变的深层模型。

4. 元语言介入小说言语之中，构成小说言语的双重结构。元语言按理说在小说言语中是不可使用的，传统小说是坚决杜绝元语言介入小说的，这是因为语言本身便不为小说和诗歌所欢迎，那么关于语言的语言就更不能进入小说言语的范畴。元语言准确地说只应该在语法书中，或者在我们的基础语言学教育中，以及字典辞典中。但任何事物都有例外，最早的先锋艺术家便把元语言引入了小说，发现它可以产生一种奇妙的间离效果，后来又被后现代广泛运用。今天的小说写作，元语言的介入也成了一种常规了。元语言应该是一种纯粹的理论性语言、分析性语言，从它的性质看应该是一种阐释作用，它也正是以这种作用而介入小说。从性质上说，一方面，元语言没法独立成为小说言语，只有和另一种语言现象结合才成。另一方面，元语言没有独立性却要绝对清晰和准确。因而它有很好的释义作用。因为不同场合均要详细谈到元语言，这里只作为语言理论提出来，不做详细的例证分析。

5. 艺术语言的反语言特点。这是一个更深层次的问题。上文的方方面面都证明了我们所说的语言，即合规范的语言，普通应用于自然和人文科学的语言，它无法成为小说语言，成为小说语言的是一种言语方式。言语是一种个人选择的交流的口语，或者说情绪和个性的反应。由此可见，言语也是一种人们广泛使用的语言方式及现状。我们可否说所有日常生活中的个人语言都是小说呢？显然不是。每一个人都做梦，都有幻想，都有强烈的心理冲突，所有的精神病患者都有独特的个人语言，那它是否也是小说呢？显然也不是。因此引出了小说语言一个极端的规则：小说语言是相对于传统的异端，是对日常语言的一种反叛。因而小说语言有相当复杂的技术指数。也就是小说语言不同于我们所说的日常语言系统，它还不是一个简单的提炼与加工问题。这涉及小说写作的另一个话题，即我们另有一种小说专门用口语写成，也达到很高的艺术成就。这里一定要明白口语写作的前提，它是写作者对口语的一种模仿，保持口语的特色与韵味，但它依然是一个高度提炼与选择后的口语写作，实际上使口语达到另外一种艺术化。你会说阿Q是口语，祥林嫂是口语，骆驼祥子是口语。没错，我们在鲁迅与老舍的文本中感到了口语的力量，可是你在文本中任何地方截取一段语言，无论他是阿Q还是祥子所说的，与日常生活中的真人相比较，你会发现差别大了。可见口语写作是一种拟仿口说话的一种方式，或者是我们中国传统说书人采用的一种讲述方式。口语写作实际上是将日常口语艺术化的一种方法。不然的话，我们所有的日常口语全都是小说了。我们也可以做一个相反的实验，以鲁迅的绍兴口语，老舍的北京口语，分头扮阿Q和祥子到大街小巷去演说，那街上的市民会以为见到怪物了。可见小说口语和日常口语区别之大。

我们的小说无疑是用语言写成的。读音、用字、句子和我们普通语言绝大多数保持同一性，但是所有使用艺术语言写作的人都会异口同声地说，创作一定是反规范语言的。这岂不是一个最大的悖论？事情得深入分析，一篇有独特个性的小说，词法、句法均和规范组织不一样，甚至很怪异，有些读音也是特别的，而且还会出现一些大众看不懂的地方。为什么？这所有的变化都来自语言表层结构的变化、换位、断裂、重造、扩展、异形、拼贴等技术层面的手段。语言经过技术化后肯定和常规语言不一样，甚至有些怪异，例如《尤利西斯》成了经典。无论怎么复杂的文本，包括那些诗词我们仍然还是可以阅读，某些不懂的，随着阅读深入或理论的阐释，也还是为我们所接受。为什么？因为我们无论对语言怎么反抗，依然没有破坏语言的深层结构，或者说是一种语言的基本表意策略依然或隐或现地存在于文本之中，一种母语的寓意生成仍作为了一切语言变化的强大背景。因此，我们只需发挥最大的创造性，尽全部智力使语言产生新的机制。你怎么也不可能颠覆一种母语，包括你以为粉碎了母语牢固的根基，实际上却是不可能的。因为母语是活在你那个众多人口的种族之中，你的创造只可能使它某一个侧面丰富，为语言宝库提供点什么。

三、小说言语的语式

小说语式，是写作者选择了一种言语的表述方式。传统认为有两种：一种为讲述；一种为显示。自后现代以来，我以为出现了另外两种方式：第三种方式，姑且叫它为干预式，在一定意义上讲干预式也是传统的；第四种寄生式，是从显示中分离出来的。

下面我们分头叙述这四种方式。首先说语式，我们要对小说话语方式有一个整体把握才有利于深入言语的内部。这四种话语模式，其实为两种，讲述与显示是限制性模式。而干预式和寄生式实际上是一种混合模式。然而四种模式各有优点特色，你选择其中一种方式实际上便是对另外方式的放弃。

1. 讲述式。按杰姆逊的说法，讲述法是指在一部小说中，作者常常进入作品，告诉你一种观点，这种观点当然是作者认为具有真实性、有意义的东西（《后现代主义与文化理论》，北京大学出版社，第 5 页）。简单说便是作者在向你讲述一个故事，并提示你重点与意义。

> 话说宋高宗南渡，绍兴年间，杭州临安府过军桥黑珠巷内，有一个官家，姓李名仁，见做南廊阁子府慕事官，又与邵太尉管钱粮。家中妻子，有一兄弟许宣，排行小乙。他爹曾开生药店。自幼父母双亡，却在表叔李将仕家生药铺做主管，年方二十二。那生药店开在官巷口。忽一日……
>
> 《警世通言》，齐鲁书社，第 251 页

这是白蛇传的故事，我们从开篇"话说"二字，便可以清楚这个故事是作者讲给你听的。作者只会讲他认为重要的内容，会有一个意图在其中，白蛇传题旨是不分人妖，只要惩恶扬善、救人济世便是好的。作者把他看见的一切都告诉你，即使采用虚拟的手法，那也是作者视线内的一切事物。例如西湖及许仙、白娘子活动的场景，他们的行动、语言、手势、表情，作者告诉你怎样看待人物，而不是让人物之间彼此评价。同时讲述者还会特别注意抓住你，让你随时感到会发生什么，总会有重要的东西等着你。讲述活动便是故事与人物展开和行动的过程。讲述者就是这么一个信息传导者，高明的讲述者会含而不露，每在关节处，恰到好处地停顿与提示。讲述是中国小说的一个特别传统。宋元话本，实际上都是说

书人的脚本。明清的长篇小说也一律使用讲述的方式，连《红楼梦》也不能例外。有两个要素决定讲述是通俗性的：一、凡能用语言对大家说的，一定是通俗的；二、故事性是抓住听众的唯一法宝，故事是对拟想中的大众的，因而它也注定是通俗的。讲述便是表明在口头上的言说性，既有可言说性那便一定是有可读性。中国传统小说都是如此。讲述是一种方式，它可以针对小众讲述，也可针对专业讲述，这都不影响作品的品位。这也表明讲述也能产生伟大的作品。鲁迅的大多数作品使用讲述，《阿 Q 正传》讲述方式很典型。老舍的重要作品《骆驼祥子》《离婚》及大多数作品是讲述，而且老舍还很浓厚地保留了话本的痕迹。讲述的好处在什么地方？一、讲述能够很好地调整读者与故事的距离，说书可以把故事推得很遥远，也可以拉得很近，甚至是耳语式，这样便有了亲切感。二、你是听人物与故事的行为，你不必担心要害与意义，因为讲述者会在故事进程中给你提供各种信息。他告诉你一切，便不用你猜摸。三、讲述是一个民族文化的传统习惯，你永远在一个文化氛围里感受生活，你会感到在听自己的故事，会有一种亲情感在其中。四、讲述者控制所有信息，因而一个智者会把许多属于他的思想含而不露地告诉你，讲述的小说也同样可以启智启思。当然，这种讲述式不适合现代心理分析小说，不适合精微细致的思想表达，也无法表达幻象纷呈、意识飞动的人物体验。简单说，讲述适合表现人物和故事的外部行为，而不适合内部描写。再一个值得注意的是，讲述很容易造成文本声音的单一化，因为属于动植物、山水、城市、各种人物的一切活动都通过了讲述者过滤，那么你听到的一定只是讲述者的声音（思想观念）。

2. 呈示式。布斯《小说修辞学》称之为显示。呈示式是指那个讲述者退场，由显在变成了隐在。呈示式比较复杂，它可能是作者把视点寄在主人公上，从他的角度来处理周围的关系。也可能是一个我，作为众多人物的一员，仅以我的视角去观察，并不介入其中去讲述。更多的一种是作者采取全视角，焦点随处移动、调整、变化。整个文本只有一个客观世界在自主地全能地活动。没有一个外部的人与物去中间活动，也没人告诉你文本中的一切秘密。凡属文本形式和内容的思想均是你看完后担纲一个统摄者，并以此来组织展示整个文本，通过分析估评才能获得的。郁达夫的小说基本采用了显示的方式。《迷羊》以我的视点，但我是其中的主人公。《沉沦》则始终有一个第三人称视角在和人物移动，身份很适合。《她是一个弱女子》则以郑秀岳为主人公的视角。《迟桂花》与《碧浪湖的秋夜》都是以人物活动变化来改变视角，是一种全聚焦式的。

> 他的四周都是黑沉沉的夜气，仰起头来只见得一弯蓝黑无穷的碧落，
> 和几颗明天的秋星。一道城墙的黑影，如怪物似的盘踞在他的右手城壕

的上面，从远处飞来的几声幽幽的犬吠声，好像是在城下唱送葬的挽歌的样子。

《郁达夫小说》，浙江文艺出版社，第 98 页

这是郁达夫小说《秋柳》中的一段文字，它严格控制在质夫的视听感知之内。不提供质夫视域之外的任何信息。你在这儿找不到讲述者。他以书中人物质夫的活动和观察视点展开文本，因而你只看到小说中各种人物交往的关系及故事向前的发展。很显然小说中取消了一个讲述者的痕迹。这是一种现代小说（自福楼拜以后至后现代主义时期）的表达方式。取消讲述者的好处何在？其一，读者和文本的人物与故事直接交流，避免隔了一层的感觉。其二，它让事物与人物直接显示出来具有更高程度的客观性，使人相信文本提供的这就是真的。其三，更好地诱导读者参与其中，他会自动去判断人物、场景、故事中的一切，每一个人都会产生出自己的独特感受。

据我的经验，如果我们选用历史或民俗的叙述，表明人物故事都是已发生了的，我们从后面去追踪人物、故事，使用讲述式会很有魅力。但要注意：不要把讲述的故事、人物意义表述得太满，应留有空白，留一些读者创造的东西。然而，故事与人物是当下的，是你的实际生活中正在发生的，你在写作时，你自己都无法对全部人物与故事进行整体把握时，纯粹体现了一种现代创作方式，这适合选择呈示式，使作者与文本进程保持同步关系。这样更符合现代小说的本质要求：故事正在发生的幻觉。

讲述和呈示虽然是两种大的叙述方式，也仅仅是一个大致的划分。实际上古往今来的创作者并没有那么严格的区分，讲述中会有呈示，而呈示的方式中也会有讲述。《红楼梦》写日常的贾府生活大致都是呈示的，但作为整体方式它使用的绝对是讲述方式。需要进一步说明的是，中国讲述故事的方式与西方不同，中国小说的讲述大致只会在行为推进中有浓厚的痕迹，而对人物动机和主题的揭示并不多，并且不喜欢众多议论，偶尔有说书人的议论，那也是为了吊胃口布置的一种悬念。如在主题故事之前采用一个人话，说一个相关的小故事铺垫一下，再进入大故事。话本小说都走这一条道路。但西方菲尔丁的《汤姆·琼斯》讲述过多的在于议论，在于动机与意义上的揭示，甚至包括作者的伦理宗教态度。这与西方人重视小说的理性阐释有关。即使呈示大量的人物内心活动，心理辩证法大量介入，使心理呈示也变得像讲述人在给你剖析一个心理现象。这就是中西小说最大的差别。中国小说的心理活动是隐藏在叙事之后的。切忌把心里话都说白了，更别把内心冲突挑明了展示出来，这与中国传统文化习惯有关，重行动，轻心理。

萨特对这两种方式有精彩的说法。他认为：在一个文本中即使删除所有这些各种形式的作者声音，我们所剩下的也还将向我们揭示出一种令人羞愧的人为做作（转引《小说修辞学》，北京大学出版社，第 22 页）。所以讲述与显示的要害并不在于讲述人在文本中出现与否，因为一切文本都是写作者的结构，仅在于写作者从指导思想上告诉读者多少问题。从根本上说还是一个叙述视角的问题，讲述式是指作者胸有成竹，其故事与人物了然于心，讲述人说的故事有从后面跟踪叙述的性质。而呈示式则要求讲述人和读者与文本保持同步，作者并不预先知道得更多。说白了是读者有可能更多地参与活动，引起读者更多的思索。但是呈示和讲述比较，显然缺少了一种作者的声音，却可以使文本更好地保持客观性、中立性、冷漠性、公正性，也就是说有一种平等的价值观在文本里面，众多人物，读者均可以自由对话，达到巴赫金复调小说的目的。如果依照萨特的说法，显示的小说也不能做到把作者彻底从文本中赶出去的话，藏得再好的作者也必然会在文本中泄露自己的情感、思想及写作诡计。所以不必太在意作者在文本中声音的多少，关键是找到一种适合作者本身的讲述方式，同时又适合文本所陈述的人物与事情的和谐程度。

3. 干预式。讲述式中其实也带有干预式，但我要说的不是这一种。现代干预式是作者在写作途中，在紧要关节的时候，将文本停下来让人物与故事间断一下，由作者出面来说一些技术上的事。他准确地告诉你写作的时间、地点、作者情状、心境，重要的是作者告诉你他将采用什么手段，包括对文本的注释与评论。相当于传统小说所说的插入议论。但是真正现代小说的干预式和传统小说的干预式本质上是不同的。讲述中的干预，作者出面说他讲的文本中的人物与故事如何有根有据是真实的，唯恐读者认为有假。而现代小说的干预式，他决心告诉你有关文本的一切真相，直接揭露其虚伪，然后告诉你我如何做假。最早的干预式文本是法国作家的《伪币制造者》，早期的叙事干预还比较简单，到后现代主义文本时，叙事干预成了一种地道的元叙述：是一个我告诉你我如何写作的过程，关于一切技巧方法的过程。美国作家的小说《如何讲述真实的战争故事》，确实讲了一个越战中的故事，通过雷蒙、桑德斯转叙越战中他们玩游戏，误伤，误炸。但没有正面写战争，而是插进了作者关于战争的大量述评。与其说小说是讲越战，倒不说是作者关于战争一些极为本质的看法，更深刻地揭示了战争的荒谬。最后他说，当然，一个真实的战争故事从来不是关于战争的，而是关于阳光的，黎明的天光洒在河面上，你知道你必须渡过这河向山挺进，做一些不敢做的事。这是关于爱和回忆的故事，是关于悲伤的故事，是关于从不回信的姐姐，和人们永远不想听的故事（《美国后现代小说选》，青岛出版社，第 138 页）。这篇小说只有桑德斯、雷蒙、基利越战见闻中的几个游戏性细节，例如误炸了手榴弹，误爆了 105 饵雷，杀了小水牛，玩玩拉线盘，在夜晚听到各种各样的声音。在一般人认为的战争中我们并没见到什么特异的东西，作者借这些不断陈述他对战争的看法，不断强化这些就是战争。显然文本另有一个意图，即用这些荒唐性的细节，加上我要反复强化的真实战争，达到解构战争的目的。这时候文本中的叙述干预已成为揭示内在含义的极为重要的一个部分。可见这种干预式既是形式的，也是内容的，并且把我们引入一个更深层次的思考，我们的虚构叙述到底要告诉读者，这些是真的呢，还是都是假的。如果是真，我们要保持和虚构认同；如果是假，我们要彻底揭露其虚妄。

4. 寄生式。作者本人如同魔鬼附身，把自己寄身于某人某物，某动物。通过他的行为方式或视角来叙述文本中发生的一切。最常见的是以主人公的口吻叙述。这种寄生式自古以来均有，是很好理解的一种方式。一般把它归为显示的方式。这是不错的。我所以提取出来，是因为这种方式中有第一人称——我，读者有时是很难分清主人公和作者我的差别的，特别是那些自传式的、流浪汉式的，主人公是一人物，但他又很难和作者绝对分家。这表明作者融入人物以后，在人物表述时留下了真实作者我的一些痕迹。这便导致了叙述复杂化。因此寄生式很难说是一种严格的显示方式。主人公变成了一种复杂的声音。寄生式的叙述古今文本很多，几乎不用举例，需要特别细心的是分析主人公的声音：什么语境下是主人公声音，什么语境下是作者声音。

言语的语式无疑是重要的，它与文本的叙述视角相重叠，如果我们要找到文本的多重声音，语式便是一个极好的切入口。语式还决定了我们在叙述上选择适合于作者本人的一种表达方式。如果注意分析中外文学史上的作家，你会发现许多作家他一辈子就适合一种语式，而且将这种语式发挥到极致。有的作家一生总在不停地变换语式，用不同的话语方式跟读者说话。二者的区别根本上是和作者生活有关，与才学有关。比较传统的，总在一个地域文化里发掘材料的作者，容易使用一个固定的语式。一个不断游走，在不同生活领域活动，或者喜欢探索新方法的作者，他的语式是不会固定的。我以为四种语式各有优长，每一种语式都能写出伟大作品。最关键的是在合适的语式中选择与它贴切的叙述对象。博尔赫斯的叙述很精致，也很独特，但他绝大多数的语式选择是讲述式。乔伊斯的《尤利西斯》又尽量地剔除讲述的痕迹，而使用呈示的方式。因此我们不能从语式上孤立地判断文本的成就高低，倒是每一种语式都有一些特殊的技巧，需要我们细心体察与琢磨，以达到语式技术上的炉火纯青。

四、小说言语的语调

语调（Intonation），通常说语调指话语表述出来的音调高低、大小、长短、快慢。语言像旋律一样起伏变化，在文本中停顿与延续。因而可以说它是一个与客观声音有关的东西。我这里所说的小说言语语调比上面定义的要宽泛一些，它包括语感、节奏、情调、分寸、韵味等。用一句简单的话说，即组成语境的一切要素。每一个语境都会有它自己特殊的情状与韵调，有一种难以言传的感觉在里面，这是语言的众多元素构成的，如同音乐有一个基础的调子一样。我把构成这种效果的一切元素统称为语调。也就是说，语调不仅是一个语言的问题，它还涉及语言形象的状态、质感、色彩、时空、速度等，甚至还包括我们日常说的，你的小说有没有语言感觉的问题。因此，语调是一个很复杂的问题。现在我们深入分析一下。

第一点，是哪些因素决定了语调？这马上就会想到客观决定论，或者主观决定论。从客观上看，任何语境都会有一个与之相适应的而且是最佳的语调。从这一点说，要表达什么样的意图，叙述对象的特征，作者采用什么方法均是需要注意到的。例如说，你选择的是历史地域文化的，当代都市环境的，社会权力的上层领域，下层民众的日常琐事，或者是某个专业领域里的人物与事物，简言之，一个特殊对象便要有一个与之相适应的语调。因此，调式跟着叙述对象走。我们似乎可以说首要之点是特殊的叙述对象决定了语调。但接下来你马上会说，海明威有他独特的简洁语调，福克纳有他南方乡村的语调，巴尔扎克有法国上流社会的语调，曹雪芹有贵族家庭的语调。可见语调的特征是由作者独特的生活与才识所决定的。显然作者主体因素也决定了叙述的语调。这是第二点。

其三，言语的形式因素也决定着语调。试看一例：

> 一个晚上出了门，转身从寺后门中，走到了西房，进了小厅，穿过佛堂，又进了一带侧房，是悟通与圆静的房。转一小衖，一带砖墙小门，是妙智法明内房。当中坐启，两边僧房，坐启后三间小轩，面前摆上许多盆景，朱栏纱窗，是他饮酒处，及其幽雅。又转侧边，一带白粉门，中有一扇暗门，开进去是过廊，转进三间雪洞，一间原是阿金住，一间与贾氏。

《醒世恒言》，江苏古籍出版社，第 485 页

　　这是通过贾寡妇的视角写寺庙后面的禅房。我们读着原本是极清楚的，可感觉像进入了一个迷宫。为什么会是一种迷宫的语调呢？在这么短短的一段文字中，通过了十七次转折，每一小句都带动了空间转换，始初三个转换还清楚，七个转折停在一处居室，但接下又转折三次，待你以为抵达时，越过法明的房又开始转折，三次，四次，五次，六次，仍然没到，给你一种永远没有穷尽的感觉。它的玄妙是在你以为到了时，仍在转折，在坐启之后居然还有九个转折处。直到你头晕眼花的时候才落定。这里全部采用断句，应该不会有迷幻的效果，可是作者全部采用"动词＋宾语"的方式，如同一个旋转的罗盘，这时视觉必然出现迷乱与幻象。这个例子很有意思，即表述迷宫效果不用长句，也不特别布置曲折，或者交混杂乱，而是用极清晰的方式，用谓语带着你坐旋转轮盘。我相信方向感再强的人经过十七次转折之后，无论如何也找不到方向了。

　　我们再举例比较一下。

　　　而她的本来是很曲很红的嘴唇里，这一回又被她发现了一种用郁金香的颜色相似的红中带黑的胭脂。这种胭脂用在那里的时候从她的口角上留出来的笑意和语浪，仿佛都会带些这一种印度红的颜色似的，你听她讲话，只需看她的这两条嘴唇的波动，即使不听语言的旋律，也可以了解她的真意。

　　　　　　　　　　《郁达夫小说选》，浙江文艺出版社，第 202 页

　　　她仍然头上扎着白头绳，乌裙，蓝夹袄，月白背心，脸色青黄，只是两颊上已经消失了血色，顺着眼，眼角上带些泪痕，眼光也没有先前那样精神了。

　　　　　　　　　　《鲁迅小说全编》，漓江出版社，第 156 页

　　　虎妞脸上的神情很复杂，眼中带出些渴望看到他的光儿，嘴可是张着点，露出点儿冷笑，鼻子纵起些纹缕，折叠着些不屑与急切，眉棱棱着，在一脸的怪粉上显出妖媚而霸道。

　　　　　　　　　　《老舍经典作品选》，当代世界出版社，第 60 页

　　以上是中国现代文学中的三部名著中的人物，《迷羊》中的月英，《祝福》中的祥林嫂，《骆驼祥子》中的虎妞。三个女人却完全显示了三种不同的语调：郁达夫细腻而抒情，是一种欲望的叙述。鲁迅客观而冷静，是哀其不幸的叙述。老舍

杂糅而拼贴，是一种嘲讽的叙述。我们区别三个人的语调很容易，但看他们的处理方式、形式特征就得细致一些。郁达夫用比喻，竭力写出女人的颜色、肉感，句子很长。在句内有一种回环曲致，他选的是嘴唇——欲望之口，不写声音，声音通过无言表达欲望语言。鲁迅句子简洁，简洁得有硬度，用词汇作为主句，写眼睛，点出泪和精神，写的是一种不幸呆滞的状态。老舍在一小段文字内让眼、鼻、眉一起上来，有些杂乱，句子中使用词组拼贴，画一个人的脸，画出一些滑稽，甚至连人物的表情都有些嘲讽。这是三种语调，三种语调的句子在形式上可以区别，郁达夫用长而曲致的抒情句子；鲁迅用短而冷静的客观句子；老舍用拼贴杂合的嘲讽句子。三种语调是三种不同句子的配合。可见句子形式影响语调。

其四，作者的情绪也决定了语调。情绪对语调的决定分为整体语境和具体语境。上文提到郁达夫、鲁迅、老舍是整体的，这与个人气质和社会有关，郁达夫是一种忧郁气质，热爱女性；鲁迅是一种激愤哀怨同情心理；老舍是一种达观诙谐嘲讽的生存态度。从这里看是个人情绪决定了文本情绪，但这不是单一的，社会情绪也是一个极重要的因素，一个良好的社会状态对作者、对人民与一切日常生活现实都是至关重要的。例如上文三位杰出的现代作家都看到了中国那个年代的腐朽破败的社会现实，个体被挤压，都充满了对社会批判性的态度，但情绪受个体差异反应不同：郁达夫是悲观宿命的；鲁迅是愤怒反抗的；老舍是幽默讽刺的。但是每一个作品的具体语境不一样，它的情绪色彩浓淡大小会不一样，且基础也会不一样，那么文本的语调也就不会一样。同是鲁迅的小说，《一件小事》与《孔乙己》比较，前者充满了同情与反省的语调，后者却带有感叹不幸的善意嘲讽。同是郁达夫的小说，《沉沦》充满孤独但含有激愤，语调中有一种情绪在跳荡。《迟桂花》语调平实，仅是一种淡淡的忧郁。在文本中有一种情绪显示出来的语调，很难从一句话、一小段落中清晰地分析出来，只有对文本的整体把握中才可以透露出来。最好的方法是通过两个或几个文本比较，写作对象不同的比较，写作年代不同的比较，写作空间不同的比较，这样便能看出不同语调中的细致微小的差异。

其五，文本的节奏对语调的影响。文本中的节奏其实来自两个系统：一是情节因素的节奏；二是叙述话语的节奏。情节因素的节奏更多是事件本身的客观节奏。例如战争事件与刑事侦破事件节奏不同，人生和平时期与动乱时期的生活节奏不同，由此可见，事件变化的速度决定了这个节奏。当过军人和记者的海明威处理他生活中见闻的人物与事件，显示的节奏当然明快干净。而福克纳在美国南方的一个小县里，地域文化和生活节奏决定了事件是平缓从容的，因而他的节奏也就迂回曲折，从容缓慢了。事件本身决定节奏，但到了具体文本中节奏不是一成不变的。它还受制于另一个东西，即话语。每个人说话的语音高低语速快慢是不一样的。即便是事物的情节因素决定了节奏，每个人使用语言去组织它还是不一样的，用不同的言语方式本身便有明显的不同节奏，长句和短句，不同地区的语言，个体的说话习惯，或者作者的思维速度，话语中词汇选择发音效果都会影响节奏，特别是话语的节奏至关重要，而且是直接影响了语调。湖南作家聂鑫森的小说《蟋蟀》中雨的声音：

> 有时如急管繁弦，有时悄然若无。雨梅每天都坐在寂寂的阶廊里，把手搁在红漆栏杆上，看雨溅出一院子满满的绿，看树下的青苔渐渐地变老，桂花因雨的缘故，开得非常稀少，那株枫树的叶子红不出热情来，却飘逸得开心。

另一篇《春风三柳》：

> 二柳是三个人中最能干的，做饭，炒菜，洗衣服，麻利得很。他知道三柳是个懒鬼，又好玩，会吹笛，拉琴，下棋，就是不会料理自己。
>
> 《生死一局》，新世界出版社，286 页

前一例是主人公雨梅对梅雨天的感觉，从梅子黄时雨的古典感觉中来，每个分句均与前句有联系，是叠套的滚动，听雨，看雨，辅之以桂花与枫树的韵调，语言在雨声中绵延，和肥肥瘦瘦的雨点感觉是一致的。这是一种抒情的古典意境的语调。后一例说的是三个姓柳的中的第二个，二柳是个能干的人，能干必然节奏快，采用了和三柳对比的方法，为了突出二柳能干，使用纯短句，均是动宾结构，语速流畅而快捷，这是一种急切紧迫的语调。这让我们看到一个作者完全不同的两种语调。并且在这种语调之后你看到的是话语节奏，《蟋蟀》舒缓，《春风三柳》跳跃。

总起来说，决定文本中语调的状态是复杂的，是多元的，上文说的五点是极不完全的举例，还有许多属于无形层面的因素，例如主题要素，叙述观念原因，作者审美理念，一定时期的作者欣赏习惯，特别是还有一个作者艺术敏感的东西，它也至关重要地影响着文本语调。正因为构成语调的因素太复杂，语调问题才应该引起高度关注。

第二点，语调的元素及类别。语调的元素在我看来，凡对语调有决定作用的都在其列，范围比较宽广。如语言、语感、情绪、节奏、韵味、调式、速度等等，都应归为语调的范畴。严格意义的语调应该仅指声音的变化，如果仅指文字发出的声音而言，小说若不用于朗读，则没有一个语调问题，所以不能狭义地看。刚好小说言语的语调其重要之点不是从发出声音而言，纯发音的应该指音乐，至少

也能指到诗歌，诗歌的语调更接近音乐所指，而小说的语调是一种偏于内在的审美而言。它是由视觉转换为一种身体感的内在情景。文学文本都存在一个确定基调问题。这和音乐中的曲调类似，例如音乐最基础的是 C，然后依次升上去。小说虽不用这种定音器确立，但在意识状态下却有一个很准确的调子，有语感的作者这个调会定得很准，而且连细微的差别都能体现出来。小说中同是一个抑郁的基调，但在具体文本时却又是千差万别的。这种极细微的差别都在作者的感觉控制之中，他是调动全部感觉在配制词语的色彩、重量、声音、形体、距离、速度，是在特别潜在的认知中调配出一个特殊的调型。一个作者的语调甚至还有许多先验的因素。

我们首先说语感。在西方文艺理论中我没有看到谈语感的问题，在语调中也没有"语感"一词，包括文学辞典中也找不到。我想这是由于"语感"一词不是一个严密的学科词，它有一点玄妙。什么是语感？指一个人对艺术语言的敏感能力。最基本的是他的遣词造句，修辞手段。同时也是他对语言一种特殊的反应能力，进一步说还包括他对事物与人有一种艺术直觉的敏感，能发觉与众不同的独特性。我有一次和耿占春两人去古玩市场，我说在黑暗中躺在沙发上突然听到瓷器开片，对"铮"一词有了特殊的感觉，那声音像金属簧片在黑暗中"铮"的一声胀开，向上弹去，有一个优雅的弧形，在屋内荡动，接着又一声开片后一个清脆的"铮"弹上去，仿佛两颗金星参差地坠下来，满屋子金属质的"铮"，是黑暗寂静的共鸣，也就是这个"铮"划开了你思维的一道亮光，于是心里也有了透亮韵律。占春笑着摸了一下胡子说，我靠着沙发看钧瓷也是这种感觉。有一位日常生活中的瓷器店老板，我问她开片声，她说，开片咯，哧哧啦啦，怪好听的。她不会去品味那铮的一声。她更不会想铮是胀开的，有无断裂的纹路。显然，我和占春两个对铮、寂静、黑暗、星、弹动、弧形等语言获得了一种多于原词语的感觉，有幻觉、联想、体验、品味，有一幅想象生动的图画。这便是一种艺术的想象。这个语感，既是指对词语的感觉，也是指对事物的感觉。一种良好的语感既有来自先天的，也有后天特殊的培养。同时它还是极为个性的反应，是一种反常规的体验与感觉。

> 我不喜欢被阳光照耀的感觉，因为它使我失去隐蔽和安全感，它使我觉得身上所有的器官都正在毕露于世，我会内心慌乱，必须在每一个毛细孔处安置一个哨兵，来抵制那光芒的窥视……从后视镜里我看到一只苹果似的乳房忽然跳了出来，这一只年轻的乳房汁液饱满，鲜脆欲滴，富于弹性，它在阳光的照射下颠荡了几下。
>
> 陈染《私人生活》，作家出版社，第 3、137 页

这段文字分两处取录。先一段便是异于常人对阳光的感觉，排斥，把阳光和个人隐私视为对立的东西，暗示个人心理不愿被敞开。而后一段刚好相反，看到自己的一只乳房像苹果般新鲜活泼，特别是收句时乳房被阳光照亮了。这里便是陈染对阳光很私人的感觉，不同语境中阳光传达不同的感受。

> 一个声音大声喊出了我的名字，我心中一惊，瞬时觉得所有的眼睛像子弹一样落到了我第一次当众裸露的身体上，我身上的毛孔敏感而坚韧地忍受着它细小的颤动，耳朵里的声音骤然消失。

林白《从北京到东营》，新世界出版社，第 155 页

这是一个女人裸体的感觉，关键她是在声音中感受裸体，提供两个细节：子弹和毛孔。前者是声音，后者是声音的效果。这时艺术词语的力量是超常的，把眼睛比子弹这是一种极端超量夸张，如果接下来是心惊胆战，或者是刺中的感觉裂成碎片的感觉都是前一声音的效果，刚好作者反过来只写了小小毛孔的颤动，两个超量反向，使得言语极有张力，语感极为灵敏而有力量。

> 声音的出现，犹如花朵在黑暗中悄然绽开，起先略有迟疑和羞愧，转而渐渐清晰（好像已置身于外面的世界）终于被辨出是物体间相互的轻微碰撞。我专注地投入到倾听中，好像已置身于外面的世界，并且就抵达声源的附近。我判断那是玻璃的碰击声。

《西瓯卷》，云南人民出版社，第 23 页

这也是写声音的感觉，没有运用特殊手段，仅仅只是细心地品察与体验，语感从容优雅。通过词语感受到事物极其细微的变化，等待有艺术敏感的人去捕捉它。

通过上面几个事例我们似乎可以总结一下什么叫语感了。

艺术语感是一种非日常的感受，是经过艺术感受、体验、想象之后的审美现象。

艺术语感来自先天的艺术个性，独特的感知能力。

艺术语感经过复杂的修辞处理，一定是多于原词语的东西。

艺术语感一定经过变形与幻象，有从物质层面到形而上的一个过程。

艺术语感必须对原语言进行语法的生成转换，是一种新的语言现象。

艺术语感特别注意对词语的品味把握，不断调整组合，实验词语在语境中的作用与效果，但并不是逻辑性的，而是凭感性直观的方式去调整词语，有一种潜意识的创造。

艺术语感是一种限制性地使用语言，有种特殊的控制力，对语言、词汇、句子的音质、形状、色彩、重量、速度、长短均是恰到好处地使用，少了力量没到，多了又有夸饰，仿佛所有的词语都经过天平之后才进入语感的组织中。

艺术语感特别注意言语的节奏与韵味处理，这包括处理中的分寸感，犹如鸡尾酒的调酒师一样，全在感觉把握中。

每一个人的艺术语感是千差万别的，特别是组成文字后细微的差异更能体现作者的艺术感受能力，所以语感是一个个性化署名、自我性格化的表现。

我们已经总结了九个方面，其实依然是不完整的，语感有许许多多的细微的东西，例如作家西飚夜晚对声音的感觉写得细微从容，这是一种特别优雅的语调，把语言调整得像绅士出来在花园里漫步似的，如同企鹅在海滩上缓缓寻觅。当今社会的人都很浮躁（急功近利），这时语调便不是一个词语本身的问题，而是一个心态问题了。有了艺术感觉才能转换成艺术语感，最重要的是艺术把握与控制问题。把握一般是在局部语词的调整，控制则是整体：一个语段的控制是容易的，但一个短篇小说、中篇小说或者一个长篇小说你要控制好基调与艺术语感那就不是一日之功了。使一部长篇像一支乐曲，大而言之像一部交响曲，使那种整体天然和谐，宛如天成。国外一般是在文体风格中谈到艺术语感问题，例如塞米利安就说成风格。这里所指的是具有表现力的语言。风格构成他本人的一个部分，这是作者在文本中一个非签名的艺术个性留下的印记。注意：我把语感和艺术语感略加了区别，这表明日常生活中总有许多有天赋者对事物对词语也有特殊的敏感，他会说出这些特别的感觉，但他浑然不觉，只是一堆感觉而已；在文本中这种感觉还要经过艺术化处理，有感觉是前提，千千万万的人都有，他没经过训练，或者训练了仍不会控制表达，就依然不是艺术语感。

上面说了这么多艺术语感，而且提到这么重要的高度，这是一个艺术家首要的前提，那么应该把它分列出来，专门讨论语感问题。如果作为一部小说，言语美学无疑会是这样的，但这里仅是一个章节的专论，更重要的是我们如果不和一位作家直接打交道，我们怎么能知道他的艺术感觉呢？我们从文本，从文本的言语，最重要的，首先是从语调那儿得到的。我们分析语音、组词、造句，分析韵味、节奏、情绪、力度，从这些表达层面看到作者艺术语感的能力及差异。由此可见，语感的语调应该是互为表里的东西。意思是说，我们看到的是语调的东西，而决定不同语调的是语感能力，没有语调我们是无从知道语感的。这很容易举证，上文我举过南州市举办的艺术节。这是语言，公文式，没有语调，从这一段话你如何找到它的艺术感觉？由此可见语感和语调的关系了。

其次，我们说情绪。情绪在文本中是一个看不见听不着的东西，同样我也只能通过语调分析得来。关于情绪有几个前提要说：第一个前提，情绪和感觉分不开，但又不是一样的东西。同时也是一种心理现象的直接反应。第二个前提是现代文本不谈情绪，因为情绪是属于作者的，文本要求把作者、历史、社会分割开考虑。再者，现代前卫性写作要求的是零度写作。第三个前提，情绪一般是属于个性心理学和社会心理学的内容，在文本言语中情绪是经过对象化了的东西，是一种被修饰了的东西，应该是一种伪情绪，同时文字和词汇的东西根本没法把主体化的情绪定性定量分析，我们只能抽象把握。最后一个前提是无论对个人、对文本语境、对社会而言，情绪都是一个动态的变化的东西，是非稳定性的，诗歌是种抒情文体，它更需要一种情绪作为基础，而小说是一种叙事的文字，本身就需要对情绪加以控制，这是因为小说要求事物的客观化。因而情绪在小说中是一个十分曲折的隐晦的控制存在。从作家角度，我们可把情绪分为孤独忧郁型的，热烈激情型的，稳健沉郁型的，严峻冷漠型的，达观嘲讽型的五个大的类型。其次，这种以心理和个体差异的情绪分类几乎是没有作用的，因为忧郁型的作者会千差万别，激情型的作者也会千差万别，同时一个人的情绪有主导面，还有许多从属性，不同语境下情绪会不一样，在有些作者那儿情绪是包容性的，既具有冷峻的也具有热情的，把两种对立情绪融于一体。所以孤立地谈情绪分类没什么意义，或者归于社会情绪学做意识形态研究。但从语调角度看，情绪却不能小看，在很多情况下情绪对语调有决定作用。

> 时间和记忆的碎片日积月累，厚厚地压迫在我的身体上和一切活跃的神经中。它是多么残酷的一只硕鼠啊，每时每刻，它都在身边凋谢、流逝，但我无法阻挡它。许多人曾经使用盔甲或假意来抵挡它。我曾经用一堵围墙，一扇关闭的门窗和一种拒绝的姿态来抗逆，但都无济于事，除了死亡——那一块葬身的石碑可以拒绝它，没有其他方式。
>
> 白雪覆盖了那些残垣断壁和枯黄的草坪，仿佛给城市穿了一件外衣。一辆四轮马车从我的眼前驶过，马蹄无声，猫一样没声息，只是粗重的轮子发出枯涩而细微的吱嘎声，仿佛那马车也被罩在一层无形的网子里，闷闷地，缓缓地爬动。
>
> 陈染《私人生活》，作家出版社，第1、80页

前一段是绝望的情绪，后一段是孤独的情绪。前一种绝望用的是感叹言语的调式，在绝望中她充满反抗。所以中间用了短句与词组间杂，还用了一个感叹词（其实不用更好）。透露了情绪与反抗，最后归于无可奈何的宿命。这是一种语调，作者用这种语调确立了整个《私人生活》的基础，文本开始后情绪可以在中间有变化，但语调保持了整体上的统一。同时这种语调还作为文本的整体象征存在。

后一段是客观描写。用的是长句，句子之间是连绵咬合的，句子的形式间断时，含义都是相连的。仔细注意几个句子的尾词：衣，息，里均含有"i"这个发音，它是个长元音，常与悲伤的声音发生联系。言语的意象又是孤独、寂静、沉闷的。它的语调便是忧伤沉闷的。这两例说明了情绪对语调的决定作用。不仅如此，我们还可以看到一种特殊情况，即某一种情绪是恒定的，但我们却可用不同的语调去表现，第一段文字也含有强烈的孤独，第二段文字中含有委婉的绝望。但两个语段表现出的调式并不一样。可见某种情绪我们可以抽象地指定它，但调式并不和情绪绝对等同，情绪虽然决定了调式，但某语调并不是某情绪的必然反应。从情绪在文本中出现的方式我们大致可以看出三种：显在表现型、隐在表现型、零度型。

显在表现型。在当代作家中莫言、张承志是很明显的，大有感情喷发不可遏制的奔涌之势。从传统来说，这大抵要算浪漫主义风格的作家。《北方的河》中是这样描写的：

> 陕北高原被截断了，整个高原正把自己勇敢地投入前方雄伟的巨谷。他眼睁睁地看着高原边缘上的一道道沟壑却都伸直了，笔直地跌向那迷蒙的巨大峡谷，千千万万黄土的山峁还从背后像浪头般滚滚而来。他激动地喃喃着，嘿，黄河，黄河。他看见那巨大的峡谷之底，一条微微闪着的白亮的浩浩荡荡的大河正从天尽头蜿蜒而来。蓝青色的山西省的崇山如一道迷蒙的石壁，正在彼岸静静肃峙，仿佛注视着这里不顾一切地倾泻而下的黄土梁峁的波涛。

张承志热烈的情绪也正如这滚滚奔腾的黄河，他是直抒胸臆的，气势如虹。这种情绪我们不难判断。他是用一种什么语调表达的呢？这么长一段话，其实深层结构很简单：主＋谓＋宾。构成简单句，黄河经过群山。作者用什么办法来生成转换呢？基本上是扩张式，在主语前面叠加了两个长句，写群山的动态，这是一种隐喻，写山的运动，实际也是写黄河的运动，但黄河并没有出现。主语是通过作者说出来的，核心的结构仅是：大河＋来。接下来宾语这个客体主体化了。群山在等待黄河倾泻而下。一个深层结构转换为好几个表层结构。而且每个表层结构的组合成分都大于深层结构的主干。为什么会多出了这么多东西呢？是作者要用一个深层结构拉动一个句群，或者说推动一个文本，他让深层结构的每一个成分都滚雪球，从而扩展到句群。作者运用了一些什么手法呢？(1)夸张比喻；(2)对话；(3)象征；(4)描写。整个高原被拟人化了，重点在形体、动态、色彩上不停地叠合，使每个小句都成为一个意象并让意象勾连，成为一个意象链，最后黄河生动起来了，具有一种伟大的力量。在这里作者的情绪与奔腾汹涌一泻而下的黄河合流了。这种情绪是强力型的，表现出来的是长句咏叹调式的语调。前文所谈的《私人生活》开头其情绪也是显在表现型的，但它不表现一种阳刚之气的力量，而是另一种阴柔缠绕式的阴绵力量，并且是循环式的，不断催发，使这种阴郁孤独的情绪充满《私人生活》的每个局部。我们无法比较两种情绪的好坏，对此无法做价值评判，但从表现出来的语调却能说出一些优劣来。《北方的河》或许是大气磅礴的，有一种饱满奔腾的力量，但从表现语调而言总是显示直接而单调一些。相反，《私人生活》的情绪饱满是更内在本体的，表达出来的语调更曲折复杂，对人内在的精神状态揭示得更加细微。

隐在表现型。在当代作家中有汪曾祺、贾平凹、何立伟等。这里我们主要是从表面语调中看出他们的大喜大悲、激动或者忧伤来，言语把他们的情绪掩饰起来，需要通过曲折的分析才能看得清他们的情绪流动。

> 芦花才吐新穗。紫灰色的芦穗，发着银光，软软的，滑溜溜的，像一串丝线。有地方结了蒲棒，通红的，像一枝一枝小蜡烛。青浮萍，紫浮萍。长脚蚊子水蜘蛛。野菱角开着四瓣小白花，惊起一只青桩，撑着芦穗，扑噜噜飞远了。
>
> 汪曾祺《受戒》

> 一种沉重的愁绪袭在心上，压迫着。她记起了在娘家做女儿的秋雨天，记起在小男人家秋雨天，今日凄凄惨惨的样子，心中的悲哀忧郁无处可泻，只在昏昏蒙蒙的暮色下，把头埋在两个手掌上，消磨了又消磨，听雨点喊喊噜噜，急落过后，繁音减缓，屋檐水隔三减四地滴着，痴痴想起作寡以后事情。
>
> 贾平凹《黑氏》

> 逶迤了两行深深浅浅歪歪趔趔的足印。
> 盈满了从河堤上飘逸过来的野花的芳香。
> 无涯的绿着，恰如了少年的梦。
> ……还格格格格盈满了清脆如葡萄的笑声。蝉声嘶嘶嘶嘶叫得紧。
> 远处一页白帆，正慢慢慢慢地吻过来。忽然传来了锣声，哐哐哐……
>
> 何立伟《白色鸟》

汪曾祺写的湖上芦穗、湖景，田园风光。一种怡然自乐的欣赏情调，情绪是愉悦流畅的。词汇和句子并没写出他的情绪，而是通过画面的优雅恬静传导过来的。不仅如此，汪氏写植物突出新嫩，写动物强调活跃，具有一种生命的清新感。别忘了，汪曾祺正是用这种文字为男女主人铺床叠被，含有欲望叙事的味道，但他的语调悠然，用的顿顿挫挫的短句。

贾平凹写的女主人公黑氏，在女人被男人抛弃了这种环境里，一种忧伤的情绪是明显的，但这是人物的，我们却可以透过人物和雨景感受到作者汇入人物的一种忧伤与同情；反证的说法，如果作者不是同情他的女人，便会用一种幸灾乐祸的笔法。哀其不幸，这是一种悲悯情怀。文字细密使用的是一种连绵如雨的长调。

何立伟更是用一种镜头语言，表达一种旷达淡远的情调，方法是分行短句，叠字复音，把那种音韵拉长了又拉长，淡远了更淡远。上面三个人的情绪是曲折而细微地反映出来的，我们采用曲径通幽的方法不难找到那个情绪的基调。知道情绪了，我们看语调，因三个作者的个性与学养的不同，各选的语调很不一样。何立伟以诗的韵调，汪曾祺则以散文笔法，贾平凹则以写意的渲染，各尽其长。我们仔细注意它们的句子构成会更有意思的。汪曾祺在一段话中用了十七个停顿，像舞动了一个节拍器地控制整个节奏。贾平凹一段话把愁和雨叠成一个意象，一段句子几乎用雨线串起来，特别在首尾扣起来，愁又和黑氏的状态扣起来。如同一大笔写一线雨，点点滴滴仅是飞白而已。何立伟完全是诗的节奏跳跃，你仿佛看到少年蹦蹦跳跳地远去了，纯然天良，浑然天成的情状。其实从情绪上，汪与何骨子里很接近，但两人所选的语调是不一样的。

零度型。在文本中是一种纯然客观的表达，一点情绪都不透露，更多使用中性语言，细分析会发现，作者故意从句中把情绪抽空，透出一些阴凉、压抑、硬度，使你从句子的进程中看不出他有什么走向，更无法找到情感倾向。这类文本国内不好找，西方也只有罗布·格里耶的小说最为典型，我摘引他《嫉妒》中的一段文字：

> 弗兰克和Ａ各自坐在两把模样相同的椅子上，椅背靠着木板墙。那把金属骨架的椅子一直没有人坐。此刻，第四把椅子的位置更加难以分辨，再也看不见山谷了。

格里耶的小说摘引多少都没有问题，他的《橡皮》《窥视者》等长篇小说都保持这种零度风格的写作。这类语言特点是：

客观写物，而且只在视角之内，不用比喻。

录话，人物只说自己的话，没有对话的含义，即语言不是意义的交流，只是简单的条件反射，是行为主义的。因而人物也高度符号化，剔除一切心理动机。

不断复现同一事物，但每次都变化角度，如照相一样拍摄事物的各个侧面。

混合，把许多事物割裂、穿插，放置一起拼贴，但不是主题或意义的并置，而是无意义事物的合并。

我这里提四个主要特点，别看那些文字如用水洗了一般清晰，大量重复之后你便什么也弄不清楚了。其间它也同样有许多技术上的方法，如镶嵌、环合、迷宫、并置、断裂、短路、游戏等等。例如上文作者不厌其烦地写四把椅子的位置纯客观地存在，人物无名无姓用符号 A 代替，和弗兰克坐在一起没有任何思想上的交流，全是无意义的，比如天空晴朗，有蚊子飞，那条路，蕉林等。你一看到这种文字就会产生疑问，什么意思？作者想干什么呢？因为自小说有传统以来，语言都是意义和目的的存在。我们一下进入了语言的迷局，这反而让我们格外警觉，你会发现作者在文字里做了手脚，看似漫无边际的自由的文字，实际上是最严格的限制性写作。其一，取消意义指向；其二，剔除情感痕迹；其三，剔除修辞手段。简单说，把句子一切复杂的外衣都脱掉，生硬瘦劲，你只看到互不相关的文字涌动，这给你怪异、幻象。例如一只球你把它挤空了，它突然鼓气反弹，在词句之外显示出一种张力。要特别注意它和常规语言的区别，常规语言有浓厚的表意系统，可以用来干什么、做什么用是明确的。而零度言语剔除了含义，你不知用它做什么。正是这种无作用产生了特殊效果。

再次，我们说节奏。节奏（Rhythm），一种语言在连续发音的过程中形成的富有变化而又可以辨析的重音节拍的分布形式。在西方的任何一本文学理论书中都会谈到节奏。因为欧美是表音文字，他们重视发声。另一个重要的是诗歌一直是正宗文学，而诗歌中的节奏是极为重要的。我不是说在小说中节奏不重要，一是它与诗歌和语音的节奏有不同的地方。二是，小说的节奏不是我们用多少技巧去把握句子的，而更多受制于一个作者的心理节奏。所以作为写作我们不必在意，而作为文本研究是要注意的。一部很长的小说，作者一般都是潜意识地自动控制心理节奏。只有局部节奏，在句子之间调整时才意识到节奏变化。

这里谈节奏是因为它和语调有最直接的关系。我们先从语言理论来看节奏。最早的语言是不会意识到节奏的，而且有理性史之后，除了韵文讲节奏，科学、理论著作，说明文，一种语言流，它们没有节奏，因为那种语言的节奏对它们也没什么意义。节奏的产生极可能与讲演有关系，也就是亚里士多德的《修辞学》，人们在语言交流中发现了节奏的重要，在论辩中发现了节奏的重要。由此可见，节奏便是给语言安排一种秩序。不仅如此，它应该和记忆有关，有节奏的东西容易记，最早的韵文大多能流传是因为好记，有韵便有节奏。节奏使韵造成一种回环。韵，节奏，日常看来似乎没什么用，可是它和人的身体有密切的关系。身体是有节奏的，无论记忆、运动。身体内器官的调节，或者循环，都是有节奏的，人们可以感知但看不见，所以节奏对于人体来说，它又具有一定的神秘性。无论如何是一个人的心理节奏决定了小说的节奏。当然这种节奏很大程度上会对应于自然节奏。例如小说在极短之内我们还能一眼看到节奏，可见小说越长我们便越看不到节奏了，节奏变成隐形的了，隐含在时空变化、情节进展、人物的起止转换等等各种庞大复杂的因素中了。当然长的小说我们会从一章一节、一段一段地去看到节奏，但这些和我们说的那种内在节奏几乎没多少关系。节奏内在的更多和情绪与理念有关。为什么说和理念有关呢？我们并不知道飞机、汽车、单车、马车的具体时速，但在购票处会具体告诉你交通的速度是多少，这是一个理念。我们对时空的判断在今天也完全是理性化的，我们拿时空作为实用，例如旅行。我们对春夏秋冬四季的判断，农业生产的节律，都是我们对自然节奏的一种综合判断。在小说中的人物与事件都会潜在地合乎自然的节奏。这个问题的复杂性在于我们合乎自然事物节奏的同时，每个人都有他心理的节奏感，受本性制约，有的喜欢跳跃性强的，有的喜欢舒缓柔和的，有的喜欢有强度的，有的则喜欢延时性的，有的要刺激，有的要和谐。这种节奏上的个性一定会改变他对外部事物节奏的性质与功能。因此，在小说里谈节奏是一个非常复杂的事情。最好我们把语言的节奏和小说的节奏区别开，一般我们说的是局部语言节奏，这在诗歌中很讲究，而小说中最重要的是整体上的节奏安排。问题既然已经提出，两个方面都得谈一下。

长篇小说节奏。这可以作为一个问题的起点来说，在中国的传统中有一个大致的文化心理，例如喜欢把长篇小说写成一百二十回。为什么呢？因为内部可用三十回或四十回来循环。例证是我们的《红楼梦》《水浒》《三国演义》等。有意思的是话本中冯梦龙写单个故事也喜欢安排一个整体的结构，《三言》每一部均是四十回。另一部《型世言》也是四十回。这时候的节奏与文化心理审美有关。屈原是诗人，他喜欢用数字九构成节奏。中国传统大约以三十、四十、一百、一百二十等数字构成大的小说节奏。另一个特点是中国在故事内部一般喜欢单节奏，这从大量的唐宋传奇中可看出这一点，一人一故事，到了清代的《聊斋志异》仍保持如此。发展到后来稍复杂一点时是双线节奏，用的话是：花开两朵，各表一枝。第三个特点是中国传统小说的节奏，最早期的基本上是以人物为主，话本鼎盛以后变成了以故事为主。基本上可以说是故事节奏。如果从话本的角度看，中国故事成就是最高的。所有的节奏形态均可在明清的话本里找到，单节奏、穿插型节奏、双节奏、回环节奏等等。第四个特点是中国传统小说的节奏虽然是故事性质的，但基本上却是以显示人物命运的起伏发展为依据，并与历史社会事件相联系。这无论是长篇小说还是话本、拟话本都是如此。话本一般都保持长度和完整性，《三言二拍》基本上都是中篇小说的结构，很少表现人物的局部片段。截取的都是一个相当长的时空段，大则一个家族兴衰，小则一个人物的沉沦。这里所提出的小说节奏特点的四个方面是极不完整的，只是作为话题引出。还是归结到小说语言的节奏来谈论，并且要考察它和语调的关系。具体说节奏到底指语言的哪些东西，是否类如西方语言中的重音与破读等问题呢？如果这样，我们注意语言的逻辑重音就行了。注意阅读中选用抑扬格，或者扬抑格，注意句子有几个音长也可以。这些问题诗歌是要特别注意的，在小说言语中我以为要注意的节奏问题是：(1)强弱，(2)停顿，(3)快慢，(4)长短，(5)升降，(6)延续。注意：这些说是节奏，也是语调的基本特征，在此基础上语调仅多出了音色、韵味、基调等问题。节奏并非一个单纯的外部形式问题，它和人的心理节律以及期望值有关。因为外部的日常出现的一敲一击，或某次震动，或者响了几下是一种自然发声现象，没人会说它是节奏。当人们认定节奏时，他会制定这个响声符合某规律，合乎人们对某现象的想象，而且基本节奏要合乎人的身体节奏的感知，因为不存在一种非人所感的外部节奏，只有人才把音节的序列感看成连续性，所以瑞恰慈有一个高明的见解：音节序列既是声音，又是言语动作形象的（《文学批评原理》，百花洲文艺出版社，第118页）。在音乐与诗歌中倾向于发声的效果，因节奏要呈现为语言行为，而小说的节奏更重视言语动作的形象。节奏应该从发生机制与形成效果上去共同判定，声音与心理两个元素绝不可缺少。由期待、满足、失望、惊讶组成的和谐结构，音节序列所带来的这一切，就是节奏。这就是瑞恰慈给节奏下的定义。节奏包括了声响的要素，也包括了形象的要素。因为我们是从语言来说节奏，这个形象是指言语的形象，以区别于音乐中的声音形象。

先说停顿，言语停顿在小说中有章节、段落、句子停顿，这均有标志，是小单位分别用了标点符号，而且这些标点符号有情绪、语义、音响的暗示。句号表示完结，感叹表示情绪变化，省略表示未完成，冒号表示提示注释等。从功能上来讲，标点符号最基本的性质是节奏。停顿得越多表明情绪越快捷，停顿少表明阻滞与缓慢。把停顿推到极多极少均具有实验性，从人的普遍状态来看节奏适中是最和谐的，索莱尔斯的《女人们》的文本停顿几近一个长篇文字的三分之一，而意识流的文本又全无停顿。这都是极端先锋的写作。中国人喜欢短句，明快与简洁。德国人喜欢思辨长句；法国人喜欢抒情长句；英国人作品讲究典雅，一般节奏都倾向于慢，从句较多。我所引的汪曾祺与何立伟的例子便是停顿密度大，而且间之以叠字多。贾平凹的停顿便长，这个长是相对的，实际贾的文本也是短句多的。需要注意的是汪曾祺的语音停顿虽多，有几个停点，但他的声音延缓接续的多，用叠字粘连，因叠字是状态的形象，语感是延续的，两句话便在声音上扯不断，因而那么停顿也不显得破碎。这便显示了一个停顿与延续的技巧。停顿特别注意的是名词或动词。名词独立时形象感强，有显在的意义，动词的停顿是一种顿挫的感觉，它不是力量的完结而是等待下一个力量的出现，例如杀人，动词之后接名词是正常用法，但破句说，杀，杀未杀，杀未杀之人这才有了杀字的停顿。杀、斫、砍、劈，割了他的头。这也是杀的停顿。而杀人，杀到城门口，杀伤一个乞丐都不是杀字的停顿而是一个事件的停顿。因而停顿要特别重视动词与名词。停顿的对立面是延续。延续是不断，把上一句接下来，这个承接很重要，停而不接，那么停的意义也就失去了。承接不可用名词，应该用有力的动词，这样使句子活起来。但真正起接续作用的是连词、介词，形容词在词汇性能上讲，起延续作用的词类比其他的都多。所以短句中强调停顿时，便将这些起连接作用的词都给删除，否则停顿不出来。汪曾祺的那段话没有连词和介词，少有的助词他也放在句尾了。而何立伟的停顿在句子而不在词。陈染的《私人生活》是要延续表达出一种有长度的调式，她的停顿是不得已的，实际上停顿是为延续，这不同于汪曾祺使用叠词的目的，延续是为了停顿。所以在节奏中，停顿是第一重要的，但它必须和延续一起来考虑。只要一个文本存在，行为还在其过程中，延续永远是目的，而停顿仅仅是手段。延续是长句；停顿是短句。中国人爱用短句，西方人爱用长句，性子急躁的喜欢用短句，性情沉重的喜欢用长句。两种句子各有妙处，各有优长，区别仅在于个人心理思维的习惯。我个人喜欢长句，是一种超过中型的长句，在长句中并置意象，在长句中转折，尽量让色彩与声音、韵味在长句中交错叠印，因而我的停顿一般都是为了延续。喜欢用短句的人，他的转折在短句之间，喜欢用短句把意象割裂开来，让意象、声音在短句中独立。鲁迅特别爱用短句，有一种短促的力量：

> 阿Q礼毕之后，仍旧回到土谷祠，太阳下去了，渐渐觉得世上有些古怪。他仔细一想，终于省悟过来：其原因盖在自己的赤膊。他记得破夹袄还在，便披在身上，躺倒了，待张开眼睛，原来太阳又已经照在西墙上头了。他坐起身，一面说道：妈妈的……

这一段话中仅有一个短句超过了十个字。一般说来短句难以出氛围，但鲁迅的短句依然很有氛围与韵味。在《风波》《故乡》《阿Q正传》中氛围和韵味都很好，极有特色。相比较而言郁达夫便爱用长句。他所传导的忧郁与孤独也是极好的。我们大可不必太在意从长短句上做好坏优劣的品评。

再说快慢。一个文本摆在那儿无所谓快慢，只有在阅读过程中才产生快慢，但这个快慢是和个人见识修养爱好有关的：一个读金庸的人和读《尤利西斯》的比快慢结果是显然的；但一个热爱诗的人读，他又不会觉得《尤利西斯》慢，因而快慢因人而异。如果针对情节而言自然有快慢，情节是动作的模仿，动作进程本来就有快慢。意象密度大的自然慢，人物众多的自然慢，场景阔大的也是慢，长句过多的也是慢。情节速度快，短句多，单一线索发展快，因而快慢与长短是相关联的，越长便会越慢，所谓有话则长无话则短。短与快表明在言语中有提炼有压缩，长与慢表明在言语中修辞丰富从容而厚实。相对历史而言，古典时期人们的时空感觉及生活方式便会产生出许多又长又慢的小说，而当今社会是快节奏的，视觉文化高度发展，人们喜欢短而快的东西。

针对快慢与长短，在文本中实际存在一个悖论，汪曾祺描写的芦花，按说十七个节奏，他的语调应该是快，但刚好相反，这段文字绵延舒缓，却是一个抒情的慢调。《私人生活》的开头是一个孤独绝望的慢调，整个文本也是一个舒缓的慢调，但我们分析作者对时间碎片，对那种压抑、那种激愤、那种反抗，至死方休，从内在情绪看，它又不是慢的，而是一种与情绪协调的快节奏。语调的长短，与节奏的快慢有关，但有时又出现一些相反的状态，我们必须对具体的文本和语境分析以后才能做出判断。

相对于故事与人物而言，故事是明快的，人物是慢的。故事自身也有快慢，矛盾冲突紧张激烈的节奏会快，表现日常生活状态就慢。整体与局部也有快慢问题。总之，快与慢是相对的，是一个综合调整和控制的问题。于是长短也会随着快慢的节奏变化，一切都不是机械的。值得注意的是每个作者在文本开头都调整出一个基调来，大致会使用一个适中的节奏速度，或者某一文本倾向快节奏，另一个文本又采用比较慢的节奏，这一切都是根据文本对象和作者内心情绪及各方因素来调整的。

我们现在说强弱问题。强弱或许决定情绪的强度，还决定于事件重要与否。小说的强弱与诗歌的强弱处理时会有极大不同，诗歌强弱一定在声音上，而小说的强弱是在形象的感知上，或者是情绪在文本中的分布。这种强弱也是相对的，与之相关的是另一对范畴：升降。针对情节而言发展过程相对弱一些，而在故事高潮上便强一些，人物在矛盾冲突中便会强一些，个体反思就会弱一些。情节和人物的强度均是组织化的结果，一部长篇小说均会组织几个有强度的集中的地方，而相对于场景转换的过渡便会弱一些。针对这种强弱便会显示一个升与降的过程，情节趋向高潮时是一个升的态势，当一个冲突缓和下来便处于降的调式。一部《西游记》，孙悟空每次去征服一个妖怪，都会有一个高潮。这个高潮是强势，而师徒几个上路在抵达另一个地方的过程则为弱调。《水浒传》从鲁智深、林冲、武松、宋江几个人物来梁山的过程中都有强与弱的处理。没有一个是开始便一帆风顺地走上去。杨志流落到卖刀杀人，卢俊义是被诱骗到梁山。突出这个"逼"字的时候，更显出了强与弱、升与降的关系。《红楼梦》的强弱没有像《水浒传》的直线状态，而是交错的，总体上前半部是升上去走向鼎盛，后半部是降下来，但它的强弱是穿插的，在各种强的局部中又透出弱来，如元春省亲是强，但透过许多细节又显示出衰弱来。一园子姐妹聚会作诗是强的时候，又从湘云、惜春等透出弱来，园子中释放出其美乐时，又不停地出现事故，这种强弱的配制均是穿插咬合的。强弱和上一个快慢问题也是互相咬合的。从语调的内部看，语感、情绪、节奏、韵调风格，没有一个问题是可以绝对分离的，都是相互联系的，甚至这种连接相融是极为微妙的。由此可见，节奏是一个多么复杂的组合现象。

最后，我们谈重复。重复原本是一种局部的修辞技术，又叫复沓。小单位的重复就是叠字化。叠字最早是自然本身的反应。鸟虫的声音，植物的动作，万事万物都在重复许多同一的过程，是它们决定了重复是事物的根本属性。结构之所以存在，语言之所以存在，实质上都是重复的结果，从人物的话语看重复，从事物再一次的发生看重复。重复在文本内外表现了必然性。它不仅是万事万物的基本现象，同时还是小说一个最重要的基本技术。这不仅表现在发声系统，在人物、故事、结构、话语之中重复也是一个最基本的手段。必要重复在日常生活中发生，我们习以为常，没感到重复。在文本中的重复是要和自然中事物的重复相区别的，因为，文本中不要那种机械的重复。它是艺术状态下一种有意识的重复。重复有哪些类象：第一，肯定是叠字化。上文汪曾祺和何立伟都充分地利用了叠字化。叠字化在一句之内的效果是有限的，要在不同句子的不同音位上发生，才有那种复沓的回环之美。第二，句子间的重复。鲁迅《幸福家庭》中不断重复五五二十五。还有十五、二十三、八十一等数字的重复。鲁迅喜欢这种简洁的重复。第三，对话之中的重复。这在文本中是常见的。孔乙己、阿Q便是经常重复自己，表现人物一种无主状态。第四，动作重复。人物由于某种习惯而重复，如走路的，手势的，因为这种动作的重复成为情节中某种重大突破，例如犯罪。表现某人的文化性格，例如阿Q画圈。第五，意象重复。鲁迅小说《在酒楼上》写雪中那朵山茶花便在小说中前后分别提到它。另外头上那朵红绒花在另一个人物吕纬甫那里几次提到。第六，结构上的重复。最明显的是首尾重复，成为一个封闭性结构，还有在各段落中照应性重复，或者有意使某种段落再出现一次，场景再出现一次。《伤逝》中前后几次出现为子君、为自己的句子，另外写名字叫阿随的小狗分别在几段之间，出现，消失，出现。第七，人物上的重复。小说中人物分出场的先后，总是要重复的，因为他是动作的执行者。人物重复不是指这种，是那种具有象征、神秘等意义的，这种人物的重复在文本中有不确定性，是很偶然的。有时人物的重复仅是一种标志，一个特征，连名字都不一定有。或者因思念某一个人物出现了另一个相似的幻影。第八，意识与幻象的重复。例如梦境中重复的人与事。回忆本身意味着重复。想象，是一种增值的重复，这一类重复很重要，它在向人物的精神深部掘进，显示人性与潜意识中很多细微的东西，它在于揭示精神世界里的某种奥秘。

重复即节奏。没有重复决不会有节奏。节奏有单一与复合，有紧凑与松弛。一部小说的节奏是复杂的，有时候是交替性节奏，即在两个相似性节奏之间互相转换交替出现。有时候是穿插性节奏，即在两个相同节奏之间插入另一个不同节奏。这在互文性写作时是常见的。有时是复合性节奏，特别是大长篇，人物、故事、场景均是一个复杂组合。《红楼梦》里人物众多，又不是线性故事。它的节奏颇不好把握，我们可以从事件分析，重要的可从人物的场次转换去分析节奏。有时候是回环式节奏，如同一种伴奏乐经常在文本的局部出现，从开始便是一个环扣，坚持到文本的最后，以各种方法和文本的开头咬合起来。这里主要说的是节奏以什么形式出现，当然它绝不止这五六种形式，在具体语境中分析，或许节奏还会更复杂。这里提一篇节奏处理得很好的白先勇的短篇小说《游园惊梦》，以钱夫人观看昆曲《游园惊梦》为眼，把过去的秦淮名妓变成老将军夫人，而自己的金嗓子毁了，交叉在过去与现实的重叠中，写一个女人青春、身份、情调、趣味的多重失落，一种永远不再的怀旧和无可奈何的失落，全是感伤的语调，节奏却又处理得有跳跃性。这篇小说的节奏感从整篇到段落、从段落到句子都是东方式的，隐隐含着戏曲的节拍，通篇都是短句。我们摘取其中一段：

> 就在那一刻，泼残生——就在那一刻，她坐在他身边，一身大红大金的，就在那一刻，那两张醉红的面孔渐渐的凑拢在一起，就在那一刻，我看到了他们的眼睛：她的眼睛，他的眼睛。完了，我知道，就在那一刻，除问天——（吴师傅，我的嗓子。）完了，我的喉咙，摸摸我的喉咙，在发抖吗？完了，在发抖吗？天——（吴师傅，我唱不出来了。）天——完了，荣华富贵——可是我只活过一次，——冤孽，冤孽，冤孽——天——（吴师傅，我的嗓子）——就在那一刻：就在那一刻，哑掉了——天——天——天

这是曾经红极的五阿姐哑了嗓子，成了今天老将军的钱夫人，丢失了她一生最重要的东西。这节奏是从一个女人心里发出来的。这篇小说几乎把所有的节奏形式都表现出来了，可以视为我们短篇小说中的节奏经典。

接下来我们谈谈韵味。西方理论没有讲韵味的，而东方却极为重视韵味，可以说它是诗歌与小说一个极重要的问题。韵味是语调的一个魂，没有韵味还谈什么语调？我们实际上要的就是有韵味的语调，没韵味的语调仅仅是一个腔。或者娘娘腔，或者硬汉腔等等。韵味是独特的，仅属这一个文本或者仅属于这个作者。韵表现为声音的，味则表现为个体的特性。但韵味绝非一般的声音个性，它应该

具有诗的、艺术的、思想的性质。独绝的韵味在适合的小说中甚至只能感受体验到，无法用语言表达出来。作为艺术语言，韵味是核心，是最高品位的东西，甚至决定了一首诗、一篇小说最后能否成为经典。许多作家也因为他语言上的成功得以扬名后世。这里有一个重大的理论问题要讨论。即一首诗、一篇小说的语言是否为最终的决定因素，特别是指小说。新亚里士多德派埃尔德·奥尔逊的意见是，语言是作品中为形式目的服务的要素之一，它始终不是最重要的要素之一。语言只是文学的必要条件，他决定性地认为，某一语言受制于作品中的其他各种东西。其二，表达时的语法意义和我们从中得出的推论之间存在着一种重要的差别。而詹姆斯·费兰结合对《洛丽塔》的分析之后得出结论：特殊的语言对该作品的成功起了关键作用（《来自词语的世界》，安徽文艺出版社，第203页）。这个论争也许可以永远持续下去，因为每个人都可因此而列举出正反两方面的很多例子。其实这表明了两个方面的因素都是小说中存在的现象。一部小说的成功归因于多方面的要素，这是毫无疑问的。但事实上中外文学史不乏这样的例子，一部小说因其语言上的贡献而流传后世，许多作家也因为他在语言上的独特贡献而具有重要的地位。我们如果各执一词，永远争论不完。应该怎样去理解这个问题呢？一方面中外有许多名著，是因为该作品综合的因素，例如故事情节、人物、主题，包括作品整体上的完整与统一而成功，并不因为它的语言特别，例如《三国演义》《西游记》《嘉莉妹妹》；另一方面又有许多名著如果没有语言上的成功，其效果会大有问题。《红楼梦》与《金瓶梅》中的日常生活语言，《红楼梦》之优雅，《金瓶梅》之世俗是非常有特色的。《金瓶梅》并非该小说成就不高，而是性欲的表达在伦理上受到限制。现代沈从文、朱自清就是因为语言上的贡献取得独特地位。当代有些单篇如《荷花淀》《受戒》《白色鸟》均是因语言的成功而确定为名篇的。因为文本的综合因素和语言的现象是并存的。我这里强调的是一个小说的成功，语言又确实是关键的因素之一。这个反证不难，我们以鲁迅、老舍、郁达夫为例，假定把他们的小说语言都换成一种模式的标准的普通话，或者是混乱而毫无特色的语言系统，他们的小说也就不复存在了。我们用一段话为例：

> 妓女多靠商人维持生活，但恩情所结却多在水手方面。感情好的，互相咬着嘴唇咬着脖子发了誓。约好了，分手后各人不许胡闹。四十五天或五十天，在船上浮着的那个，和在岸上蹲着的这一个，便同样待着打发这一堆日子。尽把自己的心紧紧地缚定远远的一个人。

这是沈从文小说《边城》中的话语，韵味悠长，平实简约。有很多经典语段让人百读不厌。如果改成："妓女在商人那里挣钱，感情多在水手身上，他们指天发誓分手之后相互守约。十天半月，船上和岸上的人都那么打发寂寞的日子，但心里是互相惦念的。"意思和上文一样，但艺术韵味一点也没了，因而这样的文从字顺的大众语言，在艺术作品中便不能要了。上文所举的《白光》《在酒楼上》《骆驼祥子》《沉沦》都是风格独具的语言。当代作家中阿城、莫言、贾平凹、孙甘露、陈村、韩少功、何立伟、陈染他们都是独具语言特色的，从一定程度上说，他们的成功得益他们语言上的贡献。

还有一个本质上的问题，解构主义、后现代主义以来，理论家和作家是不相信语言的。历史语言已经中心化、意识形态化。我们的任务是破解语言的逻各斯中心，过去所钟爱的语言从美学范式上讲如沈从文、鲁迅，或今天的白先勇、阿城，从本质上来说是一套逻辑语言，追求精练准确、优美流畅，从根本上说是一种语言幻觉。语言本质上是不确定的，它仅是一个事物代码，是约定俗成的，是多义多维的。因而我们的文本考察是不能侧重语言的，而更注重文本各要素之间的总和。结构主义是语言学起源，它的分析却是文本的形式系统，叙事分析涉及语法那是一套模型，一套规则，并不是一套活的言语。他们把语言分成了许多结构模型，重视的是规则，而从语言的表层看，它天生是不可靠的，这涉及语言意义产生的差异原则，能指与所指的约定俗成。因为任何语言表达都是非完善表达，均是多义、歧义的表达。因而传统的语言在后现代那儿崩盘为一种碎片。后现代的这种破坏其实也给我们提供了一种启示，怎样重建和创造我们新的语言系统，构建一套新的语言美学规则。

今天我们回过头来看，我们小说语言中有哪些有韵味儿的，可以做一些类别上的鉴定：

第一种，地域文化味的语调。这在中国应该说是一个传统，这方面成就也是最大的。代表性作家应该是鲁迅、老舍、沈从文。代表性作品分别应该是《阿Q正传》《我这一辈子》《边城》，这里是从语言方面说的。地域文化的韵味其实应该在该地区的口语上，值得注意的是，并不是所有地方语我们模仿一套就成，如果这样还是属于语言的，而非言语的。重要的是我们对于这套语言的提炼，特别是有表现力的关键词。另外便是叙述语言，鲁迅的《祝福》便有特别的地方文化感，但祥林嫂的人物语言并不见得有特别多的地方语。叙述语言在于重现历史文化的场景与氛围，并把民俗的东西交会进去，《祝福》便是从绍兴年节开始写起，《风波》从晚饭开始写起。这种场面选择都是有意味的，适合于风俗表现。

地域文化决定语调的味道，那么同一地区便会是一个韵味了。其实不然，韵味除了客观对象、环境的影响而外，更重要的还在于作家本身。沈从文的语言有一种淡泊悠远、清新俊逸的韵味，有别于那种紧张急促、浓郁厚实的韵味，他有意把句子拉长，拉得散淡，讲的是回环曲致、连绵流畅的言语推进方式。在《丈夫》中的妇人，她们从乡下来，从那些种田挖园的人家，离了乡村，离了石磨同水牛，离了那年轻而强健的丈夫，跟随了一个同乡熟人，就来到这船上做生意了，做了生意，慢慢地变成为城里人，慢慢地与乡村离远，慢慢地学会了一些只有城里人才需要的恶德，于是妇人就毁了。我们看他的句式：从（两个介词）——离（三个相同谓语）——做（两个相同谓语）——慢慢（三个相同状语），最后一个因果式。这段话是六个节奏可以写尽的，按其原句压缩，却没了韵味。这儿处理为十三个节奏，在原基础上翻出一倍。这种大胆的拉长与重复，却是它的韵味也就在中间拉出来了。鲁迅的基本原则是压缩，例如《狂人日记》一行，一句话。今天晚上，很好的月光。结尾部分两个小句分行排，成为一个段落。上文举的阿Q回土谷祠，仅一个短句：太阳下来了。当然鲁迅也有使句段拉长的，例如阿Q想到四年之前的饿狼，用了十六个节奏，每个节奏并不重复，节奏之间的张力是形象的张力，表达的是人与狼的冲突。这一些都形成了鲁迅精紧的语调韵味。

　　第二种，传统的精白，口语中杂以文言词，保持的是说书人的语调。汪曾祺的《受戒》开篇介绍人物、地名如同说书。讲那个庵，从菩提庵引出了各种庵，最后说荸荠庵不大，大者为庙，小者为庵。承接了中国话本的传统，对白很粹精，讲究下句对上句的部分重复，或者错杂互文。贾平凹是这种语言的继承者，讲究精白、短句、简洁。例如小说《小白菜》，她幕后一叫板，掌声便响，千声锣，万点鼓，她只要现个背影，一步一移，一步一移，人们一声地叫好，小白菜还是不转过脸来，等一转脸，一声吊起，满场没一个出声的，咳嗽的，吃瓜子的，都骤然凝固，如木，如石，魂儿魄儿一尽儿让她收勾而去。不仅语言是说书人的，叙述的方法也是话本的。他绝不把句子拉长，极为干净简洁。这是一种什么样的韵味呢？语言转接速度快，画面感好，动作是连续性的，是一种特殊的亲近的口语，使作者、读者、人物的距离大大缩短，像和你家长里短地聊天，但又有一种语言节奏在中间起落，这似乎是一种民间文学的味道。鲁迅小说中也采用精白，但它显示的是一种集中的力量，有一种冷峻的嘲讽在中间，也间或用一些文言词。文言词的使用主要使语言简略，另外是雅俗一体，这些文言词大抵在字中，或者在转折、连带词之中，增加的是一点雅趣。这种情况在当代年轻作者中几乎没有了。这种叙述的语调主要透出丰厚学养，使文章有些雍容雅致。二十世纪六十年代以前的作者还有一些，聂鑫森的小说便保持了这种味道。

　　第三种，体验化幻想式的言语方式。这种言语与西方翻译，今天生活方式的复杂有关。中国文学语言几千年来均是一种外部的描绘摹写方式，指向外部，在二十一世纪的今天，仅用这种语言肯定是不够的，语言应该指向人们复杂的精神面貌，包括其一些极端的感觉体验，一些思想的飞扬，一种梦中意识的流动，在幻想中的一些变形物象，联想中的零乱错杂，情绪中一些绝对对立的感受。今天要求表达思绪中一些极限状态，一些超宏大超细部的思维流动。简单说，这时候言语是指向人们思维和心理的内部的，针对传统的外部语言，我们姑且叫它内指语言。用一个更准确的概念来说，又无法在语言学的概念里找到。比较确切地说，应该是内在感觉和幻想的语言。二十世纪中已有一些迹象，那是从郁达夫开始的一种孤独忧郁的抒情式语言，接着有施蛰存、刘呐鸥他们的新感觉语言，有废名的象征式语言。当代有孙甘露的《访问梦境》《仿佛》，陈染的《私人生活》，这样的语言简历表明他们创作使用的一套语言系统和汉语关系不大，更接近西方语言。其实当代文学评论也有误区，把这种语言现象指认为是从西方搬来的，事实并非这样。更重要的是他们指向人们的内在体验与幻想。从重视对象客体的描写，转向对内在主观的自我抒发。但是这类言语言式在中国主流文化里是要被批评和排斥的。因而至今这类语言在我们创作中还不能做大量的举证。例如还可以说到格非、林白、残雪，许多人会认为他们也是这种内指性语言，其实差别很大，他们三人包括吕新是一种新意象式语言，虽指向了内部，但还是用具象、泛意象，特别象征的形式指向一种描述，而不指向人们的精神感觉状态，因而，他们实际上还是另一种外部语言，可以属于第四种言语韵调。

我比较推重这种揭示感觉体验、积淀在精神意识深部的言语方式，关键是要求我们揭示意识的奥秘和精神的独特性来，不能只要西方人思想理念的一种翻译，而提供一种今天我们民族对当今世界思想的精神反应。除了精神所指不够丰盈外，从语言感觉上看，陈染和孙甘露都是这方面的代表。他们提供了我们过去没有过的语调方式。

第四种，幽默嘲讽式韵味的语调。这种言语方式应该是从老舍开始的。最重要的代表应该是张天翼。我们已列举了他许多例子。当代作家王蒙保持了那种嬉笑怒骂皆成文章的味道，但语言的外表太张扬反倒不如更早的作家张天翼的嘲讽。更年轻的应该说王朔、刘震云及至后来的王跃文、肖仁福的新官场小说，都是走的反讽这一条路子。我以为这种嘲讽式语调在今天不应该流于表面，而应渗透到形象与事件的荒唐性上去，使文本的内部充满张力。如果仅流于语言表面容易失之油滑。刘震云早期写的《单位》，人物低于语境的小说内在张力，就十分好。语言的表层平易口语，而内在却有一种冷漠辛辣的力量。

> 下班了，老何买回家一只烧鸡祝贺，小林也就跟着买回家一只庆贺。回家小林老婆却有些不高兴，问为什么买烧鸡，花那么多钱。小林兴冲冲将原因说了。老婆说，那也不该买烧鸡嘛：为入一个党，值得买那么贵的烧鸡嘛，买一根香肠也就够了。
>
> ……（跳过去很多章节）

　　但他不知道这地方对不对老婆的心思，所以带着好消息回家也提心吊胆，接受上一次的教训，为了庆贺，买了一根香肠。没想到回家老婆听到了这消息倒高兴起了说：牛街好，牛街好，我爱吃羊肉，再说只要脱离了这泼妇，让我上驴街也可以。又问为什么买香肠，不买只烧鸡？

　　小林说，上次买了只烧鸡，落了一顿埋怨。

　　老婆说，上次是入党，这次应该买烧鸡。

　　这里通过小林老婆的价值观估评——在她眼里，当然分房比入党重要多了。这是把一个重大的政治估评与一个世俗生活估评颠倒，而且是不动声色的辛辣，自然还有谁也没法挑剔一个家属在生活化中的嘲讽。在平实的表象下是一种特别的"恶毒"。

　　第五种，小说的诗意语调。从传统来看，何立伟、沈从文的语言都充满了诗意。但我们注意孙甘露的语言同样也充满了浓厚的诗意。他的《少年酒坛子》在分段分节、分行挑列时均有些诗化处理。在这个类型中，一类是传统诗意，以沈从文为代表。另一类是现代诗意，孙甘露是重要一个，但现代诗意要揭示现代精神状态与实质，因此我们要呼吁新的精神文本。传统和现代比较而言，前者典雅和谐，柔美清新：后者冷漠复杂，有意念性的幻象和一种内在矛盾的张力。

　　语调中似乎还有一个西方常谈的风格概念，传统写作风格极为重要，有风格即人格的说法。但二十世纪六十年代以后零度写作风行，更早有艾略特也反对风格写作，现代写作强调的是作者从文本中退出来。于是"风格"在今天似乎变成了一个陌生的词儿。其实无论什么方式写作，作者都会在文本上留下痕迹，例如新小说派，格里耶、布托尔、萨洛特、西蒙，他们属于同一小说派别，但是你把《弗兰德公路》《变》《天象馆》《窥视者》四部作品摆在一块儿，读过他们别的作品的人，一下就能判别谁是谁的作品，我称这为一种隐的风格。这种隐风格也许永远都会有的，只是它在作家和文本中没有过去传统中那么高的位置了，正在慢慢走向非个人化写作。

　　在语调中我们谈了语感、情绪、节奏、韵味，其实还有基调、声音、速度等问题可谈，我把声音、速度纳入叙述中去了，关于基调我在谈小说的音乐性时还会论及。在小说言语中我把语调作为了重点。一般的语言重心在文本和话语方式上。话语方式实际是一个观点概念或视点，显然它是属于叙述的表现层。文本是一个整体概念，它大于结构、语言、叙述、人物、故事。传统的文学理论把语言作为通论中的一部分，把它放在形式与内容之外，或者把语言作为形式中的一个点。我把言语作为小说的一个元素谈，目的是在于把言语的东西落实到小说的所有细节中去。而在这中间强化了语调，正在于它可以落实到语言最细小的单位去，包括字词的发音，词语组织的原则（这一点会在先锋写作中谈到，因为这是一个比较大的问题），言语便有了基本元素的含义。

第三点，是语调的作用。上面说我把语调作为重心，而且把语感也纳入其中，许多分类我也是从语调角度强调。我以为一部小说语言的调式是会渗透的，从读音开始，到字词，到句子，到语段，最后是整个文本。类似于一部交响乐那样，它的音调从头到尾都会是和谐统一的，是一个笼罩性的东西。中间稍有走调，整部交响曲就完了。因此，一部小说的语调便是一个笼罩性的东西，几乎从文本的标题开始到最后一句话，都应在统一的语调之中。因而语调对一个文本有制约作用，但又因其调式促成了整体上的统一。语调又能使整个文本饱满和谐。一篇小说的语调成功很大程度上也促成了小说的成功。这就是詹姆斯·费兰所认为的语言对小说的决定作用。我以为是极为关键的作用。

五、小说言语的语象

"语象"这个词在欧美文论中没有，只有形象（Imagery），是指一切文学作品中的艺术形象。形象学是文艺理论中一个最基本的问题，小说中说形象，主要指人物与事物的形象，是生活再现的典型形象，含有个性与激情，具有独立表达意义，既是作品的主要内容，同时又是一种表达手段。欧美在诗歌中讲形象是意象，俄国自别林斯基起讲形象，形成比较稳定的形象学概念，主要指人物，类及事象，因为西方是表音文字，所以还会有声音的形象。这个形象既指内容，也指形式。新批评派讲的是意象，提出用 icon 代替形象，因而称 icon 为语象。但这个词指的语言形象（Verbalicon）包括声音形象。而汉语特有的语象，与象形引起的视觉形象相关。它倾向于指汉语的外形特征。西方形象与意象在词象上变化不大。而在中国是把意象用在诗歌分析中，形象用于小说分析中。如果是形象学专题，则是研究象的学问，包括我们意识到的表象、意象、具象、幻象、泛象、形象、图象、音象、视象、联象等，这些都集中在创作发生学上，谈的是形象怎么产生，又如何表现。形象作为主体论，研究的是呈现方式。从声音、视觉与心理来界说，应该说在诗歌和小说中都已成为一个普泛的事实。但是各人所论的形象是一个含混的概念，新批评意象指的是比喻成为形象化的描写，是事物唤起的形象感。另外在诗与小说中有一种形象化描叙，指的是一种灵动的表现手段。从文学总体形象而言，一般应该指通过叙述或修辞手段表现出的一种读者可以感受到的形体，一种被记忆的特征。因而形象学是一个大课题。

我这儿说的是语象和文学形象有差别而又有联系的问题。西方语言是表音文字，是以声音激活形象，这与汉语有极大不同，汉字是象形文学，是与事物本身直接贴近的，在视觉中汉语有直接的形象感，特别是许多名词：日月舟山田等词是事物的直接显示，这表明汉语有语象。古往今来，中国的文学家都利用这个优势做文字游戏，此其一。

其二，文学理论中研究的是形象发生原理。我这儿注重的是读者接受原理，意思是如何组织语象，让读者获得形象的审美感受，这是在言语组织的技巧层面，使语象获得一种效果。例如汉字传统一直是竖排的，现在按西方习惯改横排，这二者是有语象变化的。再如表音文字的复数是在词本身变化的，中国文字中复数是一个数字，还产生了特有的量词。另外词汇重叠也不一样，分为语象重叠与语音重叠。我说的语象是要研究言语形式上的变化，及它产生的心理效果。

其三，语象要调动个人的幻想能力和通感能力。这在西方也一样，但我们要利用汉语的优势，充分发挥感觉器官的作用，使语象把听觉、视觉、触觉、嗅觉、味觉、温差、动感、色感、力感、质感所有综合的感觉都携带上。语象要充分发挥唤起的性能。汉语作为思维方式，它特别不适合表达流动性；西语则不同，它本身便有一种流动性。当汉字一个个在我们头脑飞的时候，它转换的多数是一个个固体的符号，连接的也是一个个具体物象，我们要使中文语象具有流动感就必须采用一些反常规的做法，例如说符号之间的空白，波浪线，语言节奏的拉长。要表达复杂思路时也要尽量利用语词形体上的差异、快节奏的转换等方法。我们总是千方百计地造象，用各种感觉使象有逼真感、稳定感，其实在今天的科学与知识系统，我们充分发挥幻象能力，使象混沌起来。象的清晰是秩序化，我们可以非线性化，可以变形，可以差异组合。总之，我们可以利用多种方法使象的结构与解构产生张力。

其四，传统讲意与言的统一，言为表达意的。语象也一样，讲的语象一是要达意，但象和意并非完全统一的，象的表意部分多数能说，也有不能说的，靠象在呈示过程中让接受者去感悟。象可以表达意，也可以表达一种幻觉，一种音象触动情绪，一点色彩的飘逸，总之感觉体验的意是无穷无尽的，特别是它微妙的差异。象并不一定能表达，所谓古人感受的得意而忘言，表明意有许多是不能说的。如果要使意达到表达的极致，就要在象上下功夫。例如象的组合可以是相同的叠合，反差的叠合，或者相邻的配置，还可以利用后设性语言对象释义注解。我认为还有一种语象，不要刻意追求意的表达，让象审美化，在一定语境内，象自身能传达多少便是多少，甚至产生歧义也是好的。在结构语言学里面便是能指的任意表达，极端者便叫能指游戏。我一直看重这种把语言作为审美的表达。

接下来我们看看我们对语象的感知。作为小说我们面对的不是音乐，不是图画，也不是实物，我们面对的是一行行符号，文学的符号。它会显示如下过程：

一、文学所引起的视觉感受。（符号印象）

二、这些文学所凸现的单个形象。（独体形象）

三、词与词、句子与句子组合的一个连续形象。（关联形象）

四、头脑中对该形象复现的画面。（自由形象）

五、与该形象相联系的人物事物的意指。（意象）

六、情感、意绪、心理对该形象接受的程度。（心象）

七、对形象的意识状态、价值、审美的评估。（价值形象）

八、最后是我们处理该形象，记忆储存或者说出来。（造象）

我们通过阅读完整地把一个语象说出，大致经过这八个阶段：符号印象、独体形象、关联形象、自由形象、意象、心象、价值形象、造象。我说的是一个完整的过程，对待文本的语象，接受者只是在接受最重要的形象时有这八个过程，而多数的形象只是通过视觉搜寻，在头三步中通过筛选，大多数语象已被舍弃，或者大脑高速组织成关联形象，如果不构成自由形象，或者意象，那么多数语象是流逝掉了的。注意：诗歌和小说不一样，诗歌语象不仅是视觉的，在文学符号形象时还带有不出声的默念，在关联形象时诗人还会复呈出节奏；而小说语象被动多了，它完全由符号带动视觉，没法做到默念的过程。这是因为小说是连续性语象，长度大大超过诗歌，因而小说语象不易记忆。

从语象接受来看，我们可以阶段化，基本上是从生理理论上看待，第一层面是视觉层面；第二层面是感官层面；第三层面是心理层面；第四层是思维层面。作为小说，一万字，三万字，十万字，百万字，那里有千千万万个语象，悲剧在于进入记忆层面的语象少之又少。因而作者一定要有意识地让语像按比例冲刺到一个特定的层面。特别是核心的形象必须进入第八个阶段，让读者通过你的语象二度创造出新形象，你的语象才能算成功了。

下面我们看看语象的组织与分类：

日常生活的语象是散乱的，瞎聊天，符号多几个少几个没关系。但是一个杰出的文本，语象很多，它是精心组织了的，有必不可少的核心，既有辅助性的，也有故意与核心语象不相连的。总之，目的都是为了达到自己的审美创造，达到读者最大可能的接受。于是选择什么样的语象便摆在第一位了。汉语语象经过几千年的锤炼已经很精粹了，首先得从中国的文化心理习惯来考虑，特别是小说历史上经过文言小说、话本和拟话本传承过来，中国小说绝对优势地保留了口语的形象，独体形象、动态形象占优势。中国漫长的伦理社会历史，人心趋于正面价值，亲和英雄，崇尚善良，并且容易从好坏美丑中二元对立做极端选择，在语词上也倾向于优美和谐的审美特征。语象选择大致有如下几种：

1. 自然风景作为首选，北方造山，南方造水，男人选树木，女人选花草。东方审美倾向于阴柔，很长时间以来，月下、竹林、小溪、小桥、泛舟、书画均为文人情怀的喜好。中国有漫长的农耕时期，人们保持着对自然的亲和，唐诗宋词大量的是这样的语象。如果一部大长篇小说没有许多自然风景的插入，读者在阅读过程中会很累，自然风景让人放松。

2. 文化原型的选择。生活文化中是吃穿住行。传统中国人很讲究居住，北方四合院，南方是有天井的房子，中国人的院子与胡同都是一种隔离封闭的，心理因素是稳定宁静，对栖息之地很讲与自然的融合，在有山有水的地方，旧时喜欢青砖、黑瓦，这才和绿色环境相配，有一种不张扬的和谐感。门面讲究装饰，用于门面包括窗、台级、廊柱的词汇很多。居室的语象比行走的语象多出很多，这反映人的心理求稳求静，不喜动。吃的语象比穿的语象多，中国饮食文化很发达。中国味是什么？是综合。所谓五味调和，一部《红楼梦》写尽了多少吃上的精致的味，味的语象一定要品，所以产生"品味"一词，并延续到许多审美的领域，演化出多少语象。

儒、释、道三教是中国人的精神支柱，到今天我们的心理结构依然不可能全盘西方化，由此而演化出人际关系、人生态度上产生了许许多多的语象。今天中国的官场依然沿用了这些文化的语象，其中有许多腐朽恶劣的语象。与此相应的还有文化娱乐，仅是近二十年来被西方娱乐文化冲击，又产生了新的语象，但人们骨里仍潜伏着传统中那种高雅的玩乐。

3. 个体无意识选择。为什么提无意识的直觉？在日常观察中，共同的语象不同的人感知它是千差万别的。这就涉及意识深部对某种语象有天然的敏感性。大的说，北方之于雪与冰，南方之于竹林与芭蕉，这是自然的暗示。中国传统是木材质的建筑，西方人传统是石材质的建筑，东西方各自喜欢的受一种地缘文化暗示：这比较好理解，但偏偏有相反的例证。某人天性喜欢和他文化环境相反的东西。东方人喜欢石材，西方人喜欢木材。因而我这里提出语象的直觉性。在三原色中红黄蓝，各有喜欢，但偏偏有人不喜欢纯色，喜欢过渡色，特别是一些视觉、嗅觉、听觉属于人本性直接感知的现象最能显示一个人的直觉敏感。我个人最喜欢湖蓝色，那种轻盈能让人化在里面。但多数人首选红色。我说的颜色选择不能受时尚暗示，例如流行色黑色，你说喜欢得发狂，这是附庸产生的。你只有从骨子里喜欢了才会发生许多创造性联想，也才能开掘其语象的丰富性。多数人喜欢早晨、日影、霞光。但我喜欢傍晚、黄昏，光影暧昧而又错综。从午后开始到傍晚，这种光线的变化能特别细致曲折地表达人的心理。我发现，光线由弱渐强的表现力，是升调，审美感知是惊奇的，但表现的变化少，我不怎么喜欢。但我迷恋那种光线由强转弱的层次，它是一种降调，趋向于孤独忧郁，最终有一些神秘玄妙在其中。因而我有时候喜欢表达黑暗中的事物，由此看来，语象也是个性化的选择。

4. 语象意义选择。即指有目的、有理念地选择为之所用的语象。任何语象都会有一种相对的核心意义，还有一种暗示意义，又有一种附属意义。那么如何选择该语象进入文本，去使用语象的意义呢？例如"西"，是指鸟居住的窝巢，发展为栖。而这种本义已被人遗忘，代之现代的核心是异类的先进文化，那么西方便有快乐，文明象征，但中国文化又对"西"的含义有了两层理解：一层是西去的艰难；二层是至死的地方。附属的含义有遥远没有终极的指向，情绪上有消极隐退，一种下落的孤独。当然最明确的是一天之中的变化，太阳向西。那么在一个语境中突然出一个标牌在十字路口，书写着"此处向西"。"西"这个语象是一个丰富的语义库，你选择哪一个意义层面去表达呢？这里既有语境的要求，也有个人的直觉敏感。这时需要你是语象的数学家、鉴赏家、一个感情无限丰富的艺术家，对语象进行敏感选择。

5. 语象的形式选择。这点也许书法家最有感受，对一个词语的形象选择，他会根据合适的环境，选择用繁体还是用简体合适。对一个语象我会考虑它笔法多寡而适当地换字，要出现相同语象，尽量选择同义不同象的词语，对一个具体语象我会考虑用一些切分与组合的方式使它成为新的语象。特别是在一句一段的炼字过程中，会对一个语象细心揣摩，选择感觉中最适合的，而不是意义中最准确的。我会特别注意一些语象并在原始意义上使用它，因为历史上人们选择作为首先使用，它是有道理的，最具表现力的。例如西，鸟窝；莫，日落；薄，接近；线索，绳子；阶级，台阶；生，因。同时人注重将语象的西方意义看作一种阐释。革命，一个圆周的循环；物，聚集。这是追求语象上一种重复的使用。但这次重复是一次语词的考古，一种古老的现代回归。

语象选择可能是多样而复杂的。同时又因个人经验所限，不可统一强求，只要把握大体规律即可。从日常状态看，我们使用的一种语象是客观的、口语的，这是居首位的，但一个有文体意识的小说家使用频率最高的应该是意象语言。在意象语言中，言与象相统一的就是象征。但也有一种意与象不统一的是反讽。即使在文本中使用客观语言，那仍是一种技术手段，叫纯客观法。在新兴的语言表述中还有一种后设性语言表达。对语象做粗略分类大致可分为象征言语，反讽言语，纯客观言语，后设性言语，语法言语。

第一类，意象式语象。我把象征隐喻都归于其中，依上文所述反讽也应该在内，由于其内含的反向性，还是独立出来比较好。意象（Image）指具象中看时有特殊的意味的东西。是主体与客体的统一，假定与真实的混合物。是个别与一般的综合，非确定与确定的平衡。能指上有具象性，音响性，符号性，稳定形象有共同特征，有传统的文化意味，变形时保持该核心特征，同时有一种标志性特征。能指上一般使用重叠、复沓手法。所指上语义一般是双重的、多义的、不稳定的。它与象征的区别是，象征语义是中心化的、具体的、可阐释的；象征体，人象与物象均是实体化的，是明确清晰的，可感可触的。而意象可以虚化一些、抽象一些，有形象感但不一定是实体，它可以借助隐喻而具体化。例如宁静，孤独，恐惧，热爱，欢乐。象征和意象均是符号性的，具体符号是它的物质存在，从这个角度看，所有的语言不是象征便是意象。这里要做一个深入的说明，象征（Symbole）从希腊语翻译过来，有分成两半后以作为持者的身份信物的意思，在汉语中它可以译成符号（抽象符号，化学代数的），也可以译成象征。现在通行的译成象征。而今天使用的符号（Sign）所指比较宽广，特别是符号学的兴起，它又成了一门专门学科。符号的物质形象和它的语义形象，一般是固定的；但由于语言是发展变化的，它又是非稳定的，经常可以移用，即语义的瞬间革命，这使得本来很好把握和理解的象征和意象，在一定的语境中用了修辞的关系时，又变得很复杂了。二者之间也有混杂而用的时候，但应注意的是象征代意象的时候多，意象代象征的时候比较少。于一个优秀的作家，意象是绝不可少的，象征也是常用的。要做到透彻理解我们先看象，一般指具象，可以言说。也有一种虚化的泛象我们不好具体化，但可以感知、体验，用意念去触碰它。如沈从文文体中的水、船，鲁迅的镇、庄、毡帽，均是具象，这种具象会反复出现在文本中。但另一种如沈从文的雨丝，鲁迅暗淡的光线，或者文本中一种特有的阴冷，比如郁达夫的孤寂的忧郁，这都是一些虚泛的意象。总之，象征比较明确而且在文本中有标志性符号。意象比较隐晦，也是反复出现的，但像雾一样，容易是一种色彩、味道，一种触感，声音融汇成一种浓浓的氛围气韵，同时又隐含着一种意蕴指向。

1. 白描式意象。用笔很简，形意相兼，往往是烘托出一种氛围而意象的核心标记，只是点染一下，看似随意而为，实则为精心布置的。我们看沈从文的几个例子。

初八的月亮圆了一半，很早就悬在天空……月光淡淡地洒满各处，如一首富于光色和谐雅丽的诗歌。

《月下小景》

女孩子一张小小尖尖的脸，似被月光漂洗过的大理石，又似乎是月光本身。

《月下小景》

临水一面则在城外河边留出余地设码头，湾泊小小篷船。

《边城》

河中涨了水，平常时节泊在河滩的烟船，妓船，离岸极近，全部系在吊脚楼的支柱上。

《丈夫》

岸是上了，上了岸也是无事可做，就坐在岸边石墩子上看一帮船。

《船上岸上》

这是沈从文作品中常有的月的意象，河岸意象，雨中意象。这个意象不仅仅是人与事的背景作用，而且直接表达乡村古朴淡雅的民俗，一种柔和优美的景色，结合文本正好又带有一点淡淡的人生感悟与忧愁。沈从文的意象手法被汪曾祺、何立伟直接师承，接下来又有苏童、格非、董立勃的传递。这其实是中国一个根基很深的语象表达。

2. 感觉式意象。这种意象均发自作者的直觉，不同的作者有不同的感觉体验，是一个特别个性化的呈现，这种感觉意象不是独体的，有现象的、听觉的、触摸的等各种感觉化的体验，且带有一定的情绪色彩。

前面一片的汪洋的大海，横在午后的太阳光里，在那里微笑。趋海而南有一发青山，隐隐地漂在透明的空气里。

……看着远岸的渔灯，同鬼火似的在那里招引他。细浪中间，映着了银色的月光，好像山鬼的眼波，在那里开闭的样子。不知什么道理，他忽然想跳入海里去死了。

郁达夫《沉沦》，第 26、32 页。

他向两边一看，那灯台的光，一霎变了红一霎变了绿的在那里尽了它的本职。那绿的光射到海面上的时候，海面就出现了一条淡青的路来。再向西天一看，他只见西方青苍苍的天底下，有一颗明星，有那里摇动。

郁达夫《沉沦》，第 33 页

前一段第一句就用了比拟的手法。接下来用了两个比喻。郁达夫的光与灯、海，包括微笑，都含有死亡意象的招引，是一种情绪化的体验。后一段完全是感觉化的改变，灯、星与海在错综的变化中，失去了它原有颜色，它还有幻象和隐

357

喻,这是一种极致的心理,化为比较强烈的意象。这两段语言里隐含了我的灵魂,我的故国。体验感受细腻而情绪化,对郁达夫而言,发自他在日本生活语境中的体验,有通感也有变形。在今天看来只是他感觉的语象还未极端化,是一种比较单纯浮浅的手法。今天的白描式、感觉式意象可能比过去要复杂多了。两类意象如何区别呢?这不仅是一个修辞手段的问题,白描也会借助一些不易觉察的修辞方式。主要还在其性质上的区别:白描意象采用的是 A 是 A 的模式。意象本身性质不改变,也不附加别的意义,着眼于意象的精神与神韵,具有精粹而诗性的味道。感觉意象采用的是 A 是非 A 的模式,是语言属性的变化,具有语义瞬间革命手段,是隐喻性的,写 A 的时候,仅是表象,目的却隐隐地滑向其他。这就是前面提到的象征与意象是互用的,但又有区别。这种互用尽量使它张力扩大。托多罗夫说,血是权势的象征能指(借代),但又是红色的象征所指(提喻)(《象征理论》,商务印书馆,第 310 页)。托多罗夫是借卡耶的理论说话的,这表明象征均可以从能指和所指两个方向扩开形成一个象征链。红色的链带就很多了,意象有热情、性、暴力、权力、欲望。看似某个主体没变,实际语义滚雪球地发展,延续成很长的象征链。尤其是那种个人象征,鲁迅常用。这种个人意象是集体无意识的,个人独创,它把 A 与非 A 之间距离拉得很大,有时极为隐晦神秘。瓦雷里的墓园意象是宁静,卡夫卡的城堡意象是恐惧,艾略特的荒原意象是死亡,还有大海是威严,月下是柔美,黑色是神秘。

3. 梦幻式意象。即在梦境、幻想、科幻、神话、无意识等等状态下的一种语言。这种语象的特点:其一,朦胧迷离,是非稳定的。其二,语象之间是非逻辑的。其三,主象与副象是相互解构的。其四,语象是断裂的流动的碎片的。梦幻式表明了语象不是那种清晰准确的逻辑分析,而是一种迷宫的奇异的,看不到目的的语言流动的状态。这种言语是靠整体显示的意义与力量。

你是怎么找到橙子林的……我看到梯子(白色)

往橙子林深处去了……我从傍晚时分开始,走向迷人的街道……我正面对一扇窄门……超过这把白色的木椅和血红的围巾……

孙甘露《访问梦境》

耳语城(梦中)……男女老幼摇摇晃晃行走如蚁……他们恒定的历史以轮廓般的简练扫过他们火焰般抑或茅草般的头发,轻易地洞穿他们的躯壳……他们凄恻的目光在黯然无语中凝视信使梦游般的浮想。

孙甘露《信使之函》

A 黑色，E 白色，I 红色，U 绿色，O 蓝色。

兰波《元音》

　　孙甘露的耳语城是梦想中的，那些人如游魂野鬼不可捉摸，橙子林、街道、白色梯子也都是梦中意象。诗人兰波把每个字母代表一种颜色，这种字母是西方由声音引起的，他强调的是元音，最基本的发音，由声音打通颜色是一种通感。施特劳斯在《看听读》一书中对此做了绝妙的分析。国内使用这种梦幻式意象言语的除了孙甘露，还有西飐、格非等许多年轻的小说家。我 2004 年在黑龙江漠河北极村发现一个叫孙喜君的作者，他就使用一种冷漠的梦幻式意象言语，他的《无相村》是其典范式的文本。他不仅采用了梦幻式意象语言，更重要的是深刻揭示了中国人无可逃脱的生存困境。那种冷漠与冰凉把所有人的灵魂撕碎。无处归宿实在是人类的一个大寓言。

　　4. 超灵式意象。在心理学上叫第六感，即我们日常说的灵魂，鬼怪意象。美国电影便有《人鬼情未了》。我国《聊斋志异》便写了许多灵狐的故事。从语象上说，他们写得太明确、太稳定，没有飘忽的感觉，还不算超灵言语。倒是古典作品中《游仙窟》和《南柯太守传》有一些超灵言语现象。问题在于我们有许多作品写了魂灵，有魂灵意象，但言语表达时是理性的、逻辑的，这二者刚好是矛盾的。国内我还没找到合适的例子。美国罗伯特·库弗有一篇《电影院的幽灵》有一种超灵式意象言语味道。

　　　　额上顶着一把斧子的人走进闪烁的灯光内。他那两只郁积鲜血的眼
　　睛对视着，好像试图看清到底是什么将他的头劈成两半的。他胸部插着
　　一支矛，腹股沟插着一把剑。他绊倒……为了追赶影子，他使带有流苏
　　和缘饰的重幕和所有伴随的行车飞扑，滑动，向泛光灯和脚光灯射击，
　　使银幕飞舞并使这平纹棉织物落下，弄响舞台前部装置的套钟……

《美国后现代短篇小说选》，青岛出版社，第 81、85 页

　　这个小说把电影里的幽灵与现实交混，电影形象和看电影中的形象你找不到哪个是真实的生活，让你进入一种真正的超灵感觉之中。

　　这样分类谈意象言语已是不得已而为之，通常在一部大作品中，象征、意象、隐喻、比拟几乎是不可以分的，它既分散在文本之中，但又整体地笼罩一个文本。例如一部小说写在冰雪皑皑的世界里，一部小说写在茫茫大海上，海与雪作为小说中的因素便很复杂，它可能是指景，但也是意象，也有象征隐喻，或者有可能是一个重要的主题形象，如海明威的《老人与海》。一个在文本中反复出现的形象，

一般说来作者是明确的，也有自身并不一定很明确的，因为他生在海边，林中，平原，山中，他已经习惯了，他在一种文化中被同化，对自身的特色不敏感已成为潜意识状态，或者家族因素，或地缘，或风俗，使某种东西成为与你生命骨肉不可分离的东西。如果追寻得更远，这便是一种原始意象。例如我在写作中想都不用想，环境里很容易出现水、鱼、水草等事物，这不仅因我个人生在水边，我的家庭祖祖辈辈都在湖边。洞庭湖湿地的一切信息和家族生命连在一起，它的符号都是标志性的存在。例如我们日常生活中说的菜刀，我们叫鱼刀。我们生活中没有"菜刀"一词。"水边"一词每天不知说多少次，而黄土高原的人，他怎么能像我们敏感"水边"一词的意象呢？因而许多原始意象代代相传，在你的血液里运送信息，便具有原型的意义了。每一个人都有自己迷恋的独特意象，它记录着你和你人生家族的密码。你若是去了绍兴，或者凤凰城，你便明白了鲁迅和沈从文小说中的意象秘密都刻录在地缘与人生的轮盘上。有时候你找到了你喜爱的意象，实际也就找到了你自己的秘密，也能校正你人生的航向。

第二类，反讽式语象。上文说过，反讽式语象实质也是一种意象式语象，不同的仅在于它把正面的语意转向负面，使之具有嘲讽、幽默的味道。比如一个地点，一种气象，一种植物、动物，一件饰物，在意象中是正面表达人们的感知及其亲和的。但在反讽那儿，表层看来是正面的，作者却别有用心地使之含有负面性质。

反讽（Irony）。在英语中"讽刺"与"反讽"为一个词。佯装的，言辞含蓄而不尽其意。日常我们说的"反话""挖苦"便是这个意思。对某事、某人的陈述或描写，包含着与人们日常感知的表面（字面）的意思正好相反的含义。反讽可以是一个局部技巧，意思是我们讽刺一下，传统文学中仅作为一个技术手段。注意，反讽今天已成为一种文体，即通篇的叙述方式都是反讽的，只要主人公是低于整个文本语境的，时时处于被动之中。我们的官场小说大多也是反讽的。这里我们把反讽语象和反讽的调式区别一下。前者一定得通过局部的语言方式表达出来，后者不一定看到某个言语上的反讽技术，而使它贯通于整个文本。传统的讽刺是有戏谑戏仿的味道，它要热闹，搞笑。现代反讽是冷默的，是哭笑不得的。通过反讽方式警醒人们，启发思索。

反讽式文本一定会有一个主人公，通常叫愚偶。其地位低于环境中的所有人，总是生存在矛盾的夹缝里，因此，生存是一幅困顿相。如我们可看到鲁迅笔下的阿Q，狂人，孔乙己，爱姑，都是这个类型的主人公，鲁迅在文体风格上把这种反讽演绎到了极致。鲁迅的反讽虽然尖锐深刻，但仍是一种热反讽，在文本中有一种明显的情绪，人物行为略有夸张。今天的反讽是冷反讽，在文本通篇几乎让你觉察不到反讽的技术痕迹，但又是一种高度的控制讽喻。反讽从本质上来说表现为一种人生观和叙事态度，有嬉笑怒骂的，也有含而不露的，更有一种冷漠隐深的。反讽是一种比较复杂的语象现象，尤其是基调控制不能偏差，试写下一系列和反讽有关的词语：讽刺、反话、幽默、嘲弄、讽喻、挖苦、滑稽、曲解、自嘲、戏仿、玩笑等等，这些问题既保持有相同的，也有微妙的差异，于是便呈现了反讽的不同风格。下面看看反讽的几种类型：

1. 滑稽式反讽。主人公佯装无知乐于接受教导，使对方的谈话言不及义，闹成一种笑话。这有些类似于情景喜剧、滑稽剧，揭露某种貌似正确东西的荒唐性，又称之为苏格拉底式的讽刺。德国作家奥托·纳尔毕的小说《一个小偷和失主的通信》大意说一个小偷偷了马克斯·布劳的汽车，小偷告诉失主车上的信函、文件给他留在歌德路 40 号，希望你能把汽车相关证件留下作为交换。布劳照办了并告诉汽车税交到什么时候了。一共五次通信，小偷四次问汽车耗油量、漏气、方向灯、发动机、刹车诸方面的问题，布劳均一一作答。第五封信小偷说，传动装置坏了，汽车修理费太高，我是诚实的小偷，我再补给您一笔赔偿费把车还给您。布劳回信谢谢小偷，没有汽车我经常走路，心血管好多了，不用花钱看病、修车了，经济也好转。您可上法院告我。我绝不接受被别人偷走的东西。这篇小说比较冷静，和苏格拉底式略有不同，不是滑稽的大笑。但布劳的态度很切合这一类型。这篇小说通过坏汽车的故事，很本质地揭示一个平实环境中相连的两个人的喜剧关系。

2. 戏剧性反讽。主人公是洋洋自得的，自我陶醉的，以为自己得到了快乐的胜利，但仅仅是一个假象，最倒霉的还是自己，有点喜剧色彩。另一种现象是自己为之努力奋斗，千辛万苦得到的结果居然是一钱不值，有点悲剧性。鲁迅的《阿Q正传》便是典型的例子，阿Q经常得意于自己的小快乐，以这种小快乐去抵抗人生中的各种侮辱。

3. 命运性反讽。主人公实际有许多自我成功的机会，时代、机遇、人际关系都有利，但最终因自己的个性，一些偶然的因素而失败，是一种命运的戏弄。这种现象在生活中也是普遍的，文本中例证也是极多的。哈姆雷特实际上便是一种性格悲剧。《水浒传》中林冲、潘金莲都是一种性格悲剧。

4. 嘲弄式反讽。在中国应叫买椟还珠。通俗说是捡了芝麻丢了西瓜。先给定一种艺术幻象，然后制造人物、事件去破坏原有的艺术幻象。手法上似乎是渎神策略，由于先后的距离、反差产生的效果，是否有些作法自毙，不能自圆其说。中国古时候有一个笑话，说一个人拿了一根竹竿进城门，横着不能进，试一试竖着进，也进不了，旁边一个人说，你真笨，这还不好办，拿着竹竿，撅断成两截拿进去了，你看我多聪明？

反讽语象是诙谐幽默，内指是一种智慧，过去说这种语言的味道叫谐趣。这种反讽似乎在古代笑话中多一些，今天的文风讲究的是冷幽默，不动声色的。我以为反讽不要追求表面的热闹，而应该讲究更深层的意蕴，要有智慧。

虽然反讽语象也是意象类型中的，但二者差别很大。意象的正面含义多从描写状态，从直接感悟层面获得，直观表现性强，即使在一个反讽语境中也仍然少不了意象的正面值，少不了意象作为表达的显示。但我们理性地去思考反讽，是一种语象中意义瞬间给出的，而且是租借的革命，那么反讽在该文本中仅仅是完成一种语义革命，因而它必须是智慧的，是一种理性的方式。如果一个人只是本性地好逗乐做做滑稽表演，那和本义上的反讽是有差异的，反讽的语义必须改变，颠倒语义。这两种语义是需要比较、反思、鉴别的，因而它又含有一种语义创造。它和意象的语义创造不太一样，它是建立在批判、重新认知之上，至少作者本人认为他找到了一种真理。

另外，我主张反讽表层的语态应该藏起来，做到真正的含而不露。沈从文的文风是一种优美抒情的文风，他有没有反讽呢？有，是一种深藏在语言背后，人物与事件、环境与故事的组织过程中含有的反讽意蕴。《丈夫》中老婆为妓，小人物的无奈，老七和丈夫面对水保，这三人之中就是一种反讽关系，水保睡了老七请丈夫喝酒。老七在水保和丈夫之间要保持一种平衡，隐深的讽喻，以一种人生的农民式智慧对待这种尴尬，互相都是伪装的，愚弄自己。可以这么说，一个有思想有智慧的作家在他的文风里一定藏有反讽，只是有隐和显、深和浅、冷和热的差别而已。

第三类，纯客观语象。这一点已经在语调中谈了，但这里要区别的是，作为语调，重在情绪的控制，如何使语言高度抽象，让人们看到一种压抑后的反弹，使这种被抽空和挤压、浓缩的语言，本身成为一种变调。在语象中谈它有两点：第一点，言语被水洗得干净发白以后，它在文本中的组织便有机械、木偶似的味道。A 拿起杯子，站着默不作声，与 X 甚至互相不看一眼，他们两人漫不经心地混在人群里，好像不在一起。A 喝了一点，X 没有喝，他甚至把杯子放到柜台上……A 望着空处，朝着柜台或天花板。这一段话是随意从《去年在马里安巴》中摘取的，A 和 X 两人和木偶人没什么差别，文本中全是这种状态，作者要的就是这种语象笨拙机械的效果。第二点，言语既然已抽空到了白骨厉厉的样子，在毫无情感中拼装组接，给人一种装饰性的怪异。表面看来主观没有了，而在文字的背后实际强烈地含有一种人工技术的意图。简单说，情感是在文字背后发挥作用。因而我们不能望文生义地说，纯客观没有情感，高度抽象，没有倾向，消解意义，高度符号的语言是一种死人语言。这种语象提供的是另一种审美格调。从理论意义上讲，这是一种真正的行为模仿，取消动机，把人与人的结构关系拆解，使任何人都处于平行位置，也不设制中心位置，严格地不进入人的内心，不泄露一点人物内在的秘密，这样，我们千百年来对人物的逻辑关系的理解也就被拆解了。

第四类，语法式语象。语法式语象是中国古典语言中特殊存在的，一方面，一词兼多种功能，例如"衣"是名词，但古代多做动词，这种习惯今天还在使用中。另一方面，每类词有它固定的语法功能，如名词做主语，施动者，做宾语受动者。一个句子中有不同性能的词在中间充当形象作用，因而，语象是充分考虑它们的特点而构成言语的特殊的效果。在湘北土语中有，你木在那里呢，还牛着，香了一屋子，其中的木、牛、香均是名词做动词用，如同古汉语中"枕"字只做动词，两和衣这两个词古代绝大多数只做动词用。这在口语中常见，如打发一堆日子，你倒文化了，悠一嗓子。堆、文化、悠都是词性活用。沈从文在《凤子》中，秋天的节候华丽了这一片大泽，一道河流肥沃了平衍的两岸。华丽、肥沃也均属词性活用。一个词语功能上的活用是汉语的特征，有一种特别活化出这个语象的另一个不同的面貌。

更重要的是词语在句子成分中的功能性，例如说主语作为施动者，宾语作为受动者。它都由名词充当。名词的稳定性。动词作谓语它的连带力量有多大，怎样保持它流动的形象。形容词表示状态，这状态是修饰还是补充。每一个词都有功能形象，它作为成分时又是一种性质的表达，例如一个动词做谓语，能带动几个宾语，通过测试能知道它的驱动力。介词看似无关紧要，但用得好它有关节之妙。如同韧带，能使句子行云流水，曲尽其妙。一般文势舒缓的文本要特别注意词性，注意虚词的连带作用。换成气势雄深的作品便要注意实词的处置，特别是动词的力量。鲁迅在写"皱"一词，几换其语象但活化其精神，如写方玄绰，凡有脸上可以打皱的地方都打起皱来（《端午节》）。打皱的脸也笑起来，使她蹙缩得像一个核桃（《祝福》）。郭老娃，脸上已经皱得如同风干的香橙（《长明灯》）。一个"皱"是词性很活的，可以使用不同词性，动词、名词、形容词。皱得眉头，打了一堆皱子，皱皱地眯上眼。也可以换意义相同而语象不同的具象，如核桃与香橙，还有橘皮。在词性与句子成分中还有一个特别要注意的悖论：重复与绝不重复。我们曾选了沈从文恰到好处的几例重复，白先勇《游园惊梦》中钱夫人哑嗓子那一段必须重复，它重复的是状语和谓语，谓语重复是常见的，没人敢把状语重复那么多。因而重复自有妙用。但是，有时一句一段甚至一篇中绝不能重复，而且它仅仅能出场一次，避开相同语象的目的，是让文本产生错杂之美。词组不要重复使用，甚至相同结构的句子也不要重复使用，在一个文本之中尽可能多提供新的语象，新的句子形式，新的组词关系，甚至不惜采取特别手段去反常规。经典的例子我们看鲁迅的，院子里有两棵树，一棵是枣树，另一棵也是枣树。这是重复。（杨二嫂）张着两腿，正像一个画图仪器里细脚伶仃的圆规。这个细脚伶仃的圆规在鲁迅的小说里没再出现过。有些语象被人们常用，我们要改造它，把头伸得鸭子似的。谁都会说，鲁迅却另有妙用，改成了生成转换语法：颈项都伸得很长，仿佛许多鸭，被无形的手捏住了的，向中提着。这种延长手法便有了特别好的效果。

第五类，后设性语象。这是从汉语习惯来说后设的含义，其实西方语言不是这样，它们原本按时序而言就是后设性语言，而汉语从来就是非后设性语言。先从非后设性谈起，中国文字要求在一句话内说清楚，否则就是拖泥带水。举例说，我看见她在风中慢慢地倒下了。这句话极为常见，它指称的意义也是一次性确定完成了，不必前加后添的，也不会因为后面出现新语词而改变含义。这是非后设性的，日常中生活要求我们一次性说清。但文学言语要使之改变成为后设性的，她倒下了，在风中慢慢地，我看见。这个句子便变成后设性的了。因为她倒下了。句子的核心意思已经完成，但并不完整，便添补了一些成分状语。在风中慢慢地。这个状语便是后设的。不仅如此，我把主语也后设了。我看见。这样，等到句子完善以后，句子的中心意思却因为后设意思全都改变了。英语中多是这种后设状语，所以我说在汉语习惯中没有后设，在表音文字中使用后设，多从句是他们的语言习惯。后设性语言的特点：一是语象的连绵感，意义氛围是句群全部出现后而获得感受。二是前语言出来后，继续增设的句子必须是前句中没有的，它创造新意，产生使人意想不到的效果。通俗地讲是让句子翻出新意来。三是从我们创作而言，整个文本都应该具有后设性的创造。为什么呢？因为当下，我们前面已有了无数写作，明显的例子是鲁迅的鸭脖子描写句。鲁迅在《药》中便是后设性写作。这种后设性句子，已有古例，如《红楼梦》中，只听一路靴子响，进来了一个十七八岁的少年，面目清秀，身材俊俏，轻裘宝带，美服华冠。这是刘姥姥初进荣国府看到的。按传统写法这个少年应该在长句的末尾。而少年之后用了四个分句描写。这四个小分句便是对少年的后设性描写。不足的仅是这个后设句不怎么高明，是一种套话式描写。后设性语象是一种句子技术，也是一种思维艺术。文学性言语，一方面是联通句子之间的关系，即让句群获得意义。另一方面是句群构成的语境形成独特风格。单纯的词、句仅是词典和语言库里的东西，后设性言语使其在文本中形成一种特定的氛围而获得特有意义，同时要注意到前一句中心项，与后句的联系应该成为一种表现关系然后扩大到段落章节，这样便成为一个表现链。

言语的形象不一而足，任何列举都会是不完全列举。我们还可以列出象征语象、荒诞语象、意识流语象（有专章论述）、文言语象（归于后现代写作）、符号语象等等，上文已就语象的组织化及分类大体讲了五类，语象构成的方法我们也说四种，从根本上说，语象和语调也是不可分的，分开讲仅在于透析它们各自的特点，还有一点在讲语象和词调既是对象的形式，同时从每一个言语现象的产生中，组织过程中，我们也看到了方法的阐释。其实原本也没有什么绝对独立于语言之外的言语方法，方法即它自身的构成。需要补充的大略还有三点：一是原初化；二是极态化；三是陌生化。关于原初化，我以为找到语言的源头，最早的言语一定是有表现力的。其一，使用词语的本义，曾在最早的语言环境中使用过的言语。其二，尽量用来自民间、个人生命历程中记忆的言语。关于极态化。这种语象手法的产生，主要因为每一种语言都已经运用了千百年了，被充分地意识形态化。平常的语言表现不够，必须采用超量、极端增殖的方法来使用言语，有点类于轰毁的手段，言语信息爆炸一般涌动、叠加，使密度超常。西方西蒙的言语方式便是超常的、极端的，如《弗兰德公路》就是如此，国内莫言的部分作品也是让感觉极端化，如《欢乐》。关于陌生化，这是俄国形式主义创造的一种手法。由什克洛夫斯基在《作为手法的艺术》中提出，艺术的程序是事物的反常化程序。反常化，叶氏原意是新奇、意外，因少写了一个词母 H，误传后使叶氏解释产生了一个新词，英译中是间离、疏离，中译习惯使用陌生化。人们的日常是机械的，对事物麻木地失去了感觉，像机械一样已经自动化了。那得重新唤起对世界的新奇感。例如人走路散步是自动化的，而跳舞则是对步行的反常化。简单说，陌生化是寻找截然不同的语言，人们有新鲜感的东西，具体说，用个人地方言语，使用该词人们不常见的含义，改造外来语言，并设置反差很大的词语，不按习惯和规范组织言语，有意破坏一些审美常规。当然，陌生化手法不限于我说的六种方法，得视具体语言环境和语言自身的特点而定，通俗地说，必须对我们的常规语言进行改造，从而产生一种新的审美效果。我补充的三点是就三个方面说，就其本质而言实际就补充了一种，那就是陌生化原则。陌生化作为艺术语言的创造其实是一个原则，它的手法是多样的。有时候它也是当下的写作语言的一个鉴别标准，因为今天的语言平庸，日常化，意识形态，毫无特色。这是值得我们汉语民族整体反思的事情。

六、小说语言创造的可能性

小说语言创造的可能性，实际要回答你承认的前题。你以为小说语言是一种工具，那么这个表达工具，只是一个中介，你的目的在于表达对象。工具在你使用过便完了。这就不需要它具有创造性，只要能作为服务工具就行了。假定你认为语言是独立的审美对象，它也是一个自足的生成系统，那它就有其创造的可能性，而且是无限的可能性。这样小说语言就作为一种主体现象呈现在我们面前。

世界范围内不存在哪种语言更优秀，不存在独一无二的小说语言，只能是各有其特点。一种语言是一个民族思维的反映，这个语言有这个优势，那个语言有那个优势，一种语言的缺陷正好是那个民族思维的缺陷。因此我们在语言创造时要充分明确，来纠正我们思维上的缺陷。法语准确，德语逻辑，某种语言的优势又带来了它另一方面的缺陷。汉语的形象感强，它没有表音文字的曲折变化，没有那种节奏上的行云流水。但汉语的块面形象、独立形象强，一字一词能形成画面，因此汉语是一种视觉艺术，而西方语是一种听觉艺术。那么我们的小说语言创造便要想办法打破块面感，使汉语的流动感加强，也可以极态化地强化块面，突出视觉效果。汉语显示的意义是从组合中来，因此互补、对称是我们思维中根深蒂固的理念。我们极为看重的是为一个词语找一个好邻居。由此我猜想西方文字的碎片化实际在潜意识中打破了他们语言自身的连绵感，使语言加强停顿、独立、间距，这样反而比连绵不绝的节奏感要强。如果汉语要加强曲折、绵延、流动感，便要在虚词上下功夫了。可见不同的语言有自己不同的创造重心和突破方向，这或许要从比较语言学中才能看得更清晰。

象征、隐喻、意象的言语在汉语的理解与应用中具有极大的优势，象形文字自古以来提供了这种优势，因而我们的古典语言天生有这些东西，只是到了近代的白话文以后，一是意识形态化，二是大量没道理的简化，三是急功近利的日常语汇，四是大量挪用外国语汇，使汉语自身的这种象征、隐喻、意象功能削弱。当今泛滥的平面写作，使那些稀松平庸、没有质感的语言成为潮流，汉语的形象功能岌岌可危，汉语本身的简化也是功利的，为了实用，而不为审美。人们索性在近五十年来，便将语言大大地急功近利地使用，因此人们很难细心注意语言中形象的艺术了。于是创造更美好的汉语形象几乎就成了我们小说写作的一个语言上的任务。

汉语使用颇风行，那么多人遍及全世界，是一种高频文字。但实际上汉语是在萎缩，为什么这么说呢？日常使用汉字才多少，常用字有三千个左右，严重的公文主义，一种很小的生活空间，在大学生以下的人群里一辈子够用了。我们的高层，或渐渐出现的中产阶级，他们并不产生语言。一个民族若到了连做学问的人在内都用不到一万字，古文字就是死文字，不是文字应该死，而是我们的汉语在慢慢地死去。更有甚者翻译词汇急剧增加，说白了那是一种皮钦语，它不能达及汉语本原的艺术状态。这是从使用意义上说的汉语的耗损，另外从创造角度上，我们语言的贷偿能力弱化，创造性的区域没有扩大，一个人文科学领域里的创新，能产生一大批新的语言。例如弗洛伊德的精神分析给西方一下增加了多少语汇？再如结构主义，它几乎是新词、新概念堆起来的，又增加了多少语汇？我们是泱泱大国，竟没有在几个领域中，我说的是人文科学领域中的世界领先项目。如何来扩大词汇量，如何来使句子的表意复杂化？一种语言的复杂化，一是要发明新学科；二是哲学上要有长足的进步；三是要深入到精神领域里去，要产生杰出庞大的小说，从这点来说，《尤利西斯》便是对西方语言的伟大贡献。托多罗夫在研究弗洛伊德的修辞学时指出弗氏用语的手段：风趣、凝聚、复因决定、影射、间接表象、统一、移置、谐音游戏、多用、双关、节省、无意义、象征、隐喻、曲解等几十种语言创制方式。事实也证明，弗洛伊德上个世纪给人们带来无数词汇，在丰富发展语言上他的贡献是世界性的，即使纳博科夫说他是一个骗子，这又有什么关系？

在中国因为实用主义盛行，而审美理想弱化，每每对于有文字追求的文学艺术家采取轻视态度，简单地批判为"文字游戏""繁文缛节"，损害了语言的纯洁性。什么叫语言的纯洁性？难道仅使用三个字就是纯洁了？一种语言的壮大正在于它有容乃大，大肚能容，有极为丰富的语汇，有极为复杂的语言表达。语言的游戏性功能很大，中国如汉赋，西方如西蒙、索莱尔斯，他们的文字游戏是激活了许多人通常情况下少用乃至不用的语言。一种语言只有在经常使用中才不会僵化或者死亡，而那种永远重复的意识形态的语言又绝不可能创造新的语象。

最近我在读唐以后的文言小说和宋元活本、拟话本，特别注意它们的用语。就连很差的拟话本中也会跟你透露很好的语言信息。语言记载了许多风俗民情的东西。很多华丽浮艳的传奇，文采极美，你深入进去会发现古人的装饰风格远比今天复杂多了。仅就衣服装饰而言，有关古代语言种类的就比今天多，这个多是称谓上的多，今天"裙子"一个词便结束了一类语言表达，而古人就头上的变化都会有几十个词。你说是今天的裙子多还是古人的发型多？肯定是今天的裙子多，但今天的裙子词汇少得只有概念，而古人的发型，头发上用的饰物词恐怕有好几十个。这还是仅就词汇形象说，表意的复杂在中国长久以来是一个缺陷，从外部说，传统文学留下的产业似乎要多一些，但精神的细微表达就没有了，因而我们无法找到古人细微的精神世界。同样的问题，我们今天人口不知翻出了多少倍，应该说精神世界无比宽广和无比细微，但我们今天却无法去洞察这些精细而变化的精神世界。假定有一个由几个人组成的团体，称名当代精神心理实验小说，甚至不惜去录音访问一些今天的城市病患者，不是一般过程地去访录，而是创造性地，不惜用耶鲁学派词语考古的方法，去写精神幽微的变化。那坏了，一准会被视为几个精神病人。而对于他们的心理精细勾微会说，这老套了，还写这么冗长的心理报告，我断言它也进入不了出版物。在中国新品种开拓和发展几乎无法以几个人的力量去完成，那么，我们如何壮大发展汉语言呢？

所以我只能说，做个人应尽的事。我提出几点小说语言创造的意见。1. 发挥汉语象形文字的优势，在象征、隐喻、意象、讽喻上大下功夫。注重在一些小领域里创造新语象。2.古汉语极为丰富，我们要去救活一部分语象，特别是基本意义上的。学学古人的文字游戏，融入今天的社会内容。3.注重吸取西方语言上的一些精神词汇，尽量以汉语的物质词代替西方的物质词，找到一些新的使汉语流动感增强的方法。4.语言有大小两个维度，在宏大上我们只能创新学科。作为个人在小的上面下功夫，在语言上用微观物理学方法，记录当下一些不被人注意的生活细部，重点放在精神领域里的开掘。细微、反差、异化、矛盾、曲折、重叠、呓语、反语、曲解，一切精神领域里的变化，例如我们能做好一个正统的革命者的精神分析，一个暴发者的精神分析，那也是很有功劳的。要切实找到无意识深部的东西，也许我们在精神流动的表达实验中，更会找到汉语语象滞重、方块、稳定的破解方法，一下子使汉语有了流动感。5.我们创造的是现代汉语，因此今天的现代又是百年以后的古代，我们的语象要有前瞻性，要融合今天的多种人文学科，但这融合是手段，例如科学的、生物学的、哲学的、音乐绘画的，各种学科可能为语言所用的，通过这些方法和手段创造出新的汉语言语学。索绪尔从语言学产生了符号学与结构主义，那为什么我们不能通过许多学科的研究而发现一条汉语发展壮大之路？乔姆斯基或许给我们提出了一点启示，但远远不够，现象学也是一个办法，但都不太切合汉语实际，大概还需要一个发明家，从别的学科启动汉语言语学。6.在世界语言与中国古代语言史上我们做一个大规模的发掘整理，找到汉语激活的一些新的机能、规律、方法。这种可能是存在的，唐宋以前都使用文言，突然到了明代兴起了白话，这样的白话杂有少量文言。但明代白话仍然是很审美的，不像今天的白话那么苍白。谁能找到一个新汉语的转机，谁就是未来历史上的伟人。

第十讲 经验与虚构

　　经验的出发点是事实。虚构则是一种假定性手法，而且是很危险的无中生有。经验和虚构天然存在一种矛盾，一种对立。为什么把两个问题合在一起讨论？如果从文学创作出发这两个问题又是不可分的，事实提供的是现实生活的依据，而虚构则是提供现实生活中或缺的一种理想状态。生活实在太残酷严峻，需要提供一种理想的东西，虚构完成这种抽象的提升。但这种抽象不能没有事实的依据，经验是我们理解一切观念与信仰的出发点。我们找到的这样一个连接点几乎是不用质疑的。这个启发从诗人史蒂文斯那儿来，他相信信仰是在虚构之中，而且世界本身就是一种虚构。当然他指的是一种关于世界的观念。虚构与现实发生吻合，或者说找到一个起点，它一定是经验的。把一种事实变成想象中的东西，从现实存在中发现多出来的思想和信仰，可能在某个特定的时刻终于将事实的世界与虚构的世界合二为一。我们知道某种终极想象它并不存在，但它是我们的精神需求，它可以帮我们理解现存世界。是它帮助我们在这个现实世界里顽强地生存，并构成了我们对现实世界一种新的理解。从这一维度出发，经验与虚构恐怕永远也不可能分离了。这大概也算是一种唯物主义吧！

一、什么是经验

　　经验（Experience）是指通过感官系统直接觉知事物所产生的认知。对"经验"一词的理解很复杂。蒙田认为：经验是未形成的，没有付诸生产的形式。詹姆斯认为：首先是一个公准；其次是一个事实的陈述；最后是一个概括的总结。杜威的经验，是对世界参与的有意义的共享回应，而且是有目共睹的必要回应。经验是以与动态一致的方式生长，是一个完满的形式。在蒙田那儿经验永远处于形式的构造之中，经验是在经验的过程中间。詹姆斯指的是一个认知结构，经验从发生到完成最后给某一个经验命名。这是经验的一种结果。杜威强调的是一个经验的完满生成，它是审美的。

首先，经验的根基是事实，但事实不是经验。日常生活中我们容易理解，把事实当作经验来对待。事实仅是一种客观状态，是一种对发生的陈述。但一个事实没有预期，没有方向，它的功能和作用是什么？人通过什么渠道获得的？如果这个事实不是人所理解的事实就会毫无意义，那这个事实就不能转换为经验。有事实的经验既适用于自己也适用于他人。太阳从东方出来是一个事实，我们早起看到日出红霞满天便把伞放在家里，这是一个经验。一棵大树绿叶满枝，中午的阳光中像一个巨大的金蘑菇，这个事实有一些向经验靠拢，如果人立于树下观赏或者纳凉就变成了一个具体的经验。可见经验建立在对事物的反应上。它构成了一个动态行为，是感受性地使一个局部成为整体的直觉并做出回应反馈。

其次，经验是一个认知结构。针对事实、事物、事件的感觉首先是对它的认知，然后命名，可以进入被言语所陈述。最后经验要融入共同感之中，这时经验便具有了意义。经验不仅仅是各经验关系的互动反应，同时还是一经验模型的总结。经验各关系项中既有其连接性又有分离性。一个经验便是一个完整的记忆图景，例如我们对历史经验，第二次世界大战、抗日战争、"文化大革命"等重大事件构成的历史经验。所谓总结历史的经验成为文史的一部分。注意，史书不是历史，仅是历史的文献，并不是历史的经验，所谓历史的经验是针对每一个阅读者获得的认知，这种总体的历史经验，有集体经验和个体经验之分。对于小说而言，我们强调的是个人经验而不是集体经验，但是个人经验要提升到集体经验中来认识与评估。

再次，小说的经验来自个人与社会，来自生活与理念。我之所以确定它为小说经验，就必须使经验成为一个完满的审美经验。为什么提审美经验呢？"经验"一词严格说它来自哲学的讨论，又成为历史的一个重要面。普遍经验肯定存在于我们生活的日常之中，它是一种实用的生活方式，对于人民大众这种日常经验被常规化，成为人群的共识，这时经验意义和作用实际没有多少讨论的意义了。这形成了一种奇怪的悖论，没有日常经验绝对不行，它是一种生活方式，可有了它也仅仅是一种事件之流，没什么意义。因而文学文本所提取的经验不仅是一种状态、一种审美，它一定还具有某种特殊的意义，甚至是启示的经验。注意，经验在诗歌、散文、小说的不同文体中表现形式差别很大，其审美形式与趣味也各有其差别。散文是真实经验的复制，诗歌因为篇章的局限，它对经验要高度凝练抽象，所以诗歌只能是一种结构性经验。小说摄取的是生活的广阔画面，它要求的是整体性经验。一定意义上说，经验便是个人的社会生活经历，强调经历被经验所改造。

最后，经验的残缺与整体。我们的历史与日常的生活其经验大量地流逝了，或者说它仅是日常状态的一些感受形式，未经梳理成理想意识。这时候经验呈现为：一为碎片零散的形式；二为局部未经整合的经验；三为经验的分离性，即非连续状态；四为经验总是处于修正状态。这里可以说明的是，我们大多数人日常所获得的经验并不是完满形态的，更多记录的是经验在一种零散状态的感觉。这是为什么？这与经验的实用有关。例如农人种地，他对四季庄稼生产状态会很认真地观察，细心总结，有一套成熟的生产知识的经验。他有经验，他会总结。养鸡的人会知道什么蛋可以孵小鸡，什么蛋不能孵小鸡。放牛娃知道他的牛是否吃饱了，何时饮水。这些都建立在经验状态，可并不是每个人都知道的，因而经验在每个人实用的基础上掌握它。或者说每个人都知道部分经验，并未全部掌握。

经验针对需要经验的人。

小说家需要经验的零散状态，但他更需要经验的整体状态。也就是说他需要一个经验原初的整体性。经验总是作为那个样子被经验的，即事物或对象反映了参与动态模式，是视角也是解释。事物被经验的那样，一个具体的样态，我们给予恰当的解释，使个人和他者获得一个经验的完整状态。经验均是被直接感知的，反映在情境中的某个阶段而随着情境发展。这种直接和事物相联系的经验，是指没有被媒介所分离的东西，直接既是一种感受方式，又是一种与时间过程中内在有机整体性（当下时刻是指向动态的整体过程被组织的统一体），而不是某心灵与观念的静态关系。也就是说，经验总是在经验的过程中，而且是处于不断能动的反应和修正之中，这样才能获取一个正确的经验形态，这要求经验到的东西与被经验的方式之间的统一性，前一经验是感受性的，一个经验既要被我们的五官所感受（经验是身体性的），又要我们能把经验给予解释说明（他人也能明白这个经验），这样的经验状态就达到高度自足了。

上面回答了"经验"这个概念。我们接着谈谈我们的生活需要经验吗？我们的小说需要经验吗？当代生活中经验已经陷入了一个困境，自本雅明开始便给出了一个新答案，当代社会由于商品拜物和消费文化的左右，城市膨胀，乡村萎缩，城市里充满了游荡者，生活经验已经被商业和习惯淹没，成大众模式化的东西（或称类化，同质化），那种以乡村地域文化生活为主的经验感知淡出和消失，都市人群因大众漠视文化，所有人均追逐时尚肤浅的感觉，或者追求某种身体刺激，所有经验感受均是技术复制、重叠的，那种有个性的鲜活的经验不复存在，深度经验不复存在，因此本雅明宣布当今时代经验贫乏。

吉奥乔·阿甘本则更彻底。他考察幼年与历史，接过本雅明的研究。本雅明论经验的贫乏基于两个前提：一是历代以来的巨大灾难导致人类心灵创伤，口传经验在战争、商品经济、权力的挤压下丧失殆尽。二是城市中涌动的人流，高度集中的人群过着共同的变形生活，一种不需要经验的生活，同质化毁灭了生活的经验状态，你只要随大流就可以了。经验毁灭于什么呢？经验毁灭于不能再生，毁灭于过度重复，毁灭于体验的极端刺激和破坏。那么我们看看现代性给我们带来了什么。

其一，高度工业化技术促进了现代生活变化，工业技术带来的是经验的类化。以现代纺织为例，传统的纺织刺绣可以停顿可以调整，工作可以是审美状态。而今天大型机械的纺织女工只要看线头的断裂，熟练便行，纺织成为没有经验的生活。工业化改变了事件，汽车可以代步，电话可以代耳，速度体验改变空间，视听方式改变了，全部变成了快速填充式的感受。而传统中事件与速度是一种缓慢的延时性欣赏，外部经验可以内化为一种细腻的感受。

其二，技术向电子媒介过渡，图像与声音均可复制，在复制中丧失对原物的一次性体验，机械复制可把感受无数次重复，人们对鲜活经验的感受在一次次重叠中便麻木了，原初经验的丧失，复制的视听给身体带来的快感在大量复制滥用中钝化了。吸毒，飙车，街舞，蹦迪，奇装异服，性自由放纵，彻底毁灭了人们原本敏感灵活的感觉系统，这造成了视听技术进步，但人们的感受系统却迟钝麻木了。这种高度刺激与复制使得日常生活中再也没有什么鲜活的原始东西可以转化为新的经验。生活的同质化表明了经验的同质化。如果说始初的工业技术信息还带来了人们的新经验、新感受，今天电子信息技术中一切都是重复，我们再也找不到可以转化为陌生经验的事实，生活质量低下到缺失任何意义，构成无可忍受的压抑。

其三，当今之世的工业技术还在大量地复制新的东西，新技术可能带来更大的快感与审美。难道它们没有新经验了吗？我们可以深度认识，一方面，机械复制的是奇异的变形，损坏我们感觉器官的是刺激性经验，它并非有利于人们的身体与感觉的健康。另一方面，这些新经验是批量复制的，从本性上说与我无关，今日经验在个体之外发生，那些经验对个体来讲仍是无意义的。过去我们的经验建立在对真实的感受性上，个体经验是实在的，体验对人身与心均是有益的，当下的经验建立于非真实的仿像之上。

其四，今天依然还有旅行，博物馆，外出和日常生活某一瞬间的生活奇迹。但它不可能构成原始材料的经验，破坏了审美期待视野，同样的旅行，博物馆，奇遇形式却是广告，复制，虚构后某种时尚或权威的发布会，在一个可以修复处女膜和代孕妈妈的今天，所有经验你只能相信它是一种权威制作，而非传统的经验作为知识的结晶。所以当代的经验既是无法外在地寻找本源真实又无法内在确证灵魂的需要。那种权威与虚拟任何人都无法重新建立再经历一次的真实过程，我们可以无数次看《阿凡达》，没有任何人能经历一次阿凡达的境遇。这倒真应了那句话：经验处于未形成状态之中。所以阿甘本慎重宣布：经验的毁灭。

二、经验与反经验写作

我们先说经验写作。传统写作均是经验写作，时至今日何谓传统？古典主义，现实主义是传统。全球化的今天，现代主义也是一种传统。后现代主义写作有一个时间与空间上的定位。在世界范围之内我把 1960 年作为传统写作的界限。为什么？《赤裸的午餐》始于 1959 年，此后便有了后现代写作。后现代写作是反经验的写作，这个界限在美国尤见分明，中国文学是个例外。

1960 年以前的历史，由古典主义、浪漫主义、自然主义、现实主义、唯美主义，还包括精神分析文本，二十世纪初的先锋写作等，我统称为经验写作。

我们来讨论传统的经验写作，其实还有一个问题，即我们从何种意义上看待经验，理解经验。在浩如烟海的文学作品中保持经验概念的统一性与准确性，才能具体地判断一个文本有经验还是没有经验。这样我们必须有一个准确的经验概念，要有一个经验的结构，才能区别一个完整经验与经验片段，才能确证什么是经验什么不是经验。

太阳在地平线初升的时候是红红圆圆的，升高了便变成金灿灿的黄色，及至中午便变得我们目光不可仰视，身体也被晒得发烫，浑身大汗淋漓，于是我们会寻找大树下的阴凉，用手挡住眼睛望望万里无云的天空。

这就是我们获得夏日太阳的经验。这是一个什么样的经验结构呢？第一，有一个大家认同的方法上公准的纯粹经验的原则。这里公准的便是直观下的身体感知，太阳是火热的，太阳是有亮光的。太阳是一个命题，为人类所认同，把太阳带入实际的环境中来，太阳与人（我与太阳）是个体经验中的某个别的后果。我从这一活动中经验到的东西可以抽出来的项（太阳）来说明的东西。我们知道什么呢？太阳烤炙出大汗，我们在树下才能找到阴凉。这就获得人们共同有的"躲阴"的经验。太阳是明亮的火热的，这是一个公准。我们并不树立一个经验标准，而是使用了这个公准的原则。

第二，经验必须是对某事实的陈述。告诉我们事实，告诉我们真相而且我们能直接感知到的。太阳的样子是直观的，外形圆的，红的，黄的。性质，光线，明亮，热烫的。作用，给人提供温度，给植物提供光照。陈述事物并不是完全单一静态的。它必须告诉我们事物之间的关系，相互作用，即太阳与人，太阳与植物，太阳与地平线，太阳与天空。事物之间有什么差异，各局部经验怎么联结起来，它们分离又有什么特征。这告诉我们陈述事实时要揭示出分割性与结合性，表明经验是各部分的综合。

第三，经验是各部分的概括，是一个总结。我们关于太阳的经验可以是各方面的，在本例中便是我们寻找夏日的阴凉。火红太阳的夏日，"躲阴"，"纳凉"是人们从事物直观中找到的经验，这仅是一个肉体反应，实物层面。我们概括总结为夏日阴凉便是一个意象，某种意义与诗意的隐喻。总结为夏日荫凉可能是某种象征。这里的经验各部分为太阳—光线与色彩—大树与阴凉—云彩与天空。物质是平面的，可在人的视感中却是各种器官分层感觉的，视觉感中对光线的接受与拒绝。触感中身体的凉热。是经验的各部分通过关系把它们连接起来了，因而变成了夏日纳凉一个完整的经验。这种完整仅是相对于结构而言，但关于经验，具体说太阳与大树还会有许多零散局部的经验，或者还有一些我们很难知晓的知识，或者是个体的发现，或者是科学的发现。例如太阳光仅八分半钟便可抵达地球。人的身体有三万个触点是管温度的。太阳的质量在太阳系中属首位，占99%，太阳提供的能量不是炭，而是热核聚变的放射。我们只有从不同角度和位置上感受太阳各侧面给予的感知，才能获得一个完整的关于太阳的经验。

我们获得一个经验结构，要把它说出来，由于今天的技术时代特征，口传经验已经灭亡了，因此多数是借助形象、符号、文字作为经验的传播媒介，这个经验带来了两个问题。一是如何准确地表达经验。而经验对个体是感受性的，对大众则是传输性的，也就是我们要把经验说出来。传统写作中，小说会把每一个作家感受的经验都说出来。这种经验的表达在不同艺术样式中形式会不一样。绘画与音乐都会呈现经验，前者是视觉经验，后者是听觉经验。二是我们通过文本获得的经验又是一个三重结构。一事物主体活动的经验，语言自身表达的经验，经验活动中经验到的一种东西本身。可以简化说，事物经验、语言经验、经验活动的经验。

综上所述，我们要获得一个完满的经验必须把握经验结构的双重性：一个是经验概念的结构，一个是表述经验的三重结构，以此来考量我们传统文学中的经验写作，我们才能掌握完整统一的经验。在现代派文学中排斥这种完满统一的经验形态，往往热衷于经验的片段化，或者零散经验，与经验的瞬时性感受。日常生活经验是零散而不完整的，在古典主义、现实主义中被当作生活的琐屑表象而排斥，他们追求经验中真正本质的生活，寻找社会生活的必然性，因此追求完满的经验形态，人生命运的经历也是个人经验发展的历史。意识流、超现实主义、表现主义则高度重视日常生活的琐碎经验，从外部实在之物的身体感受性转移，即将零散经验的感觉转移为内在心理的幻象，或意识流碎片。表现主义则是主张个人的直觉活动，将心灵赋予杂乱无章，无形式的质料、物质、印象、幻象作为形式，以心灵的主观意愿进行赋形活动，这是一种内在经验的转换形式，也许外部违反人们日常的规范性经验，但它是一种主观的抽象经验。我们不能把现代派视为无经验写作，它的经验之流是日常琐碎、平庸，表象地呈现为细碎而不完整的面貌，我们深入到心理深层时才发现这些经验是与人的本性、习惯密切相关的。我们如何理解这些先锋性的经验与写作呢？我们要从纷纭复杂的经验碎片之流中梳理出一条思路：在意识流中奔涌的碎片经验，我们要从本能、自我的高位寻找出一个潜在的作为结构的整体经验反思理念。这时候我们就能发现伍尔芙、乔伊斯、福克纳、普鲁斯特等人，他们的零散经验与完整经验是密不可分的，在文本背后往往会有一个强大的整体感。精神分析最重要的是让我们从语言断裂、经验碎片、幻觉漂浮中找到或者还原人物始初的整体经验。也就是说，我们善于找到人物经验破碎与断裂的根本原因，即因何而产生的压抑。

基于上述状态，我们有必要将经验写作细化地分类谈论。这倒提供了一个新的思路，以经验的类型来区分小说的类型，这主要是经验的状态不同会呈现小说的面貌不同。

第一，历史的社会的经验状态对小说的影响。可见是历史经验决定了历史小说，社会集体经验决定了社会小说。这种先例是最明显不过了。我们的《三国演义》《水浒传》《红楼梦》是由那个时代的历史经验决定了小说的面貌，使得历史社会小说中保持历史发展阶段的绝对真实性，而且人物大多数也具有真实的历史身份。世界范围内的二战，中国的抗日战争在这一段历史文学文本中可以说是居首位的。海明威的小说便真切地表述了那个时期的战争经验。《桥边老人》写的是埃布罗河三角洲的一场遭遇战，小说写的是一个战争的序曲，可是我们隐隐听到了枪炮声，人们在仓皇中逃难，战争对家园摧毁的沧桑感。这个老人已经跑了十二公里，走不动了坐在桥边，担心他家里的猫，还有鸽子、山羊，他的现实经验是他在战争中的个人生存：家破人亡。表面看来这是人类在战争中读到了共同命运的感受，经验似乎没有什么特殊性。我们理解作家传导的经验不能那么浮光掠影。老人没有考虑房子、金钱、房子内的生活用具，甚至也没有考虑粮食，他想的是有生命之物：猫、鸽子、山羊。他在桥上又跑了几步还是倒在尘土里，他说的是我在照管动物。看来照管家成了老人的唯一理想。这就是战争中关于家的概念，我们生存经验唯一可依托的。海明威经历过战争而且多次受伤，因而战争成了他一生创作的隐喻。他的主要长篇小说均与战争有关，如《永别了，武器》《丧钟为谁而鸣》等。战争经验是一个具体过程，有人物与事件，我们经历战争后，就会对发起战争的人，如希特勒、日本天皇痛恨万分。海明威并没有指向具体对象，他却尽力证明暴力倾向于制造恐怖的行为是人类本性的一部分。他所传导的经验大部分是关于暴力冲突的表演和人们承受各种恐惧的极限。共同经历的战争经验，不同的作家会把经验转化为不同的感受形式。格拉斯的家在但泽，原属于波兰，在战争中经历三次转移。他的德国身份对战争经验是更为矛盾复杂的感受。他是战争的受害者，他更多地思考战争的责任：罪与赎罪。这决定了他的作品是抗议性的，而不是一种深度批判。《铁皮鼓》这样的小说便缺少战争的直接性。小说中的矛盾也是作家本人的矛盾：一方面展示小市民与独裁、纳粹与反抗者的矛盾，人民的不幸仅作为政治讽刺，含有一些犬儒主义，这和海明威、福克纳大不一样。另一方面，他借助了形而上的哲学思考，采用荒诞派的观点与方法，揭示历史循环的卑劣，人类看不见希望，拒绝成长。因而小说主人公奥斯卡是一个永远长不大的侏儒。这集中了格拉斯关于政治与历史的经验。可是启动小说创作的本初经验却是一次瑞士之旅。他拜访了许多人，偶然在一家门口进来一个三岁小男孩，手里拿着铁皮鼓，他穿过房间，从一个门走出去，对所有的大人不看一眼。这个深刻的印象构成了长篇小说《铁皮鼓》的主要元素。还有一个契机是格拉斯看了一部电影《第三个男人》，其中有一个孩子成了谋杀门房的目击者，所有镜头一直都随着小孩视线展开，人们从他的视线中发现了一切真相。这仅仅为两次生活中的经历，但这只能说生活中事件启发的一点属于创作经验的东西。这个经验决定的仅是长篇小说中的两个元素，并不是长篇小说中的全部经验。说明白点，它提供的是某种经验的视角。历史与战争的经验必须由参与历史活动与战争行动的人提供，他们的经验是切身感受的，超越时空的。千百年来写历史小说这本身就是一次巨大的冒险，你本人不会有那样的历史经验，你采用的是历史想象，另一途径是你必须从大量的历史文献中获得经验。可见今天的人写历史小说并没有真正的历史经验。在历史和社会经验还原的过程中我们需要的是什么？

其一，对历史空间的详细考察，包括一切古代的命名与山川地理的变异。古人的居住与使用的器物与今人是不一样的，某一个事物细节的错误就有可能歪曲了历史的面貌。所以一定要还原为历史的真实场景。

其二，历史上人们生存的状态，包括习俗、习惯、语言方式。中国古人的爱情大多数在结婚之后发生，假定婚龄在十六岁，我们便可以肯定中国古代十六岁以前并没有恋爱故事，我们只能寻找例外，如果与习惯不合就可以认为你的历史小说中不过是伪经验。我们不能从今天人们的经验活动出发推断历史人物活动的经验。

其三，历史人物的心理和社会事件的伦理道德因素均决定了小说经验的历史面貌。潘金莲与阎婆惜二人均有私情通奸行为，西门庆勾引潘金莲、阎婆惜勾引张押司情理上可通，潘金莲的生活情状、环境，包括中间穿引的王婆，从历史经验来说是正确的，而阎婆惜从经验上便有许多不通的地方。从情势上分析，首先阎妈妈绝不会允许自己的女儿偷情，因为这是毁灭她和女儿生活与前程的大事。经验也会有时代和心理因素的。经验的局限不仅是事实本身的，还会是历史社会某种规律所制约的。经验无论正确与错误，我们都必须从采信的角度去认知。

其四，我们今天看历史有许多器物是无用的，例如皇帝额前的水帘，宋代大臣头帽的长耳，这些东西作为装饰也是不雅的。那为什么又会有这些东西呢？可见历史经验中有许多谜，黄仁宇便很巧妙地解开了。我们记住一句话，历史生活中没有一样没用的东西。细节也可决定生活。历史的经验必然和历史的事物相连。所以任何经验都应该从历史出发。当然，经验也是在生产与消亡的替代过程之中。

古往今来，社会历史小说多如牛毛，如果你的小说不是现在进行时，你一定注意经验得从两个方面把握：一方面，我们从总体性上去把握经验的生产与合理性，经验也是历史社会发展的动力部分。另一方面，任何时代的经验都会发生在个体的日常生活之中，因此大的社会历史时间中我们绝不可忽略日常生活经验，和当时人物的心理的经验结构。经验是细节的后果。十九世纪欧洲现实主义小说提供给我们足够的经验教训。

第二，对地方性经验的引述和创造。一个作家的写作从绝对意义上说都是对他所处的地方的表述，这是一个经验主义的判断，当然也有许多非故乡非形而下的写作。

> 在那个漫长安静炎热令人困倦死气沉沉的九月下午从两点刚过……有扇窗子外面的木格棚上，一棵紫藤正在开今夏的第二茬花……科德菲尔德小姐……外墙上二度开花的紫藤给这昏暗添上甜味甚至变得太甜……那是二十年来的传统的一部分，在这期间他呼吸着同样的空气……杰弗生镇——的同样空气里的八十年传统的一部分，那个男人本人呼吸过这里的空气。
>
> ……暮色里充满了这种花的香气以及他父亲抽的雪茄的气味，而围廊下深远，蓬乱的草坪上，萤火虫轻盈而随意地飞过来又飘过去——五个月后，康普生先生的信将把这股香气，这股气味，从密西西比州越过新英格兰那迤长，铁一般硬的雪野带进昆丁在哈佛的起居室……（杰弗生当时还是一个村镇：有霍尔斯顿旅馆、法院、六家商店、三座教堂以及大约三十座民宅）……（萨德本）他是个骨架大大的人……蓄着部泛红的短胡子……一双浅色的眼睛，在那张脸上显得既富幻想又很机警，既残酷无情又很安详，脸上的皮肉有陶器的外观……
>
> 福克纳《押沙龙，押沙龙！》

福克纳是地方性经验的典型代表。我们讨论他的作品，分析他的地方性经验究竟指哪些呢？

其一，我们说地方性是指地理学意义的，包括它的山川形胜。福克纳特定写那个南方县城，具体指称就是那个杰弗生小村镇。有漫长闷热的夏季。紫藤花能开两次，且是香甜无比。可见地方性指特定的环境，这个环境不能搬迁、挪用、租借。特定的人物与事件就与这个地理环境构成了生物圈，人物能嗅到这个环境里散发的一切气味。

其二，由地理派生的气韵与声音。某种特定的鸟叫，动物在地方环境因水与气候，它身上散发气味及声音是不同的。这是地方性环境中一种更内在的经验。这种经验长期和你的身体相联系，变成一种本能的无意识状态的感觉。康普生家里的雪茄味和紫藤香味塑定了这些人物身上的气息。那儿的空气六十年不变，他们呼吸着，并成为空气的一部分。

其三，地方性还表现为那个地方一切事物的命名，大小地名，植物与动物命名，家庭器具和个人使用物的命名，包括这些器物在风俗中的使用。有些事物可能变成一种仪式，紫藤象征什么？中国南方夏天艾蒿便成为一种象征。风俗习惯一定伴随着某种特定的仪式。例如婚丧嫁娶便有特定的仪式，科德菲尔德小姐未成功的婚礼有一百位来宾，《我弥留之际》的丧礼也很仪式化。仪式表明风俗的一种规则，每一个地方的风俗规则一定是经验性的。

其四，地方人，我们说地方人不仅仅是指他的地方语言，还包括他的性格，性格有地方性烙印，甚至连人的相貌体征都带有某种地方性。在巴厘岛的地方性指：种神，社会群体，等级，巫师，舞蹈，仪式，王爷，大米，亲族，狂欢，而且巴厘岛的工匠繁多（这是古典社会的象征），地方人的地方经验转化为日常生活中的常识。我们认识地方经验，一方面了解不同事物，不同人群，考察经验的特异性，表明经验只有这个地方拥有。另一方面是对事物不同的探讨方法构成的经验。这似乎和文化有关，所谓人群有各种不同的生活方式，我们立足的观察角度。经验结构造成某种地方心理，或者还构成某种特定的象征理念。巴厘岛便把地方规则条例写在棕榈树叶上，一代一代地传下去。大小事物由一百三十名男子组成，每三十五天开一次会议，处理全村大小事件，但婚恋、奸情不属此列。某种地方性经验是一种比法律还强大的东西，成为那个人群的共同规约。

中国地域文化的小说非常强大而且取得了丰厚的成果。可是在地方性经验的表述上并没有巨大进展，这可能是我们的意识形态传统干预了地方性经验使之生活观念化。另外，我们的故事与人物太刻意，小说的主题化，使生活变成了观念之争，而不是强化生活中经验的感受性。对于一个完满的经验形态，我们在描述某一事实过程时要注意经验的转化。当我们描述生活的总体观时一定要观照到具体事物的经验，使二者互信互证，经验明确无误地获得理性的表达。

其五，一般说来地方经验都是独特的，有针对性的，所以我们在使用地方性经验时要注意它的普适性。这一点对于小说却有极大的好处，因为地方性经验很大程度上决定了小说的独特性，是世界范围内独一无二的，这种经验是鲜活的，具有异质感。同时也决定了你的小说与别人的小说不一样。这需要我们特别注意方言写作，方言便是独特的地方经验。它极为准确生动地表述了当地人的特征。

地方性经验不仅指乡村社会（当然它决定了地方性经验的主要面），同时还指都市文化小说，传统的城市相对恒定地固定了它的人群，不像今天的城市几乎变成了一个流动的概念。这种地方性经验在中国是如此强大，它究竟有何意义呢？首先是它决定了人们的生产方式与思维方式。按照洛克的白板说，人生所有的经验必是通过自己的感官所获得，在获得知识以前人的大脑是白板一块，原始感知的信息通过比较鉴别，抽取与排除等智力活动加以处理而获得经验信息，积累的经验通过理性而转换为知识，是经验和理性的思维统一产生了人的真知。由于传承与共识长时间在一个地方形成模型，我们姑且称之为常识。现代思想的起源便立足于这种经验说。我们可不能小视了这种地方性经验，对作家而言尤其是这种童年时代的地方性经验，有时候决定了作家一生的创作，福克纳便是例子。

其次，地方性经验是一个生长的概念。这种生长我在《中国现代小说语言美学》中曾论述道："讨论乡土语言我们采用'地方性生产'一词是最适宜的，语言长在泥土里会具有无限的生命活力，语言离不开地方性生物环境，从特定的水土里长出来，这使语言具有成长的概念。"语言是表述经验的，经验立足于地方乡土，并成为人的内在活力与能量，是人生命形式存在的直接源头，这种乡土经验也会直接构成人类一种伟大的乡土精神与气韵，甚至包括血脉。我们几乎可以直接地看出这种转换关系：乡土地—乡土人—乡土语言—乡土精神。美国小说创作便是这样一条乡村经验的河流：由欧文、库珀、布恩、索普、加兰、霍桑、安德森、福克纳、斯坦贝克、奥康诺、鲍德温等人组成。在中国小说的历史上这种乡土经验写作也占我们文学史上的主导地位。我在《中国现代小说语言美学》中有详细的论述。

再次，我们今天对这种地方性经验的认同有一种巨大的危险性。在世界范围内乡土社会概念是萎缩的，尤其在今天中国乡土社会的经验几乎名存实亡了。一方面，国家推行了乡村城镇化道路，零散居住的乡下人变成了集中以楼房居住的形式，大量民间文化消失，代之以一种批量复制设计的大众文化，把传统乡村经验淹没了。另一方面，乡村社会中的主要人口进城打工，乡村仅有老人和小孩，乡村失去了传统社会生机勃勃的活力，传统民俗风习已经丧失。那么我们如何看待未来的乡土经验？实际上，目前这种地方性经验已经在慢慢消失，今后还有没有乡土经验实在是令人担心的事儿。但我们又特别重视这种地方性经验的创作，这就成了我们未来小说创作的一个悖论。

最后，我们如何看待本雅明说的经验的贫乏，阿甘本说的经验的毁灭。这个问题非常严重，它关乎我们今后还有没有经验性写作。如果没有经验了我们的艺术如何还会有感染力，经验的毁灭是否带来艺术的毁灭。即使二十一世纪不会，那么二十二世纪呢？有经验毁灭的前提，我们就不得不考虑一切艺术形式存在的可能性。当然，艺术可以以另外的面貌出现，事实上当代艺术便是以一种非经验形式出现的。但我们人的本性还是与经验的艺术贴近，长期以来的艺术非人性化也同样会引起审美批判。后现代的反经验写作经历了半个世纪并没有从另一个角度振兴世界艺术，相反，我们又看到了新一轮的艺术衰退。未来我们是否重新提出：重构经验，重振艺术。谁能回答？

第三，个人经验的写作。从本质上说，任何时间任何地方其实仅存在个人经验的写作。每个人必须居于一个时空之内，那么他的经验此时便是地方的。威廉·詹姆斯认为："任何实在的东西必须能够在某一个地方被经验，而每一种类被经验了的事物必须在某一个地方是实在的。"（《彻底的经验主义》，詹姆斯著，庞景仁译，上海世纪出版集团，第111页）个人所认定的经验，必须在最后的实在体系中的某一个地方为它找到一个确定的位置。这表明经验是不能悬浮在时空之外，实际这个经验所在的地方应该在个人那儿。只有个人才是经验所存放的地方。

这也许是个辩证关系：只有人才能产生一个完满的经验，而经验形成之后仍旧归位于人。否则悬置的经验没有任何意义，简单说，一个经验又得用之于实践之中，产生更多的新经验才有意义。对于人，我们不能让经验死亡。这里也许要提出一对新的关系：一个人的经历与一个人的经验。经历是一个人的生命实践。经验则有多有少，在某一个方面而言，经验很有可能是或缺的，一个人不能拥有世界全部的经验，他仅是他部分经验的实践者。

小说中具有鲜明的个人经验痕迹，表现为两种状态：一种是作家的个体经验，这是一种自传体小说，如卢梭的《忏悔录》。另一种主人公活动，并驱动他的人生发展，可分为成长小说和流浪汉小说。经验小说的这种类化在欧洲表现很明确，中国小说的个人成长则受意识形态所左右，很难是纯经验性的，或许有部分个体经验隐伏在逃难小说中。

自传体小说。这是一种明确的个人经验所构成，由他自己展示他的人生亲历，无论大小事件与人物，无论危险与和平，都是他人生之旅中发现的。杰出的代表作品首当卢梭的《忏悔录》，这部小说写他个人自出生开始到1766年被迫离开圣彼得岛之间五十多年的生活经历，展示一个平民知识分子一生的过程。尤其可贵的是他并不在展示个人成功的经验，还特别申述、控诉、忏悔许多失败经验。还揭露了个人的隐私。行文采用一种坦然自白的风格。他不止一次偷东西，诬赖过无辜者，从不负责养育自己的子女。"经历"一词对个人是坦诚的，意味着各方面的经验都在其表述之内，这样才可看一个人成功与失败的经验性质，提供命运性的思考。自传性作品还有一部庞大的文本《追忆似水年华》，尽管普鲁斯特解释过该小说是非自传性的，但它的自诉中无疑带有个人生活各方面的痕迹，包括他思想与想象的真实性。当然，他的结构十分复杂，影响了直线式的自我表述，更多可能具有他人引述的性质。这没关系，每一文本其实对任何作家而言都会有自传性的经验表述，仅仅是他选用的角度巧妙地将自我活动遮蔽了。自我经验的表述在文本中并不是一个可羞愧的事，但古典作家却极力回避，这或许有更加深层的心理因素和社会原因，值得我们深思。

成长教育小说。欧洲这类小说有一个庞大群体，这与资产阶级重视个人发展的理念有关。早期有笛福的《鲁滨孙漂流记》和班扬的《天路历程》，后来有了维兰德的《阿伽通的故事》和歌德的《威廉·迈斯特的学历时代》，这时期的成长教育小说是因为有了市民社会，国家机器代替骑士幻想。英雄变成了平民普通个体，现代社会中个人变成了学徒，现实生活教育了人们，个人经验更加重视实践，在学习过程中提高自己。迈斯特生于一个富裕商人之家，他脱开父亲的商业活动，游历德国接受全面的人文知识熏陶，他的思想人格更加完善成熟，迈斯特学习的一生便是受教育的一生，因而在成长教育小说中便植入了进步的观念。福楼拜的《情感教育》提供了情感教育小说新的范型。早期的成长小说提供了社会和教育造就新的人格精神，是一种进步的动力，人格因此得到完善。而福楼拜的成长教育小说却是反预期的，弗雷德利克有一个成长预期的计划，他去巴黎，他母亲希望他成为显赫的官员，他野心勃勃想当法官、文学批评家，每一次成长奋斗都落空了，成长史变成了失败史，这时，他不走正路而把希望寄托在贵族太太那儿，并设想杀死太太的阿尔努。这样人生经验从正反两个方面获得丰富，希望是青春的本质，但希望在绝望中毁灭，把所有的奋斗功利化，社会往往是悲剧化地毁灭了这些。

流浪小说。早期欧洲小说中流浪小说具有实力，西班牙专门有流浪汉小说分类。流浪小说本质上应该是空间小说，每天都会让自己迎接新的空间，发生新的事件，这样流浪小说尤其具有新经验的感受性。这类小说源起是语境性的，一部分是游牧民族的感受，另一部分是流浪艺术，剧团，卖艺人，走江湖的。还有一部分是逃亡者，犯人。简言之，没有固定状态的家，因而也没有固定的财产，人生处于绝对自由状态。可能还包括另一类型，即拾荒者、讨饭者。流浪者一般传导的是生活底层的经验感受，是受侮辱和被迫害的人群，他们的经验是现实的，沉痛的，因而极大地包含了人生经验。经验无外乎自我与他者化的感受，同时经验又有直接性。日常经验是很多的，现代生活也应该有经验，这是因为人们对经验熟视无睹，麻木了，相比较当代人的平庸麻木，流浪小说中展示的人物经验就应该是刻骨铭心的。为什么？这是因为他们的人生经历是风险性的，虽然都胁迫到身体机能，这种经验因此也是一种生命体验。当今世界也还有流浪形象，但经验因素消退了，这主要是作者没有流浪的真实感受与体验，没有卢梭那样的生存经历，往往站在一个高贵者的视角去想象去同情，因而也就缺少真正的流浪小说与流浪经验。

个人经验是知识吗？它能成为公共的吗？这是一个大问题，我们说近代哲学以确定性为真理的最高原则。在康德看来普遍哲学的兴趣向来在于知识的永恒价值和时间经验——它被认为是知识的最直接对象——确定性。这样知识是在经验的不确定性中提炼确定性。康德表明了经验只是矿石而不是知识。可见个人经验不是人类生活的普遍真理，但是个人经验又是思想与哲学、知识与真理中最宝贵的东西，尤其给知识提供了最鲜活的东西。对小说而言也许是首位的东西，詹姆斯说："一个人必须根据他的经验写作。"但他要有"把这些概念转化为一个具体的形象，由此创造出一个现实"，通过举一反三，"从已经看见的东西揣摩出从未见过的东西的能力，对于普遍的生活感受的如此全面以至你能够接近于了解它的任何一个特殊的角落的这种品质——几乎可以说，这一组才能构成了经验"。（《小说的艺术》，亨利·詹姆斯著，朱雯译，上海译文出版社，第15页）詹姆斯非常重点地谈到了经验与虚构的关系，经验既然是个人体验性的东西，在它重构新经验时必定含有其虚构的一部分。在自我和他者之间，他强调"扩大他们的亲身体验"。

第四，本能经验。经验来自客观事物，但也来自人的主体，主体的感受性也是产生经验的源泉。个人写作要特别强调本能经验，这个本能经验有两个方向：一个方向是人们有获得经验的本能愿望。詹姆斯明确地说："人总是同时怀有一种获得更多经验的强烈愿望和一种以尽可能的代价去让自己得到经验的无比狡黠的心理。""所以他还会去偷别人的经验，喜欢体验别人的经验，而且尤其敏感于别人生活中跟自己的经验相似的叫人按捺不住的那些方面。"（同上236页）另一方面来自人的身体，来自人身体的各种感觉器官。人的感觉器官都会有物理指标，叫感觉定理。我们的视觉里有红、黄、绿三种感光色的锥状细胞，因各个感受能力差异便决定了对三原色经验的差异。例如光感远离我们为红色，而接近我们为蓝色。人的听力极限在六万振动，最低在十振动。超过一万振动刺耳，超过普通人说话二十倍声音便对人体构成破坏。舌头共有三十九个舌刺，分别承受酸、甜、苦、辣、咸。我们有四种味觉分别与十一种味相配产生四十四种味道。人的痛点生于表皮有二百万到四百万个，触点五十万个，凉点三十万个，温点仅三万个，因此人最容易感受痛。上述器官传达人各种复杂的感觉经验。对这种感觉经验吸纳的程度首先受本能控制，其次受文化习惯所影响，最后才是功利实用的判断。我把本能经验分三个层面来认定，意思指本能经验是一个人挥之不去的东西。

一为童年经验。这是人生本初的东西，它既充满记忆又引导记忆的方向。童年经验在小说中的重要性已有许多人作为创作经验谈论过，我这里不必细述。我提出的是童年经验进入无意识状态。例如童年择山而居与择水而居的人，他的生活经验绝对与山水事物相关，他对草叶和水会有特殊的敏感。我们可以从小说中大量的风景描写推测作者童年的生存环境。伍尔芙是一个绝对对水敏感的人，海浪的一切感念均进入她的无意识状态。童年一般不会受太多的规范约束，他的生活环境与本能习性形成互动，这些童年产生的经验会刻骨铭心地保留着，影响着作家终身的创作。童年也是个体本能发挥得最好的，个人按自己的心性自由地选择与玩耍。游戏成为童年的主体内容。人是要成长的，人的童年经验就从白板开始写起，可见童年经验所囿，有心理定式而歪曲了现实生活处境的经验。局限与童年经验有可能会影响一个伟大作家的产生。

二为器官经验。从童年起器官都是经过训练的。各种器官是按功能而实用的，在成长过程中不断被社会意识化，即器官本能被意识形态化。例如由观念意志的作用，使你的器官格外能吃苦耐劳，身体能够忍受许多折磨。人的器官从童年起是感性的，受本能而控制，那社会、文化、风俗变成了器官的压抑因素，社会理念决定个人器官哪些能做哪些不能做。器官被自动化。但器官从根本上是不可改造的，它的本身天性地呈自然倾向。嘴的本能在吃喝，而且倾向于精美佳肴。视觉看画倾向于完美的格式塔，耳朵自动选择美好的音乐。肢体天然接受一种舒适的触摸。性器官它就是为做爱所用。器官功能在使用中获得它的经验。注意，器官经验是两个方向的；一个方向是正值的美好的感受性；另一个是防御抗击性的，承受一种负面的包括痛苦、损伤、折磨。对人造成一种巨大的伤害，这两个方向都给器官提供了绝妙的经验，某种意义上说，对写作而言，负面的经验更有力量与意义。在小说中大量是这种器官性经验，这样我们还可以把作家分为视觉性作家，听觉性作家，或者行动的作家与感觉的作家。前者趋向故事，后者趋向心理感受。前者是外向的，后者是内倾的。某一器官敏感性强，在小说中一定是描写得最丰富多彩的，例如托马斯·曼和卡彭铁尔对音乐的描写极尽细微，声音变成了他们小说中结构性的东西，那么听觉经验便成为他们把握生活的某一种方式，还因此而确定他们的艺术思想。

三为审美经验。审美经验其实也是发乎本能趋向的。个体天然会趋向美的事物。不仅这样，任何经验只要它是一个完满的经验形态，就一定是审美的。杜威认为艺术即经验，表明了二者不可分。生活经验和审美经验是否为共源形成？这很复杂，生活经验是日常状态下的直觉感知，当然它也会受到一个检验形式，这似乎不同于审美经验。姚斯的审美结构是三重组合：创作，感受，净化。日常生活经验产生不要主观选择，它产生于实际现象然后再加以提炼。审美经验首先要进入创作，可见审美经验是有选择的，感受则是将经验审美化。其审美效果当然在净化，完满获得的经验只为总体上提升变成启示或知识，并不刻意为美去创造。但二者又是不可分的，那就是对客观事物陈述之中一定会融合进去感受，这个感受里包括审美。小说写作中的经验引述可能是复杂的，常规的是日常生活经验，提高到人生命运认识时它又是启示经验，在认知上我们可以区别不同的经验形态。小说的目的还是向我们传导审美经验。姚斯说："对新鲜事物具有敏感性或者以令人惊讶的手法再现另一个世界是不够的（说明单纯的经验复制是不可以的，必须加入创造性因素），需要另外加上去一个并存的因素，这就是打开通向重新发现被湮没的经验大门，追回失去的时光，唯有这样，才能构成审美经验的全部深度。"（《审美经验与文学解释学》，姚斯著，顾建光译，上海世纪出版集团，第12页）姚斯的这一解释也是符合创作规律的，小说就是将人们的日常经验转化为审美经验。马尔克斯在写一部长篇小说前准备了很多资料，"好几篇关于炼金术的文章，许多关于航海者的故事，关于中世纪的时疫的记载，若干本菜谱，关于毒品与解毒的手册，关于坏血病、脚气病和糙皮病的研究资料，一些描写我国内战的书籍，家庭医生卫生手册，关于古代火器的著作……我在写作过程中，我必须掌握如何区分雌虾和雄虾，如何枪毙一个人，如何鉴别橡胶的质量……目前我正在学习制造一种电椅，以便让我的下一部小说的一个人物会做它。"（《百年孤独》，马尔克斯著，朱东景译，云南人民出版社，第39页）马尔克斯这里所说的准备其实都是一些经验性的准备。看来这是一些作家不熟悉的生活经验准备，大量的是熟悉的生活经验的转移，著名的例子是略萨的长篇小说《胡利娅姨妈》。1955年5月，略萨舅妈奥尔卡的妹妹来到利马，略萨童年就认识这位胡利娅姨妈，这时她已三十二岁，略萨才十九岁。他们谈恋爱了，全家人都反对，他在好友哈维尔的帮助下与姨妈胡利娅幽会。他们隐瞒年龄在一个乡镇上办理结婚，而且胡利娅姨妈很快怀孕了。真实生活构成了他的长篇小说。卡彭铁尔的《追击》起源于1941年或1942年，他在大学时剧院上演埃斯库罗斯的《奠酒人》：我感兴趣人的嗓音和乐曲，某些戏剧性动作和作品的配合，寻找两种艺术之间神秘的相似之处。我当时便在连锁广场的亭子里担任监督。突然听到了几声枪响，那天广场的亭子仅有两个人，有一个饮弹死去，谁也不知道枪杀的原因。演出继续进行，使我震惊的是那天的现实悲剧与文学悲剧的偶合。马查多垮台后我把故事写进《追击》，卡彭铁尔将实际生活经验转化为小说中的审美经验，这个小说足够说明了经验的转化形式与方法（参看《小说是一种需要》，云南人民出版社，第104页）。这里值得注意的是，审美经验是一种经过改造了的本能经验。在有的小说中很明显，在有的小说中仅是一种隐伏的痕迹。在传统写作中没有一个作家不处理经验问题。现在我们来认识一下经验为什么和传统写作建立了那么牢不可破的联系，而当下全球化文化语境下的写作又为什么再不提这种经验式的准备了呢？这值得我们深思。

经验从时间上看一定属于历史的，是发生过了的事实。这样我们把经验归之于传统毫不奇怪，这在集体存在和个体私人生活中都如此，与其说经验是扎根于记忆的事实材料，不如说是记忆中经常累积的潜意识材料的汇聚。我们形成一个记忆结构，均是各方面的意识材料按各方向和速度从时间的轨道上完成空间集结。大部分的生活事实是连续性的累积，但在进程和思维接受上它又是阶段性的，在每一个点上显示经验的痕迹，而不是在生活的历程结束后凝聚成一个终结性的经验结果。这告诉我们"经验"是一个名词，但在经验形成时"经验"是一个动词，表明经验形成的过程。那么最后形成的经验结果又是什么？这个经验结果是一个理性上的抽象概括，它仅为下一个经验创造而发挥作用，对于上一个经验形成而言，这个结果对前一个经验是无用的，只有在经验的形成过程中我们才能获得动态的表述。这才是我们真正的经验写作。一旦形成经验结果，表明这个经验已经完结了。它对经验写作本身是一个完成式。经验是处在经验的状态之中，而不是一个经验结论。

在今天我们谈论写作现代小说，表明传统小说已经完结，最明显的事实是我们不能按十八、十九世纪的方式写小说，也不能使用他们的经验材料（当然历史小说有可能借鉴）。传统小说无论如何都是已经过去了的事实，有一个深层问题浮现出来了，和传统小说密切相关的经验是否也成了一个历史之物，也成了一个完结的事实？它含有一个残酷的事实：新小说不必用历史的经验。这就有可能宣布经验小说的灭亡。为什么这样说？这不仅在于历史经验不可用的问题，还在于当代是一个经验毁灭的时代，如果阿甘本的判断确定没有错，我们的经验写作便终结于这个时代了。

这个问题到底怎么看？

这涉及没有经验能否写小说，或者时代向我们提新的要求，我们要重建我们的经验世界。此二点是必须要回答的。对于前者，我们今天确定产生了反经验的写作，即后现代主义的写作，或者向新的科学技术索要科幻经验；或者重新定义经验。反经验写作的成功说明没有我们所说的经验是可以写的。另一个问题是本雅明和阿甘本的理论透视，这两位理论家宣布经验的毁灭、终结，也是现代性存在的一个事实，并非虚拟与空想。怎么办？这可不是一两个人可以解决的问题，是一个时代的问题。关键在于，我们能用什么样的方法解决这样的问题？我们可以抢救挽留庞大的乡村社会，我们将民间文学艺术及所有民俗传统都恢复，或者改变我们电子信息技术时代的性质。可是，很可能仅是我们的一个良好愿望。新一代的人会彻底抛弃这种经验的乌托邦理想，那又如何办呢？经验写作我们有许多话题可以讨论：个人经验与集体经验的关系？如何看待成功与失败的经验？极端个人经验的意义？他人经验如何整合？我们写作还有没有深入生活经验的根基？命运是经验构成的吗？同质化的生活我们没有特殊经验的处理。经验提供真实与创新的可能性，但今天是类像与仿真时代，这些经验的前提均已不存在。美国二十世纪六十年代就宣布了文学形式的枯竭了。后现代文学的到来就宣布了反经验写作的成功。因为后现代的文学策略是戏仿，并不要求创新。失去了创新与真实那就不需要对经验提出要求。所以反经验的写作理论上是可以成立的。我们从巴勒斯开始，品钦、巴塞尔姆、巴思、霍克斯、库弗等，这一写作潮流是绝对建立在反经验主义的基础上的，而且取得了辉煌的成果。

另一支法国的新小说派也呼应了反经验主义的写作态度。纯物的客观写作类如机械复制，他们是不需要个人经验的介入的。经验介入便形成个人化的风格写作，这一点是与当代写作不相容的。

现在我们谈谈反经验的写作。

我已经列举了后现代小说与新小说两种当代的代表性写作。但我们必须在理论上给出一个说法：为什么反经验？

首先，经验是一种传统，是一种教条。经验只用于它此时此地形成的过程。也就是说，经验在它的构成过程中发挥作用，经验形成结果了，在传统社会中也许有用。今天我们完全可以不需要别人的经验，当然，现代科技、工业信息的速度构成了许多新型经验。但这在个人感受之外，例如手机和电脑我们只要使用便可以了，并不需要把工业技术的构造经验化，它不是一个经验化的问题，而是生活的操作手段，因为工业的复制技术是朝着傻瓜化发展的，它的简单、程序、便捷，我们不需要经验因素。说得更明白一些，传统社会需要经验，而信息化社会并不需要经验。

其次，传统经验作用于个人的心灵，个人的认知，还有至关重要的是形成新的知识。止于二十世纪我们所有的知识均已构成，除了科学技术难道我们还有知识吗？其实经验最重要的是个人心灵的契约，作用于人的实践状态，这在传统社会发挥了极重要的作用，和人们的心身健康是统一的。人和自然高度统一获得的是来自自然的经验，今天城市化、信息化生活完全与自然保持疏离状态，我们没有来自自然的生活，连温度都是调节式的恒温状态，人不能从自然中获取经验，那就等于说经验真正变成了无用之物，特别是无用于心灵。这应该是一个灾难性后果，但却已成为事实。所以我说，未来必须使用新的方式构成我们回归自然的经验，人类才能回归经验的生活。与自然生物群互动才有经验。这一点对于文学创作尤为重要。

再次，经验对人的首要功能是实用。我们用经验创造我们的生活。实用主义的要义便是经验。这表明了由个人产生的经验可供他人驱使，能发挥实际用途，社会生活是实用的，因而我们的经验是一种生活交流。今天生活也是功利实用的，但却不能用经验来交流了，因科技让我们的制度、生活、传播都城市化、机械化，所有的循环、反馈都可以机械制造，用科学手段处理生活与制造状态下出现的偶然危机，连最细小的社会活动环节都可以采用编程处理，所有的实用均可以不用人工化处理，这就绝对杜绝了经验的因素。经验的功能过去如此之巨大，今天确实无用了。事实证明经验毁灭了，对现代社会生活没任何影响。VOD 时代人的生活更是便捷简单，个人也可以不需要经验，让生活程式化，明白说，人被木偶化和傻瓜化。极为重要的是，经验对个人心灵的重大作用悄悄地被现代性工具给扼杀了。

最后，我们看到的反经验是社会使然，是人类一次不得已的变革，它充满了悖论，我们在极力保护和抢救经验的同时，经验却在我们的生存状态中悄悄消逝。这一点和人类的贪欲本能有关，我们过度地开发工业技术使生活满足人们各方面的感官消费，人的智力促使技术感官处于极端享乐和震惊体验状态，感官经验在极端状态下无法回归到常态，回到自然，是人类借高度科技化的手消灭了自己的感官经验。欲望是不断膨胀的，要求用更技术化手段刺激感官经验，如此往返复制，最后也就消逝了心灵经验的感知。我们只要看看现在的享乐方式就明了。对身体的极度刺激便采用吸毒的方式，对速度的极端体验便去飙车、漂流，对环境的反抗便采用街舞、奇装异服、朋克等方式，那些蹦迪、冒险、豪赌、裸体均是想方设法把身体刺激发挥到最大限度，这是一种找死的享乐方式，人经历了这些震惊、毁灭状态以后，自然的常规状态的经验还会有用吗？注意，这些极端经验均是人们制造的，并非来自自然的。我们可以说这些经验又不能算个人创造性经验。它是感官的但不是审美的。就这样我们用制造的经验毁掉了自然生成的经验。

这种反经验实际始于近代，从我们对经验理论的确立开始就已经有了。洛克的经验论便含有反经验因素。人从白板开始意味着人的一生便是对经验接受的一生，这表明了经验是外加的，既然是外加的经验，那就会有千奇百怪的经验形态，那就会含有对经验的破坏。如果我们有接受多少经验合适、经验在多大程度为我们所用的假定，那就表明了，经验有会怎样？没有会怎样？构成经验在实际生活中的状态。那么理论上便可成立，说明了经验与反经验都是可以立论的。

反经验写作可以分为如下状态：

其一，博尔赫斯式的反经验。这是一种典型的非个人经验的介入。博尔赫斯的诗歌写作充满了个人经验以及对这种经验的体验。他的小说绝对杜绝个人经验的介入，在全部小说创作中仅提到三个关于个人的信号：一失明、二摔了一次跤、三妈妈说的一次话。这三次个人介入均是轻描淡写的，很难构成别人的印象。博尔赫斯写作来源于图书馆和书本，另外来源于他纯粹的空想。他的事实由引经据典来证明。《小径分岔的花园》写一个神秘的中国故事，但他本人从未来过中国。他在谈论《虚构集》创作时说："都不是或者不都是我的杜撰；它述说的，一切都包含在一部名著里，我只是第一个琢磨出来，或者至少是第一个把它说出来的人而已。"在他的故事里常常是图书馆、文本、梦境作为主角，有时候他真真切切地写了一个故事，他会最后告诉你，其实这个故事并未真正发生过。这与博尔赫斯写作目的有关，他写故事并不想告诉人们经验，陈述事实并不是他的目的。他通过故事传达的是理念，是恍然一梦，一次空想。特别是他强化了的永恒、因果、时间、迷宫、神秘等观念，因为要对观念表白，便尽量让陈述的事物贴近观念。他尤其喜欢奇特事物与暴力和死亡。他的人物也喜欢二重投影表现出双重自我。我们看过他选择的事物多数是镜子、环形物、球形物、走廊、梦幻、花园、迷宫，尤其是他的迷宫皆不给出门径，意图是暗示迷茫与孤独，如果把他的小说创作用关键词表述：一是观念；二是幻想。显然这两个关键词都和经验无关，也就是说博尔赫斯是非现实主义的，故事不来自现实那自然不会有经验。因为经验必须是现实性的。他的写作给我们提供了一种特别的启示，我们看他小说的特征：一扭曲迷幻时间；二怪诞的梦境描写；三复仇死亡故事；四浪漫幻想的迷离世界。这些特征无疑都是非现实的虚幻的，按说他的小说一定会导致严重的失真感，可是博尔赫斯的每一个故事你读完以后都好像真的发生过似的。幻想故事的真实感极强。这给我们提示：不仅仅是经验提供真实感，另外还有一种方法把自己拉进去佐证，同时又使用确切时间和地点的方法，小说的真实感也许是在其贴切的陈述之中。

也就是说，真实感并非仅是经验的独特权力。

其二，新小说的反经验。实际是新小说自身建立的一个反对经验传统的小说历史，例如他们反对以巴尔扎克为代表的现实主义。十九世纪现实主义、自然主义都是还原生活中的人物与事件，是一种活的经验状态。我们来看看新小说的几点主张：第一，反对人道主义，认为世界是独立于人之外的世界，它既不是有意义也不是荒诞，世界仅仅是一种存在。如果以人性人道为首要地位，客观时间从属于人便使人与物界限混淆，导致人欲横流现象，我们旨在展示一种客观的物质世界，而不是展示人的世界，这样人的经验表现便成为可疑之物了。第二，现实主义是描写典型人物的，而新小说强调非典型的人物，木偶化的人物，是无我化的。人是无名无姓的，当然就谈不上人物的性格化，这种非情感、非性格化的人物自然无所谓经验的总结与体验了。他们强调人物的内在隐秘的潜对话。而这种潜对话不是对逻辑意义的回答，而是杂乱无章的自由联想与心理独白，在人物身上我们再也看不到经验了。第三，新小说反对文学的倾向性，即它所代表的社会历史进步的含义，他们认为政治泯灭了文学性，小说也不能成为社会时代的宣传工具，新小说仅仅追求艺术形式的创造。小说既然不是为了表现社会生活的内容，那它也就更谈不上经验的表述了。

由此在被抛弃的直线的好几处希望的效果一系列的锯齿或者喇叭口的方材宽两米半稍稍小一点在步行的老轴心上因此一时间里我在两个顶点之间又找到了一米稍稍又少一点亲爱的数字美丽的年代由此结束第一部分在皮姆之前我的旅行者生命一段很长的时间我曾年轻所有这一切由此美丽的年代方材顶点每一个词始终如我在心中听到的那样它在外面嘎嘎道出都是淤泥中的喃喃声当它停止喘气时特别低碎片

贝克特《是如何》

有一天，在饭馆里，我泰然自若，略作怪相，勉强抵达走廊尽头，我得在那脱去鞋子。然而，如何这一操作程序在正常的时候是相对容易的而且几乎不需要蚱蜢般的柔软性的话，那么当人们得了斯库科捷达的时候就完全是另一码事了。因为为了欠下身去松开鞋带而作的一切，背部朝地面的倾斜，即是微乎其微的，即便是有分寸的，往往都有可能突然让痛楚再现。然而我履行了。在原地用了外交家般的谨慎脱去鞋子后，我进入一条静悄悄的走廊……

图森《自画像》

这是两段不同时间的新老两代新小说派的人物，贝克特写的是一种想象思维的延续，他的《是如何》第一部分由二百七十八个片段组成，皮姆这个人物是如何组成现实状态的，皮姆之为皮姆之前曾是如何样子，如何是一种提问，一种非确定状态的生存，同时它又是对存在状态的一种追问，我们可以把它理解为二百七十八个意识片段，也可理解为二百七十八个存在状态的片段，可是贝克特并不给出状态经验性的痕迹，因此我们对《是如何》片段无法做意义上的解释。这个文本片段有意思的是事物均在发生状态但并不提供结果。这个长篇后两个部分更长，还杂有一些哲学上的理性判断，短语，警句。表面看起来他指认了皮姆和我第二部分，皮姆和我第四部分，但这个我仅仅是一个视觉，它的巧妙仅是将个体的"如何"导至后两部分中所谓人物的关系性揭示：又是如何。无数个片段都是对一种如何方式的回答或追问，我们可以推导世界一切将如何。如何可以是无限的，不可穷尽的，但如何有意义吗？有意义又如何呢？如何仅是一种存在经过追问以后，仍然仅是一种状态。按传统文本这个现实如何状态最应该是一些经验的片段，但贝克特却将它非经验化。

最终我们仍然是：世界如何？人生如何？

图森的文本则是表述自身在不同国别中的自画像。文本里提供的是一系列动态过程，如系鞋带无限细化为动作的各个点，类似运动镜头的分解与定格，这种分析性的动态叙述排除了任何经验状态的感性表现，因此也是非经验化的。在新小说派的反经验写作中罗布·格里耶是最为突出的，他的文本对客观物的剖析消解得干干净净。这倒从另一面证明了"经验"这一概念，不仅仅是一个客观事物的陈述，重要的是要建立在人对事物的反应过程中，表明经验是对客观事物的一个认知模型。经验介入了人的情感与理性因素。

其三，后现代写作的反经验。后现代写作反经验的理论背景我已在各种论著中详细谈论过，特别是《先锋小说技巧讲堂》一书中。在现代主义写作以前各种主义与流派在文本中表现出来的无论内容还是形式，实际上都含有对主体性、本体论的认同，这种认同我们可以说是对世界事物的，对人的自我，对先验的主题模型，对本体论的先验形式，对人在世界中的位置，对人类命运发展一系列的人性思考，总之是针对物质世界与人的世界一系列的认同。我们深入本质主义的观念来看，这些认同无一例外都是对经验的认同，我对远古以来的人类经验保持本质上的认同，这说明"经验"一词会有历史的同一性。科学上的量子时代产生了对同一性的质疑，经验的多元化刚好说明经验无法作本体性定位，由经验产生的知识今天也在反思和怀疑之列，经验失去了再生产的能力，经验非人性化了。现代性使经验这一形式成为万劫不复的滥用状态，极大地破坏了人的自我经验形成。我们不再寻找经验生产的再生之路。

我们反经验是因为经验枯竭了。我们反经验是因为现代性破坏了人作为经验生产的基地。我们反经验是现代化对整个世界语境的破坏，技术经验，生活经验，社会经验，人性经验都已经类爆，复制的机械化使所有的经验都成为一种超级仿真，没有对本源的追求，我们何谈真实的经验感受呢？因此后现代主义的文本策略核心是戏拟。这种戏拟是针对全部传统文本的反叛，游戏式嘲弄反讽式都是对一切传统的经验知识的解构与破坏。

巴塞尔姆针对的是传统的童话。格林的《白雪公主》针对的是人类最早的美学原型所建立起来的善良、美丽、人格化的白雪公主形象，它是一个美好的象征，这种纯洁不仅是人物的也是环境的，在反邪恶中建立一个冰清玉洁的童话世界。巴塞尔姆认为这不过是一个乌托邦，一种理想。人类建构的一个美学样本被粉碎了。白雪公主肚子上有七个黑痣（污点），她还和七个小矮人通奸（伦理上反叛），表明本能战胜道德，白雪公主也做家务，擦洗煤气灶，白雪公主被世俗化了。总之，我们认为一切理想的经验世界都已被毁灭了。巴塞尔姆戏仿的白雪公主完全是一个现实生活的平庸之物，同时作为后现代主义的发端之作，他把一个经典文本变成一个絮絮叨叨、重复啰唆、言不及义、拼凑断裂、语言搞笑的模仿文本。

巴思的《喀迈拉》戏拟主要直接针对西方文化源头，古希腊神话。第一个神话故事针对《一千零一夜》；第二个神话故事针对珀尔修斯；第三个神话故事针对柏勒罗丰扑朔迷离的身世。后两个故事均与神话女妖美杜莎和喀迈拉有关。第一个故事说的是宝藏的钥匙即宝藏本身，思考的问题是：作品来源于作者还是读者，故事陈述力量的本质是什么？谁决定了故事存在，是小说家还是陈述家的陈述方式？文本与作家忠实于文本的程度如何？人物—作者—读者到底是一个什么样的关系？性别与权力是复杂的转换关系。第二个故事说的是英雄只有在英雄之后反思才能获得幸福的可能性。带来的启示是愿望与现实之间的矛盾性，所有爱的过程都应该接受背叛与爱，死亡，暂时性，永恒是什么？愿望与实现之间意味着什么？第三个故事说的是寻找身份认同的过程凶险重重。它告诉我们身份的产生和身份认同之间的矛盾性，身份可能被设计，构成身份是一种可能性，在历尽艰险以后，却未必可以认同自己的身份。小说纠缠了一个女权主义的寓言，谁为我们规定女权！小说采用元叙述是多重文本的相互征服，女权主义，自我意识，神话与虚构，文本与现实，所有元素都到位，但内容支离破碎，东拉西扯，四处断裂之后无以连续，三个故事人物不连贯，随意进出故事，时空错乱和颠倒，游戏语言嬉笑怒骂。这个小说引述神话本身就是非经验的，在神话重构时对经验的破坏，表面上涉及神话与现实的关系，现实却不是文本表述的核心，一部小说不把人物与故事作为核心，而把讲述故事的方式作为核心，这本身便是一种反经验的。

品钦的文本是针对现代的科学技术，他的创作有了一条奇特的道路，他的思考重心放在现实与终极的关系上。用一种科学主义态度写小说。因此《熵》这个短篇可以视为他的小说创作宣言。《V》写了一个极端颓废的全病帮世界，各色人等的状态在文本中构成极端的不可理解的生活状态。文本也采用了寻找模式，一个关于V的符号是女人也是地名，是人名也是女皇，在V的历史上没有最后终结的认同。可见身份与身份认同在终极意义上都是枉然。我们指认的爱情、婚姻都是和冒险生活一样，依赖于我们建构的一个比现实世界更复杂的世界，这种层层建构的方法就获得了文本的本体意义，在层层复杂的世界里各种界面都可能形成讽喻复杂的关系联结，现实世界的经验生活不重要了，它的各种关系的联结及可变因素成为今日世界的根本。

《万有引力之虹》是品钦的杰作，也是美国文学最重要的文本之一，有着百科全书式的性质。主人公斯洛索普在寻找身份认同的过程中又构成新的身份。一种想象中的二战，一种具有火箭作战能力的时代，我们可理解为技术时代用技术方法写小说，一个间谍故事二元对立，人生冒险，人物各种变态心理和性格强制性错位，人物具有奇特的通灵能力，置身于超强幻想与梦境之中，使小说有着梦幻一般的流动，这部《尤利西斯》式的小说，绝对摒弃了日常生活的经验进入科幻状态。我们可以把它看作一部反经验的奇幻小说。

三、虚构及虚构指向

虚构（Fiction），即指无中生有地制造出另一个世界。虚构是我们构造出一个在现实世界里找不到的虚拟世界。我们这里指小说的虚构，用艾布拉姆斯的话陈述：应该把描写虚构的人物、地点与事件的虚构语言看成是对作家创造的特殊世界的一种表现方式，这个特殊世界近似于现实世界，但有自己的环境、人物及其内聚的方式（《欧美文学术语词典》，艾布拉姆斯著，朱金鹏译，北京大学出版社，第111页）。这是一个准确的小说虚构概念。新批评认为虚构是文学的核心性质。伊瑟尔认为，"虚构"这个词本身就意味着：在纸上的词语并不是用来指称某些在经验世界中给定的现实，而是用来表现没有给定的现实（参看《阅读行为》）。他还认为虚构是告诉我们某些关于现实东西的手段。所以我们没有必要再去寻找把现实的全部领域都包括在内的参照系，或者去探索真实和虚构的不同属性……如果虚构不是现实，这并不是因为它缺少现实的属性，而是因为它告诉我们的是某种关于现实的东西，而载体是不能和运载物等同起来的。这些论述对虚构的性质作了充分的说明。但虚构并不仅仅是对现象的表述，也就是说它不仅仅是一个名词，虚构还是一个活动，是一种行为，在文本中它还是一种假定性手法，这就需要有进一步的说明了。

第一，**虚构是一种实在，它是一种存在物**。例如小说、戏剧、诗歌均是虚构的存在物。除此，我们的思想也是一种虚构，信仰也是一种虚构，受观念支配的活动虽有现实行为，也仍是一种虚构。从这个意义上讲，我们全世界的建筑物、雕塑、绘画、音乐无一不是虚构物。这表明虚构具有如下特征：一、虚构是人的设计能力的结果。二、虚构是一种审美创造的结晶。三、虚构分实体性和精神性。四、凡属文本性与客观实际非一对一的存在便是虚构。五、虚构不过在制造人们的一个幻想世界而已。这个虚构一定是调节人类的精神状态与现实之间的关系。

第二，**世界本身是一种虚构**。这可以考察我们人类的童年世界，那是一个纯粹本源的事实世界，人与人自然相处于同等重要的位置，后来人类创造了社会，创造了科学，改变了这个世界的本来面目，今天的制度，经济、军事、文化，一切现代文明社会都是人类意志对它的改造。可见今日之世界肯定是一种虚构世界，是人类意志强迫改造的一个世界。可见人类社会世界便有着本质上的虚构性质。推论，我们今天的自然世界的巨大变化均是人类行为的后果，例如温室效应，砍伐森林，使用农药化肥，破坏自然的生物链造成我们今天的生态失衡，所以连自然界也免不了被虚构。这一点连我们的旅游也是按其主题性质而虚构的一种活动方式。虚构成了我们今天世界的本质。这是我们今天一个严峻的现实。悖论是我们的小说如果模仿现实，也变成了一种虚构文本，我们的后现代语境实在无法区别何谓现实，何谓虚构；我们的小说家还要不要思考虚构问题。

第三，小说已经死了。虚构小说已经不再可能，因为真实的小说每天都在发生。雷蒙德·费德曼在二十世纪七十年代中期就如此说。如今二十一世纪又过去了十年，在信息技术高度发达的今天虚构确实没有意义了。在我们今天的生活中，时时刻刻都有超过虚构想象极限的事件发生，也就是说，我们不要说今天有什么不可能发生，而是什么都在发生。今天的现实是事实的发生超过了我们想象虚构的能力。小说是人虚构的结果，小说是可以思议的，现实生活不是我们虚构的，反而变成我们思维不可思议的东西了。所有的戏剧性都在生活中发生了，在我们的逻辑想象推断之外的事件在生活中平庸而自然地发生。金钱是一个巨大的魔鬼，制造着无限丰富曲折的故事。那我们又将如何看待小说虚构呢？

第四，虚构仅仅是人类理解世界的一种方法，表现世界的一种方法，它仅提供了我们世界的某种可能性存在。虚构仅是我们解释一种现实中思维差别的存在。我们理解小说的虚构不是关于人事、物质、事件的非物质性存在，而是人物事件的行为本身的一种非实在性的方式，这包括语言、讲述方式等。我们用虚构性作品来确立事物的存在，用镜像关系反映一种自我存在的效果。我们只能看到真实作品的存在与现实经验实在相背离的效应，文本作为符号系统与那个现实存在符号所依据的活动方式构成的特定意义的差别。简言之，小说只在寻找虚构与现实存在的差异关系并由这种差异所表现出来的一切手段，而不必去追寻现实与虚构之间本质上谁真谁假的问题。

这是一个非常大的问题，从根本上说背离了"虚构"一词的古典意义，而让我们真正看到了现实生活的虚构本质。在这一点上，我们应该把它和"经验"一词同等思考，找到问题的严峻性所在。

由此我们理解"虚构"一词并不困难，而要理解虚构作为一种方法却非易事了。传统讲虚构，我们把它与真实或谎言相对立分析即可，把经验和虚构作为创作的一种对立的矛盾关系处理便罢。虚构仅仅是和实在相关的概念，而今天已大大超出了它的界限，虚构作为一种方法不必追求本质与性质，我们只要寻找一种效应，语言的效应，方法的效应。虚构的目的在传统上是竭尽全力让我们相信所发生的一切作为现实状态的一种修葺与弥补，我们要信其真实。今天，我告诉你这一切都是虚构，包括本质，虚构性便是要求你相信我们在行使一种虚构手段，你要相信这一切都是假的，它非真，仿真。真实才是一种真实的谎言。我们只要享受虚构产生的一种文本效应就可以了。虚构在于揭露一种虚构方法的全过程，虚构纯粹成为一种操作方法。虚构与真伪无关，我们的小说这才真正碰到了一个死结。

四、虚构写作种类

我们必须用一句话找到我们的实质：虚构便是再造一个现实。但这句话无疑又会引出另外的问题：一者，再造的现实与原来的现实是什么关系？二者，再造的小说是子虚乌有怎么办？三者，再造的现实是某种无边无涯的想象。因此虚构从其出发点看会有几种创作模型。

一、再现性虚构。根据实有其事的原则模仿一个超过原本面貌的拟造现实，例如《三国演义》《水浒传》。

二、表现性虚构。根据情感和观念真实的原则虚构另一个合乎心意状态的现实或者反现实，如德布林的《柏林亚历山大广场》和卡夫卡的小说。

三、纯想象性虚构。根据幻想其真的原则，重新拟造一个奇幻的想象世界，例如《西游记》《八仙过海》。还有一种科幻小说《黑暗的左手》，具有超真实的效果。

这种从创作美学原则出发讨论虚构模型几乎不具有实际意义，只能透射作者的虚构能力和他的经验状态的特点。虚构成为一种方法，必须找到它在操作处理具体事物和主题意念时的所作所为，如何处理具体形式的变化，或者一个作者在造像时的奥秘。可以说每个作者都有自己的造像方法，同时又根据不同的事物与情感选用不同的造像方式，在作者头脑里主观构象时，又会根据不同的心理结构来处理形象的样态。可见虚构既涉及客观事物，又涉及主体情感，还涉及作者大脑的信息处理能力。一个作家在大脑中完成内在虚构的形象转换，那是一个意识黑箱，无人能看到内在的奥秘，甚至连作者本人也说不清楚他虚构的巧妙。可能理性状态下的虚构，他还能说出个一二三，虚构中有许多感性的心灵有所感悟的东西，他是无法说清的，能说清的是事情的变化，说不清的是在感觉运行中的事物与心灵的灵光乍现，或者还有作者本身虚构好了的世界，而在创作过程中由于灵感与天才因素其虚构会逆转，自动拐弯，某种虚构景象连作者本人也不能预先知道。

　　虚构说到底是人们对现实的一种态度，而不是对虚构世界的态度，虚构世界仅是按美学原则去构造，可见我们采用虚构均是一种主观态度，而基础却在客观现实的语境。理解虚构我们完全可以去分析主观精神、心理、情感，但也会产生偏颇，我们还必须考虑到客观世界的影响，特别是再现性虚构。充分考虑二者关系之后再看虚构写作。我的意思是，虚构我们不能仅就主观分类，也不能仅就客观分类，而应从虚构与现实的关系性质出发进行分类。假定一种虚构是纯幻想性的，我们又如何去考虑它的现实原则呢？没有现实材料和依据的幻想虚构，表层看它不关涉现实生活，这仅是材料性的，实际任何虚构的作家置身于当时的语境都会有自己对现实的态度，或歌颂，或批判，或漠不关心，或逃避，或参与，或期待理想的彼岸世界，例如宗教是出世的，但它的出世是针对现实世界的绝望而产生的。虚构无论以何种样态出现，都不能离开作者对现实的态度。如何处理现实与虚构的关系便成为我们进行虚构写作分类的依据。

　　第一类，虚构在于补现实的不足，表达的是我们期待的东西。说白了，这是一种由现实的不完满状态所引起的。鲁迅的《药》写华老栓、华大妈找药为儿子小栓治病。药是该文本的主体，为人治病的药，为民族治病的药，为华夏治病的药，这个药是一个缺席式存在，是一个匮乏的主体，我们希望我们的国家和民族有药可救。呼吁、期待、寻找真正的药是这个小说的核心。用"药"补足现实的缺陷，寄希望于一种可能性。

　　　　华大妈跟了他指头看去，眼光便到了前面的坟，这坟上草根还没有全合，露出一块一块的黄土，煞是难看。再往上仔细看时，却不也吃一惊：——分明有一圈红白的花，围着那尖圆的坟顶。

　　　　　　　　　　　　　　　　　　　　　　　　　　鲁迅《药》

　　这分明是一个希望的光环，寄希望于将来的可能性，使用一种象征性手段。当然，它的结尾使用一种安德列耶夫式的阴冷，再现了时代孤寂与黑暗。用枯草、空气、两个人、乌鸦，象征了环境的阴暗。

　　除悲剧式的再现虚构，也有喜剧式的再现虚构。鲁迅的《社戏》便是典型文本。童年的美好生活时代，与少年闰土、双喜等看社戏，民间文艺陶冶了他最初的人生。在《故乡》中闰土与水生有人生最美的图画，雪天捕鸟，月夜下用胡叉去刺那猹，皮毛油滑的小东西反从胯下逃跑了。这些生活犹如人生的梦境不复再来，这个美丽的故乡……

　　　　我在朦胧中，眼前展开一片海边碧绿的沙地，上面深蓝的天空中挂着一轮金黄的圆月。我想：希望是本无所谓有的，无所谓无的。这正如地上的路，其实地上本没有路，走的人多了，也便有了路。

鲁迅《故乡》

作者在《社戏》结尾处深情感叹："真的，——直到现在，我实在再没有吃到那夜似的好豆，——也不再看到那夜似的好戏了。"鲁迅期待的童年美好也是一种童话式的象征。曹雪芹的《红楼梦》总体上是悲剧性的，但他寄希望于贵族生活，甚至他还相信贾府有贾兰、贾桂的重振家园的梦想。希望现实更美好一些有错吗？理论上没错，人类希望理想的崇高的美好时代，无一不说明了是一种乌托邦，确实这种乌托邦式的效果消解了我们对现实的批判，但它也是我们精神世界不可或缺的寄托。

相关于现实希望的是爱情，世界范围的爱情文本多如牛毛。描写爱情的美好，无论喜剧还是悲剧，都根植于人类对性本能热情的一种追寻。歌德是一个写爱情的大师，《少年维特之烦恼》风靡世界。几乎所有世界级大师都构筑了他经典不朽的爱情文本。《红与黑》《安娜·卡列尼娜》《包法利夫人》《安吉堡的磨工》《查泰莱夫人的情人》《情人》《飘》《红楼梦》，与这些爱情相关的是性欲，爱情与性欲的描写在效果中似乎所指并不一样，爱情可以是情节性展示，我们可以说理想爱情与现实爱情的距离，因为爱情不仅关乎本人、个性、自我，还关乎社会权利、金钱、名利等，因此看来，爱情的虚构关涉了许多个人与社会的问题。爱情虚构对一部小说极为重要：其一，爱情关涉面太广太深，社会的广度与深度，个人的潜意识深度，人性多侧面的反映，自古以来爱情小说如此众多，形成惊世巨著的并不多见。可见会写爱情小说而且使它成为经典也是对一个小说大师的检验。其二，爱情联系众多的基本面，社会、家庭、个人直接决定了在爱情之中的人生质量，说白了爱情是社会、民族、人生的一个检验标准。其三，爱情总是因人而异的，每个人有根深蒂固的矛盾死结，即爱情理想与期待总会高于生活现实，所以现实爱情是矛盾的，理想爱情总是和谐的。爱情美学也许永远只是一个追求原则，冲突与和谐也永远只是相对存在的。其四，美好的爱情总是一个梦，这与人们本性的喜新厌旧有关，得陇望蜀是人心贪欲的本质体现，因而围绕爱情的矛盾是终身不断的。也因了这个本性它使爱情永远进行在得到与失去的矛盾之中，我们今天的人再也不相信那种古典式的爱情了。这对个人与时代都是悲剧性的。爱情的杯水主义刚好导致了经典体验的丧失，因而伟大的爱情也濒于灭绝。爱情虚构不再是小说文本本体性的美学原则，而仅作为一个表述策略。那种为了爱情而生为了爱情而死的梦想灭绝于现实语境，因而我们想再看见那种惊心动魄的爱情真正是一枕黄粱美梦了。

但我还是要说，虚构爱情是我们得以抗衡平庸的日常现实最重要的手段之一，爱情永远是一个不死的精灵。

第二类，虚构是对现实超越性的讲述。这里可分为几种情况，超越是从形而下指向形而上，一种独特的发现。超越是另一种拟造的新现实，它是没有本原的。超越是一种对现实状态现象与本质的观察角度，这使虚构成为一种解释性的东西。总之，虚构可能是非现实的创造，模仿再现的。另一种是超现实的创造，这个虚构与现实无关，再造的现实也没有实在现实的影子，虚构仅仅是一种幻想之物。

超越现实的一种发现。这种虚构的要害不在其事实，故事可能好写，但要赋予一个非同寻常的意义可谓难中之难，因为这个意义不仅仅是与事物等值的，而是一个时代人性的概括，又是作者抽象的思想。这样的文本极少，经典文本我们可以首推《恶心》等篇章。

《恶心》的主人公安东纳·洛根丁从中欧、北非、远东旅行回来在布城定居三年，完成他的德·洛勒旁侯爵的历史研究。小说以日记形式展开他的观看和心理活动。洛根丁一开始便有一种强烈的恶心感。他进入铁路宾馆和老板娘法兰梭瓦丝调情，却发现她每天要拉一个男人睡觉，他恶心了。他分手多年的情人安妮身体发胖，如今让人供养也引起他恶心。他发现了一个自学者，他奇怪他的读书方式：按图书馆人名顺序读书，以为博学多才，自得其乐。但他内心卑污，是一个同性恋者，也让他产生恶心感。

> 我刚才在公园里。橡树的树根深入到地里，恰好在我的凳子下面……我注视（凝视）树根，它是更甚于黑色还是近于黑色呢？……颜色，味道和香味永远不是真的，永远不仅仅是它们本身……本身也有和它自己比较起来是多余的东西在它的中心……它很像一种颜色，可是也像……一道伤痕，或者一种分泌物，一种脂质液，或者另外的东西，例如香味；它化成湿泥的香味……黑色的香味，化成嚼碎的，有甜味的纤维的味道。我不是单纯地看见这黑色；视觉是一种抽象的创造，是一种孤立化，简单化的观念，是人的一种观念。
>
> 萨特《恶心》

这是橡树根引起了洛根丁特殊的心理感觉。洛根丁在布城所产生的恶心感就是一种荒诞感。日常现实生活的平庸麻木、孤独虚构了这样一个荒诞人形象，犹如豚鼠般的猥琐人物。这种没有根基的错乱嘈杂的布城生活肯定是萨特虚构的，但生活现实原本这样，常识中一种否认的生活，萨特却给了一种超真实的肯定，即现实是荒诞的存在。人物在生活中无法清晰起来，由于无主状态，人物抽空了意识，人反而空洞化，自我存在吗？每个人都会追问。

这个文本给虚构的启示是什么？

其一，文学虚构不是对人与事物一个结局的探讨，而是虚构本身也是一个变化过程，而现实与虚构的变化过程都充满了偶然性。洛根丁在布城的遭遇全部来自这种偶然性。这是一个偶然性的代表的形象，"再现了虚构与现实关系中的一种危机，或范式的形式与偶然的现实之间的紧张与不安。"（弗兰克·克默德语）我们讨论一下，世界本身并不建立一种什么开头、中间、结尾的秩序，世界是一个自然有机状态的存在。人类社会有文本开始，确定提供一个有关什么意义的报告，我们便开始按照心意选择了，从自然提取了与它有关的全部材料，并安排了一个开头、中间、结尾的相关秩序。这个秩序是人虚构的，而不是自然安排的，也就是说，自然世界并不虚构一个关于开头、中间、结尾的神话，我们提供这么一个从开始到结尾的虚构模式其本身是可疑的。《恶心》仅展示了一个时间的顺序，什么是它的开头和结尾是非确定性的，入篇是一个没有日期的册页，文尾说我走了。他还没走，夜降临了。明天布城还会降雨。《恶心》展示了一种过程，这过程是虚构、无可奈何的，不想按一种开头、结尾的方法，你可以随机移动它中间的部分放在别的位置，并不影响文本的整体。这对文学传统是一个致命的打击。传统文学强调有头有尾、事出有因的根源论，要求客观再现世界真实。我是交给你一个逼真的世界，总体论要求我们揭示一个必然发展的伟大社会历史进程，这有可能吗？自然与社会发展是必然的吗？萨特提供的是偶在论。

其二，文学一直追求与现实合拍的东西，和谐的东西。也就是说，我们一直在虚构与现实中寻求某种等值与超值的东西。这样我们谋求的是现实与虚构的同位性，相信虚构能更真实、更深度地传达现实。这可能是个谎言。虚构与现实只能是差异的存在。小说是一切欺骗性幻想的源头，哪怕它提供了历史的真实和人类想象的真理，它的性质依然是这样。我们传统所提供的人物与故事，在历史与社会中上演了各种各样的悲喜剧，这个伟大的虚构与真实的现实一直提供给人们的是欺骗性。现实没有喜剧，也没有悲剧，这仅是人们心灵忽喜忽忧的情绪反映，现实仅有荒诞性。荒诞是我们存在的本质。我们甚至可以说，世界不是我们经验到的那个世界，它仅是我们按模式创造出来的世界。我们找不到必然性世界。《恶心》告诉我们，我们只能在现实所有的偶然性之中体验现实，并不依靠传统所构筑的虚构方式的帮助。萨特进行了一次特殊的虚构，这就是他的存在主义的体验与他虚构的荒诞之间一次尖锐的冲突性揭露与幻想性和谐的妥协。

其三，在现实与虚构之间是一种两难境地。这个关键在于当代的虚构与现实，就它们自身都无法准确定位。现实是一个变化的现实，是一个超越想象的现实。虚构一直寻求统一性与和谐性，虽然是对现实的一种创造性发现。虚构的本质是真理知识，追求人性普遍价值的认同。萨特的虚构有其反虚构的性质，它的实质是对偶然性的变形。过去虚构是一种形式，包括结构，包括开头、中间、结尾，有模仿现实的过程性，这意味着结构形式具有连续性，是对一种发展潜能现实的过程。这种发展、连续都是一种进步观，因而虚构也是一种进步观。当代虚构发生了本质的变化，虚构不回应必然性，而是偶然性的想象，虚构是针对虚构而言的。既然虚构是针对偶然的，是随机而生的，虚构便具有游戏性，是想象中纯粹的偶发事件。这产生一个新词，即现代虚构，萨特把这种现代虚构置于一个矛盾而特殊的位置上，他认为虚构既非常难以相信，但对人类又是不可或缺的。小说在现实上建构，由于虚构的特质，一定有其虚构的成分，有其不可避免的幻想。想象性提供的仅仅是拟真似真，如果我们对虚构不信任，小说在本质上便在怀疑之列。《恶心》的虚构不仅仅提供了虚构的人物与事件，它还提供了许多虚构的句子，这些句子是前所未有的形式结构，那就是萨特随时都在写结尾句，用不断的结尾句去破坏事物的连续性，增加偶在性。这是一种形式颠覆，这造成了他再现世界的断裂，形式具有幻象的不稳定性成分。它的形象破解了必然性，人物的随机、恍惚表现了偶然性的新形象。"这种形式是介于人性与偶然性之间的一种含有启发性的不和谐体；它发现了一条在思想与现实之间建立一种和谐关系的新途径。"（《结尾的意义》，弗兰克·克默德著，刘建华译，辽宁教育出版社，第142页）

其四，失去本源拟造一种新形象。这是指不针对现实形象的重新拟造，虚构文本无法与现实同位分析，我们很快就想到一种神话的文学。神话世界是没有现实形象的，我们自然不会把它和现实对位。这里讲的非本源的新形象创造不仅仅指神话，或者科幻文本，重要的是指与现实相关的奇境创造，或者形象和内容与现实关系不大。这有点类似恩斯特、达利、马格利的绘画。小说里也许指向那些超现实主义的描写之作。

> 娜嘉也开始害怕。"多可怕啊！你看出什么进了树丛中？蓝色，风，蓝色的风。除此之外，我只有一次看到过这种蓝色的风吹过这些树……也有一个声音在说，你要死了，你要死了。我不想死，但我感到了那样一种晕眩……此时，河面上闪着亮光：这只手，这只塞纳河上的手，为什么有这只在河面上的手？……"
>
> 布勒东《娜嘉》

小说中蓝风，火手，听到死亡的声音均是没有的，现实生活中没有这种现象发生，就娜嘉这个幽灵人物也是没有的，但虚构中这些人物、时间、声音、色彩都确确实实存在，娜嘉著名的火手还是一个隐喻的象征。这种小说的虚构完全是无中生有。那关于娜嘉的虚构又有什么意义呢？娜嘉是一个不真实的人物，一种超现实的存在。通过描写赋予她形体，活的真实性，娜嘉是叙述者创造的形体，与真人没有差别，但现实又找不到。娜嘉是一个有实形的幽灵，是一个幽灵化的真人，亦虚亦实地描写人物还处于意识不太清醒的状态，人物变成了幻象。为什么写这么一个非真人物呢？布勒东的目的首先在于开掘人物的无意识深度。"我思故我在"是一种哲学上的思维回答，是意识的，"我不思我在"是人的感性状态，人有一种自己不知道的能力，能透析虚幻的事物，或者把握幻觉中的事件。其次，文本极力追寻自我。我是谁？这并非一个真心本位的追找，而是个人从心灵和假人混同起来，制造一个所谓的真实。所以布勒东拉出许多名人朋友佐证，例如波利奈尔、杜尚、兰波、阿拉贡，使虚构具有某种反讽的味道。

表现性虚构。相信虚构表现人类情感，相信虚构也是一种美学表现形式。在艺术领域之内最能说明这种表现性虚构的是绘画与音乐。德国有一个强大的表现主义流派，特别是在诗歌和戏剧上，相比较，小说的表现主义很少。

表现性虚构其要点：一要表现人们的情感，也表现人们的观念与思考的形态。其情感可以是表层的，以独白方式，可以是深层的，可以作为某种情感结构，或者还有浪漫心理。二要表现人们特定的观念，这种观念一定与现实观念截然相反，指向人性的深度。观念成为一种表现模型，例如卡夫卡的《地洞》与《变形记》，萨特的《墙》也是一个很好的表现主义佳例。观念成为结构性的东西充满文本，把意志和情绪传遍了文本的每一个角落。三是情感与观念在文本中要异常强烈，不能是一种温和的隐喻与象征。文本有震撼的说理性。四是文本及文本内的人物与时间都要采用变形的手法，这种变形稍有些夸张，似乎变形还是一个寓言模式。在这一点上我们很难把表现小说和荒诞小说分开来。

这种表现性意志和情感是人类的一种本性。人类在爱情状态下便是一种最高表现，人的身体便是一个表现性器官。表现可以在极小的细节，也可以在很大的事件上。从表现的强度而言，诗歌比较容易成为表现性文本。从虚构方式说我们要注意如下：直觉性表现。意味着针对对象不进行特殊的客观性分类和概括，直接领悟对象的独特个性。想象性表现，是指许多特定情感会在各种身体器官上不由自主地产生，如痛了会哭，痒了会笑，在沟通中他者很快明白情感的这种想象的连贯性，这要求阅读者对想象性情感有一种领悟能力，会参与交流。结构性表现，文本由于一个强大的观念的整体象征，而且表现的某观念是全文的结构核心，具有结构意味的还在于它的细节与整体严格的同一性，所有句子都会在观念下集合，但它又是形象化的表现。

萨特的《墙》是个经典文本。它几乎是我们人类的一个寓言，生存类如死亡，充满了恐惧与绝望，在死亡中又求生存，每个人都无法对自己的生存做出预期，绝妙的是无数偶然性安排了人生，偶然性是人类存在的审判而且是最高审判员。在人们相互之间的疏离中永恒地隔着墙，墙是人无交流的象征，尤其是它的那个荒诞式的结尾让人惊心动魄。这不仅是《墙》这个短篇，另外几篇小说《房间》《密友》《艾罗斯特拉特》，均是表现存在的一种极境。

　　第三类，虚构对虚构的解构。"虚构"一词我们想当然认为它属于文学的，可复杂的是我在前面专门谈到，今天的社会和时代，自然和地理，以及人群都充满了虚构性。我们既然理解文学是虚构的，那么我们又如何认识文学的虚构与生活的虚构呢？这几乎成了一个虚构悖论了。"世界本身就是一块虚构的土地，当然这种虚构因为是绝对正确从而也是一种至上的和神圣的虚构；那些偶然性时间迫于想象力的压力，使自己变成这种宜人的安排中的一些优美的、主观的和完全令人满意的形象"（《结尾的意义》，弗兰克·克默德著，刘建华译，辽宁教育出版社，第126页）。我来一个个慢慢地梳理。首先我们说自然的基本事物：太阳、土地、植物、动物、海洋等客观事物是不可能虚构的，是真实的，我们就可以断言世界基本事物是不可能虚构的，这在原则上是对的，可是我们在一百零六种物质元素之中仍发现有些物质粒子是人们科学实验合成的。这表明在基本粒子上我们仍可以创造。虚构由此产生。由于人的介入，这种虚构在世界范围内具有普遍性，我们借了神圣的名义和人的正确性说法，这种虚构是一种上帝对人类命运的安排，把它视为一种正确性人们没有怀疑，并将它置于一种日常现实生活的普遍精神之中，合乎常理与常识，这样我们的日常生活现实就被真实化了。现实生活的真实化让我们看到世界的虚构性质了，因此视为一种必然性，文学这个后来居上的语言现象，立足于把现实真实向他者作一次转述，作一次交流，或者保存为记忆中的梦想，便有文学模式的虚构。科学地分析，文学虚构所面对的世界有基本物质的真实，也有人类活动的虚构，仅在于人们并没在采用文字策略的时候对这个传统称为现实真实的东西细作区别。按说真实的现实就很好，为什么要对它进行虚构呢？因为现实真实具有二重性，有美好的东西也有残酷的东西，美好的东西留下梦想的记忆，残酷的东西我们也要做个历史见证，那个叫奥斯维辛的地方是一个令人不寒而栗的屠杀地方。列维说："讲述个人经历是一种责任，为了让其他人也参与到这些事件中来，否则这种事件就很可能被遗忘，并因遗忘而使历史重演。"（《故事离真实有多远》，理查德·卡尼著，王广州译，广西师范大学出版社，第87页）可见虚构是以保持美好与防止历史遗忘为目的的。看来我们的文学虚构是必要的。虚构可以传颂美德，可以重述英雄的事迹与品行，可以记忆为美好而付出代价的人们。对于罪恶，我们的虚构无法灭绝现实的邪恶，但可以鼓励善行，可以培养人们消除罪恶的意识。这样我们的虚构又成了一种乌托邦理想。这已形成了一个传统认识了。文学虚构果真是这样吗？文学虚构仅是创造词语和一些句子，并把来自现实中某种虚构的东西揭示出来。文学虚构对作者、对人物而言永远都是一种自我指涉、反思与幻想，是一种自我反应。它制造虚构了另外一个空间并把它和我们所认识的现实真实空间隔离起来，虚构成了一个单独的超凡脱俗的自我保护空间，虚构成了一种防护装置的独立空间。这具有一种什么意义呢？是虚构把文学与现实区别开来，分为两个知识世界，作为审美的与实用的界碑。虚构使我们免受真实世界的伤害。

传统文学虚构想尽办法让我们相信：我们虚构的现实生活是日常生活中发生的真实事情。虚构是假的手段，而维护的却是现实生活中的真。虚构把谎言当真。

那这里面的问题在哪儿呢？

现实生活里有虚构，那是因为社会与人扭曲的结果，就其发生的性质而言，希特勒屠杀了犹太人这是真的，白求恩维护人道主义而牺牲也是真的。就其真实而言，我们只能以其现实的发生真实进行文学书写，现实主义的虚构要求相似性和逼真性，可能没错。因为人要求自然社会世界所发生的真相，虚构便要求这种本质的复原。所有人都明白虚构是说谎，因而虚构要求洗脱罪名，强调我是以假的方式说真。这样现实与虚构在本质的求真性上统一起来了。

可是现代社会，高度工业化和科学化的技术改变了社会的性质，特别是机械复制的技术不仅仅是以假乱真，而且是以假代替了真实，仿真时代的到来，原本的真实已经不具有意义，我们反而相信仿真，类像更具有比真实强大的力量，这时传统的虚构便有了问题，我们干吗非强调虚构的真实性呢？我们就是要表明虚构的作伪性，时时提醒我们在制造假象。现代主义以后的虚构就是针对以前的虚构不断地提醒你那仅仅是一个虚构。作者也明白了这个道理，便使用了一个新的虚构策略：元虚构。元虚构便是不断针对虚构的一种结构策略，我在不断指证虚构是在作假的过程中。元虚构不再相信本质，也不把追求现实真实作为最高目的，它只是对前虚构发生兴趣，而针对性地使用虚构，所以元虚构仅仅是一种方法与策略。中西方元叙述文本很多，早期重要的有笛福的《疫年日记》，还有先锋文本《项狄传》。元叙述与元虚构略有区别，元叙述是针对叙述而展开的叙述手段，元虚构似乎必须针对一个虚构性文本而言，我们仔细注意，大多数元叙述称不上元虚构。比较明确的元虚构有纪德的《伪币制造者》、巴塞尔姆的《白雪公主》、巴思的《喀迈拉》、纳博科夫的《微暗的火》，因为它们分别针对的是文本中的文本，《伪币制造者》针对的是《单杠》，《白雪公主》针对的是童话版《白雪公主》，《喀迈拉》针对的是《一千零一夜》，《微暗的火》针对的是一首长诗。这是一种针对文本构成的虚构。

第四类，虚构是一种想象力与理解力。虚构是一种创造性想象。提供多出于现实之外的东西。艺术最高的目标是要通过揭示世界的真相来改造世界，或者重塑世界。可我们虚构的源头则在人类的自由之中。人类的自由想象回答了现实世界所有的问题。想象力是什么？想象力是一种富于形式和组织形式的能力，是一种将分散的事物融成一体的能力。想象力是一个破坏者又是一个组织者，是它缔造了秩序与和谐。想象还是一种记忆力，它必须对过去发生的神话、巫术、奇境、异俗等那些特殊的符号的记忆，在各种过去发生的形式上整合与筛选，记忆在各种状态下被唤醒便产生联想。想象即是一种前倾性姿态，意识是一种对流逝岁月的回瞥，记忆不是数学式的精确，形象记忆它具相似性，有扩展壮大的性质，记忆和想象是如此天然地纠结在一起。在虚构的门楣下记忆和想象分别守护着这扇小说之门。想象就理性而言发端于知识，一种分析的知识，知识是一个庞大的家族，有可以推导的，也有静固的，单就知识的静态而言仅是图书馆的符号，学校被机械记忆规范，但知识永远在使用途中，在相互激活，知识之母具有生产的能力，知识生产就一定会产生想象。想象更多的发轫于感性直觉。就感性直觉而言最重要的是自由个性，一种无拘无束的自由飞翔，思维要有一种大胆的疯狂。首先是破除一切清规戒律，然后是大胆想象，想象是发散性的，向外扩展的。想象还是一种触类旁通的领悟能力，人的想象能力很奇怪，有些方面例如空间方面很强，可以是无限的，有的方面可能是有限的。古往今来思维与时间之箭飞行，宏观的想象与洞察幽微均是想象的疆界。想象可以敏感于声音，也可以敏感于色彩，或者是气味的诱惑。想象针对事物而言它的敏感能力并不完全一样，一个作家视觉想象是强项，但另一个作家则偏于听觉想象。或者有些作家的触抚能激发出无限遐想。想象既源于感觉的器官，则器官是可以训练的，可见感觉与想象都是可以训练的。

小说需要奇异诡怪的想象。

五、经验与虚构的辩证法

小说就传统而言，经验与虚构是绝不可少的原则。真实地反映社会与自然，真实地展露人的本性，必须有真实的生活细节，而真实的生活细节只能从经验中来。经验成为现实主义小说的支柱。有了经验小说就能给人以真切的感受，因而经验的丰厚与否决定小说的真实性。小说与诗歌不同，小说以布置事实为主，事实就一定是经验的。可以肯定，毫无生活经验的人无法写出真实感人的小说来。但经验往往是零散的，片段性的，或者经验总是在经验过程之中成为一种感觉性的东西，当人们理性把握经验之时会有稍纵即逝的感觉，所以经验总是依靠积累，经验积累得越丰厚越好。准确的实际经验很少来自想象，它一定是本原经验所给定的，据实地把经验写下来那只能是一个应用文，最多是写实性散文，小说需要把经验罗列、组织、秩序化，并形成某一个结构，做这个工作的便是虚构。虚构可以提供经验，也可以还原经验，作为小说，虚构主要集中经验而不是对经验的机械复制，是取其特点的、生动的、精辟的加以组合。更重要的是我们从结构经验中发现人类一些深刻的东西，使它成为启示经验。

虚构便是对经验加以整合、改造、提高，成为一个有意义的整体，创造一个新的艺术性文本。经验与虚构形成关系之后会产生新结果，小说的面貌也就会千奇百怪。经验是基础，虚构是品味。经验产生的反作用力很怪，一方面，经验在虚构中产生伟大的经验。另一方面，经验在虚构之后产生反经验的东西。经验可以产生经典之作，但也可能产生平庸琐碎之作。经验伟大，虚构更伟大。伟大的虚构征服伟大的经验才能产生伟大的小说。

经验决定虚构，虚构也可以创造经验。

虚构决定经验的面貌，经验规定虚构的性质。

小说家对经验与虚构的处理，因个人的学识不同、天性禀赋不同，会决定小说的面貌大不一样。不会两个作家写一模一样的小说，除非抄袭。就经验与虚构，让每个作家谈谈他的小说形式也是不一样的，我们很难要求规律化。

一、经验的强大征服虚构，这决定了小说内容的强度

强大的经验对作者和读者都会产生强烈的冲击力，作家会在无意识状态下扩大经验的强度。我十五岁时在钱粮湖农场的乡村中学教书，学生年岁和我差不多，那时候老师会定期去学生家里家访。放学后我沿着河堤走了约五里路，上渠道沟顺着一排排杨柳树向村子里走，记得太阳已经掉在芦苇丛中，湖波还是金光灿灿的，在村头的菜地便听到骂骂咧咧的声音，正好我的一位女学生家在那儿，我看见一个高大的男人在草垛上堆草，草垛下部被菜地栅栏挡住，什么也看不见，隐约一个木叉在挥舞，"咯娘卖屁股的，高一点，再高一点。"如此数次之后，那男人恼怒了，溜下草垛沉重捶打，开始我听到几声女人的号叫，一会儿便只有男人发狠的痛骂，我赶过去，那个叫海老倌的高大男人正用木叉打他老婆，那矮小女人一头血倒在地上，我拉开他，"你会打死人的。"大概因为我是老师，那男人也就罢了。我让他女儿去找医生，老头不让。我进他们家稍许，那女人从地上爬起来，我同老头说他女儿的学习情况，不多一会儿那女人给我做了一碗鸡蛋汤端来。她笑了，脸上还有血迹，这真让我万分惊讶！大约二十年后我返故乡，在渠道边碰到了我那女学生，怀里抱着一个孩子，我问她妈妈还好吗，"妈还好，我爸死了。"我听了半天不吱声，那个人高马大的男人竟先于那个矮小而病歪歪的女人死了。

1980 年代后期我在鲁迅文学院学习，河北有一个叫赵婧的女孩慕名来访，想着写写小说。我们在红领巾公园聊天，她无意中说起男人打老婆的事，她那儿叫赵州桥，有一个女人很爱干净，喜欢穿白衣服，男人发狠揍她，每次衣服上都溅有血迹，这个女人不洗血衣，而是用剪刀把那溅血的地方挖一个洞，然后贴一个补丁。日久，一件衣服全部由补丁组成，如同百衲衣样。这两次残暴的事例在我心里滚动，家乡故事在心里放了十多年，碰上了赵婧的故事，我一口气便写下了《金小蜂》，又过去了二十年，至今我依然认为那是一篇漂亮的小说，它是不可重复的。

二、虚构的强大征服经验，会产生小说文体上的特别

2000 年后某天我和《芙蓉》主编颜家文去百花文艺出版社会朋友，与王俊石、马津海、董兆林、刘书棋等一同吃饭，还带回了百花文艺出版社许多书。那次家文和我谈起湖南人，又谈了湖南对日的四次会战，非常激烈，一师一团地被打光，日本人进湖南非常困难，不惜动用细菌战，洞庭湖上发生了空战。岳阳之南有一条新墙河是战争的天然屏障，最后蒋介石在撤退时发布了焦土令，火烧长沙，不让日本人得到一砖一瓦，一场大火几天几夜。我心震动。正好那时候爆发了美国对伊拉克的战争，我想写一篇小说，但迟迟没有动笔，后来亲去新墙河采访，就材料可写中长篇，反复思索后写了一个短篇《考古学》。我不满足于那仅是一个故事，或者仅是一个血的教训，我希望它还是一个特别的小说形式，我们今天寻找的战争碎片应该镶嵌成一个工艺品。

三、有意的虚构与无意的经验

我生长在洞庭湖北岸，一直向往洞庭湖的中心地带，并有意写一篇小说，几十年不断想象这篇小说的面貌，几乎觉得它应该瓜熟蒂落了。洞庭湖也几乎成了中国人的一个梦，那篇《岳阳楼记》，君山岛上的二湘妃，还有洞庭湖的《柳毅传书》。洞庭湖有一个古老的名字：云梦泽。这个名字充满了神话与诗意。2008 年12 月 29 日，潘刚强、沈念我们三人去洞庭湖的中心地带，船在湘江主航道行走半日，到了一个环境观测中心，转头我们去了荒岛，所有芦苇被砍尽，许多土地被拖拉机翻耕，还有几条大沟渠，渔民专门捕捞小鱼，这里有各色流民，惊惶不定之色，在梅塘湾我们看见翻倒的一只水泥船，匆匆搭建的一些芦苇棚、小酒馆、小商店，赌徒与苦力，还有几分姿色而身份不明的女人。洞庭湖的中心地带称之为本底湖，资源枯竭，水泊落尽，彻底粉碎了我关于洞庭湖的梦想，回来后几个夜晚不能平静。2009 年元月 22 日动笔写了《无相岛》，三天一气呵成，洞庭湖完全是另一个面貌了，那天上午完成，第二天便是新春佳节。我取了佛家"无相"一词表达的不是我的出尘脱俗之意，而是无尽的哀愁、绝望与虚无。一个深冬雪夜的无相岛，所有的人与事都构筑在悖论之中，写完以后给了《山花》的何锐，很快发表出来，很快被韩国版的《世界文学》译成韩文，后来又被中国先锋十年选为头条，取得了很好的效果。但我仍觉得读懂这篇小说还需要时间。

四、非经验非虚构的感觉写作

2000年以后我有许多小说也不借助经验，也不刻意虚构，仅是一种感觉，有一种对语言写作的愿望，在稿子上写几句话，好像后来的句子排着队在那儿等着似的，心中也没有明确的意图。写上千儿八百字后似乎有一种东西在脑子里聚拢，语言自身推动着我往往写到三千字就比较顺畅了。然后小说开始带你跑起来，一顺溜便跑出自己特别的格局。我用这种方法写了《博物馆》，这个小说也就两天写完，我让中央台科技频道的导演朋友帮我录入打印，他从军博出发了，我在屋里转，小说没有标题，二十分钟还没有标题，坏了，我不能给小说标一个无题。听到他从楼道上来，咚咚咚咚，敲门之际标题有了，"博物馆"。午饭我们俩闲谈，他说为什么用"博物馆"这个名字，那里是青铜器、瓷器、古董等玩意。我说，我的博物馆盛装的是革命、爱情、复仇、谱系、恋母等词语，小说发表后，辽宁一女士打电话问了同样的问题，她特别喜欢，我不认识，奇怪的是她从哪儿找到我电话的。小说后来得了武汉市文联的年度文学奖，王一川带着他的硕士、博士开了一个研讨会，社会效果一直很好。这类小说我写了不少，有《裸体荷花》《民族志》《没完》《墙上鱼耳朵》《爱的野百合花》《民间格式》《鱼眼中的手势》，包括长篇小说《梦与诗》。

虚构与经验既是矛盾的，又是统一的。虚构往往是在最高意义上的对经验的整合，决定经验的意义与方向。反经验的写作里，虚构不再对经验指手画脚，虚构从意义的海洋里跳出来，刻意追求一种方法上的东西。我们千万不可轻视虚构，这里，我们似乎要明白区分一下经验逻辑的理性虚构与形象直观的感性虚构。这两种虚构各有其妙，感性虚构自然流畅，小说中随时发现一些出人意料的东西，有一种丰沛的感受性体验，它直接流露出作者许多无意识的心理与思维奥秘。理性虚构的小说结构感强，材料事实丰厚，组织严密，对社会的反映建构立足在总体性思考上，这样的小说是一种规范性写作，可以归属社会人生小说，往往构成社会的主流派文学。

最后要说明一点，成熟的文学大师往往不囿于经验与虚构这样的概念，完全把这两个概念内在化，小说创作如羚羊挂角，去留无迹，天然的一种自然状态。漫长的创作时期习惯于处理经验与虚构问题，那样也会被这二者所异化。你的一生都会按规范写作，被一种形式所困扰，就很难创作出杰出的小说，反抗规范才能获得创作的自由天地。

无人、无事物、无世界最后达到无我，就一定会有好的小说。

第十一讲　意图与理念

　　主题（Theme），是一个批评术语，含有评价的意思。这是一个古老而常用的名词。它包括在一切文学艺术作品之内，任何一个文本都明确地或者隐含地具有某种意念和信条。简言之，有一个支撑其作品所存在的理由。深入下去从文本中会读到作者的世界观与价值系统。虚构作品更是具有这个内在的理念或者意图。现代的小说理论和叙述学一般不使用这个词汇了。主题应该是一个小说的基本元素，也是一个核心词汇，自古希腊、罗马文学传统以来也是一个强有力的词语，何以今天不再重视它了，这值得我们深思。

　　传统理论重题材、主题、体裁三个元素，这恐怕与现实主义写作有关，与这三个术语的内涵有关。模仿论强调对象是现实的行为方式，因而对材料有特殊的规定性。主题指的是作者对文本中所描写的社会性格和思想的理解，是与性格有关的各特点、各侧面关系，是从作者世界观认识出发的感受与信仰。通常认为是一个作品最本质的东西。到现代主义不再承认"性格"一词，而后现代主义又不承认有现象与本质这一模型。那么主题便不可能视为一个作品的核心了。如果我们把主题理解为意图或者某种想法，是在具体文本中不断展开的意思，或者具体的意象，那么"主题"一词依然隐含在我们今天的写作中。不过由于"主题"一词在传统理论中作用很明确，有它特有的规定性，如果用"主题"一词去分析巴塞尔姆的碎片作品时便会很滑稽了。传统主题有永恒主题与常用主题之分：永恒主题是指的一些大观念，如爱、和平、正义、死亡、生命等等。这叫宏大叙事，属于过去史诗所表达的。今天来说永恒的主题，未免大而空了。常用主题是指日常生活发生的琐事，简单说就是人们生活中的衣食住行，把生活频率最高的吃饭作为主题，这倒合乎人的本能。还有性、玩乐等等，这样的主题分类，一是琐碎，二是没有多大的意义。于是在今天的小说写作中主题就成了一个非常尴尬的词汇了。但如果不说主题了，今天小说中的意图、理念我们用什么概念去指认它呢？

二十世纪结构语言学兴起，有一个词悄悄地突现出来，逐渐成了一个必不可少的评估词汇，那就是"意义"。从语言最基本的因素词汇与语音出发，它都涉及意义，因而意义是播撒在文本的一切角落里的。

由此，我们得知一个具体的文本有词汇的意义、句子的意义、语段的意义、文本的意义。如果把一个文本所有意义一网打尽，无疑作者意图、理念均在其内，主题也自然在其内了。传统主题通过人物、事件而散发出来的，通过作者对作品对世界的评价与感受所体现出来的，通过作者或人物情感与思想的表达所显示出来的。于是主题会有特定的特点，可以是一句话，一个象征物，一种手法与程式，一个不断重复的要素，或明或暗地透露出来。总之，你会通过一种方法找到主题，它一直像一根红线在作品中起到贯穿作用。它会让所有读者都明白作品在说什么，有什么主题含义。

由此看来，主题也是一种模式，类如情节的母题一样，我们可以归纳出几十种文学主题之后，再对文学作品进行分类，主题的单一化、模式化也是当代写作所摈弃的。使用"意义"一词就不一样了，它比较自由，可大可小，大到文本，或一个作者的宇宙观，小到一句话一个词，使用中都会产生语义的。你可以重视言语中的意义（所指），也可以淡化它，而重视话语中的形式（能指）。一个主题要求对一个作品或人物起统摄作用，是对社会时代某一方面的概括。而意义是遍布于句子和词汇中的，它在哪儿，是明确的，并不需人为地去集中它，凝固为某一准绳，但你又随时可在文本的局部找到它的所指。意义是文本中的，是语境性的，如果你要把它从文本中独立出来，它也指向一种精神，一种思想，一种人们普遍认识的理念。

比较而言，主题有一种作者强加的感觉，即通过组织化处理过了的。意义肯定是词语的，句段本身则比较客观化，而主题明显是一种主观化的产物。托尔斯泰的小说有许多道德因素的主题，突显了作者自身的评估。作者的声音过于强大，便有了一种虚构的作伪性。

这里讲意图与理念是综合了主题与意义二者的内涵，而不得已采取了一个拐弯的说法。意图不能明确为中心思想或主题，它是隐在的，例如可以是潜意识的，感觉的，根据文本的内在规定性，作者向性地接近某种目的。一个作者写某种东西，天然地趋向对它的亲和，以为它可表达你内心隐秘的感知与情绪，你便感到推动它向目的走，并不明确宣布一种邪恶的观点，如残暴；也不维护一种观点，如平等。仅仅是自己一种感性的意愿。我们可以称之为意图。理念，是一种明确的思想观念。这种理念在人类思想上早已存在，如真实、善良、美好、正义，也包括虚假、罪恶、贪婪等。你可以说它是我们在文本中伸张的一个主题，也可以说生活本身如此，思想与事物一同存在。与传统主题不同的是，并不刻意强调该理念在作品中的组织作用，倒像是一个基本意念或意象散布在文本之中。这个理念是一个意义系统，但在文本中作者可能不对它做更多的评估，它是发散性的存在。那么文本中真正属于某种主题含义的东西，一方面可能存在于作品之外，作者的思想之中，例如新小说派的写作；另一方面，这个意义系统仅是整体地存在于一个文本的总结中，而不能还原为作品的每一个局部，例如存在主义小说。意义在文本中可以矛盾、混乱、交叉地存在，而主题在作品中必然是统一的整体存在。

一、文本的意图

意图（Intenional），一般指作者的主观动机。创作意图，通俗的说法指作者写作时的一种想法。"意图"一词在理论家那儿实际上是一个错误认识，他们以为作者有一个意图在作品中或者作品外，或者作者说我写这个东西的意图是什么。这就把写作动机简单化了。一、确实有部分作者是以某个意图为动机写作，如生活中的死亡事件，引起他对死亡的思索。关于死亡，于是写了关于暴力，关于嫉妒。不错，作品中确实含有死亡，或者暴力、嫉妒。但作者必然会选择一个书写对象，这个客体的书写并不能完全与刚才提到的三个理念吻合，重要的是作者写作会有一个时段，一天，三天，五天，一个月，在这期间作者的思想中关于某个意图的想法是多义的，歧义的。特别重要的是在写作过程中这个意图会受文本内在的规定性制约而改变。简单说，意图会发生变化，和他始初的意图并不完全一样。我们单凭某种概念意图并不能对文本进行标准性批评。二、隐在意图。绝大多数写作是从一种感性冲动入手，有一个朦胧的意图。他的写作意图是在写作过程中明确的，由此可见，"意图"一词是一个生长的概念。它是不断丰富又会有歧义的。因而这个意图不是概念性的，而是描述性的。三、任何意图在一个杰出的作者那儿都不是单纯的，而是多元的，语义含混，但又可以做多种释义，这并不表明要根本否认意图。相反，基本意图是重要的，只有在此基础上我们才可以提供别解。在文本的客观意图上，批评家可以进行主观意图的分析与释义，甚至从文本中发现更有意义和价值的东西。但作者意图仍是一个文本的诱导标志。四、一个作者强调他的意图，他仅提供了释义的一种解说，可以存疑，我们不需要去循环论证，一个杰出的文本按完形心理学看，文本整体提供的东西一定会比作者局部提供的东西要多。例如，我们的文本在具体陈述一个人的死亡，那么局部会有死亡方式，死亡动机，肉体死亡，精神死亡，自主性死亡，绝望性死亡，这个人、这个事件的方方面面提供了丰富多彩的死亡局部，相加但不能等于这个整体之和：死亡。文本会超出于死亡而具有更丰富的内容，因而形成一个好的格式塔。可见一个完形的文本提供的东西是超出了意图的。

所以我这里是强调意图的，它仅仅是一种源起，它有主题的影子在内，有主题的功能，但绝不是主题的含义。意图对文本来说异乎寻常地重要。这告诉我们不能糊里糊涂地写一个作品，或者仅是模仿一个人或者一件事。前者表明写作是一项有意义的活动；后者表明写作应该做什么而不应该做什么。小说写作应该是有它内在的要求的，不然我们何以要写作呢？

1. **一种明确的写作意图**。如果从写作整体上看，有明确写作意图的写作似乎占多数。这个意图是什么呢？是日常生活中的常识，还是一种特异现象？是一种长时间的沉思，还是一种即兴的偶然灵感冲动？总之，导发这种意图的因素是复杂的。它表明的是作者想说什么，并把这一想法告诉读者。这种明确的意图并不一定是一个概念，一种理念信仰，而仅仅是一个大概方向、一个疑问、一个出发的方向。但要大致明确意图是干什么的，例如时间、生死，但这太明确，是我们后面要说的理念写作。它是关于这一方面的思考，从观念上说是关于死亡。但我想写的并非死亡本体，而是人以什么方式确证存在与不存在，例如有一个老人非常害怕睡觉，他总觉得一睡着便醒不来了，把睡眠看成了死亡的一种形式，他恐惧睡眠。这很有意思，是一种心象，就这个恐惧睡眠的意图写一个小说，它关涉死亡，但非死亡主体，而仅是探索一个心理类象。睡眠是一种存在方式，一种存在方式何以成为恐惧之源？人们会思考，这种明确的意图与明确的观念是一种什么现象？博尔赫斯说《代表大会》这篇小说构思了三十多年，最近才提笔成文。也就是说，这篇小说的意图跟随了他三十多年。我们看他的意图是什么，他说，可能故事的情节跟原先有所差异，当然是幻想性情节。不过不是超自然的幻想，而是一种不可能实现的幻想。因为，它取材于一次我不曾有过的神秘经历。我决意讲讲我自己并不完全相信的东西，倒要看看结果到底如何（《博尔赫斯七席谈》，光明日报出版社，第48页）。显然《代表大会》的写作意图是清楚的，写一种自己不相信的东西，这个意图具有写作可能性，于是博氏写了。但小说并不是提供博尔赫斯意图的演绎，或者演绎仅是次要的部分。而真正落实到《代表大会》这篇小说却提供了多元思索。其一，代表大会是一个乌托邦，何以会存在？其二，一种宏大的组织没有了，人们相互见面都不提它了，但它曾经存在过，存在的痕迹有或大或小的影响。其三，这个代表大会，许多人都参加了活动，有主席、秘书长、工作人员，人们去过巴黎，还有恋爱，有人烧毁图书馆，有人参观过乌拉圭庄园，简单说人们都从中获利过。当人事烟消云散之后，所有人害怕再提它，怕见其熟人，有的人彻底遗忘了它，为什么？这才是小说的核心。我以为文本最深刻部分正好是人们害怕触碰过去的一种虚幻心理。过去那种未被确证的事物和经历，未被评估，今天面对不知所措。如同中国的"文化大革命"，二十年后许多人对这个经历不敢去触碰，人类心理的脆弱是容易伤害的。还可以说是人们面对一种不存在的东西的恐慌。因为不存在以一种想象的方式存在过。现在的年轻人，二战对他们来说是不存在的，但如果以某种幻觉的方式复现它，依然会引起人类的惊恐。上面的例子表明写作意图是明确的，但文本却提供了多意图的解释。

2. **写作是一种未曾明确的意图。**这话的意思是大多人写作的意图是隐在的，认真追问意图而又说不清。这种意图可以说是一种感觉。博尔赫斯举康拉德为例，康拉德是个航海家，把地平线看成一个黑点。他知道是黑点就是非洲。实际每个作者所看到的东西就一点点。我理解这就是意图。博尔赫斯的情况也是如此。他说，我隐约看到一个可能是座岛屿的东西，我只看到了它的两端，一个角和另一个角。但是我不知道中间这一段是什么……随着我不断地考虑这个题材，或者我不断地写下去，它的面貌就逐渐地暴露在我的面前。我犯下的错误通常是属于这个尚且黑暗尚未光明的地区的错误（《博尔赫斯与萨瓦托对话》，云南人民出版社，第 250 页）。这表明博尔赫斯写作最初也只是一个朦胧的意图，而后是写作（具体的一个文本写作）便随故事展开，意图便更明确。最有力的例子是他的《第三者》，博尔赫斯最早便确定写第三者，故事写到兄弟俩把心爱的女人拉到了荒野，最后不知如何写了，是作者母亲的原话解开了这个结，兄弟俩杀掉了这个女人，故事完结。我的大多数短篇小说最初都只是一个朦胧的意图，没有标题，找到一个感觉便开始写，往往是越写越明了。起因可能是一人一事，一画一音乐，某一黑暗中的感悟。人生悲哀中的感叹，或者对过去人事的某点怀念，总之，触点是复杂的，小说自身会给作者明确一个意图。例如我的《考古学》《博物馆》《双叶树》《墙上鱼耳朵》《空裙子》《婚床》等短篇小说都是如此写成的。我还有一个体会，写作短篇小说一般不要有太明确的观念意图。预先确立一个主题的做法，短篇小说会很呆板，直扑一个观念，因而也就缺少内在的张力，但是又不能缺少某个意图。因为没有意图你的小说会乱跑，会失控。

3. **写作的意图要具有歧义性。**其中有明确的东西，但又提供多义的东西，这会使小说丰富，具有内在的张力，或者对某种意图作者不回答，也不解释，使它处于开放性。经典例子是哈姆雷特的犹豫：是生存还是毁灭？上文说到的短篇小说《美女，还是老虎》，这是一种选择性的意图释义，而且是非此即彼。真正的开放性应该是多种选择，没有唯一的答案，简单说，它只提供人与事物的可能性。《杀人者》的意图是在一次预谋杀人吗？小说绝大部分文字写等待杀人，直到找到安德生，小说意图峰回路转，一个拳王对杀他竟无动于衷。问题在于，安德生是厌倦了人生，还是对环境无可奈何？回到酒店尼克又发现，乔治对他的环境熟视无睹，反应麻木。于是又触及芸芸众生的麻木。最后尼克离开酒店，他对一切发生的事件与人的不理解，他反抗环境，或者不愿再麻木下去，这之后的意图又含有积极的主题。一篇短篇小说《杀人者》意图并非完全确定，却是如此的多义，可以提供对生活复杂的阐释。生活对于一个人来说也许只提供一个解，但许多人在生活中关系是交互的，生活本身的复杂，加上人们的介入，它本身便是一个复杂现象，我们的索解便是一种复活人与事意义的丰富性，因此它的功能作用便是多元的。我们应该对生活与世界做这种开放性理解，启发我们更深一层地思考问题。

二、小说是一种对意图的创造

意图或隐或现，对小说来讲是至关重要的，因为小说的方方面面均在小说的意图控制之中，它是一个整体。从这一点上说，又有些近似于主题。重要的是对小说而言，若非如此，意图或许只是一个实用的，或某一种潜在的动机。在日常生活中意图是缓慢地流走，或者是时空中一些别的因素消解了它。这便有一个问题，小说要意图，是否所有的意图都具有价值？好的意图产生了好小说，而平庸的意图导致小说失败。这里有一个作家对生活态度的问题，我们无论如何都会自己追问，我写下这个文本干什么？有什么意思？而这又关涉到现实生活与理想的追问，我写的文本与生活、与理想有什么关系？是否具有什么意义？也就是说，我个人的意图有没有表达的必要。也许从个体意义来讲只是一种表达的吁求，但对公众而言意味着一种大家都知道的常识，于是这个意图便没有可写性了。

因此，我们首先考察意图的可写性。

一般而言，可写性是双向的，对写作者，是一种表达的冲动，即创作欲。一个文本对个体而言，你的书写至少是对你有意义的。或回忆，或纪念，或表达对人对事的一种看法，或对世界的认识，一种情感流露。这些至少在你而言是有意义的。还有一种对美的表达，自赏自恋，在音乐和美术家身上这个特点更明显。于己是这样，于他，你也许会认为某一经验、某一教训、某一感受，会有启发，于是你把自己的想法（意图）表达出来，这从写作动力学来讲，意图也是一种力量。另一方面是对读者而言，因读者是大众，大众会有各方面的需求和更广阔的视野，读者要认可你的意图的价值与意义，或是审美的娱乐，或是认识的启迪，或者也完成一次陌生历程，一次放纵的想象，简单而言，你的意图是要对读者有益的，否则，读者为什么要去读你的文本呢？所以意图必须是有意义的、审美的，而且是在作者与读者的双向选择上达到某种共识，这才有可写性。

也许还有第三种因素，即社会的因素。社会是一个规范性行为，有固定的价值观，理想倾向。社会需要你的意图实质上含有两个维度，而这个维度刚好是矛盾的。一方面社会需要积极性的，创造理想和谐的人文社会，目的是建设性的，倡导一种和社会主导规范相适应的东西。表达一种真的，提倡一种善的，趋向一种美好，即构造一种理想社会与理想人格。从小说的历史来看，这种写作是实用的、功利的，很难创作出一种伟大作品来。另一方面是否定性写作，是对社会进行批判的，倡导一种社会重建，这类写作表明人与社会是不完善的，是有缺点和错误的，需要重建作者认定的社会理想、社会价值与新的人格精神，因而对现实的社会持有强烈的批判态度。这类写作往往容易产生伟大的作品。

可以说，任何写作者都有一个内心的格式塔，趋向于一种自我认同的完形。这表明每个作者都有美好的愿望，但这个世界为什么会有那么多不好的作品存在呢？这里有一个价值观问题，有一种公众和私人问题，有些东西或许对私人有意义，而对公众并不一定有意义。或者作者客观地书写了人类的某种现象，但从社会价值上它却有负面影响，例如：性、暴力、邪恶、恐怖等意图的表达会诱发某种现象或问题产生。客观上有宣扬某种暴力和邪恶的效果。因此意图自身也有一个审美规范、价值系统。例如，爱者无罪这样的意图你可以写成小说，从本体到表达，技术都能办到，可你的小说问世却偏偏不行，社会公众不认可，为什么？一方面因为你的艺术表达达不到最高标准，不是真正的艺术品；另一方面，你仅是千百年来无数大师写过的爱者无罪的一个翻版。那么你的愿望再好，但是你的写作是无意义的。由此可见，写作的意图既是私人的也是公众的，既是明确的观点又是非理性的感觉。既是可以言说的表达方式又是一种神秘的直觉，这样我们便不能太小看意图了。意图在一个文本中是看不到的，是读者通过分析得来的，作者在表达意图时心理与方式都很复杂，是一种控制、一种把握，是必然也是随机，意图是一个看不见的运动过程。

博尔赫斯的小说《奇遇之夜》中说"我"听到一个故事。

那是 1874 年 4 月 30 日晚，夏季比现在长，我十三岁在牧场干活，壮汉鲁菲诺带我去镇上玩，七点半鲁打扮齐整腰插一把银匕首，我们一起去洛波斯小镇，到了小街角一门厅很深的大房子，有小狗和几个妇女，有人弹吉他，喝杜松子酒，中间有一个忧郁清秀的女侍，她在讲自己经历的事件：

我从卡塔马卡来时年纪小，印第安人常来牧场突袭，抢走畜口和妇女，我哥卢卡斯安慰我这是谣言。我被这种好奇吸引了，常盼着突袭发生，傍晚我在日落地方眺望，夜里在梦中见到。我们终于在沙漠里看到突袭的印第安人，他们怪叫，打着口哨。接着上了街，冲进屋里的人个子很高大（老太太插话，那是胡安·莫雷拉大刀客）。他一鞭就打死了小狗。突袭的事件真的发生了。是在女俘讲故事的时候。

我躲在一个小通道里，听到楼上楼下杂乱的声音。这时女俘在轻轻地叫我，她用梳妆袍包着我，我摸她的脸，身体，解开她的长辫，但我不知道名字，有枪声把我们吓一跳，房子被警察包围了，一个人翻墙被警官刺死，他说莫雷拉今天跑不了。安德列斯·奇里诺拔出刺刀。

我按照女俘的指示跑出小镇，找到鲁菲诺回家，这时已经天亮了。我在短短的几个小时看到了爱情与死亡。

这是一个极平常的故事，几乎没有多少可写性。现在我们讨论的是意图，作者的意图到底是什么？如果意图是说出童年人生第一次经历的传奇，那仅是一个私人说话，对公众没有意义。博尔赫斯是这样说的，几小时里我看到了人生两件大事。岁月流逝，这故事讲了许多遍，我究竟是真的记得事情的经过呢，还是只记得讲故事的话语？原来博尔赫斯意图并不在讲述故事，而在于迷恋这种说话的方式。人生第一件真实本身并不重要，重要的是它如何形成一个记忆过程。这才是博尔赫斯写这篇小说的真实意图，这本身给人们极好的启发。每个人都不会记得自己第一次看到的红色，第一次听到的音乐，第一次见妈妈的样子，这说明第一个真实是忘记的，而重要的是我们因此形成的记忆过程，也就是柏拉图的理论：认识就是再认识。借一个平常故事揭示记忆的奥秘，意图是形而上的认识论。

博尔赫斯许多短篇小说，如《南方》《等待》《刀疤》《决斗》《结局》均是写复仇的，复仇是一个母题，是一个原型。这是博尔赫斯非常顽固的一个意图。经常在脑子里，用他的话说是经常发生在梦中的，于是他写了许多复仇的短篇小说。古往今来，写复仇的小说车载斗量，一般的复仇故事可以说没有可写性，但在杰出的作家那儿依然能写出极品来。《遭遇》便是这样一个极品，我看这比博尔赫斯认为自己写得最好的小说《第三者》要好得多。为亲情友谊而牺牲女人的意图应该说是平常的。《遭遇》写复仇不是异化，异化的写法很多：复仇使人失去自我，使人疯狂，仇恨使人类变成非人。这个意图是小说史上是常见的，而复仇居然物化了，在我有限的视野里还未见过。两个没有仇的人，本不想决斗，特别是敦坎，而乌里亚特事后哭了，他没有想到会这样，无仇而决斗，有意思，但作者的意图没停顿于此，而落在两件兵器要决斗，物凝聚了仇恨，仇恨史是历朝累代的深入，最后变成物性。永久地凝固，这就非比寻常了。从这个小说看博尔赫斯完成了一个创造意图的过程。它让世人看到仇恨是不可解的。此处不复仇，在彼处也要复仇。当然我们必须讨论一下，难道这个世界是充满仇恨的吗？如果这样博氏在鼓吹仇恨，这也显得太没有大师心怀了。不是，博氏的意图没那么单调，在小说中乌里亚特和敦坎两个是无辜的，特别是敦坎似乎觉得做了一个梦，复仇使两个不相干的人受到不幸，不论童年的博氏还是老年的博氏都明白这是一个悲剧所在。他同情但又无可奈何。这就使我们进一层分析意图，我们最好最初就不要播下仇恨的种子。因为仇恨的力量太大会伤及你的后代，而我们却要维护永久的和平。这就使我们对作者的意图提出一个很高的要求。

第一，建立意图要高远，要新颖。是最为独特的一种个人思想，而不是重复别人的思想，甚至不能重复自己以往的写作。这点很难，连博尔赫斯自己都说，好奇的读者会发现某些相似处，有些情节老是纠缠着我，缺少变化已成了我的弱点（《博尔赫斯全集》小说卷，浙江文艺出版社，第316页）。因此一个人的写作有许多基本主题，如博尔赫斯的基本主题是迷宫、复仇、永生、镜像、时间、幻象。在他一生并不特别多的小说里也有许多是重复的，一个基本意图变成几次书写，这当然是可以的，但关键的是变化，提供新意。他确实有些绝妙的新意，但也有不少庸俗的重复。

第二，小说意图要含混复杂一些，不能把意图变成简单的概念。这在博尔赫斯探讨迷宫、永恒的意图的小说中是做得比较好的，提供的是一种多方位的思索，读者不能一下简单窥破作者的意图。例如在《代表大会》给出的表面意图中我们还可以探索出深刻的意图。最好的意图我以为可以带点神秘主义的直觉，一种非逻辑的联想。这样的意图会涵盖更广，因而也会更深刻。深刻并不一定全从逻辑上去立论，可以让人感受事物的深刻性。《遭遇》的深刻是完全可以感受的，从一个形而上的东西到物质形态的凝聚是可以让人震惊而感叹至深的。

第三，小说是一个意图的创造过程。这从许多小说中都可以看出来，只不过《遭遇》是典型例子。我说的不是一个意图简单创造成功，而是一个意图被创制：一是多样性；一是无限性。博尔赫斯有许多短篇小说写决斗，是各式各样的决斗方式，真正以"决斗"为题的有两篇，一篇决斗是两个人的画笔。另一篇则是两个人抹了脖子以后，决胜在于谁最后倒下，最后两个人都不知道结果，自己无法看到胜利。这告诉我们，一个意图具有多样性的表述。现在提出的是另一个问题，一个意图是否被表述尽了，简单地说意义是否枯竭了。这便涉及无限性问题，我个人以为是不可穷尽的，许多人会感到意义已经穷尽了，这只表明一个人才学不够。例如复仇从古希腊到莎士比亚都层出不穷地写到，到了博尔赫斯仍有绝处逢生的新意，我相信千百年以后仍会写出绝妙的富于新意的复仇小说，只是它的难度会越来越高。我写过一篇小说《风俗考》，意图在探讨不可能产生的仇恨中同样有复仇的可能。在夫妻之间有仇杀不奇怪，但把这种仇恨的种子播种给自己的孩子却不多见，把自己丈夫的头砍了做成尿罐让儿子撒尿，这种仇恨已经超出人际关系之间的二者仇杀了，它仅是一个个人心理问题。也就是说，这个女人不是复仇，因为复仇在杀掉丈夫以后便完成了。她的目的是要把这种意念传给他们的儿子，在他们的儿子之间展开仇恨。于是仇恨成了一个生长的概念。仇恨已成为人类的一种风俗，具有荣格心理学所说的原型。这表明仇恨不仅是个体的，而且是一种集体无意识的。这是一种悲剧吗？深刻吗？即使仇恨具有了这种无限深度，我们仍要重新认识它。例如一个种族，一个群体真正没有了仇恨，消解了全部个人冲突的力量，那另一个问题便出现了，个人没有争斗的力量，便意味着萎缩，没有张力，随之而来的是人的功能退化。因此我们要学会复杂地看待许多问题。我提出的不是一个意图的制造过程，因为一篇小说的完成，在最后结尾时意图业已定型，所以爱伦·坡、欧亨·利他们都努力地把一个小说的意图最后制作定型，成为一种毫不动摇的思想意义，如同一只精制的瓮。我承认这种意图制作也出现了许多经典作品，但我们仍然要强调意图是一种创制过程中发生的，因为只有创造才能不断打破原有的意图，使意图丰富发展，使一个朦胧的意图逐渐走向清晰。一个被创造的好的意图直到小说最后不应该是一个概念，不应该是一个被回答的问题，而是一个开放性的不可单一的回答，并且要把该意图又引入更深层的思索之中。两把刀剑凝固成的物的仇恨，会怎么样呢？作者也不知道它们会不会再一次相遇，物比人的寿命长！仇恨呢？仇恨比物还长！那么人的命运既然那么短，人执着于仇恨到底有什么意义呢？因而《遭遇》的意图无论在哪个角度都是无法回答的，结论均在每一个人的心里。

第四，小说意图的可写性，必须从现实性与永恒性两个维度去考虑。许多意图只有当下的可写性，为一定的历史时代所左右，为一定的意识形态所左右，这样的小说在一个历史阶段内产生了轰动效应。对于个人创作我认为这无可厚非，个人有选择写作的自由，他乐意作为一个时代的"走卒"，很实际地实现自我价值，也是不错的。毕竟我们需要一些现实的、时代的书记员。但我真正信奉的还是对时代现实的一种突破，立意在一种人性的永恒性上。从今天的反思看来，历史或许真没有什么必然性，这个必然性经常会被未来修改，所以今天的永恒性，在未来是否还认为是一种永恒，这真给我们一种茫然。但我以为是否坚持一种永恒性是一回事，我们能否立意一种永恒性又是一回事。只有在这个基础上我们探索偶然性、可能性才有意义。例如，我们首先确立一个基点，人的存在。以它为前提，衣食住行便是永恒性的，但在不同时代，对衣食住行的重要程度却不一样，如果全世界面临大灾难了，衣食住行便是最重要的了。当今世界范围内半数以上的国家是福利制，衣食住行则是一个次要的问题。可见意图也有一个语境问题。

也许有人认为意图并不重要，而是表达意图的形式重要。在古典写作中表达爱、复仇、性、自由的作品可谓无数，从意图上说都是好的，可今天留下的是形式上独特的，艺术上最精美的，永恒性并不取决意图。我以为这个问题不能分割开来看，好的意图和好的形式应该统一。绝对经典不会是一个绝好的形式而意图很平庸，甚至毫无意义的作品。好的意图是会融汇到形式里去的。我们如何知道意图具有永恒性呢？这当然是对一个作家才能学识的考验。有两点应该注意：一是有超一流的艺术敏感，从直觉能知道自己所获得的灵感具有永恒性。二是要有理性的反思性，把握古往今来的经典，理性地突破传统，创造新的美学意图。

小说创作止于今天也有千百年历史了。有许多人提出了小说消亡论。一种文化产品的消亡应该是一点也不奇怪的，如同一种新的传媒手段产生一样，在中国古代社会人们不可能想象今天的电视所具有的效果，也不可能想到电脑改变人们的书写方式，如果将来真有一种文化产品可以代替小说，小说的消亡也不是不可能的。例如古代人他会坚信民间小戏、江湖戏班子是绝不可能消失的，道理很简单，一万年以后人们还是要看戏的，可没有想到电视如此地进入每家每户，悄悄地代替了小戏。京剧是如何的伟大，最后的命运真是难以预料，假定今后人们的日常生活使用的是掌上电脑，每个人的书写也都在电脑里完成，那么可以肯定小说的纸面阅读就有可能消失。我说这话的意思是，即使小说未来消失了也没什么了不得，在更远古的年代，小说没有产生，人们也有自己的文学艺术门类。根据历史发展的经验看，即使小说有一天消失了，但小说的经典还在，它以一种古典的传统而存在，例如芭蕾、京剧、汉赋、宋词、元曲都是过去辉煌过的东西，今天还有谁去作为一种日常练习呢？但作为经典传统，我们依然还要去学习它。古典的传统依然有启示作用，有审美作用。因此我们仍需坚持创作绝新意图的好小说，使它成为经典，成为后世的一种艺术典范。因此，我们就不得不在意图的永恒性下功夫。

第五，一个好的绝妙的小说意图得来真是很不容易。在一个作家的基本技能娴熟了以后，写一篇平常的小说很容易，可要有一个绝好的意图便极难。一种可能是由冥思苦想得来的，是强大的理性反思的结果。一种是生活经验、人生历程的偶然所得。还有一点确实是灵感、天启所得。这也和诗歌一样，作者一生小说创作，绝妙之作也只有一部或几部，多数作品也还是平常的。从几千年的文学史看，一个作家、一个诗人的优秀绝妙之作占半数以上都极少，没有可能全部作品都是神奇的天才之作，莎士比亚的戏剧不能，李白的诗歌不能，鲁迅的小说也不能。今天看鲁迅的小说不好的反而占多数，其绝妙之作超不过十篇。因此绝妙的意图也只是偶然所得。还有一点经验教训是，一个作者技术成熟了，而决定他绝妙作品的往往是绝妙的意图。上文说的《奇遇之夜》《遭遇》《决斗》等小说，从写法上模式化，技术也是一般化的，确实是意图显示了该小说的绝妙。例如世界上以访问寻找方式构成小说的何止千万，它的核心意图在结局上只有两种答案：一种是找到；一种是没找到。前者是人类的一种重要精神含义的归宗，后者是子虚乌有。中国古典散文《桃花源记》便是以意图取胜，它的妙处在哪儿呢？突破了找到和找不到的二重选择，把二者提升为另一种观念形式，即为现实与理想的矛盾。桃花源存在于精神世界，而在现实中却寻找不到。它只不过是人类的一个理想，陶渊明虽写的是一篇散文，但对小说的启发也是不言而喻的。我写过一篇《考古学》，始初意图是找一些故乡的记忆踪迹，由此而发现前辈人的战争，战争中的九个妓女。但在寻找中却发现了许许多多别的东西，结绳记事，历史与战争的悲剧在根本因由上是反历史的，偶然与细节左右了历史。这个小说的结局还告诉我们，所有的外部寻找是没有的。你要寻找的仅是自我，一切都在你身边，包括欲望。这个小说形式和语言均是实验的，有许多绝妙的细节，但一直被行家所忽略。许多小说写法上都差不多，但意图与内涵使某些小说成为经典名篇，特别是短篇小说。文学史上的例子有《项链》《年轻的布朗大爷》《侨民》《好人难寻》等。

三、理念与主题

我们说某个主题，它包括题旨、意图、观念、某种意义、诠释，是整个作品中贯串而统一的观点，主题是通过作品中一切形式与内容的东西综合表现出来的东西。总而言之，主题是作者加进去的可以抽象的信念或理想，同时也是批评家从一部虚构作品中找出来的总体的意念与观点。传统写作把这个控制整体的信念看成至关重要的，甚至是不可移动的。这表明我们的世界是围绕目的的运动，换句话说，世界万事万物是一种有目的的运动。对任何一部作品而言，主题是高度集中和抽象的东西，是驱使作品整体活动的根本原因。从这一点上说，也似乎揭示了传统文学的特征。

但主题在作品中的绝对化位置随着现代主义、后现代主义小说的写作，业已崩盘，主题已不能对虚构作品做出一个万能的解释。特别在今天创作多元化，许多作品你是找不到明确主题的，它仅是一段表象生活，一点点情绪流露，特别是碎片化写作，它是对主题中心化的一种反动。当然，即使传统小说也不能绝对主题化。例如理查德·赖特的小说《人，差点儿》说的是小孩大福渴望有一支枪，他马上要成年了，说话与思维方式还是儿童状态。在乔的店铺寻找老式左轮手枪，他找妈妈要两块钱，他们一家在给霍金斯老头做雇工，妈妈被缠住后，终于给大福钱买了那把枪。有了枪孩子觉得很威严，可以杀死一个人，而且自己也成了大人了。有枪的兴奋使他时常举着枪瞄准想象中的仇敌。他去霍金斯家的种植园，套犁下地干活，套了詹尼那条老骡子，在园内犁了两畦地，然后把枪举起来瞄准，四下寻找目标，没有目的地打了一枪，结果打中了犁地的老骡子詹尼，它乱跑乱踢，终于死了。大福吓坏了。父母弟弟都来了，霍金斯也来了。这场大祸把大家吓坏了，被勒令赔五十块钱，让大福在庄园干活，每月两块钱。大福晚上睡不着，还得干几年活儿，赔一条骡子钱，而一举枪就打死了一条骡子。他在月夜里跑到树林中找到了枪。他要对老头的房子开一枪，在枪声中成为大福·桑德斯，一个真正的人。这时有一辆列车经过，他爬上了火车，跳上去，跟着火车走了。

很显然这篇小说贯穿了大福对种植园对白人的一种反抗，如果把这理解为一个主题，一个孩子的种族反抗，这个小说就太平常了。这样的小说也可以说汗牛充栋，我们无法看到新奇的东西。而换一角度却让我们看到了一个小孩的成长意识，需要一种自身力量的确证。这个主题也许更有意义一些。以我看来，这个小说不是在展示主题。由开始到终结，无论是反抗，或者成长，作为主题都不是怎么独特的东西。重要的是他写了人成长过程中一个关键阶段，人的身体成长与个人意识的觉醒，它不一定是主题性的，却是个人一生的自然延伸。如果从文本的语调分析，大福是有某种长不大，而又急切想长大的愿望的矛盾。一个十七岁的小伙子说话经常结结巴巴，表达上很困难，好奇心几乎和一个八岁儿童近似。但他又急切想证明自己的长大，独立，最后进入个人的自由天地。我举这个例子的意思是，有些小说我们并不要去主题化，因为那太明确、抽象、单一化，甚至作者并没有主题化，仅仅是一种意念、意图，作品本身被人与事件的丰富所吸引，努力在展示一种状态。这篇小说的根本也许就在这里。也就是说，我们对小说的现象理解反而比对小说的主题理解更有宽广丰厚的意味。

基于以上两个原因，我在这一讲中把"主题"一词隐没而采用意图与理念两个概念，目的是表明当下的小说是一个多元格局，"主题"一词没法解释众多小说的内在意义。意图是对比较隐含的小说而言，理念是对比较明确的小说而言。

理念，无疑是西方的逻各斯中心。最早提出者是柏拉图，它是形而上的，是观念形态的。当代小说似乎不使用那么多修辞术，并不刻意地把主题隐藏于作品之内，而是明确地言说出来的，所有内涵与作品表象处在同一平面，是明确无误的。这表明今天我们确实取消了深度模式，不再设立一个二元对立，不再找一个现象背后的本质，在意义问题上我们也不再捉迷藏。意义在哪里？它是什么？有没有？均是明确敞开的。所有深度模式都是意识形态的，而今天我们是反意识形态的。"意识形态"一词的原意，在英文中是从后面去勒人家的脖子。在今天技术分析的时代，所有藏在背后的意义均没意义了。一种观念说到底，它是什么便是什么，换一种说法也如此。所以它不如直说。如果把它归到主题上说，传统主题是表现出来的，而今天的主题是直说出来的。

理念（Idea）在柏拉图那儿有一个影影绰绰的摹本。理念有一种对原物创制的意义，是一种形态的最高虚构。人类早期认识理念或许是这样，今天理念自身有了几千年的发展历史，在不断的抽象中，我们在许多理念中无法把它最初的摹本找出来，而且理念又在不断地衍生、分裂和被创制。在前教育中业已是一个稳定的概念。例如真理，善与美，自由，平等，正义。人们通过几千年进化，这些都形成为人们骨子里的基本理念。因此我们说，在基本理念的表述上，人们是毫无疑问的了。它是什么便是什么。

我们说托尔斯泰的《战争与和平》表述了和平的愿望而反对战争。《复活》表达了一个忏悔的主题，人的灵魂有一个觉醒的过程。对于现实主义作品要归纳分析出一个明确的理念是比较困难的事。特别是长篇小说，它包括的内容很广，有各种人物的性格，有复杂的事件在交错，在复杂的社会环境里人物的态度并不一定等同于作者的态度。即使我们找出了一个理念，但也不一定是该作品所具有的倾向性的主题。当然，十九世纪以后批评家多数是从人物的性格与一定的环境，一定的现实生活逻辑判断人物之间的联系，深入分析环境中的人物性格，从主人公的性格判断该作品的主题，无论这一方法多么科学准确，一部长篇小说的主题不会是那么单一的，几乎是多种主题的重叠，因此我们大可不必找主题，只要根据一个个人物、一个个事件找出它的理念就可以了。也许说理念不是特别准确，我们延宕一下，先说意义。不论一部什么作品，在它的内部意义是必然发生的感知。为什么？这是因为任何作品都是语言构成的，语言自身是有意义的。最通常的，你在说什么，要回答这一点就涉及意义，一个文本一定是有意义的，就算我们今天在解构逻辑中心主义，我们拆解了该意义之后仍要回答它，只要对某个事物与人做出回答，它就必然会产生意义。我们仍以《杀人者》为例，这个文本的意义我们可以说是海明威告诉我们的，题旨是杀人者，然而每一个人对杀人不同的回答便构成了不同的意义，安德生厌倦了这种杀人事件，有或没有均不在意。乔治妥协于环境，游戏地周旋其间。尼克决意逃避，因为他发现了罪恶。三个人的话语决定了《杀人者》不同的意义。第一，我们可以说作者的暗示和人物的语言告诉了我们人物与事件的意义。第二，我们置身于同一语境：杀人事件中，为什么会有不同意义呢？这是每个人物性格对环境的反应不一样，尼克、乔治、安德生三个意义均是他们自身性格的反映。可见意义产生于性格。第三，我们还可以说是语境决定了意义。具体的意义一定是它出现在具体的环境下，如果没有两个家伙来杀安德生，便不会有人对环境做出反应，用我们乡俗的话说，关键时刻见人心。人心是针对环境产生的反应。第四，不同读者在读《杀人者》后他的理解不一样，他获得的意义会不一样。例如《杀人者》对于公众而言，不过玩了一个人生游戏，人生如戏，这就是海明威告诉你的意义。因为证据也很有力，杀人的两个杀手像玩游戏似的，插科打诨，去杀一个人是任务，没杀成，他们也无所谓。

将要被杀者的反应也是无所谓的，这真是把杀人当成了一个游戏了。第五，假定海明威通过文本告诉你的是，杀人是我们时代的病。他说的这个意义让我们看到海明威对社会认识的深度。我们多方面分析文本，它提供出来的却是各种复杂的意义。作者意图出现了谬误，于是我们便以文本提供的假设而确定意义。由此五个方面看，我们所获得的任何意义都不是单一因素所决定的，而是作者、文本、人物、语境、读者多个因素复合形成的。从可明确的方向看，意义是一个主体的经验，又是一个客体的认识，还是一个文本的属性。我们争论意义源于什么，或具有什么性质与作用，这会是一个循环式，因此我们放下来，只去确定文本中出现了什么意义，找出来，命名，评价。意义产生了，我们阅读和批评的任务便是去阐释它。

小说的意义也是一种存在，并不需要我们去讨论有无，需要的是体悟小说意义对我们每个个体的作用。对于写作者而言，是要在小说中贯串绝妙新颖的意义，并使它得到很好的表现。对于阅读者而言，小说的意义是成为我们的精神作品，给我们的人生有所启示，同时成为一个审美的范本。说白了，它既是一种精神享受又是一种艺术享受。

就小说的意义而言，我们获得感知，一方面是领悟体验，达到启智；另一方面，它是一种精神层面的交流。无论哪个方面我们均要把这个意义说出来，把它从一种思维状态里表述出来，这就有了对意义的命名。所有意义你只要说出来就必须有一个名字，这个名字便是理念化的，便是一个精神词汇。例如在《杀人者》中，人生游戏，环境对人的异化，发现罪恶，人生无奈，人生机变等等均是意义范畴，我们用了游戏、异化、罪恶、宿命、迎合等词去命名，这些命名都是理念。说句大白话，理念就是我们把意义说出来。文雅的称谓则是为精神现象命名。

四、理念的提炼与表达

我这里提理念，而没提观念（Ideas），特别是 Great ideas 一词，从含义上说这两个词是一个对象的两个不同的称呼。若是细细地考究一下，"观念"一词更为抽象，纯属于思想词汇；在中文里"理念"一词似乎要具体一些，永恒、长久、常青树。我们可以说永恒是一种观念，而常青树、长久是一种理念。观念与理念在柏拉图那儿是一体的，在今天我以为它们还是有细微的差别。明确地说，观念更概念化，是一种抽象的纯思想词汇，而理念较为具体，在理念背后有事物的影子。我们似乎可以说出相对属于精神状态的现象。关于观念与理念的几层含义：

一是主观意识状态的，是我们的一种纯精神，思想运动的过程，是意识在组织观念内容，是一种纯抽象的。它是我们感知、体悟、印象、记忆的东西在我们思维中所使用的概念。二是观念的客体化，是我们所有人都指认的理念对象，但这个理念对象都明白它代表一种形而上的观念，例如法律、战争、财富、家庭、犯罪，这无疑是观念，但这个观念在我们接触第一眼便会感到它背后有具体的东西，法律文件，一次具体战争，多少金钱，家庭中的男女，罪犯的作恶。故它马上可进入实际谈论与分析，而且在双方言谈时通过限制，指涉对象不会有误，我把这类称之为理念。意思可以抽象，也可以具体。三是一种纯概念，用于思维的逻辑运动，我们大多是在推理中完成我们的判断，它不能是物化式的具体，也不是一种该观念的感觉印象的组织化过程，不是体验和顿悟的某种东西（物性），而是明确地表达为某观念的意义、内涵。例如民主、平等、自由、想象、革命、正义、幸福、痛苦、邪恶、真理、心灵、理想、机会、原因等等。如果具体地说得更白一点：第一种是观念运动，作为动词性质；第二种客体化，有形象运动，名词性质中的动化；第三种纯抽象的，主观概念，作为名词。我这里取第二种用法，提小说的理念。但涉及小说的特殊例子依然包括了第一种和第三种的含义在内。古往今来的小说中毕竟有一部分是在文本中直接讨论纯观念的，或者目的明确地表达某观念的，而且是大观念。《战争与和平》是绝对的大观念，它依然成了旷世名著。海明威《丧钟为谁而鸣》虽是一个形象的理念，但实际上也含有死亡这种大观念。

理念世界是对应于事物世界的，有无穷无尽的事物便有无穷无尽的表达该事物的理念。观念似乎与理念不同的是，观念是限制性策略，从人类文明发展以来，我们命名的基本观念据美国穆蒂莫·艾德勒统计可以确定地说不会超过一千个词，也许只有五百个词。他在其著作《主题工具书：大观念索引》（*Syntopicon*）里列出了一百二十个大观念。因此，我几乎可以断言，人类的观念是一个贫乏的思想悲剧。美国作家索尔·贝娄几乎是哀叹，思想使世界人口减少。从研究角度讲，人类的大观念即基本观念，应该是有限的。但表达思想差异的观点应该是众多的，纷繁复杂的。应该说人类经常会有新的洞见，新的启示，那就应该产生新的观念。可原创性的新颖观念、独特观念少之又少。当代各学科发展很快，思想词汇也开始多起来。但是当代新观念多数建立在对过去传统观念的反动之上，是一种破坏式重建。一般说来，原则的大观念便应该产生大学科。既是人类精神史中的重大领域的拓展，也是重大发现。这样说来似乎观念又是高于理念的东西。在具体的小说论中我并不准备把观念与理念绝对分开，特别是在基本理念上，2003年我写过一本书，选择了人类最重要的三十三个基本理念写成了一本《词语诗学》，在选这三十三个词时我分明征选三个人文学科中不同层次的知识分子，每人分别提供了他最喜欢的基本观念。共计有：记忆，自由，空间，时间，寂静，物质，感觉，孤独，灵魂，地缘，想象，神秘，忧郁，身份，情爱，隐喻，生命，平等，梦境，权力，正义，自我，真实，自然，文化，形象，符号，存在，认识，行为，国家，神话，植物。

　　艾德勒列举了六十五个基本观念：动物，艺术，美，存在，原因，机会，变化，公民，宪法，民主，欲望，责任，教育，平等，经验，上帝，政府，幸福，想象，正义，劳动，法律，生死，人，记忆，自然，苦乐，进步，推理，宗教，感觉，奴隶制，空间，时间，情绪，演化，家庭，善恶，习惯，荣誉，判断，知识，语言，自由，爱，物质，心灵，意见，诗，惩罚，关系，革命，罪恶，灵魂，国家，真理，专制，美德，财富，智慧，暴力，战争，意志，世界，和平。然后艾德勒又从这么多的观念中抽取了六个：正义，平等，自由，真，善，美，写了一本书：《六大观念》（三联书店）。

　　我写《词语诗学》主要侧重于政治、艺术、文化、哲学几个方面，许多重要词没能收入进去，一个原因，书太大，三十三个条目就七十多万字了。第二个原因，学养不够，许多知识我无法涉及，当然不是那些词条的资料。关键是要对该观念提供新的诠释。第三个原因，这样的书需要天才，我也算是拼命写作，一年之中完成三十三个条目，就觉得已经把自己写得枯竭了。还有一些词我以为是必须写的，如主体，文学，进化，人类，资本，结构，经济，启蒙，意识，共同体，合法性，现代性，乌托邦，性别，意象，声音，色彩，农业，风格，科学，契约，技术，城市，乡村等词条。如果《词语诗学》能写到一百个条目，那真是一个巨大的贡献。我不知道能不能产生这样的一部杰出的天才之作来。

　　能明确的人类观念假定是一千个，它可以作为一个明确的知识，可以作为学科的研究，但我们写小说只在表达人类这些共同的观念，并不要做学科研究，不需要从内涵和外延做许多考证。小说家仅仅是去触碰这些观念的某个方面，提出一些新颖独特的看法，而且是用形象去说话。那么首要的是小说家要知道人类有那么多基本的观念，具有哪些基本的知识，大致做什么用，不能从根本上弄错了这些观念。举例说，真、善、美，我们常把它作为一个整体去衡量某一事物。但真、善、美是三个概念，分属不同范畴，真，真理，是哲学词汇，而且是相关本体的，存在的，它的相对概念是假。有意思的是，真是一个存在，凡存在均是真，而假，从本质上是一个没有的概念。善，是一个伦理概念，是人为所说，纯客观自然，没什么善与恶。可见善与恶是一个道德评估，是相对性的，而真没有相对性。美，是一个认识的、审美的概念，它的相对概念是丑，但美与丑均是一个客观存在，不过是一个描述性的，从程度上说它不能如真、善那么明确，美是给人一种感观的东西，不是善，为人所拥有而超出自身之外。美可以看见，而善不能看见。真、善是对每一个人最基本的要求，美却无法要求，是一种自然生成。真是所有事物与人的前提。了解这一切仅是对真、善、美具有的一个常识，然后再分别用它们判断事物与人，使这些基本观念达到日常功用。你不能对伟大的思想家马克思、黑格尔、弗洛伊德提出这样的要求，你们要有人类的良知，你们要讲真话，这仅是做人的基本前提，我们对一个儿童也如此要求。我们对思想家要求的是他们对人类精神思想宝库提供更丰富、更新颖、更独特的思想观念，并用这些观念去解决现实问题，以此使人类受惠。

其次，小说家不是去提供现存的理念知识，他不是告诉你观念知识，而是去发现观念在事物、在人的行为中的一些独特作用。观念是如何改变事物的，人又如何受到观念的左右，这种左右是创造性的，不仅仅是物的，还是精神的。《老人与海》谈的是古巴老渔民桑提亚哥在海上三天三夜捕捉大马林鱼的活动。徒弟马诺林全力帮助老人出海，第一天老人出了哈瓦那港湾，在很远的海域大鱼咬钩了。第二天老人和那条大鱼斗争，把它拽出海面，发现那鱼比他的船还长两英尺。老人手抽筋，没能把鱼拉起来，反被鱼拖着跑。第三天，老人把鱼拖到船边，用渔叉杀死了它，捆在船的一边，返航，一条大鳍鲨追着他的船，吞吃了四十磅鱼肉，老人和鳍鲨斗时丢了渔叉，随后又有犁头鲨，老人用力杀死它们，刀都砍断了。日落时又来了两条墨鲨，桑提亚哥用桨敲打它们，鱼肉渐渐减少。第三天夜里，在哈瓦那灯光中发现鱼仅剩下一副骨架了。在自己茅棚里昏昏地睡到第二天，村民发现了大得出奇的鱼骨架。马诺林照顾老人，发誓永远同他出海打鱼。这篇小说中有三个观念：自然，英雄，基督教。海明威并没有解释这几个观念，桑提亚哥是主人公，大背景是海（象征），鱼，敌手。主人公的描述是一个耶稣般的圣人，但又是罪人，侵犯神圣的海域。大海是有生命的，是可爱的女人式的，他爱海，爱鱼，爱鸟。但桑提亚哥仍然要战胜它，因而主人公是海明威的准则英雄。海明威的准则英雄是，人在艰苦疼痛中和不幸的生活中应该保持自己的荣誉与勇气，要有坚忍不拔的精神，在失败中也是光明正大的，以次此证明个人的勇气与价值。桑提亚哥是苦难贫穷的，但他又是勇敢高尚、善良而富有献身的技术熟练的渔民。自然、英雄、基督教三个观念变成了小说中的画面，自然生成状态，是一种有机的人物活动。这对于观念写作的启发是：一、观念是有机的，与人和事物是整体的交互关系的存在。并不为观念而观念。二、观念并不是单一的，三个观念是连贯渗透的，在文本中缺一不可，相互映衬成为一种内在力量的旋律。三、人、海、鱼三者是矛盾的，又是共存的，自然、英雄、基督教也是共存的，又是矛盾的，这种复合的矛盾纠缠在一起，构成了文本中巨大的张力。四、观念的发现与陡转。老人无畏地在海上搏斗了三天三夜，他是英雄。按常理说，观念在演释过程已发挥到极点，最后却是一次深刻的突转，反向的转折把观念思考引入深层。悲剧英雄。老人战胜的只是一副没用的大鱼骨架，他并没获得一千五百磅马林鱼肉。

再次，观念在小说中有两种状态，一种是说出来的，但不是说一种概念：自由，正义，真理，善良，而是对这些概念的分析性，发现其中新的衍生含义。例如自由有积极自由和消极自由（柏林）的说法。西方是选择的自由，东方是放弃选择的自由，自由可以在人们的日常生活中的每个细部看到。心灵自由与行动自由的关系，自由是人们呼吸的空气。许多小说中把观念作为一种讨论方式出现。特别是在后现代小说或现代派的内心冲突中，以及意识流中都有关于观念的追问。凡属追问为什么都是对一个观念的疑问。前文我举的例《如何讲述真实的战争故事》，这篇小说奥布莱恩讨论的实际是两个观念：真实与战争。唐·德里罗写过一篇《第三次世界大战中的人情味》，这实际是战争大观念的一次讨论。模拟想象了战争中许多技术的元素，也暗含了戏拟反讽，战争实际并不存在预言，它的灾难后果对未来人类来说仅有一次。小说是这样表述的：我们是一场灾难，但我们仅发生一次。核大战只能是一次，结果是毁灭，宇宙笔记是主人公的，伏尔默认真研究未来战争，那种绝对技术化的战争，人们只能寻找幸存者的人情味。有意思的是这篇小说虽然写得轻松、调侃，把战争作为一场未来游戏，实际人们读了并不轻松，我以为还有一个大观念隐藏在文本中，那就是恐惧。恐惧的战栗改成了另一幽默形式的想象。人们能不害怕战争吗？害怕有什么用，战争是必然要爆发的。

另一种是不说出来的观念，它像一根红线一样隐伏在文本中，让人从震撼的事件与物的感受中认识到观念。《林中之死》，我已分析过叙事中格顿姆斯的性格形象。现在我们看看这篇小说中隐含的理念。老妇人永不反抗，仅在于给生命、人和动物以食品。这种性格和行为存在的基本理由是什么？如何解释，害怕残暴，但文本没有提供老妇人的害怕，她总是不厌其烦地去喂她的猪、马、牛、狗，而且为了一切生命的延续她乞讨。只有一个理念可以解释：善良。在一切付出的行为过程中我们看到一种默默奉献的善良。对于环境老妇人已心如止水。我们在一个文本中说善良这个观念没用，一切善良必须变成善行，但格顿姆斯把善行已经写到极致了，这样善良的力量才乎乎寻常。另外还有两个观念：美与成长。美是在一个冰冷而残酷的环境中的发现，不是文本一开始提供的。她死了，还有着少女迷人的身体。写一种死亡的美丽，这美丽的死在人们心灵上狠狠抽了一鞭子。一种在垃圾上长出来的美，令人反思。这个小说还有一个不太令人注意的视角，我的视角，我看到了事件的全过程。我长大了也在农庄干活儿，后来去林间，去那条小河边寻找小屋，仅发现两只野狗。我是在发现中成长的。发现的是苦难、善良、美。自然还发现了罪恶（暗含），我长大了。我长大与老妇人的一切有什么关系？关键是我看到了，老妇人成了我心里的形象，心灵成长的一部分。《林中之死》的观念:善良、苦难、美、成长四个理念,作者没有一句去解释,也没一句讨论,是我分析后抽象出来的。舍伍德·安德森把这些理念藏在自己心里,在文本中仅透出蛛丝马迹。更多的我们只能从语境中找到。顺便说一句,这又给语境产生的意义提供了一个明证。关于理念在文本中的表述,一种方法是态度越隐蔽越好,深藏不露,合乎含蓄的美学特征,这是传统的意见。另一种把理念与现象在同一平面展示,不要捉迷藏。我们说什么强调启示与智慧,观点在论辩中具有强大的智慧力量,昆德拉的小说有许多这样的议论。前者强调了传统小说与现代小说的区别。

最后谈谈理念在作者那儿是如何进入构思的。换句话说,一个小说的理念应该从哪儿来,它怎么能够来?如果说理念,仅是我们从前人那里搬来的一千个或一百个理念而在文章中讨论,那是学术文章,不是小说,而可以肯定:小说的理念并不来自现存的那些词汇。因为就算你背得五百个观念词,仍不可能写出一篇好小说,可见小说的理念获得另有一个秘密渠道。能明确说出来源的大概只有两种:一种是源于人与事感性力量的强大,生活事件的强大,特殊的人与事对语境中的个体产生强大的冲击力量,作者便会因此产生写作冲动,写人写事的冲动不仅仅是人与事的性质,还是人与事的活动,作者自会对它有一种认识的审美的评估,从中产生一个表达意图。理念是从感性材料与作者的情感结合中来的。这大抵均是生活实感很强的作品,古典的或现实主义的作品。另一种源于作者主体的冥思苦想,或沉思中的感悟,即使借助材料也是间接的。更多的是幻想。这些理念大抵来源于神思偶得,或者是天然的艺术敏感。例如博尔赫斯与卡夫卡就是最明显的例子。由此可见,小说理念并不来自现存理念的搬迁,而是来自作者本人所感受的理念,是一个悟出来的结果。这个现象其实不难理解,如同宗教,任何人在没有信宗教时生死问题也是一个自明的观念,善恶也是一个自明的观念,当他信教了,其核心仍在领悟善恶生死的问题。参悟是一个观念,并不是简单的释义,如果释义得明白,找一本词典查解便可,最重要的是该观念形成了你对世界事物的一种认识方法。你透解人事时也是透解观念,复杂在于观念的认识不同,方法不同,会引起事件与人的行为方式的不同变化,功用、结果也截然不同。因此,当我们表达事件行为与人物性格时,会有不同的观念去与它融合,借助一句伟大的句子:一切危机都是观念危机。现在我们应该明白了,小说理念是从我们所有人类理念里提取出来的,是作者通过主观情思(通过主客体的融合),在事物与思维中循环了一周的理念,是一种经过情感与思考的结果。只有这样才真正具有小说理念的力量。

一个小说理念的提炼会因作家的才华学识不一样,而出现不同效果。同时也因人不同而提炼理念的方法不同。这里只能拟出一个大致的规律:

第一,作者自身必须有一个对世界事物的基本认识。有因这个认识而形成的基本理念，简单说，作者必须有一个自己的世界观，你的认识与评判，你的思考与结论。一个自己没有世界观的人，严格来说是不能写小说的。因为一篇小说不是一段格言，或几句话，或描写，它必须构成一个人与事的整体活动。因此，世界观是对所有理念判断的前提，也是一篇小说写作的前提。

第二，作者必须有一定的生活经历，或者超常的幻想能力，必须获得大量感性认识经验。这很重要，一般而言，小说是经验的结晶，这不仅是小说的自身规定性，小说家的理念最好来自经验的提炼，是一个认识循环了的结果与经验相融合的理念，这样才有真切的感受力，所以少年小说家是不可取的。小说应该是人成熟了之后，阅历丰富了之后的一种真正发于情感与生活的理念感悟，这才有力量。这时候的理念才能真正属于作者认识了而又有了独特感受的理念。空洞的理念是从书本搬来的，对于小说是一个弊病。

第三，必须从人类文化史角度梳理一下文学理念史，就是要弄清我们文学的历史已表现过哪些重大的观念，并具有哪些独特性。不然，你所表达的是前人表达过并被承认为经典的东西，你却自以为有了个绝妙的想法，这种重复是很要命的，往往个人的独创性就在此处显示出来。为写作方便，我初拟了一个文学主题史中的一些表述过并被认为经典的理念，目的在于我们不要去简单重复。

1. 史诗式的酒神精神，浪漫神话，把人格夸大为神性的一种认识。它成为浪漫传奇的源头，希腊神话、中国神话都是。这成为小说中的一类基本命题：神话。颂扬的是酒神精神，表达人类的狂欢情绪。

2. 启蒙精神，理性复苏，有了人的觉醒并认识司芬克斯之谜（恋母情结）。人类是矛盾的，终究免不了命运悲剧，这种命运悲剧建筑在人的自身，即性格悲剧之上。

3. 宗教精神，寻找人类源头是一种罪感文化，原罪是一个重要理念，人有罪又不断追求欲望，因而造成二元对立的精神分裂。人生的行为便是不断地赎罪。鼓励人的善行。

4. 堂吉诃德的理想主义与哈姆雷特的悲观主义的冲突。盲目的喜剧典型与忧郁缺少行为的悲剧典型。两类人性的概括是一种大分类的代表。

5. 失落与寻找。人与社会的矛盾激化，人在社会环境中的失落便反思人的价值的再认识，企图恢复人的尊严，于是人开始多方寻找精神家园，宗教的，使命的，重要的，是返璞归真的归依大自然。

6. 个人与社会的矛盾冲突表现在人的本性吁求与道德律令的两难。我们要求个人的自由，但又有社会规范的制约。小说家如何调剂这个矛盾？

7. 进化论与宿命论的矛盾。世界是进步的、理想的，个人在社会中大有作用，居于中心地位。但人类多数是怀疑论者，世界是一种无可挽回的绝望。忧郁、孤独是人性的本体。在时空内人们会周期性地产生抑郁症、世纪病。

8. 现代世界产生了两种主义：资本主义与社会主义。前者物质膨胀，金钱成为世界的标准，导致异化，人性大改变，疯狂与堕落，绝望与穷凶极恶。后者提出相异的乌托邦，相信人类可以重构美好的社会，而这种集体主义又曾带来重大灾难。人类处于社会的两难境地。

9. 由两个社会的矛盾性而产生的现代病，城市魔障，人们在表面已无法改造社会了，转而为一种心理沉积，情感心理是无序的河流，又是病态的，这决定了现代主义均倾向于一种个人的心理运动。

10. 现代人寻常失去的灵魂。路漫漫其修远，精神裂变而萎缩，走向彻底的悲观主义。荒原象征，是废墟与死亡的必然归宿。我的目的不在于寻找某种终极，而在于表现这种荒原情结。病态社会的病态人生。

11. 他人即地狱，荒诞即人生的存在主义。在英雄、硬汉精神的负面影响下出现了反英雄。现代社会的三种现状：第一种现状，由异化到变形，人的非人不是物，而是弱小动物，人变为可怜虫。第二种现状，人是一种滑稽英雄，像西西弗神话一样，我们的生活在重复着一种无望的奋斗，一种必然破灭的失败。第三种是局外人，世界一切均与我无关，美好与罪恶是在外界发生的。我已木偶化，麻木了，空心人是我们对之从生理到精神最准确的代称。

12. 意义的深层探究与绝对无意义的认识构成的矛盾性，我们都是垮掉的一代，迷惘的一代，没有归宿，所有的人都在路上，不再相信自救与他救，只强调人与事件的过程。人生仅是一种过程感。一切都不用追问。

13. 我们仅在一种物象世界里活动，取消意识形态，没有二元对立的深度模式，一切都在物的平面，我们只要准确精细地表现这种物的世界，不要加入评判、情感，所有的客观性都是人们一望而知的。我们不要扮演上帝的全能视角，只需要零度冷漠地表述客观事物，在无情感状态的人，行为是愚偶性的，精神是茫然的，也是恍惚性的。

这是从西方文学理念上大致梳理的。为什么不从中国文学来观看？重要的原因是当代中国太意识形态化，而我们所探讨的理念大致又没超出西方理念的范围。例如我们对于人性的认识比西方便浅薄多了。我们百年来仅写了一些人性现象，鲁迅是做了一些深刻反思，他依然还是作文化反思，是一种语境性的，当代的国民性。比较一下我们会发现，中国现当代多数是在一种文化前提下进行关于人的思考，我们找到什么呢？文化劣根性的反抗。我们的人性有问题，谁也没找有到真正的人格重塑的思想与方法。问题摆在那儿，关键我们要找到一种行之有效的重构途径。注意：欧洲文学中没有的问题，那就是我们的所谓文化劣根的文化运动，没有什么人性的意识形态批判运动，因为前提不存在。西方文学从源头便有一个基本假定，人是罪人，原罪决定了人性的缺陷，只有人格的完善才是重塑的。在文化与人性问题上我们一开始便犯了根本错误，把方向弄反了。我们相信政治，可政治不是塑造人格的，政治是一种限制性策略，是一种权力压制，政治话语也是一种管理压制，而不是一种创造重建。它也没有这个责任，这个责任在哲学思想那儿，当代中国人不知从哪儿寻找中国的现当代哲学。这不是西方哲学思想的搬迁。我们如何从政治理论中找到解决人格问题的方法？政治仅仅是一种统治手段。最彻底的政治反抗仅仅是变换一种社会统治的秩序，国民性是无法由政治解决的。人性走的是一条社会伦理之路，一条思想哲学之路。

第四，必须对事物有极端的艺术敏感，对人性有深度的窥测，对人类精神有极精微的洞彻。我们对事物与人的考察不是建立在分类学上，而是建立在每个理念范畴上的细微的差异性上。从差异性中找到独特性，然后赋予它新的精神内涵。也许大的观念仍在人类早期的发现中，正如马克·吐温说的，古人已从我们身上偷走了我们所有的观念。但是请注意：小说表现的永远是某个大观念中一些细小的特征，揭示观念的某个特征面，或者该观念内的许多细小的分支理念。例如表现欲望是大观念，有性的，食的。在性之下也有暴力与嫉妒，在嫉妒之下有心理的与行为的，显的与隐的。有表面宽宏大量而内在自私狭隘，有阴谋与阳谋，有忏悔和嫉妒的交织。偶然的嫉妒铸成大错，而大嫉妒在防范下却没有后果，荣誉的嫉妒和性的嫉妒并不一样，心理沉积的嫉妒与行为嫉妒并非互为表里。对亲人的嫉妒与对仇人的嫉妒有质的不同，嫉妒总是在生长与克服之间，有时嫉妒却是一种良好的动力，有时却因嫉妒毁了自己。这表明了观念如同基本粒子一样可以无限细分为各种细小单位去表现。因此，在基本观念之下，个别事物的理念永远是表达不完的，不够的，永远是自己才智的欠缺。观念的独特性也许不是改变概念的名称，而是要发现观念之下，在不同历史时代不同人群中，该观念不同侧面、不同子系的特别的差异性，人类由来已久都没有发现的特征与新奇的个案。因此我们并不需要担心我们的作品理念化，需要的是在细微的差异中找到独特性。典型例子便是博尔赫斯写了许多复仇的决斗故事，而每个决斗都显示细微的独特性。欧洲的古典时代基本是一个为荣誉的决斗史，但其间该藏着多少人性欲望的秘密？我们是否真正悟到了它的真谛（是差异性的独特意味）？可见理念的精神分析永远是不会穷尽的，关键在于我们能否真正去发现，去开掘其独特性。

第五，我们对一个理念的新奇的发现，不要匆忙去表现它，要沉思，要长时间去孕育它，发现其精神妙处，并注意从不同的角度比较，以发现是否有更绝妙的东西，使它变成我们精神创造的一个结果。不成熟时千万别去写它，这会使一个很好的理念变成一个残品。许多作家会有类似的体验。一个小作品在心里装了几十年，只有到了非常必要的时候才瓜熟蒂落。汪曾祺的《受戒》在心里藏了四十年，是一个永恒的梦；博尔赫斯的《代表大会》经过了三十多年的思考。鲁迅的《朝花夕拾》也是如此，基本上可以断定暮年写童年的东西，都是经过深思熟虑的。我的《金小蜂》《一往情深》《孤独鸽子》《制度》《梦与诗》等许多小说少则在心里放了十年，多则二三十年。甚至有二三十个小说的意图仍在心里，包括关于洞庭湖的长篇已经四十年了。二十世纪八十年代初去宁夏，我有一个沙漠短篇想写，到了 2002 年再去宁夏写了几百个字，没写成，放下了，还不知哪年去完成它。提取一个绝妙的意图真是很不容易，有时在你绝望时顿悟，一挥而就。许多短篇小说我以为是神授的，这当然是一个形象的说法。一定要注意写小说时不能成为一部机器，俗话叫写油了，那样小说也就死亡了。最可取的是人生每一个片段按兴趣来，你该干吗便干什么，不要强行施力。1992 年以后我有八九年仅写过一二篇短篇小说，可 2001 年后，我在几年中写了几十个短篇小说。一生可以有许多兴趣，都试图去做一做，我的特点是有一个兴趣便入迷，阶段性的，保持二三年，转头又做别的。但你个人一生应该有一个主攻不移的方向。例如我只能把小说写一辈子了，但我的副业也可以写几部理论专著。我说这话的意思是，对于大观念，或某事件与人的感悟，你每天苦思冥想地盯着并不会解决问题。世界上的事总有一个自行解决的方法，你的作用便是在最恰当的时候去插入，激活它，很快就找到解决的途径了。

第六，我们可以学习前人的许多创作经验。这是一个必要的过程，当然，只能学习前人提取理念的经验与方法，不是照着前人的办法做，因为那样你会成为一个没有出息的模仿者。我的体会是反其道而行之，怀疑并批判前人的理念，这样往往你会有更新奇的发现。例如《林中之死》写的是一种至善论，这种至善表现在人物的系列行动，凝结为性格，以至于这种至善达到了宗教的精神。对此人类无疑是需要的，是我们认为的好人好事，但我们要批判地认识它。至善有纵恶之嫌，邪恶成了善的附骨之疽，我们如何去惩恶扬善，这种至善成了一种乌托邦。如果我的成长是秉承一种至善，那我会没有任何防御和抵抗能力，因而我的成长永远会被扼杀在摇篮里。

我们在批判的过程中便有了发现：至善不能成长。如果写一个至善的少女或男孩，他们永远长不大，这就有意思。我们还可以拓深一点，至善的人拒绝成长，又深了一层。或者至善者在环境中陡转成为至恶者，犯罪了，这又转向另一层意思。如果写一个至善的死亡，唤醒了邪恶，意思很好，但却是许多人常写的理念。我们仍可以有许多想法：如事物到善为止，至善。善行循环一周，至善。善在于完成他者的人格塑形，至善。善只是一种内涵、一种符号，至善。善无始无终，抱元守一，至善。我们由《林中之死》的反思评论会引出如此多的思考。如果我们仅是对老妇人至善的认同，便会没有发现，那么我们对理念的认识也会终止。如果这样，你对安德森的学习便一点用处也没有。

第七，任何观念史都会有其自身的发展演变。在不同历史时代都有不同的含义注入，不同语境会有截然不同的意义，有时甚至是相左的含义，我们需要充分开掘它的内涵，展示其多义性。特别是现代小说，它的理念表现是开放多元的，我们文本的理念也应该是和读者交流式的：平等对话，展示文本中的多重声音，使其成为复调小说。这可以从两方面去理解：一方面是一个观念上不同声音的对话；另一方面是不同观念的相互平等对话。文本中的不同声音实质上就是文本所包含的几种不同的意识、价值、观念等要素。一般说来，短篇小说声音要单纯一些，而长篇小说声音是多重复杂的。意思是说，短篇小说宜集中一些，表述一个理念，最多只是一个理念的多重理解。能达到《杀人者》那样一个事件的多重理解是最好的，因此，陀思妥耶夫斯基的复调小说也基本是长篇小说。

第八，一个观念要发乎于心。因为观念是大众的，人类的，是先于我们存在的，小说家再次使用它并发现它的新奇，如果没有心灵的震动，没有情感，没有体验，没有个性，这个观念仍是外在的。说白了它仅是一个概念，一句话。重要的观念要经过心灵的内化，成为你的切身体验，成为与你灵魂相伴的东西。古今中外的经典名篇一般都是来自作家的生命体验，是他最深刻的感受。他的观念便是这种情感和思想的结晶。所以许多绝妙作品都凝聚着作家一生心血，或一个绝妙动人的故事，既是个体人性的观念，又能表现许多人共同思想的意向。那么这个小说内在的理念便应该是成功的了。一个理念可能是作家长期思考的问题，也可能是作者对某意向长期感念于心而不能忘怀的，更有可能是某次受到了人生的震惊。总而言之，作者把握的一个绝妙观念一般都经过震惊体验，然后沉淀为一个深刻的人生感受。

这八个方面大致告诉我们理念如何产生，我们应该如何把握，其中也包括如何提炼这些理念。注意：真正的理念创制又是一个看不见的复杂方式，必须是针对每一个理念的内涵外延的变化，在这里作者的改造与发现，尤其含有一个才学识的问题，含有一个天才的感悟问题。同样的理念在不同作家那里是各放异彩的，具体的某个理念的提炼是我们无法总结为条例准则去说的，仅有的是每个作家对某个具体理念提炼的独到体会，而且你不能学，你应该有自己创造理念的方法。你首先是从生活中发现，然后对某种理念质疑，再切割组合看是否有新认识的可能，到第四个步骤才是提出你的新理念，第五步骤是把你的理念和所有的观念比较，找到创新的地方，依然是从细部和侧面开掘进去。第六步骤便是你如何表达这个理念，让它成为一个格式塔。

我在生活中接触到两个特别残暴的事例，一个是壮实高大的男人打老婆，那矮小老婆几乎被打死。另一个是每次都把打老婆打出血，而老婆每次都把有血的斑点用剪刀铰了补一块新布，最后衣服成了百衲衣。十年后，我去探访学生时，她强壮的父亲死了，母亲却很好地活着。这个生活实例让我发现了罪恶，而战胜罪恶的却是时间。那么我质疑"暴力"一词，它并不是我们日常用一种革命的力量击败它的，而是每种邪恶均有自己的天敌，在切割组合过程中我发现今天的线性时间有问题，而东方的循环时间更本质。我的新看法于是变成了任何力量在一个循环中有开始、鼎盛、灭亡。这是一个生命圈，这个生命圈正好对应于时间循环圈。接着便是比较观念史，发现并没把两个圈层结构叠合起来的文本例子，于是我从一个细部侧面进入，找到一个女人到六十岁经历一个时间圆周以后的幸福。这个幸福的保障乃在于，时间和天敌对和平的保护。这样我写了《金小蜂》，一个女人和五六个残暴的男人生活过，但她最终是幸福的，和楮树一样，她的生命在于根深叶茂。用如此的方法我在《考古学》中找到了对战争的看法，在《民族志》中真正看到了人本性上的反征服的民族性。在《制度》中看到了一个国家的政治不在宏大的等级上，而是它最普通的子民内心的一种制度。在《博物馆》中革命作为内容如何演变为一种形式，革命如何被复仇颠覆而真正的革命荡然无存。在《没完》中我看到永恒性并不单纯在物质上延续，它业已成为生物遗传、精神遗传范例，所以，没完表明"结束"一词并不存在。一般寻找母题均是对存在物的追踪，我却写了好几篇小说，表现人们对一种子虚乌有的寻找。一个人执着于欺骗自己，它深刻揭示人性自身执着于一种虚妄而对一种真实的恐惧。例如《第九街区》《河的第三条岸》，我们没有第三种婚姻，所有的人均是对真实婚姻的恐惧，但又是别无选择的。

理念的提炼与创造是一个非常复杂的精神能动过程。有时你几乎说不出什么方法，而是一种神秘的天启，很多时候你会突然发现你有许多精彩的想法，可有时你冥思苦想也没有什么结果。一旦有什么好的理念产生千万别放跑了它，记录下来，或者马上进入构思。我个人还有一些特殊的状态，即写一篇小说之初什么想法也没有，只有一种语言上的感觉，在写作过程中许多精彩的想法会蜂拥而至，有时候一篇小说会出乎意料的完美。小说《墙上鱼耳朵》开始仅仅写出了鱼巷子那种韵味儿，写着写着便涌上了事物是共时地成长，每一个神秘也是成长的。最后成了每一个人极力保护的成长都被自己不经意地毁灭了。一个美妇人死亡之后，小说的结论是叙述毁灭了事物的同时也创造了事物。好像某个理念自身是一个成长的观念，它在自足地丰富完善。一个成熟的作家有时候会不经意地发现了奥秘，或者他根本不用刻意去创造观念。他会在创作中产生那些思想精华，这当然是指那些艺术感非常好而且理论功力又非常扎实的写作者。

五、理念在文本中的位置

文本如何处理显与隐的关系。在创作中，理念是作者心中的支撑点，但一个文本是要交给公众的，你既要同读者捉迷藏，把藏谜的匣子交给大家，但不告诉谜底。你又得巧妙地提出解谜的方法。最后读者获得的不仅仅是人与事物的一个愉快的过程，他还获得了另一个属于精神上的启迪。因此理念的显与隐是一个非常难处理的问题，太明确直白会觉得文本没弹性没张力，余韵尽漏。太隐晦读者也许永远不会知道，所以作者必须在适当的部位含蓄地提示出来。理念的表述策略也是很复杂的，因而作者要做好每一个精心设置的骗局，而读者又应该是一个优秀的艺术侦探家。我们看看哪些现象值得注意。

第一，题旨（Motif）在标题上确定下来，但不是一个理念口号，而是一个不易识破的象征隐喻。这时题旨有双重作用，它是理念的埋伏，又是一个线索的发展，使之成为一个事件，一个细节，一个程式，某个人物，一般要到文本的最后才揭开题旨。这种方法比较多地使用在传统写作中。

第二，文本开头部分似乎与意图没关系，好像绕了一个大弯，实际理念暗含在其中，到了问题处理的高潮时，你会发现，这个理念早已暗示在开头了。

第三，把文本的理念暗合在一个细节之上，反复表达这个细节，而且细节是标志性的，只有当这个细节毁灭时你才隐隐地感到文本理念透出来了。霍桑的短篇小说《教长的黑面纱》最关键的是教长在临终时一刻，别人要给他揭开这个黑面纱，他还尽生命最后一点力量保护它。读者由开始的疑虑变成了这时的肯定，黑面纱要挡住一种罪恶。

第四，一个文本理念从人物性格上分析抽象出来。这是模仿论的特点，也是现实主义一以贯之的，巴尔扎克和托尔斯泰等大量的写实作家采用此法。

第五，某个理念在文本中从开始到高潮你甚至一点痕迹都看不到，看看结局你也不明白它是什么意思，但在结局部分可能存在几个关键词可以透露出来，这就像侦探故事一样只有到了最后才能真相大白。

第六，对某种理念采取障眼法，通篇小说可能都是顾左右而言他，真正的目的躲在这个障眼法之后。书中的主人公可能至死也不明白，而小说表层通过我们拼贴、比较，你会明白，哦，原来在这儿。《带家具出租的房子》便是这个方法。每一个人都死在自己所寻找的事物之中，而不在其外。

第七，一个小说的基本理念，作者在文本的所有标志中，包括一个词汇也没透露出来。但他却给你提供了一个可以理解意图的语境、氛围、事件、人物关系。你读完文本之后可以自然从文本语境中悟到其目的。

第八，凡属杰出的作家与经典名篇都会在其文本中设有一个独特的眼睛，小说中眼睛会以各种独特的方式出现，即便是作者有意地把眼睛藏起来，这个有意便是你找到眼睛的线索。但有一点，作者往往会在文本中设置假眼与真眼，一般说来假眼是容易找到的，真眼也许在另一个地方闪烁。这个眼睛可能是个词汇，可能是个物，可能是个人，或者器具与影子，或者音乐与颜色，或者一个行为与缺陷，甚至作家有意采用缺席法，使最关键的人和事物不登场，但文本全部着力点都在这个缺席上，因此这个缺席反而成了小说的眼睛。

第九，有时小说会设置多重理念，特别是长篇小说。在众多理念中，一定会有一个基本的核心的理念是小说的凝聚点，我们要突破这种雾障，把视点集中在核心理念上，这才能把握到小说的精神实质。注意：有一种特例，有时候小说的理念实质可能会在结构上，这是由于理念很强大，形成了一种笼罩，便具有结构性的力量。例如忧郁、恐惧、狂欢等等，大观念形成一种强大的心理优势，会转换成一种推动文本的力量。这便是结构性的力量。

理念在文本中显示的位置一般都是精心设计的，但杰出作家也有自然流露的、不经意的、别有用心的等多种情况。没有规定在这儿便是天才体现，在那儿便是蠢材的安排，因为理念在文本中的任何位置出现都是正常，这主要在于作者存乎于心，运用之妙，善于构成一个和谐完美的语境，贵在自然而不着痕迹地闪现出来。决定理念在哪个地方出现是一种综合因素，一定要水到渠成，浑然一体。

海明威的理念喜欢在人物、故事与环境的混成推进中自然地展现出来。博尔赫斯的理念通常会是讲述议论出来的，一般在文本之前有一段由来的交代而引发意图，在故事的中间借词语，或某个插入把理念照应一下，最后通常是最闪亮的一击。他的写作基本上是靠强大的理念支撑着的。在表现主义和存在主义小说那儿理念是明确的：人物的行为方式，故事的构成是按照理念创造的，而人物与事件的不好理解正好来自理念的扭曲，因而这类小说只要吃透了理念，一切局部都好懂了。《局外人》《变形》《城堡》均是如此。有一些创作从世界观上便有一个大理念支撑，是在一种强大的理性意义下写作的，这样你会对一个作家有一个整体创作观的理解，他的小说便可以以一读十。法国新小说的整体理念是，表现客观物，不介入心理与情感，是一种零度写作的方法，精细的客观物描写，还不用修辞手法，是绝对表象主义的。有了这个钥匙便可以不费力地读罗伯·格利耶的全部作品。在传统小说中我们要找局部的构成看理念是如何显示的。而自现代主义以后的所有文本，局部是碎片化的，理念不来自某个局部而是整体。简言之，它没有属于局部的特殊理念的精心构筑。反之，局部都是随机的，感性的，甚至是消解意义的，传统和现代在理念的表达上是完全不一样的。现代理念像 X 射线散在文本的每一个角落，它并不需要我们费力去寻找它的分布点，不必用细节窥探整体。现代小说中大量作品找不到局部的理念怎么办？那正好来自它一个整体的观念：消解意义。表达无意义的日常现实，你又如何找得到理念呢？因而理念在文本中出现是极为复杂的，我们必须视每一个具体作品而论。

施蛰存的《将军的头》核心在是将军的头，这是没问题的。而在文本里实际是悄悄移动的，核心凝聚到几个头的笑，比较一下几个头：少女，被杀武士，敌人的头。几个头的不同笑，结合将军的头比较，最后突出的是哭。在三种笑与一种哭之间我们找到了理念。霍桑的《年轻的布朗大爷》核心在妻子菲思的名字上，还有细节粉红色丝带，所有的人都在认同邪恶并把它视为幸福，而布朗终其一生与邪恶保持距离，但布朗绝望而死。海明威《雨中的猫》核心在丈夫九次看书的动作上与猫两次出现时的定语不同，把婚姻问题的理念提到了那个语境中。有许多理念并不在文本中间告诉你，而是在小说之外读者的评估中，并且有仁者见仁、智者见智的味道。博尔赫斯的《决斗》本身只显示事件的震撼力。两个人同时抹了脖子一起跑，谁先倒下谁输。这是一个极大的反讽，揭示出来的输和赢都没有意义，因为两个人均看不见赌局的结果。吉·罗萨的《第三河岸》是父亲在船上，左右两岸均不相依。客观中并没有第三河岸，迹近无理而妙韵在内，但所指仍有很深的理念，而且是多义的。上文我提出了四种理念解读，也许还有五种或六种理念解读，作者并不做出明确的回答，而读者可以有许多回答。最深刻的第三岸也许是个体超出两难选择之外的一个终极选择，而这个选择并不是幸福与快乐。

精彩绝妙的理念及其独特的表现，古往今来有无数篇，也有无数种方法，只有当我们读了那些小说后才觉出它的精妙。这表明什么呢？表明我们日常情感、智力、心理都在某一水平线之下，而写小说要求我们经常把思想的智慧提高到某一水平之上对世界万物去观照，这样才会有发现。另一种是我们经常对日常现象及一切知识领域保持质疑和批判的锋芒，我们才有真正的发现。套用一句传统的说法，主题的提炼是不容易的，但一旦有了好的主题又光芒四射。

六、文本标题的创制

为什么把标题创制这一个形式的因素纳入意图和理念来谈？其一，标题很多情况下就是一个文本的题旨，是线索与文眼。其二，标题，特别是传统的标题基本上都是与内容、主题、意义相关的。我们仔细思考一下，所谓题，实际上便含有对一个文本的抽象。题者，提也。不概括它又如何提得起呢？标，含有点示的含义。说白了，它提醒的是我告诉你，我告诉你什么呢，告诉你相关的题。因而"标题"一词实际是意图与理念的另一说法，是主题的一种象征形式。

从文体特征看，标题实际上是一种意义形态视野，看了标题你会对文本的内容与形式有一个大致的了解，根据丰富的阅读经验，你甚至都会知道这篇小说写了些什么。标题也是一种审美期待，标题似乎是与不同的文体相适应的，传统文体是对生活的模仿，因此标题比较实，它可以是人物、事件、地点、时间的名词来命名，根据写作材料的特点来命名。标题特别告诉你文本写什么，这有大量的小说标题来证实。《包法利夫人》《菲尼斯重返政坛》《温莎城堡》《红楼梦》《二十年后》《西游记》《三国演义》，我们一看这些标题便知道小说要干什么，甚至你可以猜度出它的大致轮廓。因此我们可以说标题是内容的显示。

传统标题比较实，我们注意从小说内容里提取即可，或时间地点，或人物事件，或建筑饰物都可以。这类标题拟定比较好处理。我们要说的是标题比较讲究修辞技术的那种，除了内容，标题要特别注重形式感。下面说几类标题的拟定方法。

第一种，象征隐喻的方法。这类标题有的时候以物拟人，以某个特征性的东西唤起你的想象，在事件物体中寄托着一种理念。见到标题便知道它借用了某种含义。例如《青鸟》《红帆》《魔桶》《环形废墟》《荒原狼》《镜子与面具》等等，这种标题介乎传统与现代之间。

第二种，无理而妙的方法。这主要建立在反日常性上，也可以叫它陌生化，表面看来标题不通，细细思考却有特殊的意味。例如《记忆之石》《黑暗的色彩》《沉默的左乳》《人树》《正午的黑暗》《死火》等。石头是不能记忆的，黑暗中也没有色彩，乳房无所谓沉默与说话，人与树分属动物与植物，正午是不会黑暗的，火有生死吗？利用相反与不成立的说法刚好有一种特殊的味道。

第三种，特殊感觉化的标题。例如《看得见风景的房间》《后面是海》《空的窗》《白得耀眼的时间》《傍晚的斜线》《饥饿的天空》《墙上鱼耳朵》《没脸孔的肖像》《幽灵的嘴巴》《向西的窗口》等。对这些标题你得细细品味，它具有一种特殊的诗意，有时说的大白话似乎是重复所指，有时视角独特，有时提供无限遐想，让你觉得只有这种极端的表达才是准确的。这类标题不是苦思冥想的，而是在特殊感觉下偶然所得的。

第四种，标题组词要保持相辅相成的张力。例如一个流动的词要配一个固体稳定的词，一个远去的视线有一个贴近的视觉干扰。两个词之间距离要拉开，但又要巧妙连接起来。例如《远与近》《红与黑》《漂泊与岸》《子弹穿过苹果》《站在无人的风口》《另一只耳朵的敲击声》。仔细分析这些标题时，一个词语要有弹性，与另一个词语要有碰撞，在不能结合中找到一种拼贴而形成特殊效果。

第五种，标题不要太中心化，要有所偏移，在词语之间形成平等关系，而不要修饰与被修饰的关系。例如《枪，或以梦为马》《一幅雕屏，或一个民间故事》。标题不要太确定，仅是一种答问，应该是非确定性的，一种可能的回答。还有《谁在隔壁说话》《从孤独到寂寞的距离》《迷羊》《死亡，睡眠和旅行家》《实际事物的想象品行》等。总之，标题不要是判断、肯定，不要是一个中心，应该使标题尽量有些不确定感，有些多义性。

第六种，在标题的内部尽量使用有差异的词语，不要趋同。因为一般标题都很短，据研究家说，超过七个词的标题就不好记，会影响这部作品的传播，因此标题一定要精练。在短标题中最忌使用相同词义的词，所以差异是最要紧的。例如《裸者与死者》《婚姻与不贞》《风，沙，景》《给未出生孩子的信》《时间与肉体》《美女，还是老虎》等，这些差异性词语的组合不仅是内容的反差，同时也是一种视觉上的反差，会引起读者的惊奇和悬疑，吸引你往下阅读。

第七种，在字数与音韵上应该注意的方面，首先要上口，便于说出来，常见的是两个字组成。如果三个字组成，最好前面是一个词组而第三字是个单字，这样三字句最后是一个顿挫。如《灯下黑》《荒原狼》《杀人者》等。如果五个字的标题最好前后是两个词组，中间杂一个连词。四字句最好打破一下平衡，让前面两个节奏紧一点，连成块面，最后形成补充，如《花园余影》和《荒漠与人》。如果标题多到六字或七字，最好有一个领词，并用逗号分开，然后形成一个尾句，如《说吧，燃烧的记忆》《影像，飘飞的空间》。标题字数的组织是很重要的，极力避免长题，历史上的经典小说几乎没有特别长的标题。即使有，人们在后来的称谓中均给压缩了，采用简称。在音韵上字词搭配要注意平仄处理，不要一平到底，有平、仄读句会有起伏。在一个标题中最好收尾的词是仄声，两个尾词最好不要一个声调，在一个句子中最好是平起仄收。总之要使一个标题朗朗上口。

第八种，一般标题是与文本内容或形式相关的，在特殊情况下还可以采用一种无关法，标题远离内容，仅仅是远处传送的一个声音，一点颜色。只要标题的形式特别便行，只要特别的标题引起人们的视觉停留或者思考就可以了。这可能有点另类，但标题定好了也会有助于文本的阅读。我取《鱼眼中的手势》《异物》《漂泊与岸，或梦的深处》和小说直接的内容与形式没有必然的联系，但有一点要注意，标题的韵调和文本的语境风格要保持大体一致。

拟定标题也是一种艺术创造。拟题的准则大抵要上口、好记、新奇、醒目，是审美的，是启智的，是创新的。一个好标题也会促成作品的长远流传，让人过目不忘。新颖独特的标题会引起大家的共同赞扬，现代人的判断似乎惊人地一致。

陈染的《凡墙都是门》我几乎没听到别人说这个标题不好。好标题一定要配好的文本，不然，别人只记住了标题而忘记了内容。我们以为最好的办法是一篇好小说完成之后，反复推敲其标题，使标题和文本成为双璧。遗憾的是历史上有许多经典文本，标题仍属比较平庸的那种，莎士比亚的戏剧那么精彩，但它的标题一般化，要把二者统一起来还真不容易。相比较而言，取一个好标题比写一部经典作品要容易多了。

第十二讲　文体与风格

　　把文体和风格作为一个相互关联的范畴来讨论，不仅在于它们有相互指涉的特征，还在于作为文学文本，文体和风格这两个范畴的永恒性、不可消逝性。学术界有一段时间曾否认风格写作，宣布了风格的不存在。起因是我们宣布作者死了，平静冷漠地叙事，情感也不产生倾向性偏移，文本中抵制修辞的装饰特征，但最终风格还是复活了。

　　文体是任何人为都无法取消的，只要有写作存在就一定有文体存在。这是因为文本一定是惯例的，是由各种定例组成的规则。哪怕是制定一份房屋契约，你都会有一个契约规则，有一个定型的文体。这说明文体是一种对传统的继承，它本身包括了体裁、惯例、语域和风格。这表明文体包括了各种体式、已成定局的规则。

　　另一方面，文体和风格都是个人的特征性的选择，意思是你喜欢这种写法，他喜欢那种写法，如同文本的体裁选择一样，个性总是选择一种它适宜的方式表达。所以，文体含有如下三个特征：其一，是传统规则构成的一种范式，是一个大家熟悉的物质形态。其二，选择了一种方式写作就是把它制作成有特点的文本。这通常是指一种文体如何构成，它即指此前出现过又有一种同别人不一样的东西，俗称文体构成。其三，有了已成定局的文体，我们如何认知那类文体特征，发现其好坏优劣？也许还有一个潜在的主要意义和作用，那就是一个由感性认知到一种主体创作的文体意识。个人会用心地去创造某种新的文体。我们这里讲文体与风格并不是要介绍它的常识，而是我们在写作中如何构成文体与风格。

一、什么是文体，如何识别文体

要创造一种文体，我们必须有识别文体的一种能力。传统意义上的文体是指散文和韵文中的语言表达方式，意即作者用什么态度或以什么视点如何说。我们非常容易把文学分为小说、散文、诗歌、戏剧、评论等各种文体，但是我们何以具体地区别各类小说、散文、诗歌、戏剧的具体文体呢？某种文体写作必须有具体的文体特征，也就是我们在物质记号上是有可具体指涉的，用统计的、测量的文体命名的，是可以证实的。可以落实到细节上这是一个什么样的文体，有多少相同风格的词语，措辞的句式有什么特点，能使用哪些修辞手段，句子的结构偏于使用哪几种类型，比喻的类型及数量，分行排列的特征，个人性感觉的表达方式，习惯选择的主体意图，某种占主导地位的叙述方式，甚至是使用的标点符号有什么不同。对于中国的文体来说，还有一种习惯选择的意象及原型特征。文体特征上还有地域痕迹和风格标识，甚至记录了作者的生活方式，是一个个性化标记。社会学文体我们可以用文体分类表示，个性文体学应该是自我特征的绝对显示。我们的古典型文体也可以称之为"类"，如诗歌和散文诗绝对是高雅的文体，小说便是低俗的文体，在社会各阶层中使用会有一个社会层次。例如小说可以分为志怪、传奇、话本、史传，它们是类，也可以是体，你按照笔记类型构成文本，那一定就是笔记体小说。明清以前小说和诗歌作为类有严格的分野：小说是叙事的讲故事的，以人物为讲述方式；诗歌是描写的，例如六朝的山水诗。古代小说插入描写都是以诗句方式。冯梦龙的话本和凌濛初的话本是不同的，所以他们二人的话本是分体的。体的东西中还包括个人讲述习惯和视野不一样，甚至连民俗风物的呈现都不一样。例如《红楼梦》与《金瓶梅》都属于小说类，但它们是不同的体："红楼梦"体，高雅，情爱书写控制有一定的度，人物个性鲜明，社会阶层分层明显，贵族生活方式淋漓尽致；"金瓶梅"体，低俗，情欲无度，但是很好地保存明代市井生活，还有鲜活的民俗语言，一种市民底层生活方式。表现了体就是寻找该类中各自不同的特点，有表述行文的不同方式。不同文体各自有该说和不该说的东西。

文体，首先区别口述文体与书面文体。口述文体有讲述的痕迹，从史前文化流传至今，最鲜明的就是讲、说等口语的特征。口语中有讲述者的习惯、口头禅保留着。书面文体是经过修整、雅化了的，有人工打扮的痕迹。从分工来看有实用的文体，也有美化的文体，似乎不同的文体还指向特定的对象：科学文体、宗教文体、新闻文体、法律文体、生态文体、影像文体、评价文体、戏剧文体。自古而来便有抒情的文体，浪漫的文体，客观的文体，写实的文体。这种文体必将通过其内容和材料而确定。连媒介工具也能决定文体特征：手机文体、小品文体、相声文体。从大的方向而言，我们不难区别文体如史诗、哲学文体，一般可以归于类的概念。比较难的是划分细小的文体。还有在其类之下的属的区别，特别有特点的文体几乎是难以命名的。这时候文体已发生了变异，也就是说，互文的影响。辨体、识体还算好办的，因为有迹可循。创体就比较难了，提供新的文体方式，基本属于形式方面的，根据表达特点而定。因而每人表达因个性与修辞不同而使用不同方法。因此，文体基本是可以属于修辞学的文体。

　　文体只要我们能称呼它，都会有相关特点的限制，例如讽刺的文体，荒谬的文体。它自身会显示出一个公认的特征。这种特征有时代的、民族的、地域的、个人的，在一个框架内（时空）来指认它。我国有文体自觉始于六朝，于是有六朝文体，有汉赋，有宋词。文体会随时代而变化，引领一个时代风尚。因个人特色的文体更为普及，莎士比亚文体，巴尔扎克文体，福楼拜文体，李白文体，杜甫文体。这些文体与作家的创作风格有关：郁达夫忧郁的文体，废名抒情性的文体，鲁迅的讽刺文体，这是一种特色与个性化的限制。反过来说，文体是要打上各种特色的。这就证明了文体是可以识别的。

　　时代演变，文体也随之变化，文学史的进展不仅是各种材料的展示，还是各种文体的变异发展。变化的文体一般呈综合的特征，或者说文体混搭现象，一体二式三式的。两种以上的综合文体，或者叫跨文体写作。打破文体类的界限，大的方向我们可以称之为类，细小的方向为体。例如我们今天有许多碎片写作，也称为碎片文体，我们可称之为浪漫文体。其实它很复杂，有的说它产生于德国的施莱格尔兄弟，巴塞尔姆说它源于多斯·帕索斯新闻短片的形式，有的又说它始于帕斯卡，在法国称它为尚福尔形式。这种文体发源于古希腊高尔吉亚哲学家，重要的是诺瓦利斯推广了它。在每个作家那里形成的文体特色并不一样。例如巴什拉的碎片是科学的，针对世间基本事物，如水、火、梦，他既揭示事物的科学内涵，又抽象化为哲学的思考，同时又兼容于内心与心理学、无意识等。所以巴什拉的文体更显示它内在本质上的综合，它结合了一种散文和诗的特征。巴塞尔姆的碎片只是事物的混搭打通，高雅和陈腐戏谑的通俗。因此他的碎片很杂色。格拉克的超现实主义碎片，更显示了无意识的奔涌，尽量发掘语言多方面的魅力，故意进行扭曲搭配。基尼亚尔尽量开掘诗意。莉迪亚·戴维斯讲究语音、词法和句法的和谐共鸣，感性地想象地构成精美的句子，叙事中流露浓厚的感觉色彩。每个人的碎片都构成他自己的不同文体。

　　文体总是对某种目的或意图的回应。文体也有某种主题性，这是因为我们总要围绕一种情感，一种理念，一定环境，某人物或事件来陈述。这种集中表现通常都会选择独特的载体，或使用非常的手段，文体是我们通过它表达的一定的方法，或者目的。至于文体的形态是什么样的，会不会根据文体语境来变化，惯例是不会关注的。可见文体是不能预设的，已成定规的文体一般不会有创造性。只有文本形式达到饱和了，而又成为一种写作常态和习惯，才能确立创造一种新文体。预设某种文体总会有一种意识形态喜悦，也确实带有某种主题性，例如我们使用一种文体，社会写实的，我们就大体知道这种文体意图是什么，写的是些什么东西。我们依照文体写作和我们自己要创造一种文体会截然不一样，我们依照的是传统文体，已成定规的惯例。这是我们的先辈使用后留下来的范式，我们写作只要适应它们就行，至于旧的文体如何形成新的风格，这里含有一个巨大的艺术命题，即文体创造的艺术辩证法。

一般说来固定规格的形式文体比较容易识别。标题，分行，不同字体，小段特征，成熟的形式文体还有它的基本语法，这个基本语法定位于句式，单句是否定的，是肯定的，是描写的，是叙述的。一般有明确的指谓，或者隐含于各比喻、象征系统。常见的还有主从复句，并列复句，让转复句。这些基本语法作为文本最基本的单位，铺散在文本的每一个角落。文体有文眼，有象征性结构，总体呈现出一定的风格特征。而现代文体的一些形式标记只有符号作用，作为一个能指链，词汇、小句不一定具有稳定准确的意涵联系。相反，文体表层有许多风马牛不相及的东西拼贴效果，追求的是反差、矛盾、怪异，也许语言间只是一种感觉联系，并没有逻辑联系。往往明确的意涵组织、逻辑联接反而具有意识形态理念贯穿。那么写作的神秘性荡然无存，而且它随机的天才智慧也就因此而丢失。这表明文体形式识别是复杂的，可以由一种纯形式识别走向一种内容识别再到一种风格识别。

文体写作可以把个人习惯带入文本中，或者受媒介特征影响，或者个人的性格痕迹，常常是有意识地带入。也有个人无意识倾向，甚至是写作环境的物质影响。例如希区柯克文体，表现了侦探片的一定模式，他会故意在影片中露几个镜头。法斯宾德的影片会故意夸大一下性暗示。黑泽明有意使用颜色意象并使其成为某种特征性动态。雷诺阿爱使用一种双眼视角。福楼拜的定格描写是彼此呼应的、纯客观的。浪漫文体的夸张，雨果和张承志都喜欢夸张的浪漫，但张承志是草原意象，雨果是大海意象。同样是怀旧的浪漫文体，废名的文字节约到了极简主义，沈从文铺张个人和环境的细节，汪曾祺则热衷于童年视角。邓九刚是内蒙古作家，他一生的写作离不开两个原型：骆驼和茶叶。同时他也利用夸张浪漫的文体，场景爱铺张，渲染气氛。莫言的文体更是铺张渲染情绪与感觉。语言有一种泥石俱下的奔涌。莫言、张承志都爱使用明喻方式，文体有一种浑厚的装饰。而雷蒙德·卡佛的文体简略之极，写出人物和故事中极少的部分，仅仅让极有代表性的特征露出面，往往是生活中的细节。这种文体特征的带入有显有隐，识别时要根据具体语境。历史文体学的形式我们容易识别，前人积累文体太多，我们几乎尽其一生也用不完。在经典的积累中，我们可以学习文体知识，但是历史文体大多数是不可学的，一种经典完成了，有它的定位，例如古代西方的史诗，我们今天模拟它，几乎是不可超越的。中国的唐诗也是不可超越的，所以我们还是尽量创体。当然可以继续前人文体中一些优秀的要素。新文体总是对旧文体的综合。我们总结一下文体识别的几种方法。

其一，文章标题和署名。标题一般是文本的核心，具有意识形态痕迹。笔记体小说都爱使用古代资源，一般爱用"记""阁""传"。现代文体中标题爱用象征物："某树某屋"，事物名称，"药""女神""子夜"。有一种回忆性文体，迷醉于对旧事物的怀念。署名，用个笔名，代名是旧时代的做法。迈尔斯称这种特征词语为"指掌符"，意思是象征符号下可以找到何时何地何人及其时代和个人的环境。有些题目之下会有些副文本标明"系列"或者"关于"明确符号之下，万物都有所隐指，象征文体可以扩大它的内涵，也可靠命名作为一个样例，透露情感与风格的标向，表明文体的特征也会有一些主题性、材料性的含义。

其二，文本表达方式。一种文本均有特定的表现方法，如叙述、描写、抒情、议论、对话，以某种主导方式表现就显示为一种文体的主要表达方式，叙述作为小说的表现方式，抒情作为诗歌的主要表现方式，散文爱描写，政治文体爱议论。"对话"在现代文体学中是一个庞大的体系，它可以在现代文体各学科行业中互相渗透，故此有一种内在的对话性。另一种是形式明确的对话体，广泛地应用于政论，也可以用于陈述。当下文艺有一种独白自述的文体方式，当然不是古典的那种精英简约的对话，而是一种夸张絮叨的独白，自言自语成为一种体式。这里预想一个说话对象，絮絮叨叨详详细细地倾诉，还用一种复沓的方式。识别这种文体只需把它同简约派向相反的方向推到极致就是了。我们可以称它为絮叨派。

其三，人称和视角通常会对文体有至关重要的作用。浪漫主义文体和现代主义的自我表达通常均会保持第一人称，"我"常常介入其间。第三人称一般作为客观主义视角。叙述视角是叙述中最重要的问题。通常涉及主体，叙述距离角度，讲述方式，视角改变和人称发生变化了，那文体样式就会呈现不同的体貌。散文体一般都会采用第一人称，小说人称、视角会变化复杂一些，因而小说文体也多变复杂一些。为什么人称视角对文体影响如此之大呢？这是因为文本之内人物与事件的"投射"关系。人称在文本内总会保持一个主体的优势，由他去看，去感受。投射关系由总体到局部有大的安排和细部变化，每个投射关系的变化都会引起结构篇章的改变。例如新小说是一种文体，它和现实主义的模仿文体那种平行视点的投射不一样，"物"把本身夸大细化，写文字把物的样貌记录下来，通常会产生语言的长度，会有局部撑开视野的感觉。视点人称在事物面前不保持优势，有小于物的感觉。现实主义文体模仿中，人物视点就有大于物体的感觉，所谓的尽收眼底。这样文体的本质就发生了变化。这一切都受投射关系的影响。而这种投射关系通常都在人称与视点上体现出来，这里是说的客观文体的外部投射。另一种是主观文体的人的心理精神投射，为保持陈述上的优势，更是人称和内在视角决定心理的无意识状态。这就是为什么现代文体多是第一人称的道理。既然是解决"自我"问题，就不可避免地使用第一人称和内在视点。心理和精神的展示只能通过内省的方法才是真实的体验，这和传统的第三人称心理描写本质上是不一样的。传统的心理描写仍是属于假想的模仿。有投射就有反射，特别是意识状态互渗，反射一定涉及思维与想象，建立在主体上的精神活动没有一种活动状态是单纯的，投射，衍射，散射，反射，其射的性质是一致的，区别仅在于"射"的角度方式不一样。文体一定意义上就是这些射的方式不一样的反映。

文体一定有许多固化的设计或模式，另外还会有许多形式标记的烙印。这体现在命名、词汇、句式上，一定量的重复出现的词汇，而且这些词汇具有倾向性，色彩，重量，软硬，气味，大小，我们会按照自己的习惯来组织它，所以文体学必须具有一定的词汇与组织规则的统计学比例，在复沓手法中词汇反复变化出现的频率就可以作为一种文体的标志。这也可以看得出，文体分析一定意义上也是风格和个性化的分析。文体更重要的是它的句型分析，任何文本都是由句子编织而成的。中国传统的精粹简约的短句成为中国文学的主流，一是述谓句，一是判断句，节奏顿挫，运用灵活，是一种有力量的文体，一般句子十字二十字。这造就了中国一批文体，例如笔记体、志怪体，大量的古典白话文体，发展到长篇《水浒传》《三国演义》《西游记》依然以短句为主。新文学兴起，虽然外来的长句和本土的白话结合产生了大量的长句，但在新文学初期仍然短句盛行，如鲁迅和废名虽风格不一样，都是以短句为主的。直到后来白先勇的小说、贾平凹早期的小说，都以短句创造了一批有中国特色的小说。现代文体基本以长句为主，句子形态基本上是尾重句、松散句、并列句、主从句，意思是现代文体都选用复合句型，情感转折复杂，描写细腻，表意曲折。发展的是古罗马的西塞罗散文体，特点是"文体布局结构精巧，其典型特点是渐次达到高潮"（艾布拉姆斯语）。中国产生了当下很奇怪的几种文体，网络体（网络小说）、微型体（微型小说）、旅游体（行走文学），我不知道这些文本是从哪个角度定位的。首先网络体是网上写作，依靠点击率和每日即时性写作，这是一个什么标准呢？如同墓志铭是生者给死者的祭祀文，但它的标准是"颂"之美，也不因此由长短石刻来决定。微型体难道只是以四字文作为数量标准？我的意思是作为文体要求，应该有它的美学标准和意义内涵准则、体式的定位，如果构成文体就不能简单地按媒介方式来决定。同样，旅游体不是说所有的地理行走都是文学的，应该找寻行走的目的和它的语言呈现方式。报告文学、速写特写均是一种现代文体，我们要求的还是根据它的表达方式和语言方式来确定一个体式标准，而不应该单一地依据内容或者传播方式来确定文体。

二、文体的发生机制与功能

文本内形成文体其生产机制是很复杂的，我们要考虑这几种情况：第一种，我们效仿的经典文体。这时候文体的概念是已成定局了。我们的做法是把已成定局的文体发挥到极致，取得最佳效果。我们主要力量是放在学习模仿上，注意我们不只是写一首诗一篇散文一部小说或戏剧，而是写一首怎样的诗，怎样的散文，怎样的小说，重点在于我们以何种方式组织词语，何种方式选择特定的句式。还在于词汇和句式构成一种大的结构样态。你的写作文体是否暗含了经典文体的规范。文体是一种有样的格式。

第二种，我们自己创造一种文体，这种新创文体分为有意的理性"创体"，和无意识的创体，是文本自身的选择。也就是说每一个人的文体写作都有其自身的创体。小说是一种大文体，按其基本要素来说，有故事、人物、环境。具体到故事来说，又有开端、发展、高潮、结尾，故事会有几种基本形态。西方传统的小说故事已完整地提供了许多经典模型，中国的《三言二拍》也把讲故事推到了一种极致。我们现代小说就没有那么完整的故事形态，在小说中淡化故事，突出人物的细节，这就是沈从文的小说特点。这还不够，他加上了絮叨的散文语言的方法，这就构成了他特有的散文体小说，出现一种新文体。博尔赫斯的小说是一种简略文体，往往讲故事在认认真真进行途中，突然在紧要处拐弯了，使故事有了另外的意义，结构上采用倒"V"字，反转是他的真意所在。这就有了博尔赫斯的矛盾、悖论、错位，呈现了博尔赫斯文体的特点。

第三种，我们在旧文体上创造一种新文体，注意旧文体只是影响的存在，在物质形成上是看不见的。这表明文体对作家也是一种潜在效用。我曾做过一系列的文体实验，《城与市》《蓝色雨季》《一滴水的传说》。我们从大文体概念说，它是一种碎片文体，还是一种跨文体，你可以说它的前影响是种片断写作的文体。它有施莱格尔兄弟的影响，也有帕斯卡尔的影响，更可以看出巴什拉、巴思、巴塞尔姆的影响。主要的还有格拉克、基尼亚尔的影响。但是它是一个绝无仅有的文体范型，从来没有人使用过，《一滴水的传说》体现了一种更加综合更加内在的文体跨越。《蓝色雨季》全部长篇只有三百三十三节片断，其中故意空缺了十一节，在于解构文本《无影的河流》同时建构一个《蓝色雨季》新文体。全部文体只在展示"人是全部环境的顺从"。文体仅像是一个放排人游走在河流史而且是一条消失的河流史，我与它的消失正好证明它的存在。而《城与市》的文体要庞大而复杂，几乎颠覆了所有传统的文体概念，特别是结构上的破坏。只有将传统文体烂熟于心，才有最自由的新文体创造。在文体创造的过程中，如果只是理性学习旧文体，那将一事无成。最重要的是没有目的地非理性地自由创造，使文体生成变为一种随机性活动。某种文体呢，写到什么样就什么样，并非我提前想写一种什么样的文体，所以文体是我们在生命形式下自为的生长。它会顺着一定的轨迹自我生成，长大成为一个完善的独特的文体，用湖南乡俗话说"草鞋无样，边打边像"（这里的"打"字是编织的意思）。文体发生有其必然性和偶然性，关键仍是作家的才学识与个人的写作经验决定了它的样态。

任何一种文体的构成，其成因都不是单一的，一定是一个多元要素，而且是一个动态化过程。我们可以肯定法国的新小说是一种文体，它发生在二十世纪六十年代的法国，为什么不是更早或更迟呢？为什么不是发生在法国以外呢？我们可以说它是法国精神现象的反映，是物质生产高度技术化发展，社会矛盾不断激化的结果，是以人为中心的人道主义的怀疑，是生存忧郁危机的反映。那么说，西方哲学、科学以及其他艺术一同影响了新小说的产生，这是一种时代社会决定论的套话，更为直接的因素我看还是来自文学，首先是欧洲巴洛克文学的特征的影响，比较接近的新奇文体有《拉摩的侄儿》《宿命论者雅克》等小说的先锋性，有存在主义小说的影响，语言变化上又受马拉美、波德莱尔、兰波以及超现实主义作家的启发。应该说没有贝克特、加缪、萨特、福楼拜，此前的小说实践也就不可能有新小说派。新小说文体也是一个复合现象，有萨洛特、西蒙、布托尔、罗伯·格里耶，有索莱尔斯、里加尔杜、法耶、萨波塔、图森、艾什诺兹、阿尔其德罗斯、莫维尼埃。小说家之间也会互相影响，由影响构成的文体都应该说是互文性的跨体，这种文体相互之间的影响有时几乎是看不到的，但可以感觉得到。因此我们讲文体"不仅仅是语言、形式和内容的聚合物，而且也是生活方式、组织方式（像在社团中）和发表方式（像在杂志中）的聚合物"（荷兰，贺麦晓）。我所补充的文体构成，可能经过了这么三步，首先是时代社会的生产方式，其次是人们的生活方式，最后才是文艺家的表达方式。三个方式才决定了文体，应该是缺一不可的。至于哪种方式重要呢，似乎不能这么问，只能是讨论的角度不一样，三种方式的重点、角度不同都有可能从根本上影响文体的不同。最终决定艺术形态的似乎还是作家的具体表达方式。我们古代讲文体似乎爱从文体的固定标志谈论它多一些，古人也重视它的表现形式。所以，古代文体虽多，但死去的形式也不少。现代文体似乎从构成要素谈得多一些，而且形成的内在机制似乎更重要一些。古人说文体包括三个关键词，即体裁、体貌、体要。体要、体貌分头讲文体的不同侧面，以情感讲体貌，以事义讲体要，以言辞不同的方式讲体裁。至于文体如何起源那就更复杂了，每类文体都应该有它的发生机制，不是本篇谈论的重点，而且自古以来文体概念都是相互转移的，更隐在地体现了一种跨体。刘勰说："八体屡迁，会通合数。"古代说文体变化就其大类比较多一些，由于近代分析精神兴起，现代文体大类可以不管，更多地应该重视局部精细的地方，现代文体发生变化的奥秘更多一些，反而人们不懂文体，铸造的新文体类型极少，这是我们特别要注意的。文体定义的说法任取其一种都有可能偏移它的核心含义。这是因为现代文体，每一个作家视角和着力点不一样，各种方法也呈现了多元状态。所以现代文体创造应该更充实。如下一些范畴：标记、惯例、语域、体裁、风格、修辞、体式、词汇、语法、句式、章节、特例、衔接、搭配、意象、语式、语态、情状、及物、习惯、反常、扭曲、配置、口语、对话、投射、视点、扩展、压缩、繁复、简略、播散。文体构成要素有许多，主要分清楚影响整体的和局部的。古代只讲了八类：典雅、远奥、精约、显附、繁缛、壮丽、新奇、轻靡。这主要指向风格上分类。现代文体这么说显然是不合适了。一种语言在文本中的表达方式小到位置距离、色彩气味、轻重质感、组合拆分，都会依据个性不同，对语言使用的经验不同，找到一种最适合个人又适合文体的表达，形成一种规定的特色，这是文体内部的细微世界。大到布局组织、篇章设计、拟题、分行行文、词语运用的一致性、倾向，包括某种修辞方式运用方法趋向于特征化。如果说得神秘些，一个文本内部的韵调、气场、句式分配的习惯、逻辑句的规则、松散句的铺展、复合句的关系，无不呈现为一种个人写作的习惯，因此把惯例归之于文体非常准确，有前文本惯例，即已成定局的前文体，在文体创造中个人也有自己心目中的潜在惯例，个人总是在不停地在破坏惯例又形成新的惯例。隐在文体的痕迹在个人身上就像字的笔法与构架一样，习惯踪迹是永远也抹除不掉的。这就是文体为什么总和风格捆绑在一起的道理。我这里以《一滴水的传说》为例说说文体构成的内在机制。首先我的表达意指是水，一定地域的水，一定时代的水，一定文化条件民族风俗的水，如果按固定的文化地理散文构成，很容易把握，现存的历史地理资料、水文调查情况说明，对水流域的人文历史资料，加以量化、监测的地理物质材料，作者极容易写成一个水文地质报告，规定它的文体是一个科普应用文体，这个只要湖南地理、水文方面的人带着仪器测量就可以了。这些传统文体我国三十年代就有人作过，我只做一个文抄工便可以了。我要构成一个反文体的新文体，一切已成文体所写的方式都不采用，也就是说抛开一切传统文体另辟一个新的途径。用通俗的话说，别人使用过的方法我都不采用，这就给自我文体写作设置了异乎寻常的难度，没有大地测量学，没有史志地质调查的湘水资源探寻，几乎一动笔就无法写了。第一条，我在确立文体写作的对象时改变其所指。一条湘江有其普遍性也有特殊性，好写。我选了一个不好写的一滴水，在世界事物中具有广泛的普遍性，就写一滴水，看似好写，又最不好写。就写世界上最基本的事物。水的历史比人还长，更具原型意义，对世界民族更具形而上的概括张力，在此基础上我分出两个元，一是科学的事物最基本的细部。二是神话传说的宏大场域，从阔大和细小上建立最基本的单位冲突。这样文体有了两个指向，一个是巴什拉的科普文体，立足事物元素的碎片，一个是民间传说文体，纵向上中国古代西方古代水神话语方式。这样传统的惯例文体便融合进来了。但是我不能用传统文体写作，必须破除。自我的碎片机制，加强反思文体。水，最容易和浪漫文体结合，我便采用了包括全部浪漫文体的碎片策略，方法是清除它们的历史方法，立足于新的意图，例如历史碎片的方向，一来自施莱格尔兄弟，二来自帕斯卡和尚福尔的剪接，三来自克里斯蒂娃的互文性。一篇文本中交叉出现其他文本的表述，已有和现有的表述易位。这三个方面，碎片写作已形成一个强大的历史了，影响非常广阔，我们不能模仿、复制、强化、转移，而要设置新的定位。剔除格拉克的超现实主义，增加神话幻想，格诺、巴塞尔姆无边际的文本转移，这里始终定位于一滴水，反复纵向轴和横向轴，一滴不同的水，变化运动着的内质，始终增厚文体的质量。朱迪亚、基尼亚尔、拉费里埃、布劳提根都在着力构成视觉文体和叙事的文体，我这里努力构筑声音文体，水与点构成互文转移，产生了气的文体。《一滴水的传说》采用了深层的基语法，是一个并列句：水不是水，是别的事物。前者是否定常识，后者是肯定，要写不同的东西。湘水一路充满了历史不同的东西。水不是水，仅是一种声音，根本上构成声音文体。第二条，形式不是预设的，是构成的。应该是一个四不像的文体，打破类的界限，是诗是散文是小说是传记是一个新的综合，所以你只好叫它跨文体。它在边写边讨论中形成。总标题我显示副标题，总目的的一个部分，小标题共六十一个。传统文体标题是文章之眼，是一种必然性，不能马虎，这里小标题随意，自然，信手捻来，破除逻辑联系，当然其中也含有必然性，最好是顾左右而言他，有些风马牛不相及。小标题仅是想象的提示，远离意义中心，有时也暗含一下，似乎一种不相类属的隐喻，并伴有某种新奇的拼贴，每一个碎片剪接核心所在，揭示变化，揭示流动性。水作为原本事物符合原子论，除了水，气也是最基本的原子。用原本事物的原子论来推动文本，对地域的书写根据它的重要性和转折处。某种文体你在写作前只有一个朦胧的想法，不断写作便是不断构成。古典文体比较单纯统一，现代文体要复杂化一点，元素多一点。网络写作，一部长篇几百万字，从文体意义上它还不如一个短篇，字数再多只是一种方法的重复。文体构成是诸要素的综合，我这里提出一个现代文体忽略的要素，那就是一篇小说千变万化，一定在语言上有一个统一的调式。一种语调的把握非常不易，有情感的、气氛的、色彩的、语气的，一般说来短小篇章，语调容易把握。无论诗、散文、小说都有调式，有一种特定的韵律。许多长篇四方八面地溢出，泛滥成灾，没有基本语调。一般说来作家早期的作品语调控制好一些，晚期就乱写。沈从文、废名、白先勇、张爱玲都是控制语调的高手。有一个语调天才，刘绍棠十几岁把一个五六万的中篇语调控制得牢牢的，一个巨型长篇不走调非常不容易。如何控制基调，首先十来句话就定调，定基调包括句式、色彩、气氛，甚至标点符号、分行列段。其次，定了调不能放任，要不停地与基调呼应，尽量排除那些与基调不符的东西，这包括语境中有些词是不能出现的，有些词不能乱用。再次，整个文体要完成这个特定的语调。应该这样说，没有文体就没有语调。一种调式一直保留到它的最后一句话，例如鲁迅的安特莱夫式阴冷便是如此。文体标志性符号是外在性的，但文体的语调一定是内在性的，看不见的，一定要用心去体会。文体形式上构成容易，但文体在语调上达到完整统一是困难的，有天赋的人，一开始就有很好的语调感。笨人要到五六十万字才摸索到，有的人甚至终生都不知道语调是什么。某种文体炉火纯青，要到形式的完整自如是容易的，但是达到词语的统一，非训练不可。要想得心应手，语言要在心手口眼，在感受上统一起来。说到深层次上面就是语调也有一些可言说的，大致只能凭感觉了。一种是追忆语调，一种是浪漫式语调，一种是烦琐式语调，某种意义上说语调易倾向于风格化，一种文体是要风格化语调，但是一生写作所有文体都一个风格、一个腔调也不好，这是图省事，忽略文体创造的丰富性。探究与质询是大部分文体所热衷的，但是作为文体它的内部也可以丰富多彩，例如可正设问，可以反设问，反转方式，虚拟可能性，定论质疑，多重排列，结论的反转。语调魅力就在于它在有形与无形之间。当然我细细探究语调还会有正有负。从审美上说也会有审美的，被传统意义肯定了的，但也负审美的。语调的审美形式基本上根据语境来判断。那种唯美的颓废的精致地也会构成一种腐朽精粹的语调，例如新感觉派小说家。第三条，处心积虑地在文本内部构成文体张力，使文体保持互文的特色。《一滴水的传说》，我的博士学生王璐莹来了一看说，老师这不是巴什拉文体写的吗？她仅仅看了文本前几个字便判断出巴什拉文体，直觉，她有准确性。水，作为元素，巴什拉文体一定会有生物科学解释的回答。但是我后文还有三万来字构成文体的另外风貌。某天晚上她又问我，您的《湘源记》发表在哪里呢？这就是说她也相信还有另一个文本，在《一滴水的传说》和《湘源记》之间我保持结构与解构的关系，两个文本共同形成文体的跨越。《湘源记》作为真实的客观地理与元叙事文本，正好同虚构的《一滴水的传说》构成一种写作策略，把台前幕后统一起来，文本的真实是要使人确保无疑，提供史传地理志的准确性，因此把采访过程、引用县志过程拿出来佐证，但又刻意展示被人们忽略的部分。神话本来是虚构的，我索性大量集结神话元素，使它碎片于文本。虚拟神话传说是强化原型的力量，古往今来一滴水有无限之威力。它是根本，世界之基本元素，在文体表达上我们大致遵循如下原则：把形而上的东西转换成形而下的事物，使之有概括的力量。把广阔庞大的东西坐实到事物细部来写，把细小的东西镶在整体认知中。第四条，这是一个质询的文体，个人内心童年、家族的质询，人文历史质询，人类文化学哲学质询，事物现象学质询，让质询铺散于一切元素，迫使我们思考体验，那种深层的，那种极限的，这就可以由文体的表层特点深入到文体构成的内在机制。文体可能是一个旧的传统的表壳作为符号标志，但它内部机制形成的时候，一定要别开生面，发人之未发。最高文体表达不仅是一个审美的格式塔，重要的是一定要达到哲学的品质。文体的关键不在于我们在形式上确证它，是赋，是律诗，是乐府，是游记，是史志。而在于一个文体构成的具体的表达方式、基本语法是什么？什么基调？其意念是什么？哪怕某一点细小的改革，都可导致一类文体发生革命性的变化。例如在文本中取消直接引语和感叹号，这仅仅是一个符号的变化，就可能导致文本抒情方式的改变，没有"？""！""……"出现的文体就可能形成平静冷漠风格。从主体来讲发挥文体的"自我意识"的探询，就可能改变一代文风。现代文体与古典文体不同的是，还可以采用"一体多式"的方式，意思是某种文体有其内在的复杂性，它可能是一个多样性文体、超文体，或跨文体，是文本自身的复杂性提供的。它既是一个游记体又是一个寻找体，既是诗体又是散文体，既是一个叙事体又是一个抒情体，既是神话体又是纪实体。好的文体有其自身的丰富性，所谓创造就是我们尽量控制比它自身更多的东西。跨文体不仅仅是一个概念，一定在一个文本里有其扎扎实实的所指。第五条，文体最根本的基石是词语组合、拼接句子。中国古文一直都是短句，在主谓宾等成分前很少添加装饰，复句极少，最多只是连动句。新文体从西方移来很多元素，叠加装饰，成分限定，分解分句，句型已经是多元的要素了，集结很复杂的内容，扩大表意策略。尾重句，又叫掉尾句，意指核心含义是宾语，或者说明主语的一个关键词，是最后出场的，它的出场意义才能确定。松散句，是长句内并置错列很多小句，如星星散落。大文本一定会出现各种各样的复合句（并列式，主从式）。为什么把文体落实到词汇和句式组织上，一是便于考察它最基本的元素，二是有了词和句做基础就可以定性定量地进行文体分析，可见文体不是虚拟的范畴，它是货真价实的。我们既已从一个文本的创造看清楚了现代文体的构成，说明我们要建立现代优秀的文体是可以从最基本的元素入手的（要落实到句子的句型，不仅如此，一个句子的核心是主语和宾语，而且我们在写作某一文体时，主语是既定的，不能改变的，谓语把主语活动的范围展开，或者是性质的揭示，谓语动词当然显示文体，但关键是我们要展示文体的审美特征。更多的是审美宾词的变化，宾词实际指向共同的特征，但宾词却是修辞性的变化。例如宾语是形容词和名词，其性质多是隐喻性的，一定会是描写句）。

为什么如此强调现代写作的文体构成呢？最主要的是文体在现代写作中有极其重要的功能与作用。

其一，现代文体的认知功能。我们说过文体有特定的指涉对象，当然这是相对的，那么就是说是什么文体我们便知道它是针对谁？是干什么的，这便是有意识形态标记。文体是个认知对象，有一个特定的内涵。首先它是一个认知标记，且这个认知标记并非一个物体形态，它有其历史的痕迹。其次，它有特定的象征隐喻的痕迹，所特指的意义边界并非稳定的。再次，指涉对象其意义往往大于其对象，有其特定扩大的隐指。甚至还有一种现象只是对文体顾左右而言他，或者是似是而非。关于"认知"一词的含义，有认知语言学、认知心理学、认知科学、认知哲学，认知的边界从没准确定位，这是因为认知的概念和范围没有清晰的定位，如果我们仅把认知作为一种颅内活动，容易走向一种神秘主义。不同的人有不同的颅内活动，认知差异使概念游移，但是我们仅把认知作为行动的反映，肯定过于狭小。现代认知方式确定了认知是能量巨大的。说白了我们认知一个事物，该事物超过它自身，更富有宽广的含义。这就使得我们的认知大大超越了该事物的边界。我们认识事物不是传统的一加一的数学方式。人对世界的表征并非必然地与世界真实一模一样地对等认识。在认知与事物间受信息环境经验的影响，其认知结果差别是很大的。简单说，认知对象不是机械的固体，"对象"有历史、环境、参数反映与对象反馈。它的条件因素，有环境给定的，有自身经验的，也有在环境中的信息都是不一样的，这样对象的认识就会不同。我理解某种特定文体，如游记、谱志，它们是有历史沿革的，所以文体作为特定的认知对象，有唤起、偏移、延展、相互联系的功能。说白了文体有拓扑功能，有大于自身的意义，而且这个意义不好估评。

另一条认识又会把认知主观化。人的颅内，神经系统只不过是对特殊现象的加工处理，人脑的作用超越身体环境、对象信息而无所不能地改造客观对象，超出大脑延伸到周边环境，处理场域的信息工具。因此我们要把人脑和它的认知对象看成客观的，又要看成互动反应的。这样文体功能才有真正的认知意义。我们这里是就客观文体的认知而言，是我们针对文体，按照文体的规范写作，这样文体的认知功能只是一种完成态，是针对一个类型的文体而言。

我说的一种真正的文体认知意义比上面读到的要复杂得多，既指一种创造型文体，我们写作就意味着贡献一种新文体。我们说文体写作，是我们从整体到局部都有一种文体意识。文体的意味在指导我们有意地去制作一个特殊的文体，至于这个文体是什么，我们写作的时候并不为我们清晰地指导。我们在创造文体，这是我们的思维活动，但是文体也在潜在地指导我们，例如格式、句子词汇，它会在文本的很多地方做超常的信息处理，这是因为现代新文体一定会有许多现代性知识去要求它，这就是认知模式不仅仅是我们颅内的神经系统组织文体活动，而是新文体是一个特殊的（事物对象，特殊的表达方式）认知对象，是一个活跃的主体，它有历史经验、惯例，又有新的环境的信息。它会唤起新的想象、转移、暗示、召唤，相互关联、相互激活的能量。这就是为什么我说文体它既是一个老的规范，又是一个新的模型。这才真正达到文体功能的认知与创造。

其二，现代文体的审美功能。什么是现代文体的审美呢？传统文体有赋、骈文、诗、记，它有内在的韵文要求，比如赋有场面宏大、规整，句子对称，又有韵律的上口，达到统一、和谐、平衡的美学效果。现代文体显然不是那种古典美，那么我们要提供新的可能性。首先一条就是新、奇、美。这谈何容易？文体对象指向同一事物，在同一事物上产生新、奇、美。首先要求我们避开陈词滥调，其次传统文人已大力书写了的，我们不能再写。我们要写他们不写的部分。这特别要求我们变换出一个崭新的视角，表述不为人所知的一面。新的文体要使用新的手段，传统常规的修辞手法是可以用的，那必须加入新的策略。例如《一滴水的传说》核心是一滴水的意象。一滴水怎么写？这就是难度。传统讲究统一平衡、谐和稳定。那么新的文体我强调的是断裂、参差、错位、拼贴、并置、混搭、拆解一种规范文体，又聚合，向一种不能定性的文体靠拢。这种跨文体也不是新产品了。但我要求它展示复杂文体的面貌。我们过去的景观文体一般是视觉的，我尽量走向声音文体，走向流动的文体，这就能激发我们另外的感知器官，如听觉、触觉，使文体有一种身体性。

其三，现代文体的实践功能。文体实践有两个方向的含义。一是我们现代文体是可写的，可制作的，它可不是有用的，但它一定是一个独立文体，是一个丰饶的容器，是一个类型文体，可以仿效的。二是文体自身内部要变成可写的、可创造的，你自己的文体创造要有独特性，虽然它不是不可完成的，但是有相当的难度，所以现代文体只是提供写作样式的可能性。简单说，我们要完成文体形态的创造，在不可能中走向可能。所以现代文体有的是险途，提供可能是唯一的，如果是一个现代读本的话，那我们的写作就不会有意义了。所以现代文体的实践功能从意义上说可能是矛盾的，既可能是多数美学家能实践的、能创造的，也有可能提供的是不可复制的模本。

三、文体写作的方法与要素

文体有哪些基本的要素？我们的写作者几乎回答不出来。文体是靠语言的运作显示出特征的，所以组织语言可能是它的第一要素。但是语言要素是指那些非常规的语言的组织手段。语言在某种特定的文体里出场的方式是不一样的，例如我们说如下语言组织都属于文体的。（1）词汇不足。（2）词汇反常规搭配。（3）词汇与句子的衔接。（4）词汇的省略与增殖。（5）词义的原始运用。（6）词汇的音韵。我们可以这么说，传统文体均已组织成"惯例"，我们可以按惯例去完成文体的构成，我们可以写抒情短赋，可以写笔记体小说，可以写游记。如果按照传统文体的规定性写一个新的游记，一首新诗，一篇新笔记体小说，那么文体写作就没什么意义了，仅仅是我们按规范完成一个文本。

第二个要素是语法要素。语法要素也是语言的，但是属于句子内部的结构变化。是长句，是短句，是句子的对齐法，还是复合句式。总之，是一系列句子结构上的变化，促使句子呈现一种个人运用的特色。例如卡佛的简略体，海明威的简略体，中国笔记体，这都是简略文体。但不同时代不同国度不同个人呈现的简略方式不一样。卡佛的人物是不相互介绍的，在对话中暗示身份。海明威特意在主词之外删除修饰词，例如：史密斯特意冲进瓢泼大雨之中，把她拽进来了。在海明威那儿就删除掉"特意"和"瓢泼"两个词汇。我们要特别注意文体的基本语法。所谓基本语法就是一个文本贯穿的一致语法结构，起主导作用，也是一个文本的深层结构。如果按中国古典的说法那就是文眼，或者叫诗眼。通常以标题的方式出现，或者核心目的用句子加以暗示，例如《药》《阿 Q 正传》。这个基本语法也可能是一个作者的特殊意图。或者表现为基本句法（主动语式，被动句，判断句），通常是一个陈述句。

第三个要素是模式要素。文体通常都是对模式的回应。这是文体长期地历史地运作的结果，也是文学文本经验化的结果，无论何种新文体我们都可以从中找到旧文体的痕迹。这大概有两个原因。第一个原因，文体的功能通常都会指向某种实践的目标，简单说文体是为某目的服务，或者回应某种目的。文体产生的始因，均是一种美学的结果，中国的赋与诗如此，某些文体追求形式上的一致性。西方最早的是史诗，悲剧都是体式化的模型，影响后人千百年。例如优美是古今中外都追求的，优美、蜿蜒而又幽雅的曲线美，文体雅化成一种审美追求。汉魏六朝把优美的注意点投向自然山水，产生了山水诗，文人们有了更多的精神追求，只是中国一直是儒学理学成为精神统治的核心，压制了那些恋爱性的文体和唯美主义文体。西方从哲学到文学，那种唯美情感一直是盛行的。抒情的文体一直是文学文体的主导，另有崇高的理想的文体，这一直是古典的典范文体，抒情为了言志，庄子文思纵横逸宕，浩荡放纵，陶渊明志趣高洁。如果承认文学有延续性，主体的模式统治是最牢固的，有一个准确的称呼：文体惯例。这种文体惯例变化是最缓慢的，例如诗歌、小说、散文。从总体看千百年都存在这些体式分类，变化只是文体内部的偏移。我们说的要素大多数保存在这些模式中。现代文体写作最重要的是把握文体的内部偏移，也就是传统文体内部那些变化的因素。第二个原因是我们文体写作总要从心理和精神上找到一种依伴，也就是文体的出发点。例如你写诗不会中途写成应用文，那是你心里一直有一个诗的影子。你写作散文而不会写成诗或小说，那是一直存有个散文样态。每种诗、散文都有最初的文体样态，你会自觉不自觉地仿效它。为什么你写完了文本又觉得不像原来的律诗，原来的碑志文体呢？这是因为你始终都有一个反抗旧文体的信念，只有在旧文体和新文体之间保持一种辩证关系，这才叫创造文体，而模仿文体仅指你依旧文体的方式原样再写了一次，把旧文体的特点更加彰显了一下。

第四个要素是视角要素。视角的元素一般只作为叙事学研究的重点，很少有人从文体学来研究，这是一个失误，任何文体都含有一个视角文体，有主观视角，也有客观视角。认识文体的视角，不仅可以判断文体的性质和文体的偏移状况，还可以根据视角变化，找到文体创新的内涵，还可以估评新文体的价值。特别是从文体内部的视角变化可以判断一个类型文体的变化发展，甚至有时候可洞悉文体变革的原因。例如写实主义文体是十九世纪以前巴尔扎克达到顶峰，因为要对现实做事无巨细的分析，涉及社会生活和个人所有的深广度，这决定现实主义文体是第三人称的，全知全能的。二十世纪现代主义文体兴盛发展，其核心是我看世界洞悉人间一切，人类要解决我是谁的问题。现代文体基本上是第一人称视角，很重要的是潜意识的发现，要窥视潜意识的奥秘就只能是"自我"心理的展示，那就不能用第三人称的他人视角了。这种人称的变化从根本上影响现代文体的出现，例如意识流文体，超现实主义文体，新意象文体。如此，相伴的有了一批表现的文体。这是古典主义文体学时代绝对没有想到的。视觉文体的角度变化影响表达方式也会发生变化。新文体不仅指视觉方式的变化，还有一个让人不易察觉的因素，就是时代的技术因素也大量地影响文体变化。如今天生活美学中技术装饰是重要之点，还有物质图像膨胀过度，图像成为一种说话方式。后现代文体就截然不同于以往的文体了。

第五个要素是偏移要素。这是个极为重要的创造性要素，传统文体学称变体、偏离、扭曲。我认为称之为文体偏移比较好。任何规范文体一模一样再度书写一遍，价值都是有限的，创造一个新文体是每一个作家的终极目的，大多数作家在文体上一辈子也没什么贡献，还自称大作家，这是极为可笑的。首先我们确立常规文体，一切已有的文体，这个好办，史诗、传奇、乐府、十四行诗体、亚历山大体、斯宾塞体、律诗。注意我们不应该只注意大的体裁类型，我们说写一篇散文，写一篇小说，写一首诗，这样的体裁文体已经没有意义了。我们应该限制，写一首什么样的诗，一篇什么样的散文，一篇什么样的小说，文体应该有具体的规定性，每个作家每个诗人有自己的文体，偏移既是一个文本整体上的问题，也是每一个局部的问题。例如小到一个词的读音、词汇构成或者一个句子的创造，甚至一个文本的标点符号、标题、分行分段，总之形成个人的与众不同的与历史不同的表达方式，形成一个新文体。至于新文体叫什么，应该按新文体的主要特征命名，如果没有命名，历史会以个人方式给予人称命名。比如莎士比亚体、左拉体、卢梭体、李白体、屈原体。文体偏移是一种综合性行为，大到篇章设计小到分行排列，其中每一文体偏移的比例，具体偏移的技术指数，反常词汇使用的频率，还含有统计学的依据，决定一篇文体是否改变了，还有质和量上的性质要求。所以，文体偏移是文体创造中一个极其重要的方面，文体偏移首先参照规范文体来讨论新文体的产生，我们在文体中的一系列措施能否足够动摇传统文体，同时它是否可以形成新文体。如果改革力度不大，那依然还是一个旧文体，如果改革力度太大，旧文体面目全非了，变化的结果新文体是否成功呢？这个尺度非常难把握。不是说有才华有文体经验就行了，整个社会语境、文本语域是否形成了合适的公共指认，那还是一个问题。表明文体革命不是一句空话，是实实在在的文体偏移运行过程中新的问题取代旧问题。其次文体具体偏移的策略除了形式上的修辞性，还有作家本人的审美认知能力，还有文本指向意义系统的组织。新文体既是偏移的后果，又是新文体的先锋。我们应注意培养处理文体的能力。例如，在个别言语行动与规范语言发生矛盾冲突时，我们采取了变异，强行地个性化地改造了它，在语言、词汇、句法上仍是极少的特殊个案，但在统计学上仍有少数。虽然有非常有意义的方法，有新的方法，但不足以动摇传统文体，查普曼依然称它为低频项目。意思是我们要新文体必须超过文本百分之六十，达到建立一个新的格式塔。

以上我们说了文体五个要素：语言、语法、模式、视角、偏移。仔细深入地思索这五个要素并不准确，真正的要素仅指语言，而其他四个要点都是在语言范畴之内展开。而语言这个要素又非文体所独有的，例如说文学，首要的便是语言。例如人类交往行为的首要之能力也是语言，仅仅在于我们把它分为书面语言和口头语言。如何定位文体要素我们真是不太好说，任何一个注意支点都是文体的一个方面问题，应该注意的某种策略。现在我们说文体的关键问题，即文体写作的方法。实际没有一个公认的文体写作方法，历史上只有"文体学当然是一种批评方法"（彼得·巴里语）。自古以来没有一种关于文体写作的方法。巴里说："文体学是古代称为修辞的学科的现代版。"这样便清楚了，总不会有一个修辞写作的方法，因为每一种修辞有一种写法，没法统一归纳出写法。十九世纪称之为语文学，思考的却是语言如何起源，语言的配置关系，关注的是历史语言学。1958年才有印第安纳大学的文体学会议。罗杰·福勒1966年有了《文体和语言学论文集》，实际新文体学开始于二十世纪八十年代，满打满算到今天也不到四十年。现在谈文体写作实际是困难重重，但不等于我们可以置之不理。古代肯定是有文体写作的，但旧文体学并没有很好地总结，例如古代的碑志都是有针对性的文体写作，还有题记，古人也特别热衷，还有序跋也是有文体要求的，这都表明了古人有自觉的文体写作，但是他们并没有留下一套写作方法。我这里说文体写作方法也只是个人的一点看法，不可大用。

第一，要建立文体预期。从构思到落笔均要建立文体意识。俗话中我们要写一个什么东西，当然不是要一个具体明确的目的，但要有个大体意图，建立一个文体目标，使一切经验性的东西向新的文本靠拢。表面是经验的聚集，实际上是用语文文字不断实践你的意图。当然你要达到文体的最佳效果。接下来你是做文体的一切属于细节的工作，例如开篇就要确定长句短句，基本句要肯定或否定，陈述或疑问，更重要的是开篇几句话要确定一个语调。语调可以是声音的，可以是视觉的，是色彩的，明朗或者阴暗，语气上的轻重高低，使之通篇都控制在你的调式内。用形象控制也可以，形象从开篇到结束时都要有统一性，"中间"当然可以有变化，但是万变不离其宗。意象控制是最好的，保持整个文本的意象一以贯之。这需要整体上的统一性，特别不能有破坏整体统一基调的不和谐音符，这一点我们一定得向鲁迅、废名、沈从文、刘绍棠学习。有时候调式还是一个不可言说的，例如气场、氛围、情绪、韵味、特定的语言感觉，用新批评的术语说，"铺散"让语言的一切感觉铺散到文字的角角落落。这样说每一个文本都会有一个基调。"基调"是一个贯穿性的，每个文本，不管小说还是诗歌、散文都应该有，就如同一首曲子有一个调式，最根本的是依据情感或意图而定。就如同词一样确定豪放派或婉约派，高低曲折总是依据主题而来。还有与作家的个人性情格调也很有关系。我曾写过一个《民间格式》小说，采取的批评文体的方法。用正文加注释，不同的是我反其道而行之，每段关节处不是先写正文，而是先写人物注释，然后再铺展人物语言行为、故事性格，发表时我改成了《民间雪》，加强了雪意象在民间小镇的意味。文体预期是想把批评文体和叙述文体结合起来，当然语调是借助小镇雪，要渲染比较浓厚的语调味道，我又故意把故事人物安排在隆冬年关，这样民俗味道就更重一些。为了和语调保持呼应，我又特意把文本的小标题都扣住雪的意象、雪的价格、大雪满弓刀。雪的真相是，雪飘落的方式，无雪的童话，即使小标题没有雪，我都处理比较暗的色调和与雪有关的事物，更深的意涵落在主题指向上，其真相是在雪化以后，而有雪的日子真是很美的。小说在大藏区产生了很好的影响，至于文体实验是否成功，我就不知道了。2017 年我写了一篇大散文《一滴水的传说》，副文本叫"关于《湘源记》的元叙事"。这个文体预期更大更复杂，首先自己找了一个难度，分两个方面：一方面探源一条巨大的地方江河，我并不公布河流沿革史，而是提取一滴水，开始我也就觉得写一滴水太难了。后来竟写了差不多四万字，在北京大学讨论会上王一川、高兴居然建议我写一本书，讨巧的是我主要的控制在水意象。另一方面我刻意写别人没写过的东西，写过了的我便省略，一部皇皇县志我只引用两句话，突出意象特色。文体预期时我就打算写一个复杂的文本，使各种文体综合起来，我在文本中应该说采用了几十种文体。后来被王一川命名为地缘意象跨体。可以说每一个初学写作者都要经过文体训练，这是必不可少的。《永恒欲望的金苹果》就是昆德拉早期做的文体练习的小说集。鲁迅也曾读过几十篇外国小说，《狂人日记》就是一种借助文体，他文本结尾方式也是一种文体偏移，学习安特莱夫式的阴冷的方法。沈从文承认他学过狄更斯的方法。文体借用古往今来的经典是常有的事，关键是文体偏移之后产生的新文体，这方面沈从文的文体就达到了对废名的超越。

第二，独出心裁的文体设计。有一个好的文体意图还不够，要创造一个好的独特的文体，还需做几件事：（1）总结前人文体。（2）环视当代文体，人们做了什么？还需做什么？（3）预期的文体设计，不间断的文体实践。（4）寻找独创性。（5）完成文体结构。说到文体例子，我们国家有一种很著名的文体先例：人物传记体。《春秋左传》就有苗头，到《史记》集大成，响彻千古。两千多年以来我们整体上未必就超过了《史记》的成就，但单篇所具有的成就也是很大的。《史记》为国家精英立传，《阿 Q 正传》《狂人日记》《孔乙己》为小人物立传，正统的史家笔墨，浩然正气，巍然长存，但采用嬉笑怒骂、讽刺幽默、尖刻冷酷的策略为人物立传成了时代的一大转变。这是鲁迅的意义。文体贡献的意义自是不必说了。但是我们必须检讨出它具体的文体特点，或者说它文体的具体贡献是什么。我这里以鲁迅《孤独者》为例，大家不要忘了，这是七八十年前的文本，不应该忘了它所处的时代。我们先说它间接性段落。（1）我与魏连殳认识，它在整个环境中有些格格不入，从而隐喻他作为环境的孤独者，个性特点出来了。（2）我和魏连殳构成了朋友关系，两次谈话，加深了我对他的了解。一个现代年轻人，记恨历史惯性给中国人内心造成的重重罪恶感，特别是周围环境的压抑，只能把他的希望寄予未来，将来未必就很好。（3）魏连殳受到了 S 城人的攻击，被辞退了教职，生活失去了依靠，精神上也陷入了绝境，穷困潦倒的境遇，连孩子们都不愿同他打交道。我在某次酒后知道了这一切。(4)我告别魏连殳去山阳谋职。始初，魏一贫如洗地绝望。后来我收到了他的信，说他成了杜师长的顾问，月薪有现大洋八十，他开始富有了，地位也高了。但是精神上的自我已经死了。我又有了深深的担忧。(5)我从山阳回到S城找魏连殳痛快地言谈，找到他的府邸，发现他已经死了。人们正给他办丧事。仿佛黑暗环境有某种杀机，要冲出这黑暗环境。人物传记无外乎从生到死的过程，传记一般习惯摘取人物最精彩的片断，和人生命的关键点。那就是人物自身的意义，对别人、对自己、对时代所具有的意义。一般来说对他人和时代都有重大的正面意义。但魏连殳的人生对魏连殳自己是没有意义的，只有苦难，魏连殳的一生变化倒不是自身的，而是环境驱使的，一个觉醒者在那个时代最终是要被吞没的，一个孤独者在环境中的命运，必将沉沦。这种文体设计正好与传统的相反，传统人物传记要求采摘人生最精彩的片断，而《孤独者》选择人生的低潮，加强其悲剧意义，这样一个重大的文体变化是有传统标准的，包括《史记》人物，要高于语境，展示英雄气概与精神。魏连殳低于语境，是一个反讽形象，张力在于人物与环境的冲突压力之中，这样的文本就是讽喻性文本了。同样是文本剪接的方法，而且是人生不连续的片断，命运指向悲剧结局。传统人物传记与现代人物传记文体中的统一性都是由必然性控制，但传统是喜剧式的，今天是悲剧式的。鲁迅习惯写人物相识于丧葬场上，他和魏连殳也是会于送殓始终，暗示命运结局。另一个意义上的所指含义就更深刻了，认识于死亡，终结于死亡，可以看成人物生命的一个轮回，既然终结于死亡，取消了所有的意义，这是一种无意义的轮回，多么惨淡。也正好反衬了孤独者不见容于世。孤独者如何不见容于环境呢？本家、村中、学校、周边环境欲使魏连殳就范于世俗的旧环境，魏连殳另类，而我是一个另外的冷静客观的观察者。第一至第三段写了魏连殳的行径，作为性格的交代，一方面他对村里交代的事不反对，另一方面哭丧时别人哭他不哭，别人不哭他竟然大哭。或者还有一个怪行，把祖母的遗嘱给烧了，或者还把遗产赠与女工。这些所谓怪行是他个人性格的展示，所谓见怪不怪才是魏连殳，才是他在语境中的孤独状态。孤独者仅是魏连殳个体那就有刻意渲染的嫌疑。孤独者祖母也是，父母的继母，而归穴依然不免孤独。在第四段中，又细分四个层次。第一个层次写魏连殳最穷困的时候。第二个层次意外收到了他的信，他失败了，但要活下去，只能去应一个师长顾问差事，暗示他精神上已经成为孤独者，最终会被社会恶习所吃掉。第三个层次我常常想起他，替他担心。第四个层次魏连殳命运发生戏剧性改变。最后一个段落作为结构上的呼应，识殓送殓。我回S城找他，没想到我找的是一个死亡。第一层我成了送殓者。第二层房东老太补叙，强调魏连殳的古怪，不要婚姻。第三层魏连殳套上了一套黄军装，盖棺掩埋，呼应他的军队生活。他死时还有嘴角的冷笑，还有文体中鲁迅习惯的安特莱夫式的阴冷。最后写我也从环境中逃走，我也是整个环境的孤独者。这篇小说作为文体构造所有启发有如下几点：第一点文体是一个严丝合缝的整体，每个层次和细部都相互呼应的。第二点突出了魏连殳在每段之中的肖像，极力画他的眼光，人物传记，以形象来统摄。每个形象点都突出他的苍白潦倒，暗扣了一个孤独者必死的结局，俗话所说的死相。一部作品竟然以死相贯穿，何其哀婉。由形到神的不断变化。第三点，声音、气氛如同一匹旷野之狼的哀嚎。这是全文的基调，文本调式离不开鲁迅的习惯做法。这种文体的调式属于声音文体，但它严密地关联着他的肉体形象（特别是死相共同构成了语调）。这是一种向心力所构成的文体。还有一种文体是离心力的，呈现的特点是四处飞散，多意象多角度多重叠的四处飞散。例如我写《一滴水的传说》就像一个雪球在空中掷出，在空中散裂后一如鲜花四处飞散，所以文体创造也是不拘一格的。

　　第三，文体语言的构成。也就是我们如何形成语体。所有汉字都是以字构成的，独立性极强。如果我们码一堆乱码的汉字，那还是文体吗？文体，顾名思义就是要把词连成体组成统一的格调，造成离而实联的意象，具有某种语境的整一性。这并不是一件容易的事儿，中国文字特别有个好处，几乎所有的词都有双重以上的意义，按六书设计的字形也很有利于发挥其体式。首先一点，需要我们开掘词汇的隐在意味，对一个词切忌单一理解。对一个词，不，我说的是每一个词都有想象性，找到那些不易使人发现又不常使用的一面。激活一个词所有的能量，然后是识词，非同寻常的站队练习时可以不停地让词排队，靠感觉加强它们的联系，而不是理性地按意识形态组合。最后改变拼合关系和语法结构，句子出来了。从写作的角度讲，句子出来了，你还得掂量掂量，看是否达到了最完美组合。这不同于传统的炼字造句是靠理性审视，而是借直觉的力量来驱使词语，这是一个对语言全方位的把握，包括语言、词汇、语法、句子、语境、修辞，共同达到一种语言效果的语言整体的大问题。

　　一说说语音问题。仿佛语音就是韵文诗歌问题。其实不然，这主要指文体声音问题，让文体语言可以上口，产生节奏旋律的效果。使文体产生一种声音，又要统一性强，着实不易。这儿可以分三个方面：（1）韵律。（2）元音。（3）节奏。第一个韵律是诗歌中的专门问题，可以单谈。第二个是元音问题，我们所有汉字读音，每字都会发音，不能发声的是辅音，辅音不能单独成立。元音总共六个，开口呼有三个，"a""o""e"。闭口呼有三个"i""u""ü"，把六个元音分配到所有的汉字中去，这样就有了声音，声音最适合和情感发生联系，因此我们研究发音不过就是判断它们的发声特点。前三个元音要求张嘴尽量把声音发出来，这就有了发声敞亮的感觉，凡汉字包含这几个元音的发声都是亮丽高亢的，带有四种情绪中积极的因素。a、o、e作为开口呼不仅敞亮，还容易引起共鸣，作为押韵容易引起呼应，所以容易表示喜庆之色。i、u、ü 闭口呼，发音较前三个音绵长一些，仔细品，它的音还细长一些，这是和前三个比，从音响的效果也是呼号之音，容易低回悠长，有一种悲愤之音，表意自然偏重凄切苍凉，还有哭泣的感觉。因此我们要注意汉字的元音运用，发挥自然声音的效果。我说的六个元音，在句中组词尤为重要的是带元音词在一句之尾，句句之尾的元音构成呼应，就有循环的效果，在段与段之间这种回环往复，就可以构成语言流。更重要的是它可以作为文本的语调基础，使一个文本在读音上成为和谐稳定统一体。第三个是语言的节奏问题。节奏，既有语言发声的问题，也有语音句子停顿的问题。节奏上口读时重读音节就显示出来。重读音一般指名词、动词、形容词素上，这不是规定，应该视语境而定。在英语中任何词都可以重读。有的词句仅仅在意义连贯中行使逻辑重读。读音分为音高音低、音重音轻、音长音短，用以形容语调的基础。音域、语速、音强弱的变化和一切语音要素共同构成了节奏。关于节奏，还有停顿与沉默也是一方面的原因。平时我们太重视文本的视觉图像元素了，文体写作帮我们提高了声音元素。美国诗人亚历山大·蒲柏认为"语音和思想必须产生共鸣"。

（1）The sound must seem an Echo to the sense

（2）Soft is the strain when Zephyr gently blows

（3）And the smooth stream in smoother numbers flows

（4）But when lund surges lash the sounding shore

（5）The hoarse, rough verse should like the torrent roar

——Alexander Pope *Essay on Criticism*

（语音和思想必须产生共鸣，

当清风拂过的时候诗行也是柔软的，

潺潺溪流畅快无阻地流在更加流畅的诗行里，

但是当高声巨响的波涛冲击着轰鸣着河岸时，

那嘶哑的、刺耳的诗行将像这咆哮着的激流一样。）

这节文字张毅在《文学文体概说》中作了精当的分析，文字如下：

第（1）句是主题思想。

第（2）句强调清风的柔和（soft and gently），诗人在这个句中选择了开口度呼适中，发音柔软的快的 /ə/、/e/、/ei/ 及 /ou/ 等中元音。这些元音与连接出现的鼻音 /n/ 合在一起，进一步增强了柔和感。词头词

尾的 /f/、/ʃ/、/z/、/dʒ/ 及 /ð/ 等系列摩擦音，听起来犹如拂面的清风徐徐吹来的声音，大大增加了诗句的感染力。

第（3）句着重指述流畅无阻的潺潺溪流（smooth），诗人除了继续采取许多摩擦音外，还借用了畅通无阻的 /u:/、/ɔ:/、/i:/、/ou/ 等长元音及重复出现的四次鼻音 /m/，来强调动作的连贯和持续。因为无论是鼻音还是摩擦音，发音时均有相当的长音，这些音与长元音配合起来，给人以连绵不断的感觉。

第（4）（5）句突出惊涛拍岸时发出的巨大声响。这时，发音最响亮的双元音 /au/ 自然便是诗人挑选的最合适的音位，然而这两句中的 /ʃ/ 及 /dʒ/ 等摩擦音，不再与"柔和"或"流畅"的意思吻合，都与"刺耳"及"嘶哑"的声音（harsh and hoarse）一起共鸣。

——张毅《文学文体概说》，中国人民大学出版社

1993 年版第 84 页

　　语言天然地和速度、音响、节奏相关联，所以语音不能单谈它是一个统一体。从细部入手，从整体上把握，还有一个声音词比较意象，拟声词的运用，自然界从风云雨电怒写到虫豸鸟鸣都是发声的事物，原则上自然物质界也是一部发声史，我们要尽可能利用好它的发声字。《一滴水的传说》尽量潜在地表现一个声音的世界，水没有永久驻留于一个世界的，它永恒地绝对地是动，动就是声，通过现代科技我们还发现了水本身就是声音，一部现代水声史。因此一个大的文本尽可能把水响的意象去贯穿，表现声音的各种奥秘，用色彩表现事物和用声音表现事物本质上具有等价性，而且声音音差是千变万化的，语音是人识别的。人的语音，几乎难以表达世界声音的各种差异，声音揭示事物本身的含义应该更优于色彩，只是这些拟声词太少而且人们拟声技能太差，不能尽其微毫，所以我们应该真实准确地多创造拟声词，创造更多丰富的声音文体。许多声音出不来不能准确地表现，我们还可以利用象征隐喻的方法，例如我写水，湘水之起源，人物竟然只写了周敦颐与王夫之，这让人纳闷，道理其实很简单，这是两位思想家，而且一繁一简极有代表性。思维是第一位的，思维与水同质。人的思想本质与水的形式表达是契合的，还有大量的神话。神话与水有隐在的古老的原型联系，所以水的神话格外多，神话—水—浪漫具有更契合的同质。我们要构成一种成形的文体就要调动一切手段达到目的。一切文体有其表面固态的形式特征。但文体形式不能仅是一个空壳，应该有它实质性的东西：事物世界，声音世界。这给我们一个启发，世界的事物总是多元多维多视角地去表达的，假定我们创造一种声音表现的文体而且蔚然壮观，我们的贡献也就非常之大。如何用文字表现声音文体如今还是一

461

个重大课题。当然文本节奏不全是语音读法的轻重缓急，或者沉默、停顿，还指叙事的速度，一般指行为、事情的叙说速度会快捷一些，停顿的写作局部的描写速度就会慢下来。这与作家人格性情有关，有的习惯把事情简单地说，有的则喜欢细密地讲述，有的习惯展示外部行为，有的则喜欢强调心理活动，这就形成文本的轻重缓急，也就有了速度和节奏。

二说说词汇问题。词汇一是组合配对，二是配置方法。中国词汇我们有三千余年的使用史，天天使用自然使用方法就多了，特别是口语中是非常灵活的。有时一个名词可以担任几种功能，位置几乎可以任意移动，主、谓、宾的都可以改变词性，换位站立。强调词汇，一方面它是文体基础，构成语境和氛围，有异乎寻常的重要作用，有时一篇文体可能因一二个词使用不当结果毁于一旦。另一方面口语使用多，文体活泼，有一种接地气的个人特色。有时书面语言多会增加一些儒雅美文的特点。词汇是有历史的，会发生变异，特别要注意这种语言变异的使用。例如我个人就喜欢使用词汇的本初含义:线索（纺纱）、阶级（台阶）、栖（鸟窝）、薄（接近）、旦（日出）、莫（日落）、好色（喜欢颜色）、清白（光照干净透光）、香火（香烟火）、交尾（爱欲）、梳理（梳头发）、焙（锅子慢烤）、故事（旧事）、学堂（学校）。我写长篇《蓝色雨季》严格剔除词汇的意识形态痕迹，自然山水之间发生的民俗事件，只选用山野旧俗的词，这样就不会破坏整个文体的格调，充分保持其统一性。

其一，选择口语说词。用说话的方式，保持口语的不紧不慢说出那种词汇。沈从文的小说便是跟你如话家常一样，絮絮叨叨。

> 在我的后院，可以看见墙外有两株树，一株是枣树，还有一株也是枣树。

> 这上面的夜的天空，奇怪而高，我生命中没有见过这样的奇怪而高的天空。他仿佛要离开人间而去，使人们仰面不要看见。然而现在却非常之蓝，闪闪地夹着几十个星星的眼、冷眼。他的口角上现出微笑，似乎自以为大有深意……

这是鲁迅的《野草》，用朴实的白话絮叨，絮叨就是口语说话，总把某些词重复一下，如枣树，奇怪而高，冷眼。还插入一些猜度词:似乎、仿佛、闪闪地夹着。他是说夜的空，天之蓝，还故意把情状拟人化，重复也可使文势舒缓一下。

> 曲曲折折的荷塘上面，弥望的是田田的叶子，叶子出水很高，像亭亭舞女的裙，层层的叶子中间……正如一粒粒的明珠……送来缕缕清香，

仿佛远处高楼上渺茫的歌声似的……叶子本是肩并肩密密地挨着……

朱自清的《荷塘月色》本是用的极文雅的美词，但是他是用的上口语言说，全部加强了叠词，是一种复沓音乐的舒缓办法娓娓道来，活活地画出一段景致。我们说文体，其实是以口语的文体为最高境界，这是一种化境。当然以书面语构成典雅的崇高文体也未必就不好，主要视文体在什么语境中作用。

其二，选择不寻常词汇配置方式。词是最小的语言单位，最自由的形式，独立存在的最小的意义单位。它是独立的语言单位，但语言环境是连成一气的，一般都是按正常语法规则合理组合，这样表情达意在行为交往中就不会出错。但是我们的文学文体学不只是要正确，而是展开个人文体创造的特点，那么个人用法就有很多是超常规之处的用法。例如：

雪花的重量	逆着时间的乡井	刀锋切开的对话
雪的价格	时与光	夜晚的语言
从梦的侧面	鸟的回忆	裸　镜
长满时间的树	天空的痕迹	鸦叫的雪地
油灯不能照亮自己	雁飞的速度	时间重影
叠扇里的声音	刀锋切开的语言	一个地方生活兵法
鱼须与储蓄	地缘风俗抄捡	午后细节
苇尖水滴	云的根部	歌声与妖术
赤裸的云彩	听树生长	树上长着阳光

这些词语应该说都是矛盾而不和谐的配置，但唯其如此，让它们如此配对有了一些效果味道，展示文体里面语言词汇——有张力的特殊配置。词汇分纵聚合关系、横聚合关系，纵句轴指词语在时间前后维度联结，横聚合关系的词汇指词语在空间上比较维度的联合。一是词语借代关系的变化，一是词语比喻关系的变化。所有语言是自由存在着的但又是矛盾限制的，我们说无论是使用方法的奇特，还是意义上的出乎意料，都得根据词语与词语的相互关系来研究，我们的词语或许只有几千几万个，但词语与词语配对组织，会有千千万万个差别，联合词语之间有同义词，也有反义词，有矛盾对立的，也有相辅相成的，必须使它组合出各种各样的关系以后我们才能探讨它的意义。

其三，词汇扭曲以后的变异。实际上不存在词语本身的变化，是强行配置的问题，是搭配产生效果的问题。用更普遍的话说，"作者可以不拘于任何正常的语境之中。而是通过选用日常语言同上下文中会显得出格的词语，另辟蹊径。"（《语言学与文学》，第118页）说白了是属于处理同义词、反义词、近义词、矛盾词的问题，是一种超常规搭配。

> 一切错误开始了／哪怕最优美的手势／都会杀伤自己的智商。
> 气流似乎追成一条河流／大朵大朵的云在河流上飘着。
> 倒悬的水滴。如同青春总是来自他衰老的母亲。
> 人们目光是一道北水，有着刻骨一样的恶毒。他们能在清晰的纹路里剔除肮脏。
> 如果把他说出来（真相）会影响事物的生长。
> 眼睛在照亮中仅仅只是一种远去的凉水，在四季中逐渐慢下来。
> 水的行动总怀有梦想。我们用水的飞溅讲解湖水的秘密。
> 女人眼中恶罪就变成了倒悬的水滴。
> 思想把河流拉近。把阴影拧成内心的皱纹。
> 你所在的地方正是你不正在的地方。时间仅是在边缘处轻微处擦伤。
> 一种运动总是要送我们去终点的方向。
> 所有的事物都成熟了。一天也死于一天。夜晚我们就懂得了。

　　这是从《一滴水的传说》中摘出来的句子，上面这些词本身没变，从作者来说考虑如何搭词，从读者看词是如何组成，这一点与古文经典有态度上的不一样。传统只是看使用了这个词，正确与否。什么叫恰到好处、传神、达意，全部要求只是准确真实地模仿出状态。使新的文体语词不是一样，这要求出险出奇，达到惊异，实际上是一种扭曲配置，尽量挖掘词汇组合的意义，词汇数量有限，远近都有各种变化，它们在不断放弃旧词，选择新词，词汇不太多也是一般人使用不完的，即便采取词语的横向聚合或纵向聚合的选择也是难以用尽的，在一个结构正确的横向组合里，每个词都可以恰到好处很容易地拼接，成为人的一个无意识状态。话虽如此，真正的写作者哪一个到最后不是搜刮枯肠？其实搜肠刮肚的不是词语难找，而是词语配对不易。说白了我们指一种文体的措辞难。
　　其四，民间自然的口语、俗语，利用汉语日常最平实的说法，却另外含有深意，不在于书面文字多华丽，但却有一番特殊的味道。"夜黑黑的。伸手不见五指。王一生已经睡死……山民们铁了脸……"这是《棋王》中使用的民俗口语，极为形象。乡村运用这种语言很有力量。例如我们说惯"黑夜"，反倒是平常。而"伸手不见五指"就很有力量。"铁着脸"说乡下人不苟言笑，或者铁青是一种乡下人本色，是他们的一种生命意志。说到粥，喝得一片喉咙响，就非常形象。在文体中如何使用乡俗语言，就要保持一种朴素的口语，不能一会儿文绉绉的，一会儿又是土俗的粗话，破坏了文体的统一性。

其五，我们对文体重视实词的使用，但虚词或者用一种特殊的连接方式。从连接词汇到连接句子，语气上使整个文体连成一气。我要说的是选用连接方式很重要，它使文体连成一气，就如一气呵成，特殊的连接有特殊的味道。查普曼举了许多这样的例子。

1. 连词连接形容词。However 然而 furthermore 而且 nevertheless 不过。如果随便乱动，他们就会从电幕中向你吆喝。但是他肚子饿得慌。
2. 用代词同前面的一个名词连接起来。
温斯顿没有把那幅画买下来。有这个东西，比那玻璃镇纸还不合适。
3. 重复一个关键词或专有名词，其语法形式可变可不变。
温斯顿累得人都冻僵了。"冻僵"是一种确切的字眼。有一天发了巧克力的定量供应。过去已经有好几个星期，有好几个星期没有发了。
4. 使用同义词语或者相关的词语。
他知道他迟早要应奥勃良的召唤而去找他。可能是明天，也可能要隔很久——他也说不定。
5. 指示词，比如 the, this, that；或是一个支配一个名词，或是只上面提到的整句话。
他一回来就发现母亲已经不在了。那个时候，这已经习以为常了。
6. 重复开头的结构。（第五章已提到过狄更斯的）
它招认暗杀党的领导，……他招认……是间谍，他招认他写信杀宗教……他招认杀了老婆，……他招认多年以来……
7. 所指部分／整体关系
温斯顿从稀疏的树荫中穿过那条小路，在树枝分开的地方，就映入了金黄色的阳光。在左边的树下，地面上白茫茫地长着风信子。
8. 没有词项重复的松散语义衔接。
一切都消失在迷雾之中了。过去给抹掉了，而抹掉本身又遗忘了。
9. 相继发生的一连串事件。
这时有一只手轻轻地落到他的肩上。他抬头一看。

（例句全部由董乐山翻译）

说了这么多意思，是指文体的连接（衔接）尤为重要。一是为了语调有贯通畅达的感觉，二是连接词如同一根束带把词和句子都拴起来，连成一线。三是叙述语言保持统一性，不能成为一个大杂烩。这里面除了口述因素外，还应该注意讲话的语气，停顿、沉默、接续等方式。

"衔接"与"搭配"是文体中两个大问题，上述衔接只是把问题提出来，还没细致化，"搭配"有词汇的，有句子的，表述起来更复杂。"搭配"的妙处，要注意有些习惯性词汇和可以预期的局面，这时词语搭配固然好，"漂亮的玫瑰"，但这种常常可以预期的词群，词做熟了没有什么新意，要想法打破这种固定配置方式，利用平时出现极少的词比肩而出，先把习惯固定的搭配从原有的关系剥离出来，再给它配置一个读者难以预料的新词。刀锋上的记忆，废园里的荷花，树枝上的痕迹。越是反常的搭配越给人印象深刻。卡特说大城市富人饱食终日，便用了昂贵地等待奇迹的发生。奥登说流亡者在小林聚会，那是个"恶意林"。甚至还有悖论式搭配。

其六，及物性和不及物性写作。这关系到动词的功能。安娜打开窗子，和安娜走了。两个句子一个及物，一个不及物。第一个动词要涉及对象。打开所涉及的是窗子。安娜在后一句发生的行为只是她自身的，走之后不涉及他物。及物和不及物是明显的。及物涉及第三物，宾语。而不及物是自身发生性，姿势的。别看这两种模式简单，可是两种写作模型，及物是一个抽象概念，不及物是一个具体行为。据说这个动词性能最早是描述拉丁语结构，表明一系列可能性均来自动词的模式。传统写法多为及物性，先锋性多为不及物写作，进一步说，及物性表达容易意识形态，不及物性一般是身体性或"自我"的。新小说一般是不及物的。

其七，词汇不足手法。这是罗杰·福勒提出的一个概念。一方面是选词的慌乱，没有准确适当的表达。另一方面语汇不适当又加强了模糊性。当我们不准确称呼时便叫"那玩意儿""那东西"，有时我们突然忘记某物，就会说我抓住那东西。不命名一是不得已，一个掩饰，也可视为一种表达手段。

> 风去看高尔夫球。
>
> 篱笆那边，长着开花的树。他们在中间，又敲对打。他们向小旗走去，我沿着篱笆追。他们拔出小旗，再打，放回小旗，走到桌边。他打。其他人也打。

这段话里谓语应该带宾语，却始终不识宾语出场，弯来绕去。打什么东西？这种猜度实际表明班吉三十三岁了，还对事物不理解。

三说说句子语法问题。任何文本的句法都不是单一的，说到句子的使用特点，要看文本整体，一个文本中占多数句表现的一致的特点。实际上一个作者爱使用长句，或者爱使用短句，受个性爱好制约。另外用句还受制于他出生的地方环境方言土语的影响，文体要求的是句子出现的整体上的特色。我这里首先说说中国特色的短句。

第一，短句。短句为什么是中国特色？这一是因为中国白话小说出自宋元之际的勾栏瓦舍说书的传统，小说由说书人讲出，必须要上口，要短句。三言两语人物和故事要出来。二是小说是俗文化，对文化不高的人，短句，不复杂易懂，没有文人思维的绵密。三是节奏感好，速度快，进入人物情节容易。这方面最典型的就是明清之际的话本（《三言二拍》）。这个传统到鲁迅老舍依然是，至于当代有乔典运、聂鑫森等一批笔记小说家，他们运用典型的中国口语，非常具有民间特点。我们是轻易不可否认的。

> 这么好的火，男人玉良要在家多美，一边坐一个，两个人面对面烤着，你看看我，我看看你，你一言，我一语，两双伸在火盆里的手，你摸我一下，我摸你一下，这样烤火才有意思，才美，要多美有多美。
>
> 乔典运《黑洞》

你看他的分句，长度没有超过十个字的，合每人的口语的节奏，同时也合乎文化不高的女人的心理节奏。他也可以写得絮叨，但是用短句反复，不影响表达情致。同时他还在用语里保持一种说话的痕迹。这种句子主要靠谓语推动，每一个小句都是及物的，也就是说它的每一个句子都落到实处，又短促有力。它的美学特征在于朴实，爽朗干净。

第二，尾重句。这是典型的西方句子，又称为"圆周句"，或"掉尾句"。这种句子沈从文最擅长，但他多用在描写句上，不是用在辩论句上。尾重句适合辩证，有幽默感，西方人说话多采用这种句型。

> 这时候蔡正华与老农无二样了，他学会了稳稳地坐在田埂头上，用手把报纸裁成无数小块，捻出其中一小张，捏一撮旱烟，用食指和拇指把烟摁成条状，用拇指拨动纸片，熟练地把烟卷成一个小喇叭状，再用小手指甲从牙缝里剔除一点牙垢，泥在纸边，封口，再把喇叭口搓成辣椒蒂样的尖头，用火柴，燃起蓝蓝的烟，唑哝唑哝地吸，蛮有味道，吐出来的烟慢慢飞散在空中，融在蒿草、芦苇和荷叶之中，烟香和植物的清香古怪融合在一起。
>
> 刘恪《空裙子·谱系学》

这个句子是蔡正华田头吸烟，尾重句，从点燃烟吸了这个句子才知道他吸烟，不同的是这个是描写句，后部分的尾巴补充了一个补语，吸烟的样子及烟飞散的方位与状态。这么长的句子实际上是前句后连的。这种尾重句，把句子有分量的成分放在句末，形成一种高潮，使句子生动有力，实际把表意放在句后，有一种揭谜的性质，最后宾语不出现，你永远也不知道含义。泼拉姆斯说圆周句中句子中的成分或成员要经过巧妙的组合，以至要读完全句，才能获得完整的意思（句法完整）。这样其效果趋向正规，适宜于演讲，这与西方修辞学有关，修辞在希腊时就是讲演的艺术。一般说来圆周句是讲话人和作者有意地安排句式，它以次要概念先进入句子，互相解释，制造悬念，相持不下，捕捉对方注意力，使之处于期待之中，主要概念愈出来得迟，悬念气氛愈浓，如果对方期待的主要概念落空，或者反转，就会产生讽刺效果。所以圆周句是一种考验智力的句子。

第三，松散句。或者又称疏置句，是口语式的，轻松散淡，不事经营的。

> 他要告诉你他心腹的名字，重复有身份人明智的话语，私下透露没有受到公众舆论谴责的私通他的观察范围比别人的稍微广阔些，他就谈起有关"奥姆牌游戏"的鸡毛蒜皮的事。
>
> 艾迪生《旁观者》

句子组织连绵不断，但结构却如此松散，以至于你任何地方都可以加上句号，结构都完整，这种松弛的句可以用于散谈的谈话，随意组织，便于理解和使用，是西方文本的基本句型。散文中更是常使用。

第四，复合句。复合句比较复杂，有各种关系：如并列复合、主从句、转折（让转）、推论、递进、因果、对照、排比等关系。一个句子含有一连串的复合关系，或者一串关系有连接词或者没有连接词（稍模糊的连接词），一个分句一个分句地接连放在一起，构成表述意指非常复杂的文体。

主从复合句一般有一个从句意思为主，另一个是从属地位，为辅的。它们之间是时序、空间、逻辑性的，句法关系也有标志性的词汇。when、the、because、therefore 等词，包括短语用介词：in、order、to、as a result 作为从属句分别表达一种文体。

> 窗上装着小块玻璃，玻璃绿颜色那么深，如果不是那年轻人有极好的眼力，他根本无法看到窗内挂着蓝色方格布窗帘，掩饰着内室的神秘，挡住了爱偷看的人的视线。
>
> 巴尔扎克《人间喜剧》第一卷第 4 页

> 帽子外貌像鸡蛋，里面用鲸鱼骨支开了，帽口有三道粗圆滚边；往

上是交错的菱形丝绒和兔子边。一条红带子在中间隔开；再往上，是口袋式的帽筒和硬纸板剪成的多角形帽顶，帽顶蒙着幅图案复杂的彩绣，上面垂着一条过分细长的绳，末端系着一个金线结成十字形花纹的坠子。

《福楼拜文集》（一），第 6 页

男人躺在一张帆布床上，在一棵含羞草树的浓荫里，他越过树荫向那片阳光炫目的平原上望去，那儿有三只硕大的鸟讨厌地蜷伏着，天空中还有十几只在展翅翱翔，当他们掠过的时候，投下了迅疾移动的影子。

海明威《乞力马扎罗的雪》，第 6 页

人们从茅舍和公寓里倾巢而出，走入小径、巷道和无名的死胡同里，再从小径、巷道和无名的死胡同里汇集到街上，就像由涓涓细流变成小溪，又由小溪变成河流，直到整个城市的人似乎都倾泻到一条条宽阔的林荫大道上，从那些车轮辐条般的林荫大道上朝着城市广场汇合，将整个广场填满。然后人群靠着自身集结的力量向前推进，像一股勇往直前的波浪那样一直拥向市政厅，空落落的大门前三国联军的三个哨兵分立在三根空落落的旗杆一侧，迎候三面旗帜同步升起的那一刻。

福克纳《寓言》，第 2 页

第一个句子是条件复合句，用了"如果不是"……"根本无法"……，第二个句子用四重并列方式，帽口上……往上……再往上……帽顶……一层层细致描写。第三个句子一再用补语方式交代，中间还包括两个存在状态，结尾使一个连贯句"当……时候……就"收尾整个句子。第四个句子一再推论，用顶真的方式连贯，然后用个转折句，接下来又用三个对照句。这都西方文学界鼎鼎大名的人物，他们的长句往往是一句套一句重重叠叠的，充满了巴洛克激情，显示出的文体风格却是多样化的。

四说说话语和语境的文体问题。我说文体必须明白一个定型的文本，显示文体特征是一个整体考察，而不是局部一两个特点，所以文体一定超越了语音、词组和句子，把句群作为研究语境的起点，句群、话语、意象、语境，一部完整的文本。整个句子呈现一种文体构造，如果他使用的句群是主动语态（英雄体）、被动语态（反讽体）、否定语式（批评体），语流、语速都显示文体特征，例如有的选择忧郁的，有的选择回忆式，有的是豪迈奔放，有的是冷静分析，是批评判断的，这些方式都能形成特别的文体。有文体从局部技术个体特点分离出去，已成单独的文体大类，如人物传记，就是史传体。每个人都会形成有特征的说话方式，

469

话语成为独立的语言单位，又有交际能力，从语法角度说，生成转换语法就是一个独立的话语系统，如何以言事也是一个独立的话语单位，这独立的话语系统均是有创造各种文体的可能，例如以言事语法体系就能创造行为文体，对话文体，独白文体，一般某种语法体系能独创独特的文体。这是不容置疑的。可见一个话语系统是重要的，Z.S.哈里斯说："话语分析是在包含一个基本句子以上的语言（单位）或美的语言的连贯材料，找出构成全部话语（连贯材料）或大段话语的整体结构的方法。"（《语言学与文学》，183页）我补一句，话语的整体性质对文体也有准确定性作用，例如全部话语系用意识流系统，那肯定是一个精神分析文本。例如乡村风俗主导的农耕文化话语，那肯定是一个乡土文体。在今天有许多人创立了相对独立的话语语法模式，如乔姆斯基、奥斯汀、韩礼德。认知语法这大多数都有利于话语系统的研究。发挥话语体系创立文体模式是一个很好的视角，我们应该重视起来。

其一，要吃透，牢记一套话语系统服从于一套新的语法体系。把握话语不如说根本上是把握一套语法系统。孤立句子不能显示的意义，话语系统一定彰显出来，词群作为话语的基本单位也有分析的意义。一种话语方式通过规则变化可以转换为另一套话语方式，形式意义不一定发生变化。句子在整个文本和话语系统中我们就非常明白了。我们可以建立反语法的方法，开创新的话语系统，但这种方法仅限于文学。

其二，我们不可孤立地讨论话语，必须提高对整个语篇的理解，从话语整体策略去看待意义、体式的构成，几个反复出现的词语或手法，重点可以研究词语或意象，领会整个语篇的意图和文本的其他信息。先理解话语，然后借助话语证实或扩大信息了解。特别注意词语的统计学，哪些词有特殊用法，再结合词语使用历史，找到它独特、机智的地方，重复出现使用的词语含义会有其关键的意涵，一个作家有习惯用词和特殊用词，每个词使用都有它的小环境，点明身份，标记特征证实存在，故意反复使用。一方面是强调，有可能是反讽。另一方面利用它的反义。这种情况一定要求发挥文体统计学的作用。文体中发挥特别连贯或者语气会反复使用的虚词。肯定是一种特殊意义的使用，效果非同寻常。特定的口气，使文体有一种特殊的连贯。注意词语重复，还要注意句型、句法的重复运用，有些人物有特定性格的口语，表现人物性格。例如性情急躁的结巴。与句法配合的还有特殊使用的标点符号、分行、分节，诗歌的段、节，一句话跨行停顿，可以有句中押韵的，把分行视为另一种连续。无论散文、诗歌、小说，我们把每一断裂处都视为特殊的连接方式，句子之间的关系是一种特别的转换与停顿。

语境中实词是表意的主体，但是虚拟的语气是靠虚词，例如有特别转折的词，语气轻重会有不同的副词，使句子行云流水。连词又特别重要。柯勒律治说："从使用的连词就可以大体看出一个推理严密的人和一个好的作者。"这表明不同的连接词会使整体话语出现不同的特色。连词一定会暗示出句子之间的关系，一定程度上它对上文句子内容有暗示，从句子的连接方式看，一定能观察出语意上的对立、让转、连贯，其轻重缓急都伴随着作者组织。所以一个文本连接词是不能小看的，它是追踪句子关系和细微含意的关键。

意象和语境都直接表现文体特征，大概可以归到风格写作去谈了。因为它涉及一部作品的整体风度。我这里还要提到另外一个问题：文气。这不仅仅是一个语气，当然它也关乎语气，但是它更多关乎气质、风度，说话显示的个人行文的习惯或者他性格里掩饰不住的内质。例如长句和短句就是根据作者和个人的气质决定。有人一动笔就是滔滔不绝的长句，语言贯通，他几乎都不用连词，有的作家无论如何写不了长句，他习惯于短句。我们说他可能专门训练短句，可是让他写思维就连贯不了有长度单位的表述，反之亦然。区分断句和长句，一般说巴洛克气质的人写长句，那种气促急躁之人写短句，爽直之人，尽意，必定短句。这是大气磅礴之人的口吻。中国古代就讲文以气贯，所以文人需要养气。所以我们有时候说憋足劲儿写。可见气在文体中也很重要。如何养气、布气、贯气，这是另一个问题了。

长篇文体特别不容易。从局部到整体都要精心布置，让长篇贯穿文体意识，不仅是作家的才、学、识问题，恐怕重要的还有一个气的问题。文体能力不是说培养局部的讲究词句的技巧和方法，或者是整体的结构能力问题。最关键的是有文体意识和能力，文体技术要成为你个人无意识能力，随发随收。一部文体是一个形式统帅，文体是由作家的文体意识构成的。

其三，要特别培养文体的敏感性。这个敏感性我们从两个角度认识。一是我们所有读者要有文体识别的敏感性，掌握旧文体的基础知识。我们现在能准确识别诗歌、散文、小说、文艺批评，并且知道文体特征大的差别。常识之外还要有专业的，小说能有什么样的文体？诗歌能有什么样的文体？不同的文类我们有可能创造各类的文体。我们学习常识时是掌握文体与文体之间的差别。另一方面我们要有文体创造的自觉性。一个作者一定要敏感到自己在干什么，是否提供了独一无二的文体范式。文体是已成定规的惯例，我们贵在破体和创体新的可能性。

四、什么是风格与风格的形成

风格指坚持一种惯例，一种规则，某种特定的状态。或者持续一种风貌与样态。这个人做事太风格化，故宫一直保持明清的建筑风格，这个城市就这种风格。可见风格具有一贯的凝固特征，保持一致的趋向。因此风格便成为一种事物特定的识别标志。风格使事物保持一致的常态，作为常识存在，当然它会指向一种固有的特征。自语言论转向以后，人们急需摆脱"风格"一词的束缚，它就像意图和指涉那样成为文学的老生常谈。可是我们不可以轻易宣布某种东西的死亡，一旦你取消某观念，可观念之下的事实状态并没有消失，仍得给予一个说法。

事实证明风格难以取消，就如同经典一样，经典不灭亡，风格便成了经典的胎记。

风格（Stylos），希腊词含义指用于腊板上书写的削尖了的小棒，古罗马作家借用来表示作家书面语言的特点。由此我们可以推断，普通语言学没有风格，讲究整体一致，只有文学语言追求特征与效果的最大化才有风格的指认。风格除了文学语言的指认外，还指文学活动中的一切具有特征性的状态，分个人的、文体的、流派的，具体在文本中还指行数的、结构的、句型的、数量的等，烙下书写的痕迹，甚至还有时代、地域、风俗所留下的固有特征。

"风格"这个词用于批评没什么用，仅仅是一种特征上的归类，评价性地指出某文本特征。当该文本具有风格时即烙下了个性的痕迹，其实就是指作家写作的一种趋同性，一种类型化。把个人写作风格化以后，表明作家自身便没什么突破了，风格成为一种自我的局限。传统写作也许会追求一种风格写作，今天绝不会有人追求风格写作，不断求新是作家的一种自觉意识。

那么为什么还要研究风格呢？首先经典文本是风格化的，是作家对语言一个极高的标准与要求，是一个成熟的艺术标准，所以作为文学派别、团体，往往都归于一种风格化特征，成为某种文学类型的象征，一个文学流派可以从此而开始，这时候风格可以开宗立派。

其次，风格写作是作家个体无意识的深度反映，作家个性、爱好、习惯都会不自觉地流露在文本中，例如小说作家偏重的色调，莫言喜欢血猩红，史铁生喜欢秋爽之气，鲁迅喜欢坚硬的冷色调，沈从文有大量的水意象。甚至包括他们喜欢的一些常用的习惯词语。我个人便喜欢蓝色调，还有那种湿润的调子。从感受器官显示的风格，作家个人的审美风格有时还是矛盾的。我喜欢布置一些幽冥黑暗的意象，小说文本极力渲染黑暗的层次，可是在生活状态却极不喜欢穿黑色衣服。使用黑色的生活用品，黑色总把视线引向下边，引向压抑，重得让人不舒服，但它的表现力却是很强的。从风格可以探索一个作家潜意识的秘密。

马克思认为风格就是构成作家的精神个性的形式，是一种精神存在现实。风格是一个作家心灵深处的精神风貌。这个风貌还显示出一个作家的地域色彩和他的民族特征。我们指认一种风格就像指认一个人的精神癖好。因而法国布封说：

"风格即人。"风格是一种类型写作的必然，这个世界所有写作的人永远都会以类的方式存在。但作家个体对风格的选择却是自由的。

布洛克与沃特堡追溯了风格的词源：

个人思想表达方式的风格是十七世纪工艺美术领域现代意义衍生的源头。风格一词借于拉丁词 stilus，也可以写成 stylus，法文 style 便源于此。有人认为它与希腊词 stylos（柱体）同源，其实不然，后者于 1380 年借入，意为"简笔"[……]，在 1280 年前后，作为借词，风格的词形是 stile 和 estile，意为司法上的"处理方式"……风格学（stylistique）一词则是 1872 年对德语 stylistik 的借用（1800 年考证）（《理论的幽灵》，第 158 页）。

风格今天的含义仅指向文笔的，可见由简笔的含义转借而来。文艺复兴之后法语向拉丁词借用先后两次，第一次借其习性，第二次借其文笔描写。我们可以看出风格针对的文学语言展示的习性惯例，可以用来作为范例。风格是多样性的，风格可以被无限诠释。

风格是规范。

风格是装饰。

风格是差异。

风格是类型或体裁。

风格是一种表征。

风格是一种文化。

其中最著名的是：风格即人格。（布封）

这里的风格指作家的个性与命运。因此是人性内部的，如性格、能力、才气、情感、禀赋、个性、兴趣、爱好。传统中常说：文如其人嘛。个体的风格有许多隐蔽的要素，还含有个人的精神特质与思想风格。把道德和文章一体化，孔子庄重厚实稳健，庄子思想恣肆汪洋，道家淡泊虚无。人的外部怎么变化都行，仅仅是你看着舒服与否。内心一定要有一个精神结构，有一个美丽的灵魂，精神风格含有一些特定的内涵，标志着他的思想精神的追求。

文学风格一般指向语言形式与言语运用的技术手段。施皮策尔认为，句法及语法不过是冻结了的风格学。实际每一个人的言语都会是风格化的，他的性格、口气、音调、音量、音色、语速、语言的密度，一个人言语的整体情况构成了他特有的风格，所以语言的风格一定是综合的，不过是在整体的综合之中，还会有它特别突出的某方面的特征。文学的风格语言：第一，注意作者的书写特征、文字，包括语感的上口，诗歌的韵调。这表现了作者口语和书写的习惯性特征。第二，文本中一些特别采用的词汇，个人习用的，例如鲁迅爱用一个称代"伊"。他的人物语言往往有口吃现象，这种失语特别能窥知无意识状态。第三，词组配置。

在词组的运用上，有人爱采用稳定的修饰词＋中心词，有人爱使用词组拼贴，有人故意拆散固定词组。在词组构成上可以不拘一格。第四，词语表达的顺序，汉语词序采用中心词限制修饰词，受西方文学影响的爱采用后设性语象，介词使用可以离开中心词远，也可以近。近则对一个词限定，远则对词汇排列发挥作用，我就喜欢远距离使用介词。第五，句子形态的组织，一般明快简洁的文本，或者是关于行为方式的文本，均采用短句。尽量使句序和行为方式的节奏统一起来。如果探索一个长于思维的人，句子便要揭示他的精神状态，句子的内部便要多层次，有转折，总之行为使用叙述句，思考使用描写句。第六，长句的运用。一般长句与人的身体器官感知相联系，可以分出视觉的句子、听觉的句子、嗅觉的句子、感觉体验的句子。长句一定要传导出细致绵密的体验与感觉，配合复杂的动作性。第七，语言句子的深层结构与表层结构的使用。特别指表层结构的形式转换，还有语言结构与文本的组织结构的谐调。我们可以把各种不同的句子看成各种不同的人在文本中运用会呈现出各式各样的特征。第八，整个文本语言的色调、声音节奏、长短句配置的效果。总之，要使语言整体上显示出统一、协调。当然驳杂、斑斓、晦涩也会形成某种风格。语言风格首先是视觉的，然后才是听觉的，更深层次的是指内在性的感觉体验方式的特征。

文学风格指认的个性、气质、爱好一系列习惯化行为的特征，在文本中则显示为语言上的艺术个性。于此说来风格是指个性与语言的综合。这里强化的仍是风格个性化，那么仍旧是布封的风格即人格。这仅仅是我们从原则上抽象的谈论，实际面对风格时我们却不能真正探寻出渊源。文学风格是作家写作时个性在文本中通过有机整体所表现出来的语言结构和语言运用技巧所显示出来的特征，是阅读者在审美感受中体会到的一种艺术独特效果所传导出来的。当我们认真去触摸风格特征时，除了找到语言形式以外，其他特征却是空无。但是这不等于其他因素在风格中不发挥作用。

风格的成因我想有这么几个方面的因素：语言选择，情势与心理，价值倾向，世界态度等。自然这些都会和作者个性，还有生活经验，才学识的统一，艺术气质，禀赋，审美爱好相关联，由此可见风格的决定因素是综合的。

首先，风格产生于某种心理因素。由心理导致的情感变化，激情的、忧郁的、悲壮的、嘲讽的、颂歌的、热烈的、冷峻的、豪放的、委婉的，心理个性决定了作者会选择某种情调的语言现象。这在中国文学史上个案非常鲜明，郁达夫的文风伤感忧郁抒情，鲁迅尖锐泼辣的嘲讽，郭沫若浪漫放纵的言情，这些语言风格的因素应该首先是他们心理气质上的，甚至我们都可以说和作者的血型、脾性相关。这种心理倾向一方面是情绪的，和血液、个性、气质相关。另一方面是和潜意识、本能、欲望相关。简单说前者决定是生理的，后者决定是精神的。历代风格学研究重点指向语言，却没注意语言也是由心理机制决定的。说到因果，起因是个性心理与社会心理，语言仅是它的结果。关于风格的生理与心理研究必须深入到病理方面，例如血液、气质、肺热、甲亢、焦躁、冷血、多动、神经质、性冷淡等等。有些特殊的风格学我以为它的决定因素便是特殊的心理学而决定的。

语言的情势与心理倾向往往会导致语言向一个目标、一种倾向、一种感觉行走。所谓语言的过程便是心理的过程和思维的过程，然后再表现为某种手段，或者技巧，转换为符号（指符号与意指），其间特定场合的契合。心理情绪的发动便会规定为某种吻合的调式和语感。我们可以用喜怒哀乐悲伤欢快，或忧郁悲愤嘲讽作为心理基调。心理的因素会导致特定的语言过程，这时候语言才展示为一定趋向的情势，情势往往在构成之中，手段、方法和技巧会帮助我们实现某种目的。这就有了"情势"这个关键词。

情势，由一种心理动因启发，展示为一种语言的力量。所谓势，指某种趋向，一种过程，心理调式确定之后便指示为一种特定的符号。这些符号不断展示便推衍了一个个存在的过程，这个过程是从一种不为人知的心理动机中延伸出来，固定为符号为人所知，符号则是一种用于彰显未知过程的手段。我们使一系列符号语言具有同一性地凝固为某种特定的风格。

由心理精神特征演绎为情感特征，同时情感类型也还和个人的体验方式发生关系。激情性人选择浪漫主义，冷峻深思的人选择现实主义的模仿方式。那种倔强的个人精神往往会选择反叛、抗争，热衷于精神分裂的表现，个人气质也会表现为某种特定的情感特征。忧郁型作家会选择感伤主义方法写作，激情性作家会选择英雄主义写作，南方作家会选择诡异神奇、反复多变的装饰风格，北方作家会选择理想分析的方法表现坚硬厚实的特点。个人风气还会与一种文坛风气呼应。一定时代的文风，一方面是时代风尚影响的，另一方面是个体的人格精神所致，我们可以把性格看成风格的底座。一个豪爽之人的性格肯定会在文本中坚持正义与平等，有大气磅礴之势，因而这种正义气也会显示某种情感与思想的风格，偷奸耍滑之人他的文本一定弯弯曲曲、小气、计较。所谓文品即人品。作者先天性的习性、敏感、领悟都会贯穿在他文本的风格之中。当然后天的人格训练也很重要，个人生活的文化环境不同，率真与文静、粗放与细致、大胆与怯弱会显示出很大的个人风格差异。可见个人差异也会导致风格差异。

我们这样来推断：童年生活决定了青少年的习惯与爱好，例如他的食品，他喜欢的颜色和气味，还有他的行为生活方式，都决定了他在一个地域风俗环境里的特点，因此风格也是地方性知识和地方性风习。扩大而言它会是一个民族的风格，民族风格紧紧地连接着它的地方性。可见个人性格和地方性的关系。

我们还可以有另一个推测：一种时代风尚和审美趣味会极大程度上影响个人

风格。风格的时代性是作者很难躲开的，实用主义和功利时代导致个人重利，这决定经验小说盛行，人们往往选择写实的风格。革命时代推重信仰追求理想，这又决定了产生浪漫主义的写作。艺术审美的趣味也是如此，汉代崇尚武力扩边，便产生了大赋，宋代艺术雅化，统治者腐朽骄逸便重视精致的文化艺术，这使得词与书法得到繁荣，文人的审美趣味也会趋向于时尚。

我们讨论风格，注意到某种特定的风格会有一个基调。这个基调我们从哪些方面判断呢？

第一，我们可以从声音方面考量。朗读中的情绪基调，是一种欢快激情，还是一种悲愤忧郁，都会显示为某种情绪的倾向。这种情绪便是可定位调式，这就有了声韵、调、节奏、快慢、速度、句式长短、个人视点与距离。这一点特别表现在诗歌韵文的风格特征上。

第二，我们可以从色彩方面考量。这是一种视觉形象，我们可以先注意形象的形体特征，包括轮廓、姿态、风度、气质，然后注意它行文的色调，是冷色调还是暖色调，还有各种颜色的象征作用，如何处理明暗关系，背景和前台的配置，甚至更细一点的，作者与人物的情绪色调。我们可分为基调趋向，一种是上扬趋向，取肯定积极态度，另一种是下抑趋向，取否定消极的情势。另外，我们还可以从语言所选择的文采的繁简维度去考量，所以文风也是色彩的，有人喜欢繁复雕琢的巴洛克风格，有人喜欢精致婉约柔润的洛可可风格。还有人崇尚凝练简洁、朴实厚重的风格。通常说来文风的色调选择与作者审美趣味相关。

第三，我们可以从先天气质与敏感度去考量。这一点取决于作者个人的身体器官的敏感度，而这种敏感度往往又是先天性的，例如有人敏感于声音，有人敏感于色彩，有人敏感于温度与软硬。这一点与遗传有关，人的器官感知能力有强弱高低之分，感官能力的转换差别很大，尤其是那些精确细微的声音反映、色彩差别、气味判断，这极大地决定于作者身体器官的感觉体验与敏锐性，具有极大的先天性因素。基于这种原因，所以我们容易把个人性也称之为某种风格。所谓的风格即个性。

由此可见，风格的基调也是来自个人品位、格调、意志、情绪、心理潜质、感受力等诸方面。

五、风格写作的要求

存在风格写作吗？古往今来一直争论，特别是零度写作提出来以后，反对风格写作成为一种浪潮，一种时尚。风格，是对一个作家的识别标记。新小说作家萨洛持，布托尔，西蒙，罗伯·葛利叶每人都有鲜明的标记特色，也因此形成个人独特鲜明的风格。自古以来都认为风格写作是一定存在的，风格批评作为中国文论的重要部分，这业已成为传统的文学理念了。国外一直有修辞理论，风格自有它特定的指涉，但二十世纪语言学兴起，差不多有一个世纪文学界并不认可风格写作，最厉害的时候大约发生在六十年代叙事学兴起，今天生态写作兴起，认知诗学发生，甚至还有幽灵学，性别批评，超物质批评，网络批评，德勒兹批评，新伦理批评，这些不同的批评方式，正好证明有不同风格的写作存在。尤其不同族裔的声音批评，更是一直不同民族在发声，可以肯定地，他们有一种新风格的产生。

那么新的风格写作含有哪些识别标记，又有哪些具体要求呢？如果一言以蔽之，我们今天风格学更隐晦一些了，是一种非情感特征的判断，而且特色更新奇怪异了。

其一，有某种隐在风格作为控制的主导，全部文体围绕着它而展开，包括意图指涉。语言色彩及声音，叙述方式与视点的特点，人物活动中打上的各种特点烙印，并非我们冲口而出就判断他的风格表述。许多人的作品，不是我们从修辞学上轻易可判断的，要深入到文本内部主题、视角、习惯方法、隐蔽的心理痕迹，甚至微小的标志，包括标点符号与章节分行的小习惯。瑞典霍拉斯·恩格道尔说："一面有表述简明如木匠画的准线一样笔直，而与之并行出现的遣字造句显然多面特色，有充满玩味的，有高雅夸张了的，有不忠实的，或者甚至在句子背后有谎言埋伏。其音调从这一句到那一句都有改变，正是这种对音调的控制中出现的曲线，而我们愿意把这条曲线叫作司汤达风格。"恩格道尔采用比喻方式说司汤达文本构成的风格，本身是一种"喻"，这种风格命名多少带一些个人体验的命题，是悟出来的。如果司汤达没做到，至少可以启示我们作者一种努力方向。例如我写作《一滴水的传说》，风格是什么？你会说是跨体，是碎片化。不能这么说，很长时间以来我都选择一种跨文体，采用碎片化的写法，跨体与碎片化为我写作特征之一。风格分语言上的和结构上的，隐性结构的陡峭制奇是我注重的，语言绵密繁复、哲理与诗意具在的巴洛克风格。一滴水以水的流动性、液体性作为一路风行的结构带动那些具有碎片而又连贯、具有浪荡而又凝固的东西把湘江连成整体。从大的说，我喜爱那种对立矛盾相互制衡的文本结构，《无相岛》我采用悖论结构，《现代小说技巧讲堂》采用相辅相成而制约相关的概念，每个文本我喜欢有点对立矛盾而又互相连贯的关系来制衡，喜欢多线索发展。这对我来说是比较内在的风格特征。相反语言偏重华美、黏稠、强烈，仅是我一个比较表面的特征。我偏于喜欢长句，运用那些浓得化不开的色彩，深度体验，喜欢复合的推不动的感觉流向，比较稠密的节奏与细密的推理，文本内部的运动感比较厚重，如《红帆船》《蓝色雨季》。总之，风格不是单一化的，是一种具有力量的风格。细密处比较喜欢各种比较缠绕的感觉。个人对你的风格的认可，是他自身独特认知的结果，作者并不一定知道。例如叶子说，你的所有文本都有一种水的湿意，她也算是对我独特的风格指认。

罗素的《西方的智慧》一书作为人文通识教育读本，影响极大。沟通历史、政治、哲学、宗教、文化，把人文科学知识融汇，差不多六十万字，写得通俗易懂，十分好读。他的风格是什么呢？你可以说它图文并茂，抽象的东西制成具体的图表，使专业知识一目了然。这当然是风格之一，但不是最主要的。他重要的风格是利用他渊博的知识侃侃而谈，风趣幽默，创造了一种说话方式的论述语，是夹议夹叙的学术方式，是一种谈话式的口语表述。

这种风格的写作，需要一种内在的力量，不可轻易得到。凡是风格越醇厚，越是举重若轻，就越不容易。詹姆逊有一本《后现代主义与文化理论》全部采用口语化风格，将理论口语化。作为一种谈话式的表述风格是非常不容易的，而且是一种只属个人特点的发挥。

其二，风格就是规则。依照传统价值观赋予它的规范，例如崇高、优美、豪放、婉约、典雅，这些风格类型，除价值标准不说，风格标准是固定的，有其典范的类型。一是格式。二是固定习惯的用语。三是基本统一的价值规范。四是基本统一的句型和统一的段落章节。五是可能出现的基本标志。这类风格比较外在，辨识度高，更多尊重人格特点，比如情感程度的强弱，一以贯之的气质与风度。主要从统一性去判断它，例如把废名、沈从文、汪曾祺、孙犁、刘绍棠归于一个风格类别。

其三，作家风格的自我个性呈现。这点说来容易，按习惯的主题选自己熟悉的材料，按自己的习惯说话，文体有一定的习惯格式，不由自主地按一定的习惯搭配词汇，运用熟悉的句法特征。尽量展示自己的情感特征和人物一般套路，这样的文体绝对是自己个性情调的展示。只是怎样风格化仍需要作者全方位的训练，尽量使文本的构成布局、选词、造句、气质、氛围具有统一性。高超的文体风格，是连一个细节都不会出错的。这种一致性，由统一的韵调统帅，使文本首尾生动，气韵一致。它的识别标记是，凡熟悉内行的读者不看作者署名，落眼便知这是某某的作品，如同画家一样，一望便知是谁的画。单篇风格可能是本能显示，但是作者在不同的环境不同的时期会呈现不一样的风格，这就是所说的"风格即差异"。同样道理，这是对风格写作非常成熟了所做的判断。法国作家格诺有一本书叫《风格练习》，实际就是风格创造的多样形态，有九十九种，基本语法：二十六岁的某男子，在S路车上有空位，说钉纽扣。用九十九种风格训练一个事件的表述，这是非常不容易的，无穷变幻的母体变化为风格的多样性。实际由一个人展示九十九种风格，那便是扭曲全文。从他展示风格的手段看，一是叙事风格的，写实的手段怎么变异了风格。二是不同的文体，怎么转移。三是特别规定的法语语法秩序。四是深入到语言的局部，使用语言游戏的拆解方法。1930 年他和诗人雷里斯听完巴赫的《赋格的艺术》走出演播厅，他说："我们也许在文学层面上做类似的事情会很有趣。"用变奏的方法围绕同一主题衍生出无穷无尽的变化，从而构筑一部作品。这个想法到 1942 年 5 月开始写了十二个，到 1945 年写了十八个，到 1946 年写五十二个。1947 年出版了他的《风格练习》，是一个希腊理想数字。孔帕尼翁说，用九十九种不同文笔和语法语体重复讲述同一则故事。风格的公认原则是：同一事物拥有多种表达形式。由此引申出风格乃差异的变体。没有比较不同的风格你就不能确定真正的风格是什么样。实际我们指认某一种风格是巴洛克的，另一种风格是洛可可的，那是我们心里潜在地同另一种风格做比较，不然我们无法判断命名一种新的风格。我们今天说创造一种风格，那是指新的风格主义。

如何知道这种风格是作家自己的？风格概念借助艺术理论，应用于某一文化总体，代表某种主流价值和统一原则，如希腊风格、罗马风格。在一定的民族区域内代表某一团体，象征表达系统的典型家族风骨。在文献学中可以看成某一社群和象征表达的单元种族。例如鄂伦春风格、蒙古风格、拓跋鲜卑风格。这是从大的方面说明风格可能是群体艺术。区分个人的风格要细致困难得多，特别要注意的是个人要创作出有风格特色的东西，这种风格一定是作家自己无意识的展示，个人的爱好，地域语言的特点，家族传承，一定时代环境的个人传承，包括知识结构体系。然后才是作家个人驱使语言的特别现象，个人的手法技术、经验体验的特征。

其四，为一种价值观，为一种时尚审美趋向，为一种历史记忆（个人才、学、识的经历），一种知识与学术训练而铸成的风格而写作。任何风格都会有自己出于本能的爱好，这种风格是不需要讲道理的。我十岁的时候就喜欢汉魏六朝的文风，有强烈的唯美主义倾向。到了老年仍然喜欢那种风格，这就是说风格有可能潜藏在基因里。你热爱古典主义、浪漫主义、自然主义，长大了有成熟的说话风格（惯例习俗），甚至有身体语言的某种特点，就是个人性格好的或坏的痼疾都留下来，细节性地刻录在你的文字表述里。我甚至说有人天生是某个风格的人，他喜欢侦探，他喜欢武侠，他喜欢玄怪，通俗风格是他先天就生成了的。典雅的贵族气质，也是他家族就先天生成了的。风格应该天生居多，后天训练仅是部分。也有很多后天的经历，使他做了重要的改变，一次特殊的经历和独特的训练促使他发生改变，铸成了特殊风格。一般风格和个人生存经验有关系，甚至和他的职业训练也有联系。最初对某种风格的指认，一定的辨识度在生命经历的过程中会加重这种对风格的热爱，除非特别重要的经历和教训使你热爱上了别的风格，一般对风格的热爱不容易改变。所以风格写作是非常本色地保持你的本性，听凭个性的自由发挥。

其五，独特特征的持续发挥。一种特别机智的重复，一定使你的独特性具有文体统计学上的意义。读者对你的辨识，一定不是单一特征的指认，单一特征只作为局部的某个元素，它不影响文本的全部，所以文体风格一定是整体上的倾向性。说到重复，一定不是单调机械的重复，而是一系列技巧重要标志偶尔重复，词语搭配在特定的位置重复，基调保持重意重韵而不重词语的表面，句型重复有一定的连贯性。许多技巧或者细部有意使它的表面相异而实质可能具有某种同一性，这里可以看出所谓风格是文体内具有许多同一性、倾向性，一致地指向共同文体。例如《一滴水的传说》它的风格肯定不是碎片、跨体，因为无数前辈都使用了这种碎片，帕斯卡尔、巴什拉、施莱格尔兄弟、格诺、基尼亚尔、莉迪亚等业已成为一种文体。我在表述上构成的风格是描写和叙述上的层层铺展，词汇上的扭曲组合，而且对词汇本身索源考究，使文本构成内在的绵密与黏合，流动的声韵，繁复的语汇，其风格内部散发出诗的韵味和哲学的品质。这种风格更加内在化。这是一般人轻易不能抵达的。我散文写作几乎有一个不易改变的风格特征，那就是我喜欢把最本质的事物进行科学上的定位，它的存在一定是实证的。我写作的客观事物总有基本客观的真实性，让本色事物直接显示其深刻性，然后是历时与共时的空间移动。最后是想象一种精神性。我姑且称这种写作是向一种风格的内在性努力。

其六，风格是一种严肃的文体写作，一般都推重崇高的经典文体，鼓吹典雅庄重的风格。那么风格就有一种自我维护和保护装置，文本内互相可以替代的阅读方法之间的张力（一个文本即传统的风格，那么分段播放在风格上就应该是互文的）。这表明一致性内部的矛盾性。一种风格总是以其他风格为区别条件，那么某种风格自然带着有悖于它的风格，这是差异，这种仅仅是一种风格认证，还有一种是带有反风格的创造，一种新风格，在它的"反"的方式中成立。例如《白雪公主》是一种经典童话的写法，已然风格化了，巴塞尔姆另外创造一种嬉皮反讽的新童话文体，这不仅是主题人物的，而且也是整个叙事行文的对经典风格的否认。第一承认过去经典化的风格死去，意思是失去了表现力，文学有枯竭的现象。新的粗暴、粗鄙、嘲讽、嬉闹的风格兴起，这样使文学语言获得另一种机能和活力，第二次创造一种新风格。巴塞尔姆采用特别的方式把经典童话拆解了，然后才松松垮垮地组织起来，再现了经典童话，意识到童话在今天都已成为碎片。他吸收了乡村民间的报纸、广告、电影和学术研究的东西，把日常可见的任何东西都引入进来。时尚、名称、事件、关于文学讨论的陈词滥调，习惯用的手法的戏仿，还有关于历史、社会、心理的童话式的对话，对弗洛伊德的戏谑描述，还有空洞的诗，甚至采用了印刷排版的变体，字号，图形，文字垃圾（巴塞尔姆曾经做过设计员），仿照美国二十世纪六十年代现实中可能具有的对话和感受，对童话神圣化地消解。但它保留童话的框架：二十二岁的白雪公主总听到那些千篇一律的言辞，便写了一首污秽的诗嘲讽，她正与七个小矮人生活在一起，每天干着洗洗刷刷食品罐头的事，甚至滥交，简是一个年轻的巫婆正在编织恶毒之网。保罗是白雪公主等待的王子，负责挖一个洞穴，创建一个训狗计划，发明了一个远程早期的报警装置监视白雪公主，目的只是得到白雪公主。简发现了。简打算给白雪一个"毒苹果"，结果被保罗误食了（以一种有毒的伏特加吉布森的酒形式喝了），白雪在他的墓前献花，再次失节而升天了。这是一个极简概述都会误解的滑稽拼贴，其文字也是一些大大小小的拼贴画，并非表意的，仅仅是一个形式。有的人标题以竖版排，以变体字拼凑，或者正儿八经地说陈词滥调，故意插入题外话，对统一的童话风格进行消解，在反风格的同时出现一种新的粗鄙嘲讽的无意义风格。

风格写作需要才、学、识，需要艰苦的语言训练，这一点网络写作几乎办不到。不仅如此，还需要历史、政治、社会文化各方面的综合知识与平衡能力，尤其需要宗教哲学的知识能力，能控制文体走向，呈现一种风格化特征。鲁迅的风格就不仅是一种文化知识，更需要人格秉性的力量。刘绍棠可以说有文体风格天赋，但与鲁迅一比较，他的风格内涵就少了。

六、为什么我们会发生风格之争

应该说文艺理论的任何问题在历史的长河里都会面临某种兴衰期，这由时代风尚与个人特性所决定，变化是永恒的，固定是短暂的。风格也是这样，风格是古典艺术风范的标志与缩写，我们从古代的经典著作中极容易找到风格的面貌，所以古代经典风格往往是我们透视人的个性的一种方法。古代文艺中人作为信仰时代的产物，文本中的自我和个体概念没有成为时代问题，人们相信作者是主宰作品的上帝，个人在作品中不需要掩饰自己的个性，个人可以得到充分表现，这时候的风格当然可以视为人格的体现。

现代主义写作经历了一个很大的转折，最重要的是现代美学原则的产生，艾略特在1917年宣称："……要做的事情就是对个性消灭的过程，以及对个性消灭和传统意识之间的关系。""诗人有的并不是有待表现的个性，而是一种特殊的媒介，这种媒介只是一种媒介而已，它并不是一个个性。""诗歌不是个性的表现，而是个性的脱离。"（《艾略特文学论文集》，第 11 页）于是有了非个人化写作的提法，作者从作品中隐退，在非个人化的叙述中中性地展示现实生活，这种非人格化和罗兰·巴特的"零度写作""文本"理论、"作者死了"等概念在 1960 年代达到极致，并产生了法国的新小说派。在文学文本中消除了个性，剔除了个人情感、个人价值观的倾向，摒弃文本中夸张浪漫的东西，只有把个人化赶出文本，文本才能客观起来。非个性、纯客观就不可能有个性化的风格了。风格的清理实际关涉许多问题，例如文本客观化、冷漠叙述、符号化、叙事学兴起。最后便颠覆了文学是人学的传统命题。这决定了二十世纪后半段的文学命运。

风格成为一个悖论：一方面我们拼命取消风格，另一方面风格却顽固地存在。我们反对我们存在的东西，其本质指向我们反对我们需要的东西，我们取消我们不能取消的东西。这种深度悖论使我们的文学写作出现了矛盾现象。

现代主义文学应该视为二十世纪文学史的主流，现代主义文学作品便贯穿了现代主义精神！什么是现代主义精神呢？自我认同，寻找我们丢失的灵魂，因而自我和个体成为现代主义的主体与核心。以自我、个体为核心又怎么能够取消个人化呢？个人化是风格的支柱，我们遍观现代主义的杰作《尤利西斯》《追忆似水年华》《海浪》《一个青年艺术家的画像》《局外人》《喧哗与骚动》，哪一部都会具有个人鲜明的风格特征。我们看新小说派取消风格后的写作，葛利叶的《橡皮》《嫉妒》，虽然使用的纯客观语言造成人物与环境极大的疏离，但葛利叶的风格特征极为明确，他和西蒙的《弗兰德公路》《大旅馆》完全不一样，西蒙的文本极端碎片化，跳跃，是感觉滑动连缀了破碎的环境，事物与人整个文本似拼贴的镶嵌画。萨洛特采用的方法是倾听式，展开心理的独白与对话，她的短句，碎片虽然是断裂的，但却是有一种内在的呼应关系。布托尔则是频繁地调动他的观察视点造成错综之美。四个新小说派作家的语言和文本呈现出四种强烈差异分割的特征。

寻找自我是一种思维理念，是一种精神本体的回归，每一个人的自我精神都会有他的个性差异。因而也会产生现实思想风格的差异。另外，每个文本在表达思想和个人特征时并不会采用同一方法，因而风格又会因每个作者的表意策略和修辞手段的不同而呈现不同的面貌。还有一个很明确的推断，现代主义是一个众多流派的总称，意识流、超现实、荒诞派、黑色幽默、达达派，这些流派汇聚在一起，我们更能发现不同流派的风格特征的迥异。这是一个回避风格而又偏偏创立了众多流派风格的特征。因此现代主义的风格是取消不了也掩饰不住的，反而使风格一词呈现出其特殊性。

我们看看后现代主义写作，它主张戏拟反讽，取消意义，填平沟壑，反对类型的游戏式写作。这倒是形成对风格的巨大破坏，因为风格是一种美学写作，指向某种认同。风格又是对某种经典的期待，那么风格显然不适合后现代策略，后现代又可以视为对一切权威的嘲弄与反叛，所以，它会竭力颠覆经典风格。戏拟便是反经典形式的，可就在它反经典风格的同时，又不自觉地出现了某种杂烩拼贴的风格，我们比较了三个后现代文本就会清楚了。

巴塞尔姆的《白雪公主》、巴思的《喀迈拉》、库弗的《打女佣的屁股》，巴塞尔姆正是在嘲弄经典的童话风格，颠覆一种纯粹的美学追求。巴思颠覆了《一千零一夜》，却是重建了一种新的文本风格。库弗用电视影像文化透视家庭生活内部，产生了多种可能性。后现代用文本颠覆文体，追求不及物写作，沟通文本间性，这种文本写作自然很难看到文学文体的风格特征。但没有文体边界并不等于文体就没有自身的风格特征了，例如格诺仍称自己是"风格练习"。后现代确实更显示杂糅的风格，但确实在毁灭风格。我以为后现代写作是一种新的隐在的风格，一种个人的痕迹特征以另一种面貌显示出来。我们要特别注重在表现形式中做细微对立的比较，对重大特征我们是寻找差异，而不是趋同，我们可以注意一种理论现象：同一性与差异性。

风格应该具有同一性，这是很好理解的。在一个文本内部由于同一性的支配便会产生许多重复：人称多次反复地出现，核心词也反复出现，事件与细节在文本中也会多次出现，记忆便是根本的重复，是一致性导致某种风格，这样风格就可以标志性地指认与分析了。

"风格乃差异。"（见于《理论的幽灵》，第159页）在两种不同文本的比较中特征是差异的，这正好让我们看到与普遍用法的距离，换了另一种表述方式，两种表述方式正好是差异的，这种差异便是各自不同的风格。另一说法是风格的变体必然产生差异，换一种方式使表达方式更为高雅，或者更为通俗，表明一种方式可以高雅，也可以通俗，这就是差异的两种风格。在后现代写作往往会并置两种差异的风格在文本中，例如《喀迈拉》把亚洲神话和欧洲神话并置，它自身却创造了新的数论形式的结构，这是一种诡异的新风格。

风格自始至终是存在的，可为什么又形成了理论上的反风格学呢？

我们承认风格公认的原理是：同一事物拥有多种表达形式。风格一直被视为形式特征的，作为一种形式装饰，因此又被看成与修辞学有关。风格便是对表达手段的选择。

风格还可以看成对体裁与类型的选择，通过体裁我们可以判断话语的属性，或者说话语所表达的合目的性。传统风格论把风格分为三类：

朴素风格（stilus humilis），指西亚派。

中平风格（stilus mediocris），指罗得岛派。

高雅风格（stilus grauis），指阿提喀派。

风格一分为三曾被称为维吉尔之轮。维吉尔把诗歌划分为田园诗、说教诗、史诗三类。蒙田反其道而行之，故意打乱平庸和高雅的区别。这种风格分类仅是理论上的，真正的风格分析必须细致地分析各种具体的特征。风格是我们鉴别话语属性的一个方法，我们用某种范式说明风格的特点，那么是什么决定了话语的类型差别呢？这就追溯到我们话语表述的动机是什么。说白了为什么写作，写作目的何在？西塞罗拟定了话语的三种目标：

第一，证明的话语。作为理据而存在。

第二，话语的诱惑。语言的目的在于吸引人。

第三，话语的功能和力量。话语的策略为了感动人。

我们看看今天的风格反对意见：（1）当代社会表相化，形式生活趋同，是仿像的非真的，我们对类型的划分不具有真实的意义，而是反讽戏拟的态度。风格天然是分类的，这与我们的生活本相是矛盾的。我们的时代已经没有个性化标志了，所以我们已经失去风格划分的基础。（2）文本理论的兴起取代了作品概念。作品是署名的，大师风范的写作，我们今天不再追求这种经典性，而是网络的平庸的模式化写作，网络文本是匿名的趋同（网名），文本仅在展示生活平面或本能欲望，追求平庸便不可能有风格，所以网络阅读你可以无限阅读与生活同步，也可以一字不读，并不影响我们生活的现实状态，仅在于多做一个游戏或少做一个游戏罢了。不是风格便不是经典，不是经典便不能被阅读合法化，这也看出写作意义的缺失也会取消风格化。网络写作是一种假面写作，它不需要作者，没有签名的作者自然也就没有风格特征存在。（3）我们标明风格写作，强化作者，恐怕潜藏着如下因素：其一，我们立足于美学追求，有经典思想，所以我们会努力铸造作品的风格标志；其二，我们的写作立足于创新，不断写出更高更优秀的作品，某种创作方法的努力是想提高个人标志性的范本，这就不可避免地风格化；其三，我们一直存有从风格识人的思想，相信文品即人品，风格即人格，一种从伦理与价值取向上的风格追求。更重要的是个人写作只要进入深度意识，它就不可避免地变成了一种对个人风格气质的展示。这三种明确的风格写作都已经成为历史，被当代人明确反对，作为对意义写作的讨伐和攻击。我们需要写经典作品吗？你凭什么说你代表时代树立某种标杆？我们整个二十世纪都在反对性格写作，我们用得着从风格去寻找人格吗？文学现代性确实取消了上述的一些元素。"风格"一词无论如何都逃不了模式化，它是尊崇惯例和规则的后果。风格表明了某种形式化的结果业已成为定局，是一种文学的过去时，或者还可以说作为作家的某种标记，这些对今天的阅读重要吗？利奥塔说这个时代面前的情景是：大部分领域的复杂性与日俱增，包括生活方式、日常生活。因此，一个具体的决定性的任务便摆在我们面前：那就是使人类变得有能力去适应一些非常复杂的感觉、理解和行动方式，它们超出了人类的需求范围（参见《文学与现代性》第140页）。我们需要新方法解决新问题，这里风格便有一点老生常谈了。

这种反风格并不标明我们的立场。相反，我提倡写作应该有风格追求。我提出文本写作，文本写作也可以有风格追求。我把风格写作作为一种文学标准的最高限制，我相信最高的文学写作不是自由放任毫无节制的，平庸随意的，文学写作要有所准备、积累，要有训练、惯例，同时还要有个人的独特性、感受性。文学也许还有些潜规则，每个作者心里要有隐藏的文本典范，要有文学目标而又不重复别人不重复自己，这时风格便成为某种隐性的实践策略，你正在创造属于自己的风格。

我主张风格是一种正在写作的文学实践，我们永远要求最高的奋斗目标，构成自己的独特风格。当然，个人风格也可以是多样性的，我说的不是作为文体的区别，而是个人文本独特的追求，使之印下个人的标记。

现在是二十一世纪了。风格的折戟沉沙已经半个世纪了。法国人安托尼·孔帕尼翁经过一番研究后，认为风格写作永远不会消亡，并提出了三个难以撼动的理由：

> 风格是某一（基本上）固定的内容的形式变化。
> 风格是作品典型特征的集合，它有助于我们（靠分析还不如说靠直觉）识别并确认作者。
> 风格是在多种文笔中做出选择。
>
> 《理论的幽灵》，第 184 页

我这里补充一点的是：文本写作是不及物的，更加容易展露作者内在的无意识状态，因此个体的精神意识表现得更加充分淋漓，这样就更加容易烙上个人化风格烙印。

这使风格便有一些个人和语言上的内在化。

我们现在讨论一下风格分析的方法。迄今我们没有看到一本叫"风格分析学"的书，或许每一个批评家都会有自己风格分析的方法，这些人本身便是杰出的风格学家。亚里士多德、西塞罗、维吉尔、布封、布洛克、罗兰·巴特、利法泰尔、古德曼、勒瓦耶、达朗贝尔、沃尔夫林、施皮策尔、巴利、费什、莫利尼埃，是他们构成了风格理论研究的一长串名单。我想作为风格学的理论研究，首要的恐怕是风格形成缘由与风格构成的要素，这一点那些风格学提供了充足的经验。我们只需要总结他们的方法就行了。

风格的形成。这里也许可以分为个人原因、社会原因、地方原因、文化原因。先说个人原因，上文已经讨论过，个人原因最重要的应该是生物学与心理学的，由个人先天性条件决定他身体的敏感度，这种器官的感知对应所有生物感知的特征，包括视、听、嗅、触、味和通感的方法。心理学主要是探求深层心理与本能欲望相关的因素，因为只有切入本能才是人性的，最个性的。个人还有一个主要的参照系统便是他的生活经历，这是一种经验性的表述，是不同地方性习惯与知识的汇聚。个人处理经验能力是先天与后天结合的，在这里会产生一些独特性的体验。

再说社会原因。每个社会时代都有它的前社会，由此形成的惯例与模式，而且风格的经典对任何人来说都是先于他本人到来，因此存在我们对经典风格的继承、学习，我们有理由说任何个人的风格都是过去传统经典的变体，没有绝对的风格独创，因为人类文化史提供的典范性风格非常丰富而伟大。这些风格的经典模型很难超越，但在两个方面却给我们提供了可能性，一方面社会时代的现代性任何时候都会产生新的时尚需求，这个时代的物质环境、精神思想不同于以往，尤其新的科学技术提供了新的可能性。二十世纪八十年代之前谁会想到网络写作呢？图像、语言都可以进入虚拟空间，这种技术现代性无论如何都会产生新的风格写作，而且是前所未有的风格。另一方面社会的集体记忆是矛盾的，它总是在继承与反抗上充满矛盾，社会需要新的变体，它并不需要传统的模式化老面孔，它们仅仅作为经典存在，或者说它们仅是社会的范例。新的生活方式会决定新的风格产生。但它是以继承传统的方式创新，所以新风格只能是变体，这时的风格是差异的，一方面它是过去常数的，有我们熟悉的东西，另一方面它是建立变异的，在代替经典的基础之上有一些怪异的新奇。这种新奇是建构的。

再说文化原因。风格可以理解为某种文化的显现。人类学的文化指生活方式，相对于社会国家和区域文化还是一个民族的国家之魂，文化表现为社群语言并作为一个种族的象征，这种文化往往会以某一风格概念而出现。例如德国文化长于思辨的风格，英国文化长于幽默的风格，法国文化长于浪漫抒情有追新逐异的观念创制特点，由此法国是一种抒情风格。这样我们往往把南北朝的清谈玄学的风格说成是一种文化特征。风格是对文化整体与表征的一种抽象。我们把艺术分类的风格称谓应用于某种文化的总体象征，因此也会说巴洛克风格、洛可可风格、象征风格、唯美风格。风格显示文化的一致性，这表明了风格反映和投射社群集体行为和习惯方式文化表征，风格可以代表一定的文化思想与情感的内在形式。一种共同的文化品质也可以被指证为某种风格，或者风格也可以被视为某种文化图式、主题意图或总体模型，扩大而言风格还显示为一种文明状态，这时我们会说拜占庭风格、罗马风格、中国风格。

最后说地理原因。这里指人文地理学，包括地方性知识。这里首先是区域概念：草原、海洋、河流、沙漠、山区、平原等一些大的地理特征，这种地方性决定人们的生活方式，水文化是驾船，草原文化是骑马，平原文化肯定是驾车，这不仅仅是交通方式，它还是食物方式，饮食与衣饰都会与地方相连，东南西北因气候差异，山谷河流也会影响视野与性格，人的气质、风度都与地方生存方式发生关系。注意地域的生态方式也会构成对人的地方化和生物沟通不同的，草原上马匹牛羊，河流湖泊里是各种鱼虾水产，平原地方、山区盛产的是小麦和高粱，南方却是大米。这些事物对人的气质与性格均有影响，它们也构成了个人特色的风格底座。民俗和地域风气也会转化为风格的特征。我们从词源上看两次对拉丁语借用时，风格表达的是"习性"（habitus）。

一般说来风格的成因是很难由单一元素决定的，它会是社会和个人多种因素综合的结果，探讨风格的成因可以揭示个人成长与社会的部分奥秘。风格研究属作品范畴，所以把作者和作品结合起来很重要，作者从传记资料、地方风俗、文化层次、个人经历等方面考量，作品是一个凝固的形式，我们可以从中寻找一些象征隐喻的标记，特别还应注意不同时代不同作者之间风格的关系。

七、文体与风格写作的未来

只要有文学写作，就一定有文体与风格的写作，这是不用怀疑的。但文体与风格的写作坎坎坷坷，是不会一帆风顺的，这是因为有文学的杯水主义与庸俗主义。文学向难度挑战不仅是针对他人，针对文学的历史，更是针对文学的个人，文学自身。特别是当代崇尚肤浅，坚持文体与风格尤难。

我们要致力推动大的文学环境良好的风气，自动抵制贪浅浮躁的艺术，培养全民的美学习惯。所谓一代风气是一代人创立，为什么汉魏六朝能形成文学上的自觉时代？这与国家统治者社会精英有关，同时也与文人的自觉有关。文体与风格使用实际是跨界行动，一个球员风格，一个时代风格，它在艺术史、流派、艺术批评、社会学、人类学，包括时尚、设计都可以作为一个标准。"风格"一词似乎我们在着意剔除它，它甚至更加强烈地出现在社会生活中，成了品评人际交往中指人家的行事说话交际的一个方法，"他就是这个风格"。这将指向一种生活风格，它可以概括一个时代的文化风格，或者一个社会时代总的指征。

个人写作的坚守。一旦形成了个人认可的创作风格，大可不必在乎别人怎么说，只要自己认定文本是成功的，就不必改。对于个人来说，风格是一种基本元素，我们任何文本都要选择体裁或类型。风格即体裁或类型，这是一种修辞学的观点。选择对象和方式、针对说话的观点、什么人讲什么话就是一种风格平衡。

古代常把风格分为三种类型：朴素风格、中平风格、高雅风格。这种风格一分为三在西方文体中延续了一千多年，又称维吉尔之轮。风格成为体裁的源头（朴素、中平、高雅）。风格即是自己的文体发挥，也是一种有针对对象表达的体式。一切严肃的文学在今天似乎还坚守古老的手法：喻意、象征、寓言。一切文体的要素要落实到细节上去，这样细部往往使个性化痕迹在集体无意识中标记出来。换句话说象征、隐喻、细节都会呈现为风格化标志，来印证现实。风格不仅是个性化反映，还是整个群体思想和情感投射的一种内在的形式。当然它可能特别隐秘。

　　文体或许可以确定性地指出某种形式，辨识度固化且高。风格就不一样了。往往指证某种风格都是比喻说明，求的是一个共同理解。风格除了统计学有力量外，几乎是不可实证的，例如婉约、豪放、厚重、飘逸、清俊。我们罗列一堆词语形象地说明内核，是因为无法具体准确定位，所以它难以学科化。采用文学的对齐法那只能举例，概而言之。比喻，现在有了非虚构性、报告文学，似乎我们指明写作属性要容易得多，否则我们要说清楚写作类型并以风格分类识别就难了。精雕细刻是一种，深入浅出是一种，中规中矩是一种，平实口语化是又一种，这可说是写作的类型，也可说是风格的类型，还可以就此讨论修辞学上的文风。那么写作、风格、修辞它们的边界呢？我的意思是文体与风格可以作为许多人的共识，但不具专业化，专业化写作文体批评，风格批评，不宜作为写作的模型去仿效，普遍推广时我们还是提倡文体和风格的变体，容易取得创造的自由度。听凭本性发展地去写作是合宜的，风格因此而自然流露。事实上作为思想潮流，社会和学术团体派别，民族时代风尚都会有风格的指认。有些甚至不是我们有意创造的，写作自身有它的道德意识。它既是天性场所，也是本能注释的平台，风格将要永远不能够避免。未来有很大的发展空间，不可等闲视之。

后 记

　　我觉得日子像攥在手中的金币，一不小心便从指缝中滑出来掉在地上，然后你会仔细地在地上寻找，没有。正在你怅然若失的时候，突然在你的身后听到叮当一声，时间滚动，停在某一个旮旯角落里发出共鸣的响声，声音带着你的体温，但已去了很远的地方，那就是你遗失的日子。1994 年我在北京师范大学中文系作家班讲授小说创作，主要讲人物、结构、语言、叙述等章节，当时有两个刊物提出来连载，我没时间整理讲义，因此谢绝了。没想时间一下过去了十二年。今天想来竟然是两个世纪的事情了，真是令人感叹。

　　2005 年，我决定在河南大学文学院开设小说诗学的课。这时候已是电脑选课，选课的有二百五十八位，共分两个班，开始几次课学生不足数，没想后来总是满满的两教室，听课人数估计超过四百人，其中郭张彦、宋艳等研究生，从不缺席地听完这个系列课程。这时我的《小说诗学》讲义，一方面给学生讲课，一方面给《芙蓉》杂志连载，并得到各方面很好的反馈，黑龙江巴彦县、辽宁瓦房店、甘肃张掖的读者都问如何可以买到讲义，特别是湖南的读者反映强烈，都认为是一本可以传下去的书。国庆后，王俊石先生打电话给我说，你《芙蓉》连载的讲义，我每期都读并裁下来装订在一起，这是一个很具体的小说教材，没有同类型的。我同俊石是好朋友，事先没告诉他在河南大学讲《小说诗学》。元旦时，俊石先生又告诉我，他给出版社报了一个选题。这时正好我讲义写完，已有三十多万字，回到北京我写了一简略的绪论，整理好一沓书稿时，便听到雪地中爆响的鞭炮，竟然举手便可以叩响 2006 年春节的门楣了。

　　在河南大学的一年非常寂寞，除了与耿占春、肖开愚我们三人十天半月地聚会一次，每个礼拜我去上一次课，其余时间都在家里看书写作，三个多月里《小说诗学》写了二十万字。《先锋文学理论》写了五万字。有时候一个礼拜连楼也不下。并非因为时间紧张，相反，我倒觉得比较轻松，不像往年拼命地写小说，那是一种心累。2005年我才写了三篇小说，我经常会躺在沙发上听黑暗中瓷器开片的声音，那是偶尔发出的金属质的亮光，让我心里悄悄地悸动一下，良久，黑暗把那种闪着金星光芒的声音舔得干干净净。我本人也就像夜空中的一件瓷器，悄无声息地躺在墙角。我经常在这样的静夜里想念我北京的朋友，一川这一年忙得昏天黑地，从研究生院副院长的位置调任教务处长，听说他被定为人文学科中唯一的长江学者，我又有了黑暗中的笑声。高兴在编《世界文学》之余，又编了三本世界散文，他著的《昆德拉传》也出版了。赵杰在中央电视台主编科技博览，这种十分钟的日播把他全部时间都挤完了。半年中我们没有一次谈论人生哲学了。好友书棋几乎每月都会从《小说月报》打电话来，我们俩总能在电话里胡天胡地风骚一次，然后是感叹人生。百花社每月有新的理论书出版，他和俊石都会给我寄来。寂寞中想念朋友，会让一些非常有质地的东西从空气中飘浮起来，那是一丝一缕灵魂的养料，它们轻吟一声都会撑开夜晚的黑暗，闪烁着人生草莹般的辉光。

　　人生是沉沦的，但我也会尽量做一些积极的东西。这一年，我和颜家文先生共同打造了湘军五少将：马笑泉，田耳，沈念，谢宗玉，于怀岸。他们都坚持小说的信念，努力奋进，我可以肯定地说，他们是湖南未来二十年中最中坚的力量。但他们的生活都很不如意，帮助他们的人很少，他们仍在寂寞与幽暗中努力，这很不容易。我看到年轻人近乎绝望而坚强的奋斗，我孤独落寞的生活，又增添了一些人生的勇气。沈念是最年轻的，才二十七岁，在一个工厂里教书，很忙，但他很敬业，我和世平、梅实都在努力帮他找一个文化单位，以便更好地创作。岳阳有一个很好的文化环境，凭墙、启文、闵和顺、李颖、祖保、望生、大鸣、刚强、建中、灵均等作家都非常团结，对文学有着宗教般的信仰。沈继安、艾湘涛、余三定虽在士官阶层，也是一些极好的作家，湘涛给华容文学刊物支持六千元钱，三定我仅见过一面，为人的忠厚与为文的睿智都是让人感佩的。我相信厚均在他手下也会大有作为的。岳阳有一个蔡世平，是岳阳文坛的幸运，他在宣传部长的平台上不遗余力地支持文学，他本人还是全国最优秀的词人之一。作为散文家，他把西部的金戈铁马和水乡柔情万种都写得很入骨。有这么一批人守卫在洞庭湖边，用他们的魂灵照亮的水域，一定会有更多更大的鱼跃出水面。湖边一片芦苇墙，等待飞花吐絮的季节，白色的思想变化为遮天的云。我还能说什么呢？盼望那是一片艺术的天空，如果我的《小说诗学》能为故乡云层增加一滴雨水，滋润一片黑色的沃土，为水乡田野长出一棵庄稼，增添一点荣誉，我便万分欣慰。我的一生艰辛多变，在很多地方流浪，但骨子里还是执着地想为故乡做点什么，哪怕只有一篇小说流传，一段理论总结，重复一次地名，描绘一次山水，我个人的灵魂便可以在故乡的水土里作洗礼，也就可以在乡土情结中复活一次。

　　感谢我的学生曹倩、郭祖莹、李宁等为我这本书稿所做的工作。叶子女士经常关注我的写作，在北京为我搜集资料，在此一并感谢。特别要提及的是我两位河南籍的小兄弟：冯炬明与王俭印，炬明是目前国土资源系统小说艺术成就最高的作家。俭印在北京十九中工作了十多年，我们俩几乎走遍了北京的所有书店，他们两个的情谊让我感动。我感受至深的是，在北京飞雪的冬夜我去看望一个朋友，他很健谈，话里话外便觉出了这个世界所有的人都欠他的。深夜我踩着雪花回家，清寒的思绪，在古城的街巷缠绕，在反思中，我突然悟出这个世界谁也没有亏欠你的，只有你亏负所有人的，哪怕是陌生人一次遥远的问候。由此而论我亏欠俊石先生和家文先生的便是车载斗量了。也许正好是这种感恩的心理，我就会更心平气和地为这个世界贡献自己生命的力量。

2006 年春节　北京古城

增订版后记

2005 年在河南大学文学院，我开设了《小说诗学》课。这个讲义一边在《芙蓉》连载，一边在百花文艺出版社策划出书，书名定为《现代小说技巧讲堂》。2006 年 6 月出书，没想三个月不到，此书脱销，被网上评为一次事件，二次重印时连版权页都来不及修改。由于要争取时间，又要防止此书太庞杂，余下三讲我没有写，便转入《先锋小说技巧讲堂》的写作。2009 年这本书再次脱销，好友俊石说出版增订本时，把余下三讲补上，我答应了，因做《中国现代小说语言史》的研究，实在没空补写。

2011 年 2 月 20 日从北京回河南大学，接手了本科生的一门新课：美学。每周有十多节课，学生有四百多人，有博士、硕士，还有郑州开车来听课的人，认真备课，丝毫不能马虎。截至 4 月 20 日我将《中国现代小说语言美学》六十万字逐字校对了一遍，然后开始增订本书，补写"时间与空间""描写与抒情""经验与虚构"三讲，至 6 月 22 日完成十五万字。一个学期下来连一个完整的休息日也没有。

有一点我非常钦佩西方人，那个有基督教传统的文化并不在意别人怎么看待他自己，只是从心底里感谢人家，你看人家出书的后记，哪怕别人只提供了一个词一句话，他们都会在后记里表示感谢。国人这儿怎么就那么不坦诚，你帮他出一本书都不知道感谢？写出一点东西水平实在很差，就自己漫无边际地鼓吹，得人实惠也从不知道感恩，还觉得全世界人都欠他的，每想至此，都让我心里戚然。

这次补写三讲，前两讲让研究生发慧给我录入。天极热，下课后，她帮我抱着《达·芬奇全集》和其他画册，有十几斤重，来我这儿已是满头大汗。她是个藏族姑娘，很爱读书，也很爱思考，有见解。我唯一能做的就是送她几本书，这里慎重地用文字感谢她。另一讲是博士李海英帮助录入，帮我校对三讲，往往我疏漏的地方她都能给我改正。因为写作太忙，学校有什么事我差她去办，她会经常提醒我一些应该做的事，或某些时间该注意什么，这些必要的提醒让我少犯错误，这里一并感谢。还应该特别提出感谢的是河南大学出版社的景和编辑，我送他一本《现代小说技巧讲堂》，他全文读了一遍，用了一个月，挑出不少错误，这次增订一并改正，我这里也深切地感谢他。有些习惯性的错误我自己是很难发现的。

这次增补最重要的是描写理论，对小说史以来的描写范畴做了总结和清理，给出了一个清晰的轮廓，同时，对历史上的描写方法与理论也做了梳理，总结了一套现代描写理论，真正从理论上为描写正了名。此前中国基本没有描写理论，而西方对描写基本上是持否定态度的，连卢卡契这样的西方马克思主义代表人物也对描写持否定性态度。即使在十九世纪描写与描写理论发展到巅峰状态，西方文艺理论仍把描写作为一个包袱。因而 1969 年以后的叙述成为学科，推为至尊，基本取代了"小说学"一词。叙述学成为重要学科后，红了约三十年了，分为经典叙事学和后经典叙事学两个时间段，其间以 1998 年为其界限。叙述学兴盛之后"描写"一词基本被取消，更谈不上描写的理论化。我这次正式确立了现代描写理论，规约其方法与准则，并对"描写"做了比较详细的分类。单此"描写与抒情"一讲我写了五万字，比其他小说基础概念谈得都多，而且也深入。我把描写作为一个本体论概念，这样人们便不能从根基上动摇它的位置。我在《中国现代小说语言美学》中也有对描写的深度研究，可以参照阅读。

为什么要写一部专著，作为个人的意义，肯定不同于公众的意义。假定一部书在两个维度都缺乏必要性，我们便可以视为无意义写作。在大诗人、大小说家、大理论家那儿我这部书肯定是无意义写作，他们还需要你教吗？我不用看你的书已经写出经典名著了。这真让我哑口无言。理论无法超越小说。我常常也会指责某人某书为无意义写作。今天别人指责我，以子之矛攻子之盾，难道要悔青肠子吗？这决定了我数百万字的小说研究一定要有理论上的立足点，否则只能是无意义劳动。

我三十岁开始文学创作，始初几年非常用功刻苦，小说也有一百万字的无意义写作，如今残稿依然保存。写作二十多年最少也有三百万字的小说发表出版，来河南大学又有七八年，我的理论写作又快接近三百万字了，这样，小说与理论几乎平分秋色。在这庞大的文字堆里有多少万字是属于个体与公众双重意义上的写作呢？假定出一套二十卷的文集又有多少人会要呢？这样一想我不禁脊背上惊出冷汗。我常常会深夜反思，我读的书完全可以车载斗量了，以现在的写作能力计算，我一辈子写作著书一千万字是没有问题的，那又是一个车载斗量，如果这个车载斗量的都是文字垃圾，那我这一辈子真是惭愧死了。拼其一生做了无意义劳动，那将是一个多大的反讽。已经辛辛苦苦犯的错误只能以错误的方式存在下去了。往后无论小说或理论都应该更加谨慎地选择命题，要确定意义前提，使之成为价值劳动。可是另一个问题出现了，我们要为意义写作吗？今天后世的意义是多元的，许多事件今天有意义未来没意义，今天没有意义的未来很可能有意义，意义成为人类活动的怪圈。于是我的写作只能在彷徨的道路上求索，好在我一直在写小说，转入小说的理论也不算多大的越界，如果再回到小说创作中去便是寻找改正错误的机会，又是一次顺理成章。

二十世纪末期我曾对几十个人文科学知识分子，包括诗人、小说家做过调查：每个人凭直觉回答你自己是悲观主义者，还是乐观主义者。结果有六七成的回答是乐观主义者，二三成保持中立，既不乐观也不悲观，仅有一二成是悲观主义者。我就是地地道道的悲观主义者。对世界和人生均是绝望的，无论我们做多大的努力其结果都是一样的。往往获得成功快乐的都是机会主义分子。我的家族和我个人是经常被推入绝境的，毫无幸福可言，仅在于我父辈兄弟们、孩子们浑然不觉。父亲老了在为墓地奋斗，大妹病重，小弟没有工作，四处打工，前妻脑溢血瘫痪在床由女儿扶持，孩子劳累不已。弟弟说，我们家生产刁民。我说都是一些可怜得不行的刁民。很巧，在我最忙的时候，我小弟又来帮我打理生活。他总是会不停地忙碌，我说歇歇，没啥事。生活只要到了琐碎就会有永远做不完的事。我父亲在这儿住的时候，每天早晨六七点钟看我在写字桌前工作，还要去讲课，他回湖南对我二弟说，你大哥工作比我们做农活的人累多了。我倒不觉得怎么累，写字成为一种工作习惯了，只是每每想到家人面临的绝境我就伤心不已。假定我母亲在地下问我，老大你咋照顾的，把一家人弄成这样？我只能泪雨倾盆了。在说泪雨的时候我早已视线模糊，那几滴老泪被我忍在眶子里，最后咬咬牙，强行咽下去。决心给母亲造一座新墓。

就在我写完这后记之时，我女儿电话里很快乐地说，爸爸，妈妈的鼻管拔掉了，可以吃流食了吧！她清脆的声音一入耳，我眼角一颗大大的泪便流下来了。这时我弟弟在喊，大哥，吃饭了。我摁下那颗泪，没事似的走出书房。

2011 年 6 月 26 日汴京苹果园

第三版后记

我想这次修订第三版是我始料未及的事，文章应该有一个小标题：踽踽独行又兼踽踽独行。十五年前写的一本小书，当时才三十万字左右，目前修订出五六十万字，翻出一倍了。把小说已有的元素都考虑进去，有生之年这本书不可能再修改了。新增加的文体与风格的写作，是一个人的写作风格的综合显示，风格留下作者个性和用语的特点，是极为自然的事，风格论述的书也出版了不少，这在中国是一个极为好办的事。而文体就不一样了，基本没有讲如何进行文体写作的书，文体写作有什么样的形式特点，也没人去定位，这次讨论了文体写作的细节，还包括写字造句及文字的形式特征。文体与风格写作总体上是一个问题的两面，我称之为一元二面的，风格更内在一些，更隐形一些，文体外化一些，更形式化一点，而文体应该有固化的痕迹和可操作性的方法。这一点，我在这一本书里应该是做到了的。

我是下午两点回到北京家里的，发现我的钥匙锁在家里，是叶子所说的高级人犯的低级错误。新赞找来开锁公司的时候已经是下午四点，约好过两天去 307 医院拔管子。张新赞与我是朋友，又有师生之谊，他是北京工商大学的副教授，刚刚在大兴安岭做完我一个访谈录。这是一个非常好的访谈，有广度有深度，应《中外名流》之约，谈谈社会与文学的重大问题和人生应处的态度。收拾房间以后，又把访谈录推敲了一下，准备给创作班讲讲结构问题。8 月 25 日的课，22 日晚新赞催我去医院，23 日凌晨六点多钟我到了急症科，他们说你该找门诊，我到门诊找到南楼，南楼说你必须开单据，又上北楼四层，他们又说你先住院，做彩超的时候说，你已经六百毫升了，赶快导尿吧。下午四点终于住上了医院，站在医院收费口时，说必须一次性交齐五千元，我让新赞给打来整数，这时候有一句话涌上我的心头：世界上所有的事你必须独自面对，包括一只长尾夹、一瓶水。

我终于住院了，24、25 两日，林沙奔赴百里来照顾我。26 日五点半，我在鲁谷大街踽踽独行，沉静而忧郁，新赞带着一位律师朋友本腾来看我，步行于一个十字街口，新赞张罗我们吃山西刀削面，他吃一碗牛肉的，本腾吃一碗酸菜的，我吃了一碗青菜的，吃得热气腾腾，大汗淋漓。我不好意思地说，这晚餐就这么交代啦？怎么也得去眉州东坡酒家合适。新赞说，我们把刘老师送回去就撤退。新赞总为我节约，在医院打针开始，我从包里拿出手机，带出一千元，天哪！正好本腾来了手机短信：刘老师，表示下心意。他刚生二胎，也很困难，我刚想帮帮他呢，尽管他和文学无关，他是个学法律的。

在医院我沾着药水书写，晚上我们大房子热闹了，磨牙的、打屁的、呼叫的、说梦话的，远近高低各不相同，游走的、端坐的、翻身的、打呼噜的，高矮胖瘦都一样。第二天早晨起来都安然无恙地躺床上打针，我看见人们开始吃饭了。

对床小伙子说，你的护工呢？我说啥叫护工，世界上的事不是每个人独自面对独自照料吗？一房子人都笑了：我们这儿来了哲学家。

关于这本书很多人很多年以来，都在问这问那。我一直没有展开回答，今天在这里做一个总的回答。我是一个一元论者。正如斯宾诺莎一样，世界是总体的实在存在，是一个实体。我们既然总体肯定，就不能局部一一去否认（当然，它是由一个神创造的）。所以他主张一元多面地看问题，因此有了一元论。说他是主观唯心主义，是他认为心、感情、意志属于第一位的。心，第一。心、脑是两个面，共同认知整体世界。所以他的多面一元产生了本书的第一个态度：元素论。人物、故事、环境三元素看小说，只是我提出来小说多元素论。一个元素从两个面去看，这就有了我的一元二面的观点。既然是元素论的观点，就必定是生产的、生长的概念。小说就由这元素和元素的关系构成整体。我们既然承认这样一个小说的整体，就不能局部地否认它各个元素。元素多了，共同作用，一个小说里缺一两个元素也是可能的，但一个小说不能缺少主要的元素。所以，我尽可能对主要元素做详尽的论述，还有尽可能把全部因素考虑进去。如果有所遗漏，那是我的水平问题，请求谅解。这次增补《文体与风格》一章，就是一种补救。其次，这本书在南方作为大学研究生的参考文献，这就更需完整一些，于是促成我一个新思路：小说作为本体论，是文学上的一种超越（我本身也拿这个教材给研究生上课，发慧现在又拿它给研究生上课）。在文学之外，世界无疑是一个整体，大千世界有各种人物活动，是本体，每一个事物独自讲述自己的故事，也是本体。事物与事物的关联构成环境，也是本体。人物、故事、环境都有自己独立存在的方式，绝对是本体的。用今天的观点看，语言、结构、时空、说话方式都是本体的，1942年以后才形成共识，既各自为本体论的，又独自揭示它单独的特点。我们要尽力地揭开它的秘密，所以这本书是更充分地显示它的自身性（自身的特点）。我争取理论要点不重复别人，所选例证基本选自国外权威教材，保证了它的公共性。

　　这本小书出版了十五年，增补两次，多得读者喜爱，有些小故事让我欣慰。有一个天津和平区的法律工作者，汇款到河南大学购买《现代小说技巧讲堂》，我打电话告诉她出版社离你那儿很近。她说你别说了，我喜欢那样，不可以。我无语。我到黑龙江去，有个读者要求签名。我答应了他，在哈尔滨玩了一天，忘了。回到酒店到夜里十一点了，他在大堂里等着，拿出书来，我吓了一跳，先用牛皮纸包了一层，又用白纸包了，然后又用丝绸包了一层。喔，大受感动地签了字。还一年，我在湖南长沙，南方一出版社的领导找我要一本书。老实说我真的没书了，只好给他去买一本。查找网络吓一跳，一百六十元以下都是复印本，正版得两百元。我只好买一本让王霞寄给他。高价买一本自己的书，送人，在朋友圈里笑了好一阵。

　　我住在医院里是确凿无疑的，护士小姐让我签了两次字，是关于氧气呼吸的，我纳闷，没有吸氧。又签了一次，护士小姐飘然而去，我看了看头顶器械。正在思想时，这时楼道里喊：打饭啦！我知道怎样买饭了。这清脆亮丽的声音响彻楼道，信息社会我是愚人。

　　一个关乎存在本体的命题：这个世界没有人告诉你怎么做，应该怎么做。30日整六点，我在石景山大街散步，从北到南踽踽而独行，从容而舒缓，太阳跑到西山了，剪掉了芒线的阳光已经不太刺眼，天蓝得清晰，山灿得透澈。人需要一种东西，我如果能够逃过这一劫，现实生活中个人原则的妥协性就和小说基本原理准则的妥协性达成一致，构成事物的永恒性。这本书到了三十年的纪念日，那时候时间的现实依然具有某种不可抗拒的残酷性。我们经过了磨难和痛苦，但是我们依然幸福。这个名册上依然写着张新赞、王霞、沈念的名字，我依然怀念发慧为本书做了三分之二的工作，李海英也为这本书付出了劳动，王一川老师和高兴老师大力鼓吹，我一并感谢。

　　今年我在医院里写第三版后记，感谢读者和本书责任编辑张平。第一次知道这个名字时，我以为是山西省副省长，见到真人，特别朴实让人信任，我便把书推荐给他。当烈日晒得头昏脑涨的时候，我踽踽独行在石景山的十字路口，他站立在烈日中等我。签约、设计又踽踽而独去。他就那么顶着太阳来去，把他的身影布满整个街区。

　　还有远在加拿大的王俊石，他是我的贵人，又是前两版的责任编辑。我无论怎么感谢他都不过分。这也算生活给我的一份恩惠。阿门！

　　　　　　　　　　　　　　　　　　　2019 年 9 月　北京古城

附　录

刘恪主要著作目录

一、长篇小说

《寡妇船》	长篇小说（33万字）	百花洲文艺出版社	1992年版
《蓝色雨季》	长篇小说（19万字）	花城出版社	1996年版
《城与市》	长篇小说（50万字）	百花文艺出版社	2004年版
《梦与诗》	长篇小说（33万字）	中国青年出版社	2006年版
《城邦语系》	长篇小说（50万字）	新世界出版社	2011年版

二、中短篇小说集

《红帆船》	中短篇小说集（17万字）	作家出版社	1992年版
《梦中情人》	中篇小说集（40万字）	百花洲文艺出版社	1996年版
《墙上鱼耳朵》	中短篇小说集（30万字）	云南人民出版社	2004年版
《空裙子》	中短篇小说集（30万字）	百花文艺出版社	2012年版

三、理论专著

《欲望玫瑰》	（28万字）	山西书海出版社	2002年版（与高兴合著）
《词语诗学》（复眼）	（31万字）	河南大学出版社	2008年版
《词语诗学》（空声）	（38万字）	河南大学出版社	2008年版
《耳镜》	（50万字）	河南大学出版社	2008年版
《中国现代小说语言美学》	（50万字）	商务印书馆	2011年版
《现代小说技巧讲堂》	（50万字）	百花文艺出版社	2012年版
《先锋小说技巧讲堂》	（50万字）	百花文艺出版社	2012年版
《中国现代小说语言史》	（40万字）	百花文艺出版社	2012年版

图书在版编目（CIP）数据

现代小说技巧讲堂 / 刘恪著 .—北京：作家出版社，2019.12
ISBN 978-7-5212-0776-7

Ⅰ.①现…　Ⅱ.①刘…　Ⅲ.①小说创作　Ⅳ.① I054

中国版本图书馆 CIP 数据核字（2019）第 256421 号

现代小说技巧讲堂

作　　者：刘　恪
责任编辑：张　平
装帧设计：意匠文化·丁奔亮
出版发行：作家出版社有限公司
社　　址：北京农展馆南里 10 号　　　邮　　编：100125
电话传真：86-10-65067186（发行中心及邮购部）
　　　　　86-10-65004079（总编室）
E-mail:zuojia @ zuojia.net.cn
http://www.zuojiachubanshe.com
印　　刷：中煤（北京）印务有限公司
成品尺寸：170×240
字　　数：600 千
印　　张：31.75
版　　次：2020 年 10 月第 1 版
印　　次：2020 年 10 月第 1 次印刷
ISBN　978-7-5212-0776-7
定　　价：98.00 元